第二語言學習叢書

U0082584

快樂學柬埔寨語

(注音符號及柬語拼音注音/柬中對照錄音)

រៀនភាសាខ្មែរដោយរីករាយ

「ㄖ一ㄝㄋ ㄆㄝㄚㄙㄚ ㄎㄇㄚㄝ ㄉㄠ一 ㄖ一ㄍㄖㄝㄞ」

{rīən p̄ēasā kmāe Dāoy rīgrēay}

Let's Learn Kampuchean (Khmer) Happily!

(With Bopomofo and Kampuchean Latin Phonetic Notation / Text Recorded in Kampuchean and Chinese)

鄧應烈著 ជារៀបរៀងដោយ **ទេង យីងលៀ**

「ㄗㄝㄚㄖ一ㄝㄅ ㄖ一ㄝㄫ ㄉㄠ一 ㄉㄥ ㄧㄫ ㄌ一ㄝ」 {zēarīəB rīən Dāoy d̄ɵŋ yīŋ līə}

Author: Deng Yinglie

臺灣智寬文化事業有限公司

ក្រុមហ៊ុនជំនួនវៃវ៉ាន់ពោះពុម្ពនិងប្បួលផម៌

「《ㄖㄛㄇㄛㄏㄨㄣ ㄗㄨㄎㄨㄝㄣ ㄉㄞㄨㄢ ㄅㄠㄅㄨㄇㄅ ㄋ一ㄫ ㄡㄛㄅㄅㄚㄝㄇ」

{gromøhun zw̄kūən daivan Baohbumb niŋ vøBBāïøm}

Knowledge Publishing Co., Ltd., Taiwan

出版者序言

　　柬埔寨語是柬埔寨王國的國語，是全體柬埔寨人的共通語言。柬埔寨語以金邊音和柬埔寨中部地區的話語為基礎形成標準語。柬埔寨的主要民族為高棉族，所以柬埔寨語又稱為高棉語，在柬埔寨和西方只說成 ភាសា ខ្មែរ「ㄆㄝㄚㄙㄚㄎㄇㄝˇ」{pēasā kmāe} Khmer，不說 ភាសា កម្ពុជា「ㄆㄝㄚㄙㄚ ㄍㄛㄇㄅㄨㄗㄝㄚ」{pēasā gāmbuzēa} Cambodian，而中文則更習慣用 "柬埔寨語"。柬埔寨語屬南亞語系、孟-高棉語族、東孟-高棉語支。主要分佈東南亞，柬埔寨的使用人口 1500 萬左右；與柬埔寨接壤國家，如泰國的武里南(ប៊ូរីរ៉ាម្យ「ㄅㄨㄖㄧˊㄖㄚㄇ」{Būrīrāṃ} บุรีรัมย์ Buriram)，素林(ស៊ូរីន「ㄙㄨㄖㄧˊㄋ」{sūrin} สุรินทร์ Surin)，四色菊(ស៊ីសា ㄶㄷ「ㄙㄧㄙㄚㄍㄝˇ」{sīsāgēd} ศรีสะเกษ Srisket)等府(泰國的省級行政單位)，越南南方的湄公河三角洲(ដីសណ្ឌ ទន្លេមេគង្គ「ㄉㄞㄙㄤㄉ ㄉㄛㄋㄌㄝ ㄇㄝㄍㄛㄥ」{Dōisāṇḍ dønlē mēgøŋ} Đồng bằng sông Cửu Long, Mekong Delta)地區及寮國南部也有說柬埔寨語的族群，人口達 500 萬；僑居在柬埔寨境外的僑民，以美國、法國、澳大利亞、加拿大居多，人數達 300 萬。以上數字加起來總數達 2300 萬。

　　1953 年 11 月 9 日，柬埔寨王國擺脫法國殖民統治宣告獨立，現名為柬埔寨王國(ព្រះរាជាណាចក្រ កម្ពុជា「ㄅㄖㄝㄚㄏㄖㄝㄚㄗㄝㄚㄋㄚㄐㄚㄍ ㄍㄛㄇㄅㄨㄗㄝㄚ」{breahrēazēaŋājāg gāmbuzēa} Kingdom of Cambodia)。獨立後，曾經多次更改國名，曾用名稱有：高棉共和國(សាធារណរដ្ឋខ្មែរ「ㄙㄚㄝㄚㄖㄛㄋㄛㄖㄛㄉㄊㄎㄇㄝ」{sāēarøŋārøDt kmāe} Khmer Republic)、民主柬埔寨(កម្ពុជាប្រជាធិបតេយ្យ「ㄍㄛㄇㄅㄨㄗㄝㄚㄅㄖㄛㄗㄝㄚㄊㄛㄆㄛㄉㄍㄝㄧ」{gāmbuzēa BrāzēaïiBādēy} Democratic Kampuchea)、柬埔寨人民共和國(សាធារណរដ្ឋ ប្រជាមានិតកម្ពុជា「ㄙㄚㄝㄚㄖㄛㄋㄛㄖㄛㄉㄊㄛㄅㄖㄛㄗㄝㄚㄇㄝㄢㄧㄉㄍㄛㄇㄅㄨㄗㄝㄚ」{sāēarøŋārøDt Brāzēamēanid gāmbuzēa} the People's Republic of Kampuchea)。

　　柬埔寨的外文名稱，法文拼寫為 Cambodge、英文拼寫為拼寫為 Cambodia。柬埔寨政府提倡用拉丁字母 Kampuchea 來拼寫，這個拼法除了與 កម្ពុជា「ㄍㄛㄇㄅㄨㄗㄝㄚ」{gāmbuzēa}發音一致外，還與廣州方言、閩南方言的 "柬埔寨" 三個字發音非常接近。

　　現代柬埔寨語中也吸收了不少外來語，其中不乏有中文，梵語，巴厘語，泰語，法語，越南語等語言的詞彙。讀者們可以注意到，柬埔寨語的漢語借詞主要以廣州話、潮汕話(與臺灣的閩南話是一個方言系統)為主，因為那裡的華人主要是從廣東的珠江三角洲和潮汕地區以及臺灣移民過去的。

　　本書對讀者非常友好，其特色可以從十大方面來描述：

1. 拼讀書寫：詳細介紹柬埔寨語字母發音和拼讀規則。為了方便讀者拼讀，全書使用了臺灣中文教學用的注音符號和著者參考各種文獻而擬定的規範化柬語拼音來標注柬埔寨文的發音。柬埔寨文和注音符號、柬語拼音一一對應，拼讀起來毫不費力氣。對比列出了不同字型柬埔寨文的書寫方法，從而使讀者更好地識辨柬文字母。柬語拼音克服了過去注音系統中標注柬埔寨語送氣音和不送氣音的混亂狀態，使讀者能夠準確拼讀。

2. 詞語學習：每課開始，先給出 "範例課文"、"常用會話" 的生詞，以便讀者更好理解內容。

3. 範例課文：以會話的形式給出常用句型，儘量做到一男一女，以練習男女不同的表達方式。

4. 常用會話：提供相關主題的常用會話語句。

5. 語法說明：講解柬埔寨語基本語法，使讀者能夠正確組織句子，說地道的柬埔寨話。

6. 文化背景：介紹柬埔寨的文化和風土人情等各方面的情況，使讀者更好地瞭解柬埔寨。

7. 練習鞏固：每課後面均有練習題，以進一步加強讀者所學內容。

8. 電腦打字：使用柬埔寨文的最新統一碼(Unicode)字型，使柬埔寨文處理規範化，避免出現亂碼。介紹了柬文的鍵盤字元對照表和輸入方法，讀者可以在電腦上輕鬆打出柬文。

9. 認熟字元：柬埔寨文有各種字型，有時相同字母差別較大。為了讓讀者認熟，本書每四課的柬埔寨文語句就換一種字型，有助於讀者比較學習。

10. 柬中錄音：每課的生詞、會話課文、語法說明、文化背景中的一些內容都有柬埔寨語和國語對照錄音，可同時幫助學柬埔寨文和中文的讀者上口說不同的第二語言。

母語之外的語言都是“第二語言”。為了讓國民學好各種第二語言，本社與著者鄧應烈合作出版“第二語言學習叢書”系列書籍。《快樂學緬甸語》已經出版，現在出版《快樂學柬埔寨語》。全書分成“發音部分”（共三節）和“課文部分”（共十六課）。本書提供給讀者從零開始學習柬埔寨語，適用於所有把柬埔寨語作為“第二語言”來學的人：柬埔寨語專業學生、柬埔寨語培訓班學員、把柬埔寨語作為選修課的學生、赴柬埔寨的留學生和商人、與柬埔寨人有姻親者、去柬埔寨觀光者等想要學好柬埔寨語的人。這是一本全新的柬埔寨語學習書，可作為大專院校的柬埔寨語教科書，亦可作為自學者學習柬埔寨語的首選讀本。本書還可提供給母語是柬埔寨語的讀者學習華語(នេះក៏ជាសៀវភៅសម្រាប់អ្នកអានភាសាកម្ពុជារៀនភាសាចិនផងដែរ{nih gā zēa sīəvṗəu sāmroáB nēag’ān ṗēasā gāmbuzēa rīən ṗēasā jɪn pāŋ Dāe}「ㄋㄧㄏ ㄍㄛ̤ ㄗㄝㄚ ㄙㄧㄜㄪㄆㄜㄨ ㄙㄛ̤ㄇㄖˈㄛㄚㄅ̥ ㄋㄝㄚㄍ'ㄢ ㄆㄝㄚㄙㄚ ㄍㄛ̤ㄇㄅㄨㄗㄝㄚ ㄖˈㄧㄜㄋ ㄆㄝㄚㄙㄚ ㄐㄧ̤ㄣ ㄆㄛ̤ㄫ ㄉ̥ㄚㄝ」)。

像第七課“問路與交通”、第十六課“留學與投資”等列舉的具體數字和相關資訊是為了學語言而舉出的，與實際情況可能會有出入，僅供學習練習。

著者鄧應烈撰寫此書，曾經得到廣州的柬埔寨留學生程炳昵(លោក ឆេង ប៉េងនិត「ㄌㄡㄍ ㄑㄥ ㄅ̥ㄥㄋㄧ̤ㄉ̥」{lōug qēŋ Bēŋnid} Chheng Pengnith，中文名也叫陳風)的幫助，寫成本書。臺灣智寬公司聘請柬埔寨語專家李佩香(លោកស្រី លី វួចហ៊ាង「ㄌㄡㄍㄙㄖˈㄟ ㄌㄧ ㄪㄨㄜㄐ ㄏㄝㄤ」{lōugsrōi lī vūəj hēaŋ}，也叫李沛英)審閱修訂，為本書柬埔寨文的準確性做了至關重要的工作，她和資深國語播音員宋菁玲一起完成雙語的灌音，通過他們的辛勤勞動，本書終於能夠編輯出版問世，智寬對他們表示衷心感謝。

柬埔寨語圖書的編撰，在文字的翻譯、處理、校稿以及錄音方面，困難頗大，都被一一克服。書中不妥之處在所難免，歡迎讀者多提寶貴意見。

智寬文化事業有限公司

2017 年 3 月

書中符號說明

符號	名稱	用途
「」	單方角號	放注音符號
{}	半形大括弧	放柬語拼音
[]	半形中括弧	放國際音標
< >	半形尖括弧	表示所在頁碼
ˬ	濁音符	放在注音符號下使得該子音變成濁音
˔	開口符	放在注音符號下使韻母或所包含的母音發成開口音
˕	閉口符	放在注音符號下使韻母或所包含的母音發成閉口音
ˉ	長音符	放在柬語拼音上表示長音，注音符號省略長音符
ㄖˈ	顫舌音	注音符號表示顫舌音 r
˘	圓唇符	放在注音符號下使韻母或所包含的母音發成圓唇音
ˆ	展唇符	放在注音符號下使韻母或所包含的母音發成展唇音

書中出現的粗體字表示特別強調，提起讀者注意。兩種注音指“注音符號”和“柬語拼音”。

目錄

4

禁止停車

ហាមចត

「ㄏㄚㄇ ㄐㄛㄅ」{hām jād}

NO PARKING

發音部分
ផ្នែកនៃការបញ្ចេញសំឡេង

「ㄆㄋㄚㄝㄍ ㄋㄧ ㄍㄚㄅㄢㄐㄝㄣ ㄙㄚㄇㄌㄝㄣ」

{pnãeg nəi gāBāñjēñ saṃlēŋ}

Pronunciation Section

子音字母+疊寫字母(不包括 ឡ)

អក្សរក្រម បូក ជើងអក្សរ (គ្មាន ឡ)

「ㄜㄍㄎㄜㄖㄜㄅㄜㄇㄍㄚ ㄋㄜㄍ ㄗㄣㄍㄚㄍㄙㄚ (ㄍㄇㄝㄋ ㄌㄚ)」

{’āgkārøgrām Bøg zõŋ’āgsā (ġmēan ḷā)}

Consonants Letters and their Stacked Ones (Without ឡ)

8

第一節　字母與字母表

ផ្នែកទីមួយ អក្សរ និង អក្ខរក្រម

「ㄆㄋㄚㄝㄍ ㄉㄧㄇㄨㄟ ’ㄛ̣ㄍㄛ̣ㄙㄛ̣ ㄋㄧ̣ㄫ ’ㄛ̣ㄍㄎㄛ̣ㄖ'ㄛ̣ㄍㄖ'ㄛ̣ㄇ」

{pnāeg ďīmūəy’āgāsā nɨŋ’āgkārøgrām}

Part 1. Letters and Alphabet

柬埔寨文(អក្សរខ្មែរ「’ㄛ̣ㄍㄙㄛ̣ ㄎㄇㄚㄝ」 {’āgsā kmāe} Khmer script)也叫高棉文，為拼音文字，是用來書寫柬埔寨的官方語言柬埔寨語的，也可以用來書寫巴厘語與柬埔寨和泰國的佛教經文。它是印度天城體(ទេវណាគរី「ㄉㄝㄪㄛ̣ㄋㄚㄍㄛ̣ㄖ'ㄧ」{dēvøṇāgørī} देवनागरी Devanāgarī)字母大花園的一員，來自古代印度南部婆羅米文字(ព្រាហ្មី「ㄅㄖ'ㄛ̣ㄇㄟ」 {brømāi} ब्राह्मी Brāhmī)的變體帕拉瓦字母(អក្សរបល្លវៈ「’ㄛ̣ㄍㄙㄛ̣ ㄅㄛ̣ㄌㄌㄛ̣ㄪㄚ’」 {’āgsā Bālløva’} पल्लव Pallava Letters)，按照其字母排列和發音而編成的頗具民族特色的獨立拼寫系統，有著與緬甸語、泰語、寮語等其他天城體字母系統的字母明顯不同的特點：有疊寫子音。

一、柬埔寨語字母表 (ព្យអក្ខរក្រមខ្មែរ「ㄅㄧㄝ ’ㄛ̣ㄍㄎㄛ̣ㄖ'ㄛ̣ㄍㄖ'ㄛ̣ㄇ ㄎㄇㄚㄝ」 {byē ’āgkārøgrām kmāe} Kampuchean Consonant Alphabet)

柬埔寨文共有 33 個子音；37 個依附母音(見表 7)和 15 個獨立母音(見表 9)和一些讀音符號(見第三節)。子音字母可以縮小、變形放在主體子音的下面，稱為下置字母或下置子音，形成疊寫字母(ជើងអក្សរ「ㄗㄜㄫ’ㄛ̣ㄍㄙㄛ̣」 {zōŋ’āgsā} Stacked Syllable)、即疊寫子音(參見第二節的二、1.)。

1. 常規字母表 (អក្ខរក្រមធម្មតា「’ㄛ̣ㄍㄎㄛ̣ㄖ'ㄛ̣ㄍㄖ'ㄛ̣ㄇ ㄊㄛ̣ㄇㄇㄛ̣ㄉㄚ」{’āgkārøgrām ẗømmødā} Conventional Alphabet)

柬埔寨文在電腦上所用的不同字型(ពុម្ពអក្សរ「ㄅㄨㄇㄅ’ㄛ̣ㄍㄙㄛ̣ㄖ'」 {bumb’āgsār} Fonts)從總體上來說，可以分成四類：正體(印刷體 អក្សរខម「’ㄛ̣ㄍㄙㄛ̣ㄎㄛ̣ㄇ」 {’āgsā kām}，字型可用： Khmer UI、Ang DaunTep、CDT Khmer 等)、圓體(អក្សរមូល「’ㄛ̣ㄍㄙㄛ̣ㄇㄨㄌ」 {’āgsā mūl}，字型可用：Kh Muol)、肥體(ពុម្ពអក្សរ ដិត「ㄅㄨㄇㄅ’ㄛ̣ㄍㄙㄛ̣ㄉㄧ̣ㄉ」 {bumb’āgsā Dɪd}，字型可用：Kh Koulen)和手寫體(斜體 អក្សរជ្រៀង「’ㄛ̣ㄍㄙㄛ̣ㄗㄖ'ㄧㄜㄫ」 {’āgsā zrīəŋ}，字型可用：Kh Fasthand)。**正體、圓體、粗體和草體四種字型有的形狀差異頗大，為了幫助讀者辨識，在介紹表對比排列出，並有兩種注音表示的拼讀音。**表中用的字型名稱分別是 Khmer UI、Ang DaunTep、Kh Muol、Kh Fasthand、CDT Khmer、Kh Koulen、Kh Fasthand。表中還列出相同字母的疊寫形式供讀者對比。這些字型都能夠從網際網路下載。

表 1 柬埔寨語字母表(此表「」、{}、[]省略)

序	字母書寫法		注音	柬拼	讀音國際音標			屬性
	字母	疊寫字母			韻首	韻尾	名稱	
1	ក ក ក ក	ក្ក ក្ក ក្ក ក្ក	ㄍ	g	k	k	gɑ	高
2	ខ ខ ខ ខ	ខ្ខ ខ្ខ ខ្ខ ខ្ខ	ㄎ	k	kʰ	k	kɑ	高
3	គ គ គ គ	គ្គ គ្គ គ្គ គ្គ	ㄍ	ġ	k	k	ġø	低

4	យ យ៉ យ យ	ឃ្ញ ឃ្ញុ ឃ្ញ្យ ឃ្ញ្យ	ㄅ	ḳ	kʰ	k	ḳɵ	低
5	ង ង៉ ង ង	ង្ញ ង្ញុ ង្ញ ង្ញ	ㄇ	ŋ	ŋ	ŋ	ŋɵ	低
6	ច ច៉ ច ច	ច្ញ ច្ញុ ច្ញ ច្ញ	ㄗ	j	tɕ	tɕ	ja	高
7	ឆ ឆ៉ ឆ ឆ	ឆ្ញ ឆ្ញុ ឆ្ញ ឆ្ញ	ㄘ	q	tɕʰ	tɕ	qa	高
8	ជ ជ៉ ជ ជ	ជ្ញ ជ្ញុ ជ្ញ ជ្ញ	ㄗ	z	tɕ	tɕ	zɵ	低
9	ឈ ឈ៉ ឈ ឈ	ឈ្ញ ឈ្ញុ ឈ្ញ ឈ្ញ	ㄘ	c	tɕʰ	tɕ	cɵ	低
10	ញ ញ៉ ញ ញ	ញ្ញ ញ្ញុ ញ្ញ ញ្ញ	ㄏ	ñ	ɲ	ɲ	ñɵ	低
11	ដ ដ៉ ដ ដ	ដ្ញ ដ្ញុ ដ្ញ ដ្ញ	ㄉ	Ɗ	ɗ	t	Ɗa	高
12	ឋ ឋ៉ ឋ ឋ	ឋ្ញ ឋ្ញុ ឋ្ញ ឋ្ញ	ㄊ	t	tʰ	t	ta	高
13	ឌ ឌ៉ ឌ ឌ	ឌ្ញ ឌ្ញុ ឌ្ញ ឌ្ញ	ㄉ	Ḍ	dʰ	t	Ḍɵ	低
14	ឍ ឍ៉ ឍ ឍ	ឍ្ញ ឍ្ញុ ឍ្ញ ឍ្ញ	ㄊ	ṭ	tʰ	t	ṭɵ	低
15	ណ ណ៉ ណ ណ	ណ្ញ ណ្ញុ ណ្ញ ណ្ញ	ㄋ	ṇ	n	n	ṇa	高
16	ត ត៉ ត ត	ត្ញ ត្ញុ ត្ញ ត្ញ	ㄉ	d	t	t	da	高
17	ថ ថ៉ ថ ថ	ថ្ញ ថ្ញុ ថ្ញ ថ្ញ	ㄊ	i	tʰ	t	ia	高
18	ទ ទ៉ ទ ទ	ទ្ញ ទ្ញុ ទ្ញ ទ្ញ	ㄉ	ɖ	t	t	ɖɵ	低
19	ធ ធ៉ ធ ធ	ធ្ញ ធ្ញុ ធ្ញ ធ្ញ	ㄊ	ï	tʰ	t	ïɵ	低
20	ន ន៉ ន ន	ន្ញ ន្ញុ ន្ញ ន្ញ	ㄋ	n	n	n	nɵ	低
21	ប ប៉ ប ប	ប្ញ ប្ញុ ប្ញ ប្ញ	ㄅ	Ɓ	ɓ	p	Ɓa	高
22	ផ ផ៉ ផ ផ	ផ្ញ ផ្ញុ ផ្ញ ផ្ញ	ㄆ	p	pʰ	p	pa	高
23	ព ព៉ ព ព	ព្ញ ព្ញុ ព្ញ ព្ញ	ㄅ	b	p	p	bɵ	低

序號	字母	疊寫形式	注音					高/低
24	កគ ឃ ក	្ក ្គ ្ឃ ្ក	ㄆ	ṗ	pʰ	p	ṗø	低
25	ម ម ម ម	្ម ្ម ្ម ្ម	ㄇ	m	m	m	mø	低
26	យ យ យ យ	្យ ្យ ្យ យ	–	y	j	i	yø	低
27	រ រ រ	្រ ្រ ្រ	ㄖ	ɽ	r	r	rø	低
28	ល ល ល ល	្ល ្ល ្ល ្ល	ㄌ	l	l	l	lø	低
29	វ វ វ	្វ ្វ ្វ	万	ʋ	v	v	vø	低
30	ស ស ស ស	្ស ្ស ្ស ្ស	ㄙ	s	s	s	sɑ	高
31	ហ ហ ហ ហ	្ហ ្ហ ្ហ ្ហ	ㄏ	h	h	h	hɑ	高
32	ឡ ឡ ឡ ឡ	្ឡ (很少疊寫)	ㄌ	ḷ	ɫ	l	ḷɑ	高
33	អ អ អ អ	្អ ្អ ្អ ្អ	'ㄡ	'ɑ	ʔɔ	-	'ɑ	高

說明

1. "拼讀音"指在單詞中用注音符號和柬語拼音表示的音進行拼讀。"音標"是指拼讀音的國際音標標記法。除了一個獨立母音 អ 之外，其餘都為子音。អ 的實際發音為[ʔɔ]，即[ɔ]之前帶一個喉音[ʔ]，兩種注音都用'表示。此字母常常用作依附母音的襯字母，此時該字母不發音，帶有子音字母的性質，所以把它放在字母表中。子音字母名稱的發音：高子音或低子音分別用子音字母的拼讀音與「ㄛ」{ɑ}或「ㄛ」{ø}相拼，讀音拉長。表中沒有 f 等子音字母，標記法參見表 11。

2. 每個子音字母都"高子音"或"低子音"的屬性，用來決定跟著它的母音字母的發音。

3. 柬埔寨語字母高子音名稱有 ɑ 者，拼讀起來其發音更加接近 ɔ，低子音名稱用相應的子音和 o 相拼。低子音 ɳ、ɲ 後有 ្យ 即：ㄑㄧ、ㄑㄧ 時，發音近似{j}、{q}。送氣音音標寫成[tɕʰ]或[tɕʼ]均可以。

4. "韻尾"指子音韻尾，標注的是實際發音，有-者表示該字母不做子音韻尾。韻尾標注的子音只做口型，不完全爆破。**單獨子音都可發成送氣，如：គ្មាន「《ㄇㄝㄢ」{gmēan}沒有，「《」{g}=「ㄎ」{k}。**

5. 子音和以後介紹的母音，有些柬文字母寫法不同，但發音一樣，柬語拼音使用不同字母區分：**字母上、下加點或符號，拼讀時不管這些符號，都用本字母進行拼讀，如：{ḅ}{ḅ}{ḅ}都用{ḅ}拼讀。**

6. 子音字母 ɡ 與 ɳ=「ㄚ」、ɲ 與 យ=「ㄋ」，柬語拼音則用四個字母區分：{j}、{q}、{z}、{c}。

7. 字母 យ 的發音是介乎「ㄚ」{j}和「ㄧ」{y}之間的音。

8. 字母 ្ឡ 的疊寫形式在泰國的柬埔寨語區用得比較多(見第 2 頁"出版者序言")。

9. 字母表不包括兩個拼寫梵語、巴利語借詞的廢棄子音字母：ឝ「ㄙ」{ṣ}、ឞ「ㄙ」{ś}，用 ស 取代了。

2. 子音陣列 (អការយៈញ្ជនៈ「ㄚㄖㄝ ㄧㄛㄋ ㄗㄛㄋㄝㄚ」{'ārē yøñ zønea'} Consonant Array)

　　柬埔寨語子音字母表按照科學地發音部位進行分組。字母表分為 7 行，每行一組，前 5 行每行都

是有規律的，這就是子音陣列。子音陣列的 6 行 7 行沒有規律，叫做混合組。各列的排列方式與其他天城體字母大同小異，請見表下面的說明。

表 2 柬埔寨語子音陣列表(同一子音給出四種字體)

	1	2	3	4	5
1	ក តក វ	ខ ខខ ខ	គ គគ គ	ឃ ឃឃ ឃ	ង ងង ង
	「《」 {g}	「ㄎ」 {k}	「《」 {g}	「ㄎ」 {k}	「兀」 {ŋ}
2	ច ចច ច	ឆ ឆឆ ឆ	ជ ជជ ជ	ឈ ឈឈ ឈ	ញ ញញ ញ
	「ㄗ」 {j}	「ㄘ」 {q}	「ㄗ」 {z}	「ㄘ」 {c}	「广」 {ñ}
3	ដ ដដ ដ	ឋ ឋឋ ឋ	ឌ ឌឌ ឌ	ឍ ឍឍ ឍ	ណ ណណ ណ
	「ㄉ」 {D}	「ㄊ」 {t}	「ㄉ」 {D}	「ㄊ」 {t}	「ㄋ」 {n}
4	ត តត ត	ថ ថថ ថ	ទ ទទ ទ	ធ ធធ ធ	ន នន ន
	「ㄉ」 {d}	「ㄊ」 {t}	「ㄉ」 {d}	「ㄊ」 {ẗ}	「ㄋ」 {n}
5	ប បប ប	ផ ផផ ផ	ព ពព ព	ភ ភភ ភ	ម មម ម
	「ㄅ」 {B}	「ㄆ」 {p}	「ㄅ」 {b}	「ㄆ」 {ṗ}	「ㄇ」 {m}
6	យ យយ យ	រ ររ រ	ល លល ល	វ វវ វ	ស សស ស
	「一」 {y}	「ㄖ」 {r}	「ㄌ」 {l}	「万」 {v}	「ㄙ」 {s}
7	ហ ហហ ហ	ឡ ឡឡ ឡ	អ អអ អ		
	「ㄏ」 {h}	「ㄌ」 {l}	「'ㄛ」 {'a}		

1. 關於行：第 1 行為喉音或叫軟齶音；第 2 行為硬齶音；第 3 行為齒齦音；第 4 行為齒音；第 5 行為唇音；第 6-7 行為無規律的字母。

2. 關於列：第 1 行、第 2 行的第 1 列為不送氣清子音；第 2 列為送氣清子音；第 3 列為不送氣濁子音；第 4 列為送氣濁子音(在柬埔寨語中送氣濁子音發音和送氣清子音一樣)；第 5 列為鼻音。

3. 關於列：第 3 行的第 1 列為濁子音；第 2 列為送氣清子音；第 3 列為不送氣濁子音；第 4 列為送氣濁子音；第 5 列為鼻音。

4. 關於列：第 4 行的第 1 列為不送氣清子音；第 2 列為送氣清子音；第 3 列為不送氣清子音；第 4 列為送氣清子音；第 5 列為鼻音。

5. 關於列：第 5 行的第 1 列為濁子音；第 2 列為送氣清子音；第 3 列為不送氣濁子音；第 4 列為送氣濁子音；第 5 列為鼻音。此行第 1 列為濁子音有時讀成不送氣清子音，但柬語拼音注音不變。

6. 關於列：第 6-7 行的各列排列為無規律。

3. 字母識別名 (ឈ្មោះ របស់ អក្សរក្រម 「ㄘㄇㄨㄛˇ ㄖㄜˇㄅㄚˇ 'ㄜㄍㄚ ㄍㄖㄛㄇ」 {cmuoh røBaH'āgkā grām} Letter Identification Name)

除了兩個拼寫非柬埔寨語詞彙的字母 ក្ប 以外，其餘柬埔寨語字母都有識別名、以"字母名稱＋一個固定的包含該字母的單詞"的方式讀出，形成一首打油詩。就像介紹英文字母時用的方法：o as in open; m as in map。現在把字母識別名、讀音和中譯名以及相關例詞下表，供讀者參考。

表 3 柬埔寨語字母識別名 (此表「」、{}省略)

序	字母	屬性	識別名	圖畫表示	例詞
1	ក	高	ក កោះ 島嶼 ㄍㄛㄍㄠㄏ gā gaoh		កើក ㄍㄚㄛㄍ gāog 柱子 ខ្វែក ㄎㄨㄞㄍ kvāeg 棕夜鷺 ពេក ㄅㄝㄍ bēg 太，非常
2	ខ	高	ខ ខែ 月份 ㄎㄛㄎㄝ kā kāe		ខាត ㄎㄚㄉ kád 弄乾淨，擦亮 ខាំ ㄎㄚㄇ kām 咬，叮咬
3	គ	低	គ គូ 做記號 ㄍㄛㄍㄨ ġø gū		គក្លើន ㄍㄛㄎㄌㄜㄣ ġøḳlōn 激進 គគាយ ㄍㄛㄍㄝㄚㄐ gøġēaj 清楚的 ជោគ ㄗㄛㄍ zōuġ 運氣，成功
4	ឃ	低	ឃ ឃុំ 關押 ㄎㄛㄎㄨㄇ ḳø kuṃ		ឃើញ ㄎㄛㄣ ḳāñ 看見 អនឃ្នោ 'ㄜㄋㄛㄍ 'ānoġḳ 無價的
5	ង	低	ង ងារ 工作 ㄫㄛㄍㄝㄚ ŋø gāṅēa		ងែត ㄫㄚㄝㄉ ŋāed 嬰兒 ងាង ㄫㄤ ŋāŋ 大聲地，用力地 រោង ㄖㄡㄫ rōuŋ 大廳，亭子
6	ច	高	ច ចៃ 壁虱 ㄐㄛㄐㄚㄝ jā jāe		ចប់ ㄐㄛㄅ jαB 停止，結束 ចាប ㄐㄚㄅ jāB 麻雀 ចាះ ㄐㄚㄏ jāH 是的(女人用)
7	ឆ	高	ឆ ឆេះ 著火 ㄑㄛㄑㄝㄏ qā qeh		ឆក់ ㄑㄛㄍ qag 衝擊，扒竊 ឆា ㄑㄚ qā 油炸，炸(國語借詞)
8	ជ	低	ជ ជួរ 溝壑 ㄗㄛㄗㄨㄛ zø zūə		ជាប់ ㄗㄛㄚㄅ zoáB 堅持，接著 មជុល ㄇㄨㄗㄌ mzul 針 មុជ ㄇㄨㄗ muz 潛水，沉下
9	ឈ	低	ឈ ឈឺ 疼痛 ㄘㄛㄘㄨ cø cw		ឈរ ㄘㄛ cø 站著 ឈើ ㄘㄜ cə̄ 樹木 ប្រឈម ㄅㄖㄛㄘㄜㄇ Brācøm 面對面
10	ញ	低	ញ ញញឹម 錘子 ㄏㄛㄏㄏㄨㄛ ñø ñøñūə		ញញឹម ㄏㄛㄏㄨㄛㄇ ñøñwm 微笑 ញាក់ ㄆㄏㄝㄚㄍ pñeag 醒來 ញញាក់ ㄏㄛㄏㄝㄚㄍ ñøñeag 發冷顫抖

11	ដ	高	ដ ដៃ 手臂 ㄉ̣ㄛ̣ㄉ̣ㄞ Dā Dai		ដារ ㄉ̣ㄚ Dā 貢品 ក្តៅ ㄍㄉㄠ gdāu 熱的 ប្រាកដ ㄅ̣ㄖ̍ㄚㄍㄛ̣ㄉ̣ BrāgāD 真的
12	ឋ	高	ឋ ឋានីយ៍ 公車站 ㄊㄛ̣ㄊㄚㄋ一一 tā tānīy		ឋានសួគ៌ ㄊㄢㄙㄛ̣ㄍ tānsāg 天堂 ឧទ្ទកបាឋ 'ㄨㄉㄉㄛ̣ㄍㄅ̣ㄚㄊ 'ūddøgBāt 小頌注解(佛經)
13	ឌ	低	ឌ ឌុប 兩人騎車 ㄉ̣ㄛ̣ㄉ̣ㄨㄅ̣ Ḍø ḌuB		ឌឺ ㄉ̣ㄨ̣' Ḍw' 黯淡 ឌាំង ㄉ̣ㄝㄤ Ḍeaŋ 大而壯 ទំរុឌ ㄉㄡㄇㄖ̍ㄨㄉ̣ doumruḌ 崩潰
14	ឍ	低	ឍ ឍាល 盾牌 ㄊㄛ̣ㄊㄝㄚㄌ ṭø ṭēal	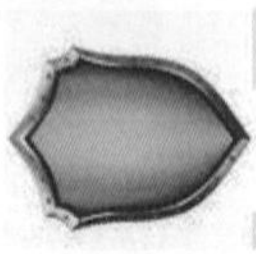	ឧត្តរាសាឍ'ㄛㄉㄉㄖ̍ㄝㄚㄙㄚㄊ 'oddreasāṭ 或 'ㄛㄉㄉㄛ̣ㄖ̍ㄚㄙㄚㄊ'oddārāsāṭ 閏正月 សមដ្ឋបាត ㄙㄛ̣ㄇㄛ̣ㄉ̣ㄊ ㄅ̣ㄉ sāmøḌṭ Bād 中線
15	ណ	高	ណ ចំណី 甜點 ㄋㄛ̣ㄐㄛ̣ㄇㄋㄟ ṇā jaṃṇōi		ណាស់ ㄋㄚㄏ ṇáH 很，非常 វណ ㄪㄛ̣ㄋ vøṇ 傷口，潰瘍 អរគុណ'ㄛ̣ㄍㄨㄋ'āġuṇ 謝謝
16	ត	高	ត តុ 桌子 ㄉㄛ̣ㄉㄛ̣' dā do'		តំបន់ ㄉㄛ̣ㄇㄅ̣ㄛ̣ㄋ daṃ Bɑn 大洲 ជិត ㄉ̣一̣ㄉ Dıd 緊的，緊跟 វើត ㄪㄜㄉ vōd 同意
17	ថ	高	ថ ថូ 罐子 ㄊㄛ̣ㄊㄛ̣ ïā iø		ថប់ ㄊㄛ̣ㄅ̣ iɑB 窒息 សំបថ ㄙㄛ̣ㄇㄅ̣ㄛ̣ㄊ saṃBāi 宣誓，誓言 ថៃ ㄊㄞ iai 泰國，親泰的
18	ទ	低	ទ ទា 鴨子 ㄉㄛ̣ㄉㄝㄚ ďø ďēa		ទាត់ ㄉㄛㄚㄉ ďoád 擊打，踢 បាទ ㄅ̣ㄚㄉ Bāď 是的(男人用) សំវាទ ㄙㄛ̣ㄇㄪㄝㄚㄉ saṃvēaď 研討會
19	ធ	低	ធ ធូរ 鬆弛，鬆開 ㄊㄛ̣ㄊㄨ ïø ïū		ធំ ㄊㄡㄇ ïouṃ 大的 អាក្រោធ 'ㄚㄍㄖ̍ㄠㄊ'āgrāoï 憤怒 ឡធាង ㄌㄛ̣ㄊㄝㄤ ḷāïēaŋ 老天，唉喲
20	ន	低	ន នំ 糕點 ㄋㄛ̣ㄋㄡㄇ nø nouṃ		នរៈ ㄋㄛ̣ㄖ̍ㄝㄚ'nørea' 人類 អំណាន'ㄛ̣ㄇㄋㄢ'āṃṇān 閱覽 មីនា ㄇ一ㄋㄝㄚ mīnēa 三月
21	ប	高	ប បី 三 ㄅ̣ㄛ̣ㄅ̣ㄟ Bā Bōi	 	បែរ ㄅ̣ㄚㄝ Bāe 轉向，轉身 សប្បាយ ㄙㄛ̣ㄅ̣ㄅ̣ㄚ一 sāBBāy 舒服，快樂，高興，有趣
22	ផ	高	ផ ផែ 碼頭 ㄆㄛ̣ㄆㄚㄝ pā pāe	 	ផើង ㄆㄚㄜㄫ pāəŋ 盆子，花瓶 ផើម ㄆㄚㄜㄇ pāəm 成熟，懷孕 កសិផល ㄍㄛ̣ㄙ一̣ㄆㄛ̣ㄌ gāsıpāl 莊稼
23	ព	低	ព ពពែ 山羊 ㄅㄛ̣ㄅㄛ̣ㄅㄝ̣ bø bøbɛ̄		ព្រះពុទ្ធសាសនា ㄅㄖ̍ㄝㄜㄏㄅㄨㄉㄊㄙㄚㄙㄛ̣ㄋㄚ breəhbuďïsāsānā 佛教 សហភាព ㄙㄛ̣ㄏㄛ̣ㄆㄝㄚㄅ sāhāṗēab 協會

24	គ	低	គ គោ 水獺 ㄎㆦㄆㆤ pø pē		ឈ្មោគ ㄌㄇㄡㆰ lmōuḙ 饞，貪婪 កំភើ ㄍㆦㄇㄆㆦ gaṃpø 說謊 ភាគី ㄆㆤㄚㄍ一 pēagī 一方，方
25	ប	低	ប ម្បក 頭盔，帽子 ㄇㆦㄇㄨㆤㄍ mø mūəg		ឈ្មប ㄊㆦㄇㄇㆦㄉㄚ ïømmødā 通常，一般 តាម ㄊㄚㄇ dām 跟隨，按照 ក្បុ ㄆㄨㄇㄇ ḃumm 土地
26	យ	低	យ យំ 哭 一ㆦ一ㄡㄇ yø youṃ		យក្ស 一ㆦㄍㄚ yøgsā 巨人，鬼怪 ឝ្យក្ស ㄅ一ㆦㄍㄚ dyāgsā 栓皮櫟 លុយ ㄌㄨ一 luy 銀子，錢
27	រ	低	រ រាំ 跳舞 ㄖㆦㄖㄛㄚㄇ rø rōaṃ		រាវ ㄖㄚㄞ rāv 液體 ្រ ㄉㄖㆦ drø 弓琴 ្ដើ ㄉㄚㆦ Dāə 走路
28	ល	低	ល លា 驢子 ㄌㆦㄌㆤㄚ lø lēa		្លូ ㄆㄌㆦㄞ plōv 路 ៏ោល ㄅㄛㄌ Bāol 奔跑，飛馳 ㄅㆤㄚㄌㄡ bēalōu 粗魯人
29	វ	低	វ វៃ 紡紗 ㄞㆦㄖㆦㄞㄟ vø røvəi		ស្វាយ ㄙㄞㄚ一 svāy 紫色；芒果 រ្ ㄖㆦㄉㆦㄞ røDōv 季節 ្រ ㄅㄖㄚㄞㆤㄞ Brāvēay 打鬥
30	ស	高	ស សេះ 馬 ㄙㆦㄙㆤㄏ sā sɛh		្ ㄆㄙㄚ psā 市場 ᷴ ㄐㄚㄏ jāH 舊的 ᷴ ㄅㆦㄙㄚㄉ Bāsād 感覺
31	ហ	高	ហ ហោះ 飛行 ㄏㆦㄏㄠㄏ hā hauh		ᷴ ㄏㆤㄢ hēan 敢 ᷴ ㄉㄚㄥㄏㄚㆦㄇ Dāṇhāəm 氣息 ᷴ ㄅㄖㄚㄏㄚㄉ Brāhād 無味的
32	ឡ	高	ឡ ឡឡា 嘯叫 ㄌㆦㄌㆦㄌㄚ ḷā ḷāḷā		ᷴ ㄌㄢ ḷān 汽車 ᷴ ㄌㄚㄍ ḷāg 可笑；分別 ᷴ ㄖㆦㄌㄚㄡ røḷāu 響亮的
33	អ	高	អ អោះ 抓癢 'ㆦ,'ㆤㄏ 'ā,'ɛh		ᷴ ㄌ'ㆦ l'ā 良好，美麗 ᷴ ㄖㄨㄇ'ㄚ roum'ā 使吃驚 ᷴ ㄍㄠ'ㆤ gāu'əi 座位，椅子(交椅)

二、柬埔寨語拉丁字母拼寫 (អក្សរ បរទេស ខ្មែរ សរសេរ ក្នុង អក្សរ ឡាទីន「ㆦㄎㆦㄉㄚㄅㄚㄉ ㄎㄇㄚㆤ ㄙㄚㄙㆤ ㄍㄋㄛㄥ 'ㄚㄍㄙㄚ ㄌㄚㄉㄧㄣ」{'ādïāBād kmāe sāsē gnoŋ 'āgsā ḷādīn} Kampuchean Text Spelt in Latin Letters)

1. 柬語拼音 (កីនយីនខ្មែរ「ㄆㄧㄣㄧㄣ ㄎㄇㄚㆤ」{pīnyīn kmāe} Khmer Pinyin)

　　柬埔寨文為非拉丁字母拼音文字，加上拼讀規則複雜，應該用讀者熟悉的字母注音更加有利於學習者。全書使用臺灣民眾熟悉的注音符號給柬埔寨文注音。同時，為了方便華人讀者學柬埔寨語，筆者根據中文拼音發音規則以及國際通用方式擬定了柬埔寨語拼音(សំឡេង របៀប អាន អក្សរ ខ្មែរ ㄙㄚㄇㄌㆤㄥ ㄖㆦㄅㄚㄍㄅ'ㄚㄣ'ㄚㄍㄙㄚ ㄎㄇㄚㆤ {saṃlēŋ røBāgB'ān'āgsā kmāe})，簡稱柬語拼音，全書同時用柬語拼音給柬文注音。用拉丁字母拼寫柬埔寨語，存在不同系統，造成同一柬埔寨語音節，有多種拼寫法，如：

ភ្ញ「ㄆㄧ」{p̄ī}可有 phy, phi, py, pi、ᴍᴇʜ「ㄇㄝㄚㄏ」{mēaH}可有 mieh, miah, meah, mies, mias, meas 等拉丁字母形式。遇到 pi 這樣的拼寫，讀者不能決定到底送不送氣，是讀「ㄆㄧ」還是讀「ㄅㄧ」，而柬語拼音分別用{pi}{bi}表示，濁子音寫成「ㆠㄧ」{Bi}，就徹底解決子音拉丁字母拼寫的送氣與不送氣的困擾。

柬語拼音把柬文的拉丁化轉寫統一起來了。柬語拼音以拉丁字母為根基編制。其特點是：

1) 發音儘量與中文拼音字母和國際音標靠攏，柬語拼音母音發音與中文拼音和國際音標；

2) 大寫字母 B、D、Ḍ、G 表示濁子音，相應的小寫字母 b、d、ḍ、g 表示不送氣輕子音，而對應的送氣輕子音為 p、t、ṭ、k；

3) 除了字母 ñ 以外，**所有加符號的拉丁字母是為了區別發音相同而寫法不同的柬文字母，其發音與去掉符號的字母的發音一樣**，例如：ġ = g、ḳ = k、Ḍ = D、ṃ = m、ṇ = n、ḍ = d、ẗ = ̈t = ṭ = t、ṗ = p、ṡ = ṣ = s、ḷ = l；

4) 柬埔寨語的母音比國語多，中文拼音沒有的就用國際音標，如：「ㄜ」{ǝ}、「ㄛ」{œ}等；

5) 變通地採用拉丁字母表示母音，如用字母 w 表示[ɯ]「ㄨ」{w}的音。

柬語拼音用大寫字母來表示濁子音，就不遵循句首或專有名詞第一字母大寫的規則。

2. 華人專有名詞柬語拼寫規範 (អក្ខរា វិរុទ្ធ ត្រឹមត្រូវ ឈ្មោះ ចិន ដោយ ភាសា ខ្មែរ 「ㄧㄍㄎㄌㄚ《ㄖㄨˇ,ㄉㄖㄜㄇㄉㄖㄛㄪ ㄘㄇㄨㄛㄏ ㄐㄧㄣ ㄉㄠㄧ ㄆㄝㄚㄙㄚ ㄎㄇㄚㄝ」 {āgkārā viruḍĭ drœmdrŏv cmuoh jɪn Dāoy p̄ēasā kmāe} Chinese Proper Names Spelt in Kampuchean Text)

在中國國際廣播電臺的柬埔寨文網路上，遇到華人的專有名詞，由於沒有統一拼寫方法，沒有把它們翻譯成柬埔寨文，用中文拼音表示，有時候柬埔寨人不能正確發音。著者根據柬埔寨語拼讀規則和中文讀音特點，參照《高棉日報》(ខ្មែរ ដេលី「ㄎㄇㄚㄝ ㄉㄝㄌㄧ」 {kmāe Dēlī})等柬埔寨媒體拼寫華人專有名詞的方法，按照柬埔寨文的拼寫規則(參見第二節)，消除用柬埔寨語拼寫華人地區人名地名的不統一的現象，區分不同音節的相同的拼寫，制定出適用於拼寫臺灣、大陸和海外華人的人名地名的規範柬埔寨語拼寫系統。(此節提供給柬埔寨政府和語言文化部門、臺灣以及各國的柬埔寨語專家學者研究參考，不作為必修內容。)

現在將國語的聲母的柬埔寨語拼寫法列入表 4、國語的韻母列入表 5。按高子音和高母音、低子音和低母音相拼，就可拼寫出中文拼音(ពិនយិន「ㄆㄧㄅㄧㄅㄣ」 {pīnyīn})的全部音節。這樣，在柬文網頁和文章中華人專有名詞第一次出現時就可以這樣書寫：ចាងយី(Chang'i)樟宜、សាងហាយ(Shanghai)上海。

下表①為序號、②為中文拼音聲母、③為注音符號、④為國際音標。高：高子音、低：低子音。

表 4 國語聲母柬埔寨語轉換表(此表「」、{}、[]省略)

①	②	③	④	高	低	注解	①	②	③	④	高	低	注解
1	b	ㄅ	p	ប	ᵖ	不送氣清子音	14	x	ㄒ	ɕ	ស	ស̃	聲母後面有一 i
2	p	ㄆ	p'	ផ	ផ̃		15	zh	ㄓ	tʂ	ច	ច̃	讀成捲舌音
3	m	ㄇ	m	ម̈	ម		16	ch	ㄔ	tʂ'	ឆ	ឈ	讀成捲舌音
4	f	ㄈ	f	ᵩ	ᵩ̃	用合體字母	17	sh	ㄕ	ʂ'	ស	ស̃	讀成捲舌音
5	d	ㄉ	t	ត	ទ		18	r	ㄖ	ʐ	រ̈	រ	相當於 ㄖ一 i
6	t	ㄊ	t'	ថ	ធ		19	z	ㄗ	ts	ច̈	ច̈	區別於ㄓ zh
7	n	ㄋ	n	ណ	ន		20	c	ㄘ	ts'	ឆ̈	ឈ̈	區別於ㄔ ch
8	l	ㄌ	l	ឡ̈	ឡ	字母 ឈ្ល 不太用	21	s	ㄙ	s	ស̈	ស̈̃	區別於ㄕ sh
9	g	ㄍ	k	ក	ក		22	w	ㄨ	w	ㄩ	ㄩ̃	ㄩ+相關字母

10	k	ㄎ	k'	ឧ	ឈ		23	y	一	j	ឈ	ឈ	
11	h	ㄏ	χ	ណ	ណ̃		24	v	万	v	ន̌	ន̌	方言聲母
12	j	ㄐ	tɕ	ឆ	ឃ	聲母後面有一i	25	ng	ㄫ	ŋ	ង	ង	方言聲母
13	q	ㄑ	tɕ'	ឃ	ឈ	聲母後面有一i	26	ñ	ㄬ	ɲ	ញ	ញ	方言聲母

說明

1. 國語的子音韻尾只有「ㄫ」{ŋ}和「ㄋ」{n}，分別用柬埔寨語的 ង 和 ន 表示。

2. 國語的子音「ㄖ」{r}，有人用 ឈ 表示，為了區別「ㄖ」{r}用 ៜ、「一」{y}用 ឈ。國語的子音韻尾只有「ㄫ」{ŋ}和「ㄋ」{n}，分別用柬埔寨語的 ង 和 ន 表示。

3. 中文拼音的[w]是「ㄨ」{u}隔音符，柬埔寨語拼寫用 ᯤ、ᯥ 做襯字變通地用不同依附母音表示。

國語韻母柬埔寨語的拼寫採用柬文的依附母音字母(參見表7)，和表1的子音結合使用。單獨使用依附母音字母時，在 Word 等電腦檔案中就會有虛線圓圈，都是正確的。書寫時不需要描畫虛線圓圈。

表5 國語韻母柬埔寨語轉換表(此表「」、{}、[]省略)

①	②	③	④	⑤	⑥	⑦	①	②	③	④	⑤	⑥	⑦
1	a	ㄚ	a	ឱ	高		20	ing	一ㄥ	iŋ	ឱ៉ឮ	低	
2	o	ㄛ	o	ឱ̣	高		21	iu	一ㄡ	iou	ឱ៉	低	
3	e	ㄜ	ɤ	ឱ៉	低	ៜឱ	22	u	ㄨ	u	ឱ̣	低	fu=ឫ̃
4	ê	ㄝ	e	ឱ៉	高		23	ua	ㄨㄚ	ua	ឱ̣	高	
5	ai	ㄞ	ai	ឱឈ	高	ៜឱ	24	uo	ㄨㄛ	uo	ឱ̣	高	
6	ei	ㄟ	ei	ឱ̃	高		25	uai	ㄨㄞ	uai	ឱ̣ឈ	高	
7	ao	ㄠ	au	ឱ៉	高	ឱ៉	26	ui	ㄨㄟ	uei	ឱ̣ឈ	低	
8	ou	ㄡ	ou	ឱ៉	高	ឱ៉	27	uan	ㄨㄢ	uan	ឱ̣ន	高	
9	an	ㄢ	an	ឱន	高		28	un	ㄨㄣ	uən	ឱ̣ន	低	
10	en	ㄣ	ən	ឱ៉ន	低	ឱ៉ន	29	uang	ㄨㄤ	uaŋ	ឱ̣ឮ	高	
11	ang	ㄤ	aŋ	ឱឮ	高		30	ong	ㄨㄥ	uŋ	ឱ̣ឮ	低	
12	eng	ㄥ	əŋ	ឱ៉ឮ	低	ឱ៉ឮ	31	ü	ㄩ	y	ឱ៉	低	
13	i	一	i	ឱ̃	低		32	üe	ㄩㄝ	yɛ	ឱ៉ឱ	高	
14	ia	一ㄚ	ia	ឱ	低		33	üan	ㄩㄢ	yæn	ឱ៉ឱន	高	
15	ian	一ㄢ	iæn	ឱន	低		34	ün	ㄩㄣ	yn	ឱ៉ឱន	低	
16	iang	一ㄤ	iaŋ	ឱឮ	低		35	iong	ㄩㄥ	yŋ	ឱ៉ឱឮ	低	
17	iao	一ㄠ	iau	ឱ៉	低		36	er	ㄦ	ɚ	ឱ៉ឱ	高	
18	ie	一ㄝ	ie	ឱ៉	低		37	i	-	ʅ	ឱ̃	低	
19	in	一ㄣ	in	ឱន	低		38	i	-	ɿ	ឱ̃	低	

說明

1. ①序號、②中文拼音韻母、③注音、④音標、⑤依附母音、⑥高低屬性、⑦柬文其他拼寫。

2. 有的韻母有變化，如：ឱ̃ 變成 ហ̃、ឱ̃ 變成 ហ̃；ឱ̣=「ㄨ」、ឱ̣ន=「ㄨㄢ」、ឱ̣ឮ=「ㄨㄤ」等。

3. 37 為「ㄓ/ㄔ/ㄕ/ㄖ」{zhi / chi / shi / r}的韻母；38 為「ㄗ/ㄘ/ㄙ」{z / c / s}的韻母。

4. 遵循柬埔寨語高子音低子音後的母音變化規律。

5. 盡量與傳統的華語音節的柬埔寨文拼寫靠攏。

現在舉出一些華人地區的地名的柬文傳統拼寫法之一和理想拼寫法的對照表如表6。

表 6 華人地區地名柬文拼寫法的對照表

	地名	網路柬文	理想柬文		地名	網路柬文	理想柬文
1	安徽	អានហ្វិយ	អានហ្វិយ	23	江西	ជាំងស៊ី	ជាងស៊ី
2	澳門	ម៉ាការ	អៅម៉េន	24	遼寧	លារនិង	លានីង
3	北京	ប៉េកាំង	ប៉ីជីង	25	內蒙古	ម៉ុងហ្គោលីខាងក្នុង	ណីម៉េងគូ
4	長江	យ៉ង់ស្យេ	ឆាងជាង	26	寧夏	និងសៀ	និងសៀ
5	重慶	ឆុងឈីង	ឈុងឈីង	27	青海	ឈីងហៃ	ឈីងហាយ
6	福建	ហ្វូជាន	ហ្វ៊ីជាន	28	山東	សានទុង	សានទុង
7	甘肅	ហ្កាងស្ូ	កានស្ូ៊	29	山西	សានស៊ី	សានស៊ី
8	高雄	沒找到	កៅស្យុង	30	陝西	ស៊ានស៊ី	ស៊ានស៊ី
9	廣東	ក្វាងទុង	ក្វងទុង	31	上海	ស៊ាងហៃ	សាងហាយ
10	廣州	ក្វាងច្ូវ	ក្វងច្ូវ	32	四川	ស៊ីឈួន	ស្យឆ្វន
11	廣西	ក្វាងស៊ី	ក្វងស៊ី	33	臺北	តៃប៉ិ	ថាយប៉ី
12	貴州	គុយច្ូវ	គុយច្ូវ	34	臺灣	តៃវ៉ាន់	ថាយអ្វន
13	海南	ហៃណាន	ហាយណាន	35	桃園	ថាវយាន	ថៅយ៉្វាន
14	河北	ហឺប៉ិ	ហឺប៉ី	36	天津	ជានជីន	ជានជីន
15	河南	ហឺណាន	ហឺណាន	37	西藏	ទីបេ	ស៊ីច្ាង
16	黑龍江	ហៃឡុងជាំង	ហឺលុងជាង	38	香港	ហុងកុង	ស៊ាងកាង
17	湖北	ហ៊ូប៉ិ	ហ៊ូប៉ី	38	新北	ស៊ីនប៉ិ	ស៊ីនប៉ី
18	湖南	ហ៊ូណាន	ហ៊ូណាន	39	新疆	ស៊ីនជាំង	ស៊ីនជាង
19	基隆	ជីឡូង	ជីលុង	40	雲南	យូណាន	យ៊្យនណាន
20	吉林	ជីលីន	ជីលីន	41	樟宜	ចាងអ៊ី	ចាងយ៉ី
21	江蘇	ជាំងស្ូ	ជាងស្ូ៊	42	浙江	ជឺជាំង	ជឺជាង

說明

1. 北京原譯法 ប៉េកាំង「ㄅㄝㄍㄤ」{bēgāŋ} 來自法語 Pékin，理想柬文是：ប៉ីជីង「ㄅㄟㄗㄧㄥ」{bōizīŋ}。

2. 香港、澳門原來拼寫為廣東話，內蒙古的"內"為意譯，西藏拼寫為英語，理想拼法為國語發音。

3. 沒有聲調時國語陝西和山西的發音一樣。為了區分，陝西就拼成：ស៊ានស៊ី「ㄙㄝㄢㄙㄧ」{sēansī}。

4. 臺灣的柬埔寨文早期按照閩南話的發音音譯成 តៃវ៉ាន់「ㄉㄞㄈㄢ」{daivan}，按照先入為主的音譯原則保留下來，就不採用國語發音翻譯成 ថាយអ្វន「ㄊㄚㄧˊㄨㄡㄣ」{tāy'ūon} 了。

5. 長江以前譯成 យ៉ង់ស្យេ「一ㄤˋㄙㄙㄝ」{yāŋssē} 揚子，音譯是：ឆាងជាង「ㄑㄤㄗㄝㄤ」{qāŋzeaŋ}。

18

第二節 文字書寫及音節拼讀

ផ្នែកទី៧៖ ការសរសេរព្រះបន្ទូល និង ព្យាង្គ ការបញ្ចេញសំឡេង

「ㄆㄋㄚㄝㄍ ㄉㄧㄅㄧ ㄍㄚㄙㄚㄙㄝ ㄅㄖㄝㄛㄏㄅㄢㄉㄨㄌ ㄋㄧㄥ ㄅㄧㄝㄤ ㄍㄚㄅㄚㄋㄐㄝㄋ ㄙㄛㄇㄌㄝㄋ」

{pnāeg dībī gāsāsē breəhBāndūl niŋ byēaŋ gāBāñjēñ saṃlēŋ}

Part 2. Text Writing and Syllable Pronunciation

　　束埔寨語音節都由表 1 的 33 個主體字母和依附母音字母以及其他符號拼合後來進行拼讀。依附母音字母以及其他符號可以放在主體字母的上邊、下邊、前邊或後邊。每個音節構成形式可為這樣一些字母群：獨立子音或獨立母音、子音+母音、母音+子音、子音+母音+子音。音節首的子音字母叫聲母，除開聲母就是韻母，完整音節(ព្យាង្គពេញលេញ 「ㄅㄧㄝㄤㄍ ㄅㄝㄣ ㄌㄝㄣ」 {byēaŋ bēñ lēñ} Full Syllable)就是：聲母+韻母。這樣的稱呼和國語一樣。

　　束埔寨語的拼讀母音 [ស្រៈផ្សំ 「ㄙㄛㄅㄚ'ㄆㄙㄛㄇ」 {sra'psaṃ}是依附母音，音節需要主體字母作襯字。

　　束埔寨語沒有聲調變化，但束埔寨語在發音過程中有高低變化，形成不同的語調，有如下規律：

1) 單音節詞語調提高，類似高平調。

2) 多音節詞的最後音節語調提高，詞中的短母音音節也讀得較重，其餘音節語調降低。

3) 子音韻尾即閉塞音節，發音短促，類似入聲。

4) 音節前面的獨立子音，發音很輕，類似輕聲。

5) 鼻韻尾音節，鼻韻尾發音比較低沉。

　　束埔寨語拼讀規則比較複雜，本書的注音符號和束語拼音注音，是著者在建立標準發音庫的基礎上編程式實現的，使讀者能夠得心應手地讀出束埔寨語單詞和句子。

一、母音拼讀規則 (ការ បញ្ចេញ សំឡេង នៃ ស្រៈ「ㄍㄚㄅㄚㄛㄏㄐㄝㄏ ㄙㄛㄇㄌㄝㄣ ㄋㄛㄧ ㄙㄛㄅㄚ'」 {gāBāñjēñ saṃlēŋ nəi sra'} Pronunciation Rules of Vowels)

　　拼讀是按照音節進行的。每個音節必須用母音字母組成才能夠進行拼讀。"韻母"是音節中必不可少的成分。束埔寨語有以下各類韻母。

1. 依附母音 (ស្រៈនិស្ស័យ 「ㄙㄛㄅㄚ'ㄋㄧㄙㄙㄞ」 {sra'nissay} Dependent Vowels)

　　依附母音不能夠單獨使用，必須和主體字結合使用。**依附母音可以分為基本母音**(ស្រៈ ㄞㄅㄨㄌㄉㄋ 「ㄙㄛㄅㄚ'ㄗㄝㄚ ㄇㄨㄌㄉㄢ」 {sra'zēa mūlDtān} Basic Vowels)和**變音母音**(ស្រៈវណ្ណយុត្ត 「ㄙㄛㄅㄚ'ㄅㄛㄋㄋㄚㄉㄨㄉㄉ」 {sra'vəṇṇāyudd} Diacritic Vowels)。**變音母音是在基本母音上面、下面或後面加上讀音符號或其他字母，使音節讀音發生變化母音組合。**

　　束埔寨語依附母音的拼讀音是由子音字母的高低屬性(見表 1)決定的，有**高母音**(ស្រៈខ្ពស់ 「ㄙㄛㄅㄚ'ㄎㄅㄛㄏ」 {sra'kboH} A-Series Vowels)和**低母音**(ស្រៈទាប 「ㄙㄛㄅㄚ'ㄉㄝㄚㄅ」 {sra'dēaB} O-Series Vowels)兩種不同的音，但少數依附母音只發一種音。束埔寨國內出的華語書把高子音、低子音、高母音和低母音分別叫做陰性子音、陽性子音、陰性母音和陽性母音。

　　不同的束埔寨母音字母及其拼寫方式列如下表，除純母音外，還包括母音字母和一些讀音符號組合在一起的母音組合，形成固定讀音，包括鼻音符 ំ 和送氣符 ះ，尾塞音雙點符 ៈ。為了方便讀者辨識，將母音用 Ang DaunTep / Kh Koulen / Kh Muol / Kh Fasthand 四種字型對比列出。表 7 所有包含母音 {a}的

實際發音為[ɔ]，按照慣例標注成{ɑ}，注音符號標注成「ㄎ」。長母音在母音後面加，柬語拼音在第一母音字母上加 ˉ 表示，注音符號不表示。

表 7 依附母音的高低音發音表(此表「ˌ」、{}、[]省略)

序	①	帶襯字的依附母音	高子音後的拼讀音				低子音後的拼讀音				⑥
			②	③	④	⑤	②	③	④	⑤	
1	無	無依附母音	ㄛ	ā	ɔ:	᧤ᧄ	ㄛ	ø	ø:	᧤ᧄ	基
2	ា	អា / អ៊ា / អេា / អ៊ា	ㄚ	ā	a:	᧤	ㄝㄚ	ēa	e:ə	᧤	基
3	ារ	អារ / អ៊ារ / អេារ / អ៊ារ	ㄚ	ā	a:	᧤ᧈ	ㄝㄚ	ēa	e:a	᧤ᧈ	變
4	ុំ	-អុំ / -អ៊ុំ / -អេុំ / -អ៊ុំ-	ㄛ	a-	ɔ-	᧤ᧄ́	ㄨ	u-	u-	᧤ᧄ́	變
5	ាំ	អាំ / អ៊ាំ / អេាំ / អ៊ាំ	ㄚ	a-	a-	᧤ᧄ́	ㄜㄚ	oá-	oa-	᧤ᧄ́	變
6	ំ	អំ- / អ៊ំ- / អេំ- / អ៊ំ-	ㄚ	a	a-	᧤ᧄ	ㄜ	o-	o	᧤ᧄ	變
7	ំរ	អំរ / អ៊ំរ / អេំរ / អ៊ំរ	ㄛ	ɑ	ɔ	᧤ᧈ	ㄜㄚ	oa	oa	᧤ᧈ	變
8	ំយ	អំយ / អ៊ំយ / អេំឈ / អ៊ំយ	ㄞ	ay	aj	᧤ᧅ	ㄜ一	əy	əj	᧤ᧅ	變
9	ិ	អិ / អ៊ិ / អេិ / អ៊ិ	ㄧˋ	ı'	ı?	᧤ᧃ	ㄧˋ	i'	i?	᧤ᧃ	基
10	ី	អី / អ៊ី / អេី / អ៊ី	ㄟ	ōi	ɔ:i	᧤ᧃ	ㄧ	ī	i:	᧤ᧃ	基
11	ឹ	អឹ / អ៊ឹ / អេឹ / អ៊ឹ	ㄛˋ	œ'	œ?	᧤ᧃ	ㄨˋ	w'	ɯ?	᧤ᧃ	基
12	ឺ	អឺ / អ៊ឺ / អេឺ / អ៊ឺ	ㄛ	œ	œ:	᧤ᧃ	ㄨ	w̄	ɯ:	᧤ᧃ	基
13	ុ	អុ / អ៊ុ / អេុ / អ៊ុ	ㄛˋ	o'	o?	᧤ᧄ	ㄨˋ	u'	u?	᧤ᧄ	基
14	ូ	អូ / អ៊ូ / អេូ / អ៊ូ	ㄛ	ō	o:	᧤ᧄ	ㄨ	ū	u:	᧤ᧄ	基
15	ួ	អួ / អ៊ួ / អេួ / អ៊ួ	ㄨㄛ	ūə	u:ə	᧤ᧄ	ㄨㄛ	ūə	u:ə	᧤ᧄ	基同
16	ើ	អើ / អ៊ើ / អេើ / អ៊ើ	ㄚㄛ	āə	a:ə	᧤ᧃ	ㄛ	ə̄	ə:	᧤ᧃ	基
17	ឿ	អឿ / អ៊ឿ / អេឿ / អ៊ឿ	ㄨㄛ	w̄ə	ɯə	᧤ᧃ	ㄨㄛ	w̄ə	ɯə	᧤ᧃ	基同

18	◌ៀ	អៀ / អៀ / អៀ / អៀ	ㄧㄜ	īə	i:ə	កៀ	ㄧㄜ	īə	i:ə	គៀ	基同
19	◌េ	អេ / អេ / អេ / អេ	ㄝ	ē	e	កេ	ㄝ	ē	e	គេ	基同
20	◌ែ	អែ / អែ / អែ / អែ	ㄚㄝ̣	āe	a:e	កែ	ㄝ̣	ɛ̄	ɛ:	គែ	基
21	◌ៃ	អៃ / អៃ / អៃ / អៃ	ㄞ	ai	ai	កៃ	ㄟ	əi	əi	គៃ	基
22	◌ោ	អោ / អោ / អោ / អោ	ㄠ	āo	ɑ:o	កោ	ㄡ	ōu	o:u	គោ	基
23	◌ៅ	អៅ / អៅ / អៅ / អៅ	ㄠ	āu	a:u	កៅ	ㄜㄨ	ə̄u	ə:u	គៅ	基
24	◌ុំ	អុំ / អុំ / អុំ / អុំ	ㄛ̣ㄇ	oṃ	om	កុំ	ㄨㄇ	uṃ	um	គុំ	變
25	◌ំ	អំ / អំ / អំ / អំ	ㄚㄇ	ɑṃ	ɔm	កំ	ㄡㄇ	ouṃ	oum	គំ	變
26	◌ាំ	អាំ / អាំ / អាំ / អាំ	ㄚㄇ	āṃ	a:m	កាំ	ㄨㄜㄇ	ōaṃ	o:əm	គាំ	變
27	◌ះ	អះ / អះ / អះ / អះ	ㄚㄏ	ɑh	$ɔ^h$	កះ	ㄝㄚㄏ	ah	a^h	គះ	變
28	◌ុះ	អុះ / អុះ / អុះ / អុះ	ㄛ̣ㄏ	oh	o^h	កុះ	ㄨㄏ	uh	u^h	គុះ	變
29	◌េះ	អេះ / អេះ / អេះ / អេះ	ㄝ̣ㄏ	ɛh	$ɛ^h$	កេះ	ㄝ̣ㄏ	ɛh	$ɛ^h$	គេះ	同變
30	◌ោះ	អោះ / អោះ / អោះ / អោះ	ㄠㄏ	aoh	$ɑo^h$	កោះ	ㄨㄛㄏ	uoh	$uɔ^h$	គោះ	變
31	◌ាះ	អាះ / អាះ / អាះ / អាះ	ㄚㄏ	ah	a^h	កាះ	ㄝㄚㄏ	eah	$eə^h$	គាះ	變
32	◌ិះ	អិះ / អិះ / អិះ / អិះ	ㄧ̣ㄏ	ɪh	$ɪ^h$	កិះ	ㄧ̣ㄏ	ɨh	$ɨ^h$	គិះ	變
33	◌ឹះ	អឹះ / អឹះ / អឹះ / អឹះ	ㄜ̣ㄏ	œh	$œ^h$	កឹះ	ㄨ̣ㄏ	ɯh	$ɯ^h$	គឹះ	變
34	◌ើះ	អើះ / អើះ / អើះ / អើះ	ㄜㄏ	əh	$ə^h$	កើះ	ㄜㄏ	əh	$ə^h$	គើះ	變
35	◌ែះ	អែះ / អែះ / អែះ / អែះ	ㄚㄝ̣ㄏ	aeh	ae^h	កែះ	ㄝ̣ㄏ	ɛh	$ɛ^h$	គែះ	變
36	◌ាំង	អាំង / អាំង / អាំង / អាំង	ㄤ	aŋ	aŋ	កាំង	ㄝㄤ	eaŋ	eəŋ	គាំង	變
37	◌ៈ	អៈ / អៈ / អៈ / អៈ	ㄚ’	a’	aʔ	កៈ	ㄝㄚ’	ea’	eəʔ	គៈ	變

説明

1. ①不帶襯字的獨寫依附母音、②注音、③束拼、④音標、⑤加高子音 ᩁ 或低子音 ᩁ 的音節、⑥欄中 "基" 字表示基本母音, "變" 字表示變音母音, "同" 字表示高母音、低母音發音一致。獨寫時, 所有依附母音都會出現一個空心圓框, 在與主體字母結合以後, 空心框就會消失。字母 ᩁ 的位置可換成高子音或低子音, 使母音分別發成高母音或低母音。

2. 第 1 行的 "無" 字為零母音, 音節中沒有依附母音, 也要按照高低子音的規則加母音進行拼讀: **高子音字母拼讀時加開口圓唇音「ㄛ」[ɑ̄]、低子音字母拼讀時加閉口圓唇音「ㄛ」[ɵ]。** 第 2 行的字母 ᩁ 在外來詞中和低子音相拼有時不發「ㄝㄚ」[ēa]或「ㄝㄚ」[ea], 而發「ㄚ」[ā]或「ㄚ」[a], 需要分別記憶。

3. 第 4、5 行母組合的單獨發音錄音時省略, 因為字母組合 ᩁ 處要加其他束文主體字母才好發音。有一些規則, 參見第三節、書寫符號 3.關於符號 ǒ 的說明。

4. 第 6 行字母 ǒ 後面必須有表示鼻音或塞音的主體字母。在字母 ᩁᨠ 後有時發音為「ㄝㄚ」[ea]。

5. 母音後面加字母 ᩁ 不發音, 但使母音讀長音, 注音字母用、束語拼音用長母音表示。ᩁ 有時可以區別意思, 如: ᩁ 寫上地址、ᩁᩁ 工作(「ㄍㄚ」{gā}); ᩁ 從、ᩁᩁ 二, 兩, 雙(「ㄅㄧ」{bī})。

6. 第 19 行字母 ᩁᩁ 一般認為高低音發音相同, 實際上與高子音相拼時發音拖長, 變成「ㄝㄧ」[ei]。

7. 第 27 行字母 ᩛ 與低子音相拼也可以發成:「ㄜㄚㄏ」{əah}, 具體在單詞中需要分別記憶。

8. 常用詞 ᩁᨠ:「ㄋㄧㄏ」{nih}這個、ᩁᨠᩛ:「ㄋㄨㄏ」{nuh}那個, 是發音特殊。

表 8 高母音和低母音例詞

高母音	低母音
ᨠ 「ㄉㄚ」{dā}持續	ᨠ 「ㄍ日ㄛㄇㄛ」{ġrømø}可怕
ᨠᩛ「ㄑˋㄛㄉ」{q'āl}肚子痛	ᨠᩛ「ㄧㄝㄉ」{yøl}懂, 明白
ᨠ 「ㄉㄚ」{dā}祖父	ᨠᩛ 「ㄉㄝㄚ」{dēa}鴨子
ᨠᩛ「ㄐㄚㄐ」{jāj}見鬼	ᨠᩛᨠ「ㄐㄝㄇㄅㄝㄚˋ」{jaɱbēa}欠錢
ᨠᩛᩛᨠ「ㄇㄞㄙㄚㄍ」{maisag}柚木	ᨠᨠ「ㄆㄚㄍ」{pag}/「ㄆㄝㄚㄍ」{peag}暫住
	ᨠᨠ「ㄅㄛㄉ」{bod}搧扇子
ᨠᩛᩛ「ㄍ日ㄛㄙㄞ」{ġrāsay}萎縮病	ᨠᩛ「ㄉㄝㄧ」{dəy}心思
ᨠᩛᩛᩛ「日ㄝㄚㄏ」{rēBaH}卑劣, 低下	ᨠᩛᨠ「ㄉㄛㄇㄛ」{doɱbo}頁面
ᨠᩛ「ㄍㄧㄉㄉㄧˊ」{ġiddɪ'}著名的	ᨠᩛᨠ「ㄇㄧㄊㄛㄋㄚ」{mitonā}六月
ᨠ 「ㄅㄟ」{Bēi}三	ᨠ 「ㄇㄧ」{mī}麵條(閩南話借詞)
ᨠᩛᨠ「ㄙㄛㄍ」{sœg}復仇	ᨠᨠ「ㄆㄨㄅ」{p̓wB}劈啪
ᨠᨠ「ㄅㄧㄉ」{Bɪd}關閉	ᨠ 「ㄍㄨ」{ġw̄}就是, 為
ᨠᩛ「ㄉㄛˊ」{do'}桌子	ᨠᨠ「ㄍㄨㄏㄚ」{ġuha}/「ㄍㄨㄏㄝㄚ」{ġuhēa}洞穴
ᨠᩛ「ㄍㄛ」{gø}攪拌	ᨠᩛ「ㄍㄨ」{ġū}畫畫
ᨠᩛᩛ「ㄙㄨㄛ」{sūə}問	ᨠᩛ「ㄗㄨ」{zū}酸的
ᨠᩛᩛ「ㄉㄚㄛ」{Dāə}步行	ᨠᩛ「ㄘㄛ」{cə̄}木頭
ᨠᩛᩛ「ㄍㄨㄛ」{ġwə}瑾(人名)	ᨠᩛ「ㄗㄨㄛ」{zwē}相信
ᨠᩛᩛ「ㄏㄧㄛㄖ」{hīər}流出	ᨠᩛ「ㄉㄧㄝㄉ」{dīəd}其他
ᨠᩛᩛᩛ「ㄙㄚㄙㄝ」{sāsē}寫	ᨠᩛᨠ「ㄆㄌㄝㄐ」{p̓lēj}忘記
ᨠᩛ「ㄉㄚㄝ」{dāe}只有	ᨠᩛᨠ「ㄇㄛㄇㄝ」{mømē}羊年

ដៃ「ㄉㄞ」{Dai}手	ត្រៃ「ㄖㄞ」{rɔi}蟬
តោ「ㄉㄠ」{dāo}獅子	គោ「ㄍㄡ」{ḡōu}牛
ស្ដៅ「ㄑㄠ」{qāu}生的	ទៅ「ㄉㄜㄨ」{dōu}去，到
កុំ「ㄍㄛㄇ」{gom}別，從不	មេឃុំ「ㄇㄝㄎㄨㄇ」{mēkuṃ}市長，酋長
ដំ「ㄉㄛㄇ」{Daṃ}瘡；塊	ដូម「ㄉㄨㄇ」{douṃ}歇息
ខាំ「ㄎㄚㄇ」{kāṃ}咬	ឈាម「ㄗㄛㄚㄇ」{zōaṃ}青紫
បៈ「ㄅㄛㄏ」{Bɑh}磨成粉	ទេៈដៃ「ㄉㄝㄜㄏㄉㄞ」{ɗeəhDai}掌聲
ដុះ「ㄉㄛㄏ」{Doh}成長	ឈ្មោះ「ㄘㄇㄨㄛㄏ」{cmuoh}名字
សេះ「ㄙㄝㄏ」{sɛh}馬	ព្រះអាទិត្យ「ㄅㄖㄝㄜㄏㄚㄉㄧㄉ」{breəh’ādid}太陽
ហោះ「ㄏㄠㄏ」{hauh}飛行	ពោះ「ㄅㄨㄛㄏ」{buoh}腹部的
អាះ「ㄜㄏㄚ」{ah}啊，哦	ជិះ「ㄗㄧㄏ」{zih}騎，坐
ដំរិះ「ㄉㄛㄇㄖㄧㄏ」{daṃrih}考慮	ប៉ិះ「ㄅㄧㄏ」{Bih}剛要
គេះ「ㄍㄜㄏ」{gœh}引起注意	ច្រមុះ「ㄐㄖㄛㄇㄨㄏ」{jrāmuh}鼻子
ប្រេះប្រេះ「ㄅㄖㄚㄝㄏㄅㄖㄚㄝㄏ」{Braeh Braeh}劈啪響	ពន្លេះ「ㄅㄛㄌㄝㄏ」{bøpleh}髒的
ឆាំង「ㄑㄤ」{qāŋ}奪走	កាំង「ㄅㄝㄤ」{beaŋ}阻攔
ស្បែក「ㄉㄛㄐㄚ'」{dāja'}皮膚	រយៈកាល「ㄖㄛㄧㄝㄚㄍㄚㄌ」{røyeagāl}一段時間

2. 獨立母音 (ស្រៈពេញតួ「ㄙㄛㄚˋㄅㄝㄣㄉㄨㄜ」{sra' bēñdūə} / ស្រៈអេគារៈបាន「ㄙㄛㄚˇㄚㄝㄍㄛㄚㄝㄚㄅㄚㄣ」{sra' 'aēgārēaz Bān} / ស្រៈអេគារៈ「ㄙㄛㄚˇㄚㄝㄍㄛㄚㄝㄚ」{sra' 'aēgārēaz} Stand-alone Vowels)

獨立母音字母不和子音相拼，自成音節，單獨發音。這種母音多半出現音節開頭，用在源於印度語言的單詞之中。獨立母音亦稱為古韻母，而 ស្រៈពេញតួ 一詞的意思是"整母音"，見下表。

表9 獨立母音表(此表「、{}、[]省略，但例詞保留「、{})

序	字母	①	②	③	④	例詞
1	ឥ/ឥ/ឥ/ឥ	អិ/អី	ㄟ	'œi	ʔœj	ឥឡូវ「ㄟㄉㄛㄨ」{'œiɭøv}現在
2	ឨ/ឨ/ឨ/ឨ	អិ/អី	ㄟ	'œy	ʔœj	ភាគឦសាន「ㄆㄝㄚㄍˇㄟㄙㄢ」{pēag'œysān}東北
3	ឧ/ឧ/ឧ/ឧ	អុ	ㄛ	'o	ʔo?	ឧសភា「ㄛㄙㄆㄝㄚ」{'osāpēa}五月 ឧប្បាទ「ㄛㄅㄅㄚㄝㄚㄉ」{'oBBāvēad}不同意
4	ឩ/ឩ/ឩ/ឩ	អុ	ㄨ	'u	ʔu?	ឱ!ខេត្តស្វាយរៀង「ㄨㄎㄝㄉㄉㄙㄨㄞ ㄖㄧㄜㄤ」{'u kēdd svāy rīəŋ}啊！柴楨省。
5	ឪ/ឪ/ឪ/ឪ	អូ	ㄨ	'ū	ʔu:	ឩដ្ឋ「ㄨㄉㄊ」{'ūDt}駱駝
6	ឯ/ឯ/ឯ/ឯ	ឱៀ/ឱៀ	ㄨ	'ou	ʔow	ឱមាល់「ㄡㄇㄚㄌ」{'əumál}黃蜂 ឱពុក「ㄡㄅㄨㄍ」{'əubug}父親
7	ឰ/ឰ/ឰ/ឰ	អៃ	ㄚㄝ	'aē	ʔae:	ឯកា「ㄚㄝㄍㄚ」{'aēgā}孤獨
8	ឲ/ឲ/ឲ/ឲ	អៃ	ㄟ	'āī	ʔaj	ឰដ៏「ㄞ」{'āī}在近處

9	ឱ/**ឱ**/ឱ/ឱ	ㄜ-ㄛ	'ㄠ	'āō	ʔaːo	ឱស្ឋ「'ㄠㄥㄚ」{'āōsa}嘴唇，嘴
10	ឲ/**ឲ**/ឲ/ឲ	ㄜ-ㄛ	'ㄠ	'āō	ʔaːo	ឲ្យ「'ㄠー」{'āōy}給，給予
11	ឳ/**ឳ**/ឳ/ឳ	ㄜ-ㄛ̀	'ㄠ	'āu	ʔaːw	ឪឡឹក「'ㄠㄌㄜㄍ」{'āuļœg}西瓜
12	ឫ/**ឫ**/ឫ/ឫ	日'ㄨ	rw	riʔ	ឫស្សី「日ㄨㄥㄥㄟ」{rwssōi}竹子
13	ឬ/**ឬ**/ឬ/ឬ	日'ㄨ	rw̄	riː	ឬ「日'ㄨ」{rw̄}或者，或，是否
14	ឭ/**ឭ**/ឭ/ឭ	ㄌㄨ	lw	liʔ	រំឭក「日ㄨㄇㄌㄨㄍ」{roumlwg}=រំលឹក「日ㄨㄇㄌㄨㄍ」{roumlwg}紀念
15	ឮ/**ឮ**/ឮ/ឮ	ㄌㄨ	lw̄	liː	ឮឮ「ㄌㄨㄌㄨ」{lw̄lw̄}大聲

說明

1. ①等同依附母音、②注音、③柬拼、④音標。
2. 獨立母音字1：ឥ、2：ឧ、6：ឩ會有兩種發音，要分別記憶不同發音，也可看成兩音的中間音。
3. 獨立母音字母4：ឪ不用在單詞中，常用來表示順序。
4. 獨立母音字母9：ឱ、10：ឲ是同一個字母，後者用於字母組合 ឲ្យ 之中。

3. 鼻母音 (ស្រៈជ្រមុះ「ㄙ日ㄚ'ㄐ日ㄛㄇㄨㄏ」{sra'jrāmuh} Nasal Vowels)

鼻母音是母音後面跟著鼻音的音節，也就是鼻韻母。柬埔寨語鼻母音有四個：[ŋ][ɲ][n][m]。可形成鼻母音的字母有：ង「π」{ŋ}[ŋ]、ញ「ㄣ」{ñ}[ɲ]、ណ「ㄋ」{n}[n]、ន「ㄋ」{n}[n]、ម「ㄇ」{m}[m]。四個鼻韻尾[ŋ][ɲ][n][m]在閩南話中都能夠找到，所以鼻韻尾臺灣人不難發音。

二、子音拼讀規則 (ការបញ្ចេញសំឡេង នៃ យញ្ជនៈ「《ㄚㄋ《'ㄅㄝㄋ ㄙㄛㄇㄌㄥ ㄋㄟ ーㄛㄣ ㄗㄛㄋㄝㄚ'」{gāBāñjēñ saṃļēñ nəi yøñ zønea'} Pronunciation Rules of Consonants)

音節首單子音的拼讀音在表1已經講述，就不贅述了，下面來看其他類型子音的拼讀音。

1. 疊寫子音 (ជើងអក្សរ「ㄗㄜπ'ㄛ《ㄙㄛ」{zəŋ'āgsā} Stacked Consonants)

兩個子音重疊起來，形成特定的整體字母組合，這就是疊寫子音。在介紹字母表時已經提過。在柬埔寨語詞彙中，疊寫子音可分為幾種情況。第一，寫在單詞前頭可叫複合聲母，例如：ប្រទេស「ㄅㄛ日ㄛㄉㄝㄏ」{BārødēH}(國家)、គ្រូ「《日ㄨ」{grū}(老師)。第二，寫在單詞的中部或尾部可叫疊寫子音，例如：បង្កើត「ㄅㄛπ《ㄚㄉ」{Bāngāød}(創造)、យុគលបិន្ទុ「ーㄨ《ㄌㄛㄅーㄋㄉㄨ'」{yuģ løbinḍu'}(雙點符)。第三，疊寫子音可用來表示柬埔寨語沒有音素，見合體字母小節。在實際運用中，疊寫子音往往有兩種形式，比如："文字"一詞，可寫成疊寫式：អក្សរ，也可以寫成非疊寫式：អកសរ，發音一樣，都是：「'ㄛ《ㄙㄛ」{'āgsā}。

從理論上說，所有子音字母都可以將兩個疊加起來，可以形成1000多個疊寫子音，但遵循如下疊寫規則來組成相應的疊寫字母，根據詞彙中疊寫字母實際應用的統計，就只有100多個了。

1. 字母 កងឧឌឍ 本身可以疊寫，還可以疊寫在字母 ឌឍឋបច 上面。
2. 字母 កងឌឍ 本身可以疊寫，還可以疊寫在字母 ឃយឈញក 上面。

3. 字母 ងញណនម 本身可以疊寫，還可以疊寫在字母 កខគឃចឆជឈដឋឌណតថទធបផពភយរល វសហឡអ 上面，但字母 ណ 不疊寫在字母 ស 上。

4. 混合組字母 យរលវសហឡអ 中只有 យលស 可以疊寫。

5. 混合組字母 យរលវសហឡអ 中只有 លវសឡ 可以疊寫在個別字母的上面。

6. 字母 ងញណនម 和 កខគតថទពភម 可以疊寫在混合組字母 យរលវសហឡអ 的個別字母上面。

我們已經講了單子音後面跟著的母音要根據子音的高低屬性分別按照高母音、低母音進行拼讀。疊寫子音也是這樣，其高低屬性只能為高低音之一個，可按照以下幾點規則判斷其高低屬性。

1. 兩個高子音重疊在一起，屬性為高子音。例如：ក្ក(ក+ក)、ក្ប(ក+ប)等。例詞：បច្ចេកទេស「ㄅㄛ̣ㄐㄐㄝㄍㄛ̣ㄉㄝㄏ」{BājjēgādēH}技術、បណ្ណសារ「ㄅㄛ̣ㄋㄋㄙㄚ」{Bāṇṇsā}檔案。

2. 兩個低子音重疊在一起，屬性為低子音。例如：ទ្ទ(ទ+ទ)、ម្ភ(ម+ភ)等。例詞：ខុទ្ទកាល័យ「ㄎㄛㄉㄉ ㄍㄚㄌㄞ」{koďd gālay}辦公室，內閣、គព្ពវតី「ㄍㄛ̣ㄅㄅㄛ̣ㄪㄛ̣ㄉㄟ」{gøbbøvødāi}堡壘。

3. 邊音、鼻音等，即 ងញនមយរលវ 的疊寫子音 ្ង ្ញ ្ន ្ម ្យ ្រ ្ល ្វ 不決定後面母音的高低屬性，而由前面的子音決定，例如：ក្ង(ក+ង) 、ប្ល(ប+ល)為高子音；ជ្ន(ជ+ន)、យ្វ(យ+វ)為低子音。

4. 第一字母為前面音節的塞韻尾時，屬性與第二字母相同，例如：ផ្ក(ផ+ក)、ផ្ទ(ផ+ទ)、ផ្ក(ផ+ក)、ផ្ទ(ផ+ទ)、ឆ្ង(ឆ+ង)、ច្ព(ច+ព)等。

5. 第一字母為 ព、ភ 的重疊子音一般屬性為低子音，例如：ព្អ(ព+អ)、ភ្ក(ភ+ក)等。

6. 第二字母為 ស，發音為 h 時，屬性與第一字母相同，例如：ភ្ស(ភ+ស)的屬性為低子音。

7. 第一字母為鼻音 ងញណនម、邊音 ល 的重疊子音，用第二個字母的屬性，例如：ណ្ហ(ណ+ហ)的屬性為高子音；ម្យ(ម+យ)的屬性為低子音。

8. 第一字母為 ស 的重疊子音，字母 ស 發 s 時，屬性為高子音，例如：ស្ង(ស+ង)；ស 發 h 時，屬性為低子音，例如：ស្ព(ស+ព)。

9. 相同字母重疊在一起，就按照該字母的高低屬性與母音拼讀，例如：ទូរទស្សន៍「ㄉㄨㄖ'ㄛ̣ㄉㄛ̣ㄙㄋ」{dūrødøsn}電視、បុគ្គលិក「ㄅㄛㄍㄍㄛ̣ㄌㄧ̣ㄍ」{Boġġolig}員工。

10. 三個連續子音字母的一般第一個字母多為鼻音字母或等字母，除開這個字母，餘下兩個字母的高低母音決定遵循上面規則，例如：កន្ត្រៃ「ㄍㄛ̣ㄋㄉㄖ'ㄞ」{gāndrai}剪刀、កញ្ជ្រោង「ㄍㄛ̣ㄏㄗㄖ'ㄡㄫ」{gāñzrōuŋ}狐狸、តន្ត្រី「ㄉㄛ̣ㄋㄉㄖ'ㄟ」{dāndrāi}音樂、សាស្ត្រាចារ្យ「ㄙㄚㄙㄉㄖ'ㄚㄐㄚ」{sāsdrājā}教授。

語言規律不是數學公式，總有不遵循規律的例子，如：កញ្ញា(九月)不讀「ㄍㄛ̣ㄏㄏㄝㄚ」{gāññēa}，讀成「ㄍㄛ̣ㄏㄏㄛ̣」{gāññā}；ការិយាល័យ(辦公室) 不讀「ㄍㄚㄖ'ㄧ̣ㄧㄝㄚㄌㄞ」{gāriyēalay}，而讀成「ㄍㄚㄖ'ㄧ̣ㄧㄚㄌㄞ」{gāriyālay}，等等。有極少數詞彙有兩種讀法，例如：មាក់ប៉ា(南美番荔枝)「ㄇㄝㄚ'ㄅㄚ」{mēa'Bā}、「ㄇㄚ'ㄅㄚ」{mā' Bā}，兩種發音均可。遇例外情況，以實際音為準。提起讀者注意以下三點：

1. 柬埔寨語有連字(អក្សរតំណ「'ㄛ̣ㄍㄙㄛ̣ㄉㄛ̣ㄇㄋ」{'āgsādaṃṇ} Ligatures)現象：兩個字母連寫時字型有變化，比如：ប+ា 變成 បា「ㄅㄚ」{Bā}爸爸，長者(區別於字母 ហ)，如：បាយ「ㄅㄚㄧ」{Bāy}飯、បោ「ㄅㄠ」{Bāo}叢林。還有：ល+ា 變成 លា「ㄌㄝㄚ」{lēa}驢，告別。

2. 字母 ដ 和 ត 的下加字母形式一樣：្ដ、្ត，通過柬語拼音標注可以區別開(黑體)，如：ជណ្ដើរ「ㄗㄛ̣ㄋㄉㄚㄜ」{zøṇ**D**āə}梯子、កំសាន្ត「ㄍㄛ̣ㄇㄙㄢㄉ」{gaṃsān**d**}娛樂，休閒。

3. 普通字母可寫成疊寫子音：អង់គ្លេស「'ㄛ̣ㄫㄍㄌㄝㄏ」{'āŋglēH} = អង្គ្លេស「'ㄛ̣ㄫㄍㄌㄝㄏ」{'āŋglēH} (英語)。

疊寫子音的高低屬性往往有例外，要在學習過程中記憶。下面是一些常見的疊寫子音的例詞表。

表 10 疊寫子音例詞表

序	疊音	拆分	①	例詞、讀音及意思
1	ខ្ល	ខ+្+ល	高	ខ្លា「ㄎㄌㄚ」{klā}老虎

2	ង្	ហ+◌ុ+ង	高	ង្ងើ「ろ∠」{nœŋ}那個
3	ញ្	ហ+◌ុ+ដ	高	ញ្ញត់「ㄇㄎㄉ」{mād}細碎的，嚴重的
4	ល្	ហ+◌ុ+ល	高	ល្ងង「ㄌㄨㄛㄥ」{lūəŋ}國君，ហ្ល的實際發音為：[ɬ]
5	ហ្	ហ+◌ុ+ɬ	高	ហ្វង「ㄈㄛㄥ」{vøŋ}人群
6	ក្	ក+◌ុ+ង	高	ក្ងាន「ㄍㄤㄢ」{gŋān}鵝
7	ក្	ក+◌ុ+ប	高	ក្បាល「ㄍㄅㄚㄌ」{gBāl}頭
8	ខ្	ខ+◌ុ+ច	高	ខ្ចី「ㄎㄐㄟ」{kjēi}借
9	ខ្	ខ+◌ុ+ញ	高	ខ្ញុំ「ㄎㄣㄛㄇ」{kñoṃ}我
10	ខ្	ខ+◌ុ+ង	低	ខ្ងហ「ㄎㄉㄛㄏ」{kdøh}平底鍋
11	ខ្	ខ+◌ុ+ន	低	ខ្នើយ「ㄎㄋㄚㄟ」{knāoy}枕頭
12	ខ្	ខ+◌ុ+ព	低	ខ្បស់「ㄎㄅㄛㄏ」{kbøH}高的
13	ខ្	ខ+◌ុ+ប	高	ខ្មោច「ㄎㄇㄠㄐ」{kmāoj}鬼怪
14	ខ្	ខ+◌ុ+ㄩ	高	ខ្យល់「ㄎㄧㄛㄌ」{kyāl}風
15	ខ្	ខ+◌ុ+ល	高	ខ្សែ「ㄎㄙㄚㄝ」{ksāe}繩子
16	គ្	ក+◌ុ+ɬ	低	គ្រែ「ㄍㄖㄝ」{ġrē}床鋪
17	ច្	ច+◌ុ+ប	高	ច្បាប់「ㄐㄅㄚㄅ」{jBāB}法律
18	ឆ្	ឆ+◌ុ+ក	高	ឆ្កែ「ㄑㄍㄚㄝ」{qgāe}狗
19	ឆ្	ឆ+◌ុ+ង	高	ឆ្ងល់「ㄑㄥㄛㄌ」{qŋāl}不肯定
20	ឆ្	ឆ+◌ុ+ង	高	ឆ្នាំ「ㄑㄋㄚㄇ」{qnāṃ}年
21	ឆ្	ឆ+◌ុ+ប	高	ឆ្មា「ㄑㄇㄚ」{qmā}貓
22	ជ្	ជ+◌ុ+ក	低	ជ្គម「ㄊㄍㄝㄚㄇ」{iġēam}下巴
23	ជ្	ជ+◌ុ+ង	低	ជ្ងៃ「ㄊㄥㄛ」{iŋō}呻吟
24	ជ្	ជ+◌ុ+ប	低	ជ្មា「ㄊㄇㄛ」{imā}電池
25	ជ្	ជ+◌ុ+ល	高	ជ្លា「ㄊㄌㄚ」{ilā}清澈
26	ទ្	ទ+◌ុ+ɬ	低	ទ្រូ「ㄉㄖㄨ」{ḍrū}兩頭尖捕魚器
27	ធ្	ធ+◌ុ+ង	低	ធ្នូ「ㄊㄋㄨ」{īnū}十二月
28	ធ្	ធ+◌ុ+ㄩ	低	ធ្យូង「ㄊㄧㄨㄥ」{ïyūŋ}煤炭
29	ប្	ប+◌ុ+ក	高	ប្ដូរ「ㄅㄉㄛ」{Bdō}改變
30	ផ្	ផ+◌ុ+ក	高	ផ្កា「ㄆㄍㄚ」{pgā}花
31	ផ្	ផ+◌ុ+ញ	高	ផ្ញាស់「ㄆㄣㄚㄏ」{pñāH}孵化
32	ផ្	ផ+◌ុ+ង	高	ផ្ដល់「ㄆㄉㄛㄌ」{pDāl}提供
33	ផ្	ផ+◌ុ+ល	低	ផ្លូវ「ㄆㄌㄛㄈ」{plōv}街道
34	ផ្	ផ+◌ុ+ល	高	ផ្សារ「ㄆㄙㄚ」{psā}市場
35	ព្	ព+◌ុ+ㄩ	低	ព្យាង្គ「ㄅㄧㄝㄤㄍ」{byēaŋg}音節
36	ភ្	ភ+◌ុ+ង	低	ភ្នំ「ㄆㄋㄨㄇ」{ṗnoṃ}山
37	ម្	ម+◌ុ+ង	高	ម្ខាង「ㄇㄎㄤ」{mkāŋ}一邊，側
38	ម្	ម+◌ុ+ច	高	ម្ចាស់「ㄇㄐㄚㄏ」{mjāH}老闆，主人
39	ម្	ម+◌ុ+ក	高	ម្ដាយ「ㄇㄉㄚㄧ」{mdāy}母親
40	ម្	ម+◌ុ+ɬ	低	ម្ទេស「ㄇㄉㄝㄏ」{mḍēH}辣椒

41	ម្ន	ម+្+ន	低	ម្នាក់「ㄇㄋㄝㄚˊ」{mnēa'}一個人
42	ម្ភ	ម+្+ភ	低	ម្ភៃ「ㄇㄛ̣ㄆㄟ」{møṗəi}/「ㄇㄆㄟ」{mṗəi}二十
43	ម្រ	ម+្+រ	低	ម្រេច「ㄇㄖˈㄝㄐ」{mrēj}胡椒
44	ម្ល	ម+្+ល	低	ម្លូ「ㄇㄌㄨ」{mlū}檳榔葉
45	ម្ស	ម+្+ស	高	ម្សៅ「ㄇㄙㄠ」{msāu}粉，麵粉
46	ម្ហ	ម+្+ហ	低	ម្ហូប「ㄇㄏㄛㄅ」{mhōB}食品
47	ល្ខ	ល+្+ខ	高	ល្ខោន「ㄌㄎㄠㄋ」{lkāon}劇，戲劇
48	ល្ង	ល+្+ង	低	ល្ងង់「ㄌㄫㄛ̣ㄫ」{lŋøŋ}笨
49	ល្ប	ល+្+ប	高	ល្បី「ㄌㄅㄟ」{lBəi}著名的
50	ល្ព	ល+្+ព	低	ល្ពៅ「ㄌㄅㄛㄨ」{lbōu}南瓜
51	ល្វ	ល+្+វ	低	ល្វា「ㄌㄪㄝㄚ」{lvēa}無花果樹
52	ល្ហ	ល+្+ហ	高	ល្ហុង「ㄌㄏㄛㄫ」{lhoŋ}木瓜
53	ញ្ច	ញ+្+ច	高	ចិញ្ចាច「ㄐㄧ̣ㄬㄐㄚㄐ」{jıñjāj}明亮的
54	ស្ក	ស+្+ក	高	ស្កាត់「ㄙㄍㄚㄉ」{sgād}攔截
55	ស្ដ	ស+្+ដ	高	ស្ដាប់「ㄙㄉㄚㄅ」{sDāB}聽
56	ស្ទ	ស+្+ទ	高	ស្ទាមង់「ㄙㄉㄝㄚㄇㄛ̣ㄫ」{sdēamøŋ}獵鷹
57	ស្ន	ស+្+ន	高	ស្នា「ㄙㄋㄚ」{snā}弩
58	ស្ម	ស+្+ម	高	ស្មា「ㄙㄇㄚ」{smā}肩膀
59	ស្រ	ស+្+រ	高	ស្រា「ㄙㄖˈㄚ」{srā}白酒
60	ស្ល	ស+្+ល	高	ស្លាប់「ㄙㄌㄚㄅ」{slāB}死
61	ស្វ	ស+្+វ	高	ស្វាយ「ㄙㄪㄚㄧ」{svāy}芒果

2. 合體字母 (អក្សរតំណជើង「ˈㄛ̣ㄍㄙㄛ̣ㄉㄛ̣ㄇㄋ ㄗㄜㄫˈ」{'āgsādamṇ zōŋ} Digraphic Consonants)

有些音素柬埔寨語沒有，比如國語的「ㄈ」{f}、西方語言的濁子音「ㄍ」{G}等。為了拼寫外來詞，柬埔寨人創造了新的疊寫字母組合來拼寫柬埔寨語沒有的子音字母。常見的合體字母介紹如表 11。

表 11 合體字母表(此表[]省略)

字母	①	②	③	④	例詞
ហ្គ៉/ហ្គ៉/ហ្គ៉/ហ្គ៉	ㄍ	G	g	高	ហ្គ៉ូរោដ៍「ㄍㄨㄖˈㄡ」{GūrōuD}古羅(人名) Gouraud
ហ្គ/ហ្គ/ហ្គ/ហ្គ	ㄍ	G	g	低	កុងហ្គោ「ㄍㄛㄫㄍㄡ」{goŋGōu}剛果 Congo
ហ្វ/ហ្វ/ហ្វ/ហ្វ	ㄈ	f	f	高	ប៊ូរគីណាហ្វាសូ「ㄅㄨㄖˈㄍㄧㄋㄚㄈㄚㄙㄛ」{Būrġīṇāfāsō}布吉納法索
ហ្វ៊/ហ្វ៊/ហ្វ៊/ហ្វ៊	ㄈ	f	f	低	ហ្វ៊ូគូអូកា「ㄈㄨㄍㄨ'ㄛㄍㄚ」{fūġū'ōgā}福岡 Fukuoka
ហ្ស/ហ្ស/ហ្ស/ហ្ស	ㄐ	J	ʤ	高	អាហ្សង់ទីន「'ㄚㄐㄛ̣ㄫㄉㄧㄋ」{'āJāŋdīn}阿根廷 Argentine
ហ្ស៊/ហ្ស៊/ហ្ស៊/ហ្ស៊	ㄐ	J	ʤ	低	ហ្ស៊កដង់「ㄐㄛㄍㄉㄛ̣ㄫ」{JōgDāŋ}約旦 Jordan

說明

1. ①注音、②柬拼、③音標、④屬性。
2. 福岡也可寫成：ហ្វ៊ូកូអូកា「ㄈㄨ《ㄨ'ㄛ《ㄚ」 {fuġū'ōgā}，布吉納法索英文是：Burkina Faso。
3. 還有柬語沒有的[ʃ]音，用 ស្ហ 表示，如：ស៊ីស្ហែល「ㄙㄟㄕㄚㄝㄌ」 {sōishāel}塞席爾 Seychelles。

3. 屬性轉變 (ការ ប្រែចិត្ត ជឿ នៃ គុណលក្ខណៈ「《ㄚㄅ̤ㄖ'ㄚㄝㄐ一̤ㄉㄉ ㄗㄨ̤ㄛ ㄋㄟ 《ㄨㄋㄛ̤ㄌ 《ㄎㄛ̤ㄋㄚ'」 {gāBrāejıdd zwə nəi ġuṇāl gkāṇa'} Conversion of Attribute)

柬埔寨語有一種特殊的語言現象，通過在低子音或高子音上面加高音符 ៊ 或低音符 ៉(下一節也有介紹)，就可把子音本身的高低屬性改變，從而改變後面的母音發音的屬性。

1) 高音符 ៉ 也叫陽性符號。可將低子音變成高子音，如：ង៉ក ៗ「兀ㄛ̤《兀ㄛ̤《」 {ŋāg ŋāg}軒聲；សកញ៉ក「ㄙㄛ̤《ㄏㄛ̤《」 {sāg ñāg}懦弱，膽小；ម៉ក「ㄇㄛ̤《」 {māg}準確；យ៉ា「一ㄛ̤」 {yā}門廊。

◎只能標在主體字母 ងញនមយរលវ 之上，標在 នល 之上者只見於外來詞。

◎遇到依附母音 ិ ី ឹ ឺ ើ ំ時，高音符 ៉ 需用依附母音 ុ 來代替，並放在主體字母下面，例如：ម+៉+ឺ+ន 寫成：ម៉ឺន「ㄇㄣ̤」 {mœ̄n}萬。此時書寫雖然有變化，仍然按照高音字母的拼讀規則發音。

◎由於語音同化作用，有時高音符 ៉ 可以省略，例如：សាល៉ា「ㄙㄚㄌㄚ」 {sālā}被寫成：សាលា 學校。但也有不省略的，例如：តវ៉ា「ㄉㄛ̤ㄞㄚ」 {dāvā}抗議、កូរ៉េ「《ㄛㄖ'ㄝ」 {gōrē}高麗(古語，現在用來指南北韓)不寫成：តវា、កូរេ。

◎子音字母 ប 本身讀成濁子音{B}標上高音符 ៉ 仍舊為高子音，ប៉ 有其特殊作用，就是將其發音變成不送氣清子音{b}，用來拼寫外來專有名詞，特別是國語專有名詞，比如：ថាយប៉ិ「ㄊㄚ一ㄅㄟ」 {tāy bōi}(ប៉ិ=ប+៉+ិ)臺北、ប៉ៅទីង「ㄅㄠㄉ一兀」 {bāu dīŋ} (ប៉ៅ=ប+៉+ៅ)保定。

2) 低音符 ៊ 也叫陰性符號。可將高子音變成低子音。

◎只能標在主體字母 បសហអ 之上。

◎遇到依附母音 ិ ី ឹ ឺ ើ ំ時，低音符 ៊ 需用依附母音 ុ 來代替，並放在主體字母下面，例如：ផ+ា+ស+៊+ី 寫成：ផាស៊ី「ㄆㄚㄙ一」 {pāsī}租金，房租。此時書寫雖然有變化，仍然按照原先的規律發音。

◎子音字母 ស៊ហ៊ 與母音ំ相拼時有時把 ៊ 變成 ម，可區別意思，比如：寫成：ស៊ុម 框架，寫成 ស៊ុំ 抵抗，防止。

◎由於語音同化作用，有時高音符 ៊ 可省略，如：ទាហ៊ាន「ㄉㄝㄚㄏㄝㄢ」 {dēahēan}=ទាហាន 士兵。

4. 韻尾 (បិទនៃស្រៈ「ㄅ一̤ㄉㄋㄟㄙㄖ'ㄚ'」 {Bıd nəisra'} Ending of Finals)

柬埔寨語的子音韻尾有[-k], [-c], [-t], [-p], [-ŋ], [-n], [-ɲ], [-m], [-ʔ], [-h], [-j], [-w]和[-l]，其中[-k], [-c], [-t], [-p]為塞韻尾，[-ŋ], [-n], [-ɲ], [-m]為鼻韻尾、[-ʔ], [-h]為喉韻尾、[-j], [-w]為半母音韻尾、[-l]為邊音韻尾。為了區別不同的柬埔寨語字母，柬語拼音用不同拉丁字母表示韻尾，有的發音相同，按照注音符號或國際音標發音即可，即：{ġ、g、ḳ、k}=「ㄎ」[k]；{j、q、z、c}=「ㄘ」[c]；{ṡ、ṣ、s}=「ㄏ」[h]；{Ḍ、D、đ、d、ṫ、ẗ、ṭ、t}=「ㄊ」{t}；{B、ṗ、p}=「ㄆ」p；{ḷ、l}=「ㄌ」[l]；[-ʔ]=「'」 {'}為母音音節前和短母音後所帶出的音，兩種注音用半形單反括弧表示。從理論上說非鼻音柬文字母 កខគឃចឆជឈដឋឌឍណតថទធបផពភយរលវឝឞសហឡ 都可以做塞韻尾，但有的字母是不做塞韻尾的，請在學習的過程中熟悉。

相同的塞韻尾只發一個音，例如：ឱឡឹកល្ល「'ㄠㄌ一̤' 《ㄛ̤ㄌㄌ」 {'āōḷı' ġoll}溝渠。重疊的塞韻尾只發前面的音，例如：ឥដ្ឋ「'ㄟㄉ̤ㄊ」 {'œiDt}磚頭，發成：「'ㄟㄉ̤」 {'œiD}。

國語沒有塞韻尾，在閩南話、廣州話、客家話、潮州話中都有，發不好塞韻尾的讀者可請教說這些方言的人。

5. 有多種發音的子音 (ឃ្ញុជន:មាន ការបញ្ចេញសំឡេង ជេីន「ーさ厂さㄏさㄋㄝㄚ' ㄇㄝㄢ 《ㄚㄅさㄐㄝㄏ ㄙさ ㄇㄌㄝㄋ」{yŏñøzønea' mēan gāBāñjēñ saṃlēŋ rējōin}Consonants with Multiple Pronunciation)

　　柬埔寨語有少數子音字母有數種發音，兩種注音標注不變，讀者可按照以下規則進行變讀。

1. 字母 ប

◎在母音字母前發成「ㄅ」{B}，如： បបែល「ㄅㄛㄅㄚㄝㄌ」{BāBāel}鰩魚。

◎與疊寫子音一起使用時發成「ㄅ」{b}，如：ប្រាំ「ㄅㄖㄚㄇ」{Brāṃ}五。

◎作為子音韻尾時發成「ㄆ」{p}，如：ឈប់「ㄔㄛㄅ」{coB}停止。

◎在 ប 上面有高音符 ៉ 時發成「ㄅ」{b}，如：ប៉ា「ㄅㄚ」{bā}爸爸。

◎在某些詞中習慣發成「ㄅ」{b}，如：ប្រ៉ាយ「ㄅㄛㄐㄝㄞ」{Bājjay}錢。

2. 字母 ត

◎在母音字母前發成「ㄉ」{d}，如：ត្រី「ㄉㄖㄟ」{drēi}魚。

◎在雙音節詞的第一個音節為鼻韻尾時發成「ㄉ」{D}，如：តង្វាយ「ㄉㄛㄫㄝㄞ」{dāŋvay}禮品。

◎作為子音韻尾時發成「ㄊ」{t}，如：កំភូត 欺騙。「《ㄛㄇㄆㄨㄉ」{gaṃp̂ūd}

◎在某些詞中按照習慣由「ㄉ」{d}變成「ㄉ」{D}，如：បណ្ដុះ「ㄅㄛㄋㄉㄛㄏ」{BāṇDoh}栽種。

3. 字母 ស

◎通常發成「ㄙ」{s}，如：បាញ់សត្វ「ㄅㄚㄙㄛㄉ」{Bañsād}打獵。

◎在音節尾發成「ㄏ」{H}，如：ប្រឡាស់「ㄅㄖㄛㄌㄚㄏ」{BrāḷāH}髒的。

◎在音節尾可寫成 ស់，也發成「ㄏ」{H}，如：ក្រាស់「《ㄖㄚㄏ」{graH}厚實的。

4. 字母 ហ

◎一般情況下發成「ㄏ」{h}，如：ហឹរ「ㄏㄛ」{hœ}辣的。

◎做疊寫字母時不發音，如：ហ្ម៉ង「ㄇㄛㄫ」{māŋ}玷污，ហ្ន「ㄋㄛ」{nā}哎呀，ហ្ស「ㄌㄛㄙㄚ」{lāsā}拉薩。

6. 音節拼讀 (ការ បញ្ចេញ សំឡេង នៃ ព្យាង្គ「《ㄚ ㄅさㄐㄝㄏ ㄙさㄇㄌㄝㄋ ㄋㄟ ㄅーㄝㄤ《」{gā Bāñjēñ saṃlēŋ nəi byēaŋ} Syllabic Pronunciation)

　　柬埔寨語按音節進行拼讀，由聲母+韻母+韻尾組成，聲母由疊寫字母或合體字母組成，也可以為零聲母，此時就由 ʔ+依附母音或者為獨立母音。韻尾可為子音或者鼻音，也可以沒有。子音韻尾可為疊寫字母，疊寫字母發兩個音時，則前一音為韻尾，後一音為下一音節的聲母。疊寫字母形成不同的音節，所有詞彙都是由這些音節組成的。

　　音節拼讀規則雖然比較複雜，形成的音節也比較多，但只要按照規矩進行拼讀，還是容易掌握的。對於為數不少的印度古代語言梵語、巴厘語的借詞不遵循柬語拼讀規則，需不斷學習記憶。

　　柬埔寨語中西方語言的借詞早期多數按照法語讀音拼寫的，現在可按照英語讀音拼寫，過去清子音一般用柬語的不送氣清輔子音表示，現在可使用送氣清輔子音，如162頁的 WeChat 一詞。例詞：

◎法語式借詞：អង់តែន「'ㄛㄫㄉㄚㄝㄢ」{'āŋdāen}天線(antenne)。

◎英語式借詞：ហ្គេមវីដ្យោ「《ㄝㄇ ㄎㄧ˙ㄉㄧㄛ」{Gēm vīDīo}電腦遊戲(video game)，柬語把兩詞倒過來拼寫。

◎用不送氣清子音：កូតឌីវ័រ「《ㄛㄉ ㄉㄧㄎㄛ」{gōd Dīvo}象牙海岸(Côte-d'Ivoire)。

◎按照原文發音：រៃយ៉ាវិគ「ㄖㄞㄐㄚㄎㄧ《」{raijāvig}雷克雅維克(Reykjavik)。

　　音節中有依附母音就可按照按照表7的第2行到第37行進行拼讀。柬埔寨語也有一些音節，只用一、兩個子音字母組成，不包括依附母音，以音節第一個字母的高低屬性，按照表7的第1行無依附母音的高音或低音進行拼讀。其中不乏有疊寫子音，高低屬性參見第二節的二、1.。獨立母音也可以組成音節，參見第二節的一、2.的例字。

　　這種無依賴母音的詞彙也不少，現在列出一些詞彙如表12。

表 12 無依賴母音的詞彙(此表「ㄧ」、{} 省略)

序	詞彙	拼讀音		序	詞彙	拼讀音	
1	困惑，猶豫	ㄜㄌ	'āl	38	高峰，頂點	ㄐㄜㄇ	jām
2	輕快，柔和	ㄜㄢ	'ān	39	放棄，未能	ㄅㄜㄍ	kāg
3	舉起，抬起	ㄜㄤ	'āŋ	40	延遲，失望	ㄅㄜㄢ	kān
4	給予，捐贈	ㄠㄧ	'āoy	41	花序，花簇	ㄅㄅㄜ	kbø
5	開車，引導	ㄅㄜ	Bā	42	瓶罐	ㄅㄌㄜ	klā
6	剝皮，移除	ㄅㄜㄍ	Bāg	43	好，美，漂亮	ㄌ'ㄜ	l'ā
7	兄長，姐姐	ㄅㄜㄤ	Bāŋ	44	芝麻，脂麻	ㄌㄤㄜ	lŋø
8	推擠，放入	ㄅㄜㄇ	bøm	45	圓捕魚器	ㄌㄜㄅ	løB
9	蛋	ㄅㄜㄤ	bøŋ	46	挖溝，鏤空	ㄌㄜㄍ	løg
10	撈出	ㄘㄜㄤ	cøŋ	47	小袋，小包	ㄌㄜㄇ	løm
11	傷口腫大	ㄉㄜ	Dā	48	來，接近	ㄇㄜㄍ	møg
12	很，不錯	ㄉㄜ	Dā	49	孟族	ㄇㄜㄢ	møn
13	瓶，水罐	ㄉㄜㄅ	DāB	50	草編睡袋	ㄋㄜㄅ	nøB
14	花蜜	ㄉㄜㄇ	Dām	51	停止，退出	ㄋㄜㄍ	nøg
15	水罐，竹勺	ㄉㄜㄧ	dāy	52	經常，不斷	ㄏㄜㄧ	ñøy
16	凝視，注視	ㄉㄜㄉ	død	53	凹陷，空心	ㄆㄜㄉ	pād
17	獨自，奇數	ㄉㄜㄍ	døg	54	沙沙聲	ㄆㄜㄏ	pāH
18	芽孢，花蕾	ㄉㄜㄇ	døm	55	也是，即使	ㄆㄜㄤ	pāŋ
19	幹，樹幹	ㄉㄜㄤ	døŋ	56	噴出，冒泡	ㄆㄜㄌ	pøl
20	責備，譴責	ㄉㄜ	dø	57	禿頂	ㄑㄜㄍ	qāg
21	繞線	ㄉㄖㄜ	drā	58	支撐；保護	ㄖㄜㄤ	røŋ
22	二弦弓琴	ㄉㄖㄜ	drø	59	一百	ㄖㄜㄧ	røy
23	順利；有利	ㄍㄜㄅ	gāB	60	個性，舉止	ㄖㄨㄍ	rwg
24	擠壓；熄滅	ㄍㄜㄉ	gād	61	根，牙根	ㄖㄨㄏ	rwH
25	硬化，凝結	ㄍㄜㄍ	gāg	62	削皮，脫殼	ㄙㄜㄍ	sāg
26	朋友，幫派	ㄍㄜㄢ	gān	63	叉；鎖	ㄙㄜㄇ	sām
27	手鐲，項鍊	ㄍㄜㄤ	gāŋ	64	償還，回報	ㄙㄜㄤ	sāŋ
28	鵝	ㄍㄤㄢ	gnān	65	鬃毛，頸毛	ㄙㄜㄧ	sāy
29	公雞，鬥雞	ㄍㄜㄍ	gøg	66	燉湯，燉煮	ㄙㄌㄜ	slā
30	捕魚工具	ㄍㄜㄢ	gøn	67	魚叉，標槍	ㄙㄋㄜ	snā
31	靠住，支撐	ㄍㄜㄤ	gøŋ	68	喧嘩，激昂	ㄙㄖㄜ	srā
32	海關，關稅	ㄍㄜㄧ	gøy	69	土地，旱地	ㄊㄜㄉ	tāl
33	貧窮，窮困	ㄍㄖㄜ	grā	70	石頭；混凝土	ㄊㄇㄜ	tmā
34	過熟，熟透	ㄍㄖㄜ	grø	71	長節竹	ㄊㄤㄜ	tŋā
35	厭倦，疲憊	ㄏㄜㄅ	hāB	72	猴年	ㄎㄜㄍ	vøg
36	疾病復發	ㄏㄜㄍ	hāg	73	陽臺	ㄧㄜ	yā
37	喘氣；大笑	ㄏㄜㄏ	hāH	74	花邊，圖案	ㄗㄜㄚ/ㄗㄜ	zōa/zø

第三節 符號、標點及柬文輸入

ផ្នែកទីបី និមិត្តសញ្ញា វណ្ណយុត្ត និង វាយ ខ្មែរ

「ㄆㄋㄚㄝㄍ ㄉㄧㄅㄛㄧ ㄋㄧㄇㄧㄉㄉㄙㄢㄦㄦㄝㄚ ㄨㄛㄋㄋㄨㄚㄥㄉㄉ ㄋㄧㄥ ㄨㄝㄞ ㄎㄇㄚㄝ」

{pnāeg dīBǒi nimiddsāññēa vǫṇṇāyudd niŋ vēay kmāe}

Part 3. Symbols, Punctuation and Type Khmer

一、書寫符號 (ជាសញ្ញា និង និមិត្តសញ្ញា 「ㄐㄝㄚㄙㄛㄥㄥㄝㄚ ㄋㄧㄥ ㄋㄧㄇㄧㄉㄉㄙㄛㄥㄥㄝㄚ」 {zēasāññēa niŋ nimiddsāññēa} Diacritics and Symbols)

　　柬埔寨文一句話的單詞之間中間不留空格，初學者從一開始就應該適應這一點，要記熟單詞以方便斷句。兩種注音都在單詞之間留出空格，以方便讀者。

　　柬埔寨語的書寫符號，有的屬於依附讀音符號，有的屬於獨立符號，具有不同的功能和用途。這些符號在英文裡採用音譯，國語則採用意譯，從名稱就能夠判斷符號的作用。參見表7的27-35行，現在介紹如下。

1. 鼻音符 ̊ (និគ្គហិត 「ㄋㄧㄍㄍㄛㄏㄧㄉ」 {niġġøhɪd})

　　也譯：變韻符。源於梵語、巴厘語的 अनुस्वार(anusvāra)。只標在子音韻尾字母 ㄍㄑㄟㄙㄣㄍㄙㄩㄣㄙ 之上，其發音為[m]，有時會音變成[n、ŋ]，但兩種注音一律標注成：「ㄇ」{m}。舉一些例詞：

◎កំពុង「ㄍㄛㄇㄅㄨㄥ」{gaṃbuŋ}正在　　　◎រំភើប「ㄖㄨㄇㄆㄜㄅ」{roumpǝB}激動的

◎ធំ「ㄊㄨㄇ」{ṭoum}大的　　　　　　　　◎ខ្លាឃ្មុំ「ㄎㄌㄚㄎㄇㄨㄇ」{klāḳmuṃ}狗熊

◎ដាំ「ㄉㄚㄇ」{Dāṃ}煮滾；種植　　　　　◎នាំ「ㄋㄚㄇ」{nōaṃ}引導

◎សំស្រ្កឹត「ㄙㄛㄇㄙㄍㄖㄧㄉ」{saṃsgrɪd}梵文　◎សំរាន្ត「ㄙㄛㄇㄖㄚㄣㄉ」{saṃrānd}睡覺，休息

　　韻尾為 ㄖㄥ 要標此符號，如：ខាង「ㄎㄝㄤ」{keaŋ}/「ㄎㄤ」{kāŋ}發熱(舊詞)，但尾子音為 ㄥ 時，此符省略，如：កាង「ㄍㄤ」{gaŋ}=កាំង「ㄍㄤ」{gaŋ}迦南(中東古地名)

◎ម្ហូបបារាំង「ㄇㄏㄛㄅ ㄅㄚㄖㄤ」{mhōB Bāraŋ}西餐，法國菜

◎ទាំង「ㄉㄝㄤ」{đeaŋ}包括，都是　　　　　◎រាំង 日ㄛㄨㄤ」{røvaŋ}/「日ㄛㄨㄝㄤ」{røveaŋ}照看

　　有時不同的寫法有不同的意思，例如：ខាង「ㄎㄤ」{kaŋ}發燒(舊詞)、ខាង「ㄎㄤ」{kāŋ}紅雀。

2. 入聲符 ះ (ៈ្មខ 「日ㄝㄛㄏㄇㄨㄎ」 {reahmuk}/វិសជ៌និយ 「ㄎㄧㄏ日ㄛㄋㄧㄧ」 {viHzrǝnīy}, វិសគ៌ 「ㄎㄧㄏㄉ日ㄛ」 {viHdrǝ})

　　相當於梵文的 "止韻符" (visarga विसर्ग)，意思是用了此符號以後再不能加其他符號了。符號 ះ 用於音節尾，是母音符號的一部分。兩種注音用「ㄏ」{H}表示。有自成體系的高母音、低母音發音。

　　現在具體說明一下。

1) 在韻母 ̊、 ̊̊、 ្、 ̊̊、 ̊ㄛ、 ̊ㄚ 之後，相當於 ㄙ，但 ㄙ 不能夠取代 ះ，例如：កោះ「ㄍㄠㄏ」{gaoh}(島嶼)和 កោស「ㄍㄠㄏ」{gaoH}(寂寞)發音一樣，但 កោះ 不能夠寫成 កោស。

2) 在韻母 ㄚ、 ̊̊、 ̊̊、 ̊ㄐ、 ̊ㄛ 之後，發音較輕，例如：ណេះ「ㄋㄚㄏ」{ŋaeh}(知識)，記得把 ̊ㄛ 的讀得輕一些。

　　下面舉一些例子。

◎បំបះ「ㄅㄛㄇㄅㄛㄏ」{BaṃBah}舉起

◎ជិះ「ㄗㄧㄏ」{zih}騎，坐

◎ខ្លះ「ㄎㄌㄚㄏ」{klah}一些

◎ផ្ទះ「ㄆㄉㄝㄛㄏ」{pđeǝh}房子，家

◎ព្ញុះ「ㄅㄨㄏ」{buh}燒開，煮沸；劈開

◎គោះ「ㄍㄜㄏ」{gœh}抓，撈

◎នេះ「ㄋㄧㄏ」{nih}這裡(特殊發音)

◎សេះ「ㄙㄝㄏ」{seh}馬

◎កោះ「ㄍㄚㄝㄏ」{gaeh}野山羊

◎ចង្កឹះ「ㄐㄤㄍㄚㄛㄏ」{jāŋgaəh}筷子

◎កោះ「ㄍㄠㄏ」{gauh}島嶼

◎កោះ「ㄍㄨㄛㄏ」{guoh}打擊

3. 變讀符 ់ (បន្តក់「ㄅㄛㄋㄉㄛㄍ」{Bāndag}/ស្យសញ្ញា「ㄖㄛㄙㄙㄛㄙㄛㄏㄏㄝㄚ」{røssāsāññēa})

也譯：重讀符號。**總是放在音節最後子音字母上面形成閉音節組合。音節中的母音只有兩種情況：**①**無母音字母**②**為母音字母 ា。此時音節的母音讀成短音，如果聲母字母為低子音時母音發音會有變化。**如：កាត់សក់「ㄍㄚㄙㄛㄍ」{gádsag}理髮；ចប់「ㄐㄛㄅ」{jaB}結束、而ចាប់「ㄐㄚㄅ」{jāB}鋤頭；ចាប់「ㄐㄚㄅ」{jáB}趕上、而ចាប「ㄐㄚㄅ」{jāB}麻雀，主要規則有：

1) 無母音字母發短音，例如：លក់「ㄌㄨㄍ」{lug}賣出、លប់「ㄌㄨㄅ」{luB}捕鳥器、而លប「ㄌㄛㄅ」{løB}捕魚器、លង「ㄌㄛㄍ」{løg}通道。

2) 在母音字母 ា 之後，主體字母為低子音，在喉音字母韻尾前：ពាក់「ㄅㄝㄚㄍ」{bēag}戴、而ពាក្យ「ㄅㄝㄚㄍ」{bēag}詞彙。

3) 在母音字母 ា 之後，主體字母為低子音，在除開喉音字母的韻尾前：មាន់「ㄇㄛㄢ」{moán}穿戴；禽類、而មាន「ㄇㄝㄢ」{mēan}單詞。

4) 子音組合 ស 發「ㄏ」{H}，例如：ទទេស់「ㄉㄛㄉㄝㄚㄏ」{dødēaH}混亂，不清；រស់「ㄖㄨㄏ」{ruH}活的；ម្ចាស់「ㄇㄐㄚㄙ」{mjás}業主，老闆。

此符號也可以區分意思，如：ចាស់「ㄐㄚㄏ」{jāH}舊的、ចាស「ㄐㄚㄏ」{jāH}是的(女人用)。

4. 雙點代韻符 ៈ (យុគលពិន្ទុ「ㄧㄨㄍㄛㄅㄧㄣㄉㄨ`」{yuġolbindu'})

簡稱雙點符。用於音節尾，使音節喉塞音化。用於來自梵文或巴厘文的柬埔寨語詞彙。遵循柬埔寨語規則發音，兩種注音用直立半形單引號'表示。具體說明如下：

1) 雙點符 ៈ 可使音節重讀，例如：កោសជ្ជៈ「ㄍㄠㄙㄚㄗㄝㄚ'」{gāosāzzea'}懶惰；កណ្ដៈ「ㄍㄛㄋㄊㄚㄗㄝㄚ'」{gāṇtāzea'}喉音；ស្រៈ「ㄙㄖㄚ'」{sra'}母音。

2) 複合詞的前面的詞包含此符號時有時會省略，例如：កាលៈទេសៈ「ㄍㄚㄌㄚ' ㄉㄝㄙㄚ'」{gāla' dēsa'}=កាលទេសៈ「ㄍㄚㄌㄉㄝㄙㄚ'」{gāldēsa'}情況。但也有不省略的，例如：គណៈបក្ស「ㄍㄝㄋㄚ'ㄅㄛㄍㄙ」{gēṇa' Bāgs}黨派。

3) 有時 ៈ 可以表示 ាក់ 的發音，例如：ធុរៈ「ㄊㄨㄖㄝㄚ'」{ṯurea'}=ធុរាក់「ㄊㄨㄖㄝㄚㄍ」{ṯureag}業務，生意。

4) 有時 ៈ 可以詞尾疊寫子音多發一個音，例如：សច្ចៈ「ㄙㄛㄐㄐㄚ'」{sājja'}真情。

5) 按照梵文或巴厘文發音，例如：លក្ខណៈ「ㄌㄝㄚㄍㄎㄛㄋㄚ'」{leagkāṇa'}=លក្ខណៈ「ㄌㄝㄚㄍㄎㄚㄋㄚ'」{leagkágŋág}特色，特點。

5. 詞間代韻符 ៉ (សំយោគសញ្ញា「ㄙㄛㄇㄧㄡㄍ ㄙㄛㄏㄏㄝㄚ」{saṃyōuġ sāññēa})

借自梵文和巴厘文的符號。柬埔寨文借來表示 ា 的短音，高低音發音規則見表 7，例如：

1) 閉音節主體字母為高子音時發{a}、主體字母為低子音時發{o}，如：ស័ក「ㄙㄚㄍ」{sak}等級，級別；ទ័ព「ㄉㄛㄅ」{dob}軍隊。

2) 鼻韻尾主體字母為高子音時發{a}、主體字母為低子音時發{o}，如：វាំង「ㄨㄛㄥ」{voŋ}宮殿，海濱。但經常發{a}，如：បល្ល័ង្ក「ㄅㄛㄌㄌㄤㄍ」{Bāllaŋg}寶座。

3) 音節後加子音 រ，主體字母為高子音時發{ɑ}、主體字母為低子音時發{o}，如：ប័រណេអូ「ㄅㄛ̤ㄋㄝ'ㄛ」{Baṇē'ō}婆羅洲；ជ័រ「ㄗㄛ」{zo}樹脂，樹膠。

4) 子音組合 ័យ，，主體字母為高子音時發{ay}、為低子音時發{əy}，如：ក្រស័យ「ㄍㄖ̇ㄛ̤ㄙㄞ」{grāsay}萎縮病；បំភ័យ「ㄅㄛ̤ㄇㄆㄟ」{Baṃpəy}使害怕、អរុណោទ័យ「'ㄛ̤ㄖ̇ㄨㄋㄠㄉㄟ」{'āruṇāoďəy}黎明。但 ល័យ 一般讀成「ㄌㄞ」{lay}，如：ខុទ្ទកាល័យ 讀成「ㄎㄛㄉㄉㄛ̤ㄍㄚㄌㄞ」{koddøgālay}辦公室，閣僚。

6. 高音符 ៉ (មូសិកទន្ត「ㄇㄨㄙㄧ̤ㄍㄛ̤ㄉㄛ̤ㄋㄉ」{mūsıgādønd}/ធ្មេញកណ្ដុរ「ㄊㄇㄝㄏㄛ̤ㄍㄋㄉ̤ㄛ」{ïmēñøgṇDo})

為子音屬性轉變符，加在母音前的低子音上面使之變成高子音，使緊跟的母音發高母音。例詞：ម៉្លា「ㄇㄌㄚ」{mlā}如此；ប៉្លាក់ប៉្លាត「ㄅㄌㄚㄍㄅㄌㄚㄉ」{blagblād}蝴蝶，注意 ប៉ 不發濁音，而發不送氣清子音。

7. 低音符 ៊ (ត្រីស័ព្ទ「ㄉㄖ̇ㄟㄙㄚㄅㄉ」{drōi sabđ})

為子音屬性轉變符，加在母音前的高子音上面使之變成低子音，從而使緊跟的母音發低母音。例詞：រស៊ោល「ㄖ̇ㄛ̤ㄙㄡㄌ」{røsōul}火焰。

8. 緩衝符 ុ (ក្បៀសក្រោម「ㄍㄅ̤ㄧㄜㄏㄍㄖ̇ㄠㄇ」{gBīəH grāom}/បុកជើង「ㄅㄛㄍㄗㄜㄫ」{Bog zōŋ})

當用高音符 ៉、低音符 ៊ 對子音進行屬性轉變時，有時會遇到上加母音，為了避免出現雙重上加符，輸完相應的字元後，高音符 ៉、低音符 ៊ 就會消失，系統自動生成下加符 ុ，而音節中的 ុ 不發音，例如：ប៊ឹង=ប+៊+ឹ+ង，發「ㄅㄥ」{bœŋ}的音。

9. 代韻符 ៌ (របាទ「ㄖ̇ㄛ̤ㄅ̤ㄚㄉ」{røBād}/រេផៈ「ㄖ̇ㄝㄆㄚ'」{rēpa'})

可與子音組合在一起，為印地語字母 ऱ(repha)即柬埔寨文 រ 的變體，其作用如下：

1) 相當於 ឫ「ㄖ̇ㄨ」{rw}，一般在主體字母前發「ㄖ̇」{r}的音，例如：បូណ៌មី「ㄅㄛㄖ̇ㄜㄋㄇㄟ」{Bōrəṇmōi}旺月日；ទុគ៌ត「ㄉㄨㄖ̇ㄜ'ㄍㄛ̤ㄉ」{durəġød}貧困。

2) 相當於 ់，做默音符使用，使該字母不發音，例如：បរិបូណ៌「ㄅㄛ̤ㄖ̇ㄧ̤ㄅㄛㄋ」{BāriBōṇ}豐富；មូលធម៌「ㄇㄨㄌㄊㄛ̤」{mūlïø}事物本質。

3) 改變前面字母的屬性，如：បូព៌ា「ㄅㄨㄅㄝㄚ」{Būbēa}東方。

4) 在詞間相當於 រ，如：មត៌ក=មរតក「ㄇㄛ̤ㄖ̇ㄛ̤ㄉㄛ̤ㄍ」{mørødāg}遺產，繼承。

5) 把尾子音變成疊寫子音，如：អាចាយ៌「'ㄚㄐㄚㄧㄖ̇ㄜ」{'ājāyrə}=អាចារ្យ「'ㄚㄐㄚ」{'ājā}志願服務。

6) 重疊相同子的音疊寫子音，如：ណ៌ 可以寫成 ណ្ណ。

10. 默音符 ៍ (ទណ្ឌឃាដ「ㄉㄛ̤ㄋㄉ̤ㄛ̤ㄎㄝㄚㄉ̤」{døṇDøḳēaD}/បដិសេធ「ㄅㄛ̤ㄉ̤ㄧ̤ㄙㄝㄊ」{BāDısēť})

也譯：廢音符號。加在字母或字母組合上面使之變成啞音，可加在主體字母 កងញតទនបមយរល វសហ 以及帶有依附母音 ិ 的主體字母上面，外來詞還可以加在其他主體字母上面。兩種注音都不表示出來，但相應的柬埔寨字母不能夠漏寫，例如：សាសន៍「ㄙㄚㄏ」{sāH}種族，民族，សប្ដាហ៍「ㄙㄛ̤ㄅ̤ㄉ̤ㄚ」{sāBDā}星期，រេហ៍ពល「ㄖ̇ㄝㄏㄅㄛ̤ㄌ」{rēhbøl}部隊。

11. 輕聲符 ៎ (កាកបាទ「ㄍㄚㄍㄅ̤ㄚㄉ」{gāgBād})

也譯：交叉符。加在某些詞上面表示感歎，上升語調表示強調，有時表示輕讀，例詞如下：

◎ហ៎ះ「ㄏㄚㄏ」{hah}什麼？

◎ចា៎ះ「ㄐㄚㄏ」{jāh}(女人用=ចាស「ㄐㄚㄏ」{jāH})對，是的

◎ណា៎「ㄋㄚ」{nā}怎麼樣，行嗎

◎ណែ៎「ㄋㄚㄝ」{ṇāe}嘿，嗨，哎喲

◎នុ៎ះនំ៎「ㄋㄨㄚㄏㄋㄛ」{nuahnō}=នុ៎ះ「ㄋㄨㄚㄏ」{nuah}你看，在那兒

12. 短讀符 ៏ (អស្តា「'ㄛ̤ㄙㄉㄚ」{'ā sdā}/លេខអស្តា「ㄌㄝㄎ'ㄛ̤ㄙㄉ̤ㄚ」{lēk'āsDā})

也譯：重聲符。放在一些單子音單詞或詞尾主體字母上面，也是按照表 7 的第 1 行無依附母音的高音或低音進行拼讀，加強語氣，例如：

◎ម៏「ㄇㄛ̤」{mø}來吧，讓我們...

◎ក៏「ㄍㄛ̤」 {gā}也，然後，因此

◎ដ៏「ㄉ̤ㄛ̤」 {Dā}很

◎ន៏「ㄋㄛ̤」 {nø}詞尾表示強調的小品詞

13. 子音變音符 ៑(វិរាម「ㄪㄧ̤ㄖ'ㄝㄚㄇ」 {virēam})

印度系列語言的消音符 विराम(virāma)，可放在字母的上面或下面，表示尾子音只發聲母，比如：អាត្មន៑「'ㄚㄉㄇㄛ̤ㄋ」 {'ādmān}靈魂。現在這個符號很少使用，用 អ៍ 代替了。

14. 疊寫符 ្ (ជើង「ㄗㄜㄫ」 {zōŋ})

也叫下置符，放在前面使後面子音字母的變成下置字母，例如：ប+ណ+្+ដ+ៅ=បណ្ដៅ「ㄅ̤ㄛ̤ㄋㄉ̤ㄠ」 {BāṇDāu}謎語。

15. 日期符 ៓ (Bathamasat)

過去用來表示農曆日期，非常少用。

16. 無間距符 ៝ (Atthacan)

基本上不使用了，以前用在詞尾子音上。

二、標點和其他符號 (ការដាក់វណ្ណយុត្តិ និងនិមិត្តសញ្ញា ផ្សេងទៀត「ㄍㄚㄉ̤ㄚ'ㄪㄛ̤ㄋㄋㄛ̤ㄧㄨㄉ ㄋㄧ̤ㄫ ㄋㄧ̤ㄇㄧ̤ㄉㄉㄙㄛ̤ㄏㄏㄝㄚ ㄆㄙㄥ̤ㄉㄧㄜㄉ」 {gāDā'vøṇṇāyud niŋ nimiddsāññēa psēŋďīəd} Punctuation and Other Symbols)

柬埔寨文沒有感嘆號和問號，現在可直接使用！和？。在柬埔寨語文章中，凡是在一句話中的不同意群後面都可以加一個空格，相當於國語的逗號和頓號。現在介紹柬埔寨文特有的標點和其他符號。

1. 句子結束符 ។ (ខណ្ឌ「ㄎㄛ̤ㄋㄉ̤」 {kāṇḌ}/ខណ្ឌសញ្ញា「ㄎㄛ̤ㄋㄉ̤ㄛ̤ㄙㄛ̤ㄏㄏㄝㄚ」 {kāṇḌøsāññēa})

此符號可做句號，省略號，縮寫號。在一句話後面加這個符號，用得很頻繁。

2. 段結束符 ៕ (ខណ្ឌចប់「ㄎㄛ̤ㄋㄉ̤ㄛ̤ㄐㄛ̤ㄅ̤」 {kāṇḌøjaB}/បរិយោសាន「ㄅ̤ㄛ̤ㄖ'ㄧ̤ㄧㄡㄙㄢ」 {Bāriyōusān})

可用在一段文章最後。

3. 雙圈符 ៖ (ទ្វិពិន្ទុលេខ「ㄉㄪㄧ̤'ㄅㄧ̤ㄋㄉㄨ'ㄌㄝㄎ」{ďvi'bindu'lēk}/ចំណុចពីរគូស「ㄐㄛ̤ㄇㄋㄛㄐ ㄅㄧ《ㄨㄏ」{jaṃṇoj bīġūH})

符號 ៖ 相當於冒號，由於不發音，兩種注音標注時都省略，例如：

◎ថា៖「ㄊㄚ」 {tā}就是說，如下

◎គឺ៖「ㄍㄛ̤」 {ġø}也就是，即

4. 重複符 ៗ (លេខទោ「ㄌㄝㄎㄉㄡ」 {lēkďōu}/ស្ទួន「ㄙㄉㄨㄜㄋ」 {sďūən})

起著重複前面文字的作用，ៗ 前面一般加一個空格。具體說明如下：

1. 重複單詞，表示強調，如：ខ្លាំង ៗ「ㄎㄌㄤㄎㄌㄤ」 {klāŋ klāŋ}強；គ្រូមានផ្ទះថ្មី ៗ「ㄍㄖ'ㄨ ㄇㄝㄢ ㄆㄉㄝㄜㄏ ㄊㄇㄟㄊㄇㄟ」 {ġrū mēan pďeəh ṫmāi ṫmāi}老師有一套全新的房子。

2. 直接形成雙音詞，如：រវើករើក ៗ「ㄖ'ㄛ̤ㄪㄧ《ㄪㄜ《」 {røvīg vōg vōg}抖動貌；ជៀប ៗ「ㄗㄧㄜㄅ̤ㄗㄧㄜㄅ̤」 {zīəB zīəB}嘰嘰叫；អ្វី ៗ「'ㄛ̤ㄪㄟ'ㄛ̤ㄪㄟ」 {'ɑvōi'ɑvōi}所有事情。

3. 有時重複一個短語，而不是一個字，如：បន្តិចម្ដងៗ「ㄅ̤ㄛ̤ㄋㄉㄧ̤ㄐ ㄇㄉ̤ㄛ̤ㄫ ㄅ̤ㄛ̤ㄋㄉㄧ̤ㄐ ㄇㄉ̤ㄛ̤ㄫ」 {Bāndɪj mDāŋ Bāndɪj mDāŋ}一點點。

5. 等等符 ។ល។ (បេយ្យាល៖「ㄅ̤ㄝㄧㄌㄚㄌ」 {Bēylāl}/ល៉៖「ㄌㄚ'」 {la'})

即省略符，相當於中文“等等”、西方文字的 etc。符號 ។ល។ 還可以寫成 ។ប។、។បេ។、បេ、ល，可讀成：លនិង។「ㄌㄛ̤ㄋㄧ̤ㄫ」 {løniŋ}、លល「ㄌㄛ̤ㄌㄛ̤」 {lølø}。

6. 雞眼符 ៙ (កុក្កុដនេត្រ「ㄍㄛ《《ㄛㄉ̤ㄋㄝㄉ」 {goggoD nēd}/ភ្នែកមាន់「ㄆㄋㄝ̤《ㄇㄢ」 {ṗnēg man})

表示文章開始，特別是詩歌、文學和宗教文章的開始。與 ៚ 形成一對。

7. 牛尾符 ៚ (ខណ្ឌបរិយោសាន「ㄎㄛ̤ㄋㄉ̤ ㄅ̤ㄛ̤ㄖ'ㄧ̤ㄧㄡㄙㄢ」 {kāṇḌ Bāriyōusān}/គោមូត្រ「《ㄡㄇㄨㄉ」 {ġōumūd})

表示文章結束，特別是詩歌、文學和宗教文章的結束。與 ◎ 形成一對。也可以寫成 ៕ 。

8. 貨幣符 ៛ (សញ្ញារៀល「ㄙㄢˇㄏㄧㄚ ㄖㄧㄝㄌ」 {sāññēa rīəl}/ប្រាក់រៀល「ㄅㄖㄚˋㄍㄖㄧㄝㄌ」 {Brágrīəl})

符號 ៛ (រៀល「ㄖㄧㄝㄌ」 {rīəl})為柬埔寨貨幣符，表示柬埔寨貨幣單位瑞爾，也譯：里爾(riel)。

9. 母音取消符 ៜ (អវៈគ្រហសញ្ញា「ㄜㄅㄝˇㄍㄖㄜˇㄏㄚㄙㄚㄙㄢˇㄏㄧㄚ」 {'āvea' gra'sāññēa} अवग्रह)

非常少用，相當於撇號或引號。

三、數位記號 (សញ្ញាខ្ទង់「ㄙㄢˇㄏㄧㄚ ㄎㄉㄛㄥ」 {sāññēa kdoŋ}Number Symbols)

柬埔寨語有自己的印度系列日常用數位元系統，還有不常用的另一套數位元系統①；②為中文意思；③為中文大寫數位元。現在對比列入下表。數字單詞和發音參見 127 頁。

表 13 柬埔寨數位元表

日常用數位元	①	②	③	日常用數位元	①	②	③
០ / 0 / **0** / 0	॰	○	零	៥ / ៥ / ៥ / ៥	४	五	伍
១ / ១ / **១** / ១	^	一	壹	៦ / ៦ / **៦** / ៦	৲	六	陸
២ / ២ / **២** / ២	'	二	貳	៧ / ៧ / ៧ / ៧	ᴎ	七	柒
៣ / ៣ / **៣** / ៣	⁀	三	叁	៨ / ៨ / **៨** / ៨	/	八	捌
៤ / ៤ / **៤** / ៤	ˇ	四	肆	៩ / ៩ / **៩** / ៩	৴	九	玖

四、柬文電腦輸入 (វាយបញ្ចូល ភាសាខ្មែរ នៅលើ កុំព្យូទ័រ「ㄨㄝㄉ ㄅㄝㄍㄏㄨㄛㄌ ㄆㄝㄙㄚㄇㄚ ㄎㄇㄞㄝ ㄋㄡㄌㄜ ㄍㄛㄇㄅㄧㄨㄉㄜ ㄋㄧㄝㄎㄉㄜ ㄍㄜㄎ ㄅㄧㄝㄎㄉㄜ」 {vēay Bāñjōl pēasā kmāe nōulō gombyūdo}Type Khmer on Computer)

在微電腦作業系統視窗第 7 版(Windows 7)中，柬文完全採用柬語統一碼字型(បំបាក្សា យូនីកូដ ខ្មែរ「ㄅㄨㄇㄅ'ㄜㄍㄙㄚ ㄧㄨㄋㄧㄍㄡㄉ ㄎㄇㄞㄝ」 {bumb'āgsā yūnīgōD kmāe}Khmer Unicode Fonts)。用電腦輸入柬文，可使用視窗系統自帶柬文輸入法，需要安裝。安裝步驟(大括弧{}內是簡體電腦的不同表達法)：打開控制台{控制面板}→點擊"區域與語言"→ 點擊"鍵盤和語言"→ 點擊"更改鍵盤"→選擇"常規"選項卡→點擊"添加"→上下移動捲軸{滾動條}→找到"高棉語(柬埔寨)"並按兩下{雙擊}→在鍵盤選項框中選擇"高棉語"→點擊"確定"就安裝完畢。

安裝以後點擊電腦最下面的輸入法圖示{圖標}，選擇"KH 高棉語(柬埔寨)"，利用鍵盤上常規鍵盤的拉丁字元鍵以及 Shift、Ctrl、Space、Alt 鍵就可以輸入柬文的子音和母音字母了，現在列入表 14。

參照表 14，練習一些柬文字元和詞彙的輸入，請按照括弧內字元順序輸入。小寫字母按②、大寫字母按③、粗體按⑤、斜體按⑥的方法輸入；ọ表示擊長空白鍵；↑表示上檔鍵按③的方法輸入。

1. 普通輸入：1)គ + េ (Ke) →គេ「ㄍㄝ」 {gē}某人，他，他們、2)ひ + ា (ba) →ба「ㄅㄚˋ」 {Bā}爸爸、3)គ + ើ+ ះ (kEH) →គោះ「ㄍㄚㄝㄏ」 {gaeh}抓癢

2. 上加符、下加符輸入：1)ひ + ិ+ច (lic) →លិច「ㄌㄧㄐ」 {lij}沉沒，日落、2)ស + ្+ គ→(sUk)ស្គ「ㄙㄛㄍ」 {sōg}賄賂

3. 屬性轉變：1)ស + ិ+ ី(s↑3I) →សី「ㄙ一」 {sī}漢字音 "習"、2)ひ + ៃ+ ី(b"I) →ប៊ី「ㄅㄟ」 {bōi}漢字音 "北"

35

4. 再上加符輸入：ក + េ + ្ + ុ + ក + ៊ + ៌ (kerຸti↑7)→កេ្ុក៌「ㄍㄝㄉ」{gēd}信譽(ຸ 按 Space 鍵)

5. 疊寫和獨立母音輸入：1) ស + ុ + ្ + េ + ល + ង + ុ + ក + ា (sຸrIlgຸka)→ស្ុេលង្ុកា「ㄙㄛㄌㄍㄚㄍㄚ」{srāiløŋgā}斯里蘭卡、2) ឯ + ក + ា (eka)→ឯកា「ㄚㄝㄍㄚ」{'aēgā}孤獨

表 14 柬文輸入鍵盤字元對照表

①	a	b	c	d	e	f	g	h	i	j	k	l	m	n	o	p
②	ក	ប	គ	ឌ	េ	ច	ត	ហ	ិ	្	ភ	ល	ម	ន	ោ	ធ
③	ើ	ខ	ជ	ឍ	ៃ	ឆ	ទ	័	ី	្	ឫ	ឭ	ំ	ណ	ៅ	ឋ
④	ឬ	%	©	×	€	×	×	×	×	ឰ	×	1)	×	×	×	×
⑤	ឭ	%	&	×	ឯ	×	×	×	ៅ	ឰ	ឱ	ឲ	)	(	ឩ	ឨ
⑥	ឩ	៦៤	៧៣	៩	៤៥	៧	៩	V	៩	៩	៩	×	×	៤	\

①	q	r	s	t	u	v	w	x	y	z	1	2	3	4	5
②	ឃ	រ	ស	ត	ុ	វ	ើ	ឃ	យ	ឋ	×	១	២	៣	៤	៥
③	ឈ	ឬ	ៃ	ឍ	៊	៓	ឺ	ឃ	ឝ	ឈ	×	!	ៗ	៓	៛	៉
④	*	®	×	™	×	×	×	@	×	×	◉	×	×	×	4	5
⑤	*	ឞ	ឝ	ឞ	ឞ	$	៓	@	×	#	◉	1	2	3	4	5
⑥	៕	0	៕	Λ	W	៧៤	៧៩	៕	I	៧៩	៕	៕	៧៩	៩	៕

①	6	7	8	9	0	-	=	[	]	\	;	'	,	.	/
②	៦	៧	៨	៩	០	-	=	េ	េ៊	\	o:	់	ㅓ	។	
③	៦	៧	៨	៩	០	_	+	ោ:	េៀ	/	៖	៉	,	.	?
④	6	7	8	9	0	{	}	[	]	☞	;	៓	‹	…	៕
⑤	6	7	8	9	0	[	]	[	]	☞	;	៓	‹	›	៕
⑥	៩	៩	៩	៩	៩	៩	៧៩	៩	៧០	८	៩	៧០	×	៕	៕

1. ①鍵盤下檔字元、②直接擊字元、③Shift+字元、④Ctrl+Alt+字元、⑤右邊的 Alt 鍵+字元、⑥ Shift+右邊的 Alt 鍵+字元=Shift+Ctrl+Alt+字元所輸入的字元一樣：可輸入農曆日期，如 ៓、៓ 等。

2. 長空白鍵 space 輸入疊寫子音符號ຸ，先擊此鍵，再擊子音，該子音就會變成疊寫子音。

3. 符號×表示不使用，即不出現柬文或別的字元。

សាកលវិទ្យាល័យភូមិន្ទភ្នំពេញ

「ㄙㄚㄍㄚㄌ ㄨㄧˇㄉㄧㄚㄝㄌㄞˇ ㄆㄨㄇㄧㄣˇㄉ ㄆㄋㄨㄇㄅㄝㄣˇ」{sāgāl vidyēalay pūmind pnoumbēñ}

金邊皇家大學

Université Royale de Phnom Penh (Royal University of Phnom Penh)

【練習鞏固】ជេវិលមហាត់ 「ㄊㄝㄈㄢ一ㄌㄇㄜㄏㄚㄉ」{ǐevīlmøhád}

1. 寫會柬埔寨語字母表的字母，記熟拼讀音和子音字母的高低屬性。

2. 學會柬埔寨語的依附母音，記熟它們的與高低子音拼讀時的不同發音；熟悉獨立母音的發音和各類符號的作用。

3. 熟練掌握柬文的輸入方法。

4. 拼讀下列的柬文詞彙。

1	អណ្ណាត 舌頭	23	ដឹង 知道	45	ភ្លើង 火
2	អង្គុយ 坐，坐下	24	គ្រប់ 所有	46	ផឹក 喝
3	អាក្រក់ 壞的	25	ហែល 游泳	47	ឆ្អឹង 骨，骨頭
4	ឪពុក 父親	26	ចង្អៀត 窄的	48	ឆ្វេង 左，左邊
5	អាយ 這裡	27	ប្រើន 許多，更加	49	ចន្ទ្រ 月亮
6	បក្សី 雀鳥，鳥	28	ខែ 月份	50	ឫស 根
7	បៃតង 綠色	29	ខ្លី 短的	51	ស 白色
8	ពង 蛋	30	ខ្នង 背部	52	សើច 笑
9	ប្រទេស 國家	31	ខ្សែ 繩子	53	សក់ 頭髮
10	ប្រៀប 比較，對比	32	ខ្សាច់ 沙子	54	សាច់ 肉
11	ព្រៃ 森林	33	ល្	寬	55	ស្តើង 薄的
12	ប្រុស 男的	34	ឮ 聽說，聽到	56	ស្តាំ 右
13	ឈរ 站	35	ម៉ែ 母親	57	ស្លឹក 葉子
14	ដេរ 縫	36	អ្នកណា 誰	58	ស្មៅ 青草
15	ទេ 否，不	37	ណាយ 那裡	59	ស្រី 女人
16	ដេក 睡覺	38	នេះ 這個	60	ថា 說
17	តូច 小的	39	នរណា 那個人	61	ថ្លើម 肝
18	ត្រី 魚	40	នោះ 那個	62	ថយ 撤回；減少
19	ក្អួត 嘔吐	41	ផល 水果	63	ធ្មេញ 牙齒
20	កំប្លង់ 迷人的	42	ផ្តើម 開始	64	យូរ 久，長
21	ក្លិន 聞	43	ផ្កា 花	65	ជើង 腳，腿
22	គាត់ 他	44	ផ្កាយ 星星	66	ដល់ 打架，碰撞

37

課文部分
ផ្នែកនៃមេរៀន

「ㄆㄋㄚㄝㄍㄋㄟㄇㄝㄖ'ㄧㄜㄋ」

{pnāeg nəi mērīən}

Text Section

世界遺產吳哥窟

បេតិកភណ្ឌ ពិភពលោក ប្រាសាទអង្គរវត្ត

「ㄅ̥ㄝㄉㄧ̥ㄍㄛ̥ㄆㄛ̥ㄋㄉ̥ ㄅㄧ̥ㄆㄛ̥ㄅㄌㄡㄍ ㄅ̥ㄖ'ㄚㄙㄚㄉ 'ㄛ̥ㄫㄍㄛ̥ㄪㄛ̥ㄉㄉ」

{BēdıgāṗøṇḌ biṗøblōug Brāsād'āŋġøvødd}

World Heritage Angkor Wat

為了讓讀者熟悉公共場合和電視節目中常常出現的形狀不同的字型，課文部分 1-4、5-8、9-12、13-16 課分別用採用不同的字型，即：圓體 Kh Muol、草體 Kh Fasthand、正體 Ang DaunTep、粗體 Kh Koulen。細體 Khmer UI 用於文字介紹當中。

書中人物名字(左邊為男生、右邊為女生)如下：

柬埔寨人

柬文	發音	稱謂	中文	柬文	發音	稱謂	中文
អារុណ	'ㄚㄖ'ㄨㄋ /'āruṇ	先生	阿侖	ដានី	ㄉ̥ㄚㄋㄧ / Dānī	太太	達妮
ភិរុណ	ㄆㄧ̥ㄖ'ㄨㄋ / ṗiruṇ	哥	披侖	រតនី	ㄖ'ㄛ̥ㄉㄋㄧ / rødnī	姐	朧妮
សុខេង	ㄙㄛㄎㄥ̥ / sokēŋ	弟	梭肯	សុខវី	ㄙㄛㄎㄪㄧ / sok vī	妹	索韋
សុវណ្ណ	ㄙㄛㄪㄛ̥ㄋ / sovøṇ	老師	梭萬	ទេវី	ㄉㄝㄪㄧ / ḋēvī	老師	黛韋
ឧត្តម	'ㄛㄉㄉㄛ̥ㄇ /'oddām	長者	烏敦	ចិន្តា	ㄐㄧ̥ㄋㄉㄚ / jındā	女士	珍達

華人

中文	柬文	發音	中文	柬文	發音
張文達	ចាង វ៉ិនតា	ㄓㄤㄨㄣㄉㄚ / zhang wenda	鍾邇伊	ជុង អ៊ើយី	ㄓㄨㄥㄦㄧ / zhong eryi
江金彪	ជាង ជីនពាវ	ㄐㄧㄤㄐㄧㄣㄅㄧㄠ / jiang jinbiao	歐陽敏	អូវយ៉ាង មីន	ㄡㄧㄤㄇㄧㄣ / ouyang min
吳大尚	អ៊ូ តាសាង	ㄨㄉㄚㄕㄤ / wu dashang	趙喜梅	ចៅ ស៊ីម៉ី	ㄓㄠㄒㄧㄇㄟ / zhao ximei
鄭銀坤	ជេង យីនឃូន	ㄓㄥㄧㄣㄎㄨㄣ / zheng yinkun	孫慧賢	ស៊ួន ហ៊ុយស៊ាន	ㄙㄨㄣㄏㄨㄟㄒㄧㄢ / sun huixian

注：每課的詞彙在語音部分出現過就不重複列出，並按照出現的先後順序排列。

第一課 問候與介紹

មេរៀនទី ១ (មួយ) ការស្វ័រសុខទុក្ខនិងការនាំឱ្យស្គាល់

「ㄇㄝㄖㄧㄝㄋ ㄉㄧㄇㄨㄝ ㄍㄚ ㄙㄨㄜㄙㄛㄎㄉㄨㄎㄍㄍ ㄋㄧㄥ ㄍㄚ ㄋㄛㄢˋㄚㄛˇㄧ ㄙㄍㄚㄌ」

{mērīən dīmūəy gā sūəsokdugk niŋ gā nōaṃ'āōy sgál}

Lesson 1. Greetings and Introducing

【詞語學習】 ការរៀន វាក្យស័ព្ទ 「ㄍㄚ ㄖㄧㄝㄋ ㄋㄝㄚㄍㄍㄙㄚㄅㄉ」 {gārīən vēagsābd}

△ ស្វ័រសុខទុក្ខ 「ㄙㄨㄜㄙㄛㄎㄉㄨㄎㄍㄍ」 {sūəsokdugk} 問候

△ គំរូ 「ㄍㄡㄇㄖㄨ」 {ġoum̩rū} 樣板，範例

△ ឱ្យ=ឱ្យ 「ˋㄠˇㄧ」 {'āōy} 給予，給 　　　△ ស្គាល់ 「ㄙㄍㄚㄌ」 {sġál} 認識，確認

△ និស្សិត 「ㄋㄧㄙㄙㄧㄉ」 {nissɪd} 大學生 　　△ បរទេស 「ㄅㄛㄖㄛㄉㄝㄏ」 {BārødēH} 國家

△ សាកលវិទ្យាល័យ 「ㄙㄚㄍㄛㄌ ㄌㄧㄉㄧㄝㄚㄌㄞ」 {sāġāl vɪdyēalay} 大學

△ ភ្នំពេញ 「ㄆㄋㄨㄇㄅㄝㄏ」 {p̩noum̩bēñ} 金邊

△ ជួប 「ㄗㄨㄜㄅ」 {zūəB} 遇到，遇見 　　△ ជាមួយ 「ㄗㄝㄚㄇㄨㄟ」 {zēamūəy} 隨著，與

△ បងប្រុស 「ㄅㄛㄥㄅㄖㄛㄏ」 {BāŋBroH} 兄弟

△ អ្នក 「ㄋㄝㄚㄍㄍ」 {nēag} 你，您 　　　△ ទាំងពីរ 「ㄉㄝㄤㄅㄧ」 {deaŋbī} 兩個

△ គ្នា 「ㄍㄋㄝㄚ」 {ġnēa} 一同 　　　　△ វិញ 「ㄒㄧㄏ」 {viñ} 回去，反過來

△ ទៅវិញទៅមក 「ㄉㄛㄨㄒㄧㄏ ㄉㄛㄨㄇㄛㄍㄍ」 {dōuviñ dōumøg} 互相，相互

△ ជំរាបសួរ 「ㄗㄨㄇㄖㄝㄚㄅㄙㄨㄜ」 {zoum̩rēaB sūə} 你好

△ តើ 「ㄉㄚㄛ」 {dāə} 怎麼樣 　　　　△ អ្វី 「ˋㄛㄎㄟ」 {'avāi} 什麼

△ ដែរ 「ㄉㄚㄝ」 {Dāe} 也 　　　　　△ មកពី 「ㄇㄛㄍㄍㄅㄧ」 {møgbī} 從，來自

△ ទទួល 「ㄉㄛㄉㄨㄜㄌ」 {dødūəl} 接收 　　　△ ក្រុង 「ㄍㄖㄛㄥ」 {groŋ} 都市

△ កន្លែងណា 「ㄍㄛㄋㄌㄝㄥㄋㄚ」 {gānlēŋṇā} 哪裡

△ ខេត្តកំពង់ស្ពឺ 「ㄎㄝㄉㄉㄍㄛㄇㄅㄛㄥㄙㄅㄜ」 {kēddgaṃboŋsbø̄} 磅士卑市

△ ដែល 「ㄉㄚㄝㄌ」 {Dāel} 那個 　　　△ ពួក 「ㄅㄨㄜㄍ」 {būəg} 們

△ យើង 「ㄧㄥ」 {yōŋ} 我們 　　　　△ សុទ្ធតែ 「ㄙㄛㄉㄉㄊㄉㄚㄝ」 {sodĭdāe} 是

△ ចូលរៀន 「ㄐㄛㄌㄌㄧㄝㄋ」 {jōlrīən} 上課

△ ទទួលឱ្យចូល 「ㄉㄛㄉㄨㄜㄌ ˋㄠˇㄧ ㄐㄛㄌ」 {dødūəl 'āōy jōl} 錄取

△ នៅ 「ㄋㄛㄨ」 {nōu} 於，在 　　　△ មែនហើយ 「ㄇㄝㄋㄏㄟ」 {mēnhāəy} 對，對了，是的

△ មិត្ត 「ㄇㄧㄉㄉ」 {midd} 友誼 　　　　△ នាង 「ㄋㄝㄤ」 {nēaŋ} 她

△ គ្រូបង្រៀន 「ㄍㄖㄨㄅㄛㄥㄖㄧㄝㄋ」 {ġrūBāŋrīən} 教師

△ ខាន 「ㄎㄢ」 {kān} 錯過 　　　　△ ជួបគ្នា 「ㄗㄨㄜㄅㄍㄋㄝㄚ」 {zūəBġnēa} 相遇，遇到

△ យូរហើយ 「ㄧㄨㄏㄚㄟ」 {yūhāəy} 以前

△ សុខសប្បាយ 「ㄙㄛㄎ ㄙㄛㄅㄅㄚㄧ」 {sok sāBBāy} 身體好，健康，安好

△ ជាទេ 「ㄗㄝㄚㄉㄝ」 {zēadē} 是不？是不是？

△ រួម 「ㄖㄨㄜㄇ」 {rūəm} 含，包括

△ ថ្នាក់ 「ㄊㄋㄚㄍㄍ」 {t̩nág} 班級

39

△ របស់ខ្ញុំ 「ㄖㄛˋㄅㄚˋ ㄎㄋㄛㄇ」 {røBaH kñoṃ} 我的

△ បណ្ណាល័យ 「ㄅㄜˊㄋㄋㄚㄌㄞ」 {Bāṇṇālay} 圖書館

△ ជាមួយគ្នា 「ㄗㄝㄇㄨㄙㄟㄍㄋㄝㄚ」 {zēamūəyǵnēa} 一同，一起

△ ជម្រាបលា 「ㄗㄛㄇㄖㄝㄚㄅㄚㄌㄝㄚ」 {zømrēaBlēa} 再見，告辭

△ សន្ទនា 「ㄙㄜˋㄋㄉㄜˋㄋㄝㄚ」 {sāndønēa} 交談，對話

△ ប្រើប្រាស់ 「ㄅㄖㄚˋㄛㄅㄖㄚˋㄏ」 {BrāəBráH} 採用

△ ញឹកញាប់ 「ㄏㄨㄍ ㄏㄛㄚˊㄅ」 {ñwg ñoáB} 經常

△ ការសន្ទនា 「ㄍㄚㄙㄜˋㄋㄉㄜˋㄋㄝㄚ」 {gāsāndønēa} 會話

△ ណាស់ 「ㄋㄚˊㄏ」 {ŋáH} 很，非常

△ គឺជា 「ㄍㄨㄗㄝㄚ」 {ġwzēa} 就是，是

△ នាមប័ណ្ណ 「ㄋㄝㄇㄛㄅㄜˋㄋㄋ」 {nēamøBāṇṇ} /「ㄋㄝㄚㄇ ㄅㄜˋㄋㄋ」 {nēam Bāṇṇ}名片

△ ស្រី 「ㄙㄉㄖㄟ」 {sdrōi} 女人   △ ឬទេ 「ㄖㄨˊㄉㄝ」 {rw̄dē} 是不，是嗎

△ កំឌ្ណ 「ㄆㄝㄚㄍㄉ」 {ƥeagd} 好友，朋友

△ នឹង 「ㄋㄨㄥ」 {nwŋ} 將，就會

△ គ្នា 「ㄍㄋㄝㄚ」 {ǵnēa} 一起，共同

△ មុន 「ㄇㄨㄋ」 {mun} 在以前，之前

△ កាលពីប៉ុន្មានថ្ងៃមុន 「ㄍㄚㄌㄅㄧˊ ㄅㄛˋㄋㄇㄢ ㄊㄥㄞㄇㄨㄋ」 {gālbī bonmān tŋaimun} 幾天以前

△ នៅក្នុង 「ㄋㄜㄨㄍㄋㄛㄥ」 {nōugnoŋ} 在，於

△ ដូចម្ដេច 「ㄉㄛㄐㄇㄉㄝㄐ」 {Dōjmdēj} 怎麼樣

△ របៀប 「ㄖㄛˋㄅㄧㄝㄅ」 {røBīəB} 方法

△ ប្រើ 「ㄅㄖㄚˋㄛ」 {Brāə} 使用   △ ប្រព័ន្ធ 「ㄅㄖㄛˋㄅㄛˋㄋㄛㄊ」 {Brāboṅ} 系統

△ អ្វីៗ 「ㄛㄎㄟ'ㄛㄎㄟ」 {'avōi 'avōi} 一切，萬事

△ ទាំងអស់ 「ㄉㄝㄤ'ㄛˋㄏ」 {đeaŋ'āH} 這些都(អស់ 的用法見 94 頁)

△ មែនទេ 「ㄇㄟㄉㄝ」 {mēndē} 是不是

△ មិន 「ㄇㄧˋㄣ」 {min} 不，否

△ យ៉ាងម៉េច 「ㄧㄤㄇㄝㄐ」 {yāŋmēj} 怎麼樣

△ ឈឺក្រពះ 「ㄔㄨㄍㄖㄛˋㄅㄝㄛㄏ」 {cw̄grābeah} 胃不舒服，胃痛

△ ពិបាកចិត្ត 「ㄅㄧˋㄅㄚㄍㄐㄧˋㄉㄉ」 {biBāgjıdd} 心煩，難過

△ ទី 「ㄉㄧ」 {đī} 第   △ បួន 「ㄅㄨˋㄋ」 {Būən} 四

△ អី 「ㄟ」 {'ōi} 句尾小品詞，表示 "好嗎，什麼" 等詢問含義。

△ រវល់ 「ㄖㄛˋㄎㄨㄌ」 {røvul} 忙

△ ចុះ 「ㄐㄛㄏ」 {joh} 往下

△ សង្ឃឹមថានឹង 「ㄙㄜˋㄥㄎㄨㄇㄊㄚㄋㄨㄥ」 {sāŋkwmtānwŋ} 希望

△ ថ្មី 「ㄊㄇㄟ」 {tmōi} 新   △ ម្ដង 「ㄇㄉㄛˋㄥ」 {mdāŋ} 重新，再次

△ របស់「ㄖㄛˋㄅㄛˋㄏ」 {røBaH} 的(表示定語的小品詞，順序和國語相反，如：របស់ខ្ញុំ「ㄖㄛˋㄅㄛˋㄏ ㄎㄋㄛㄇ」{røBaH kñoṃ} (的+我)我的。)

一、金邊大學留學生鍾邇伊小姐(A)見到她的同學披侖大哥(B)，兩人互相問候。 ๑) កញ្ញា ជុង អេ៎យ៍ (ក), និស្សិត បរទេសនៃសាកលវិទ្យាល័យភ្នំពេញបានជួបជាមួយនឹងប្រុសនិស្សិតឈ្មោះភិរុណ (ខ) , អ្នកទាំងពីរក៍ ស្វរ សុខទុក្ខគ្នាទៅវិញទៅមក។ 「ㄇㄨˊ」《ㄍˇㄍˇㄝㄚ ㄓㄨㄎ ㄦ — (《ㄛ), ㄋ—ㄙㄙ—ㄌ ㄅㄚˇㄌㄛˇㄉㄝㄏ ㄋㄜˇ ㄙㄚˋㄍㄛˇㄌ ㄅ—ㄉ—ㄚㄌㄝ ㄚㄇㄅ ㄥㄋㄅㄧㄝˇㄌ ㄅㄣ ㄗㄨㄜㄅ ㄗㄝㄚㄇㄨˊ」ㄅㄚˇㄥㄅㄛㄏ ㄋㄧㄙㄙㄧㄌ ㄘㄇㄨㄛㄏ ㄆㄧˇㄖㄨㄣ (ㄎㄚ), ㄋㄝㄚㄍ ㄉㄝㄤㄅ— 《ㄍㄚ ㄙㄨㄜㄙㄛㄎㄉㄨㄍ㆐《ㄋㄝㄚ ㄉㄛㄨㄈㄧㄉˇㄛㄇㄛㄍㄛˋ.」 {mūəy) gāññēa zhong eryi (gā), nissɪd BārədēH nəi sāgāl vɪdyēalay p̦nouṃbēñ Bān zūəB zēamūəy BāŋBroH nɪssɪd cmuoh p̩iruṇ (kā), n̄eag deaŋbī gā sūəsokdugk ĝn̄ea dōuviñdōumøg.}

ក: ជំរាបសួរ។ តើអ្នកឈ្មោះអ្វី ? A:你好。你叫什麼名字？

「ㄗㄨㄇㄖㄝㄚㄅㄙㄨㄜ. ㄉㄚ ㄋㄝㄚ《 ㄘㄇㄨㄛㄏ ʾㄛㄈㄟ?」 {zouṃrēaBsūə. dāə n̄eag cmuoh ʾavōi?}

ខ: ជំរាបសួរ។ ខ្ញុំឈ្មោះភិរុណ។ អ្នកឈ្មោះអ្វីដែរ ? B:你好。我叫披侖。妳叫什麼名字？

「ㄗㄨㄇㄖㄝㄚㄅㄙㄨㄜ. ㄎㄛㄇ ㄘㄇㄨㄛㄏ ㄆ—ㄖㄨㄣ. ㄋㄝㄚ《 ㄘㄇㄨㄛㄏ ʾㄛㄈㄟ ㄉㄚㄝ?」 {zouṃrēaBsūə. kñoṃ cmuoh p̩iruṇ. n̄eag cmuoh ʾavōi Dāe?}

ក: ខ្ញុំឈ្មោះ ជុង អេ៎យ៍ ។ ខ្ញុំមកពីទីក្រុងថាយជុង។ អ្នកមកពីកន្លែងណាដែរ ? A:我叫鍾邇伊。我來自臺中市。你來自哪裡？

「ㄎㄛˇㄛㄇ ㄘㄇㄨㄛㄏ ㄓㄨㄎ ㄦ—. ㄎㄛˇㄛㄇ ㄇㄛ《ㄅ— ㄉ—《ㄖㄛㄥ ㄊㄚㄗㄨㄥ. ㄋㄝㄚ《 ㄇㄛ《 ㄅ— 《ㄢㄌㄝㄥ ㄋㄚ ㄉㄚㄝ?」 {kñoṃ cmuoh zhong eryi. kñoṃ møgbī dīgroŋ tāyzuŋ. n̄eag møg bī gānlēŋ ṇā Dāe?}

ខ: ខ្ញុំមកពីខេត្តកំពង់ស្ពឺ។ B:我來自磅士卑。

「ㄎㄛˇㄛㄇ ㄇㄛ《ㄅ— ㄎㄝㄉㄉ《ㄛㄇㄛㄇㄅㄛˋ.」 {kñoṃ møgbī kēddgaṃboŋsbē.}

ក: រីករាយដែលបានស្គាល់អ្នក ។ ឆ្នាំនេះពួកយើងសុទ្ធតែត្រូវបានទទួលឱ្យចូលរៀន នៅ សាកលវិទ្យាល័យនេះ ។ A:很高興認識你。我們今年都被錄取到這所大學。

「ㄖㄧ—《ㄖㄝㄞ ㄉㄚㄝㄌ ㄅㄢ ㄙ《ㄚㄌ ㄋㄝㄚ. ㄑㄋㄚㄇ ㄋ—ㄏ ㄅㄨㄛ《 —ㄥ ㄙㄛㄉㄊㄉㄚㄝ ㄉㄖㄛㄈ ㄅㄢ ㄉㄛㄉㄨㄜㄌ ʾㄠ— ㄐㄛㄌ ㄖ—ㄢ ㄋㄛㄨ ㄙㄚ《ㄛˇㄌ ㄈ—ㄉ—ㄚㄝㄚㄌㄞ ㄋ—ㄏ.」 {rīgrēay Dāel Bān sg̓ál n̄eag. qnāṃ nih būəg yȳŋ sodĭdāe drōv Bān dødūəl ʾāōy jōl rīən nōu sāgāl vɪdyēalay nih.}

ខ: បាទ មែនហើយ ។ B:是的。

「ㄅㄚㄉ ㄇㄣㄏㄚㄟ.」 {Bād mēnhāəy.}

二、鍾邇伊小姐(A)和同學遇到梭萬老師(B)。 ២) កញ្ញា ជុង អ៊ើយី (ក) និងមិត្តរបស់នាងជួបគ្រូបង្រៀន ឈ្មោះ សុវណ្ណ (ខ) ។ 「ㄅ一) ㄍㄛ̣ㄏㄏㄝㄚ ㄓㄨㄫ ㄦ一 (ㄍㄛ̣) ㄋ一̣ㄥ ㄇ一̣ㄉㄉ ㄖˈㄛ̣ㄅㄛ̣ㄏ ㄋㄝㄤ ㄗㄨㄜㄅ ㄍㄖˈㄨㄅㄛ̣ㄫㄖˈ一ㄜㄋ ㄘㄇㄨㄛㄏ ㄙㄛㄪㄛ̣ㄋㄋ (ㄎㄛ̣).」 {bī) gāññēa zhong eryi (gā) niŋ mɨdd røBɑH nēaŋ zūəB ġrūBāŋrīən cmuoh sovøṇṇ (kā).}

ក: **ជំរាបសួរ ។** A:您好。

「ㄗㄡㄇㄖˈㄝㄚㄅㄙㄨㄜ.」 {zouṃrēaBsūə.}

ខ: **ជំរាបសួរ ។** B:你們好。

「ㄗㄡㄇㄖˈㄝㄚㄅㄙㄨㄜ.」 {zouṃrēaBsūə.}

ក: **ខានជួបគ្នាយូរហើយ ។ តើអ្នកសុខសប្បាយជាទេ** ？A:好久不見。您好嗎？

「ㄎㄢ ㄗㄨㄜㄅㄍㄋㄝㄚ 一ㄨㄏㄚㄟ. ㄉㄚㄜ ㄋㄝㄚㄍ ㄙㄛㄎㄙㄛ̣ㄅㄅㄚ一 ㄗㄝㄚㄉㄝ?」 {kān zūəBġnēa yūhāəy. dāə nēag sok sāBBāy zēadē?}

ខ: **ខ្ញុំសុខសប្បាយជាទេ, អរគុណ ។ គាត់ជានរណា** ？B:我滿好的，謝謝。他是誰？

「ㄎㄏㄛㄇ ㄙㄛㄎㄙㄛ̣ㄅㄅㄚ一 ㄗㄝㄚㄉㄝ, ’ㄛ̣ㄍㄨㄋ. ㄍㄛㄚㄉ ㄗㄝㄚ ㄋㄛ̣ㄋㄚ?」 {kñoṃ sok sāBBāy zēadē, ’āġuṇ. ġoád zēa nøṇā?}

ក: **គាត់ជាមិត្តរួមថ្នាក់របស់ខ្ញុំ ឈ្មោះ ភិរុណ ។ យើងទៅបណ្ណាល័យជាមួយគ្នា ។** A:他是我的同學披侖。我們一起去圖書館。

「ㄍㄛㄚㄉ ㄗㄝㄚ ㄇ一̣ㄉㄉ ㄖˈㄨㄜㄇ ㄊㄋㄚㄍ ㄖˈㄛ̣ㄅㄛ̣ㄏ ㄎㄏㄛㄇ ㄘㄇㄨㄛㄏ ㄆ一̣ㄖˈㄨㄋ. 一ㄥ ㄉㄜㄨ ㄅㄛ̣ㄋㄋㄚㄌㄞ ㄗㄝㄚㄇㄨㄟㄍㄋㄝㄚ.」 {ġoád zēa mɨdd rūəm ṫnág røBɑH kñoṃ cmuoh ṗɨruṇ. yēŋ ɗōu Bāṇṇālay zēamūəyġnēa.}

ខ: **ល្អ ។ ជម្រាបលា** ! B:好的。再見！

「ㄌ’ㄛ̣. ㄗㄛ̣ㄇㄖˈㄝㄚㄅㄌㄝㄚ!」 {l’ā. zømrēaBlēa!}

ក: **ជម្រាបលា** ! A:再見！

「ㄗㄛ̣ㄇㄖˈㄝㄚㄅㄌㄝㄚ!」 {zømrēaBlēa!}

សាកលវិទ្យាល័យភូមិន្ទវិចិត្រសិល្បៈ

「ㄙㄚㄍㄛ̣ㄌ ㄪ一̣ㄉ一ㄝㄚㄌㄞ ㄆㄨㄇ一̣ㄋㄉ ㄪ一̣ㄐ一̣ㄉ ㄙ一̣ㄌㄅㄚ’」 {sāgāl vɨdyēalay pūmɨnd vijɪd sɪlBa’}

皇家藝術大學

Royal University of Fine Arts

【常用會話】 សន្ទនារាល់ថ្ងៃ 「ㄙㄛ̣ㄋㄉㄛ̣ㄋㄝㄚ ㄖ'ㄛㄚㄌ ㄊㄫㄞ」 {sāndønēa roáltŋai}

對話一 ការសន្ទនា ១ (ទីមួយ) 「ㄍㄚㄙㄛ̣ㄋㄉㄛ̣ㄋㄝㄚ ㄉㄧㄇㄨㄟ」 {gāsāndønēa dīmūəy}

A: **រីករាយដែលបានស្គាល់អ្នក ។** 很高興認識你。

「ㄖ'ㄧㄍㄖ'ㄝㄞ ㄉ̹ㄚㄝㄌ ㄅ̹ㄢ ㄙㄍㄚㄌ ㄋㄝㄚㄍ.」 {rīgrēay Dāel Bān sġál nēag.}

B: **រីករាយណាស់ដែលបានជួបអ្នក ។ នេះគឺជានាមបណ្ណរបស់ខ្ញុំ ។** 幸會。這是我的名片。

「ㄖ'ㄧㄍㄖ'ㄝㄞ ㄋㄚㄏ ㄉ̹ㄚㄝㄌ ㄅ̹ㄢ ㄗㄨㄜㄅ̹ ㄋㄝㄚㄍ. ㄋㄧㄏ ㄍㄨ̣ㄗㄝㄚ ㄋㄝㄚㄇ ㄅ̹ㄛ̣ㄋㄋ ㄖ'ㄛ̣ㄅ̹ㄛ̣ㄏ ㄎㄏㄛㄇ.」 {rīgrēay ṇáH Dāel Bān zūəB nēag. nih ġw̄zēa nēam Bāṇṇ røBɑH kñoṃ.}

A: **តើស្ត្រីម្នាក់នោះជានរណា ?** 那個女士是誰？

「ㄉㄚㄜ ㄙㄉㄖ'ㄟ ㄇㄋㄝㄚㄍ ㄋㄨㄏ ㄗㄝㄚ ㄋㄛ̣ㄋㄚ?」 {dāə sdrəi mneag nuh zēa nøṇā?}

B: **គាត់ឈ្មោះ ស្ស៊ុន ហ៊ុយស៊ាន ជាគ្រូបង្រៀនមកពីតៃវ៉ាន់ ។** 她是孫慧賢，來自臺灣的老師。

「ㄍㄛㄚㄉ ㄘㄇㄨㄛㄏ ㄙㄙㄨㄋ ㄏㄨㄧ ㄙㄝㄢ ㄗㄝㄚ ㄍㄖ'ㄨㄅ̹ㄛ̣ㄫㄖ'ㄧㄜㄋ ㄇㄛㄍㄅㄧ ㄉㄞㄪㄢ.」 {ġoád cmuoh ssūn huy sēan zēa ġrūBāŋrīən møgbī daivan.}

A: **តើអ្នកស្គាល់គាត់ឬទេ ?** 你認識她嗎？

「ㄉㄚㄜ ㄋㄝㄚㄍ ㄙㄍㄚㄌ ㄍㄛㄚㄉ ㄖ'ㄨ̣ㄉㄝ?」 {dāə nēag sġál ġoád rw̄dē?}

B: **បាទ, ខ្ញុំស្គាល់គាត់ ។ យើងគឺជាមិត្តភក្តិនឹងគ្នា ។** 是的，我認識她。我們是朋友。

「ㄅ̹ㄚㄉ, ㄎㄏㄛㄇ ㄙㄍㄚㄌ ㄍㄛㄚㄉ. ㄧㄥ ㄍㄨ̣ㄗㄝㄚ ㄇㄧㄉㄉ ㄆㄝㄚㄍㄉ ㄋㄨ̣ㄫㄍㄋㄝㄚ.」 {Bād, kñoṃ sġál ġoád. yə̄ŋ ġw̄zēa midd ṗeagd nwŋġnēa.}

A: **តើស្គាល់គាត់នៅកន្លែងណា ?** 在哪裡認識她的？

「ㄉㄚㄜ ㄙㄍㄚㄌ ㄍㄛㄚㄉ ㄋㄜㄨ ㄍㄛ̣ㄋㄌㄥ ㄋㄚ?」 {dāə sġál ġoád nōu gānlēŋ ṇā?}

B: **ស្គាល់កាលពីប៉ុន្មានថ្ងៃមុននៅក្នុងបណ្ណាល័យ ។** 幾天前在圖書館認識的。

「ㄙㄍㄚㄌ ㄍㄚㄌㄅㄧ ㄅㄛㄋㄇㄢ ㄊㄫㄞㄇㄨㄋ ㄋㄜㄨㄍㄋㄛㄫ ㄅ̹ㄛ̣ㄋㄋㄚㄌㄞ.」 {sġál gālbī bonmān ṫŋaimun nōugnoŋ Bāṇṇālay.}

A: **តើអ្នកស្គាល់គាត់យ៉ាងដូចម្តេច ?** 怎麼認識她的？

「ㄉㄚㄜ ㄋㄝㄚㄍ ㄙㄍㄚㄌ ㄍㄛㄚㄉ ㄧㄤ ㄉ̹ㄛ̣ㄐㄛ̣ㄇㄉㄝㄐ?」 {dāə nēag sġál ġoád yāŋ Dōjmdēj?}

B: **ខ្ញុំបង្រៀនគាត់ពីរបៀបប្រើប្រព័ន្ធកុំព្យូទ័រ ។** 我教她如何使用電腦系統。

「ㄎㄏㄛㄇ ㄅ̹ㄛ̣ㄫㄖ'ㄧㄜㄋ ㄍㄛㄚㄉ ㄅㄧ ㄖ'ㄛ̣ㄅ̹ㄧㄜㄅ̹ ㄅ̹ㄖ'ㄚㄜ ㄅ̹ㄖ'ㄛ̣ㄅㄛㄋㄊ ㄍㄛㄇㄅㄧㄨㄉㄛ.」 {kñoṃ Bāŋrīən ġoád bī røBīəB Brāə Brābonẗ goṃbyūdo.}

A: ជំរាបសួរ ។ អ្វីៗល្អទាំងអស់មែនទេ ? 您好。一切都好吧?

「ㄗㄡㄇㄖㄝㄚˇㄅㄙㄨㄜ. ˇㄛㄞˇ ˇㄛㄞˇ ㄌˇㄚ ㄉㄝㄤˇㄏ ㄇㄣˇㄉㄝ?」 {zouṃrēaBsūə. 'avāi 'avāi l'ā deaŋ'āH mēndē?}

B: ខ្ញុំល្អទាំងអស់ ។ អ្នកអ្វីៗល្អទាំងអស់មែនទេ ? 我一切都好。一切都好吧?

「ㄎㄏˇㄛㄇ ㄌˇㄚ ㄉㄝㄤˇㄏ. ㄋㄝㄚㄍˇ ˇㄛㄞˇ ˇㄛㄞˇ ㄌˇㄚ ㄉㄝㄤˇㄏ ㄇㄣˇㄉㄝ?」 {kñoṃ l'ā deaŋ'āH. nēag 'avāi 'avāI l'ā deaŋ'āH mēndē?}

A: មិនជាល្អអ្វីទេ ។ 不怎麼好。

「ㄇㄧˇㄣ ㄗㄝㄚ ㄌˇㄚ ˇㄛㄞˇ ㄉㄝ.」 {min zēa l'ā 'avāi dē.}

B: យ៉ាងម៉េចហើយ ? 怎麼啦?

「ㄧㄤㄇㄝㄐ ㄏㄚˇ?」 {yāŋmēj hāəy?}

A: ឈឺក្រពះ ។ 胃疼。

「ㄔㄨˇㄍㄖㄛㄅㄛˇㄏ.」 {cw̄grābeah.}

B: ខ្ញុំពិបាកចិត្តណាស់ ។ 我好難過。

「ㄎㄏˇㄛㄇ ㄅㄧˇㄅㄚˇㄍㄐㄧㄉㄉ ㄋㄚˇㄏ.」 {kñoṃ biBāgjɪdd ṇáH.}

A: រីករាយណាស់ដែលបានជួបអ្នក ! សុខសប្បាយទេអី ? 很高興見到你!還好吧?

「ㄖㄧ—ㄍㄖㄝㄞ ㄋㄚˇㄏ ㄉㄚㄝㄌ ㄅㄢ ㄗㄨㄛˇㄅ ㄋㄝㄚㄍˇ! ㄙㄛㄎ ㄙㄛˇㄅㄅㄚㄞˇ ㄉㄝ ˇㄟ?」 {rīgrēay ṇáH Dāel Bān zūəB nēag! sok sāBBāy dē'āi?}

B: សុខសប្បាយណាស់, អរគុណ ! 非常好,謝謝!

「ㄙㄛㄎ ㄙㄛˇㄅㄅㄚㄞˇ ㄋㄚˇㄏ, ˇㄛㄍㄨㄣ!」 {sok sāBBāy ṇáH, 'āġuṇ!}

A: ខ្ញុំរវល់ណាស់ ។ ខ្ញុំត្រូវទៅហើយ ។ 我很忙。我得走啦。

「ㄎㄏˇㄛㄇ ㄖㄛˇㄅㄨㄌ ㄋㄚˇㄏ. ㄎㄏˇㄛㄇ ㄉㄖㄛˇㄅ ㄉㄛㄨ ㄏㄚˇ.」 {kñoṃ røvul ṇáH. kñoṃ drōv dōu hāəy.}

B: ទៅចុះ ។ សង្ឃឹមថានឹងបានជួបអ្នកជាថ្មីម្តងទៀត ! 走吧。希望再見到你!

「ㄉㄛㄨ ㄐㄛˇㄏ. ㄙㄤㄎㄨㄇㄧㄢㄨㄤ ㄅㄢ ㄗㄨㄛˇㄅ ㄋㄝㄚㄍㄗㄝㄚ ㄊㄇㄞˇ ㄇㄉㄛㄤ ㄉㄧ—ㄉㄜˇ!」 {dōu joh. sāŋkwmīānwŋ Bān zūəB nēagzēa ṭmōi mdāŋ dīəd!}

44

【文化背景】 ផ្ទៃខាងក្រោយ វប្បធម៌「ㄆㄉㄟㄎㄤ ㄍㄖ'ㄠㄧ ㄪㄛ̣ㄅ̣ㄅ̣ㄛ̣ㄊ」{pďəikāŋ grāoy vøBBăĭ}

1. 柬埔寨簡介

柬埔寨位於中南半島西南部，西北部與泰國接壤，東北部與寮國交界，東南部與越南毗鄰，南部則面向暹羅灣(ឈូងសមុទ្រសៀម「ㄘㄨㄫㄙㄛ̣ㄇㄨㄉㄖ' ㄙㄧㄜㄇ」 {cūŋ sāmuďr sīəm})。柬埔寨領土三面被丘陵與山脈環繞，中部為廣闊而富庶的平原，占全國面積四分之三以上。境內有湄公河和東南亞最大的淡水湖——洞里薩湖(បឹងទន្លេសាប「ㄅ̣ㄜ̣ㄫ ㄉㄛ̣ㄋㄌㄝㄙㄚㄅ̣」 {Bœŋ ďønlēsāB})，首都金邊。

柬埔寨是個歷史悠久的文明古國，早在西元 1 世紀建立了統一的王國。20 世紀 70 年代開始，柬經歷了長期的戰爭。1993 年，隨著柬國家權力機構相繼成立和民族和解的實現，柬埔寨進入和平與發展的新時期。柬埔寨是東南亞國家聯盟成員國，經濟以農業為主，工業基礎薄弱。

現在的柬埔寨國旗(ទង់ជាតិ「ㄉㄛㄫㄗㄝㄚㄉ」 {ďoŋzēad})以紅、藍及白色為主色，代表著：民族、宗教、國王(ជាតិ សាសនា ព្រះមហាក្សត្រ「ㄗㄝㄚㄉ ㄙㄚㄙㄛ̣ㄋㄝㄚ ㄅㄖ'ㄛㄇ ㄏㄚㄍㄙㄛ̣ㄉㄖ'ㄛ̣」{zēad sāsānēa brom hāg sādrā})；國徽(ព្រះឆាយាល័ក្ខ「ㄅㄖ'ㄝㄜㄏㄑㄚㄧㄝㄚㄌㄝㄚㄍㄎ」{breəhqāyēaleagk})上的文字為：ព្រះចៅ「ㄅㄖ'ㄝㄜㄏㄐㄠ」{breəhjāu}(統治者) - ក្រុង「ㄍㄖ'ㄛㄫ」 {groŋ} (王國，地區) - កម្ពុជា「ㄍㄛ̣ㄇㄅㄨㄗㄝㄚ」 {gāmbuzēa} (柬埔寨)，意為：柬埔寨王國的統治者；柬埔寨國歌(ភ្លេងជាតិ「ㄆㄌㄝㄫㄗㄝㄚㄉ」 {ṗlēŋzēad})為《吳哥王國》(បទនគររាជ「ㄅ̣ㄛ̣ㄉ ㄋㄛ̣ㄍㄛ̣ㄖ'ㄝㄚㄗ」 {Bād nøġørēaz})。

柬埔寨人認為用左手拿東西或食物是不禮貌的表現。不能觸摸別人特別是小孩的頭部，也不能隨意撫摸頭。柬埔寨舞蹈中，手勢表達特定的含義：五指併攏伸直表示“勝利”(ទទួលជ័យជម្នះ「ㄉㄛ̣ㄉㄨㄜㄌㄗㄞㄗㄛ̣ㄇㄋㄝㄚㄏ」 {ďøďūəl zay zømneah})；拳頭表示“不滿”(មិនសប្បាយចិត្ត「ㄇㄧ̣ㄣ ㄙㄛ̣ㄅ̣ㄅ̣ㄚㄧ ㄐㄧ̣ㄉㄉ」 {mɨn sāBBāy jɪdd})和“憤怒”(កំហឹង「ㄍㄛ̣ㄇㄏㄜ̣ㄫ」{gaṃhœŋ})；四指併攏，拇指彎向掌心，表示“驚奇”(ផ្អើល「ㄆ'ㄚㄜㄌ」 {p'āəl})、“憂傷”(សោកស្ដាយ「ㄙㄠㄍㄙㄉㄚㄧ」 {sāog sdāy})。

柬埔寨人姓在前，名在後。柬埔寨人通常不稱呼姓，只稱呼名，並在名字前加稱謂，以示性別、長幼、尊卑。如“召”(ចៅ「ㄐㄠ」 {jāu})意為孫兒；“阿”(អា「'ㄚ」 {'ā})表示親切；“達”(តា「ㄉㄚ」 {dā})意為爺爺；“甯”(មីង「ㄇㄧㄥ」{mīŋ})表示阿姨；“洛”(លោក「ㄌㄡㄍ」{lōug})意為先生；“洛斯雷”(លោកស្រី「ㄌㄡㄍㄙㄖ'ㄟ」 {lōugsrōi})意為女士等。合十禮是最常見的一種相見禮儀。行禮時，要根據對方把握好掌尖的高度，如女子向父母，孫兒向祖父母，學生向教師，應將合十的掌尖舉到眼眉；下級向政府官員、向上級行禮時，應舉到口部；地位相等者行禮時，應舉到鼻尖。

在柬埔寨，一般不伸手別人和握手，特別是女人。應該以合十禮代之。

2. 語法特點

柬埔寨語的語法特點有以下幾點。

1) 單詞沒有詞形變化，詞性有些形成規(動→名，形→名，動→使動)。

2) 有些特殊名詞可用作首碼，置於動詞或形容詞之前，使之變成名詞。

3) 詞序和國語類似，一般是主語-謂語-賓語。

4) 定語放在所修飾的名語之後，這是和國語最大的不同點，如：大貓 ឆ្មាធំ「ㄑㄇㄚㄊㄡㄇ」 {qmāťouṃ}、漂亮的圖畫 រូបភាពស្រស់ស្អាត「ㄖ'ㄨㄅ̣ㄛ̣ㄆㄝㄚㄅ ㄙㄖ'ㄛ̣ㄏㄙ'ㄚㄉ」 {rūBāṗēab srɑHs'ād}，表達順序是：貓+大、圖畫+漂亮。

5) 狀語結構可放在句首或句尾，如：“今天我去市場。”柬埔寨語用：ថ្ងៃនេះខ្ញុំទៅទីផ្សារ។「ㄊㄫㄞㄋㄧㄏ ㄎㄬㄛㄇ ㄉㄜㄨ ㄉㄧㄆㄙㄚ.」 {ṭŋainih kňoṃ ďāu ďīpsā.}或 ខ្ញុំទៅទីផ្សារថ្ងៃនេះ។「ㄎㄬㄛㄇ ㄉㄜㄨ ㄉㄧㄆㄙㄚ ㄊㄫㄞㄋㄧㄏ.」 {kňoṃ ďāu ďīpsā ṭŋainih.}均可。

6) 按照巴厘語、泰語、寮語、中國方言轉換的詞彙，成為了柬埔寨語的固有詞彙，而科技、化工新詞，多數按照法語讀音借入。

【練習鞏固】 ដេរីលមហាត់ 「ㄊㄝ�ㄧㄌㄇㄛㄏㄚㄉ」{ĩēvīlmøhád}

1. 請把下列句子翻譯成柬埔寨文。

　　1) 您好！認識您很高興。

　　_____

　　2) 我來自屏東(「ㄆㄧㄥㄉㄨㄥ」{p̄īŋḍuŋ})，而阿坎(ខ្ញុ 「ㄎㄛㄣㄉ」{kāŋḌ})來自馬德望(ㅂ្ ㅌㄉㅁㅂㅌ 「ㄅㄚㄉㄛㄇㄅㄛㄥ」{BádDaṃBāŋ})。

　　_____

2. 請把下列句子翻譯成中文。

　　1) តើអ្នកឈ្មោះអ្វី？ 「ㄉㄚㄜ ㄋㄝㄚㄍ ㄘㄇㄨㄛㄏˋㄛㄞ？」{dāə nēag cmuoh'avōi?}

　　_____

　　2) ខ្ញុំជួបគ្នាយូរហើយ ។ តើអ្នកសុខសប្បាយជាទេ？ 「ㄎㄢ ㄗㄨㄛㄅㄍㄋㄝㄚ ㄧㄨㄏㄚㄜㄧ. ㄉㄚㄜ ㄋㄝㄚㄍ ㄙㄛㄎㄙ ㄛㄅㄅㄚㄧ ㄗㄝㄚㄉㄝ?」{kān zūəBġnēa yūhāəy. dāə nēag sok sāBBāy zēadē?}

　　_____

　　3) គាត់ជានរណា？ 「ㄍㄛㄚㄉ ㄗㄝㄚ ㄋㄛㄋㄚ？」{ġoád zēa nøṇā?}

　　_____

　　4) គាត់ជាមិត្តរួមថ្នាក់របស់ខ្ញុំ ។ 「ㄍㄛㄚㄉ ㄗㄝㄚ ㄇㄧㄉㄉ ㄖㄨㄛㄇ ㄊㄋㄚㄍ ㄖㄛㄅㄛㄏ ㄎㄋㄛㄇ.」{ġoád zēa midd rūəm ĩnág røBaH kñoṃ.}

　　_____

3. 柬埔寨語和國語語法的最大不同點是什麼。

　　_____

第二課 致謝與感恩

មេរៀនទី ២ (ពីរ) ការអរគុណនិងការដឹងគុណ

「ㄇㄝㄖㄧㄞㄣ ㄉㄧㄅㄧ ㄍㄚˉㄪㄜㄍㄨㄣ ㄋㄧㄥ ㄍㄚ ㄉㄛㄍㄨㄣ」

{mērīən dĭbī gā'ăġuṇ niṇ gā Dœṇġuṇ}

Lesson 2. Acknowledgements and Gratitude

【詞語學習】 ការរៀន វាក្យសព្ទ 「ㄍㄚ ㄖㄧㄢ ㄪㄝㄚㄍㄇㄛㄅㄉ」 {gārīən vēagsābd}

△ ដឹងគុណ 「ㄉㄜㄍㄨㄣ」 {Dœṇġuṇ} 謝意 　　△ អ្នកស្រី 「ㄋㄝㄍㄇㄖㄟ」 {nēagsrōi} 女士

△ ជួយ 「ㄗㄨㄟ」 {zūəy} 幫助 　　△ ទិញ 「ㄉㄧˊ」 {diñ} 購買

△ ផ្លែឈើ 「ㄆㄉㄚㄝㄔㄜ」 {plāecō} 水果 　　△ អ៎ 「ㄛ」 {'ō} 嗯，好的

△ ជនជាតិ 「ㄗㄛㄣㄗㄝㄚㄉ」 {zønzēad} 國民，民眾

△ រំភើបចិត្ត 「ㄖㄨㄇㄆㄜㄅㄛㄉㄐㄧㄉㄉ」 {roumþōBājıdd} 感激，興奮，感動

△ សូម 「ㄙㄛㄇ」 {sōm} 請(相當於英文的 please，也可以寫成：សុំ「ㄙㄛㄇ」 {soṃ})

△ ចង់ 「ㄐㄛㄥ」 {jaṇ} 想，想要 　　△ ទំនើប 「ㄉㄨㄇㄋㄜㄅ」 {doumnōB} 現代

△ ប៉ុន្តែ 「ㄅㄛㄣㄉㄚㄝ」 {bondāe} 但 　　△ ឥឡូវនេះ 「ˋㄟㄌㄛㄪㄋㄧˊ」 {'œiḷøvnih} 現在

△ គ្មាន 「ㄍㄇㄝㄢ」 {ġmēan} 沒有，無 　　△ ពេល 「ㄅㄝㄌ」 {bēl} 時刻

△ អាច 「ㄚㄐ」 {'āj} 可以，能夠 　　△ ធ្វើអ្វី 「ㄊㄪㄜˋㄛㄪㄟ」 {ĭvə'avōi} 做什麼

△ បន្តិច 「ㄅㄛㄣㄉㄧˊㄐ」 {BānDıj} 有一點 　　△ ផ្លែ 「ㄆㄉㄚㄝ」 {plāe} 水果

△ ប៉ោម 「ㄅㄠㄇ」 {bāom} 蘋果(法語：pomme) 　　△ គីឡូក្រាម 「ㄍㄧㄌㄛㄍㄖㄚㄇ」 {ġīḷogrām} 公斤(kilogram)

△ ខ្លាំង 「ㄎㄉㄤ」 {klāṇ} 挺 　　△ មិនបាច់ 「ㄇㄧㄣㄅㄚㄐ」 {minBáj} 沒必要，不需要

△ ធ្វើ 「ㄊㄪㄜ」 {ĭvə} 做 　　△ គុណស្រ័យ 「ㄍㄨㄣㄙㄖㄞ」 {ġuṇsray} 值得（做什麼）

△ ខូច 「ㄎㄛㄐ」 {kōj} 受損，損壞 　　△ កង់ 「ㄍㄛㄥ」 {gaṇ} 單車，腳踏車

△ យក 「ㄧㄛㄍ」 {yøg} 進行；拿 　　△ ជួសជុល 「ㄗㄨㄛㄙㄏㄗㄨㄌ」 {zūəHzul} 修理，修好

△ សុំទោស 「ㄙㄛㄇㄉㄨㄏ」 {soṃdōuH} 對不起 　　△ ចំពោះ 「ㄐㄛㄇㄅㄨㄛㄏ」 {jaṃbuoh} 關於，面對面

△ ផ្ញើ 「ㄆㄏㄚㄝ」 {pñāe} 寄，寄出 　　△ អីវ៉ាន់ 「ˋㄟㄪㄢ」 {'ōivan} 東西，物品，貨物

△ ជិះកង់ 「ㄗㄧˊㄍㄛㄥ」 {zihgaṇ} 騎單車 　　△ សូមទោស 「ㄙㄛㄇㄉㄨㄏ」 {sōmdōuH} 遺憾，對不起

△ ធ្លាយ 「ㄊㄉㄚㄞ」 {ĭlēay} 洩漏 　　△ បានឱ្យ 「ㄅㄢˋㄛㄧ」 {Bān'āōy} 給予

△ វា 「ㄪㄝㄚ」 {vēa} 它，牠 　　△ ទូរស័ព្ទ 「ㄉㄨㄖㄛㄇㄛㄅㄉ」 {dūrøsabd} 打電話

△ ហេតុអ្វី 「ㄏㄝㄉˋㄛㄪㄟ」 {hēd'avōi} 為什麼 　　△ បាត់ 「ㄅㄚㄉ」 {Bád} 遺失，失蹤

△ ហេតុអ្វីបានជា 「ㄏㄝㄉˋㄛㄪㄟㄅㄢㄗㄝㄚ」 {hēd'avōiBānzēa} 為什麼

△ ឆ្លើយតប 「ㄑㄉㄚㄟㄉㄛㄅ」 {qlāəydāB} 回應，回復

△ ម៉ែល 「ㄇㄚㄝㄌ」 {māel} 電子郵件(mail) = អ៊ីម៉ែល 「ˋㄧㄇㄚㄝㄌ」 {'īmāel} (email)

△ ឯង 「ˋㄚㄝㄥ」 {'aēṇ} 自己

△ ស្វាគមន៍ 「ㄙㄪㄚㄍㄛㄇ」 {svāġøm} 歡迎

一、達妮太太(B)幫助華人吳大尚(A)買水果，吳大尚很感激。 ㄧ) អ្នកស្រី ដានី (ㄅ) ជួយទិញផ្លែឈើឱ្យជន ជាតិ ចិនម្នាក់ឈ្មោះ អ៊ូ ភាសាង (ㄍ), លោក លីស៊ី មានរំភើបចិត្តណាស់។ 「ㄇㄨㄟ) ㄋㄝㄚ《ㄙㄜㄌㄜㄉㄚˇ ㄉㄚㄋㄧ— (ㄎㄚ) ㄗ ㄨㄟ ㄉㄧˉㄇ ㄆㄌㄝㄘㄛ 'ㄠ— ㄗㄜㄗㄅㄝㄚㄉ ㄐㄧㄣ ㄇㄋㄝㄚ《 ㄘㄇㄨㄛㄏ 'ㄨ ㄉㄚ ㄙㄤ 《《ㄍ》, ㄌㄨㄥ《 ㄌㄧ— ㄙ— ㄇㄝㄢ ㄖㄨㄇㄆㄜㄅㄚㄐㄧㄉㄉ ㄋㄚㄏ.」 {mūəy) nēagsrōi Dā nī (kā) zūəy điñ plāecō 'āōy zønzēad jɪn mneag cmuoh 'ū dā sāŋ (gā), lōug lī sī mēan rouṃp̣əBājɪdd n̥aH.}

ㄍ: **អ្នកសុខសប្បាយជាទេ** ？A:您身體好嗎？

「ㄋㄝㄚ《 ㄙㄜㄎㄙㄜㄅㄅㄚㄚ— ㄗㄝㄚㄉㄝ?」 {nēag sok sāBBāy zēadē?}

ㄅ: **ខ្ញុំសុខសប្បាយជាទេ ។ ខ្ញុំចង់ទៅផ្សារទំនើប, តើអ្នកចង់ទៅជាមួយខ្ញុំឬទេ** ？B:很好。我要去超市，你想一起去嗎？

「ㄎㄧㄛㄇ ㄙㄜㄎㄙㄜㄅㄅㄚㄚ— ㄗㄝㄚㄉㄝ. ㄎㄧㄛㄇ ㄐㄜㄤ ㄉㄨㄥ ㄆㄙㄚ ㄉㄨㄇㄋㄜㄅ, ㄉㄚㄝ ㄋㄝㄚ《 ㄐㄜㄤ ㄉㄨㄥ ㄗㄝㄚㄇㄨㄟ ㄎㄧㄛㄇ ㄟ ㄎㄜㄉㄇ ㄖㄨㄝㄉㄝ?」 {kñoṃ sok sāBBāy zēadē. kñoṃ jaŋ dōu psā đoumɲɪB, dāe nēag jaŋ dōu zēamūəy kñoṃ rw̄dē?}

ㄍ: **ខ្ញុំក៏ចង់ទៅដែរ, ប៉ុន្តែឥឡូវនេះខ្ញុំគ្មានពេលទៅទេ ។** A:我很想去，但這時候沒時間。

「ㄎㄧㄛㄇ 《ㄜ ㄐㄜㄤ ㄉㄨㄥ ㄉㄚㄝ, ㄅㄛㄋㄉㄚㄝ 'ㄤㄜㄌㄛㄋㄧˉㄏ ㄎㄧㄛㄇ 《ㄇㄝㄢ ㄅㄝㄌ ㄉㄨㄥ ㄉㄝ.」 {kñoṃ gā jaŋ dōu Dāe, bondāe 'œiḷøvnih kñoṃ ġmēan bēl dōu dē.}

ㄅ: **បងប្រុស ភាសាង, តើខ្ញុំអាចធ្វើអ្វីសម្រាប់អ្នក** ？B:大尚哥，我能幫你做點什麼嗎？

「ㄅㄜㄤㄅㄖㄛㄏ ㄉㄚ ㄙㄤ, ㄉㄚㄝ ㄎㄧㄛㄇ 'ㄚㄐ ㄊㄨ̌ㄜ 'ㄜㄨㄟ ㄙㄜㄇㄖㄜㄅㄜㄅ ㄋㄝㄚ《?」 {BāŋBroH dā sāŋ, dāe kñoṃ 'āj ṯv̄ə 'aøvɵi sāmroáB nēag?}

ㄍ: **ជួយទិញផ្លែស្វាយឱ្យខ្ញុំមួយគីឡូក្រាម ។** A:幫我買一公斤芒果。

「ㄗㄨㄟ ㄉㄧˉㄇ ㄆㄌㄝ ㄙㄨㄞㄟ ㄙㄇㄞㄧ 'ㄠ— ㄎㄧㄛㄇ ㄇㄨㄟ 《ㄧˉㄌㄜ《ㄖㄚㄇ.」 {zūəy điñ plāe svāy 'āōy kñoṃ mūəy ġīlogrām.}

ㄅ: **ចាស ។** B:好的。

「ㄐㄚㄏ.」 {jāH.}

ㄍ: **ខ្ញុំអរគុណអ្នកខ្លាំងណាស់** ！A:非常感謝！

「ㄎㄧㄛㄇ 'ㄜ《ㄨㄣ ㄋㄝㄚ《 ㄎㄌㄤ ㄋㄚㄏ!」 {kñoṃ 'āġuŋ nēag klāŋ n̥aH!}

ㄅ: **បានហើយ, មិនបាច់គុណស្រ័យអីទេ** ！B:行了，不用謝！

「ㄅㄢ ㄏㄚㄟ, ㄇㄧˉㄅㄚㄐ 《ㄨㄣㄙㄖㄞ 'ㄟ ㄉㄝ!」 {Bān hāəy, minBáj ġuṇsray 'āi dē!}

二、吳大尚(B)騎壞達妮太太(A)的單車，後將它修好，他們進行了道歉和致謝的對話。 ២) លោក អ៊ូ តា សាង (ខ) បានធ្វើឱ្យខូចកង់របស់អ្នកស្រី ដានី (ក), គាត់បានយកកង់នោះទៅជួសជុល ហើយគាត់ ក៏សុំ ទោសនិងអរគុណចំពោះអ្នកស្រី ដានី ។ 「(ㄅㄧ) ㄌㄡㄍ 'ㄨ ㄉㄚ ㄙㄤ (ㄎㄚ) ㄅㄢ ㄊㄨㄛ 'ㄠㄧ ㄎㄛㄐ ㄍㄤ ㄖㄛㄅㄚㄏ ㄋㄝㄚㄍㄙㄖㄛㄧ ㄉㄚ ㄋㄧ－ (《ㄎㄛ), 《ㄛㄚㄉ ㄅㄢ ㄧㄛㄍ ㄍㄤ ㄋㄨㄏ ㄉㄡ ㄗㄨㄏㄗㄨㄌ ㄏㄚㄥ 《ㄛㄚㄉ 《ㄚ ㄙㄛㄇㄉㄡㄏ ㄋㄧ－ㄥ 'ㄛ《ㄨㄥ ㄐㄜㄇㄅㄨㄛㄏ ㄋㄝㄚㄍㄙㄖㄛㄧ ㄉㄚ ㄋㄧ－.」 {bī) lōug 'ū dā sāŋ (kā) Bān ťvɔ̄ 'āōy køj gaŋ røBaH nēagsrɔ̄i Dā nī (gā), ġoád Bān yøg gaŋ nuh dōu zūɘHzul hāɘy ġoád gā soṃdōuH niŋ 'āġuṇ jaṃbuoh nēagsrɔ̄i Dā nī.}

ក: នៅធ្វើអីវ៉ាន់មែនទេ ? ជិះកង់នៅនៅ ។ A:去寄東西嗎？騎單車去吧。

「ㄌㄜㄨ ㄆㄏㄚㄛ 'ㄟㄨㄢ ㄇㄣㄉㄝ? ㄗ─ㄏ《ㄛㄜ ㄌㄜㄨ ㄌㄜㄨ.」 {dōu pñāɘ 'ɔ̄ivan mēndē? zïhgaŋ dōu dōu.}

ខ: បាទ, សូមអរគុណ ! B:好的，謝謝您！

「ㄅㄚㄉ, ㄙㄛㄇ 'ㄛ《ㄨㄣ!」 {Bād, sōm 'āġuṇ!}

ក: មិនអីទេ ។ A:不客氣。

「ㄇㄧㄣ 'ㄟ ㄉㄝ.」 {mìn 'ɔ̄i dē.}

ខ: ខ្ញុំមកវិញហើយ ។ សូមទោស អ្នកស្រី ដានី ! កង់ខ្លាយហើយ ។ B:我回來了。達妮太太，對不起！輪胎漏氣了。

「ㄎㄧㄛㄇ ㄇㄛ《ㄨㄧㄣ ㄏㄚㄛ. ㄙㄛㄇㄉㄛㄨㄏ ㄋㄝㄚㄍㄙㄌㄜㄧ ㄅㄚㄋㄧ－! 《ㄛㄨ ㄊㄌㄝㄞ ㄏㄚㄛ.」 {kñoṃ møgviñ hāɘy. sōmdōuH nēagsrɔ̄i Dā nī! gaŋ ïlēay hāɘy.}

ក: មិនអីទេ ។ A:沒關係。

「ㄇㄧㄣ 'ㄟ ㄉㄝ.」 {mìn 'ɔ̄i dē.}

ខ: ខ្ញុំបានឱ្យជាងជូសជុលវាហើយ ។ B:我叫修車工把它修好了。

「ㄎㄧㄛㄇ ㄅㄢ'ㄠㄧ ㄗㄝㄤ ㄗㄨㄛㄏㄗㄨㄌ ㄨㄝㄚ ㄏㄚㄛ.」 {kñoṃ Bān'āōy zēaŋ zūɘHzul vēa hāɘy.}

ក: សូមអរគុណអ្នកខ្លាំងណាស់ ! A:非常感謝！

「ㄙㄛㄇ 'ㄛ《ㄨㄣ ㄋㄝㄚ《 ㄎㄌㄤ ㄋㄚㄏ!」 {sōm 'āġuṇ nēag klāŋ ṇáH!}

ខ: បាទ, មិនអីទេ ។ B:好，不客氣。

「ㄅㄚㄉ, ㄇㄧㄣ 'ㄟ ㄉㄝ.」 {Bād, mìn 'ɔ̄i dē}

【常用會話】 សន្ទនារាល់ថ្ងៃ 「ㄙㄛˇㄋㄉㄛˇㄋㄝㄚ ㄖ'ㄛㄚㄌ ㄊㄫㄞ」 {sāndønēa roálṭŋai}

對話一 ការសន្ទនា ១ (ទីមួយ) 「《ㄚㄙㄛˇㄋㄉㄛˇㄋㄝㄚ ㄉㄧㄇㄨㄟ」 {gāsāndønēa đīmūəy}

A: អាចឱ្យខ្ញុំខ្ចីទូរស័ព្ទរបស់អ្នកបានទេ？能把手機借給我嗎？

「'ㄚㄐ 'ㄠㄧ ㄎㄏㄛㄇ ㄎㄐㄟ ㄉㄨㄖ'ㄛˇㄙㄚㄅㄉ ㄖ'ㄛˇㄅㄛˇㄏ ㄋㄝㄚ《 ㄅㄢ ㄉㄝ?」 {'āj 'āōy kñoṃ kjəi dūrøsabđ røBɑH nēag Bān đē?}

B: ហេតុអ្វី？為什麼呢？

「ㄏㄝㄉ'ㄛˇㄞㄟ?」 {hēd'ɑvəi?}

A: ទូរស័ព្ទដៃរបស់ខ្ញុំបាត់ហើយ។ 我的手機遺失了。

「ㄉㄨㄖ'ㄛˇㄙㄚㄅㄉ ㄉㄞ ㄖ'ㄛˇㄅㄛˇㄏ ㄎㄏㄛㄇ ㄅㄚㄉ ㄏㄚㄟ.」 {dūrøsabđ Dai røBɑH kñoṃ Bád hāəy.}

B: បាន។ 好的。

「ㄅㄢ.」 {Bān.}

對話二 ការសន្ទនា ២ (ទីពីរ) 「《ㄚㄙㄛˇㄋㄉㄛˇㄋㄝㄚ ㄉㄧㄅㄧ」 {gāsāndønēa đībī}

A: ហេតុអ្វីបានជាអ្នកមិនឆ្លើយតបអ៊ីម៉ែលរបស់ខ្ញុំ？為什麼不回覆我的電子郵件？

「ㄏㄝㄉ'ㄛˇㄞㄟㄅㄢㄛˇㄗㄝㄚ ㄋㄝㄚ《 ㄇㄧˇㄣ ㄑㄌㄚㄟㄉㄛˇㄅ 'ㄧㄇㄚㄝㄌ ㄖ'ㄛˇㄅㄛˇㄏ ㄎㄏㄛㄇ?」 {hēd'ɑvəiBān zēa nēag mɨn qlāəydāB 'īmāel røBɑH kñoṃ?}

B: កុំព្យូទ័ររបស់ខ្ញុំខូចហើយ, សុំទោស！我的電腦壞了，對不起！

「《ㄛㄇㄅㄧㄨㄉㄛ ㄖ'ㄛˇㄅㄛˇㄏ ㄎㄏㄛㄇ ㄎㄛˇㄐ ㄏㄚㄟ, ㄙㄛㄇㄉㄡㄏ!」 {goṃbyūdo røBɑH kñoṃ køj hāəy, soṃdōuH!}

A: ខ្ញុំជួយជួសជុលវាឱ្យអ្នកចុះ។ 我給你修修吧。

「ㄎㄏㄛㄇ ㄗㄨㄟ ㄗㄨㄜㄏㄗㄨㄌ ㄞㄝㄚ 'ㄠㄧ ㄋㄝㄚ《 ㄐㄛㄏ.」 {kñoṃ zūəy zūəHzul vēa 'āōy nēag joh.}

B: អរគុណណាស់！非常感謝你！

「'ㄛˇ《ㄨㄋ ㄋㄚㄏ!」 {'āġuṇ ṇáH!}

A: មិនអីទេ។ 沒什麼。

「ㄇㄧˇㄣ 'ㄟ ㄉㄝ.」 {mɨn 'əi đē}

【語法說明】 ការពន្យល់ វេយ្យាករណ៍「ㄍㄚㄅㄛㄋㄧㄨㄌ ㄪㄝㄧㄝㄚㄍㄛ」{gābønyul vēyyēagā}

一、動詞時態和語態

束埔寨語的動詞是用詞彙來表示時態和被動態的。

1. បាន「ㄅㄢ」{Bān}表示“已經”。

   រីករាយដែលបានស្គាល់អ្នក ។ 「ㄖㄧㄍㄖㄝㄞ ㄉㄚㄝㄌ ㄅㄢ ㄙㄍㄚㄌ ㄋㄝㄚㄍ.」{rīgrēay Dāel Bān sġál nēag.} 很高興認識了你。

2. ធ្លាប់「ㄊㄌㄛㄚㄅ」{ïloáB}表示“曾經”。

   ខ្ញុំដែលធ្លាប់រៀននៅកម្ពុជា។「ㄎㄏㄛㄇ ㄉㄚㄝㄌ ㄊㄌㄛㄚㄅ ㄖㄧㄜㄋ ㄋㄜㄨ ㄍㄛㄇㄅㄨㄗㄝㄚ.」{kñoṃ Dāel ïloáB rīən nōu gāmbuzēa.}我曾在束埔寨學習。

3. ហើយ「ㄏㄚㄟ」{hāəy}表示“過、了”。

   គាត់ទៅហើយ ។ 「ㄍㄛㄚㄉ ㄉㄜㄨ ㄏㄚㄟ.」{ġoád đōu hāəy.} 他走了。

4. នឹង「ㄋㄨㄫ」{nwŋ}表示“將”。

   ពួកគេនឹងទៅថាយប៉ិ ។ 「ㄅㄨㄜㄍㄍㄝ ㄋㄨㄫ ㄉㄜㄨ ㄊㄚㄧㄅㄟ.」{būəggē nwŋ đōu ťāy bōi} 他們將去臺北。

5. កំពុង「ㄍㄛㄇㄅㄨㄫ」{gaṃbuŋ}表示“正在”。

   មនុស្សកំពុងតែញ៉ាំបាយស្រាប់តែគាត់មក ។「ㄇㄛㄋㄨㄙㄙ ㄍㄛㄇㄅㄨㄫ ㄉㄚㄝ ㄏㄚㄇㄅㄚㄧ ㄙㄖㄚㄅㄉㄚㄝ ㄍㄛㄚㄉ ㄇㄛㄍ.」{mønuss gaṃbuŋ dāe ñāṃBāy sráBdāe ġoád møg.} 人們正在吃飯的時候他突然出現了。

6. 要表達被動語氣，在動詞前面加小品詞 ត្រូវ。

   ចោរត្រូវបានចាប់ខ្លួន ។ 「ㄐㄠ ㄉㄖㄛㄪ ㄅㄢ ㄐㄚㄅㄎㄌㄨㄜㄋ.」{jāo drōv Bān jáBklūən.} 小偷被逮捕了。

二、情態動詞

1. ចង់「ㄐㄛㄫ」{jaŋ}表示“想，要”。

   ឯងចង់ទៅលេងបាល់បោះឬទេ? 「'ㄚㄝㄫ ㄐㄛㄫ ㄉㄜㄨ ㄌㄝㄫ ㄅㄚㄌㄅㄠㄏ ㄖㄨㄉㄝ?」{'aēŋ jaŋ đōu lēŋ BálBaoh rw̄dē?} 你要去打籃球嗎？

2. គិត「ㄍㄧㄉ」{ġɨd}表示“想”。

   អ្នកគិតទៅផ្ទះវិញ? 「ㄋㄝㄚㄍ ㄍㄧㄉ ㄉㄜㄨ ㄆㄉㄝㄜㄏ ㄪㄧㄏ?」{nēag ġɨd đōu pđeəh vɨñ?}你想回家嗎？

3. គួរ「ㄍㄨㄜ」{ġūə}表示“應當”。

   ម្ដាយគួរទៅ ។ 「ㄇㄉㄚㄧ ㄍㄨㄜ ㄉㄜㄨ.」{mdāy ġūə đōu.} 母親應當去。

4. ត្រូវ「ㄉㄖㄛㄪ」{drōv}表示“必須”。

   ឪពុកខ្ញុំត្រូវតែចូលមក ។ 「'ㄡㄅㄨㄍ ㄎㄏㄛㄇ ㄉㄖㄛㄪ ㄉㄚㄝ ㄐㄛㄌ ㄇㄛㄍ.」{'əubug kñoṃ drōv dāe jōl møg.} 阿爸必須來。

5. អាច「'ㄚㄐ」{'āj}…បាន「ㄅㄢ」{Bān}表示“能夠”，在兩個小品詞中間加上能夠做的內容。

   តើគាត់អាចស្ដាប់ខ្ញុំបានឬទេ? 「ㄉㄚㄜ ㄍㄛㄚㄉ 'ㄚㄐ ㄙㄉㄚㄅ ㄎㄏㄛㄇ ㄅㄢ ㄖㄨㄉㄝ?」{dāə ġoád 'āj sDáB kñoṃ Bān rw̄dē?} 他能理解我嗎？

三、語法點滴

◇與國語一樣，柬埔寨語是分析語音，沒有複數、變格、變位等形態變化，而是用小品詞和助詞表示各種語法關係，句子順序為主謂賓。

◇柬埔寨語許多詞彙都是多義詞，比如：បី「ㄅㄟ」{Bōi}就有“三；懷抱(嬰兒)；近似於；假設，猜測；極多，甚”等含義，本書一般只注出與課文吻合的意思。

◇系動詞 ជា“是”的各種表達。

肯定：គាត់ជាគ្រូ ។ 「ㄍㄛㄚㄉ ㄗㄝㄚ ㄍㄖㄨ.」{ġoád zēa ġrū.}他是老師。

否定：ខ្ញុំមិនមែនជាកសិករទេ ។ 「ㄎㄏㄛㄇ ㄇㄧㄣ ㄇㄣ ㄗㄝㄚ ㄍㄛㄙㄧㄍㄛ ㄉㄝ.」{kñoṃ mɨn mēn zēa gāsɪgā đē.} 我不是農民。

疑問：តើអាគារនេះជាបណ្ណាល័យមែនទេ？「ㄉㄚㄜ 'ㄚㄍㄝㄚ ㄋㄧㄏ ㄗㄝㄚ ㄅㄛㄋㄋㄚㄌㄞ ㄇㄣㄉㄝ?」{dāə 'āġēa nih zēa Bāṇṇālay mēnđē?}這座大樓是圖書館嗎？

【練習鞏固】 ធ្វើលំហាត់ 「ㄊㄜㄈㄧˇㄌㄜㄇㄛˇㄏㄚˊㄉ」{ťēvīlmøhád}

1. 請把下列句子翻譯成柬埔寨文。

    1) 非常感謝！

    _____

    2) 不客氣！

    _____

    3) 對不起！

    _____

2. 請把下列句子翻譯成中文。

    1) កង់របស់ខ្ញុំខូចហើយ ។ 「ㄍㄤ ㄖㄛˋㄅㄜˋㄏˇ ㄎˇㄋㄛㄇ ㄎㄛˋㄚ ㄏㄚ٦.」{gaŋ røBαH kñoṃ køj hāəy.}

    _____

    2) ខ្សែទូរស័ព្ទរបស់ខ្ញុំបាត់ហើយ ។ 「ㄉㄞ ㄉㄨㄖㄛˋㄙㄚㄅㄉ ㄖㄛˋㄅㄜˋㄏˇ ㄎˇㄋㄛㄇ ㄅㄚㄉ ㄏㄚ٦.」{Dai dūrøsabd røBαH kñoṃ Bád hāəy.}

    _____

    3) ជួយទិញផ្លែប៉ោមឱ្យខ្ញុំពីរ គីឡូក្រាម ។ 「ㄗㄨˊ ㄉㄧˊㄈ ㄆㄌㄚㄝ ㄅㄠㄇ 'ㄠˋㄧ ㄎˇㄋㄛㄇ ㄅㄧˉ ㄍㄧˉㄌㄛㄍㄖㄚㄇ.」{zūəy điñ plāe bāom 'āōy kñoṃ bī ġīḷogrām.}

    _____

    4) ទៅបណ្ណាល័យជាមួយគ្នា, បានទេ ? 「ㄉㄜㄨ ㄅㄜˋㄋˊㄋㄚˊㄌㄞ ㄗㄝㄚㄇㄨˊㄟㄍˋㄋㄝㄚ, ㄅㄢ ㄉㄝ ?」{dōu Bāṇṇālay zēamūəy ġnēa, Bān dē ?}

    _____

3. 填空。

    1) យើង 「ㄧㄝˊㄥ」{yɵ̄ŋ} (_____) រៀនល្អ ។ 「ㄖㄧㄜㄋ ㄌˋㄚ.」{rīən l'ā.}我們(必須)好好學習。

    2) គាត់ 「ㄍㄛㄚㄉ」{goád} (_____) អាន ។ 「ㄢ.」{'ān.}他(正在)讀書。

第三課 籍貫與家庭

មេរៀនទី ៣ (បី) ស្រុកកំណើតនិងគ្រួសារ

「ㄇㄝ\ㄖㄧㄝㄋ ㄉㄧㄅㄟˋ ㄙㄖㄛㄍㄍㄜㄇㄋㄚㄉ ㄋㄧㄥ ㄍㄖㄨㄜㄙㄚ」

{mērīən dīBēi sroggaṃṇāəd niŋ ġrūəsā}

Lesson 3. Nationality and Family

【詞語學習】 ការរៀន វាក្យសព្ទ 「ㄍㄚ ㄖㄧㄝㄋ ㄪㄝㄚˋㄙㄛㄅㄉ」 {gārīən vēagsābd}

△ ស្រុកកំណើត 「ㄙㄖㄛˋㄍㄍㄛㄋㄅㄧㄝㄉ」 {sroggaṃṇāəd} 出生地，籍貫；家鄉

△ គ្រួសារ 「ㄍㄖㄨㄝㄙㄚ」 {ġrūəsā} 家人，家庭

△ ស្វែងយល់ 「ㄙㄪㄚㄝㄇㄧㄝㄨㄌ」 {svāeŋyul} 得知，瞭解

△ អ៊ីចេង 「ㄧˊㄐㄝㄫ」 {ījœŋ} 這樣，如此

△ វៀតណាម 「ㄪㄧㄝㄉㄋㄚㄇ」 {vīədṇām} 越南

△ មិនមែន 「ㄇㄧㄣㄇㄣ」 {minmēn} 不是，不對

△ ធ្លាប់ 「ㄊㄌㄛㄚㄅ」 {ïloáB} 曾經

△ ស្អាត 「ㄙˋㄚㄉ」 {s'ād} 俏美，漂亮

△ រៀបការ 「ㄖㄧㄝㄅㄍㄚ」 {rīəBgā} 結婚

△ បងប្អូន 「ㄅㄛㄫㄅˋㄛㄋ」 {BāŋB'ōn} 哥哥，兄

△ ប្អូនប្រុស 「ㄅˋㄛㄋㄅㄖㄛㄏ」 {B'ōnBroH} 弟弟

△ អា 「ㄚˋ」 {'ā} 哦，啊

△ ពួកគេ 「ㄅㄨㄜㄍㄍㄝ」 {būəġġe} 他們

△ មាន 「ㄇㄝㄋ」 {mēan} 有，具有

△ ប៉ុន្មាន 「ㄅㄛㄋㄇㄢ」 {bonmān} 幾個，多少

△ កូន 「ㄍㄛㄋ」 {gōn} 兒童，孩子，仔(用在名詞前面表示"指小")

△ នាក់ 「ㄋㄝㄚˋ」 {neag} 人們

△ មានឈ្មោះ 「ㄇㄝㄋㄔㄨㄛㄏ」 {mēancmuoh} 名叫

△ អ្វីខ្លះ 「ˋㄛㄪㄟㄎㄚㄏ」 {'avēiklah} 什麼

△ អាយុ 「ㄚㄧㄨˋ」 {'āyu} 年齡，歲

△ ប៉ុន្ដែ 「ㄅㄛㄋㄉㄚㄝ」 {bondāe} 然而，但是

△ ប៉ុន 「ㄅㄛˋㄋ」 {bo'n} 假設，大約

△ ខេត្តសៀមរាប 「ㄎㄝㄉㄉ ㄙㄧㄝㄇㄖㄝㄚˋㄅ」 {kēdd sīəmrēaB} 暹粒省

△ ធ្វើការ 「ㄊㄪㄛㄍㄚ」 {ïvōgā} 工作，做工，做事情

△ ស្នាក់នៅ 「ㄙㄋㄚˋㄍㄛㄋㄨ」 {snágnōu} 住，住宿

△ មិនដឹង 「ㄇㄧㄣ ㄉㄛㄫ」 {min Dœŋ} 不知道

△ រស់នៅ 「ㄖㄨㄏㄋㄛㄨ」 {ruHnōu} 生活，居住

△ ជាយក្រុង 「ㄗㄝㄞㄍㄖㄛㄫ」 {zēaygroŋ} 城郊

△ កណ្ដាល 「ㄍㄛㄋㄉㄚㄌ」 {gāndāl} 中央，中心

△ ទៅផ្ទះ 「ㄉㄛㄨㄅㄉㄝㄚㄏ」 {dāupdeəh} 到家，回家

△ បងស្រី 「ㄅㄛㄫㄙㄖㄟ」 {Bāŋsrēi} 大姐，姐姐

△ ប្អូនស្រី 「ㄅˋㄛㄋㄙㄖㄟ」 {B'ōnsrēi} 小妹，妹妹

△ រូបថត 「ㄖㄨㄅㄊㄛㄉ」 {rūBïad} 照片

△ មែនឬ 「ㄇㄣ ㄖㄨ」 {mēn rū} 是嗎，對嗎

△ ម្ដាយ 「ㄇㄉㄚㄧ」 {mDāy} 母親

△ ក្មេងស្រី 「ㄍㄇㄝㄫ ㄙㄖㄟ」 {gmēŋ srēi} 女孩

△ ខេត្តកោះកុង 「ㄎㄝㄉㄉ ㄍㄛㄏㄍㄛㄫ」 {kēdd gaohgoŋ} 戈公省

△ មើល 「ㄇㄛㄌ」 {māl} 看，觀看

△ អស្ចារ្យ 「ˋㄛㄏㄐㄚ」 {'āHjā} 偉大，棒，好

△ ត្រឡប់ទៅវិញ 「ㄉㄖㄛㄌㄛㄅㄉㄛㄨㄪㄧㄏ」 {drālaBdēuviñ} 回去

△ រំខាន 「ㄖㄨㄇㄎㄢ」 {roumkān} 打擾，打攪

△ និយាយ 「ㄋㄧㄝㄞ」 {niyēay} 說，說話

△ ដូច្នេះ 「ㄉㄛㄐㄋㄝㄏ」 {Dōjnɛh} 這樣，如此

一、江金彪(B)和臘妮(A)相遇，互相瞭解對方情況。 ១) លោក ជាង ជីនពាវ (ខ) ជួប រតនី (ក)，និងស្វែង យល់ពីគ្នាទៅវិញទៅមក។ 「ㄍㄨㄟ) ㄗㄝㄤ ㄗㄧㄣ ㄅㄝㄚㄈ (ㄎㄛ) ㄗㄨㄜㄅ ㄖㄛㄉ ㄋㄧ (ㄍㄚ)，ㄋㄧㄥ ㄙㄨㄝㄥㄩㄌ ㄅㄧ ㄍㄋㄝㄚ ㄉㄛㄨㄈㄧㄣㄉㄛㄨㄇㄛㄍ.」 {mūəy) zēaŋ zīn bēav (kā) zūəB rød nī (gā), niŋ svāeŋyul bī ġnēa dōuviñdōumøg.}

ក: ខ្ញុំរីករាយណាស់ដែលបានស្គាល់អ្នក ។ A:很高興見到你。

「ㄎㄋㄛㄇ ㄖㄧ《ㄖㄝㄉ ㄋㄚㄏ ㄉㄚㄝㄌ ㄅㄢ ㄙㄍㄚㄌ ㄋㄝㄚ《.」 {kñoɱ rīgrēay ɳáH Dāel Bān sġál nēag.}

ខ: ខ្ញុំក៏អ៊ីចឹងដែរ ។ B:我也是。「ㄎㄋㄛㄇ 《ㄛ 'ㄧ丩ㄘㄥ ㄉㄚㄝ.」 {kñoɱ gā 'ījœŋ Dāe.}

ក: អ្នកឈ្មោះអ្វី ? A:你叫什麼名字？「ㄋㄝㄚ《 ㄘㄇㄨㄛㄏ 'ㄛㄈㄟ?」 {nēag cmuoh 'avēi?}

ខ: ខ្ញុំឈ្មោះ ជាង ជីនពាវ ។ ចុះអ្នកវិញ ? B:我叫江金彪。妳呢？

「ㄎㄋㄛㄇ ㄘㄇㄨㄛㄏ ㄗㄝㄤ ㄗㄧㄣ ㄅㄝㄚㄈ. 丩ㄛㄏ ㄋㄝㄚ《 ㄈㄧㄣ?」 {kñoɱ cmuoh zēaŋ zīn bēav. joh nēag viñ?}

ក: ខ្ញុំឈ្មោះ រតនី ។ តើអ្នកជាជនជាតិវៀតណាមមែនទេ ? A:我叫臘妮。你是越南人嗎？

「ㄎㄋㄛㄇ ㄘㄇㄨㄛㄏ ㄖㄛㄉ ㄋㄧ. ㄉㄚㄛ ㄋㄝㄚ《ㄗㄝㄚ ㄗㄛㄣㄗㄝㄚㄉ ㄈㄧㄜㄉㄋㄚㄇ ㄇㄟㄝㄋㄉㄟ?」 {kñoɱ cmuoh rød nī. dāa nēagzēa zønzēad vīədɳām mēndē?}

ខ: មិនមែនទេ, ខ្ញុំមិនមែនជាជនជាតិវៀតណាមទេ, ខ្ញុំជាជនជាតិតៃវ៉ាន់ ។ B:不是，我不是越南人，我是臺灣人。「ㄇㄧㄣㄇㄟㄣ ㄉㄟ, ㄎㄋㄛㄇ ㄇㄧㄣㄇㄟㄣ ㄗㄝㄚ ㄗㄛㄣㄗㄝㄚㄉ ㄈㄧㄜㄉㄋㄚㄇ ㄉㄟ, ㄎㄋㄛㄇ ㄗㄝㄚ ㄗㄛㄣㄗㄝㄚㄉ ㄉㄞㄈㄢ.」 {minmēn dē, kñoɱ minmēn zēa zønzēad vīədɳām dē, kñoɱ zēa zønzēad daivan.}

ក: ជនជាតិតៃវ៉ាន់ ? ខ្ញុំធ្លាប់ទៅតៃវ៉ាន់, ស្អាតណាស់ ។ A:臺灣人？我去過臺灣，很美。

「ㄗㄛㄣㄗㄝㄚㄉㄉㄞㄈㄢ? ㄎㄋㄛㄇ ㄊㄌㄛㄚㄅ ㄉㄛㄨ ㄉㄞㄈㄢ, ㄙ'ㄚㄉ ㄋㄚㄏ.」 {zønzēaddaivan kñoɱ ṭloáB dōu daivan, s'ād ɳáH.}

ខ: តើអ្នករៀបការឬនៅ/អ្នកមានគ្រួសារឬនៅ ? B:妳結婚了嗎？「ㄉㄚㄛ ㄋㄝㄚ《 ㄖㄧㄜㄅ《ㄚ ㄖㄨ ㄋㄛㄨ / ㄋㄝㄚ《 ㄇㄟㄢ 《ㄖㄨㄜㄙㄚ ㄖㄨ ㄋㄛㄨ?」 {dāə nēag rīəBgā rū̄ nōu / nēag mēan ġrū̄əsā rū̄ nōu?}

ក: នៅទេ, ប៉ុន្តែខ្ញុំមានមិត្តប្រុសហើយ ។ A:沒有，但有男朋友了。

「ㄋㄛㄨ ㄉㄟ, ㄅㄛㄣㄉㄚㄝ ㄎㄋㄛㄇ ㄇㄟㄢ ㄇㄧㄉㄉ ㄅㄖㄛㄏ ㄏㄚㄟ.」 {nōu dē, bondāe kñoɱ mēan midd BroH hāəy.}

ខ: តើអ្នកមានបងប្អូនដែរឬទេ ? B:妳有兄弟姊妹嗎？

「ㄉㄚㄛ ㄋㄝㄚ《 ㄇㄟㄢ ㄅㄤㄅ'ㄛㄣ ㄉㄚㄝ ㄖ'ㄉㄟ?」 {dāə nēag mēan BāŋB'øn Dāe rw̄dē?}

ក: ខ្ញុំមានប្អូនប្រុសម្នាក់ ។ A:我有一個弟弟。

「ㄎㄋㄛㄇ ㄇㄟㄢ ㄅ'ㄛㄣㄅㄖㄛㄏ ㄇㄋㄝㄚ.」 {kñoɱ mēan B'ønBroH mneag.}

ខ: ផ្ទះខ្ញុំមានឪពុក, ម្តាយ និងខ្ញុំ។ B:我家有爸爸、媽媽和我。

「ㄆㄉㄝㄜㄏ ㄎㄋㄛㄇ ㄇㄟㄢ 'ㄨㄅㄨ《, ㄇㄉㄚㄧ ㄋㄧㄥ ㄎㄋㄛㄇ.」 {pdeəh kñoɱ mēan 'əubug, mdāy niŋ kñoɱ.}

二、老朋友張文達(A)和珍達(B)相遇，他們寒暄起來。 ㈡ មិត្តចាស់ ប៉ាង អ៊ុនដា (ក) និង ចិន្ដា (ខ) បាន ជួបគ្នា, ពួកគេបានស្ងួសុខទុក្ខគ្នាទៅវិញទៅមក។ 「㈡」ㄇㄧㄉ ㄐㄚˋ ㄅㄤ ˋㄨㄣ ㄉㄚ ((ㄍㄚ)) ㄋㄧㄥ ㄐㄧㄣㄉㄚ (ㄎ ㄚ) ㄅㄢ ㄗㄨㄛˊ《《ㄋㄟㄚ, ㄅㄨㄛㄥ《《ㄝ ㄅㄢ ㄙㄨㄛㄙㄛㄉㄨㄍㄨˋ《ㄋㄟㄚ ㄉㄨㄨˇㄨㄧㄋˇㄉㄨㄇㄛㄍ。」 {bī} midd jáH jāŋ 'ūn dā (gā) niŋ jɪndā (kā) Bān zūəB̓gnēa, būəg̓gē Bān sūəsokdugk g̓nēa dōuviñdōumøg.}

ក: ជំរាបសួរ! ខានជួបគ្នាយូរហើយ ។ អ្នកសុខសប្បាយជាទេ ？A:您好。好久不見。您身體好嗎？ 「ㄐㄚㄇㄅㄝㄚˋㄙㄨㄛㄝ! ㄎㄢ ㄗㄨㄛˊ《《ㄋㄟㄚ ㄧㄨ ㄏㄚㄝ. ㄋㄟㄚ《 ㄙㄛㄎㄙㄚˇㄅㄅㄚˇㄧ ㄗㄝㄚㄉㄝ?」 {zoumr̄eaBsūə! kān zūəB̓gnēa yū hāəy. nēag sok sāBBāy zēadē?}

ខ: សុខសប្បាយជាទេ ។ B:好。（健康。） 「ㄙㄛㄎㄙㄚˇㄅㄅㄚˇㄧ ㄗㄝㄚㄉㄝ.」 {sok sāBBāy zēadē.}

ក: តើអ្នកមានកូនឬនៅ ？A:您有孩子了嗎？ 「ㄉㄚㄜ ㄋㄟㄚ《 ㄇㄝㄢ《《ㄛㄣ ㄖㄨˇ ㄋㄛㄨ?」 {dāə nēag mean gōn rw̄ nōu?}

ខ: ចាះ ។ B:嗯。 「ㄐㄚㄏ.」 {jāh.}

ក: អ្នកកូនប៉ុន្មាននៃ ？A:你幾個孩子呢？ 「ㄋㄟㄚ《 《《ㄛㄣ ㄅㄛㄣㄇㄢ ㄉㄚㄝ?」 {nēag gōn bonmān Dāe?}

ខ: កូនពីរនាក់, ប្រុសមួយ ស្រីមួយ ។ B:有兩個，一個男孩和一個女孩。 「《《ㄛㄣ ㄅㄧ ㄋㄟㄚ《, ㄅㄖㄛˇㄏ ㄇㄨㄟ ㄙㄖㄧ ㄇㄨㄟ.」 {gōn bī neag, BroH mūəy srēi mūəy.}

ក: ពួកគេមានឈ្មោះអ្វីខ្លះ ？A:他們叫什麼名字？ 「ㄅㄨㄛㄥ《《ㄝ ㄇㄝㄢ ㄘㄇㄨㄛˇㄏ ˇㄛˇㄅㄟㄎㄚˇㄏ?」 {būəg̓gē mean cmuoh 'avōiklah?}

ខ: ពិរុណ និង រតនី ។ B:披侖和臘妮。 「ㄆㄧˇㄖㄨㄣ ㄋㄧㄥ ㄖㄛㄉ ㄋㄧˇ.」 {p̓iruŋ niŋ rød nī.}

ក: ពួកគេអាយុប៉ុន្មានហើយ ？A:他們多大了？ 「ㄅㄨㄛㄥ《《ㄝ ˇㄚㄧㄨˇ ㄅㄛㄣㄇㄢ ㄏㄚㄟ?」 {būəg̓gē 'āyu' bonmān hāəy?}

ខ: ពិរុណ អាយុម្ភៃឆ្នាំ, រតនី ម្ភៃបួនឆ្នាំ ។ B:披侖二十歲，而臘妮二十四歲。 「ㄆㄧˇㄖㄨㄣ ˇㄚㄧㄨˇ ㄇㄛㄆㄟˇ ㄔㄋㄚㄇ, ㄖㄛㄉ ㄋㄧˇ ㄇㄛㄆㄟˇ ㄅㄨㄛㄣ ㄔㄋㄚㄇ.」 {p̓iruŋ 'āyu' møpəi, rød nī møpəi Būən qnām̥.}

ក: តើពួកគេនៅរៀនមែនទេ ？A:他們在讀書嗎？ 「ㄉㄚㄜ ㄅㄨㄛㄥ《《ㄝ ㄋㄛㄨ ㄖㄧㄢ ㄇㄝㄣㄉㄝ?」 {dāə būəg̓gē nōu rīən mēndē?}

ខ: ពិរុណ រៀននៅសាកលវិទ្យាល័យភ្នំពេញ ។ រតនី ធ្វើការនៅខេត្តសៀមរាប ។ B:披侖在金邊大學讀書。臘妮在暹粒工作。 「ㄆㄧˇㄖㄨㄣ ㄖㄧㄢ ㄋㄛㄨ ㄙㄚ《《ㄚㄌ ㄎㄧˇㄉㄧㄝㄚㄌㄞ ㄆㄋㄨㄇㄅㄣ. ㄖㄛㄉ ㄋㄧˇ ㄊㄈㄛˇㄚ ㄋㄛㄨ ㄎㄝㄉㄉ ㄙㄧㄝㄇㄖㄝㄚˇㄅ.」 {p̓iruŋ rīən nōu sāgāl vidyēalay p̓noum̥bēn. rød nī t̓vgā nōu kēdd sīəmrēaB.}

ក: ល្អណាស់ ！A:太好了！ 「ㄌˇㄛ ㄋㄚˇㄏ!」 {l'ā ŋáH!}

55

【常用會話】 សន្ទនារាល់ថ្ងៃ 「ㄙㄛ̣ㄋㄉㄛ̣ㄋㄝㄚ ㄖ'ㄛㄚㄉ ㄊㄫㄞ」 {sāndønēa roáltŋai}

對話一 ការសន្ទនា ១ (ទីមួយ) 「ㄍㄚㄙㄛ̣ㄋㄉㄛ̣ㄋㄝㄚ ㄉㄧㄇㄨㄟ」 {gāsāndønēa đīmūəy}

A: **គាត់ជានរណា?** 他是誰？

「ㄍㄛㄚㄉ ㄗㄝㄚ ㄋㄛ̣ㄋㄚ?」 {ġoád zēa nøṇā?}

B: **ពិរុណ, ជាមិត្តភ័ក្តិរបស់ខ្ញុំ ។** 披倫，是我的朋友。

「ㄆㄧ̣ㄖ'ㄨㄋ, ㄗㄝㄚ ㄇㄧ̣ㄉㄉ ㄆㄝㄚㄍㄉ ㄖ'ㄛ̣ㄅㄛ̣ㄏ ㄎㄬㄛㄇ.」 {ṗɨruṇ, zēa mɨdd ṗeagd røBɑH kñoṃ.}

A: **ខ្ញុំឈ្មោះ រតនី ។ តើអ្នកជាជនជាតិវៀតណាមមែនទេ ?** 我叫朧妮。你是越南人嗎？

「ㄎㄬㄛㄇ ㄘㄇㄨㄛㄏㄖ'ㄛ̣ㄉ ㄋㄧ. ㄉㄚㄜ ㄋㄝㄚㄍㄗㄝㄚ ㄗㄛ̣ㄋㄗㄝㄚㄉ ㄪㄧㄜㄉㄋㄚㄇ ㄇㄣ̣ㄉㄝ?」 {kñoṃ cmuoh rød nī. dāə nēagzēa zønzēad vīədṇām mēndē?}

B: **ទេ, ខ្ញុំមិនមែនជាជនជាតិវៀតណាមទេ, ខ្ញុំជាជនជាតិតៃវ៉ាន់ ។** 不是，我不是越南人，我是臺灣人。

「ㄉㄝ, ㄎㄬㄛㄇ ㄇㄧ̣ㄣㄇㄣ̣ ㄗㄝㄚ ㄗㄛ̣ㄋㄗㄝㄚㄉ ㄪㄧㄜㄉㄋㄚㄇ ㄉㄝ, ㄎㄬㄛㄇ ㄗㄝㄚ ㄗㄛ̣ㄋㄗㄝㄚㄉ ㄉㄞㄪㄢ.」 {dē, kñoṃ mɨnmēn zēa zønzēad vīədṇām dē, kñoṃ zēa zønzēad daivan.}

A: **គាត់ជាជនជាតិតៃវ៉ាន់មែនទេ ?** 他是臺灣人嗎？

「ㄍㄛㄚㄉ ㄗㄝㄚ ㄗㄛ̣ㄋㄗㄝㄚㄉ ㄉㄞㄪㄢ ㄇㄣ̣ㄉㄝ?」 {ġoád zēa zønzēad daivan mēndē?}

B: **ទេ, គាត់ជាជនជាតិខ្មែរ ។** 不是，他是柬埔寨人。

「ㄉㄝ, ㄍㄛㄚㄉ ㄗㄝㄚ ㄗㄛ̣ㄋㄗㄝㄚㄉ ㄎㄇㄚㄝ.」 {dē, ġoád zēa zønzēad kmāe.}

A: **តើគាត់ស្នាក់នៅកន្លែងណា ?** 他住在哪裡？

「ㄉㄚㄜ ㄍㄛㄚㄉ ㄙㄋㄚㄍㄋㄜㄨ ㄍㄛ̣ㄋㄌㄥ̣ ㄋㄚ?」 {dāə ġoád snágnōu gānlēŋ ṇā?}

B: **សូមទោស, ខ្ញុំមិនដឹងទេ ។** 對不起，我不知道。

「ㄙㄛㄇㄉㄡㄏ, ㄎㄬㄛㄇ ㄇㄧ̣ㄣ ㄉㄜ̣ㄫ ㄉㄝ.」 {sōmdōuH, kñoṃ mɨn Dœŋ dē.}

對話二 ការសន្ទនា ២ (ទីពីរ) 「ㄍㄚㄙㄛ̣ㄋㄉㄛ̣ㄋㄝㄚ ㄉㄧㄅㄧ」 {gāsāndønēa đībī}

A: **សុំទោស, អ្នករស់នៅកន្លែងណា ?** 不好意思，你住在哪裡？

「ㄙㄛㄇㄉㄡㄏ, ㄋㄝㄚㄍ ㄖ'ㄨㄏㄋㄜㄨ ㄍㄛ̣ㄋㄌㄥ̣ ㄋㄚ?」 {soṃdōuH, nēag ruHnōu gānlēŋ ṇā?}

B: **ខ្ញុំរស់នៅជាយក្រុង ។** 我住在市郊。

「ㄎㄬㄛㄇ ㄖ'ㄨㄏㄋㄜㄨ ㄗㄝㄞㄍㄖ'ㄛㄫ.」 {kñoṃ ruHnōu zēaygroŋ.}

A: **ខ្ញុំរស់នៅ កណ្តាលទីក្រុង ។** 我住在市中心。

「ㄎㄬㄛㄇ ㄖ'ㄨㄏㄋㄜㄨ ㄍㄛ̣ㄋㄉㄚㄌ ㄉㄧㄍㄖ'ㄛㄫ.」 {kñoṃ ruHnōu gāṇdāl đīgroŋ.}

B: **អ៊ីចឹង, ទៅផ្ទះរបស់ខ្ញុំទៅ ។** 那麼到我家去吧。

「ˉㄐㄤ, ㄉㆄㄨㄆㄉㄜㄏ ㄖㆄ乃ㆄㄏ ㄎㄋㆄㄇ ㄉㆄㄨ.」 {'ījœŋ, đōupđeǝh røBɑH kñoṃ dōu.}

A: **បាន ។** 好的。「乃ㄢ.」 {Bān.}

B: **ខ្ញុំមានបូនប្រុសពីនាក់, បងស្រីម្នាក់, បូនស្រីម្នាក់ ។** 我有兩個弟弟、一個姐姐、一個妹妹。「ㄎㄋㆄㄇ ㄇㆤㄢ 乃ㆄㄣ乃ㄖㆄㄏ ㄅ一 ㄋㄝㄚ《, 乃ㆄㄫ厶ㄖㄟ ㄇㄋㄝㄚ《, 乃ㆄㄣ厶ㄖㄟ ㄇㄋㄝㄚ.」 {kñoṃ mēan B'ōn BroH bī neag, Bāŋsrōi mneag, B'ǝnsrōi mneag.}

A: **ខ្ញុំគ្មានបងបូនទេ ។** 我沒有兄弟姊妹。

「ㄎㄋㆄㄇ 《ㄇㆤㄢ 乃ㆄㄫ乃ㆄㄣ ㄉㆤ.」 {kñoṃ ġmēan BāŋB'ōn đē.}

B: **នេះជារូបថតគ្រួសាខ្ញុំ ។** 這是我家人的照片。

「ㄋㄧㄏ ㄗㆤㄚ ㄖㄨ乃ㄜㄉ 《ㄖㄨㄝㄙㄚ ㄎㄋㆄㄇ.」 {nih zēa rūBǐǝd ġrūǝsā kñoṃ.}

A: **មែនឬអី ?** 是嗎?「ㄇㄣ ㄖㄨ 'ㄟ?」 {mēn rw̄ 'ǒi?}

B: **នេះគឺជាបូនប្រុសរបស់ខ្ញុំ ។ នោះជាឪពុករបស់ខ្ញុំ ។ នេះគឺជាម្ដាយខ្ញុំ ។** 這是弟弟。那是我的父親。這是媽媽。

「ㄋㄧㄏ 《ㄨㄗㆤㄚ 乃ㆄㄣ乃ㄖㆄㄏ ㄖㆄ乃ㆄㄏ ㄎㄋㆄㄇ. ㄋㄨㄏ ㄗㆤㄚ 'ㄜㄨㄅㄨ《 ㄖㆄ乃ㆄㄏ ㄎㄋㆄㄇ. ㄋㄧㄏ 《ㄨㄗㆤㄚ ㄇㄉㄚ一 ㄎㄋㆄㄇ.」 {nih ġw̄zēa B'ōnBroH røBɑH kñoṃ. nuh zēa 'ǝubug røBɑH kñoṃ. nih ġw̄zēa mDāy kñoṃ.}

A: **តើក្មេងស្រីនោះជានរណា ?** 那女孩是誰?

「ㄉㄚㄜ 《ㄇㄝㄫ 厶ㄖㄟ ㄋㄨㄏ ㄗㆤㄚ ㄋㆄㄋㄚ?」 {dāǝ ġmēŋ srōi nuh zēa nǝṇā?}

B: **នាងជាមិត្តស្រីរបស់ខ្ញុំ ។ មើលមកនេះ ! នេះគឺមីងរបស់ខ្ញុំនៅខេត្តកោះកុង ។** 她是我的女朋友。瞧這裡!這是我戈公的姑母。

「ㄋㄝㄚ ㄗㆤㄚ ㄇ一ㄉㄉ 厶ㄖㄟ ㄖㆄ乃ㆄㄏ ㄎㄋㆄㄇ. ㄇㄜㄌ ㄇㆄ《 ㄋㄧㄏ! ㄋㄧㄏ 《ㄨ ㄇㄧㄥ ㄖㆄ乃ㆄㄏ ㄎㄋㆄㄇ ㄋㆄㄨ ㄎㄝㄉㄉ 《ㄠㄏ《ㆄㄫ.」 {nēaŋ zēa mǐdd srōi røBɑH kñoṃ. mōl mǝg nih! nih ġw̄ mīŋ røBɑH kñoṃ nōu kēdd gaohgoŋ.}

A: **អស្ចារ្យមែន ! ខ្ញុំត្រូវត្រឡប់ទៅវិញហើយ ។ សូមទោសដែលមករំខានអ្នក ។** 真棒!我要回去了。很抱歉打擾你。

「'ㆄㄏㄐㄚ ㄇㄣ! ㄎㄋㆄㄇ 乃ㄖㆄㄨ万 ㄉㄖㆄㄌㆄ乃ㄉㆄㄨㄪㄧㄙㄏㄚㄜ. 厶ㄜㄇㄉㄨ万ㄏ ㄉㄚㄝㄌ ㄇㆄ《 ㄖㄨㄇㄎㄢ ㄋㄝㄚ.」 {'āHjā mēn! kñoṃ drōv drālɑBđōuviñ hāǝy. sōmdōuH Dāel mǝg roumkān nēag.}

B: **កុំនិយាយដូច្នេះ ។** 別這樣說。「《ㆄㄇ ㄋㄟㄝㄢ ㄉㆄㄨㄋㄝㄏ.」 {goṃ niyēay Dōjneh.}

A: **សូមអរគុណចំពោះការទទួលរបស់អ្នក !** 謝謝招待!

「厶ㆄㄇ 'ㆄㄍㄨㄣ ㄐㆄㄇㄅㄨㄛㄏ 《ㄚ ㄉㆄㄉㄨㄛㄌ ㄖㆄ乃ㆄㄏ ㄋㄝㄚ《!」 {sōm 'āġuṇ jaṃbuoh gā đǝđūǝl røBɑH nēag!}

【文化背景】 ខ្មែរខាងក្រោយ ប្រើជម់ 「ㄆㄉㄟㄎㄤ ㄍㄖㄠ一 ㄈㄛㄅㄅㄞ」 {pdəikāŋ grāoy vəBBāi}

1. 柬埔寨的地名

包括金邊在內柬埔寨有 25 個行政區。省和省會不一致時就列出省會名稱。

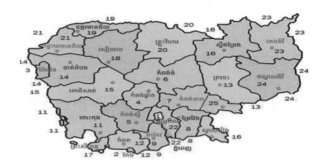

序	柬埔寨文	中文	英文
1	ភ្នំពេញ	金邊	Phnom Penh
2	កែប	白馬	Kep
3	ប៉ៃលិន	拜林	Pailin
4	កំពង់ឆ្នាំង	磅清揚	Kampong Chhnang
5	កំពង់ស្ពឺ	磅士卑	Kampong Speu
6	កំពង់ធំ	磅同	Kampong Thom
7	កំពង់ចាម	磅湛	Kampong Cham
8	ព្រៃវែង	波羅勉	Prey Veng
9	តាកែវ	茶膠	Takéo
10	ស្វាយរៀង	柴楨	Svay Rieng
11	កោះកុង	戈公	Koh Kong
12	កំពត	貢布	Kampot
13	ក្រចេះ	桔井	Kratié
14	បាត់ដំបង	馬德望	Battambang
15	ពោធិ៍សាត់	菩薩	Pursat
16	ស្ទឹងត្រែង	上丁	Stung Treng
17	ព្រះសីហនុ	西哈努克	Preah Sihanouk
18	សៀមរាប	暹粒	Siem Reap

2.「ㄍㄚㄝㄅ」{gāeB}; 3.「ㄅㄟㄌㄧㄣ」{bəilin};

4.「ㄍㄛㄇㄛㄥ ㄑㄋㄤ」{gaṃboŋ qnāŋ};

5.「ㄍㄛㄇㄛㄥ ㄙㄅㄜ」{gaṃboŋ sbœ};

6.「ㄍㄛㄇㄛㄥ ㄊㄡㄇ」{gaṃboŋ ťoum};

7.「ㄍㄛㄇㄛㄥ ㄐㄚㄇ」{gaṃboŋ jām};

8.「ㄅㄖㄟ一ㄈㄥ」{brəivēŋ}; 9.「ㄉㄚㄍㄚㄝㄈ」{dāgāev};

10.「ㄙㄈㄚ一 ㄖㄧㄜㄥ」{svāy rīəŋ};

11.「ㄍㄠㄏ ㄍㄨㄥ」{gaoh goŋ};

12.「ㄍㄛㄇㄛㄉ」{gaṃbōd}; 13.「ㄍㄖㄛㄐㄝㄏ」{grājɛh};

14.「ㄅㄚㄉ ㄉㄛㄇㄅㄤ」{Bád DaṃBāŋ};

15.「ㄅㄡㄙㄚㄉ」{bōusád};

16.「ㄙㄉㄛㄥ ㄉㄖㄚㄝㄥ」{sdœŋ drāeŋ};

17.「ㄅㄖㄝㄛㄏ ㄙㄟㄏㄛㄋㄨˋ」{brɛəh sōihānu'};

19	ឧត្តរមានជ័យ	奧多棉吉	Oddar Meanchey	សំរោង	三隆	Samraong
20	ព្រះវិហារ	柏威夏	Preah Vihear	ភ្នំក្រៀងមានជ័យ	芒德奔	Phnom Tbeng
21	បន្ទាយមានជ័យ	班迭棉吉	Banteay Meanchey	សិរីសោភ័ណ	詩梳豐	Serei Saophoan
22	កណ្តាល	干丹	Kandal	តាខ្មៅ	達克茂	Ta Khmao
23	រតនគិរី	臘塔納基里	Ratanakiri	បានលុង	班隆	Banlung
24	មណ្ឌលគិរី	蒙多基里	Mondulkiri	សែនមនោរម្យ	森莫諾隆	Senmonorom
25	ត្បូងឃ្មុំ	特崩可萌	Tbong Khmum	ស្ទង	蘇翁	Suong

19.「ㄛㄉㄉㄛ ㄇㄝㄢㄗㄞ」{'oddā mēanzay}/「ㄙㄛㄇㄖㄡㄥ」{saṃrōuŋ}; 20.「ㄅㄖㄝㄏㄈㄧㄏㄚ」{brɛəhvihā}/「ㄆㄋㄛㄇ ㄉㄅㄚㄝㄥ ㄇㄝㄢㄗㄞ」{ṗnoum dBāeŋ mēanzay}; 21.「ㄅㄛㄣㄉㄝㄞ ㄇㄝㄢㄗㄞ」{Bāndēay mēanzay}/「ㄙㄧ一ㄖㄧ一ㄙㄠㄆㄛㄣㄉ」{sirīsāoṗoaṇḌ}; 22.「ㄍㄛㄣㄉㄚㄌ」{gāṇdāl}/「ㄉㄚㄎㄇㄠ」{dākmāu}; 23.「ㄖㄛㄉㄋㄛㄍㄧ一ㄖ一」{rødnøģīrī}/「ㄅㄢㄌㄨㄥ」{Bānluŋ}; 24.「ㄇㄛㄣㄉㄛㄍㄛㄍㄧ一ㄖ一」{møṇḌølģīrī}/「ㄙㄚㄝㄣㄇㄛㄋㄡㄖㄛㄇ」{sāenmønōurøm}; 25.「ㄉㄅㄛㄥㄎㄇㄨㄇ」{dBøŋkmuṃ}/「ㄙㄨㄛㄥ」{sūøŋ}。注：幾個地名用字的華語發音：磅ㄅㄤˊbàng、湛ㄓㄢˋzhàn、菩ㄆㄨˊpú、暹ㄒㄧㄢxiān。

2. 柬埔寨的民族

柬埔寨有 20 多個民族，高棉族為主體民族，占總人口的 80%，還有占族(ចាម「ㄐㄚㄇ」{jām})、普農族(ព្នង「ㄅㄋㄛㄥ」{bnøŋ})、寮族(ឡាវ「ㄌㄚㄈ」{lāv})、泰族(ថៃ「ㄉㄞ」{dai})、布佬族(ប្រៅ「ㄅㄖㄠ」{Brāu})、桑雷族(សោមរ៉ែ「ㄙㄠㄇㄖㄝ」{sāomrē})、戈拉族(គោឡា「ㄍㄛㄌㄚ」{gøḷā})和斯丁族(ស្ទៀង「ㄙㄉㄧㄜㄥ」{sdīəŋ})等少數民族。華人、華僑約 70 萬。

【練習鞏固】 ធ្វើលំហាត់ 「ㄊㄜㄈㄞㄉㄇㄛㄇㄏㄚㄉ」{ĕvīlmøhád}

1. 請把下列句子翻譯成柬埔寨文。

　　1) 孫慧賢是臺灣人。

　　_____

　　2) 臺灣很美。

　　_____

　　3) 您多大(年齡)了？

　　_____

2. 請把下列句子翻譯成中文。

　　1) ផ្ទះខ្ញុំមានឪពុក, ម្ដាយ, ប្អូនប្រុសម្នាក់និងខ្ញុំ។ 「ㄆㄉㄜㄚㄏ ㄎㄋㄛㄇ ㄇㄟㄢ 'ㄨㄅㄨㄍ, ㄇㄉㄚㄧ, ㄅˇㄛㄣ ㄅㄡㄏˇ ㄇㄋㄟㄚㄍ ㄋㄧㄥ ㄎㄋㄛㄇ.」{pḋeəh kňoṃ mēan 'əubug, mdāy, B'ōn BroH mneag niŋ kňoṃ.}

　　_____

　　2) ខ្ញុំអាយុម្ភៃឆ្នាំ, បងស្រី ម្ភៃបួនឆ្នាំ។ 「ㄎㄋㄛㄇ 'ㄚㄨ' ㄇㄛˇㄟ ㄑㄋㄚㄇ, ㄅㄛㄥㄙˇㄖㄟ ㄇㄛˇㄟ ㄅㄨㄛㄣ ㄑㄋㄚㄇ.」{kňoṃ 'āyu' møṗəi qnāṃ, Bāŋsrəi møṗəi Būən qnāṃ.}

　　_____

　　3) តើកូនអ្នកនៅរៀនមែនទេ？ 「ㄉㄚㄜ ㄍㄛㄣ ㄋㄟㄚㄍ ㄋㄛㄨ ㄖㄧㄢ ㄇㄟㄉㄟ?」{dāə gōn nēag nōu rīən mēndē?}

　　_____

　　4) តើគ្រូស្នាក់នៅកន្លែងណា？ 「ㄉㄚㄜ ㄍㄖㄨ ㄙㄋㄚㄍㄋㄛㄨ ㄍㄛㄣㄌㄥ ㄋㄚ?」{dāə ġrū snágnōu gānlēŋ ņā?}

　　_____

កម្ពុជានិងតៃវ៉ាន់
「ㄍㄛㄇㄅㄨㄗㄟㄚ ㄋㄧㄥ ㄉㄞㄪㄢ」{gāmbuzēa niŋ daivan}
柬埔寨和臺灣
Cambodia and Taiwan

第四課 工作與職業

មេរៀនទី ៤ (បួន) ការងារនិងមុខរបរ

「ㄇㄝㄖ'ㄧㄜㄋ ㄉㄧ ㄅ̣ㄨㄜㄋ ㄍㄚㄫㄝㄚ ㄋㄧ̣ㄥ ㄇㄨㄎㄖ'ㄛ̣ㄅ̣ㄛ̣」

{mērīən đī Būən gāŋēa nɨŋ mukrøBā}

Lesson 4. Job and Profession

【詞語學習】 ការរៀនពាក្យសព្ទ 「ㄍㄚ ㄖ'ㄧㄜㄋ ㄪㄝㄚㄍㄙㄛ̣ㄅㄉ」 {gārīən vēagsābđ}

△ មុខរបរ 「ㄇㄨㄎㄖ'ㄛ̣ㄅ̣ㄛ̣」 {mukrøBā} 職業

△ ជជែកគ្នា 「ㄗㄛ̣ㄗㄝ̣ㄍㄍㄋㄝㄚ」 {zøzēggnēa} 瞭解，談到

△ អញ្ជើញ 「'ㄛ̣ㄬㄗㄜㄬ」 {'āñzəñ} 邀請 △ ចូល 「ㄐㄛㄌ」 {jōl} 進入，登錄

△ គ្រូពេទ្យ 「ㄍㄖ'ㄨㄅㄝㄉ」 {ġrūbēđ} 醫生 △ មន្ទីរពេទ្យ 「ㄇㄛ̣ㄋㄉㄧㄅㄝㄉ」 {møndībēđ} 醫院

△ ភាសាអង់គ្លេស 「ㄆㄝㄚㄙㄚ 'ㄛ̣ㄫㄍㄌㄝㄏ」 {ṗēasā 'āŋġlēH} 英語

△ ទៅកាន់ 「ㄉㄜㄨㄍㄢ」 {đə̄ugan} 去到

△ ដើម្បី 「ㄉ̣ㄚㄜㄇㄅ̣ㄟ」 {DāəmBə̄i} 為了，以至於

△ ធ្វើសម្ភាសន៍ 「ㄊㄪㄜㄙㄛ̣ㄇㄆㄝㄚ」 {ẗvəsāmṗēaH} 應聘，面試

△ ខាងក្រោម 「ㄎㄤ ㄍㄖ'ㄠㄇ」 {kāŋ grāom} 以下

△ ទំនេរ 「ㄉㄡㄇㄋㄝ」 {đouṃnē} 閒置，空著

△ កន្លែង 「ㄍㄛ̣ㄋㄌㄥ̣」 {gānlēŋ} 職位，位置

△ ចុងភៅ 「ㄐㄛㄫㄆㄜㄨ」 {joŋṗə̄u} 廚師 △ ធ្វើការងារ 「ㄊㄪㄜㄍㄚㄫㄝㄚ」 {ẗvə̄gāŋēa} 工作

△ ពីមុន 「ㄅㄧㄇㄨㄋ」 {bīmun} 以前，此前

△ ថ្ងៃស្អែក 「ㄊㄫㄞㄙ'ㄚㄝㄍ」 {tŋais'āeg} 明天，未來

△ ចាប់ផ្ដើម 「ㄐㄚㄅ̣ㄆㄉㄚㄜㄇ」 {jáBpdāəm} 開始，開端

△ មិ 「ㄇㄧ̣'」 {mɨ'} 事情 △ រថយន្ត 「ㄖ'ㄛ̣ㄊㄧㄛ̣ㄋㄉ̣」 {røtyønD} 汽車，車

△ ភាពយន្ត 「ㄆㄝㄚㄅㄧㄛ̣ㄋㄉ̣」 {ṗēabyønD} 電影 △ រាល់ថ្ងៃ 「ㄖ'ㄛㄚㄌㄊㄫㄞ」 {roálṫŋai} 每一天

△ ម៉ោង 「ㄇㄠㄫ」 {māoŋ} 時間，點

△ ម៉ោងដប់ 「ㄇㄠㄫ ㄉ̣ㄛ̣ㄅ̣」 {māoŋ DɑB} 十點，十點鐘

△ ព្រឹក 「ㄅㄖ'ㄨ̣ㄍ」 {brwg} 早上，早晨

△ ចេញ 「ㄐㄝㄬ」 {jēñ} 離開，出去 △ ប្រាំមួយ 「ㄅ̣ㄖ'ㄚㄇㄇㄨㄟ」 {Brāṃmūəy} 六

△ ល្ងាច 「ㄌㄫㄝㄚㄐ」 {lŋēaj} 晚上 △ យប់ 「ㄧㄨㄅ̣」 {yuB} 夜間

△ មេធាវី 「ㄇㄝㄊㄝㄚㄪㄧ」 {mēẗēavī} 律師

△ អ្នកគ្រប់គ្រង 「ㄋㄝㄚㄍㄍㄖ'ㄛㄅ̣ㄍㄖ'ㄛㄫ」 {nēagġroBġrøŋ} 經理

△ ទូទៅ 「ㄉㄨㄉㄜㄨ」 {đūdə̄u} 總的，一般 △ ទីនេះ 「ㄉㄧㄣㄝ̣ㄏ」 {đīnih} 這裡

△ រយៈពេល 「ㄖ'ㄛ̣ㄧㄝㄚ'ㄅㄝㄌ」{røyea'bēl} 時期，一段時間

【範例課文】 អត្ថបទគំរូ 「'ㄛ̤ㄉ去ㄛ̤ㄅ̤ㄛ̤ㄉ 《ㄡㄇ回'ㄨ」 {'ādtāBād gouṃrū}

> 一、張文達(B)和黛章(A)互相聊到他們的工作。 ១) ចាង អ៊ូនដា (ខ) និង ទេវី (ក) ជជែកគ្នាពី ការងារ របស់ពួកគេ។ 「ㄇㄨㄟ) ㄐㄤ 'ㄨㄋ ㄉㄚ (ㄎㄛ̤) ㄋ一̤ㄥ ㄉㄝㄞ一 (《ㄛ̤) ㄗㄛ̤ㄗㄝ̤《《ㄋㄝㄚ ㄅ一 《ㄚㄫㄝㄚ 回'ㄛ̤ㄅ̤ㄛ̤ㄏ ㄅㄨㄜ《《ㄝ.」 {mūəy) jāŋ 'ūn dā (kā) niŋ dēvī (gā) zøzēggnēa bī gāŋēa røBɑH būəggē.}

ក: **អញ្ជើញចូល**！A:請進！「'ㄛ̤ㄏㄗㄜㄏ ㄐㄛㄌ!」 {'āñzəñ jōl!}

ខ: **រីករាយដែលបានស្គាល់អ្នក**។B:很高興認識你。

「回'一《回'ㄝㄞ ㄉ̤ㄚㄝㄌ ㄅ̤ㄢ ㄙ《ㄚㄌ ㄋㄝㄚ《.」 {rīgrēay Dāel Bān sgál nēag.}

ក: **តើអ្នកធ្វើការអ្វីដែរ**？A:你是做什麼工作的？

「ㄉㄚㄜ ㄋㄝㄚ《 去ㄞㄜ《ㄚ 'ㄛ̤ㄞㄟ ㄉ̤ㄚㄝ?」 {dāə nēag ṫvəgā'ɑvāi Dāe?}

ខ: **ខ្ញុំជាគ្រូពេទ្យ**។B:我是醫生。「ㄎㄏㄛㄇ ㄗㄝㄚ 《回'ㄨㄅㄝㄉ.」 {kñoṃ zēa ġrūbēd.}

ក: **តើអ្នកធ្វើការនៅកន្លែងណា**？A:你在哪裡工作？

「ㄉㄚㄜ ㄋㄝㄚ《 去ㄞㄜ《ㄚ ㄋㄜㄨ 《ㄛ̤ㄋㄌㄥ ㄋㄚ?」 {dāə nēag ṫvəgā nəu gānlēŋ ṇā?}

ខ: **នៅមន្ទីរពេទ្យរ៉ូយ៉ាល់ភ្នំពេញ**។ **នេះគឺជានាមបណ្ណរបស់ខ្ញុំ**។B:在金邊皇家醫院。這是我的名片。「ㄋㄜㄨ ㄇㄛ̤ㄋㄉ一ㄅㄝㄉ 回'ㄛ̤一ㄚㄌ ㄆㄋㄡㄇㄅㄝㄏ. ㄋ一ㄏ 《ㄨ̤ㄗㄝㄚ ㄋㄝㄚㄇ ㄅ̤ㄛ̤ㄋㄋ 回'ㄛ̤ㄅ̤ㄛ̤ㄏ ㄎㄏㄛㄇ.」 {nəu møndībēd røyál ṗnouṃbēñ. nih ġw̄zēa nēam Bāṇṇ røBɑH kñoṃ.}

ក: **សូមអរគុណ**។A:謝謝。「ㄙㄛㄇ 'ㄛ̤《ㄨㄋ.」 {sōm 'āġuṇ.}

ខ: **តើអ្នកធ្វើការអ្វី**？B:你做什麼工作？「ㄉㄚㄜ ㄋㄝㄚ《 去ㄞㄜ《ㄚ 'ㄛ̤ㄞㄟ?」 {dāə nēag ṫvəgā'ɑvāi?}

ក: **ខ្ញុំគឺជាគ្រូបង្រៀន**។A:我是教師。

「ㄎㄏㄛㄇ 《ㄨ̤ㄗㄝㄚ 《回'ㄨㄅ̤ㄛ̤ㄫ回'一ㄜㄋ.」 {kñoṃ ġw̄zēa ġrūBāŋrīən.}

ខ: **តើអ្នកបង្រៀនអ្វី**？B:你教什麼？「ㄉㄚㄜ ㄋㄝㄚ《 ㄅ̤ㄛ̤ㄫ回'一ㄜㄋ 'ㄛ̤ㄞㄟ?」 {dāə nēag Bāŋrīən 'ɑvāi?}

ក: **ខ្ញុំបង្រៀនភាសាអង់គ្លេស**។A:我教英語。

「ㄎㄏㄛㄇ ㄅ̤ㄛ̤ㄫ回'一ㄜㄋ ㄆㄝㄚㄙㄚ 'ㄛ̤ㄫ《ㄌㄝㄏ.」 {kñoṃ Bāŋrīən ṗēasā 'āŋġlēH.}

ខ: **តើអ្នកបង្រៀននៅកន្លែងណា**？B:在哪裡教？

「ㄉㄚㄜ ㄋㄝㄚ《 ㄅ̤ㄛ̤ㄫ回'一ㄜㄋ ㄋㄜㄨ 《ㄛ̤ㄋㄌㄥ ㄋㄚ?」 {dāə nēag Bāŋrīən nəu gānlēŋ ṇā?}

ក: **នៅវិទ្យាល័យមួយ**។A:在一所高中。

「ㄋㄜㄨ ㄞ一̤ㄉ一ㄝㄚㄌㄞ ㄇㄨㄟ.」 {nəu vidyēalay mūəy.}

二、江金彪(B)到達妮(A)的公司應聘。這是他們的對話。២) លោក ដាង ជីនពារ(ខ) ចូលទៅកាន់ក្រុមហ៊ុន របស់អ្នកស្រី ដានី(ក) ដើម្បីធ្វើសម្ភាសន៍ទទួលការងារ។ ខាងក្រោមនេះជាការសន្ទនារបស់ពួកគេ។ 「ㄅ－」 ㄌ ㄡㄍ ㄗㄝㄤ ㄗ－ㄣ ㄅㄝㄚ万(ㄅㄍ) ㄐㄜㄌ ㄉㄨㄍㄢ 《ㄖㄛㄇㄏㄨㄣ ㄖㄜㄅㄚㄏ ㄋㄝㄤ《ㄙㄖㄟ ㄉㄚㄋ－(《ㄍ) ㄉㄚㄇㄅㄛㄟ ㄊ万ㄜㄙㄚㄇㄆㄝㄚㄏ ㄉㄛㄉㄨㄜㄌ 《ㄚㄋㄝㄚ. ㄎㄤ 《ㄖㄠㄇ ㄋ－ㄏ ㄗㄝㄚ 《ㄚㄙㄢㄉㄛㄋㄝㄚ ㄖㄛㄅㄚㄏ ㄅㄨㄜㄍㄍㄝ.」 {bī) lōug zēaŋ zīn bēav(kā) jōl dōugan gromhun rɵBaH nēagsrōi Dā nī(gā) DāəmBōi t̆vɵsāmp̆ēaH dɵdūɵl gāŋēa. kāŋ grāom nih zēa gāsāndɵnēa rɵBaH būəggē.}

ក: ជំរាបសួរ ។ A:你好。「ㄗㄨㄇㄖㄝㄚㄅㄙㄨㄜ.」 {zoumrēaBsūə.}

ខ: ជំរាបសួរ ។ B:你好。「ㄗㄨㄇㄖㄝㄚㄅㄙㄨㄜ.」 {zoumrēaBsūə.}

ក: តើអ្នកឈ្មោះអ្វី ? A:你叫什麼名字?「ㄉㄚㄜ ㄋㄝㄚ《 ㄘㄇㄨㄛㄏ 'ㄛ万ㄟ?」 {dāə nēag cmuoh 'av̆ōi?}

ខ: ខ្ញុំឈ្មោះ ជាង ជីនពាវ ។ B:我叫江金彪。

「ㄎ广ㄛㄇ ㄘㄇㄨㄛㄏ ㄗㄝㄤ ㄗ－ㄣ ㄅㄝㄚ万.」 {kñom cmuoh zēaŋ zīn bēav.}

ក: ក្រុមហ៊ុនរបស់ខ្ញុំមានការងារទំនេរមួយកន្លែង ។ គឺការងារជាចុងភៅ ។A:我公司有一個空缺職位。是炊事員。

「《ㄖㄛㄇㄏㄨㄣ ㄖㄛㄅㄛㄏ ㄎ广ㄛㄇ ㄇㄝㄢ 《ㄚㄋㄝㄚ ㄉㄛㄨㄇㄋㄝ 《ㄚㄧㄝㄢ ㄇㄨㄜ 《ㄛㄋㄌ. 《ㄨ 《ㄚㄋㄝㄚ ㄗㄝㄚ ㄐㄛㄤㄆㄛㄨ.」 {gromhun rɵBaH kñom mēan gāŋēa ɖoumnē mūəy gānlēŋ. ḡẘ gāŋēa zēa joŋp̆ōu.}

ខ: ខ្ញុំចង់ធ្វើការងារនេះ ។ B:我想做該工作。

「ㄎ广ㄛㄇ ㄐㄛㄤ ㄊ万ㄜ ㄊ万ㄛ《ㄚㄋㄝㄚ ㄋ－ㄏ.」 {kñom jaŋ t̆vɵgāŋēa nih.}

ក: តើពីមុនអ្នកធ្លាប់បានធ្វើការងារអ្វីខ្លះ ? A:你以前做過什麼工作?「ㄉㄚㄜ ㄅ－ㄇㄨㄣ ㄋㄝㄚ《 ㄊㄌㄛㄚㄅ ㄅㄢ ㄊ万ㄛ《ㄚㄋㄝㄚ 'ㄛ万ㄟㄎㄌㄚㄏ?」 {dāə bīmun nēag t̆loáB Bān t̆vɵgāŋēa 'av̆ōiklah?}

ខ: ខ្ញុំធ្លាប់ធ្វើការជាចុងភៅមួយឆ្នាំ ។ B:我做過一年炊事員。

「ㄎ广ㄛㄇ ㄊㄌㄛㄚㄅ ㄊ万ㄛ《ㄚ ㄗㄝㄚ ㄐㄛㄤㄆㄛㄨ ㄇㄨㄜ ㄑㄋㄚㄇ.」 {kñom t̆loáB t̆vɵgā zēa joŋp̆ōu mūəy qnām.}

ក: អ៊ីចឹង, អ្នកអាចធ្វើការងារនេះបានហើយ ។ ថ្ងៃស្អែកចាប់ផ្ដើមមកធ្វើការចុះ ។A:那麼你可以做這項工作。明天就開始吧。

「'－ㄐㄛㄤ, ㄋㄝㄚ《 'ㄚㄐ ㄊ万ㄛ《ㄚㄋㄝㄚ ㄋ－ㄏ ㄅㄢ ㄏㄚㄜ. ㄊㄞ万'ㄚㄝ《 ㄐㄚㄅㄆㄉㄚㄜㄇ ㄇㄛ《 ㄊ万ㄛ《ㄚ ㄐㄛㄏ.」 {'īj̆œŋ, nēag 'āj t̆vɵgāŋēa nih Bān hāəy. t̆ŋais'āeg jáBp̆dāəm mɵg t̆vɵgā joh.}

ខ: បាទ, សូមអរគុណណាស់ ! B:好的,非常感謝!

「ㄅㄚㄉ, ㄙㄛㄇ 'ㄛ《ㄨㄣ ㄋㄚㄏ!」 {Bād, sōm 'āḡuŋ náH!}

ក: មិនអ្វីទេ ។ A:不客氣。「ㄇ－' ㄟ ㄉㄝ.」 {mi' 'ōi dē.}

【常用會話】 សន្ទនារាល់ថ្ងៃ 「ㄙㄛ̤ㄋㄉㄛ̤ㄋㄝㄚ ㄖˈㄛㄚㄌ ㄊㄫㄞ」 {sāndønēa roáltŋai}

對話一 ការសន្ទនា ១ (ទីមួយ) 「ㄍㄚㄙㄛ̤ㄋㄉㄛ̤ㄋㄝㄚ ㄉㄧㄇㄨㄟ」 {gāsāndønēa ďīmūəy}

A: ខ្ញុំជិះរថយន្តក្រុងទៅក្រុមហ៊ុន ។ 我坐公車到公司。

「ㄎㄬㄛㄇ ㄗㄧ̤ㄏ ㄖˈㄛ̤ㄊ ㄧㄛ̤ㄋㄉ ㄍㄖˈㄛㄫ ㄉㄜㄨ ㄍㄖˈㄛㄇㄏㄨㄋ.」 {kñoṃ zih røt yønD groŋ ďōu gromhun.}

B: រាល់ថ្ងៃអ្នកចូលធ្វើការនៅម៉ោងប៉ុន្មាន ? 每天幾點上班？

「ㄖˈㄛㄚㄌㄊㄫㄞ ㄋㄝㄚㄍ ㄐㄛㄌ ㄊㄪㄜㄍㄚ ㄋㄜㄨ ㄇㄠㄫ ㄅㄛㄋㄇㄢ?」 {roáltŋai nēag jōl ťvəgā nəu māoŋ bonmān?}

A: ម៉ោងដប់ព្រឹក ។ 早上十點。「ㄇㄠㄫ ㄉㄛ̤ㄅ ㄅㄖˈㄨ̤ㄍ.」 {māoŋ DaB brwg.}

B: រាល់ថ្ងៃចេញពីធ្វើការនៅម៉ោងប៉ុន្មាន ? 每天幾點下班？

「ㄖˈㄛㄚㄌㄊㄫㄞ ㄐㄝㄬㄅㄧ ㄊㄪㄜㄍㄚ ㄋㄜㄨ ㄇㄠㄫ ㄅㄛㄋㄇㄢ?」 {roáltŋai jēñbī ťvəgā nəu māoŋ bonmān?}

A: ម៉ោងប្រាំមួយល្ងាច ។ 晚上六點。

「ㄇㄠㄫ ㄅㄖˈㄚㄇㄇㄨㄟ ㄌㄫㄝㄚㄐ.」 {māoŋ Brāṃmūəy lŋēaj.}

B: យប់នេះជួបគ្នា ។ 晚上見。「ㄧㄨㄅ ㄋㄧㄏ ㄗㄨㄜㄅㄍㄋㄝㄚ.」 {yuB nih zūəBġnēa.}

對話二 ការសន្ទនា ២ (ទីពីរ) 「ㄍㄚㄙㄛ̤ㄋㄉㄛ̤ㄋㄝㄚ ㄉㄧㄅㄧ」 {gāsāndønēa ďībī}

A: ពីមុនអ្នកធ្លាប់បានធ្វើការងារអ្វីខ្លះ ? 你以前做過什麼工作？

「ㄅㄧㄇㄨㄋ ㄋㄝㄚㄍ ㄊㄌㄛㄚㄅ ㄅㄢ ㄊㄪㄜㄍㄚㄫㄝㄚ ˈㄛ̤ㄪㄟㄎㄌㄚㄏ?」 {bīmun nēag ťloáB Bān ťvəgāŋēa ʼɑvəiklah?}

B: ពីមុនខ្ញុំជាបុគ្គលិកលក់, ចុះអ្នកវិញ ? 我以前是售貨員，您呢？「ㄅㄧㄇㄨㄋ ㄎㄬㄛㄇ ㄗㄝㄚ ㄅㄛㄍㄍㄛ̤ㄌㄧ̤ㄍ ㄌㄨㄍ, ㄐㄛㄏ ㄋㄝㄚㄍ ㄪㄧ̤ㄬ?」 {bīmun kñoṃ zēa Boġgølig lug, joh nēag viñ?}

A: ពីមុនខ្ញុំជាមេធាវី ។ ឥឡូវនេះ ខ្ញុំគឺជាអ្នកគ្រប់គ្រងទូទៅនៃក្រុមហ៊ុន ។ 我以前是律師。現在是公司總經理。

「ㄅㄧㄇㄨㄋ ㄎㄬㄛㄇ ㄗㄝㄚ ㄇㄝㄊㄝㄚㄪㄧ. ˈㄟㄌㄛ̤ㄪㄋㄧㄏ ㄎㄬㄛㄇ ㄍㄨ̤ㄗㄝㄚ ㄋㄝㄚㄍㄍㄖˈㄛㄅㄍㄖˈㄛㄫ ㄉㄨㄉㄜㄨ ㄋㄟ ㄍㄖˈㄛㄇㄏㄨㄋ.」 {bīmun kñoṃ zēa mēťēavī. ʼœiḷøvnih kñoṃ ġẅzēa nēaggroBġrøŋ dūďəu nəi gromhun.}

B: តើអ្នកធ្វើការនៅទីនេះអស់រយៈពេលប៉ុន្មានហើយ ? 你在這裡工作多長時間了？

「ㄉㄚㄜ ㄋㄝㄚㄍ ㄊㄪㄜㄍㄚ ㄋㄜㄨ ㄉㄧㄋㄧ̤ㄏ ˈㄛ̤ㄏ ㄖˈㄛ̤ㄧㄝㄚㄅㄝㄌ ㄅㄛㄋㄇㄢ ㄏㄚㄟ?」 {dāə nēag ťvəgā nəu ďīnih ʼāH røyeabēl bonmān hāəy?}

A: ធ្វើការពីរឆ្នាំហើយ ។ 工作兩年。「ㄊㄪㄜㄍㄚ ㄅㄧ ㄑㄋㄚㄇ ㄏㄚㄟ.」 {ťvəgā bī qnāṃ hāəy.}

【語法說明】 ការពន្យល់ វេយ្យាករណ៍「ㄍㄚㄅㄛ̣ㄋㄧㄨㄌ ㄪㄝㄧㄝㄚㄍㄛ̣」{gābønyul vēyyēagā}

1. 人稱代詞

東埔寨語人稱代詞比國語複雜，請見下表介紹。

使用場合	第一人稱單數	第二人稱單數	第三人稱單數
親切、對下	អញ「'ㄛ̣ㄏ」 {'āñ}我 អញខ្ញុំ 「'ㄛ̣ㄏㄎㄏㄛㄇ」 {'āñ kñoṃ}我	ឯង「'ㄚㄝㄫ」 {'aēŋ}你	វា「ㄪㄝㄚ」 {vēa}他，她
對等、同齡	ខ្ញុំ「ㄎㄏㄛㄇ」 {kñoṃ}我	អ្នក「ㄋㄝㄚㄍ」 {nēag}你，您	គេ「ㄍㄝ」 {ġē}他，她，牠
禮貌	ខ្ញុំបាទ「ㄎㄏㄛㄇㄅㄚㄉ」 {kñoṃBād}我(男人用) នាងខ្ញុំ「ㄋㄝㄤ ㄎㄏㄛㄇ」 {nēaŋ kñoṃ}我(婦女用)	លោក「ㄌㄡㄍ」{lōug}您(先生) លោកស្រី「ㄌㄡㄍ ㄙㄖ'ㄟ」{lōug srōi}妳，您(女士)	គាត់「ㄍㄛㄚㄉ」 {ġoád} 他，她，您
民眾對僧侶	ខ្ញុំព្រះករុណា「ㄎㄏㄛㄇ ㄅㄖ'ㄝㄜㄏ ㄍㄛ̣ㄖ'ㄨㄋㄚ」 {kñoṃ breəh gāruṇā} 我(男女均可)	ព្រះតេជព្រះគុណ「ㄅㄖ'ㄝㄜㄏ ㄉㄝㄗ ㄅㄖ'ㄝㄜㄏ ㄍㄨㄋ」 {breəh dēz breəh ġuṇ}您	ព្រះអង្គ「ㄅㄖ'ㄝㄜㄏ'ㄛ̣ㄫㄍ」 {breəh 'āŋġ}您
僧侶對民眾	អាត្មា「'ㄚㄉㄇㄚ」 {'ādmā}我 អាចក្តី「'ㄚㄐㄍㄉㄟ」 {'āj gdāi}我	ញោមស្រី「ㄏㄡㄇ ㄙㄖ'ㄟ」 {ñōum srōi}妳 ញោមប្រុស「ㄏㄡㄇ ㄙㄖ'ㄟ」 {ñōum BroH}你(男用)	ឧបាសក 他「'ㄛㄅㄚㄙㄛ̣ㄍ」 {'oBāsāg} ឧបាសិកា 她「'ㄛㄅㄚㄙㄧ̣ㄍㄚ」 {'oBāsıgā}
對皇室 對高官	ខ្ញុំព្រះបាទអម្ចាស់「ㄎㄏㄛㄇ ㄅㄖ'ㄝㄜㄏㄅㄚ'ㄛ̣ㄇㄐㄚㄏ」 {kñoṃ breəh Bād'āmjáH}鄙人(男用) ទូលបង្គំ 「ㄉㄨㄌㄛ̣ㄅ ㄫㄍㄨㄇ」 {đūløB ŋġuṃ}小的(男用) ខ្ញុំម្ចាស់ 「ㄎㄏㄛㄇㄇㄐㄚㄏ」 {kñoṃmjáH} 小人(女用)	ព្រះករុណា「ㄅㄖ'ㄝㄜㄏ ㄍㄛ̣ㄖ'ㄨㄋㄚ」 {breəh gāruṇā} 皇上您，陛下，大人	ទ្រង់「ㄉㄖ'ㄛㄫ」 {droŋ} 您，那位大人
使用場合	第一人稱複數(我們)	第二人稱複數(你們)	第三人稱複數(他們)
正常、禮貌	យើង 「ㄧㄥ」 {yōŋ} យើងខ្ញុំ 「ㄧㄥㄎㄏㄛㄇ」 {yōŋkñoṃ}	ពួកអ្នក「ㄅㄨㄜㄍ ㄋㄝㄚㄍ」 {būəg nēag}	ពួកគេបាន「ㄅㄨㄜㄍㄍㄝ ㄅㄢ」 {būəġġē Bān} ពួកគេ「ㄅㄨㄜㄍㄍㄝ」{būəġġē}

第一人稱單複數還有許多用法，再舉出一些。

◎គ្នា「ㄍㄋㄝㄚ」 {ġnēa}我和別人一起

◎ខ្ញុំព្រះអង្គ「ㄎㄏㄛㄇ ㄅㄖ'ㄝㄜㄏ'ㄛ̣ㄫㄍ」 {kñoṃ breəh'āŋġ}鄙人(對皇室)

◎ទូលបង្គំជាខ្ញុំ「ㄉㄨㄌㄅㄛ̣ㄫㄍㄨㄇㄗㄝㄚㄎㄏㄛㄇ」{đūlBāŋġouṃzēakñoṃ}寡人(皇上用)

◎យើងខ្ញុំព្រះអង្គ「ㄧㄥ ㄎㄏㄛㄇ ㄅㄖ'ㄝㄜㄏ'ㄛ̣ㄫㄍ」 {yōŋ kñoṃ breəh'āŋġ}我等鼠輩(對皇室)

◎យើងខ្ញុំម្ចាស់「ㄧㄥ ㄎㄏㄛㄇ ㄇㄐㄚㄏ」 {yōŋ kñoṃ mjáH}我等鄙人(對皇室)

◎អាត្មាយើង「'ㄚㄉㄇㄚ ㄧㄥ」 {'ādmā yōŋ}我輩，我們自己(直譯：我們的軀體)

2. 反身代詞

反身代詞在人稱代詞前面加 ខ្លួន「ㄎㄌㄨㄜㄋ」{klūən}，例如：我自己：ខ្លួនខ្ញុំ「ㄎㄌㄨㄜㄋ ㄎㄏㄛㄇ」{klūən kñoṃ}；我們自己 ខ្លួនយើង「ㄎㄌㄨㄜㄋ ㄧㄥ」{klūən yōŋ}；你自己 ខ្លួនឯង「ㄎㄌㄨㄜㄋ'ㄚㄝㄫ」{klūən'aēŋ}；他們自己 ខ្លួនពួកគេ「ㄎㄌㄨㄜㄋ ㄅㄨㄜㄍㄍㄝ」{klūən būəġġē}，等等。

【練習鞏固】 ធ្វើលំហាត់ 「ㄊㄝㄪㄧㄌㄇㄛ̣ㄏㄚㄉ」{ťēvīlmøhád}

1. 請把下列句子翻譯成柬埔寨文。

   1) 我曾教過英語。

   ____

   2) 我十點上班。

   ____

2. 請把下列句子翻譯成中文。

   1) គាត់ធ្វើការងារអ្វីខ្លះ? 「ㄍㄛㄚㄉ ㄊㄪㄜㄍㄚㄫㄝㄚ ㄪㄟ ㄎㄌㄚㄏ?」{ġoád ťvəgāŋēa vəi klah?}

   ____

   2) គាត់គឺជាអ្នកគ្រប់គ្រងទូទៅនៃក្រុមហ៊ុន។ 「ㄍㄛㄚㄉ ㄍㄨ̣ ㄗㄝㄚ ㄋㄝㄚㄍㄍㄖ'ㄛㄅ̣ㄍㄖ'ㄛㄫㄉㄨ ㄉㄜㄨ ㄋㄟㄍㄖ'ㄛㄇㄏㄨㄋ.」{ġoád ġw̄ zēa nēaggroBġrøŋdū đəu nəigromhun.}

   ____

   3) តើសាស្ត្រាចារ្យធ្វើការនៅទីនេះអស់រយៈពេលប៉ុន្មានហើយ? 「ㄉㄚㄜ ㄙㄚㄙㄉㄖ'ㄚㄐㄚ ㄊㄪㄜㄍㄚ ㄋㄜㄨ ㄉㄧㄣㄧㄏ'ㄛ̣ㄏ ㄖ'ㄛ̣ㄧㄝㄚ' ㄅㄝㄌ ㄅㄛㄋ ㄇㄝㄢ ㄏㄚㄟ?」{dāə sāsdrājā ťvəgā nəu đīnih 'āH røyea' bēl bon mēan hāəy?}

   ____

   4) ធ្វើការម្ភៃឆ្នាំហើយ។ 「ㄊㄪㄜㄍㄚ ㄇㄛ̣ㄆㄟ ㄑㄋㄚㄇ ㄏㄚㄟ.」{ťvəgā møṗəi qnāṃ hāəy.}

   ____

"រុញ" មិនគឺ "ទាញ"

「ㄖ'ㄨㄫ ㄇㄧ̣ㄣ ㄍㄨ̣ ㄉㄝㄚㄫ」{ruñ mɨn ġw̄ đēañ}

"推" 不是 "拉"

PUSH not PULL

第五課 出境與入境

មេរៀនទី ៥ (ប្រាំ) ការឆ្លងដែន

「ㄇㄝㄖㄧㄝㄣ ㄉㄧ ㄅㄖㄚㄇ《ㄚ ㄑㄌㄤㄉㄚㄝㄣ」

{mērĭən dī Brăm gā qlūŋDāen}

Lesson 5. Leaving and Entering a Country

【詞語學習】 ការរៀន វក្យសព្ទ 「《ㄚ ㄖㄧㄝㄣ ㄨㄝㄚ《ㄙㄚㄅㄉ」 {ḡārĭən vēagsābd}

△ ឆ្លងដែន 「ㄑㄌㄤㄉㄚㄝㄣ」 {qlāŋDāen} 證件　　　△ នៅពេល 「ㄋㄡ ㄅㄝㄌ」 {nōu bēl} 何時，什麼時候

△ មន្ត្រី 「ㄇㄛㄣㄉㄖㄟ」 {møndrōi} 官員　　　△ បំពេញ 「ㄅㄚㄇㄅㄝㄣ」 {Baṃbēñ} 填寫

△ ទម្រង់ 「ㄉㄛㄇㄖㄛㄥ」 {dømroŋ} 簡介　　　△ ប៊ែបបទ 「ㄅㄚㄝㄅㄅㄛㄉ」 {BāeBBād} 表，表格

△ រួចហើយ 「ㄖㄨㄜㄐㄏㄚㄟ」 {rūəjhāəy} 就，已經，好了　　　△ ប៊ែបនេះ 「ㄅㄚㄝㄅㄋㄧ一ㄏ」 {BāeBnih} 這樣的

△ ថ្នាក់លើ 「ㄊㄚ《ㄌㄛ」 {ínáglə} 熱門，重點　　　△ រាយការណ៍ 「ㄖㄝㄞ《ㄚ」 {rēaygā} 報告

△ វ៉ាលិស 「ㄎㄚㄌㄧㄏ」 {vāliH} 行李

△ សម្លៀកបំពាក់ 「ㄙㄛㄇㄌㄧㄝ《 ㄅㄛㄇㄅㄝㄚ《」 {sāmlīəg Baṃbeag} 服裝，衣物

△ គោលបំណង 「《ㄨㄌ ㄅㄛㄇㄋㄛㄥ」 {ḡōul Baṃṇāŋ} 用途

△ សិក្សា 「ㄙㄧ《ㄙㄚ」 {sıgsā} 學習，考察　　　△ បុរស 「ㄅㄛㄖㄛㄏ」 {BorøH} 男人

△ ធ្វើជំនួញ 「ㄊㄎㄜㄗㄨㄇㄋㄨㄜㄣ」 {ĭvŏzoumṇūəñ} 生意

△ អន្តេវាសិកដ្ឋាន 「'ㄛㄣㄉㄝㄎㄚㄙㄧ《ㄉㄊㄢ」 {āndēvēasıgDtān} 宿舍

△ សណ្ឋាគារ 「ㄙㄛㄣㄊㄚ《ㄝㄚ」 {sāņtāḡea} 旅館　　　△ ខ្ញុំសូម 「ㄎㄩㄛㄇㄙㄛㄇ」 {kñoṃsōm} 我想，讓我

△ លិខិតឆ្លងដែន 「ㄌㄧ一ㄎㄧ一ㄉㄑㄌㄤㄉㄚㄝㄣ」 {likıdqlāŋDāen} 護照

△ បើក 「ㄅㄚㄛ《」 {Bāog} 開，打開

△ កុំព្យូទ័រយួរដៃ 「《ㄛㄇㄅㄧㄨㄉㄛ 一ㄨㄜ ㄉㄞ」 {goṃbyūdo yūə Dai} 筆記型電腦

△ ស្រាទំពាំងបាយជូរ 「ㄙㄖㄚㄉㄛㄇㄅㄝㄤ ㄅㄚㄧㄗㄨ」 {srādoumbeaŋ Bāyzū} 紅酒

△ ទាំងនេះ 「ㄉㄝㄤㄋㄧ一ㄏ」 {đeaŋnih} 此，這些　　　△ ពន្ធ 「ㄅㄛㄥㄅㄛㄥㄊ」 {Baŋbønî} 稅

△ បង់ 「ㄅㄛㄥ」 {Baŋ} 付出，付款　　　△ ភាគរយ 「ㄆㄝㄚ《ㄖㄧ一」 {ṗēaḡrøy} 百分比

△ តម្លៃ 「ㄉㄛㄇㄌㄟ」 {dāmləi} 價格　　　△ ទៅណា 「ㄉㄛㄨㄋㄚ」 {dōuṇā} 向何處，去何處

△ ត្រឡប់ទៅ 「ㄉㄖㄚㄌㄛㄅㄉㄛㄨ」 {drāĮaBdōu} 返回

△ ស្រុក 「ㄙㄖㄛ《」 {srog} 國，國家　　　△ ធនាគារ 「ㄊㄛㄋㄝㄚ《ㄝㄚ」 {ĭønēaḡea} 銀行

△ ការជ្រុង 「《ㄚㄐㄖㄨㄥ」 {ḡájzruŋ} 角落　　　△ ខាងមុខ 「ㄎㄤ ㄇㄨㄎ」 {kāŋ muk} 前面

△ ដើរទៅ 「ㄉㄚㄌㄛㄉㄨ」 {DāəDōu} 步行，走路

△ ដល់ 「ㄉㄛㄌ」 {DaĮ} 到　　　△ ឆ្ងាយ 「ㄑㄇㄚ一」 {qŋāy} 遠

△ ប្រាកដជា 「ㄅㄖㄚ《ㄛㄉㄗㄝㄚ」 {BrāgāDzēa} 當然

△ អត្រា 「'ㄛㄉㄖㄚ」 {'ādrā} 價格，比率　　　△ ប្ដូរ 「ㄅㄉㄛ」 {BDō} 交換，兌換

△ ប្រាក់ 「ㄅㄖㄚ《」 {Brág} 錢，金錢，錢財　　　△ ដុល្លារ 「ㄉㄛㄌㄚ」 {Dollā} 美元(dollar)

△ ដូរ 「ㄉㄛ」 {Dō} 販賣　　　△ ពាន់ 「ㄅㄛㄣ」 {boán} 仟

△ សរុប 「ㄙㄛㄖㄛㄨㄅ」 {sāruB} 總的，總額　　　△ សែន 「ㄙㄚㄝㄣ」 {sāen} 十萬

△ ម៉ឺន 「ㄇㄝㄣ」 {mēn} 萬

一、鍾邇伊(B)在柬埔寨入境時與海關人員(A)的談話。 ១) នៅពេលឆ្លងដែនចូលទៅប្រទេសកម្ពុជា, ដុង អេរ័យ (ᗺ) និយាយជាមួយមន្ត្រីគយ (ក) 「ពX乁」 ㄋㄜX ㄅㄝㄢ ㄑㄌㄤㄉ� ㄐㄛㄌ ㄉㄛX ㄅㄛㄌㄜㄉㄝ厂 «ㄍㄛㄇㄅX ㄗㄝㄚ, ㄓㄨㄥ ㄦㄧ - (ㄎㄚ) ㄋㄝㄞ ㄗㄝㄚㄇㄨㄟ ㄇㄛㄋㄉㄖㄟ «ㄛㄧ (ㄍㄚ)」 {mūəy) nōu bēl qlāŋDāen jōl dōu BārøðēH gāmbuzēa, zhong eryi (kā) niyēay zēamūəy məndrōi ġøy (gā)}

ក: តើអ្នកមកពីណា ? A:妳來自哪裡？

「ㄉㄚㄜ ㄋㄝㄚㄍ ㄇㄛㄍㄅㄧ ㄋㄚ?」 {dāə nēag møgbī ṇā?}

ᗺ: ខ្ញុំមកពីតៃវ៉ាន់ ។ B:我來自臺灣。

「ㄎㄧㄛㄇ ㄇㄛㄍㄅㄧ ㄉㄞㄈㄢ.」 {kñoṃ møgbī daivan.}

ក: សូមបំពេញទម្រង់បែបបទនេះ ។ A:請填這張表格。

「ㄙㄛㄇ ㄅㄛㄇㄅㄝㄏ ㄉㄛㄇㄖㄛㄥ ㄅㄚㄝㄅㄅㄛㄉ ㄋㄧㄏ.」 {sōm Baṃbēñ dəmroŋ BāeBBād nih.}

ᗺ: បំពេញរួចហើយ ។ បំពេញបែបនេះ ត្រឹមត្រូវឬទេ ? B:填好了。這樣填行嗎(對嗎)？

「ㄅㄛㄇㄅㄝㄏ ㄖㄨㄜㄐㄏㄚㄟ. ㄅㄛㄇㄅㄝㄏ ㄅㄚㄝㄅㄋㄧㄏ ㄉㄖㄛㄇㄉㄖㄛㄈ ㄖㄨㄉㄝ?」 {Baṃbēñ rūəjhāəy. Baṃbēñ BāeBnih drœmdrōv rw̄dē?}

ក: ត្រឹមត្រូវហើយ ។ A:行(對)。

「ㄉㄖㄛㄇㄉㄖㄛㄈ ㄏㄚㄟ.」 {drœmdrōv hāəy.}

ᗺ: តើនេះជាវ៉ាលិសរបស់អ្នកមែនទេ ? B:這是妳的行李嗎？

「ㄉㄚㄜ ㄋㄧㄏ ㄗㄝㄚ ㄈㄚㄌㄧ厂 ㄖㄛㄅㄛ厂 ㄋㄝㄚㄍ ㄇㄝㄋㄉㄝ?」 {dāə nih zēa vāliH røBaH nēag mēndē?}

ក: មែនហើយ ។ A:是的。「ㄇㄝㄋㄏㄚㄟ.」 {mēnhāəy.}

ᗺ: មានអ្វីត្រូវរាយការណ៍ទៅថ្នាក់លើឬទេ ? B:有什麼要申報嗎？

「ㄇㄝㄢ 'ㄛㄈㄟ ㄉㄖㄛㄈ ㄖㄝㄞㄍㄚ ㄉㄛㄨ ㄊㄋㄚㄍㄌㄜ ㄖㄨㄉㄝ?」 {mēan 'ɑvōi drōv rēaygā dōu ṫnáglə rw̄dē?}

ក: គ្មានទេ, នេះគឺជាសម្លៀកបំពាក់ទាំងអស់ ។ A:沒有，這都是衣物。「«ㄇㄝㄢ ㄉㄝ, ㄋㄧㄏ «ㄨㄗㄝ ㄚ ㄙㄛㄇㄌㄧㄜㄍ ㄅㄛㄇㄅㄝㄚㄍ ㄉㄝㄢ'ㄛ厂.」 {ġmēan ðē, nih ġw̄zēa sāmlīəg Baṃbeag ðeaŋ'āH.}

ᗺ: បាន, អ្នកអាចទៅបានហើយ ។ B:好的，可以走了。

「ㄅㄢ, ㄋㄝㄚㄍ 'ㄚㄐ ㄉㄛㄨ ㄅㄢ ㄏㄚㄟ.」 {Bān, nēag 'āj dōu Bān hāəy.}

ក: សូមអរគុណ ។ A:謝謝。「ㄙㄛㄇ 'ㄛ«ㄨㄣ.」 {sōm 'āġuṇ.}

二、吳大尚(B)和他的父親去柬埔寨，與海關人員索韋(A)的交談。 ២) លោក អ៊ូ តាសាង (ខ) និងឪពុករបស់គាត់ទៅប្រទេសកម្ពុជា, លោកបាននិយាយជាមួយមន្ត្រីគយឈ្មោះ សុខវី (ក) 「ㄅㄧ) ㄌㄡㄍ ’ㄨ ㄉㄚ ㄙㄤ (ㄎㄛ̣) ㄋㄧ̣ㄥ ’ㄡㄅㄨㄍ ㄖ'ㄛ̣ㄅ̣ㄛ̣ㄏ ㄍㄛㄚㄉ ㄉㄜㄨ ㄅ̣ㄛ̣ㄖ'ㄛ̣ㄉㄝㄏ ㄍㄛ̣ㄇㄅㄨㄗㄝㄚ, ㄌㄡㄍ ㄅ̣ㄢ ㄋㄟㄝㄞ ㄗㄝㄚㄇㄨㄟ ㄇㄛ̣ㄋㄉㄖ'ㄟ ㄍㄛ̣ㄧ ㄘㄇㄨㄛㄏ ㄙㄛㄎ ㄪㄧ (ㄍㄛ̣)」 {bī) lōug ’ū dā sāŋ (kā) nɨŋ ’əubug røBɑH ġoád đəu BārødēH gāmbuzēa, lōug Bān nɨyēay zēamūəy møndrəi ġøy cmuoh sok vī (gā)}

ក: អ្នកមកប្រទេសកម្ពុជាមានគោលបំណងអ្វី ? A:你來柬埔寨的目的是什麼？

「ㄋㄝㄚㄍ ㄇㄛ̣ㄍ ㄅ̣ㄛ̣ㄖ'ㄛ̣ㄉㄝㄏ ㄍㄛ̣ㄇㄅㄨㄗㄝㄚ ㄇㄝㄢ ㄍㄡㄌ ㄅ̣ㄛ̣ㄇㄋㄛ̣ㄫ ’ㄛ̣ㄪㄟ?」 {nēag møg BārødēH gāmbuzēa mēan ġōul Baṃṇāŋ ’ɑvəi?}

ខ: មកសិក្សា។ B:來學習。

「ㄇㄛ̣ㄍ ㄙㄧ̣ㄍㄙㄚ.」 {møg sɪgsā.}

ក: តើបុរសម្នាក់នេះជានរណា ? A:這個男士是誰？

「ㄉㄚㄜ ㄅ̣ㄛㄖ'ㄛㄏ ㄇㄋㄝㄚㄍ ㄋㄧㄏ ㄗㄝㄚ ㄋㄛ̣ㄋㄚ?」 {dāə BorøH mneag nih zēa nøṇā?}

ខ: គាត់ជាឪពុករបស់ខ្ញុំ។ B:他是我的父親。

「ㄍㄛㄚㄉ ㄗㄝㄚ ’ㄡㄅㄨㄍ ㄖ'ㄛ̣ㄅ̣ㄛ̣ㄏ ㄎㄏㄛㄇ.」 {ġoád zēa ’əubug røBɑH kñoṃ.}

ក: តើគាត់ធ្វើការអ្វី ? A:他是做什麼的？

「ㄉㄚㄜ ㄍㄛㄚㄉ ㄊㄪㄜㄍㄚ ’ㄛ̣ㄪㄟ?」 {dāə ġoád ẗvəgā’ɑvəi?}

ខ: គាត់មកទីនេះដើម្បីធ្វើជំនួញ។ B:他到這裡做生意。

「ㄍㄛㄚㄉ ㄇㄛ̣ㄍ ㄉㄧㄣㄝ̣ㄏ ㄉ̣ㄚㄜㄇㄅ̣ㄟ ㄊㄪㄜㄗㄡㄇㄋㄨㄜㄏ.」 {ġoád møg đīnih DāəmBəi ẗvəzouṃnūəñ.}

ក: នៅភ្នំពេញ តើអ្នកស្នាក់នៅកន្លែងណា ? A:你們在金邊住在哪裡？

「ㄋㄜㄨ ㄆㄋㄡㄇㄅㄝㄏ ㄉㄚㄜ ㄋㄝㄚㄍ ㄙㄋㄚㄍㄋㄜㄨ ㄍㄛ̣ㄋㄌㄥ̣ ㄋㄚ?」 {nəu ṗnouṃbēñ dāə nēag snágnəu gānlēŋ ṇā?}

ខ: ខ្ញុំស្នាក់នៅក្នុងអន្តេវាសិកដ្ឋានរបស់សាកលវិទ្យាល័យ។ ឪពុកខ្ញុំស្នាក់នៅក្នុងសណ្ឋាគារមួយ។

B:我住在大學的宿舍裡。我的父親在一家酒店。

「ㄎㄏㄛㄇ ㄙㄋㄚㄍㄋㄜㄨ ㄍㄋㄛㄫ ’ㄛ̣ㄋㄉㄝㄪㄝㄚㄙㄧ̣ㄍㄉ̣ㄊㄢ ㄖ'ㄛ̣ㄅ̣ㄛ̣ㄏ ㄙㄚㄍㄛ̣ㄌ ㄪㄧ̣ㄉㄧㄝㄚㄌㄞ. ’ㄡㄅㄨㄍ ㄎㄏㄛㄇ ㄙㄋㄚㄍㄋㄜㄨ ㄍㄋㄛㄫ ㄙㄛ̣ㄋㄊㄚㄍㄝㄚ ㄇㄨㄟ.」 {kñoṃ snágnəu gnoŋ ’āndēvēasɪgDtān røBɑH sāgāl vɨdyēalay. ’əubug kñoṃ snágnəu gnoŋ sāṇtāġēa mūəy.}

ក: ចាស។ A:好的。「ㄐㄚㄏ.」 {jāH.}

【常用會話】 សន្ទនារាល់ថ្ងៃ 「ㄙㄛ̣ㄋㄉㄛ̣ㄋㄝㄚ ㄖˈㄛㄚㄌ ㄊㄫㄞ」 {sānđønēa roálṭŋai}

對話一 ការសន្ទនា ១ (ទីមួយ) 「ㄍㄚㄙㄛ̣ㄋㄉㄛ̣ㄋㄝㄚ ㄉ̇ㄧㄇㄨㄟ」 {gāsānđønēa đīmūəy}

A: ជំរាបសួរ ។ ឱ្យខ្ញុំសូមមើលលិខិតឆ្លងដែនរបស់អ្នកបន្តិច ។ 你好。讓我看看你的護照。

「ㄗㄡㄇㄖˈㄝㄚㄅ̣ㄙㄨㄜ.’ㄠㄧ ㄎㄬㄛㄇ ㄙㄛㄇ ㄇㄜㄌ ㄌㄧ̣ㄎㄧ̣ㄉㄑㄌㄛ̣ㄫㄉ̇ㄚㄝㄋ ㄖˈㄛ̣ㄅ̣ㄛ̣ㄏ ㄋㄝㄚㄍ ㄅ̣ㄛ̣ㄋㄉ̇ㄧ̣ㄐ.」

{zouṃrēaBsūə. ’āōy kñoṃ sōm məl lɨkɪdqlāŋDāen røBɑH nēag BānDɪj.}

B: នេះលិខិតឆ្លងដែនរបស់ខ្ញុំ ។ 這就是我的護照。

「ㄋㄧㄏ ㄌㄧ̣ㄎㄧ̣ㄉㄑㄌㄛ̣ㄫㄉ̇ㄚㄝㄋ ㄖˈㄛ̣ㄅ̣ㄛ̣ㄏ ㄎㄬㄛㄇ.」 {nih lɨkɪdqlāŋDāen røBɑH kñoṃ.}

A: សូមបើកវ៉ាលិសយួរដៃរបស់អ្នក ។ 打開你們的手提箱。

「ㄙㄛㄇ ㄅ̣ㄚㄜㄍ ㄪㄚㄌㄧ̣ㄏ ㄧㄨㄜ ㄉ̇ㄞ ㄖˈㄛ̣ㄅ̣ㄛ̣ㄏ ㄋㄝㄚㄍ.」 {sōm Bāəg vālɨH yūə Dai røBɑH nēag.}

B: បាទ ។ 好的。

「ㄅ̣ㄚㄉ (ㄐㄚㄏ).」 {Bād (jāH).}

A: ស្រាទំពាំងបាយជូរទាំងនេះត្រូវបង់ពន្ធ ។ 這些葡萄酒須繳稅金。

「ㄙㄖˈㄚㄉㄡㄇㄅㄝㄤ ㄅ̣ㄚㄧㄗㄨ ㄉㄝㄤㄋㄧㄏ ㄉㄖˈㄛㄪ ㄅ̣ㄛ̣ㄫㄅㄛㄋㄊ.」 {srādouṃbeaŋ Bāyzū đeaŋnih drōv Bɑŋbønï.}

B: បង់ប៉ុន្មានដែរ ? 多少？(要繳多少？)

「ㄅ̣ㄛ̣ㄫ ㄅㄛㄋㄇㄢ ㄉ̇ㄚㄝ?」 {Bɑŋ bonmān Dāe?}

A: ម្ភៃភាគរយនៃតម្លៃស្រា ។ សូមមកតាមខ្ញុំ ! 兩成的價格。跟我來！

「ㄇㄛ̣ㄆㄟ ㄆㄝㄚㄍㄖˈㄛ̣ㄧ ㄋㄟ ㄉㄛ̣ㄇㄌㄟ ㄙㄖˈㄚ. ㄙㄛㄇ ㄇㄛ̣ㄍ ㄉㄚㄇ ㄎㄬㄛㄇ!」 {møṗəi ṗēaġrøy nəi dāmləi srā. sōm møg dām kñoṃ!}

B: អូ, បាន ! 哦，好的！

「’ㄛ, ㄅ̣ㄢ!」 {’ō, Bān!}

A: ពួកអ្នកទៅណា ? 你們去哪裡？

「ㄅㄨㄜㄍ ㄋㄝㄚㄍ ㄉㄜㄨㄋㄚ?」 {būəg nēag đəuṇā?}

B: យើងត្រឡប់ទៅស្រុកវិញ ។ 我們要回國。

「ㄧㄥ ㄉㄖˈㄛ̣ㄌㄛ̣ㄅ̣ㄉㄜㄨ ㄙㄖˈㄛㄍ ㄪㄧ̣ㄬ.」 {yəŋ drāḷɑBđəu srog vɨñ.}

A: តើកន្លែងណាមានធនាគារ ? 在哪裡有銀行？

「ㄉㄚㄜ ㄍㄛㄋㄥ ㄋㄚ ㄇㄝㄢ ㄊㄛㄋㄝㄚㄍㄝㄚ?」 {dāə gānlēŋ ŋā mēan ïønēaĝēa?}

B: កន្លែងបាច់ជ្រុងខាងមុខ។ 前方拐角處。

「ㄍㄛㄋㄥ ㄍㄚㄐㄖㄨㄥ ㄎㄤ ㄇㄨㄅ.」 {gānlēŋ gájzruŋ kāŋ muk.}

A: អាចដើរទៅដល់ឬទេ ? 走路可以到嗎？

「ㄚㄐ ㄉㄚㄉㄜㄨ ㄉㄛㄥ ㄖㄨㄉㄝ?」 {'āj Dāədøu Dɑl rw̄dē?}

B: មិនឆ្ងាយទេ, ប្រាកដជាអាច។ 不遠，當然可以。

「ㄇㄧㄣ ㄑㄇㄚㄧ ㄉㄝ, ㄅㄖㄚㄍㄛㄉㄗㄝㄚ 'ㄚㄐ.」 {min qŋāy dē, BrāgāDzēa 'āj.}

A: អត្រាប្តូរប្រាក់ដុល្លារតៃវ៉ាន់ថ្មី (NTD) និងប្រាក់រៀលកម្ពុជា (KHR) តើប៉ុន្មាន ? 新臺幣 (NTD)瑞爾(KHR)比率是多少？「ㄛㄉㄖㄚ ㄅㄉㄛ ㄅㄖㄚㄍ ㄉㄛㄌㄌㄚ ㄉㄞㄪㄢ ㄊㄇㄞ ㄋㄧㄥ ㄅㄖㄚㄍ ㄖㄧㄛㄌ ㄍㄛㄇㄅㄨㄗㄝㄚ ㄉㄚㄜ ㄅㄛㄣㄇㄢ?」 {'ādrā BDō Brág Dollā daivan ïmāi niŋ Brág rīəl gāmbuzēa dāə bonmān?}

B: មួយដុល្លារតៃវ៉ាន់ថ្មី ដូរបាន ១២៣ (មួយរយម្ភៃបី) រៀល។ 一元新臺幣換123瑞爾。

「ㄇㄨㄟ ㄉㄛㄌㄌㄚ ㄉㄞㄪㄢ ㄊㄇㄟ ㄉㄛ ㄅㄢ ㄇㄨㄟ ㄖㄛㄧ ㄇㄛㄆㄞ ㄅㄟ ㄖㄧㄛㄌ.」 {mūəy Dollā daivan ïmāi Dō Bān mūəy røy møpəi Bāi rīəl.}

A: សូមប្តូរប្រាក់មួយពាន់ដុល្លារតៃវ៉ាន់ថ្មី។ 換一千新臺幣。

「ㄙㄛㄇ ㄅㄉㄛ ㄅㄖㄚㄍ ㄇㄨㄟ ㄅㄛㄢ ㄉㄛㄌㄌㄚ ㄉㄞㄪㄢ ㄊㄇㄟ.」 {sōm Bdō Brág mūəy boán Dollā daivan ïmāi.}

B: សរុប ១២៣០០០ (មួយសែនពីរម៉ឺនបីពាន់) រៀល។ 共123000瑞爾。

「ㄙㄚㄖㄨㄅ ㄇㄨㄟ ㄙㄚㄝㄣ ㄅㄧ ㄇㄛㄣ ㄅㄟ ㄅㄛㄢ ㄖㄧㄛㄌ.」 {sāruB mūəy sāen bī mœn Bāi boán rīəl.}

A: សូមឱ្យលុយរាយខ្ញុំមកខ្ញុំ។ 請給我一些零錢。

「ㄙㄛㄇ 'ㄠㄧ ㄌㄨㄧ ㄖㄝㄞ ㄎㄌㄚㄏ ㄇㄛㄍ ㄎㄇㄛㄇ.」 {sōm 'āōy luy rēay klah møg kñoṃ.}

B: បាន ។ នេះ។ 好的。給您。

「ㄅㄢ. ㄋㄧㄏ.」 {Bān. nih.}

A: សូមអរគុណ។ 謝謝。

「ㄙㄛㄇ 'ㄛㄍㄨㄣ.」 {sōm 'āĝuṇ.}

【文化背景】 ខ្មែរខាងក្រោយ ហៅផម «ㄆㄉㄟㄎㄤ ㄍ日ㄠ一 ㄎㄛㄅㄅㄛㄤ» {pdəikāŋ grāoy vəBBāī}

部分國家名稱

臺灣、柬埔寨、中國在柬埔寨語中的說法大家都會了，現在介紹 អាស៊ី「ㄚㄙ一」{'āsī} 亞洲、អូស្ត្រាលី「ㄛㄙㄉㄖㄚ一ㄌ一」{'ōsdrālī} 澳洲、អឺរ៉ុប「ㄛㄜㄅㄥ」{'ēroB} 歐洲、អាមេរិក「ㄚㄇㄝㄖ一ㄍ」{'āmērig} 美洲、អាហ្វ្រិក「ㄚㄈㄖ一ㄍ」{'āfrig} 非洲、各大洲(ត៉ំបន់「ㄉㄤㄇㄣㄥ」{daṃBan}) 部分國家及其首都城市(ក្រុងរដ្ឋធានី «ㄖ日ㄛㄥ 日ㄛㄉㄜ ㄊㄝㄢ一» {groŋ rəDt īēanī}) 的說法，許多都按照法語發音譯成柬埔寨語。

◎泰國/暹羅 ថៃ / សៀម「ㄊㄞ / ㄙ一ㄛㄇ」{ṫai / sīəm} 曼谷 បាងកក「ㄅㄤㄍㄛㄍ」{Bāŋgāg}

◎寮國/老撾 ឡាវ / ឡាវ「ㄌㄝㄚㄎ / ㄌ一ㄚㄎ」{lēav / lāv} 永珍/萬象 វៀងច័ន្ទ「ㄎ一ㄛㄥㄐㄢㄉ」{vīəŋjanḋ}

◎緬甸 មីយ៉ាន់ម៉ា / ភូម៉ា「ㄇ一ㄢ ㄇㄚ / ㄆㄨ ㄇㄚ」{mīyan mā / p̍ū mēa} 内比都 ណៃពិដោ「ㄋㄞㄅ一'ㄉㄠ」[{naibi'Dāo}]

◎菲律賓 ហ្វ៉ីលីពីន「ㄈㄞㄌ一ㄅ一ㄣ」{fãilīBīn} 馬尼拉 ម៉ានីល「ㄇㄚㄋ一ㄌ」{mānīl}

◎越南 វៀតណាម / យួន「ㄎ一ㄛㄉㄋㄚㄇ / 一ㄨㄛㄣ」{vīədṇām / yūən} 河内 ហាណូយ「ㄏㄚㄋㄛ一」{hāṇøy}

◎印尼 ឥណ្ឌូនេស៊ី「ㄜㄣㄉㄨㄣㄝㄙ一」{'œṇḌūnēsī} 雅加達 ហ្សាការតា「ㄐㄍㄚㄚㄉㄚ」{Jāgādā}

◎馬來西亞 ម៉ាឡេស៊ី「ㄇㄚㄌㄝㄙ一」{mālēsī} 吉隆玻 គូឡាឡាំពួ「ㄍㄨㄌㄚㄌㄚㄇㄅㄨㄛ」{ġūḷāḷaṃbūə}

◎汶萊 ប្រ៊ុយណេ「ㄅㄖㄨ一ㄋㄝ」{Bruyṇē} 斯里百家灣市 បានដាសេរីបេហ្គាវ៉ាន「ㄅㄢㄉㄚ ㄙㄝㄖ一 ㄅㄝㄏ

◎新加坡 សិង្ហបុរី「ㄙㄜㄥㄏㄅㄛㄖ一」{sœŋhāBorī} [ㄍㄚㄎㄢ] {BānDā sērī Bēhġavān}

◎日本 ជប៉ុន「ㄗㄛㄅㄛㄣ」{zøbon} 東京 ត៉ូគ្យូ「ㄉㄛㄍ一ㄛ」{dōgyō}

◎韓國 កូរ៉េខាងត្បូង「ㄍㄛ日ㄝ ㄎㄤㄉㄅㄛㄥ」{gōrē kāŋdBøŋ} 首爾 សេអ៊ុល「ㄙㄝ'ㄨㄌ」{sē'ul}

◎北韓 កូរ៉េខាងជើង「ㄍㄛ日ㄝ ㄎㄤㄗㄥ」{gōrē kāŋzəŋ} 平壤 ព្យុងយ៉ាង「ㄅ一ㄨㄥ一ㄤ」{byuŋyāŋ}

◎印度 ឥណ្ឌា「ㄜㄣㄉㄝㄚ」{'œṇḌēa} 新德里 ញូវដេលី「ㄣㄨㄎㄉㄝㄌ一」{ñūvDēlī} [「'ㄙㄌㄚㄇㄚㄅㄚㄉ」[{'īslāmāBād}]

◎巴基斯坦 ប៉ាកីស្តាន「ㄅㄚㄍㄧㄙㄉㄢ」{bāġīsdān} 伊斯蘭馬巴德 អ៊ីស្លាម៉ាបាត「一ㄙㄌㄚㄇㄚㄅㄉ」

◎澳大利亞 អូស្ត្រាលី「ㄛㄙㄉㄖㄚㄚㄌ一」{'ōsdrālī} 坎培拉 កង់បេរ៉ា「ㄍㄛㄥㄅㄝ日ㄚ」{gaŋBērā}

◎紐西蘭 នូវែល ហ្សេឡង់「ㄋㄨㄎㄝㄌ ㄐㄝㄌㄛㄥ」{nūvēl Jēḷaŋ} 威靈頓 វ៉ែលីងតោន「ㄎㄝㄌㄧㄚㄌ一ㄥㄉㄛㄣ」

◎俄羅斯 រ៉ុស្ស៊ី「日ㄨㄙㄙ一」{russī} 莫斯科 ម៉ូស្គូ「ㄇㄛㄙㄍㄛ」{mōsġō} [「ㄎㄝㄌㄧㄥㄉㄠㄣ」] {vēllīŋdāon}

◎英國 ប្រទេសអង់គ្លេស「ㄅㄛ日ㄛㄉㄝㄎㄙㄏ 'ㄛㄥㄍㄌㄝㄏ」{BārədēH 'aŋġlēH} 倫敦 ឡុងដ៍「ㄌㄛㄥㄉ」{loŋD}

◎法國 បារាំង「ㄅㄚ日ㄤ」{Bāraŋ} 巴黎 ប៉ារីស「ㄅㄚ日一ㄙ」{bārīs} / 「ㄅㄚ日一ㄏ」{bārīH}

◎德國 អាល្លឺម៉ង់「ㄚㄌㄌㄨㄇㄛㄥ」{āllw̃maŋ} 柏林 ប៊ើកឡាំង「ㄅㄜㄍㄌㄤ」{Bēglaŋ}

◎義大利 អ៊ីតាលី「一ㄉㄚㄌ一」{'īdālī} 羅馬 រ៉ូម「日ㄛㄇ」{rōm} [ㄉㄠㄣ」{vāsīndāon}

◎美國 សហរដ្ឋអាមេរិក「ㄙㄚㄏㄛ日ㄛㄉㄜ 'ㄚㄇㄝㄖ一ㄍ」{sāhārəDt 'āmērig} 華盛頓 វ៉ាស៊ីនតោន「ㄎㄚㄙ一ㄣㄉㄛㄣ」

◎加拿大 កាណាដា「ㄍㄢㄚㄉㄚ」{gāṇāDā} 渥太華 អូតាវ៉ា「ㄛㄉㄚㄎㄚ」{'ōdāvā}

◎墨西哥 ម៉ិកស៊ិក「ㄇㄧㄍ ㄙ一ㄍ」{mɪgsig} 墨西哥城 ក្រុងម៉ិកស៊ិក「ㄍ日ㄛㄥ ㄇㄧㄍ ㄙ一ㄍ」{groŋ mɪgsig}

◎巴西 ប្រេស៊ីល「ㄅ日ㄝㄙ一ㄌ」{Brēsīl} 巴西利亞 ប្រាស៊ីលីយ៉ា「ㄅ日ㄚㄙ一ㄌ一ㄚ」{Brāsīlīyā}

◎阿根廷 អាហ្សង់ទីន「ㄚㄐㄛㄥㄉㄧㄣ」{'āJaŋdīn} 布宜諾賽勒斯 ប៊ុយណ្ណោសេ「ㄅㄨ一ㄋㄛㄙㄝ」{Buyṇōsē}

◎智利 ឈីលី「ㄔ一ㄌ一」{cīlī} 聖地牙哥 សានត្យាហ្គោ「ㄙㄢ ㄉ一ㄚㄏㄍㄡ」{san dyāhġou}

◎秘魯 ប៊េរ៊ូ「ㄅㄝ日ㄨ」{bērū} 利馬 លីម៉ា「ㄌ一ㄇㄚ」{līmā}

◎埃及 អេហ្ស៊ីប「ㄝㄐ一ㄅ」{'ēJīB} 開羅 កៃរ៉ូ「ㄍㄝ」{ġē}

◎坦尚尼亞 កង់ហ្សានី「ㄉㄛㄥㄐㄢ」{daŋJān} 沙蘭港 ដារអេសសាឡ៊ឹម「ㄉㄚ'ㄝㄙㄝ ㄙㄚㄌㄜㄇ」{Dā'āēs sāḷœm}

◎南非 អាហ្វ្រិកខាងត្បូង「ㄚㄈㄖ一ㄍ ㄎㄤㄉㄅㄛㄥ」{'āfrig kāŋdBøŋ} 茨瓦内/布隆方丹/開普敦 ស្វានេ / ប្លុមភ្វុនតៃយ៉ុន / ក្រុងជ្រោយ「ㄙㄎㄚㄋㄝ / ㄅㄌㄨㄇㄆㄎㄨㄣㄊㄝ一ㄛㄣ / ㄍ日ㄛㄥ ㄗ日ㄛㄟ」{svānē / Blumṗvønṫēyøn / groŋ zrōuy}

71

【練習鞏固】 ធ្វើលំហាត់ 「ㄊㄝㄪㄧㄌㄇㄛ̣ㄏㄚㄉ」{tēvīlmøhád}

1. 請把下列句子翻譯成柬埔寨文。

1) 你來自臺灣嗎？

2) 請填這張表格。

3) 請換兩百美元。

4) 我沒有什麼要申報。

2. 請把下列句子翻譯成中文。

1) ខ្ញុំមកប្រទេសកម្ពុជាមានគោលបំណងទេសចរណ៍។ 「ㄎㄏ̂ㄛㄇ ㄇㄛ̣ㄍ ㄅ̣ㄛ̣ㄖ'ㄛ̣ㄉㄝㄏ ㄍㄛ̣ㄇㄅㄨㄗㄝㄚ ㄇㄝㄢ ㄍㄡㄌ ㄅ̣ㄛ̣ㄇㄋㄛ̣ㄫ ㄉㄝㄙㄛ̣ㄐㄛ̣.」{kñoṃ møg BārødēH gāmbuzēa mēan ġōul Baṃṇāŋ ḋēsājā.}

2) សូមបង្ហាញឱ្យខ្ញុំលិខិតឆ្លងដែនរបស់អ្នក។ 「ㄙㄛㄇ ㄅ̣ㄛ̣ㄫㄏㄚㄏ̂ 'ㄠㄧ ㄎㄏ̂ㄛㄇ ㄌㄧ̣ㄎㄧ̣ㄉㄛ̣ㄑㄌㄛㄫㄉ̣ㄚㄝㄋ ㄖ'ㄛ̣ㄅ̣ㄛ̣ㄏ ㄋㄝㄚㄍ.」{sōm Bāŋhāñ 'āōy kñoṃ likıdāqløŋDāen røBaH nēag.}

3) របស់នេះត្រូវបង់ពន្ធ។ 「ㄖ'ㄛ̣ㄅ̣ㄛ̣ㄏ ㄋㄧㄏ ㄉㄖ'ㄛㄪ ㄅ̣ㄛ̣ㄫㄅㄛㄋㄊ.」{røBaH nih drōv Baŋbønẗ.}

4) យើងត្រឡប់ទៅតៃវ៉ាន់។ 「ㄧㄥ ㄉㄖ'ㄛ̣ㄌ̣ㄛ̣ㄅ̣ ㄉㄜㄨ ㄉㄞㄪㄢ.」{yōŋ drāḷaB ḋōu daivan.}

5) សូមទោស។ ធនាគារនៅឯណា? 「ㄙㄛㄇㄉㄡㄙ. ㄊㄛ̣ㄋㄝㄚㄍㄝㄚ ㄋㄜㄨ 'ㄚㄝㄋㄚ?」{sōm ḋōus. ẗønēaġēa nōu 'aēṇā?}

第六課 語言與表達

មេរៀនទី ៦ (ប្រាំមួយ) ភាសានិងការបញ្ចេញយោបល់

「ㄇㄝㄖㄧㄢˇㄉㄧ ㄅㄖㄚˇㄇㄨㄢˋ ㄆㄝㄚㄙㄚ ㄋㄧㄥ ㄍㄚ ㄅㄢˇㄐㄝㄋˇ ㄧㄡㄅㄛㄌ」

{mēriən dī Brāṃmūəy p̄ēasā niŋ gā Bāñjēñ yōuBɑl}

Lesson 6. Language and Expression

【詞語學習】 ការរៀន វក្យស័ព្ទ 「ㄍㄚ ㄖㄧㄝㄋ ㄈㄝㄚˇㄍㄇㄛˇㄅㄉ」 {gāriən vēagsābd}

△ បញ្ចេញយោបល់ 「ㄅㄛˇㄐㄝㄋˇ ㄧㄡㄅㄛㄌ」 {Bāñjēñ yōuBɑl} 表達意見，資訊回饋

△ ជជែក 「ㄗㄛˇㄗㄝㄍ」 {zɒzēg} 聊天

△ ផ្លាស់ 「ㄆㄌㄚˇㄏ」 {pláH} 交流

△ បទពិសោធន៍ 「ㄅㄛˇㄉㄅㄧˇㄙㄠㄜ」 {Bādbisāoï} 經驗

△ ភាសាខ្មែរ 「ㄆㄝㄚㄙㄚㄎㄇㄚㄝ」 {p̄ēasākmāe} 柬埔寨語，高棉語

△ ម្ល៉េះ 「ㄇㄌㄝㄏ」 {mlɛh} 這麼

△ មិនល្អ 「ㄇㄧㄣ ㄌˇㄛ'」 {min l'ā} 不好

△ ណាស់ណា 「ㄋㄚˇㄏㄋㄚ」 {ṇáHṇā} 是那麼

△ រវាង 「ㄖㄛˇㄈㄝㄤ」 {rɒvēaŋ} 之間，間

△ ប្រជាជន 「ㄅㄖㄛˇㄗㄝㄚㄗㄛˇㄋ」 {Brāzēazɒn} 人民

△ របៀបណា 「ㄖㄛˇㄅㄧˇㄝㄅㄋㄚ」 {rɒBīəBṇā} 怎麼樣

△ ខិតខំ 「ㄎㄧˇㄎㄛˇㄇ」 {kɪdkaṃ} 努力

△ ចងចាំ 「ㄐㄛˇㄥㄐㄚㄇ」 {jāŋjāṃ} 記憶體，記得

△ តែងតែ 「ㄉㄚㄝㄥㄉㄚㄝ」 {dāeŋdāe} 總是

△ ជារឿយ ៗ 「ㄗㄝㄚㄖㄨㄝˋㄖㄨㄟ」 {zēarw̄əyrw̄əy} 時常，經常

△ អ្នកដទៃ 「ㄋㄝㄚˇㄍㄉㄛˇㄉㄟ」 {nēagDādəi} 其餘，別的

△ ចាំបាច់ 「ㄐㄚㄇㄅㄚˊㄐ」 {jāṃBáj} 必要

△ វ៉ិបសាយ 「ㄈㄝㄅㄙㄚㄧ」 {vēBsāy} 網路，網站(website)=គេហទំព័រ 「ㄍㄝㄏㄉㄛㄇㄅㄛ」 {gēhdɒmbo}

△ អ៊ីនធឺណិត 「ˇㄧㄣㄊㄨㄋㄧˇㄉ」 {'īnt̄w̄ṇid} 網際網路(internet)

△ ចេះនិយាយ 「ㄐㄝㄏㄋㄧㄝㄚㄞ」 {jeniyēay} 經常說

△ ចេះ 「ㄐㄝㄏ」 {jɛh} 會，能

△ បន្តិចបន្តួច 「ㄅㄛˇㄋㄉㄧˇㄐ ㄅㄛˇㄉㄨㄝˋㄐ」 {Bāndɪj Bāndūəj} 一點點，很少

△ អូស្ត្រាលី 「ˇㄛㄙㄉㄖㄚˇㄌㄧ」 {'ōsdrālī} 澳大利亞

△ ខាន 「ㄎㄢ」 {kān} 失敗，做不出

△ នៅឯណា 「ㄋㄛˇㄨˇㄚㄝㄋㄚ」 {nōu'aēṇā} 在哪裡

△ ច្បាស់ 「ㄐㄅㄚˇㄏ」 {jBáH} 清楚，流利

△ ស្វាមី 「ㄙㄈㄚˇㄇㄧ」 {svāmī} 但一般讀成：「ㄙㄈㄚˇㄇㄟ」 {svāmēi} 丈夫

一、鍾邇伊(B)和江金彪(A)交流學習柬埔寨語的經驗。 ㄇ) កញ្ញា ដុង អ៊ើយី (ㄈ) និង លោក ជាង ជិនឆាវ (ㄍ) ជជែកផ្លាស់ប្តូរបទពិសោធន៍ពីការរៀនភាសាខ្មែរ 「ㄇㄨ」 ≪ㄗㄏㄙㄟ ㄓㄨㄍ ㄦ— (ㄎㄚ) ㄋㄧㄥ ㄌㄨㄛ ㄗㄢ ㄓ ㄧㄣ ㄅㄟㄅ (≪ㄉ) ㄗㄛㄗㄍ≪ ㄆㄌㄚㄏ ㄅㄉㄛ ㄅㄉㄅㄧㄙㄠㄧ㆒ㄥㆈ ≪ㄋㄟㄚ ㄅ— ≪ㄚ ㄖ—ㄢㄅ ㄆㄝㄚㄙㄚㄅㄇㄚㄝ.」 {mūǝy} ɡāññēa zhong eryi (kā) niŋ lōuɡ zēaŋ zīn bēav (ɡā) zɔzēɡ pláH Bdō Bādbisāoï ɡ̓nēa bī ɡā rïǝn p̓ēasākmāe.}

ㄍ: ភាសាខ្មែររបស់អ្នកល្អម្លេះ។ A:你的柬埔寨語這麼好。

「ㄆㄝㄙㄚㄅㄇㄚㄝ ㄖㄛㄅㄚㄏ ㄋㄟㄚ≪ ㄌㄚ ㄇㄌㄝㄏ.」 {p̓ēasākmāe røBaH nēaɡ l'ā mlɛh.}

ㄖ: ចាំ។ មិនល្អណាស់ណាទេ។ B:嗯。不是那麼好。

「ㄐㄚㄏ. ㄇ—ㄣ ㄌㄚ ㄋㄚㄏㄞㄚ ㄌㄝ.」 {jāh. min l'ā ńáHҏā dē.}

ㄍ: ហេតុអ្វីបានជាអ្នករៀនភាសាខ្មែរ？ A:你為什麼學習柬埔寨語？

「ㄏㄝㄉㄛㄥ ㄌㄅㄟㄅㄚㄝㄚ ㄋㄟㄚ≪ ㄖ—ㄢ ㄆㄝㄚㄙㄚㄅㄇㄚㄝ?」 {hēd'avɔïBānzēa nēaɡ rïǝn p̓ēasākmāe?}

ㄖ: ដើម្បីមិត្តភាពរវាងប្រជាជនតៃវ៉ាន់និងកម្ពុជា។ B:為了臺灣和柬埔寨人民友誼。

「ㄉㄚㄛㄇㄅㄟ ㄇ—ㄌㄉ ㄆㄝㄚㄅ ㄖㄛㄅㄝㄤ ㄅㄖㄟㄐㄚㄗㄢ ㄉㄞㄅㄢ ㄋ—ㄥ ≪ㄛㄇㄅㄨㄗㄝㄚ.」 {DāǝmBōi midd p̓ēab røvēaŋ Brāzēazøn daivan niŋ ɡāmbuzēa.}

ㄍ: តើអ្នករៀនដោយរបៀបណា？ A:你是怎麼學的？

「ㄉㄚㄛ ㄋㄟㄚ≪ ㄖ—ㄢ ㄉㄠ— ㄖㄛㄅ—ㄛㄅㄋㄚ?」 {dāǝ nēaɡ rïǝn Dāoy røBïǝBҏā?}

ㄖ: ខិតខំចងចាំពាក្យឲ្យបានច្រើនតាមដែលអាច។ ខ្ញុំតែងតែនិយាយភាសាខ្មែរជាៀយ។ B:儘量多記單詞。我總是說柬埔寨語。「ㄋ—ㄅㄉㄛㄇ ㄐㄤㄐㄚㄇ ㄅㄝㄚ≪ 'ㄠ— ㄅㄢ ㄐㄖㄚㄢ ㄉㄚㄇ ㄉㄚㄝㄌ 'ㄚ丩. ㄅㄏㄛㄇ ㄉㄚㄝㄅㄉㄚㄝ ㄋㄟㄝㄞ ㄆㄝㄚㄙㄚㄅㄇㄚㄝ ㄗㄝㄚㄖㄨㄟㄖㄨㄟ.」 {kɪdkaṃ jāŋjāṃ bēaɡ 'āōy Bān jrāɛn dām Dāel 'āj. kñoṃ dāeŋdāe niyēay p̓ēasākmāe zēarw̓ǝyrw̓ǝy.}

ㄍ: ខ្ញុំយល់ហើយ។ មានអ្នកដទៃនិយាយជាមួយ គឺចាំបាច់ខ្លាំងណាស់។ A:我明白。有其他人交談是非常重要的。「ㄅㄏㄛㄇ —ㄨㄌ ㄏㄚㄞ. ㄇㄝㄢ ㄋㄟㄚ≪ㄉㄚㄉㄞ ㄋㄟㄝㄞ ㄗㄝㄚㄇㄨㄞ ㄍㄨ 丩ㄚㄇㄅㄚ丩 ㄅㄌㄚㄤ ㄋㄚㄏ.」 {kñoṃ yul hāǝy. mēan nēaɡDādǝi niyēay zēamūǝy ɡ̄w jāṃBáj klāŋ ńáH.}

ㄖ: ហើយនៅមើលទូរទស្សន៍ញឹកញាប់ទៀត។ B:還經常看電視。

「ㄏㄚㄞ ㄋㄛㄨ ㄇㄛㄌ ㄉㄨㄖㄛㄉㄛㄙ ㄋㄨ≪ ㄋㄛㄚㄅ ㄉㄧㄛㄉ.」 {hāǝy nōu mōl dūrødøs ñwɡ ñoáB dïǝd.}

ㄍ: តើមានវេបសាយរបស់ទូរទស្សន៍កម្ពុជាឬទេ？ A:有柬埔寨電視的網址嗎？「ㄉㄚㄛ ㄇㄝㄢ ㄅ ㄝㄣ ㄙㄚ— ㄖㄛㄅㄚㄏ ㄉㄨㄖㄛㄉㄛㄙ ≪ㄛㄇㄅㄨㄗㄝㄚ ㄖㄨㄌㄝ?」 {dāǝ mēan vēB sāy røBaH dūrødøs ɡāmbuzēa rw̓dē?}

ㄖ: ចាំ, អ្នកអាចរកឃើញនៅតាមអ៊ីនធើណិត។ B:嗯，可在網際網路上找到。

「ㄐㄚㄏ, ㄋㄟㄚ≪ 'ㄚ丩 ㄖㄛ≪ ㄎㄛㄏ ㄋㄛㄨ ㄉㄚㄇ 'ㄧㄣㄊㄨㄋㄧㄉ.」 {jāh, nēaɡ 'āj røɡ k̓ōñ nōu dām 'ïntw̓ҏid.}

二、鄭銀坤(A)和梭萬(B)用英語溝通。 ២) លោក ជេីង យីនឃូន (ក) និង សុវណ្ណ (ខ) និយាយគ្នាជាភាសា អង់គ្លេស ។ 「(一) ㄌㄡㄍ ㄗㄥ ㄧㄣ ㄎㄨㄣ (ㄍㄜ) ㄋㄧㄥ ㄙㄛㄫㄋㄋ (ㄎㄜ) ㄋㄧㄝㄞ ㄍㄋㄝㄚ ㄗㄝㄚ ㄆㄝㄚㄙㄚ 'ㄤㄫㄍㄝㄏ.」 {bī) lōug zɔ̄ŋ yīn ḵūn (gā) niŋ sovøṇṇ (ḵā) niyēay ġnēa zēa p̄ēasā 'āŋ́g̊lēH.}

ក: សុំទោស, អ្នកចេះនិយាយភាសាចិនបុទេ ? A:對不起，會說中文嗎？

「ㄙㄛㄇㄉㄡㄏ, ㄋㄝㄚㄍ ㄐㄝㄋㄧㄝㄞ ㄆㄝㄚㄙㄚ ㄐㄧㄣ ㄖㄨㄉㄝ?」 {soṃdōuH, nēag jɛniyēay p̄ēasā jɪn rw̄dē?}

ខ: ចេះភាសាកាតាំងបន្តិចបន្តួច, ប៉ុន្តែមិនល្អណាស់ណាទេ ។ B:會一點廣東話，但不是很好。

「ㄐㄝㄏ ㄆㄝㄚㄙㄚ ㄍㄚㄉㄤ ㄅㄛㄋㄉㄧㄐ ㄅㄛㄋㄉㄨㄐㄧ, ㄅㄛㄋㄉㄚㄝ ㄇㄧㄣ ㄌ'ㄚ ㄋㄚㄏㄋㄚ ㄉㄝ.」 {jɛh p̄ēasā gādāŋ Bāndɪj Bāndūəj, bondāe mɪn l'ā ṇáHṇā dē.}

ក: ខ្ញុំចេះនិយាយ ភាសាហាក់កា ។ A:我會說客家話。

「ㄎㄩㄛㄇ ㄐㄝㄏ ㄋㄧㄝㄞ ㄆㄝㄚㄙㄚ ㄏㄚㄍㄍㄚ.」 {kñoṃ jɛh niyēay p̄ēasā hággā.}

ខ: ខ្ញុំមិនចេះនិយាយទេ ។ B:我不會說。

「ㄎㄩㄛㄇ ㄇㄧㄣ ㄐㄝㄏ ㄋㄧㄝㄞ ㄉㄝ.」 {kñoṃ mɪn jɛh niyēay dē.}

ក: តេីអ្នកអាចនិយាយភាសាអង់គ្លេសបានបុទេ ? A:你可以講英語嗎？

「ㄉㄚㄜ ㄋㄝㄚㄍ 'ㄚㄐ ㄋㄧㄝㄞ ㄆㄝㄚㄙㄚ 'ㄤㄫㄍㄝㄏ ㄅㄢ ㄖㄨㄉㄝ?」 {dāə nēag 'āj niyēay p̄ēasā 'āŋ́g̊lēH Bān rw̄dē?}

ខ: ខ្ញុំបានរៀននៅអ៊ុស្ត្រាលីបីឆ្នាំ ។ B:我在澳大利亞學習了三年。

「ㄎㄩㄛㄇ ㄅㄢ ㄖㄧㄝㄋ ㄋㄜㄨ 'ㄛㄙㄉㄖㄚㄌㄧ ㄅㄟ ㄑㄋㄚㄇ.」 {kñoṃ Bān rĭən nōu 'ōsdrālī Bɵi qnāṃ.}

ក: ប្រាកដជានិយាយភាសាអង់គ្លេសបានល្អមិនខាន ។A:英語一定說得好。

「ㄅㄖㄚㄍㄚㄗㄝㄚ ㄋㄧㄝㄞ ㄆㄝㄚㄙㄚ 'ㄤㄫㄍㄝㄏ ㄅㄢ ㄌ'ㄚ ㄇㄧㄣ ㄎㄢ.」 {BrāgāDzēa niyēay p̄ēasā 'āŋ́g̊lēH Bān l'ā mɪn kān.}

ខ: បាទ (មែនហេីយ) ។ B:是的。

「ㄅㄚㄉ (ㄇㄝㄋㄏㄚㄟ).」 {Bād (mēnhāəy).}

ក: យេីងនិយាយភាសាអង់គ្លេសទៅ, បានទេ ? A:我們說英語吧，行嗎？

「ㄧㄥ ㄋㄧㄝㄞ ㄆㄝㄚㄙㄚ 'ㄤㄫㄍㄝㄏ ㄉㄜㄨ, ㄅㄢ ㄉㄝ?」 {yɵ̄ŋ niyēay p̄ēasā 'āŋ́g̊lēH dōu, Bān dē?}

ខ: បាន ។ B:好的。

「ㄅㄢ.」 {Bān.}

A: តើអ្នករៀនភាសាខ្មែរអស់រយៈពេលប៉ុន្មានហើយ ? 你學習柬埔寨語多長時間？

「ㄉㄚㄛ ㄋㄝㄚㄍ ㄖㄧㄢ ㄆㄝㄚㄙㄚㄎㄇㄚㄝ ˈㄛㄏ ㄖㄛㄧㄝㄚㄅㄌ ㄅㄛㄣㄇㄢ ㄏㄚㄛ?」 {dāə nēag rīən p̄easākmāe 'āH røyeabēl bonmān hāəy?}

B: បានពីរ-បីឆ្នាំហើយ ។ 兩三年。

「ㄅㄢ ㄅㄧ - ㄅㄛㄟ ㄑㄋㄚㄇ ㄏㄚㄟ.」 {Bān bī - Bōi qnām hāəy.}

A: តើអ្នករៀននៅឯណា ? 你在哪裡學的？

「ㄉㄚㄛ ㄋㄝㄚㄍ ㄖㄧㄢ ㄋㄛㄨˈㄚㄝㄣㄚ?」 {dāə nēag rīən nōu'aēŋā?}

B: ខ្ញុំរៀននៅខេត្តកំពង់ស្ពឺ ។ 我在磅士卑學的。

「ㄎㄩㄛㄇ ㄖㄧㄢ ㄋㄛㄨ ㄎㄝㄉㄉㄍㄛㄇㄅㄛㄥㄙㄅㄛ.」 {kñoṃ rīən nōu kēddgaṃboŋsbœ̄.}

A: អ្នកនិយាយបានល្អមែន ។ 你說得真的很好。

「ㄋㄝㄚㄍ ㄋㄟㄝㄞ ㄅㄢ ㄌˈㄛ ㄇㄣ.」 {nēag niyēay Bān l'ā mēn.}

B: សូមអរគុណ ។ 謝謝。

「ㄙㄛㄇ ˈㄛㄍㄨㄣ.」 {sōm 'āġuṇ.}

A: នាងជាជនជាតិខ្មែរមែនទេ ? 她是柬埔寨人嗎？

「ㄋㄝㄤ ㄗㄝㄚ ㄗㄛㄣㄗㄝㄚㄉ ㄎㄇㄚㄝ ㄇㄣㄉㄝ?」 {nēaŋ zēa zønzēad kmāe mēndē?}

B: ទេ, នាងជាអ្នកម៉ាកាវ (អៅម៉ែន)។ 不是，是澳門人。

「ㄉㄝ, ㄋㄝㄤ ㄗㄝㄚ ㄋㄝㄚㄍ ㄇㄚㄍㄚㄪ (ˈㄠ ㄇㄣ).」 {dē, nēaŋ zēa nēag māgāv ('āu mēn).}

A: ប៉ុន្តែនាងនិយាយភាសាខ្មែរបានច្បាស់ល្អណាស់ ។ 但她會說流利的柬埔寨語。

「ㄅㄛㄣㄉㄚㄝ ㄋㄝㄤ ㄋㄟㄝㄞ ㄆㄝㄚㄙㄚㄎㄇㄚㄝ ㄅㄢ ㄐㄅㄚㄏ ㄌˈㄛ ㄋㄚㄏ.」 {bondāe nēaŋ niyēay p̄easākmāe Bān jBáH l'ā ŋáH.}

B: ស្វាមីរបស់នាងគឺជាជនជាតិខ្មែរ ។ 她的丈夫是柬埔寨人。

「ㄙㄪㄚㄇㄟ ㄖㄛㄅㄛㄏ ㄋㄝㄤ ㄍㄨㄗㄝㄚ ㄗㄛㄣㄗㄝㄚㄉ ㄎㄇㄚㄝ.」 {svāmōi røBɑH nēaŋ ġw̄zēa zønzēad kmāe.}

A: អីចឹងតើ, បានជានាងនិយាយភាសាខ្មែរបានល្អយ៉ាងនេះ ។ 難怪柬埔寨語這麼好。

「ˈㄧㄐㄛㄥ ㄉㄚㄛ, ㄅㄢ ㄗㄝㄚ ㄋㄝㄤ ㄋㄟㄝㄞ ㄆㄝㄚㄙㄚㄎㄇㄚㄝ ㄅㄢ ㄌˈㄛ ㄧㄤ ㄋㄧㄏ.」 {'ĭjœŋ dāə, Bān zēa nēaŋ niyēay p̄easākmāe Bān l'ā yāŋ nih.}

【語法說明】 ការពន្យល់ វេយ្យាករណ៍ 「ㄍㄚㄅㄛㄋㄩㄧㄨㄌ �ㄝㄧㄝㄚㄍㄚ」{gābɵnyul vēyyēagā}

一、否定表達法

　　我們說話時大量使用肯定句，但否定句也使用得不少。在這裡就談談柬埔寨語否定表達法。

　　1. 可用小品詞 មិន 「ㄇㄧㄣ」{min} (不，不被，用在動詞之前)和 ទេ 「ㄉㄝ」{dē} (不，嗎，用在句子結尾)一起表示，ទេ 可省略。

ខ្ញុំមិនជឿទេ ។ 「ㄎㄋㄛㄇ ㄇㄧㄣ ㄗㄨㄛㄉㄝ .」{kñoṃ min zẁɵdē .}我可不相信。

ខ្ញុំមិនជឿ ។ 「ㄎㄋㄛㄇ ㄇㄧㄣ ㄗㄨㄛ .」{kñoṃ min zẁɵ .}我不相信。

　　2. 將 មិន 「ㄇㄧㄣ」{min}換成 អត់ 「ㄛㄉ」{ād} (也可寫成 ឥត 「ㄟㄉ」{'œid})，也是常見的表示否定的方法。意思是 "無"、"缺乏"。

ខ្ញុំអត់ឃ្លានទេ ។ 「ㄎㄋㄛㄇ ㄛㄉ ㄎㄌㄝㄢ ㄉㄝ .」{kñoṃ'ād ḳlēan dē .}我不餓。(直譯：我無饑餓。)

នរណាម្នាក់មិនចូលចិត្តផ្លែឈើទេ ។ 「ㄋㄛㄋㄚ ㄇㄋㄝㄚㄍ ㄇㄧㄣ ㄐㄛㄌㄐㄧㄎㄉ ㄆㄌㄚㄝㄔㄛ ㄉㄝ .」{nɵṇā mneag min jōljɪdD plāecɔ̄ dē .}

នរណាម្នាក់អត់ចូលចិត្តផ្លែឈើទេ ។ 「ㄋㄛㄋㄚ ㄇㄋㄝㄚㄍ'ㄛㄉ ㄐㄛㄌㄐㄧㄎㄉ ㄆㄌㄚㄝㄔㄛ ㄉㄝ .」{nɵṇā mneag 'ād jōljɪdD plāecɔ̄ dē .}

　　上面兩句意思都是：誰不喜歡水果呀。(意思是：人人都喜歡水果。)

　　表示否定的小品詞 ទេ 「ㄉㄝ」{dē}放在句末，可以形成選擇問句。

តើអ្នកចង់ទៅទេ? 「ㄉㄠ ㄋㄝㄚㄍ ㄐㄤ ㄉㄛㄨ ㄉㄝ ?」{dāə nēag jaŋ dōu dē ?}你想去嗎？

　　3. 用 ពុំ 「ㄅㄨㄇ」{buṃ} (否、非)來代替 មិន 「ㄇㄧㄣ」{min}，主要用於文學作品或非常正式場合。

二、動詞 មាន 「ㄇㄝㄢ」{mēan} (有)的用法

　　柬埔寨語的 មាន 「ㄇㄝㄢ」{mēan}與國語 "有" 的用法相同，既表示具有，也表示存在的有。否定表達 មិនមាន 「ㄇㄧㄣ ㄇㄝㄢ」{min mēan} 可以縮合成 គ្មាន 「ㄍㄇㄝㄢ」{ġmēan}，請見下面例子。

នៅរោងអាហារសម្រន់មានម្ហូបឆ្ងាញ់ 「ㄋㄛㄨ ㄖㄛㄅㄚ'ㄚㄏㄚ ㄙㄚㄇㄖㄛㄋ ㄇㄝㄢ ㄇㄏㄛ ㄅ ㄑㄋㄚ乃 」{nōu rɵBā'āhā sāmron mēan mhōB qñañ ŋ}在小吃店有美味的食品。

ខ្ញុំមិនមានលុយ ។ = ខ្ញុំគ្មានលុយ ។ 「ㄎㄋㄛㄇ ㄇㄧㄣ ㄇㄝㄢ ㄌㄨㄧ .= ㄎㄋㄛㄇ ㄍㄇㄝㄢ ㄌㄨㄧ .」{kñoṃ min mēan luy .= kñoṃ ġmēan luy .}我沒有錢。

ផ្ទះនៃកម្ពុជា
「ㄆㄉㄝㄚㄏ ㄋㄟ ㄍㄛㄇㄅㄨㄗㄝㄚ」{pdeəh nəi gāmbuzēa}
柬式房屋
A House in Kampuchea

【練習鞏固】 ធ្វើលំហាត់ 「ㄊㄝㄞㄧㄌㄇㄛ̣ㄏㄚㄉ」{ẗēvīlmøhád}

1. 請把下列句子翻譯成柬埔寨文。

1) 我時常說柬埔寨語。

____

2) 你會說中文嗎？

____

3) 我不會說。

____

2. 請把下列句子翻譯成中文。

1) ខ្ញុំអាចនិយាយ ភាសាអង់គ្លេស បន្តិចបន្តួច ។ 「ㄎㄏ̇ㄛㄇ 'ㄚㄐ ㄋㄟㄝㄞ ㄆㄝㄚㄙㄚ 'ㄛ̣ㄫㄍㄌㄝㄏ ㄅㄛ̣ㄋㄉ̣ㄧ̣ㄐ ㄅㄛ̣ㄋㄉ̣ㄨㄜㄐ .」{kñoṃ 'āj nɨyēay ṗēasā 'āŋġlēH BānDɪj BānDūəj .}

____

2) អ្នកនិយាយបានល្អមែន ។ 「ㄋㄝㄚㄍ ㄋㄟㄝㄞ ㄅ̣ㄢ ㄌ'ㄛ̣ ㄇㄣ .」{nēag nɨyēay Bān l'ā mēn .}

____

3) ស្វាមីរបស់នាងគឺជាជនជាតិតៃវ៉ាន់ ។ 「ㄙㄞㄚㄇㄟ ㄖ'ㄛ̣ㄅ̣ㄛ̣ㄏ ㄋㄝㄤ ㄍㄨ̣ ㄗㄝㄚ ㄗㄛ̣ㄋㄗㄝㄚㄉ ㄉㄞㄞㄢ .」{svāmōi røBɑH nēaŋ ġw̄ zēa zønzēad daivan .}

____

កស្វនៃផ្លូវៈ មហាវិថី ព្រះនរោត្តម

「ㄍㄛ̣ㄏ̇ ㄋㄟ ㄆㄌㄛㄞ ㄇㄛ̣ㄏㄚㄞㄧ̣ㄊㄟ ㄅㄖ'ㄝㄜㄏ ㄋㄛ̣ㄖ'ㄡㄉㄉㄛ̣ㄇ」

{ġøñ nəi plōv: møhāvɨṫəi breəh nørōuddām}

路牌：諾羅敦大道

Road Sign: Preah Norodom Blvd

第七課 問路與交通

មេរៀនទី ៧ (ប្រាំពីរ) ការសួរផ្លូវនិងចរាចរណ៍

「ㄇㄝㄖ'ㄧㄜㄋ ㄉㄧ ㄅㄖ'ㄚㄇㄅㄧ ㄍㄚ ㄙㄨㄜ ㄆㄌㄛㄪ ㄋㄧ̣ㄥ ㄐㄛ̣ㄖ'ㄚㄐㄛ̣」

{mērīən dī Brāṃbī gā sūə plōv nɨŋ jārājā}

Lesson 7. Asking the Way and Traffics

【詞語學習】 ការរៀន វាក្យសព្ទ 「ㄍㄚ ㄖ'ㄧㄜㄋ ㄪㄝㄚㄍㄙㄛ̣ㄅㄉ」 {gārīən vēagsābd}

△ ប្រាំពីរ 「ㄅㄖ'ㄚㄇㄅㄧ」 {Brāṃbī} 七

△ ចរាចរណ៍ 「ㄐㄛ̣ㄖ'ㄚㄐㄛ̣」 {jārājā} 交通

△ ត្រឡប់ 「ㄉㄖ'ㄛ̣ㄌㄛ̣ㄅ」 {drāḷaB} 返回，去到

△ អ្នកដើរតាម 「ㄋㄝㄚㄍㄉㄚㄜㄉㄚㄇ」 {nēagDāədām} 行人，跟隨者

△ ព្រលានយន្តហោះ 「ㄅㄖ'ㄛ̣ㄌㄝㄢ ㄧㄛ̣ㄋㄉㄏㄠㄏ」 {brølēan yøndhaoh} 飛機場

△ អន្តរជាតិ 「'ㄛ̣ㄋㄉㄛ̣ㄖ'ㄛ̣ㄗㄝㄚㄉ」 {'āndārøzēad} 國際的

△ ពោធិចិនតុង 「ㄅㄡㄊㄐㄧ̣ㄣㄉㄛㄫ」 {bōuṫjındoŋ} 波成東(金邊的國際機場)

△ ទីនោះ 「ㄉㄧㄣㄨㄏ」 {ďīnuh} 那兒

△ តាមផ្លូវ 「ㄉㄚㄇㄆㄌㄛㄪ」 {dāmplōv} 街上，街道，路上

△ ក្រោយ 「ㄍㄖ'ㄠㄧ」 {grāoy} 下一個，過去一會

△ សំបុត្រ 「ㄙㄛ̣ㄇㄅㄛㄉ」 {saṃBod} 票

△ ថ្លៃ 「ㄊㄌㄞ」 {ṫlai} 價格，價錢

△ ប្រាំបី 「ㄅㄖ'ㄚㄇㄅㄟ」 {BrāṃBəi} 八

△ តាក់ស៊ី 「ㄉㄚㄍㄙㄧ」 {dágsī} 計程車

△ ងាយស្រួល 「ㄫㄝㄞㄙㄖ'ㄨㄜㄌ」 {ŋēaysrūəl} 易行，方便

△ បំផុត 「ㄅㄛ̣ㄇㄆㄛㄉ」 {Baṃpod} 最為

△ កណ្តាល 「ㄍㄛ̣ㄋㄉㄚㄌ」 {gāṇDāl} 中央，中心

△ ប្រហែល 「ㄅㄖ'ㄛ̣ㄏㄚㄝㄌ」 {Brāhāel} 大約，多半

△ សហរដ្ឋអាមេរិក 「ㄙㄛ̣ㄏㄛ̣ㄖ'ㄛ̣ㄉㄊ'ㄚㄇㄝㄖ'ㄧ̣ㄍ」 {sāhārøDt'āmērɨg} 美國

△ មកដល់ 「ㄇㄛ̣ㄍㄉㄛ̣ㄌ」 {møgDal} 到了，到達

△ ទេសចរណ៍ 「ㄉㄝㄙㄛ̣ㄐㄛ̣」 {ďēsājā} 旅遊

△ ស្វែងរក 「ㄙㄪㄚㄝㄫㄖ'ㄛ̣ㄍ」 {svāeŋrøg} 尋找

△ កក់ 「ㄍㄛ̣ㄍ」 {gag} 訂，預訂

△ ទុក 「ㄉㄨㄍ」 {ďug} 放置，放到

△ ហើយក៏ 「ㄏㄚㄟㄍㄛ̣」 {hāəygā} 和，以及

△ សុំ 「ㄙㄛㄇ」 {soṃ} 問

△ កំពុងតែ 「ㄍㄛ̣ㄇㄅㄨㄫㄉㄚㄝ」 {gaṃbuŋdāe} 在當時，正在

△ អ្នកដឹង 「ㄋㄝㄚㄍㄉㄜ̣ㄫ」 {nēagDœŋ} 你知道

△ ពិតជា 「ㄅㄧ̣ㄉㄗㄝㄚ」 {bɨdzēa} 果然，當然

△ សូន្យ 「ㄙㄛㄋ」 {sōn} 零

△ មហាវិថី 「ㄇㄛ̣ㄏㄚㄪㄧ̣ㄊㄟ」 {møhāvɨṫəi} 大道

△ វេងស្រេង 「ㄪㄝㄬㄙㄖ'ㄝㄬ」 {vēŋsrēŋ} 汶盛(金邊街道名稱)

△ ទៅមុខ 「ㄉㄜㄨㄇㄨㄎ」 {dāumuk} 前進，走

△ ត្រង់ 「ㄉㄖ'ㄛ̣ㄬ」 {draŋ} 直的

△ ម៉ែត្រ 「ㄇㄚㄝㄉ」 {māed} 米

△ ដល់កន្លែង 「ㄉㄛ̣ㄌㄍㄛ̣ㄋㄌㄥ」 {Dalgānlēŋ} 去到，直到

△ ភ្លើងស្តុប 「ㄆㄌㄥㄙㄉㄛㄅ」 {ṗlāŋsdoB} 紅綠燈 = ភ្លើងចរាចរណ៍ 「ㄆㄌㄥㄐㄛ̣ㄖ'ㄚㄐㄛ̣」 {ṗlāŋ jārājā}交通燈

△ បត់ឆ្វេង 「ㄅㄛ̣ㄉㄑㄪㄝㄬ」 {Badqvēŋ} 左轉

△ ទើប 「ㄉㄜㄅ」 {dāB} 就行，可以

△ ទៅដល់ 「ㄉㄜㄨㄉㄛ̣ㄌ」 {dāuDal} 達到

△ នាទី 「ㄋㄝㄚㄉㄧ」 {nēadī} 分鐘

△ រាជធានី 「ㄖ'ㄝㄚㄗㄊㄝㄚㄋㄧ」 {rēazťēanī} 首都

△ រដ្ឋធានី 「ㄖ'ㄛ̣ㄉㄊㄊㄝㄚㄋㄧ」{røDtťēanī} 首都

△ ទៅតាម 「ㄉㄜㄨㄉㄚㄇ」 {dāudām} 因此

△ រថភ្លើង 「ㄖ'ㄛ̣ㄊㄆㄌㄥ」 {røtṗlāŋ} 火車

△ ដី 「ㄉㄞ」 {Dāi} 地，土地

△ មេត្រូ 「ㄇㄝㄉㄖ'ㄛ」 {mēdrō} 捷運，地鐵 = រថភ្លើងក្រោមដី「ㄖ'ㄛ̣ㄊㄆㄌㄥ ㄍㄖ'ㄠㄇ ㄉㄞ」 {røtṗlāŋ grāom Dāi}

△ ច្រកចូល 「ㄐㄖ'ㄛ̣ㄍㄐㄛㄌ」 {jrāgjōl} 入口

△ ទីណា 「ㄉㄧㄣㄚ」 {dīṇā} 在哪裡

△ មិនឃើញ 「ㄇㄧ̣ㄣ ㄎㄜㄫ」 {mɨn ķāñ} 沒有看見

△ ម្ខាងទៀត 「ㄇㄎㄤ ㄉㄧㄜㄉ」 {mkāŋ dīəd} 另一邊，對面

△ រថយន្ត 「ㄖ'ㄛ̣ㄊㄧㄛ̣ㄋㄉ」 {røtyønd} 車，汽車

△ ចំណតរថយន្ត 「ㄐㄛ̣ㄇㄋㄛ̣ㄉ ㄖ'ㄛ̣ㄊㄧㄛ̣ㄋㄉ」 {jaṃṇād røtyønd} 停車地，車站

△ ជិត 「ㄗㄧ̣ㄉ」 {zɨd} 近

△ អាសយដ្ឋាន 「'ㄚㄙㄛ̣ㄧㄉㄊㄢ」 {'āsāyDtān} 住址

△ បញ្ហា 「ㄅㄛ̣ㄫㄛ̣ㄏㄚ」 {Bāñøhā} 問題

△ ប៉ុនណា 「ㄅㄛㄋㄋㄚ」 {bonṇā} 多大

△ គីឡូម៉ែត្រ 「ㄍㄧㄌㄛㄇㄚㄝㄉ」 {ġīḷomāed} 千米，公里

△ កន្លះ 「ㄍㄛ̣ㄋㄌㄚㄏ」 {gānlah} 半

△ យូរ 「ㄧㄨ」 {yū} 久，長久

△ ប្រហែលជា 「ㄅㄖ'ㄛ̣ㄏㄚㄝㄌㄗㄝㄚ」 {Brāhāelzēa} 說不定(詞中「ㄖ'」 {r}可脫落不讀，這樣的情況為數不少)

△ កន្លះម៉ោង 「ㄍㄛ̣ㄋㄌㄚㄏ ㄇㄠㄬ」 {gānlah māoŋ} 半小時

△ សរសេរ 「ㄙㄛ̣ㄙㄝ」 {sāsē} 寫，書寫

△ ចម្ងាយ 「ㄐㄛ̣ㄇㄬㄝㄞ」 {jāmŋēay} 距離

△ ចម្ងាយប៉ុន្មាន 「ㄐㄛ̣ㄇㄬㄝㄞ ㄅㄛㄋㄇㄢ」 {jāmŋēay bonmān} 多遠

△ ចិតសិប 「ㄐㄧ̣ㄉㄙㄧ̣ㄅ」 {jɪdsɪB} 七十

△ មានតម្លៃ 「ㄇㄝㄢ ㄉㄛ̣ㄇㄌㄟ」 {mēan dāmləi} 值，要多少錢

△ សាមសិប 「ㄙㄚㄇㄙㄧ̣ㄅ」 {sāmsɪB} 三十

△ ត្រូវការ 「ㄉㄖ'ㄛㄪㄍㄚ」 {drōvgā} 需要

△ ដាក់ 「ㄉㄚㄍ」 {Dág} 放置，擱到

△ ប្រអប់ 「ㄅㄖ'ㄛ̣'ㄛ̣ㄅ」 {Brā'aB} 箱子

△ ខាងក្រោយ 「ㄎㄤ ㄍㄖ'ㄠㄧ」 {kāŋ grāoy} 後頭，後面

△ ជើងហោះហើរ 「ㄗㄥ ㄏㄠㄏㄏㄚㄜ」 {zāŋ haohhāə} 航程，航班

△ ឆេកឡាបកុក 「ㄑㄝㄍㄌㄚㄅㄍㄛㄍ」 {qēg ḷāB gog} 赤鱲角(香港地名)

一、留學生鍾邇伊(A)要回臺灣，向路人1(B)、路人2(C)打聽去機場的途徑。 ① នៃ្សិតកបរទេសជុង ㄝㄏㄝ (ㄍ) នឹងត្រឡប់ទៅកាន់តៃវ៉ាន់វិញ, នាងបានសួរអ្នកដើរតាមផ្លូវ។ ① (ㄆ) និង ② (ㄍ) ដើម្បីរកផ្លូវ។ទៅព្រលានយន្តហោះ។ 「ㄇㄨㄟ) ㄋㄧㄙㄙㄧㄉ ㄅㄖㄛㄉㄜㄏㄍ ㄓㄨㄥ ㄦㄦ一 (《ㄍ) ㄋㄨㄥ ㄉㄖㄌㄅㄍ ㄉㄜㄍㄨ卪ㄋ ㄉㄞㄞㄉㄢ 卪一ㄥ, ㄋㄝㄤ ㄅㄢ ㄙㄨㄜ ㄋㄝㄚㄍㄉㄚㄉㄢ ㄆㄌㄛㄨ ㄇㄨㄟ (ㄎㄍ) ㄋㄧㄥ ㄅ一 (《ㄍ) ㄉㄚㄜㄇㄅㄛ一 卪ㄛ《 ㄆㄌㄛㄨ ㄉㄛㄨ ㄅㄖㄛㄌㄝㄢ 一ㄛㄋㄉㄏㄠㄏ.」 {mūəy) nissīd BārədēH zhong eryi (gā) nwŋ drāḷaB dōugan daivan viñ, nēaŋ Bān sūə nēagDāadām plōv mūəy (kā) niŋ bī (ġø) DāəmBōi røg plōv dōu brølēan yøndhaoh.}

ㄍ: ជំរាបសួរ!ខ្ញុំចង់ទៅព្រលានយន្តហោះអន្តរជាតិពោធិ៍ចិនតុង។ តើទីនេះទៅតាមផ្លូវណា？

A:您好！我要到波成東國際機場。到那裡怎麼走？「ㄗㄨㄇ卪ㄝㄅㄙㄨㄜ! ㄎㄋㄛㄇ ㄐㄤ ㄉㄛㄨ ㄅㄖ ㄌㄜㄍㄝ㇑一ㄛㄋㄉㄏㄠㄏ 'ㄢㄉㄢㄖㄛㄗㄝㄚㄉ ㄅㄛㄨㄐ一ㄋㄉㄛㄥ. ㄉㄚㄜ ㄉ一ㄋㄨㄏ ㄉㄛㄨ ㄉㄚㄇㄆㄌㄛㄨ ㄋㄚ?」

{zouṃrēaBsūə! kñoṃ jaŋ dōu brølēan yøndhaoh 'āndārøzēad bōuǰɪndoŋ. dāə dīnuh dōu dāmplōv ŋā?}

ㄅ: អូ, សូមទោស។ខ្ញុំមិនដឹងទេ។B:哦，對不起。我不知道。

「ㄛ, ㄙㄛㄇㄉㄛㄨㄏ. ㄎㄋㄛㄇ ㄇ一ㄣ ㄉㄜㄥ ㄉㄝ.」 {'ō, sōmdōuH. kñoṃ min Dœŋ dē.}

（過了一會） ក្រោយនោះបន្តិចមក 「《卪ㄠ一 ㄋㄨㄏ ㄅㄜㄣㄉ一-ㄐ ㄇㄛ《」 {grāoy nuh BānDɪj møg}

ㄍ: ជំរាបសួរ！តើព្រលានយន្តហោះអន្តរជាតិពោធិ៍ចិនតុងទៅតាមផ្លូវណា？A:您好！波成東國際機場怎麼走？「ㄗㄨㄇ卪ㄝㄅㄙㄨㄜ! ㄉㄚㄜ ㄅㄖㄛㄌㄝㄢ 一ㄛㄋㄉㄏㄠㄏ 'ㄢㄉㄢㄖㄛㄗㄝㄚㄉ ㄅㄛㄨㄐ一ㄋㄉㄛㄥ ㄉㄛㄨ ㄉㄚㄇㄆㄌㄛㄨ ㄋㄚ?」 {zouṃrēaBsūə! dāə brølēan yøndhaoh 'āndārøzēad bōuǰɪndoŋ dōu dāmplōv ŋā?}

ㄋ: អ្នកអាចជិះរថយន្តក្រុងទៅបាន។C:可坐巴士「ㄋㄝㄚㄍ 'ㄚㄐ ㄗ一ㄏ 卪ㄛㄊ 一ㄛㄋㄉ 《卪ㄛㄥ ㄉㄛㄨ ㄅ

ㄢ.」 {nēag 'āj zih røt yønD groŋ dōu Bān.}   [{dāə saṃBod røt yønD ilai bonmān?}

ㄍ: តើសំបុត្ររថយន្តថ្លៃ៉ុន្មាន？A:車票多少錢？「ㄉㄚㄜ ㄙㄛㄇㄅㄨㄉ 卪ㄛㄊ 一ㄛㄋㄉ ㄊㄌㄞ ㄅㄛㄣㄇㄢ?」

ㄋ: ៨០០ (ប្រាបីរយ) រៀល។ ជិះតាក់ស៊ីទៅគឺងាយស្រួលបំផុត។C:800 瑞爾。坐計程車最便捷。

「ㄅㄉㄚㄇㄅㄛㄟ 卪ㄛ一 卪一ㄝㄌ. 卪一ㄏ ㄉㄚ《ㄙ一 ㄉㄛㄨ 《ㄨ ㄍㄝㄞㄙ卪ㄨㄝㄌ ㄅㄛㄇㄆㄛㄉ.」 {BrāṃBōi røy rīəl. zih dágsī dōu ġw ŋēaysrūəl Baṃpod.}

ㄍ: តើថ្លៃ៉ុន្មាន？A:多少錢？「ㄉㄚㄜ ㄊㄌㄞ ㄅㄛㄣㄇㄢ?」 {dāə ilai bonmān?}

ㄋ: ពីកណ្តាលក្រុងទៅថ្លៃ ៦០០០ (ប្រាមួយ ៣ន់) រៀល។ ប្រហែលដប់ដុល្លារសហរដ្ឋអាមេរិក។

C:市中心到機場6000 瑞爾。約合十美元。

「ㄅ一 《ㄛㄋㄉㄚㄌ 《卪ㄛㄥ ㄉㄛㄨ ㄊㄌㄞ ㄅㄚㄇㄇㄨㄟ ㄅㄛㄢ 卪一ㄝㄌ. ㄅㄖㄚㄏㄝㄌ ㄉㄚㄅ ㄉㄛㄌㄌㄚ ㄙㄚㄏㄛ卪ㄛㄉ 'ㄚㄇㄝ卪一《.」 {bī gāŋDāl groŋ dōu ilai Brāṃmūəy boán rīəl. Brāhāel DaB Dollā sāhārøDt'āmērig.}

ㄍ: សូមអរគុណណាស់!A:非常感謝！「ㄙㄛㄇ 'ㄛ《ㄨㄣ ㄋㄚㄏ!」 {sōm 'āġuŋ ŋáH!}

二、歐陽敏(A)來到金邊旅遊，她要找預定的酒店，向路人(B)打聽。២) អ្នកស្រី អូវយ៉ាង មីន (ក) មក ដល់ភ្នំពេញដើម្បីធ្វើទេសចរណ៍, អ្នកស្រីចង់ស្វែងរកសណ្ឋាគារដែលគាត់បានកក់ទុក, ហើយក៏សុំសួរអ្នកដើរ តាមផ្លូវ (ខ) ។ 「ㄅㄧ) ㄋㄝㄚㄍㄙㄖ'ㄟ 'ㄛㄪ ㄧㄤ ㄇㄧㄣ (ㄍㄛ) ㄇㄛㄍㄉㄛㄌ ㄆㄋㄡㄇㄅㄝㄏ ㄉㄚㄜㄇㄅㄟ ㄊㄪㄜ ㄉㄝㄙㄛㄐㄛ, ㄋㄝㄚㄍㄙㄖ'ㄟ ㄐㄛㄫ ㄙㄪㄚㄝㄫㄖ'ㄛㄍ ㄙㄛㄋㄊㄚㄍㄝㄚ ㄉㄚㄝㄌ ㄍㄛㄚㄉ ㄅㄢ ㄍㄛㄍ ㄉㄨㄍ, ㄏㄚㄟㄍㄛ ㄙㄛㄇ ㄙㄨㄜ ㄋㄝㄚㄍ ㄉㄚㄜㄉㄚㄇ ㄆㄌㄛㄪ (ㄎㄛ).」 {bī) nēagsrəi 'ōv yāŋ mīn (gā) møgDɑl ṗnouṃbēñ DāəmBəi ẗvə ďēsājā, nēagsrəi jɑŋ svāeŋrøg sāṇtāġēa Dāel ġoád Bān gɑg ďug , hāəygā soṃ sūə nēag Dāədām plōv (kā).}

ក: សុំទោស, ខ្ញុំកំពុងតែរកសណ្ឋាគារតុងហ្វាង ។ តើអ្នកដឹងថានៅកន្លែងណាដែរឬទេ ? A:對不起，我在找東方酒店。你知道在哪裡嗎？「ㄙㄛㄇㄉㄡㄏ, ㄎㄏㄛㄇ ㄍㄛㄇㄅㄨㄫㄉㄚㄝ ㄖ'ㄛㄍ ㄙㄛㄋㄊㄚㄍㄝㄚ ㄉㄛㄫ ㄈㄤ. ㄉㄚㄜ ㄋㄝㄚㄍㄉㄜㄫ ㄊㄚ ㄋㄜㄨ ㄍㄛㄋㄌㄥ ㄋㄚ ㄉㄚㄝ ㄖ'ㄨㄉㄝ?」 {soṃďōuH, kñoṃ gɑṃbuŋdāe røg sāṇtāġēa doŋ fāŋ. dāə nēagDœŋ tā nəu gānlēŋ ṇā Dāe rw̄dē?}

ខ: ខ្ញុំពិតជាដឹង ។ គឺនៅផ្លូវលេខ ៣០៨ (បី សូន្យ ប្រាំបី) មហាវិថីវេងស្រេង ។ B:我當然知道。在汶盛大道 308 號。「ㄎㄏㄛㄇ ㄅㄧㄉㄗㄝㄚ ㄉㄜㄫ. ㄍㄨ ㄋㄜㄨ ㄆㄌㄛㄪ ㄌㄝㄎ ㄅㄟ ㄙㄛㄋ ㄅㄖ'ㄚㄇㄅㄟ ㄇㄛㄏㄚㄪㄧㄊㄟ ㄪㄝㄫ ㄙㄖ'ㄝㄫ.」 {kñoṃ bɨdzēa Dœŋ. ġw̄ nəu plōv lēk Bəi sōn BrāṃBəi møhāvɨtəi vēŋ srēŋ.}

ក: នៅឆ្ងាយពីទីនេះឬទេ ? A:離這裡遠嗎？「ㄋㄜㄨ ㄑㄫㄚㄧ ㄅㄧ ㄉㄧㄣㄝㄏ ㄖ'ㄨㄉㄝ?」 {nəu qŋāy bī ďīnih

ខ: ទេ, មិនឆ្ងាយទេ ។ B:不，不遠。「ㄉㄝ, ㄇㄧㄣ ㄑㄫㄚㄧ ㄉㄝ.」 {dē, mɨn qŋāy dē.} [rw̄dē?}

ក: ទៅទីនោះ តើដើរតាមផ្លូវណា ? A:怎麼去到那裡？

「ㄉㄜㄨ ㄉㄧㄣㄨㄏ ㄉㄚㄜ ㄉㄚㄜ ㄉㄚㄇㄆㄌㄛㄪ ㄋㄚ?」 {ďəu ďīnuh dāə Dāə dāmplōv ṇā?}

ខ: ជិះតាក់ស៊ីទៅមែនទេ ? B:坐計程車去嗎？「ㄗㄧㄏ ㄉㄚㄍㄙㄧ ㄉㄜㄨ ㄇㄣㄉㄝ?」 {zɨh dágsī ďəu mēnďē?}

ក: ខ្ញុំចង់ដើរទៅកន្លែងនោះ ។ A:我想走到那裡。

「ㄎㄏㄛㄇ ㄐㄛㄫ ㄉㄚㄜㄉㄜㄨ ㄍㄛㄋㄌㄥ ㄋㄨㄏ.」 {kñoṃ jɑŋ Dāəďəu gānlēŋ nuh.}

ខ: ដើរទៅមុខត្រង់ប្រហែលមួយរយម៉ែត្រ, ដល់កន្លែងភ្លើងស្តុប បត់ឆ្វេង ។ B:直行約一百米，紅綠燈處左轉。

「ㄉㄚㄜ ㄉㄜㄨㄇㄨㄎ ㄉㄖ'ㄛㄫ ㄅㄖ'ㄛㄏㄚㄝㄌ ㄇㄨㄟ ㄖ'ㄛㄧ ㄇㄚㄝㄉ, ㄉㄛㄌㄍㄛㄋㄌㄥ ㄆㄌㄥㄙㄉㄛㄅ ㄅㄛㄉㄑㄪㄝㄫ.」 {Dāə ďəumuk drɑŋ Brāhāel mūəy røy māed, Dɑlgānlēŋ ṗlōŋsdoB Bɑdqvēŋ.}

ក: អស់រយៈពេលប៉ុន្មានទើបអាចទៅដល់ ? A:多長時間可以到？

「'ㄛㄏ ㄖ'ㄛㄧㄝㄚㄅㄝㄌ ㄅㄛㄋㄇㄢ ㄉㄜㄅ 'ㄚㄐ ㄉㄜㄨㄉㄛㄌ?」 {'āH røyeabēl bonmān ďəB 'āj ďəuDɑl?}

ខ: ដប់នាទីអាចទៅដល់ ។ B:十分鐘可以到。「ㄉㄛㄅ ㄋㄝㄚㄉㄧ 'ㄚㄐ ㄉㄜㄨㄉㄛㄌ.」 {DɑB nēaďī'āj ďəuDɑl.}

ក: សូមអរគុណ ។ A:感謝。「ㄙㄛㄇ 'ㄛㄍㄨㄋ.」 {sōm 'āġuṇ.}

對話一 ការសន្ទនា ១ (ទីមួយ) 「《ㄚㄙㄢㄉㄜㄋㄜㄋㄝㄚ ㄉㄧㄇㄨㄝㄣ」 {gāsāndønēa dīmūəy}

A: សុំទោស, ព្រលានយន្តហោះរាជធានី ទៅតាមណា ? 對不起，到首都機場怎麼走？

「ㄙㄜㄇㄉㄨ夯, ㄅㄖㄜㄌㄝㄢ ㄧㄜㄣㄉㄠ夯 ㄖㄝㄚㄗㄝㄚㄋㄧ一 ㄉㄜㄨㄉㄚㄇ ㄋㄚ?」 {soṃdōuH, brølēan yøndhaoh rēazẗēanī dōudām ŋā?}

B: អ្នកអាចជិះរថភ្លើងក្រោមដី ទៅព្រលានយន្តហោះ។ 可以坐捷運去機場。

「ㄋㄝㄚ《 'ㄚㄐ ㄗㄧ夯 ㄖㄜㄊㄆㄌㄥ《 《ㄖㄠㄇ ㄉㄞ ㄉㄜㄨ ㄅㄖㄜㄌㄝㄢ 一ㄜㄣㄉㄠ夯.」 {nēag 'āj zih røṯplōŋ grāom Dōi dōu brølēan yøndhaoh.}

A: តើអ្នកដឹងថាច្រកចូលរថភ្លើងក្រោមដីនៅទីណាឬទេ ? 你知道捷運站在哪裡嗎？

「ㄉㄚㄛ ㄋㄝㄚ《ㄉㄜㄥ ㄊㄚ ㄐㄖㄜ《ㄐㄛㄌ ㄖㄜㄊㄆㄌㄥ《 《ㄖㄠㄇ ㄉㄞ ㄋㄜㄨ ㄉㄧㄋㄚ ㄖㄨㄉㄝ?」 {dāə nēagDøŋ ẗā jrāgjōl røṯplōŋ grāom Dōi nōu dīŋā rw̄dē?}

B: ខ្ញុំដឹង, គឺនៅទីនោះ។ 當然知道，就在那邊。

「ㄎㄧㄛㄇ ㄉㄜㄥ, 《ㄨ ㄋㄜㄨ ㄉㄧㄋㄨ夯.」 {kñoṃ Døŋ, ġw̄ nōu dīnuh.}

A: នៅកន្លែងណា ? ខ្ញុំមើលមិនឃើញទេ។ 在哪裡？我沒有看見。

「ㄋㄜㄨ 《ㄛㄋㄌㄥㄥ ㄋㄚ? ㄎㄧㄛㄇ ㄇㄛㄌ ㄇㄧㄣ ㄎㄜ夯 ㄉㄝ.」 {nōu gānlēŋ ŋā? kñoṃ mōl min ḳ̄ñ dē.}

B: គឺផ្លូវម្ខាងទៀត។ 就在街對面。「《ㄨ ㄆㄌㄛㄨㄈ ㄇㄎㄤ ㄉㄧㄜㄉ.」 {ġw̄ plōv mkāŋ dīəd.}

A: អូ, ឥឡូវខ្ញុំឃើញហើយ។ សូមអរគុណ។ 哦，我現在看到了。謝謝。

「ㄛ, 'ㄟㄌㄛㄈ ㄎㄧㄛㄇ ㄎㄜ夯 ㄏㄚㄜ. ㄙㄛㄇ 'ㄛ《ㄨㄣ.」 {'ō, 'œiḷøv kñoṃ ḳ̄ñ hāəy. sōm 'āġuṇ.}

B: មិនអីទេ។ 不客氣。「ㄇㄧㄣ 'ㄟ ㄉㄝ.」 {min 'āi dē.}

對話二 ការសន្ទនា ២ (ទីពីរ) 「《ㄚㄙㄢㄉㄜㄋㄜㄋㄝㄚ ㄉㄧㄅㄧ一」 {gāsāndønēa dībī}

A: ចំណតរថយន្តក្រុងនៅកន្លែងណា ? 巴士站在哪裡？

「ㄐㄜㄇㄋㄜㄉ ㄖㄜㄊㄧㄜㄣㄉ 《ㄖㄜㄥ ㄋㄜㄨ 《ㄛㄋㄌㄥ ㄋㄚ?」 {jaṃṇād røṯyønd groŋ nōu gānlēŋ ŋā?}

B: នៅជិតណាស់។ 很近。「ㄋㄜㄨ ㄗㄧㄉ ㄋㄚ夯.」 {nōu zid náH.}

A: តើទីនោះអាចដើរទៅដល់ឬទេ ? 可以走到那裡嗎？

「ㄉㄚㄛ ㄉㄧㄋㄨ夯 'ㄚㄐ ㄉㄚㄜㄉㄜㄨ ㄉㄜㄌ ㄖㄨㄉㄝ?」 {dāə dīnuh 'āj Dāədōu Dal rw̄dē?}

B: ពិតជាអាច។ 當然可以。「ㄅㄧㄉㄗㄝㄚ 'ㄚㄐ.」 {biḏzēa 'āj.}

83

對話三 ការសន្ទនា ៣ (ទីបី) 「ㄍㄚㄙㄛ̣ㄋㄉㄛ̣ㄋㄝㄚ ㄉㄧㄅ̣ㄟ」 {gāsāndønēa ďīBəi}

A: តើអ្នកស្គាល់អាសយដ្ឋានឬទេ ? 你知道地址嗎？

「ㄉㄚㄜ ㄋㄝㄚㄍ ㄙㄍㄚㄌ ’ㄚㄙㄞㄧㄛ̣ㄉ̣ㄊㄢ ㄖ'ㄨ̣ㄉㄝ?」 {dāə nēag sġál ’āsayøDtān rw̄ďē?}

B: បាទ, ខ្ញុំដឹង។ 知道。「ㄅ̣ㄚㄉ, ㄎㄏ̣ㄛㄇ ㄉ̣ㄜ̣ㄫ.」 {Bād, kñoṃ Dœŋ.}

A: អ្នកអាចសរសេរបានឬទេ ? 可以寫下來嗎？「ㄋㄝㄚㄍ ’ㄚㄐ ㄙㄛ̣ㄙㄝ ㄅ̣ㄢ ㄖ'ㄨ̣ㄉㄝ?」 {nēag ’āj

B: គ្មានបញ្ហាទេ។ 沒問題。「ㄍㄇㄝㄢ ㄅ̣ㄛ̣ㄏ̣ㄛ̣ㄏㄚ ㄉㄝ.」 {ġmēan Bāñøhā ďē.} [sāsē Bān rw̄ďē?}

對話四 ការសន្ទនា ៤ (ទីបួន) 「ㄍㄚㄙㄛ̣ㄋㄉㄛ̣ㄋㄝㄚ ㄉㄧ ㄅ̣ㄨㄜㄋ」 {gāsāndønēa ďī Būən}

A: តើឆ្ងាយប៉ុនណា ? 有多遠？

「ㄉㄚㄜ ㄑㄫㄚㄧ ㄅㄛㄋㄋㄚ?」 {dāə qŋāy bonṇā?}

B: ដប់គីឡូម៉ែត្រកន្លះ។ 十公里半。

「ㄉ̣ㄛ̣ㄅ̣ ㄍㄧㄌㄛㄇㄚㄝㄉ ㄍㄛ̣ㄋㄌㄚㄏ.」 {DɑB ġīḷomāed gānlah.}

A: ដើម្បីទៅដល់ទីនោះ តើយូរប៉ុនណា ? 多長時間可以到達那裡？

「ㄉ̣ㄚㄜㄇㄅ̣ㄟ ㄉㄜㄨㄉ̣ㄛ̣ㄌ ㄉㄧㄣㄨㄏ ㄉㄚㄜ ㄧㄨ ㄅㄛㄋㄋㄚ?」 {DāəmBəi ďəuDɑl ďīnuh dāə yū bonṇā?} [gānlah māoŋ.}

B: ប្រហែលជាកន្លះម៉ោង។ 半個鐘頭左右。「ㄅ̣ㄖ'ㄛ̣ㄏㄚㄝㄌㄗㄝㄚ ㄍㄛ̣ㄋㄌㄚㄏ ㄇㄠㄫ.」 {Brāhāelzēa

對話五 ការសន្ទនា ៥ (ទីប្រាំ) 「ㄍㄚㄙㄛ̣ㄋㄉㄛ̣ㄋㄝㄚ ㄉㄧ ㄅ̣ㄖ'ㄚㄇ」 {gāsāndønēa ďī Brāṃ}

A: ពីខេត្តកំពង់ស្ពឺដល់ភ្នំពេញ មានចម្ងាយប៉ុន្មានគីឡូម៉ែត្រ ? 磅士卑到金邊多少公里？

「ㄅㄧ ㄎㄝㄉㄉㄍㄛ̣ㄇㄅㄛㄫㄙㄅㄜ̣ ㄉ̣ㄛ̣ㄌ ㄆㄋㄡㄇㄅㄝㄏ̣ ㄇㄝㄢ ㄐㄛ̣ㄇㄫㄝㄞ ㄅㄛㄋㄇㄢ ㄍㄧㄌㄛㄇㄚㄝㄉ?」 {bī
kēddgaṃboŋsbœ̄ Dɑl ṗnouṃbēñ mēan jāmŋēay bonmān ġīḷomāed?} [{Brāhāel jıdsıB ġīḷomāed.}

B: ប្រហែល ៧០ (ចិតសិប) គីឡូម៉ែត្រ។ 約 70 公里。「ㄅ̣ㄖ'ㄛ̣ㄏㄚㄝㄌ ㄐㄧ̣ㄉㄙㄧ̣ㄅ̣ ㄍㄧㄌㄛㄇㄚㄝㄉ.」

A: ជិះរថយន្តក្រុង តើអស់ពេលប៉ុន្មានម៉ោង ? 乘公車要多少小時？

「ㄗㄧ̣ㄏ ㄖ'ㄛ̣ㄊ ㄧㄛ̣ㄋㄉ̣ ㄍㄖ'ㄛㄫ ㄉㄚㄜ ’ㄛ̣ㄏ ㄅㄝㄌ ㄅㄛㄋㄇㄢ ㄇㄠㄫ?」 {zɨh røṫ yønD groŋ dāə ’āH bēl bonmān māoŋ?}

B: ប្រហែលពីរម៉ោង។ 大約兩個小時。「ㄅ̣ㄖ'ㄛ̣ㄏㄚㄝㄌ ㄅㄧ ㄇㄠㄫ.」 {Brāhāel bī māoŋ.}

A: ថ្លៃប៉ុន្មាន ? / តើមានតម្លៃប៉ុន្មាន? 多少錢？/價格多少？

「ㄊㄌㄞ ㄅㄛ̣ㄋㄇㄢ?/ ㄉㄚㄜ ㄇㄝㄢ ㄉㄛ̣ㄇㄌㄟ ㄅㄛ̣ㄋㄇㄢ?」 {ṫlai bonmān? / dāə mēan dāmləi bonmān?}

B: ៣០០០០ (បីម៉ឺន) រៀល។ 30000 瑞爾。「ㄅ̣ㄟ ㄇㄣ̣ ㄖ'ㄧㄜㄌ.」 {Bəi mœ̄n rīəl.}

對話六 ការសន្ទនា ៦ (ទីប្រាំមួយ) 「ㄍㄚㄙㄛ̣ㄋㄉㄛ̣ㄋㆤㄚ ㄉㄧ ㄅ̣ㄖˈㄚㄇㄇㄨㄟ」 {gāsāndønēa dī Brāṃmūəy}

A: តើអ្នកត្រូវការតាក់ស៊ីឬទេ ? 你需要計程車嗎？

「ㄉㄚㄜ ㄋㆤㄚㄍ ㄉㄖˈㄛㄪㄍㄚ ㄉㄚㄍㄙㄧ ㄖˈㄨ̣ㄉㆤ?」 {dāə nēag drōvgā dágsī rw̄dē?}

B: បាទ ។ 是。「ㄅ̣ㄚㄉ.」 {Bād.}

A: តើអ្នកមានវ៉ាលិសអ្វី ? 你有什麼行李？

「ㄉㄚㄜ ㄋㆤㄚㄍ ㄇㆤㄢ ㄪㄚㄌㄧ̣ㄏ 'ㄛ̣ㄪㄟ?」 {dāə nēag mēan vālɨH 'ɑvəi?}

B: គឺមានវ៉ាលិសយួរដៃពីរ ។ ខ្ញុំដាក់ទៅក្នុង ប្រអប់ ខាងក្រោយ របស់ រថយន្ត ។ 就兩個手提箱。我放到後車廂去吧。

「ㄍㄨ̣ ㄇㆤㄢ ㄪㄚㄌㄧ̣ㄏ ㄧㄨㄜ ㄉㄞ ㄅ̣ㄧ. ㄎㄏㄛㄇ ㄉㄚㄍ ㄉㄜㄨ ㄍㄋㄛㄫ ㄅ̣ㄖˈㄛ̣'ㄛ̣ㄅ̣ ㄎㄤ ㄍㄖˈㄠㄧ ㄖˈㄛ̣ㄅ̣ㄛ̣ㄏ ㄖˈㄛ̣ㄊㄧㄛ̣ㄋㄉ.」 {ġw̄ mēan vālɨH yūə Dai bī. kñoṃ Dág dōu gnoŋ Brā'ɑB kāŋ grāoy røBɑH røtyønd.}

A: បាន ។ អ្នកចង់ទៅណា ? 好的。你要去哪裡？

「ㄅ̣ㄢ. ㄋㆤㄚㄍ ㄐㄛ̣ㄫ ㄉㄜㄨㄋㄚ?」 {Bān. nēag jɑŋ dōuṇā?}

B: ព្រលានយន្តហោះ ។ ជិះតាមជើងហោះហើរទៅកាន់ទីក្រុងហុងកុង ។ 飛機場。乘去香港的航班。「ㄅ̣ㄖˈㄛ̣ㄌㆤㄢ ㄧㄛ̣ㄋㄉㄏㄠㄏ. ㄗㄧ̣ㄏ ㄉㄚㄇ ㄗㄥ ㄏㄠㄏㄏㄚㄜ ㄉㄜㄨㄍㄢ ㄉㄧㄍㄖˈㄛㄫ ㄏㄛㄫㄍㄛㄫ.」 {brølēan yøndhaoh. zɨh dām zəŋ haohhāə dōugan dīgroŋ hoŋgoŋ.}

A: អ្នកមិនស្នាក់នៅទីក្រុងហុងកុងទេឬ ? 您不住在香港吧？

「ㄋㆤㄚㄍ ㄇㄧ̣ㄣ ㄙㄋㄚㄍㄋㄜㄨ ㄉㄧㄍㄖˈㄛㄫ ㄏㄛㄫㄍㄛㄫ ㄉㆤ ㄖˈㄨ̣?」 {nēag mɨn snágnōu dīgroŋ hoŋgoŋ dē rw̄?}

B: ទេ, ខ្ញុំចេញពីព្រលានយន្តហោះឆេកឡាបកុកហុងកុងត្រឡប់ទៅកាន់ទីក្រុងថៃប៉ិវិញ ។ 不，我從香港赤鱲角機場回臺北。

「ㄉㆤ, ㄎㄏㄛㄇ ㄐㆤㄏㄅ̣ㄧ ㄅ̣ㄖˈㄛ̣ㄌㆤㄢ ㄧㄛ̣ㄋㄉㄏㄠㄏ ㄑㆤㄍ ㄌㄚㄅ̣ ㄍㄛㄍ ㄏㄛㄫㄍㄛㄫ ㄉㄖˈㄛ̣ㄌㄛ̣ㄅ̣ ㄉㄜㄨㄍㄢ ㄉㄧㄍㄖˈㄛㄫ ㄊㄞㄅ̣ㄟ ㄪㄧ̣ㄏ.」 {dē, kñoṃ jēñbī brølēan yøndhaoh qēg ḷāB gog hoŋgoŋ drāḷɑB dōugan dīgroŋ ṫāybōi viñ.}

ព្រលានយន្តហោះអន្តរជាតិសៀមរាប

「ㄅ̣ㄖˈㄛ̣ㄌㆤㄢ ㄧㄛ̣ㄋㄉㄏㄠㄏ 'ㄛ̣ㄋㄉㄛ̣ㄖˈㄛ̣ㄗㆤㄚㄉ' ㄙㄧㄜㄇ ㄖˈㆤㄚㄅ̣」 {brølēan yøndhaoh 'āndārøzēad' sīəm rēaB}

暹粒國際機場

Siem Reap International Airport

【文化背景】ខ្មែរងាយក្រាយ របៀបធ្វើ「ㄆㄉㄟㄎㄤ ㄍㄖㄠㄧ ㄨㄛㄅㄅㄞ」{pdəikāŋ grāoy vøBBāï}

束埔寨的交通

1. 飛機

金邊國際機場(អាកាសយានដ្ឋានអន្តរជាតិភ្នំពេញ「ㄚㄍㄚㄙㄚㄧㄝㄢ ㄉㄊㄢ 'ㄑㄣㄉㄖㄖㄛㄗㄝㄅ ㄆㄣㄡㄇㄅㄝㄥ」{'āgāsāyēan Dtān 'āndārøzēad p̌noumb̌eñ} PNH)，即波成東機場，有直飛臺北的航班。離市區約 8 公里，沒有大巴車，計程車約 10 美元。坐嘟嘟車(ㄉㄨㄎㄉㄨㄎ「ㄉㄛㄍ ㄉㄛㄍ」{dog dog} Tuk-tuk)約需要 5 美元/人。

暹粒-吳哥國際機場(សៀមរាបអង្គរ ព្រលានយន្តហោះអន្តរជាតិ「ㄙㄧㄝㄇㄖㄝㄅ 'ㄤㄍㄛ ㄅㄖㄛㄌㄝㄢ ㄧㄛㄣㄉ ㄏㄠㄏ 'ㄤㄉㄚㄖㄛㄗㄝㄅㄉ」{sīəmrēaB 'āṅǵø brølēan yønd haoh 'āndārøzēad} REP)，位於暹粒市西北，離市中心 7 公里，離吳哥窟 5 公里，可選嘟嘟車或包車去遊覽，需要預先談妥價格。往市區的費用 10 美元。

西哈努克市國際機場(អាកាសយានដ្ឋានអន្តរជាតិក្រុងព្រះសីហនុ「ㄚㄍㄚㄙㄚㄧㄝㄢㄉㄊㄢ 'ㄤㄉㄚㄖㄛㄗㄝㄅㄉ' ㄍㄖㄛㄥ ㄅㄖㄝㄏ ㄙㄞㄏㄢㄨ'」{'āgāsāyēanøDtān 'āndārøzēad' groṅ breah sāihānu'} KOS)，又叫紅樹林(កោង「ㄍㄠㄥㄍㄤ」{gāoṅgāṅ})機場，離市中心 20 公里。

2. 火車和竹火車

束埔寨鐵路有兩條：金邊-波貝(ប៉ោយប៉ែត「ㄅㄠ- ㄅㄚㄝㄉ」{bāoy bāed} Poipet 385 公里，可通往泰國)；金邊-西哈努克市(270 公里)，都已經停止客運。束埔寨有一種竹火車，用竹子和廢舊金屬製成，電動機車拖上數節車廂運營。雖然簡陋，但由於鐵路沒有客運，竹火車拉人運貨較方便，老百姓出門只能選擇它。馬德望、菩薩兩等省還有幾百輛竹火車，它們承擔短途運輸任務。束埔寨人可用家禽、水果、衣服來抵票。外國遊客好奇，也有不少的人乘坐，5 美元/人。

3. 長途汽車

束埔寨國內的主要幹線道路以金邊為中心延伸出去，主要公路有四條：1 號公路，金邊至越南胡志明市；4 號公路，金邊至西哈努克港，原名：磅遜(កំពង់សោម「ㄍㄛㄇㄅㄛㄥ ㄙㄠㄇ」{ĝamboŋ sāom} Kampong Som)；5 號公路，金邊經馬德望至泰國邊境；6 號公路，金邊經磅同、暹粒至吳哥古跡。

束埔寨的豪華巴士有冷氣，有的附帶廁所，還會提供紙巾、礦泉水、點心等。巴士服務較完善、收費合理、服務周到。束埔寨車票按照里程計價，國內票價 3 美元起，國際車票 10 美元起。看到外國人，往往提一點價錢。筆者從暹粒到金邊，花費 20 美元。

金邊的長途汽車站位於中央市場(ផ្សារថ្មី「ㄆㄙㄚ ㄊㄇㄟ」{psā tmāi} Psah Thmey)的東北方。這裡有去束埔寨許多省市的班車，還有到越南胡志明市的國際班車。汽車站較簡陋，沒有候車大廳，比如金邊烏魯賽市場(ផ្សារអូរឫស្សី「ㄆㄙㄚ'ㄛㄖㄨㄙㄙㄟ」{psā'ōrw̄ssāi}Psah Orussey)的長途車站，有班車開往泰國，只有一角售票櫃檯在房間裡，乘客多在馬路邊的石凳上候車。

4. 市內交通

束埔寨城市的公共巴士體系不完善，對於市民和旅行者來說，出行的交通工具主要是摩托車和嘟嘟車。金邊市正在規劃試行公共巴士體系，相信能夠完善化和常態化，以方便市民和各方人士。

5. 輪船

束埔寨的內河航運以湄公河、洞里薩湖為主，主要河港有金邊、磅湛和磅清揚。遊船路線有暹粒-馬德望、金邊-暹粒。不過渡船行駛緩慢，而且價格比較高。

暹粒碼頭在榮寺(ភ្នំក្រោម「ㄆㄣㄨㄇ ㄍㄖㄠㄇ」{p̌noum grāom}Phnom Krom)附近，距市區約 10 公里。每天有船發往金邊和馬德望，都是 7:00 發船。快船票 20-40 美元。

【練習鞏固】 ជេវីលមហាត់ 「ㄊㄝㄞ一ㄌㄇㄛ̣ㄏㄚㄉ」{tēvīlmøhád}

1. 請把下列句子翻譯成柬埔寨文。

1) 車票多少錢？

____

2) 離這裡遠嗎？

____

3) 怎麼去到那裡？

____

4) 波成東國際機場怎麼走？

____

5) 多長時間可以到？

____

6) 巴士站很近。

____

2. 請把下列句子翻譯成中文。

1) តើអ្នកស្គាល់អាសយដ្ឋានឬទេ ? 「ㄉㄚㄜ ㄋㄝㄚㄍ ㄙㄍㄚㄌ 'ㄚㄙㄛ̣一ㄉㄊㄢ ㄖ'ㄨㄉㄝ?」{dāə nēag sġál 'āsāyDtān rw̄dē?}

____

2) អ្នកអាចសរសេរស្គាល់បានឬទេ ? 「ㄋㄝㄚㄍ 'ㄚㄐ ㄙㄛ̣ㄙㄝ ㄙㄍㄚㄌ ㄅㄢ ㄖ'ㄨㄉㄝ?」{nēag 'āj sāsē sġál Bān rw̄dē?}

____

3) ខ្ញុំចង់ដើរទៅកន្លែងនោះ ។ 「ㄎㄏㄛㄇ ㄐㄛ̣ㄫ ㄉㄚㄜㄉㄜㄨ ㄍㄛ̣ㄋㄌㄥ ㄋㄨㄏ.」{kñoṃ jaŋ Dāədəu gānlēŋ nuh.}

____

4) ទៅទីនោះឆ្ងាយប៉ុន ណា ? 「ㄉㄜㄨ ㄉ一ㄣㄨㄏ ㄑㄫㄚ一 ㄅㄛㄋ ㄋㄚ?」{dəu dīnuh qŋāy bon ṇā?}

____

5) ដើរនៅទីនោះប្រហែលជាកន្លះម៉ោង ។ 「ㄉㄚㄜ ㄋㄜㄨ ㄉ一ㄣㄨㄏ ㄅㄖ'ㄛ̣ㄏㄚㄝㄌㄗㄝㄚ ㄍㄛ̣ㄋㄌㄚㄏ ㄇㄠㄫ.」{Dāə nəu dīnuh Brāhāelzēa gānlah māoŋ.}

____

第八課 季節與氣候

មេរៀនទី ៨ (ប្រាំបី) រដូវនិងអាកាសធាតុ

「ㄇㄝㄖㄧㄢ ㄉㄧ ㄅㄖㄚㄇㄅㄛㄧ ㄖㄛㄉㄛㄥ ㄋㄧㄥ 'ㄚㄍㄚㄙㄞㄊㄝㄚㄉ'」

{mēriən dī BrāṃBōi røDōv niŋ 'āgāsāĭĕad'}

Lesson 8. Seasons and Climate

【詞語學習】ការរៀន វាក្យសព្ទ 「ㄍㄚ ㄖㄧㄢ ㄎㄝㄍㄙㄚㄅㄉ」{gāriən vēagsābd}

△ អាកាសធាតុ 「ㄚㄍㄚㄙㄛㄊㄝㄚㄉ'」{'āgāsāĭĕad} 天氣，氣候

△ បន្ទាប់ពី 「ㄅㄛㄣㄉㄛㄚㄅㄧ」{BāndoáBbī} 在…以後

△ ហ្ប 「ㄏㄛㄅ」{hōB} 吃，咀嚼

△ អាហារ 「'ㄚㄏㄚ」{'āhā} 食品，餐

△ ពេលព្រឹក 「ㄅㄝㄌ ㄅㄖㄨㄍ」{bēl brwg} 早上

△ រួច 「ㄖㄨㄜㄐ」{rūəj} 就，已經

△ ណាត់ 「ㄋㄚㄉ」{ṇád} 約，約會

△ ដើរលេង 「ㄉㄚㄌㄝㄥ」{Dāəlēŋ} 去玩

△ លេង 「ㄌㄝㄥ」{lēŋ} 玩、做、弄、搞

△ ថ្ងៃនេះ 「ㄊ� ㄋㄧㄏ」{tŋainih} 今天

△ អង្គរវត្ត 「'ㄛㄥㄍㄛ ㄎㄛㄉㄉ」{'āŋgø vødd} 吳哥窟

△ អត់ 「'ㄛㄉ」{'ād} 不

△ ខ្លាច 「ㄎㄌㄚㄐ」{klāj} 害怕

△ ក្តៅ 「ㄍㄉㄠ」{gDāu} 燙，熱

△ សីតុណ្ហភាព 「ㄙㄟㄉㄛㄋㄏㄛㄆㄝㄚㄅ」{sōidoŋhāp̄ēab} 溫度

△ អង្សា 「'ㄛㄥㄙㄚ」{'āŋsā} 度

△ ពេលក្រោយ 「ㄅㄝㄌㄍㄖㄛㄧ」{bēlgrāoy} 後，以後

△ ខែត 「ㄎㄝㄉㄉ」{kēdd} 省

△ ត្រជាក់ 「ㄉㄖㄛㄛㄗㄝㄚㄍ」{drāzeag} 涼，冷

△ ដូច 「ㄉㄛㄐ」{Dōj} 像

△ ពេលខ្លះ 「ㄅㄝㄌㄅㄍㄚㄏ」{bēlklah} 有時

△ ធ្លាក់ 「ㄊㄌㄝㄚㄍ」{ĭleag} 降，下降

△ សេក្រាមស្ទ្បនា 「ㄙㄝㄍㄖㄠㄇㄙㄛㄣ」{sēgrāomsōn} 負的，零下的

△ ក្រាមស្ទ្បនា 「ㄍㄖㄠㄇㄙㄛㄣ」{grāomsōn} 負的

△ ព្រិល 「ㄅㄖㄨㄌ」{brwl} 雪，冰雹

△ មិនកើត 「ㄇㄧㄣ ㄍㄚㄉ」{min gāəd} 說不出的，非常的

△ មានតែ 「ㄇㄝㄢ ㄉㄚㄝ」{mēan dāe} 只是有，唯一有

△ ខ្យល់ព្យុះ 「ㄎㄧㄛㄌㄅㄧㄨㄏ」{kyalbyuh} 風暴，颱風

△ ទីហ្វុង 「ㄉㄧㄈㄛㄥ」{dīfoŋ} 颱風(typhoon 的法語發音)

△ ឥទ្ធិពល 「ㄟㄉㄊㄧㄅㄛㄌ'」{'œidĭibøl} 影響

△ ត្រូពិក 「ㄉㄖ'ㄛㄅㄧ̣ㄍ」 {drōbɨg} 熱帶

△ មូសុង 「ㄇㄨㄙㄛㄫ」 {mūsoŋ} 季風(法語：mousson)

△ ជាមធ្យម 「ㄗㄝㄚㄇㄛ̣ㄊㄧㄛ̣ㄇ」 {zēamøẗyøm} 平均

△ ប្រចាំឆ្នាំ 「ㄅㄖ'ㄛ̣ㄐㄚㄇㄑㄋㄚㄇ」 {Brūjāṃqnāṃ} 年度

△ បែងចែក 「ㄅㄚㄝㄫㄐㄚㄝㄍ」 {Bāeŋjāeg} 分配，分成

△ រដូវប្រាំង 「ㄖ'ㄛ̣ㄉㄛㄞ ㄅㄖ'ㄤ」 {røDōv Brāŋ} 乾旱，旱季

△ រដូវវស្សា 「ㄖ'ㄛ̣ㄉㄛㄞ ㄞㄛㄙㄙㄚ」 {røDōv vøssā} 雨季

△ រដូវរងា 「ㄖ'ㄛ̣ㄉㄛㄞ ㄖ'ㄛㄫㄝㄚ」 {røDōv røŋēa} 涼季

△ ខែមីនា 「ㄎㄚㄝㄇㄧㄋㄝㄚ」 {kāemīnēa} 三月

△ ខែឧសភា 「ㄎㄚㄝ'ㄛㄙㄛ̣ㄆㄝㄚ」 {kāe'osāṗēa} 五月

△ ខែមិថុនា 「ㄎㄚㄝㄇㄧ̣ㄊㄛㄋㄚ」 {kāemɨtonā} 六月

△ ខែវិច្ឆិកា 「ㄎㄚㄝㄞㄧ̣ㄐㄑㄧ̣ㄍㄚ」 {kāevɨjqɪgā} 十一月

△ ភ្លៀង 「ㄆㄌㄧㄜㄫ」 {ṗlīəŋ} 雨

△ ហៅថា 「ㄏㄠㄊㄚ」 {hāutā} 稱為

△ ភ្លៀងកក់ខែ 「ㄆㄌㄧㄜㄫㄍㄛ̣ㄍㄎㄚㄝ」 {ṗlīəŋgɑgkāe} 熱雨

△ ខែតុលា 「ㄎㄚㄝㄉㄛㄌㄚ」 {kāedolā} 十月

△ ប្រែជា 「ㄅㄖ'ㄚㄝㄗㄝㄚ」 {Brāezēa} 變了

△ ពេលនេះ 「ㄅㄝㄌㄋㄧㄏ」 {bēlnih} 現在

△ ចេញវស្សា 「ㄐㄝㄬㄞㄛ̣ㄙㄙㄚ」 {jēñvøssā} 送走雨季

△ ចាប់ពី 「ㄐㄚㄅㄅㄧ」 {jáBbī} 離開，從

△ ខែធ្នូ 「ㄎㄚㄝㄊㄋㄨ」 {kāeẗnū} 十二月

△ ខែកុម្ភៈ 「ㄎㄚㄝㄍㄛㄇㄆㄝㄚ'」 {kāegompėa'} 二月

△ បន្ទាប់ 「ㄅㄛ̣ㄋㄉㄛㄚㄅ」 {BānđoáB} 下一個，以後的

△ ឆ្នាំមុន 「ㄑㄋㄚㄇㄇㄨㄋ」 {qnāṃmun} 去年

△ កក់ក្តៅ 「ㄍㄛ̣ㄍㄍㄉㄠ」 {gɑggdāu} 暖，溫暖

△ ជាង 「ㄗㄝㄤ」 {zēaŋ} 比，比較

△ កាលពី 「ㄍㄚㄌㄅㄧ」 {gālbī} 過去的(時刻)

△ ម្សិលមិញ 「ㄇㄙㄧ̣ㄌㄇㄧ̣ㄬ」 {msɪlmɨñ} 昨天

△ ដោយសារតែ 「ㄉㄠㄧㄙㄚㄉㄚㄝ」 {Dāoysādāe} 因為

△ ខ្យល់បក់ 「ㄎㄧㄛ̣ㄌㄅㄛ̣ㄍ」 {kyɑlBɑg} 風

△ ទឹកកក 「ㄉㄨ̣ㄍㄛ̣ㄍㄍ」 {đwgāgg} 冰

△ រលាយ 「ㄖ'ㄛ̣ㄌㄝㄞ」 {røleay} 熔化，融化

△ ផែន 「ㄆㄚㄝㄋ」{pāen} 計畫

【範例課文】 អត្ថបទគំរូ 「'ㄛ̣ㄉㄊㄛ̣ㄅ̣ㄛ̣ㄉ ㄍㄡㄇㄖ'ㄨ」 {'ādtāBād ġouṃrū}

一、吃早餐後披侖(A)約鍾邇伊(B)去玩，這是他們的對話。១) បន្ទាប់ពីហូបអាហារពេលព្រឹករួច, ភិរុណ (ក) ណាត់ ជុង អេរ៉ីយី (ខ) ដើរលេង, នេះគឺជាការសន្ទនារបស់ពួកគេ។ 「ㄇㄨㄟ) ㄅ̣ㄛ̣ㄋㄉㄛㄚㄅ̣ㄅㄧ ㄏㄛㄅ̣ 'ㄚㄏㄚ ㄅㄝㄌ ㄅㄖ'ㄨ̣ㄍ ㄖ'ㄨㄜㄐ, ㄆ̣ㄧ̣ㄖ'ㄨㄋ (ㄍㄛ̣) ㄋㄚㄉ ㄓㄨㄫ ㄦㄧ (ㄎㄛ̣) ㄉ̣ㄚㄜㄌㄝㄫ, ㄋㄧㄏ ㄍㄨ̣ㄗㄝㄚ ㄍㄚㄙㄛ̣ㄋㄉㄛ̣ㄋㄝㄚ ㄖ'ㄛ̣ㄅ̣ㄛ̣ㄏ ㄅㄨㄜㄍㄍㄝ.」 {mūəy) BānďoáBbī hōB 'āhā bēl brwg rūəj, ṗɨruṇ (gā) ṇád zhong eryi (kā) Dāəlēŋ, nih ġw̄zēa gāsānďønēa røBɑH būəggė.}

ក: ថ្ងៃនេះ តើអាកាសធាតុយ៉ាងម៉េចដែរ ? A:今天天氣怎麼樣呢？

「ㄊㄫㄞㄋㄧㄏ ㄉㄚㄜ 'ㄚㄍㄚㄙㄛ̣ㄊㄝㄚㄉ' ㄧㄤㄇㄝㄐ ㄉ̣ㄚㄝ?」 {iŋainih dāə 'āgāsāťēad' yāŋmēj Dāe?}

ខ: ក្ដៅ។ B:熱。

「ㄍㄉ̣ㄠ.」 {gdāu.}

ក: យើងទៅអង្គរវត្ត។ A:我們去吳哥窟吧。

「ㄧㄥ ㄉㄜㄨ 'ㄛ̣ㄫㄍㄛ̣ ㄪㄛ̣ㄉㄉ.」 {yōŋ ďōu 'āŋġø vødd.}

ខ: អត់ទេ។ ខ្ញុំខ្លាចក្ដៅ។ B:不。我怕熱。

「'ㄛ̣ㄉ ㄉㄝ. ㄎㄬㄛㄇ ㄎㄌㄚㄐ ㄍㄉ̣ㄠ.」 {'ād ďē. kñoṃ klāj gDāu.}

ក: តើសីតុណ្ហភាពប៉ុន្មានអង្សា? A:溫度多少度？

「ㄉㄚㄜ ㄙㄟㄉㄛㄋㄏㄛ̣ㄆㄝㄚㄅ ㄅㄛㄋㄇㄢ 'ㄛ̣ㄫㄙㄚ?」 {dāə sōidoṇhāṗēab bonmān 'āŋsā?}

ខ: ៣៨ (សាមសិបប្រាំបី) អង្សា។ B:三十八度。

「ㄙㄚㄇㄙㄧ̣ㄅ̣ ㄅ̣ㄖ'ㄚㄇㄅ̣ㄟ 'ㄛ̣ㄫㄙㄚ.」 {sāmsıB BrāṃBōi 'āŋsā.}

ក: បាទ។ ពេលក្រោយចាំទៅចុះ។ A:嗯。以後再去吧。

「ㄅ̣ㄚㄉ. ㄅㄝㄌㄍㄖ'ㄠㄧ ㄐㄚㄇ ㄉㄜㄨ ㄐㄛㄏ.」 {Bād. bēlgrāoy jāṃ ďōu joh.}

ខ: នៅពេលគឺត្រជាក់ យើងជាថ្មីម្ដងទៀត ចូរទៅធ្វើដំណើរ។ B:涼快了我們再去旅行吧。

「ㄋㄜㄨ ㄅㄝㄌ ㄍㄨ̣ ㄉㄖ'ㄛ̣ㄗㄝㄚㄍ ㄧㄥ ㄗㄝㄚ ㄊㄇㄟ ㄇㄉㄛ̣ㄫ ㄉㄧㄜㄉ ㄐㄛ ㄉㄜㄨ ㄊㄪㄜㄉ̣ㄛ̣ㄇㄋㄚㄜ.」 {nōu bēl ġw̄ drāzeag yōŋ zēa imōi mdāŋ ďīəd jō ďōu ïvōDɑṃṇāə.}

ក: បាទ។ យើងគួរតែធ្វើផែនការល្អ។ A:好的。我們應該很好地計畫。

「ㄅ̣ㄚㄉ. ㄧㄥ ㄍㄨㄜㄉㄚㄝ ㄊㄪㄜ ㄆㄚㄝㄋㄍㄚ ㄌ'ㄛ̣.」 { Bād. yōŋ ġūədāe ïvō pāengā l'ā.}

ខ: ចាស។ B:嗯、好的。

「ㄐㄚㄏ.」 {jāH.}

二、臘妮(B)和黑龍江留學生江金彪(A)談論到臺北和黑龍江的天氣。ᮔᮤ រគនី (ខ) និងនិស្សិតមកពីខេត្ត ហីលុងជាងឈ្មោះ ជាង ជីនការ (ក) និយាយពីអាកាសធាតុនៅថៃយប៉ិនិងខេត្តហីលុងជាង។ 「(ー) រគនី ᮔ ᮔ ー (ㄘ) ㄋㄧㄥ ㄋㄧㄙㄙㄉㄖㄨㄚ ㄇㄛㄍㄅㄧ ㄎㄝㄉㄉ ㄏㄟㄌㄨㄣㄗㄝㄤ ㄘㄇㄛㄗㄏ ㄗㄝㄤ ㄗㄧㄣ ㄅㄝㄚㄪ 《ㄘ》ㄋㄧㄝㄞ ㄅㄧ 'ㄚ《ㄚㄙㄉㄧㄝㄞㄉ' ㄋㄜㄨ ㄊㄞㄅㄛㄧ ㄋㄧㄥ ㄎㄝㄉㄉ ㄏㄟㄌㄨㄣㄗㄝㄤ.」{bī) rød nī (kā) niŋ nissid møgbī kēdd hāiluŋzēaŋ cmuoh zēaŋ zīn bēav (gā) niyēay bī'āgāsāīēad' nōu tāybōi niŋ kēdd hāiluŋzēaŋ.}

ក: ថ្ងៃនេះអាកាសធាតុមិនត្រជាក់ទេ។A:今天天氣不冷。

「ㄊㄫㄞㄋㄧㄏ 'ㄚ《ㄚㄙㄞㄉㄝㄞㄉ' ㄇㄧㄣ ㄉㄖㄚㄗㄝㄚㄍ ㄉㄝ.」{tŋainih 'āgāsāīēad' min drāzeag dē.}

ខ: អាកាសធាតុនៅថៃយប៉ីយ៉ាងម៉េចដែរ ? B:臺北天氣怎麼樣?

「'ㄚ《ㄚㄙㄞㄉㄝㄞㄉ' ㄋㄛㄨ ㄊㄞㄅㄧ ㄧㄤㄇㄝㄐ ㄉㄚㄝ?」{'āgāsāīēad' nōu tāybōi yāŋmēj Dāe?}

ក: ដូចនៅខ្មែរ ដែរ, គីក្ដៅ។ ចុះនៅហីលុងជាងវិញ ? A:和東埔寨一樣,很熱。黑龍江呢?

「ㄉㄛㄐ ㄋㄛㄨ ㄎㄇㄝㄞ ㄉㄚㄝ, 《ㄨ 《ㄉㄠ. ㄐㄛㄏ ㄋㄛㄨ ㄏㄟㄌㄨㄣㄗㄝㄤ ㄪㄧㄏ?」{Dōj nōu kmāe Dāe, ġw gDāu. joh nōu hāiluŋzēaŋ viñ?}

ខ: ពេលខ្លះ សីតុណ្ហភាព អាចធ្លាក់ដល់ ៣០ (សាមសិប) អង្សាសេក្រោមសួន្យ។B:有時溫度會低於攝氏零下30度。

「ㄅㄝㄌㄎㄌㄚㄏ ㄙㄞㄉㄛㄋㄏㄚㄆㄝㄚㄅ 'ㄚㄐ ㄧㄌㄝㄚㄍ ㄉㄜㄌ ㄙㄚㄇㄙㄧㄅ 'ㄤㄙㄚ ㄙㄝ 《ㄖㄠㄇㄜㄙㄜㄋ.」{bēlklah sāidoṇhāpēab 'āj ïleag Dɒl sāmsiB 'āŋsā sē grāomøsøn.}

ក: ពិតជាត្រជាក់ខ្លាំងណាស់។A:真的很冷。

「ㄅㄧㄉㄗㄝㄚ ㄉㄖㄚㄗㄝㄚㄍ ㄎㄌㄤ ㄋㄚㄏ.」{bidzēa drāzeag klāŋ ṅáH.}

ខ: ជាញឹកញញាប់មានធ្លាក់ព្រិលខ្លាំង, កន្លែងណាក៏ទៅមិនកើតដែរ។B:經常下大雪,什麼地方也不能去。

「ㄗㄝㄚ ㄏㄨ ㄏㄛㄚㄅ ㄇㄝㄢ ㄊㄌㄝㄚ《 ㄅㄖㄨㄌ ㄎㄌㄤ, 《ㄛㄣㄌㄟㄥ ㄋㄚ 《ㄛ ㄉㄛㄨ ㄇㄧㄣ 《ㄚㄉ ㄉㄝㄞ.」{zēa ñoáB mēan ïleag brwl klāŋ, gānlēŋ ṅā gā dōu min gāod Dāe.}

ក: នៅថៃយប៉ិឥគ្មានព្រិលទេ, មានតែខ្យល់ព្យុះ។A:臺北沒有雪,有颱風。

「ㄋㄛㄨ ㄊㄞㄅㄟ 《ㄇㄝㄢ ㄅㄖㄨㄌ ㄉㄝ, ㄇㄝㄢ ㄉㄚㄝ ㄎㄧㄛㄌㄅㄧㄨㄏ.」{nōu tāybōi ġmēan brwl dē, mēan dāe kyɑlbyuh.}

ខ: បាទ, ម៉ែនហើយ។B:是的。

「ㄅㄚㄉ, ㄇㄣㄏㄚㄜ.」{Bād, mēnhāəy.}

對話一 ការសន្ទនា ១ (ទីមួយ) 「《ㄚㄙㄢㄉㄜㄋㄜㄟㄚ ㄉㄧㄇㄨㄟ」 {gāsāndønēa dīmūəy}

A: ប្រទេសកម្ពុជាទទួលឥទ្ធិពលអាកាសធាតុត្រូពិក-មូសុង ។ សីតុណ្ហភាពខ្ពស់ ។ 東埔寨是熱帶季風氣候。氣溫高。

「ㄅㄛㄖㄉㄝㄏ 《ㄛㄇㄨㄗㄜㄚ ㄉㄛㄉㄨㄛㄌ 'ㄟㄉㄊㄧㄅㄛㄌ 'ㄚ《ㄚㄙㄊㄝㄚㄉ' ㄉㄖㄛㄅㄧ-《 -. ㄇㄨㄙㄛㄇ ㄙㄜㄉㄛㄇㄏㄜ ㄆㄝㄚㄅ ㄎㄅㄛㄏ.」 {BūrødēH gāmbuzēa dødūəl 'œidͭibøl 'āgāsātͭēad' drøbig -. mūsoŋ sōidoŋhāpēab kboH.}

B: សីតុណ្ហភាពជាមធ្យមប្រចាំឆ្នាំ គឺ២៧ (ម្ភៃប្រាំពីរ) អង្សា ។ 年平均氣溫27度。

「ㄙㄟㄉㄛㄇㄏㄜㄆㄝㄚㄅ ㄗㄝㄚㄇㄛㄊㄧㄛㄇ ㄅㄖㄜㄐㄚㄇㄑㄋㄚㄇ 《ㄨ ㄇㄛㄆㄜㄟ ㄅㄖㄚㄇ ㄅㄧㄧ 'ㄛㄇㄙㄚ.」 {sōidoŋhāpēab zēamøͭyøm Brājāmqnāṃ ġw̄ møpəi Brāṃ bī 'āŋsā.}

A: បែងចែកជាបីរដូវ ។ រដូវប្រាំង, រដូវវស្សា និងរដូវរងា ។ 分為三個季節。旱季、雨季和涼季。

「ㄅㄚㄝㄇㄐㄚㄝ《 ㄗㄝㄚ ㄅㄛ ㄟ ㄖㄛㄉㄛㄥ. ㄖㄛㄉㄛㄥ ㄅㄖㄚㄥ, ㄖㄛㄉㄛㄥ ㄪㄛㄙㄙㄚ ㄋㄧ ㄥ ㄖㄛㄉㄛㄥ ㄖㄛㄇㄝㄚ.」 {Bāeŋjāeg zēa Bōi røDōv. røDōv Brāŋ, røDōv vøssā niŋ røDōv røŋēa.}

B: ពីខែមីនដល់ខែឧសភា គឺជារដូវប្រាំង ។ 三月到五月是旱季。

「ㄅㄧ ㄎㄚㄝㄇㄧㄋㄝㄚ ㄉㄛㄌ ㄎㄚㄝ'ㄛㄙㄚㄆㄝㄚ 《ㄨㄗㄝㄚ ㄖㄛㄉㄛㄥ ㄅㄖㄚㄥ.」 {bī kāemīnēa Dɑl kāe'osāpēa ġw̄zēa røDōv Brāŋ.}

A: ពីខែមិថុនដល់ខែវិច្ឆិកា គឺជារដូវវស្សា។ ភ្លៀងដែលធ្លាក់នៅរដូវប្រាំងហៅថា "ភ្លៀងកក់ខែ"។ 六月到十一月為雨季。夏天下的雨被稱為 "熱雨"。

「ㄅㄧ ㄎㄚㄝㄇㄧㄊㄛㄋㄚ ㄉㄛㄌ ㄎㄚㄝㄪㄧㄐㄑㄧㄍㄚ 《ㄨㄗㄝㄚ ㄖㄛㄉㄛㄥ ㄪㄛㄙㄙㄚ. ㄆㄌㄧㄜㄇ ㄉㄚㄝㄌ ㄊㄌㄝㄚ《 ㄋㄛㄨ ㄖㄛㄉㄛㄥ ㄅㄖㄚㄥ ㄏㄠㄊㄚ "ㄆㄌㄧㄜㄇ《ㄛ《ㄎㄚㄝ".」 {bī kāemͭtonā Dɑl kāevijqⱺgā ġw̄zēa røDōv vøssā. p̌līəŋ Dāel ͭłeag nōu røDōv Brāŋ hāuͭā "p̌līəŋɡɑgkāe".}

B: បន្ទាប់ពីខែតុលាក្រោយភ្លៀងធ្លាក់, អាកាសធាតុប្រែជាត្រជាក់, ភ្លៀងដែលនៅធ្លាក់ពេលនេះ គេហៅថា "ភ្លៀងចេញវស្សា" ។ 十月以後下雨後，天氣就會變得很涼爽了，這時的雨被稱為 "涼雨"。

「ㄅㄛㄉㄛㄚㄅㄅㄧ ㄎㄚㄝㄉㄛㄌㄚ 《ㄖㄚㄛㄧ ㄆㄌㄧㄜㄇ ㄊㄌㄝㄚ《, 'ㄚ《ㄚㄙㄊㄝㄚㄉ' ㄅㄖㄚㄝㄗㄝㄚ ㄉㄖㄚㄗㄝㄚ《, ㄆㄌㄧㄜㄇ ㄉㄚㄝㄌ ㄋㄛㄨ ㄊㄌㄝㄚ《 ㄅㄝㄌㄋㄧㄏ 《ㄝ ㄏㄠㄊㄚ "ㄆㄌㄧㄜㄇ ㄐㄝㄋ ㄪㄛㄙㄙㄚ".」 {BāndoáBbī kāedolā grāoy p̌līəŋ ͭłeag, 'āgāsātͭēad' Brāezēa drāzeag, p̌līəŋ Dāel nōu ͭłeag bēlnih ġē hāuͭā "p̌līəŋ jēñ vøssā".}

A: ចាប់ពីខែធ្នូដល់ខែកុម្ភៈឆ្នាំបន្ទាប់គឺជារដូវរងា ។ 十二月至次年二月為涼季。

「ㄐㄚㄅㄅㄧ ㄎㄚㄝㄊㄋㄨ ㄉㄛㄌ ㄎㄚㄝ《ㄛㄇㄆㄝㄚ' ㄑㄋㄚㄇ ㄅㄚㄇㄉㄛㄚㄅ 《ㄨㄗㄝㄚ ㄖㄛㄉㄛㄥ ㄖㄛㄇㄝㄚ.」 {jáBbī kāeͭnū Dɑl kāegompͨea' qnāṃ BāndoáB ġw̄zēa røDōv røŋēa.}

A: ឆ្នាំនេះត្រជាក់ជាងឆ្នាំមុន។ 今年比去年冷。

「ㄑㄋㄚㄇ ㄋㄧㄏ ㄉㄖㆦㄗㄝㄚ《 ㄗㄝㄤ ㄑㄋㄚㄇㄇㄨㄣ.」 {qnāṃ nih drāzeag zēaŋ qnāṃmun.}

B: ឆ្នាំមុនក៏ក្តៅជាងឆ្នាំនេះ។ 去年比今年暖和。

「ㄑㄋㄚㄇㄇㄨㄣ 《ㆦ《《ㄉㄠ ㄗㄝㄤ ㄑㄋㄚㄇ ㄋㄧㄏ.」 {qnāṃmun gaggdāu zēaŋ qnāṃ nih.}

A: ថ្ងៃនេះត្រជាក់ជាងកាលពីម្សិលមិញច្រើន។ 今天比昨天冷得多。

「ㄊㄥㄞㄋㄧㄏ ㄉㄖㆦㄗㄝㄚ《 ㄗㄝㄤ 《ㄚㄅㄧ ㄇㄙㄧㄌㄇㄧㄣ ㄐㄖㆦㄚㄣ.」 {ṭŋainih drāzeag zēaŋ gālbī msılmiñ jrāən.}

B: ដោយសារតែថ្ងៃនេះខ្យល់បក់ខ្លាំងជាងកាលពីម្សិលមិញ។ 因為今天風比昨天刮得大。

「ㄉㄠㄧㄙㄚㄉㄞㄝ ㄊㄥㄞㄋㄧㄏ ㄎㄧㆦㄅㄛ《 ㄎㄌㄤ ㄗㄝㄤ 《ㄚㄅㄧ ㄇㄙㄧㄌㄇㄧㄣ.」 {Dāoysādāe ṭŋainih kyalBag klāŋ zēaŋ gālbī msılmiñ.}

A: ថ្ងៃស្អែកអាកាសធាតុយ៉ាងម៉េចដែរ？ 明天天氣怎麼樣？

「ㄊㄥㄞㄙ'ㄚㄝ《 'ㄚ《ㄚㄙㄚㄊㄝㄚㄉ' ㄧㄤㄇㄝㄐ ㄉㄝ?」 {ṭŋais'āeg 'āgāsāṭēad' yāŋmēj Dāe?}

B: នៅថ្ងៃស្អែកធ្លាក់ព្រិល, ប្រាកដជាត្រជាក់ជាងនេះ។ 明天下雪，就更冷。

「ㄋㄜㄨ ㄊㄥㄞㄙ'ㄚㄝ《 ㄊㄌㄝㄚ《 ㄅㄖㄨㄌ, ㄅㄖㄚ《ㄜㄉㄗㄝㄚ ㄉㄖㆦㄗㄝㄚ《 ㄗㄝㄤ ㄋㄧㄏ.」 {nōu ṭŋais'āeg ṭleag brwl, BrāgāDzēa drāzeag zēaŋ nih.}

A: នៅពេលព្រិលរលាយ, សីតុណ្ហភាពចុះទាបបំផុត។ 融雪時，溫度最低。

「ㄋㄜㄨ ㄅㄝㄌ ㄅㄖㄨㄌ ㄖㆦㄌㄝㄚ, ㄙㆦㄉㄛㄋㆦㄏㄚㄆㄝㄚㄅ ㄐㆦㄏ ㄉㄝㄚㄅ ㄅㆦㄇㄆㆦㄉ.」 {nōu bēl brwl rølēay, sāidoŋhāp̆ēab joh dēaB Baṃpod.}

សារមន្ទីរជាតិកម្ពុជា

「ㄙㄚㄖㆦㄇㄋㄉㄧ ㄗㄝㄚㄉ' 《ㆦㄇㄅㄨㄗㄝㄚ」 {sārømndī zēad' gāmbuzēa}

柬埔寨國家博物館

National Museum of Cambodia (Kampuchea)

【語法說明】 ការពន្យល់ វេយ្យាករណ៍ 「《ㄚㄅㄛㄋㄧㄨㄌ ㄌㄝㄧㄝㄚ《ㄛ」{gābønyul vēyyēagā}

一、比較級與最高級

　　柬埔寨語的比較級與最高級將小品詞放在形容詞或副詞的後面來表示。

　　比較級可加上這幾個詞來表示：ជាង 「ㄗㄝㄤ」{zēaŋ}更、ជាងមុន 「ㄗㄝㄤ ㄇㄨㄋ」{zēaŋ mun}更加、សើរ 「ㄙㄚㄛ」{sāə}增加，例如：

ល្អ ប្រសើរ ជាង មុន 「ㄌ'ㄚ ㄅㄛㄛㄙㄚㄛ ㄗㄝㄚㄇ ㄇㄨㄋ」{l'ā Brāsāə zēaŋ mun}較好

ថ្ងៃ នេះ ត្រជាក់ ជាង 。「ㄊㄇㄞㄋㄧㄏ ㄉㄖㄛㄗㄝㄚ《 ㄗㄝㄤ.」{iŋainih drāzeag zēaŋ.}今天比較涼快

　　最高級一般使用 ជាង គេ 「ㄗㄝㄤ 《ㄝ」{zēaŋ ġē}或 បំផុត 「ㄅㄛㄇㄆㄛㄉ」{Baṃpod}，也可以兩個詞一起使用，例如：

ទាប បំផុត 「ㄉㄝㄚㄅ ㄅㄛㄇㄆㄛㄉ」{dēaB Baṃpod}最低

ធំ ជាង គេ បំផុត 「ㄊㄨㄇ ㄗㄝㄤ 《ㄝ ㄅㄛㄇㄆㄛㄉ」{ioum zēaŋ ġē Baṃpod}最大

二、語法點滴

　　◇柬埔寨語主要指示代詞有兩種形式：

這、這個：នេះ 「ㄋㄧㄏ」{nih}或 ហ្នឹង 「ㄋㄜㄇ」{nœŋ}

那、那個：នោះ 「ㄋㄨㄏ」{nuh}及 ហ្នុង 「ㄋㄛㄇ」{noŋ}

　　◇小品詞 អស់ 「ㄛㄏ」{'āH}的用法。

1. 作為獨立的動詞表示結束、完成，例如：

ការងារអស់ហើយ 。「《ㄚㄇㄝㄚ'ㄛㄏ ㄏㄚㄟ.」{gāŋēa 'āH hāəy.}工作做完了。

2. 在動詞前表示否定，例如：

ខ្ញុំអស់លុយចាយ 。「ㄎㄏㄛㄇ'ㄛㄏ ㄌㄨㄧ ㄐㄚ-.」{kñoṃ 'āH luy jāy.}我沒錢花了。

3. 在動詞後表示做完，例如：

ប៉ុនថ្ងៃនេះលក់អស់ហើយ 。「ㄅㄨㄋ ㄊㄇㄞㄋㄧㄏ ㄌㄨㄍ'ㄛㄏ ㄏㄚㄟ.」{Bun iŋainih lug 'āH hāəy.}今天的糕點賣完了。

វិមាន ឯករាជ្យ

「ㄎㄧㄇㄝㄢ'ㄚㄝ《ㄖㄝㄚㄗ'」{vimēan 'aēgrēaz'}

獨立紀念碑

Independence Monument

【練習鞏固】 ធ្វើលំហាត់ 「ㄊㄝㄪㄧㄌㄇㄛ̣ㄏㄚㄉ」{ťēvīlmøhád}

1. 請把下列句子翻譯成柬埔寨文。

1) 今天天氣熱嗎？

____

2) 溫度多少度？

____

3) 今天天氣不冷。

____

4) 臺北天氣比黑龍江熱。

____

2. 請把下列句子翻譯成中文。

1) នៅខាងជើងមានបួនរដូវៈ រដូវនិទាឃ, រដូវក្តៅ, រដូវស្លឹកឈើជ្រុះនិងរដូវរងា ។ 「ㄋㄜㄨ ㄎㄤㄗㄥ ㄇㄝㄢ ㄅ̣ㄨ ㄜㄋ ㄖ'ㄛ̣ㄉ̣ㄛㄪ ㄖ'ㄛ̣ㄉ̣ㄛㄪ ㄋㄧ̣' ㄉㄝㄚㄎ, ㄖ'ㄛ̣ㄉ̣ㄛㄪ ㄍㄉㄠ, ㄖ'ㄛ̣ㄉ̣ㄛㄪ ㄙㄌㄜ̣ㄍㄘㄜ ㄗㄖ'ㄨㄏ ㄋㄧ̣ㄥ ㄖ'ㄛ̣ㄉ̣ㄛㄪ ㄖ'ㄛㄫㄝㄚ.」{nōu kāŋzōŋ mēan Būən røDōv røDōv nɨ' ďēaķ, røDōv gdāu, røDōv slœgɑcō zruh nɨŋ røDōv røŋēa.}

____

2) ឆ្នាំមុនត្រជាក់ជាងឆ្នាំនេះ ។ 「ㄑㄋㄚㄇ ㄇㄨㄋ ㄉㄖ'ㄛ̣ㄗㄝㄚㄍ ㄗㄝㄤ ㄑㄋㄚㄇ ㄋㄧㄏ.」{qnāṃ mun drāzeag zēaŋ qnāṃ nih.}

____

3) នៅអង់តាក់ទិករង្វង់សីតុណ្ហភាពទាបបំផុត ។ 「ㄋㄜㄨ 'ㄛ̣ㄫㄉㄚㄍㄉㄧ̣ㄍ ㄖ'ㄛ̣ㄫㄪㄛㄫ ㄙㄟㄉㄛ̣ㄋㄏㄛ̣ㄆㄝㄚㄅ̣ ㄉㄝㄚㄅ̣ ㄅ̣ㄛ̣ㄇㄆㄛㄉ.」{nōu 'āŋdágďɨg røŋvoŋ sōidoṇhāṗēab ďēaB Baṃpod.}

____

4) នៅហីលុងជាងគ្មានទីហ្វុង ។ 「ㄋㄜㄨ ㄏㄟ ㄌㄨㄫ ㄗㄝㄤ ㄍㄇㄝㄢ ㄉㄧ ㄈㄛㄫ.」{nōu hōi luŋ zēaŋ ġmēan ďī foŋ.}

____

第九課 日期與時間

មេរៀនទី ៩ (ប្រាំបួន) កាលបរិច្ឆេទនិងពេលវេលា

「ㄇㄝㄖˈㄧㄜㄋ ㄉㄧ ㄅ̣ㄖˈㄚㄇㄅ̣ㄨㄜㄋ ㄍㄚㄌㄅ̣ㄖˈㄧ̣ㄐㄑㄝㄉ ㄋㄧ̣ㄥ ㄅㄝㄌ ㄪㄝㄌㄝㄚ」

{mērīən đī BrāṃBūən gālBrɨjqēđ nɨŋ bēl vēlēa}

Lesson 9. Date and Time

【詞語學習】 ការរៀន វាក្យសព្ទ 「ㄍㄚ ㄖˈㄧㄜㄋ ㄪㄝㄚㄍㄙㄛ̣ㄅㄉ」 {gārīən vēagsābđ}

△ ប្រាំបួន 「ㄅ̣ㄖˈㄚㄇㄅ̣ㄨㄜㄋ」 {BrāṃBūən} 九

△ កាលបរិច្ឆេទ 「ㄍㄚㄌㄅ̣ㄖˈㄧ̣ㄐㄑㄝㄉ」 {gālBrɨjqēđ} 日期

△ ពេលវេលា 「ㄅㄝㄌ ㄪㄝㄌㄝㄚ」 {bēl vēlēa} 時刻

△ មើលកុន 「ㄇㄜㄌ ㄍㄛㄋ」 {məl gon} 看電影

△ សួស្តី 「ㄙㄨㄜㄙㄉ̣ㄞ」 {sūəsDəi} 你好(សួស្តី 告辭時也可以用，此時相當於中文 “再見”的含義)

△ ណ៎ា 「ㄋ’ㄚ」 {ṇ’a} 那兒

△ ហ្អ៎ា 「ㄏ’ㄚ」 {h’a} / 「’ㄚ」 {’a} 啊，好啊

△ សម្តែង 「ㄙㄛ̣ㄇㄉ̣ㄚㄝㄫ」 {sāmDāeŋ} 表演，演出

△ ពេលណា 「ㄅㄝㄌㄋㄚ」 {bēlṇā} 什麼時候，何時

△ នៅកន្លែង 「ㄋㄜㄨㄍㄛ̣ㄋㄌㄥ̣」 {nəugānlēŋ} 在場

△ គួរ 「ㄍㄨㄜ」 {ġūə} 應，需要

△ កញ្ចប់ 「ㄍㄛ̣ㄬㄐㄛ̣ㄅ̣」 {gāñjaB} 包裹，小包

△ ដូចជា 「ㄉ̣ㄛㄐㄗㄝㄚ」 {Dōjzēa} 例如

△ ដំឡូង 「ㄉ̣ㄛ̣ㄇㄌㄛ̣ㄫ」 {Daṃḷøŋ} 馬鈴薯

△ ស្ងោរ 「ㄙㄫㄠ」 {sŋāo} 煮熟，煮

△ ពោត 「ㄅㄡㄉ」 {bōud} 玉米

△ នំប៉ាវ 「ㄋㄡㄇㄅㄚㄪ」 {nouṃbāv} 包子

△ ជាដើម 「ㄗㄝㄚㄉ̣ㄚㄜㄇ」 {zēaDāəm} 等等

△ លំហែ 「ㄌㄡㄇㄏㄚㄝ」 {louṃhāe} 放鬆

△ វិស្សមកាល 「ㄪㄧ̣ㄙㄙㄛ̣ㄇㄍㄚㄌ」 {vɨssāmgāl} 度假

△ សប្តាហ៍ 「ㄙㄛ̣ㄅ̣ㄉㄚ」 {sāBdā} 週，星期

△ ថ្ងៃចន្ទ 「ㄊㄫㄞㄐㄛ̣ㄋㄉ」 {tŋaijānđ} 星期一

△ ថ្ងៃអង្គារ 「ㄊㄫㄞ’ㄛ̣ㄫㄍㄝㄚ」 {tŋai’āŋġēa} 星期二

△ ថ្ងៃពុធ 「ㄊㄫㄞㄅㄨㄊ」 {tŋaibuť} 星期三

△ ថ្ងៃព្រហស្បតិ៍ 「ㄊㄫㄞㄅㄖˈㄛ̣ㄏㄛ̣ㄏ」 {tŋaibrøhāH} 星期四

△ ថ្ងៃសុក្រ 「ㄊㄫㄞㄙㄛㄍ」 {tŋaisog} 星期五

△ ថ្ងៃសៅរ៍ 「ㄊㄫㄞㄙㄠ」 {tŋaisāu} 星期六

△ ថ្ងៃអាទិត្យ 「ㄊㄫㄞ’ㄚㄉㄧ̣ㄉ」 {tŋai’āđɨd} 星期日

△ ត្រឡប់មកវិញ 「ㄉㄖˈㄛ̣ㄌㄛ̣ㄅ̣ㄇㄛ̣ㄍㄪㄧ̣ㄬ」 {drāḷaBmøgvɨñ} 回來，回轉

△ ជូនពរ 「ㄗㄨㄋㄅㄛ̣」 {zūnbø} 問候，祝賀

△ ខែកញ្ញា 「ㄎㄚㄝㄍㄛ̣ㄬㄬㄝㄚ」 {kāegāññēa} 九月

△ ធ្វើដំណើរ 「ㄊㄪㄜㄉ̣ㄛ̣ㄇㄋㄚㄜ」 {ťvəDaṃṇāə} 旅遊，旅行

△ ថ្ងៃម្សិលមិញ 「ㄊㄫㄞㄇㄙㄧ̣ㄌㄇㄧ̣ㄬ」 {tŋaimsılmɨñ} 昨天

△ ខួបកំណើត 「ㄎㄨㄜㄅ̣ㄍㄛ̣ㄇㄋㄚㄜㄉ」 {kūəBgaṃṇāəd} 生日

△ ហៅ 「ㄏㄠ」 {hāu} 打電話，呼叫

△ បន្ទប់ 「ㄅ̣ㄛ̣ㄋㄉㄨㄅ̣」 {BānđuB} 房，房間

△ រឺយ៉ឿថាន 「ㄖˈㄨ̣ ㄧㄝ ㄊㄢ」 {rŵ yē tān} 日月潭(可意譯為：បឹងព្រះអាទិត្យព្រះច័ន្ទ「ㄅ̣ㄜ̣ㄫ ㄅㄖˈㄝㄜㄏ ’ㄚㄉㄧ̣ㄉ ㄅㄖˈㄝㄜㄏ ㄐㄢㄉ」 {Bœŋ breəh ’āđɨd breəh janđ})

一、鍾邁伊(A)約披侖(B)去看電影。 ១) កញ្ញា ដុង អ៊ឺយី (ក) ណាត់ភិរុណ (ខ) ទៅមើលកុន ។ 「ㄇㄨㄟ」 《ㄢㄅ ㄐㄨㄥ ㄦㄧ— (《ㄚ) ㄋㄚㄉ ㄆㄧㄖㄨㄥ (ㄎㄚ) ㄉㄛㄨ ㄇㄛㄌ 《ㄛㄣ.」 {mūəy) gāññēa zhong eryi (gā) ṇád ṗiruṇ (kā) dōu mōl gon.}

ក: សួស្ដី ។ ចង់ធ្វើអ្វីនៅយប់នេះ？ A:你好。今晚想做什麼？

「ㄙㄨㄹㄙㄌㄞ. ㄐㄛㄚ ㄊㄎㄛ'ㄛㄎㄟ ㄋㄛㄨ —ㄨㄅ ㄋ—ㄏ?」 {sūəsDōi. jaŋ ïvə'avōi nōu yuB nih?}

ខ: ខ្ញុំចង់ទៅមើលកុន ។ ទៅជាមួយគ្នាណ៎？ B:我想去看電影。一起去吧？

「ㄎㄋㄛㄇ ㄐㄛㄚ ㄉㄛㄨ ㄇㄛㄌ 《ㄛㄣ. ㄉㄛㄨ ㄗㄝㄚㄇㄨㄟ《ㄋㄝㄚ ㄋ'Ｙ?」 {kñoṃ jaŋ dōu mōl gon. dōu zēamūəyǵnēa ṇ'a?}

ក: បានអ្នា ។ ចាប់សម្ដែងនៅពេលណា？ A:好啊。什麼時候開演？

「ㄅㄢ ㄋ'Ｙ. ㄐㄚㄅ ㄙㄛㄇㄉㄚㄥ ㄋㄛㄨ ㄅㄝㄌ ㄋㄚ?」 {Bān n'a. jáB sāmDāeŋ nōu bēl ṇā?}

ខ: ម៉ោង ៦(ប្រាំមួយ) / ល្ងាច ។ គេសម្ដែងប្រហែលជាពីរម៉ោង ។ B:下午六點。要演約兩小時。

「ㄇㄠㄥ ㄅㄖㄚㄇㄨㄟ ㄌㄥㄝㄚㄐ. 《ㄝ ㄙㄛㄇㄉㄚㄥ ㄅㄖㄛㄏㄚㄝㄌㄗㄝㄚ ㄅ— ㄇㄠㄥ.」 {māoŋ Brāṃmūəy lŋēaj. ǵē sāmDāeŋ Brāhāelzēa bī māoŋ.} [{nēag møg yøg kñoṃ dōu, Bān dē?}]

ក: អ្នកមកយកខ្ញុំទៅ, បានទេ？ A:你來接我好嗎？ 「ㄋㄝㄚ《 ㄇㄛ《 —ㄛ《 ㄎㄋㄛㄇ ㄉㄛㄨ, ㄅㄢ ㄉㄝ?」

ខ: មកពេលណា？ B:什麼時候來？ 「ㄇㄛ《 ㄅㄝㄌㄋㄚ?」 {møg bēlṇā?} [Brāṃ lŋēaj, Bān rw̄ 'ād?]

ក: ម៉ោងប្រាំល្ងាច, បានឬអត់？ A:下午五點好不好？ 「ㄇㄠㄥ ㄅㄖㄚㄇ ㄌㄥㄝㄚㄐ, ㄅㄢ ㄖㄨ 'ㄛㄉ?」 {māoŋ

ខ: បាទ, បាន ។ ម៉ោងប្រាំល្ងាចជួបគ្នានៅកន្លែងស្នាក់នៅរបស់អ្នក ។ B:嗯，好。下午五點你住處見。「ㄅㄚㄉ, ㄅㄢ. ㄇㄠㄥ ㄅㄖㄚㄇ ㄌㄥㄝㄚㄐ ㄗㄨㄛㄅ《ㄋㄝㄚ ㄋㄛㄨ《ㄋㄌㄝㄥ ㄙㄋㄚ《 ㄋㄛㄨ ㄖㄛㄅㄛㄏ ㄋㄝㄚ《.」 {Bād, Bān. māoŋ Brāṃ lŋēaj zūəBǵnēa nōugānlēŋ snágnōu røBaH nēag.}

ក: ចង់ធ្វើអ្វីហូបបន្តិចទេ？ A:要準備些東西吃嗎？ 「ㄐㄛㄚ ㄊㄎㄛ 'ㄛㄎㄟ ㄏㄛㄅ ㄅㄛㄋㄉ—ㄐ ㄉㄝ ?」 {jaŋ ïvə 'avōi hōB BānD.ıj dē ?}

ខ: យើងគួរទិញអាហារកញ្ចប់ខ្លះ ។ B:我們應該買一些零食。

「—ㄥ 《ㄨㄛ ㄉ—ㄏ 'ㄚㄏㄚ 《ㄛㄋㄐㄛ ㄎㄌㄚㄏ.」 {yōŋ gūa diñ 'āhā gāñjaB klah.}

ក: ដូចជាដំឡូងស្ងោរ, ពោតស្ងោរ, នំប៉ាវជាដើម ។ A:煮紅薯、煮玉米、包子之類。「ㄉㄛㄐㄗㄝㄚ ㄉㄛㄇㄌㄛㄥ ㄙㄥㄠ, ㄅㄡㄉ ㄙㄥㄠ, ㄋㄛㄇㄅㄚㄨ ㄗㄝㄚㄉㄚㄛㄇ.」 {Dōjzēa Daṃḷøŋ sŋāo, bōud sŋāo, nouṃbāv zēaDāəm.}

ខ: បាទ ។ B:是的。「ㄅㄚㄉ.」 {Bād.}

二、黛韋(B)要去日月潭度假，下面是鄭銀坤(A)和她的對話。២) ទេវី (ខ) ចង់ទៅកាន់ រីយេ្យៀថាន ដើម្បី ធ្វើ លំហែវិស្សមកាល, នេះគឺជាការសន្ទនារបស់នាងជាមួយ លោក ជេិង យិនឃូន (ក) 「ㄅ一」ㄉㄝㄈ一 (ㄎㄜ) ㄐㄤㄈㄉㄡㄍㄢㄌㄨㄝㄅㄛ一ㄈㄛㄌㄛㄨㄏㄚㄝㄈㄧㄙㄙㄚㄇㄍㄚㄌ, ㄋㄧㄏ ㄍㄨㄝㄗㄝㄚ ㄍㄚㄙㄚㄣㄉㄜㄣㄝㄚ ㄖㄜㄅㄚㄏ ㄋㄝㄤ ㄗㄝㄚㄇㄨㄝㄚㄣ ㄌㄛㄨㄍ ㄗㄛㄥ 一ㄣ ㄎㄨㄣ (ㄍㄚ)」{bī) dēvī (kā) jaŋ dōugan rw̄ yē tān DāəmBōi tvō louṃhāe vissāmgāl, nih ġw̄zēa gāsāndønēa røBaH nēaŋ zēamūəy lōug zōŋ yīn ḳūn (gā)}

ㄍ： ទេវី, អ្នកទៅធ្វើលំហែវិស្សមកាលនៅពេលណា？A:黛韋，妳什麼時候去度假？

「ㄉㄝㄈ一, ㄋㄝㄚㄍ ㄉㄡ ㄈㄛ ㄌㄛㄨㄏㄚㄝ ㄈㄧㄙㄙㄚㄇㄍㄚㄌ ㄋㄛㄜ ㄅㄝㄌ ㄋㄚ?」{dēvī, nēag dōu tvō louṃhāe vissāmgāl nōu bēl ṇā?}

ㄒ： ពីថ្ងៃសៅរ៍ក្រោយ ។ លោក ជេិង យិនឃូន, លោកភ្លេចហើយ？B:從下禮拜六開始。鄭銀坤先生，你忘了？「ㄅ一 ㄊㄫㄞ ㄙㄠ ㄍㄖㄠ一. ㄌㄛㄨㄍ ㄗㄥ 一ㄣ ㄎㄨㄣ, ㄌㄛㄨㄍ ㄆㄌㄝㄐ ㄏㄚㄜ?」{bī tŋai sāu grāoy. lōug zōŋ yīn ḳūn, lōug ṗlēj hāəy?}

ㄍ： អា, មិនមែនថ្ងៃអាទិត្យនេះទេអី？ទៅកន្លែងណា？A:嗯，不是本週日嗎？去哪裡？

「'ㄚ, ㄇㄧㄣㄇㄣ ㄊㄫㄞ'ㄚㄉㄧㄉ ㄋ一ㄏ ㄉㄝ 'ㄟ? ㄉㄛㄨ ㄍㄢㄌㄥ ㄋㄚ?」{'ā, minmēn tŋai'ādid nih dē'əi? dōu gānlēŋ ṇā?}

ㄒ： ទៅ វីយេ្យៀថាន ។ B:要去日月潭。

「ㄉㄛㄨ ㄖㄨ 一ㄝ ㄊㄢ.」{dōu rw̄ yē tān.}

ㄍ： តើអ្នកនឹងស្នាក់នៅទីនោះរយៈពេលប៉ុន្មាន？A:妳會在那裡停留多久？「ㄉㄚㄜ ㄋㄝㄚㄍ ㄋㄨㄥ ㄙㄋㄚㄍㄋㄛㄨ ㄉ一ㄋㄨㄏ ㄖㄛㄜㄝㄅㄝㄌ ㄅㄛㄣㄇㄚㄣ?」{dāə nēag nwŋ snágnōu dĭnuh røyeabēl bonmān?}

ㄒ： ប្រហែលជាពីរសប្ដាហ៍ ។ B:約兩週。「ㄅㄖㄛㄏㄚㄝㄌㄗㄝㄚ ㄅ一 ㄙㄛㄅㄉㄚ.」{Brāhāelzēa bī sāBdā }

ㄍ： អ្នកត្រឡប់មករិញនៅពេលណា？A:妳什麼時候回來？

「ㄋㄝㄚㄍ ㄉㄖㄛㄌㄛㄅㄛㄣ ㄇㄛㄍㄈ一ㄏ ㄋㄛㄨ ㄅㄝㄌ ㄋㄚ?」{nēag drōḷaB møgviñ nōu bēl ṇā?}

ㄒ： បន្ទាប់ពីនៅបានដប់បួនថ្ងៃ, នៅ ថ្ងៃច័ន្ទ ។ B:過十四天以後，在星期一。「ㄅㄛㄣㄉㄛㄚㄅ一ㄅ一 ㄋㄛㄨ ㄅㄢ ㄉㄛㄅ ㄅㄨㄛㄣ ㄊㄫㄞ, ㄋㄛㄨ ㄊㄫㄞㄐㄛㄣㄉ.」{BāndoáBbī nōu Bān DaB Būon tŋai, nōu tŋaijānd.}

ㄍ： ល្អ ។ ជូនពរឱ្យអ្នកធ្វើដំណើរដោយរីករាយ！A:好的。祝妳旅途愉快！

「ㄌㄛ. ㄗㄨㄣㄅㄛ'ㄠ一 ㄋㄝㄚㄍ ㄊㄈㄛㄉㄛㄣㄅㄚㄜ ㄉㄠ一 ㄖ一ㄍㄖㄝㄞ!」{l'ā. zūnbø'āōy nēag tvōDaṃṇāə Dāoy rīgrēay!}

ㄒ： សូមអរគុណ！B:謝謝！「ㄙㄛㄇ 'ㄛㄍㄨㄣ!」{sōm 'āġuṇ!}

【常用會話】 សន្ទនារាល់ថ្ងៃ 「ㄙㄢˇㄉㄣㄝˇㄚ ㄖㄛˇㄚˋㄌ ㄊㄞˇㄞ」 {sāndønēa roáltɲai}

A: ថ្ងៃនេះគឺជាថ្ងៃអ្វី? 今天是星期幾？

「ㄊㄞˇㄞㄋㄧ—ㄏ 《ㄨㄗㄝㄚ ㄊㄞˇㄞ 'ㄛˇㄞㄟ?」 {tɲainih ġwzēa tɲai 'avēi?}

B: ថ្ងៃនេះគឺជាថ្ងៃពុធ ។ 是星期三。

「ㄊㄞˇㄞㄋㄧ—ㄏ 《ㄨㄗㄝㄚ ㄊㄞˇㄞㄅㄨㄊ.」 {tɲainih ġwzēa tɲaibut̆.}

A: ចុះថ្ងៃម្សិលមិញវិញ? 昨天呢？

「ㄐㄛˇㄏ ㄊㄞˇㄞㄇㄙ—ㄌㄇㄧ—ˇㄏ ㄞ—ˇㄏ?」 {joh tɲaimsɪlmiñ viñ?}

B: ថ្ងៃអង្គារ ។ 星期二。

「ㄊㄞˇㄞ'ㄤˇ《ㄝㄚ.」 {tɲai'āŋġēa.}

A: ចុះថ្ងៃស្អែក? 明天呢？

「ㄐㄛˇㄏ ㄊㄞˇㄞㄙ'ㄚㄝ《?」 {joh tɲais'āeg?}

B: ថ្ងៃព្រហស្បត្តិ៍ ។ 星期四。

「ㄊㄞˇㄞㄅㄖㄛˇㄏㄚˇㄏ.」 {tɲaibrøhāH.}

A: ខួបកំណើតរបស់អ្នកនៅពេលណា? 妳的生日是什麼時候？

「ㄎㄨˇㄛㄅ《ㄛˇㄇㄋˇㄚˇㄛㄉ ㄖㄛˇㄅㄛˇㄏ ㄋㄝㄚ《 ㄋㄛˇㄨ ㄅㄝˇㄌ ㄋˇㄚ?」 {kūəBgamnāəd røBaH nēag nōu bēl n̥ā?}

B: ខ្ញុំកើតនៅថ្ងៃទី ២២ (ម្ភៃពីរ) ខែកញ្ញា ឆ្នាំ ១៩៧៨ (មួយពាន់ ប្រាំបួនរយ ចិតសិបប្រាំបី) ។ 我是1978年9月22日出生的。

「ㄎㄏㄛˇㄇ 《ㄚㄛˇㄉ ㄋㄛˇㄨ ㄊㄞˇㄞㄉㄧ— ㄇㄛˇㄆㄟ ㄅㄧ— ㄎㄞㄝ《ㄛˇㄏㄏㄝㄚ ㄑㄋㄚㄇ ㄇㄨㄛˇㄟ ㄅㄛˇㄚㄅㄨㄛˇㄣ ㄖㄛˇㄞ— ㄐㄧㄉㄙㄧㄅ ㄅㄖㄚㄇㄅㄛˇㄞ.」 {kñŏm gāəd nōu tɲaidī møɸəi bī kāegāññēa qnăm mūəy boán BrăṃBūən røy jɪdsɪB BrăṃBōi.}

A: អូ, ថ្ងៃនេះគឺជាថ្ងៃខួបកំណើតរបស់អ្នក! 哦，今天是你的生日！

「'ㄛ, ㄊㄞˇㄞㄋㄧ—ㄏ 《ㄨㄗㄝㄚ ㄊㄞˇㄞㄎㄨㄛˇㄅ《ㄛˇㄇㄋˇㄚˇㄛㄉ ㄖㄛˇㄅㄛˇㄏ ㄋㄝㄚ《!」 {'ō, tɲainih ġwzēa tɲaikūəBgamnāəd røBaH nēag!}

B: រីករាយថ្ងៃខួបកំណើត! 祝你生日快樂！

「ㄖㄧ—《 ㄖㄝㄞ ㄊㄞˇㄞㄎㄨㄛˇㄅ《ㄛˇㄇㄋˇㄚㄛㄉ!」 {rīgrēay tɲaikūəBgamnāəd!}

A: សូមអរគុណ! 謝謝！「ㄙㄛㄇ 'ㄛˇ《ㄨㄣ!」 {sōm 'āġun!}

【文化背景】 ផ្ទៃខាងក្រោយ វប្បធម៌「ㄆㄉㄟㄎㄤ ㄍㄖˈㄠㄧ ㄪㄛ̣ㄅ̣ㄅ̣ㄛ̣ㄊ」{pđəikāŋ grāoy vøBBāṫ}

1. 月份名稱

柬埔寨以佛曆為主，以西元前 543 年釋迦牟尼誕生年為紀元，受國外文化的影響，佛曆、陰曆、西曆三套曆法(ប្រតិទិន「ㄅ̣ㄖˈㄛ̣ㄉㄧ̣ㄉㄧ̣ㄣ」{Brādıđin})並存，用於不同場合。現在把西曆(ខាងលិច「ㄎㄤㄌㄧ̣ㄐ」{kāŋlij})、佛曆(ពុទ្ធសាសនា「ㄅㄨㄉㄊㄙㄚㄙㄋㄚ」{buđẗsāsnā})和陰曆(ចន្ទគតិ「ㄐㄛ̣ㄋㄉㄍㄛ̣ㄉㄧ̣ˈ」{jānđġødı'})月份名稱如下表，每個名稱前可加 ខែ「ㄎㄚㄝ」{kāe}(月份)一詞。西曆年份+543 就變成佛曆年份。

月份	西曆、佛曆	陰曆
一月	មករា 「ㄇㄛ̣ㄍㄖˈㄚ」{møgrā}	មិគសិរ「ㄇㄧ̣ㄍㄙㄧ̣」{miġsı}
二月	កម្ភៈ 「ㄍㄛ̣ㄇㄆㄚˈ」{gāmṗā}	បុស/បុស្ស「ㄅ̣ㄛㄏ / ㄅ̣ㄛㄙㄙ」{BoH / Boss}
三月	មីនា 「ㄇㄧㄋㄝㄚ/ㄇㄧㄋㄚ」{mīnēa/mīnā}	មាគ/មាឃ「ㄇㄝㄚㄍ / ㄇㄝㄚㄎ」{mēaġ / mēaḳ}
四月	មេសា 「ㄇㄝㄙㄚ」{mēsā}	ផល្គុន「ㄆㄛ̣ㄌㄍㄨㄋ」{pālġun}
五月	ឧសភា 「ˈㄛㄙㄚㄆㄝㄚ」{'osāṗēa}	ចេត្រ「ㄐㄝㄉ」{jēđ}
六月	មិថុនា 「ㄇㄧ̣ㄊㄛㄋㄚ」{miṫonā}	វិសាខ/ពិសាខ「ㄪㄧ̣ㄙㄚㄎ / ㄅㄧ̣ㄙㄚㄎ」{vısāk / bısāk}
七月	កក្កដា 「ㄍㄛ̣ㄍㄍㄛ̣ㄉ̣ㄚ」{gāggāDā}	ជេស្ឋ「ㄗㄝㄙㄊ」{zēst}
八月	សីហា 「ㄙㄟㄏㄚ」{sāihā}	អាសាឍ「ㄚㄙㄛ̣ㄊ」{'āsāṫ}
九月	កញ្ញា 「ㄍㄛ̣ㄬㄬㄛ̣」{gāññā}	ស្រាពណ៍「ㄙㄖˈㄚㄅ」{srāb}
十月	តុលា 「ㄉㄛㄌㄚ」{dolā}	ភទ្របទ「ㄆㄛ̣ㄉㄅ̣ㄛ̣ㄉ」{ṗødBāđ}
十一月	វិច្ឆិកា 「ㄪㄧ̣ㄐㄑㄧ̣ㄍㄚ」{vıjqıgā}	អស្សុជ「ˈㄛ̣ㄙㄙㄛㄐ」{'āssoj}
十二月	ធ្នូ 「ㄊㄚㄋㄨ」{ṫānū}	កត្តិក「ㄍㄛ̣ㄉㄉㄧ̣ㄍ」{gāddıg}

柬埔寨的陰曆每兩到三年在八月份安排一個陰曆閏月，名稱叫做 បឋមសាឍ「ㄅ̣ㄛ̣ㄊㄛ̣ㄇㄛ̣ㄙㄚㄊ」{Bāṫāmøsāṫ}或 ទុតិយាសាឍ「ㄉㄨㄉㄧ̣ㄧㄝㄚㄙㄚㄊ」{đudıyēasāṫ}。

柬埔寨語日期順序是：日月年，和國語正好相反，如：ថ្ងៃទីបីឧសភាឆ្នាំពីរពាន់ប្រាំមួយ 「ㄊㄫㄞ ㄉㄧㄅ̣ㄖˈㄚㄇㄅ̣ㄟˈㄛㄙㄛ̣ㄆㄝㄚ ㄑㄋㄚㄇ ㄅㄧㄅㄛㄢ ㄅ̣ㄖˈㄚㄇㄇㄨㄜ{ṫŋai đīBāi 'osāṗēa qnāṃ bīboán Brāṃmūəy} 2016年5月3日。

2. 生肖

柬埔寨的生肖和中國完全一樣，有專門的柬埔寨語名稱，在名詞前可以加 ឆ្នាំ「ㄑㄋㄚㄇ」{qnāṃ}年。

生肖	名稱	柬埔寨語日常用語替換詞
鼠	ជូត「ㄗㄨㄉ」{zūd}	កណ្ដុរ「ㄍㄛ̣ㄋㄉㄛ」{gāṇdo}
牛	ឆ្លូវ「ㄑㄌㄛㄪ」{qlōv}	គោ「ㄍㄡ」{ġōu}
虎	ខាល「ㄎㄚㄌ」{kāl}	ខ្លា「ㄎㄌㄚ」{klā}
兔	ថោះ「ㄊㄠㄏ」{taoh}	ទន្សាយ「ㄉㄛ̣ㄋㄙㄚㄧ」{đønsāy}
龍	រោង「ㄖˈㄡㄫ」{rōuŋ}	នាគ「ㄋㄝㄚㄍ」{nēaġ}
蛇	ម្សាញ់「ㄇㄙㄚㄬ」{msañ}	សត្វពស់「ㄙㄛ̣ㄉ'ㄅㄨㄏ」{sād'buH}
馬	មមី「ㄇㄛ̣ㄇㄧ」{mømī}	សេះ「ㄙㄝ̣ㄏ」{sɛh}
羊	មមែ「ㄇㄛ̣ㄇㄝ̣」{mømɛ̄}	សត្វពពែ「ㄙㄛ̣ㄉ'ㄛ̣ㄅㄛ̣ㄅㄝ̣」{sād'bøbɛ̄}
猴	វក「ㄪㄛ̣ㄍ」{vøg}	សត្វស្វា「ㄙㄛ̣ㄉ'ㄙㄪㄚ」{sād'svā}
雞	រកា「ㄖˈㄛ̣ㄍㄚ」{røgā}	មាន់「ㄇㄛㄢ」{moán}
狗	ច「ㄐㄛ̣」{jā}	សត្វឆ្កែ「ㄙㄛ̣ㄉ'ㄑㄍㄚㄝ」{sād'qgāe}
豬	កុរ「ㄍㄛ」{go}	ជ្រូក「ㄗㄖˈㄨㄍ」{zrūg}

【練習鞏固】 ជេវិលមហាត់ 「ㄊㄝㄅㄧㄎㄛㄇㄜㄏㄚㄉ」 {ĩēvīlmøhád}

1. 填空。

1) (_____) ធ្វើអ្វីនៅយប់ស្អែកនេះ？ 「ㄊㄅㄜ ˙ㄛㄅㄟ ㄋㄜㄨ ㄧㄨㄅ ㄙ˙ㄚㄝㄍㄜㄋㄏ？」 {ĩvə̄ 'avāi nōu yuB s'āegānih?} 明晚(想)做什麼？

2) ខ្ញុំចង់ទៅ 「ㄎㄏㄛ˙ ㄐㄜㄥ ㄉㄜㄨ」 {kño'jaŋ dōu} (_____)។ 我想去(看電影)。

3) (_____) ពេលណា？ 「ㄅㄝㄎ ㄋㄚ」 {bēl ŋā} 什麼時候(來)？

4) គាត់ 「ㄍㄛㄚㄉ」 {ġoád} (_____) ហើយ។ 「ㄏㄚㄟ.」 {hāəy.} 他(忘)了。

5) អ្នក 「ㄋㄝㄍ」 {nēag} (_____)នៅពេលណា 「ㄋㄜㄨ ㄅㄝㄎ ㄋㄚ？」 {nōu bēl ŋā?}？ 你什麼時候(回來)？

6) ជូនពរឱ្យអ្នក 「ㄗㄨㄣㄅㄜ˙ㄠㄧ ㄋㄝㄍ」 {zūnbø'āōy nēag} (_____) ដោយរីករាយ！ 「ㄉㄠㄧ ㄖㄧㄍ ㄖㄝㄞ」 {Dāoy rīg rēay} 祝你(旅途)愉快！

7) ថ្ងៃនេះគឺ 「ㄊㄥㄞㄋㄧㄏ ㄍㄨ」 {ĩŋainih ġw̄} (_____)។ 今天是(星期二)。

8) (_____) ថ្ងៃខួបកំណើត！ 「ㄊㄥㄞ ㄎㄨㄛㄅㄅㄍㄛㄇ ㄋㄚㄉ！」 {ĩŋai kūəBāgaṃ ŋāəd!} 生日(快樂)！

2. 佛曆怎麼換算成西曆？

_____

គ្មានភារកិច្ចហាមចុល

「ㄍㄇㄝㄋ ㄍㄚ ㄍㄧㄐㄐ ㄏㄚㄇ ㄐㄛㄎ」 {ġmēan gā gijj hām jol}

閒人勿進

No Entry

第十課 旅館與住宿

មេរៀនទី ១០ (ដប់) សណ្ឋាគារនិងការស្នាក់នៅ

「ㄇㄝㄖ'ㄧㄜㄋ ㄉㄧ ㄉ̣ㄛ̣ㄅ̣ ㄙㄛ̣ㄋㄊㄚㄍㄝㄚ ㄋㄧ̣ㄥ ㄍㄚ ㄙㄋㄚㄍㄋㄜㄨ」

{mērīən dī DɑB sāṇtāģēa niŋ gā snágnōu}

Lesson 10. Hotel and Accommodation

【詞語學習】 ការរៀន វាក្យសព្ទ 「ㄍㄚ ㄖ'ㄧㄜㄋ ㄪㄝㄚㄍㄙㄛ̣ㄅㄉ」 {gārīən vēagsābđ}

△ ទុកជាមុន 「ㄉㄨㄍㄗㄝㄚㄇㄨㄋ」 {đugzēamun} 預定

△ អល្លោ 「'ㄛ̣ㄌㄌㄡ」 {'āllōu} 喂！(電話用語，來自法語：Allô!)

△ ណាត់ជួប 「ㄋㄚㄉㄗㄨㄜㄅ̣」 {ṇádzūəB} 約會，會面

△ ខែកក្កដា 「ㄎㄚㄝ ㄍㄛ̣ㄍㄍㄛ̣ㄉ̣ㄚ」 {kāe gāggāDā} 七月

△ ដប់ប្រាំ 「ㄉ̣ㄛ̣ㄅ̣ㄅ̣ㄖ'ㄚㄇ」 {DɑBBrāṃ} 十五

△ បង់ប្រាក់ 「ㄅ̣ㄛ̣ㄫㄅ̣ㄖ'ㄚㄍ」 {BɑŋBrág} 付款

△ តាមវិធី 「ㄉㄚㄇㄪㄧ̣ㄊㄧ」 {dāmviťī} 途徑

△ ប្រាប់ 「ㄅ̣ㄖ'ㄚㄅ̣」 {BráB} 講給，告訴

△ វីហ្សាកាត 「ㄪㄧㄙㄚ ㄍㄚㄉ」 { vīsā gād} Visa 卡(來自英語：Visa Card)

△ ប័ណ្ណ 「ㄅ̣ㄢㄋ」 {Baṇṇ} 優惠券，卡牌

△ ផុតកំណត់ 「ㄆㄛㄉㄍㄛ̣ㄇㄋㄛ̣ㄉ」 {podgaṃṇɑd} 過期

△ រួចរាល់ 「ㄖ'ㄨㄜㄐㄖ'ㄛㄚㄌ」 {rūəjroál} 準備好，辦妥

△ គោលដៅ 「ㄍㄡㄌㄉ̣ㄠ」 {ġōulDāu} 目標，目的地

△ បំពេញបែបបទ 「ㄅ̣ㄛ̣ㄇㄅㄝㄏ ㄅ̣ㄚㄝㄅ̣ㄅ̣ㄛ̣ㄉ」 {Baṃbēñ BāeBBād} 完成，辦好

△ ទទួលភ្ញៀវ 「ㄉㄛ̣ㄉㄨㄜㄌ ㄆㄏㄧㄜㄪ」 {đøđūəl p̈ñīəv} 前臺

△ រាត្រី 「ㄖ'ㄝㄚㄉㄖ'ㄟ」 {rēadrəi} 晚上

△ ចង់បាន 「ㄐㄛ̣ㄫㄅ̣ㄢ」 {jaŋBān} 想要，需要

△ ជក់បារី 「ㄗㄨㄍㄅ̣ㄚㄖ'ㄧ」 {zugBārī} 吸煙

△ សាច់ប្រាក់ 「ㄙㄚㄐㄅ̣ㄖ'ㄚㄍ」 {sájBrág} 現錢，現金

△ ស្មាតហ្វូន 「ㄙㄇㄚㄉ ㄈㄛㄋ」{smād fōn} 智能手機(來自英語：Smart Phone)

△ សម្រាប់ 「ㄙㄛ̣ㄇㄖ'ㄛㄚㄅ̣」 {sāmroáB} 供給，為了

△ សាម 「ㄙㄚㄇ」 {sām} 三(臺灣話、廣東話借詞，用於數數，避免重複)

△ ជាន់ 「ㄗㄛㄢ」 {zoán} -層，-樓(樓房的)

△ មនុស្ស 「ㄇㄛ̣ㄋㄨㄙㄙ」 {mønuss} 人，人們

△ ចុះហត្ថលេខា 「ㄐㄛㄏㄏㄛ̣ㄉㄊㄛ̣ㄌㄝㄎㄚ」 {johhādťālēkā} 簽名

△ កូនសោ 「ㄍㄛㄋㄙㄠ」 {gōnsāo} 鑰匙，鎖匙

△ ត្រង់នេះ 「ㄉㄖ'ㄛ̣ㄫㄋㄧㄏ」 {draŋnih} 在這裡

△ រង់ចាំ 「ㄖ'ㄛㄫㄐㄚㄇ」 {roŋjāṃ} 等

△ មួយភ្លែត 「ㄇㄨㄟㄆㄌㄝ̣ㄉ」 {mūəyp̈lēd} 一會

△ ដប់ពីរ 「ㄉ̣ㄛ̣ㄅ̣ㄅㄧ」 {DɑBbī} 十二

△ ថ្ងៃត្រង់ 「ㄊㄫㄞㄉㄖ'ㄛ̣ㄫ」 {ťŋaidraŋ} 中午的

△ ក្រុងព្រះសីហនុ 「ㄍㄖ'ㄛㄫ ㄅㄖ'ㄝㄜㄏ ㄙㄟㄏㄛ̣ㄋㄨ'」 {groŋ breəh sōihānu'} 西哈努克市

△ ក្រុងភ្នំពេញ 「ㄍㄖ'ㄛㄫㄆㄋㄡㄇㄅㄝㄏ」 {groŋp̈nouṃbēñ} 金邊市

△ ចូលចិត្ត 「ㄐㄛㄌㄐㄧ̣ㄉㄉ」 {jōljıdd} 喜歡的，愛好的

△ ប៉ែតសិប 「ㄅㄚㄝㄉㄙㄧ̣ㄅ̣」 {bāedsıB} 八十

△ បើ 「ㄅ̣ㄚㄜ」 {Bāə} 是否

△ ឥត 「'ㄟㄉ」 {'œid} 免費

△ ចំនួន 「ㄐㄛ̣ㄇㄋㄨㄜㄋ」 {jaṃnūən} 數量，天數

△ លើកក្រោយ 「ㄌㄜㄍ ㄍㄖ'ㄠㄧ」 {lə̄g grāoy} 下次

一、張文達(B)要去柬埔寨，他先打電話與綠色賓館(A)訂房。 ㈠) ㆕ㄤ ㄨˊㄣㄉ㆕ (ㄎ) ㄔㄤˋㄊㄛˋㄆㄖㄛㄉㄝㄙㄎㄇㄖㄩㄚ, ㆕ㄤㄎㄢ ㄏㄠ ㄌㄨㄖㄛㄙㄚㄅㄉ ㄎㄛㄨㄍㄢ ㄙㄢㄊ㆕ㄍㄝㄚ ㄅㄞ ㄉㄢ (《ㄎ) ㄉㄚㄛㄅㄛˋㄧ 《ㄜˋ 《ㄤ ㄅㄢㄉㄨㄅㄉㄨㄍㄗㄝㄚㄇㄨㄣ.」 {mūəy) jāŋ 'ūn dā (kā) jaŋ đōu BārøđēH ġāmbuzēa, ġoád Bān hāu đūrøsabd đōuġan sāṇtāġēa Baidāŋ (ġā) DāəmBōi ġaġ BānduB đugzēamun.}

ㄍ: អល្លូ, នេះគឺសណ្ឋាគារបៃតង ។ ខ្ញុំអាចជួយអ្វីអ្នកបានទេ ? A:喂，這裡是綠色賓館。可以幫你嗎？

「ㄜˋㄌㄛㄨㄥ, ㄋ一ˊㄏ 《ㄨ ㄙㄋㄊㄍㄝㄚ《ㄝㄚ ㄅㄞㄉㄤ. ㄎㄍㄛㄇ 'ㄚㄐ ㄗㄨㄟ 'ㄛ㆖ㄟ ㄋㄝㄚ《 ㄅㄢ ㄉㄝ?」 {'āllōu, nih ġw̄ sāṇtāġēa Baidāŋ. kñoṃ 'āj zūəy 'aʋōi nēag Bān đē?}

ㄖ: អល្លូ ។ ខ្ញុំចង់ធ្វើការណាត់ជួបបន្តិច ។ B:喂。我想預約一下。

「ㄜˋㄌㄛㄨㄥ. ㄎㄍㄛㄇ ㄐㄤ ㄊ╳ㄛˋㄚ ㄋㄚㄉㄗㄨㄝㄅ ㄅㄢㄉㄋㄚㄐ.」 {'āllōu. kñoṃ jaŋ ťʋōgā ŋádzūəB BānDıj.}

ㄍ: បាន, នៅកាលបរិច្ឆេទណា ? A:好的，什麼日期的？

「ㄅㄢ, ㄋㄛㄨ 《ㄚㄅㄅㄖ一ㄐㄝㄉ ㄋㄚ ?」 {Bān, nōu ġālBrijqēd ŋā?}

ㄖ: នៅថ្ងៃទី ២៦ (ម្ភៃប្រាំមួយ) ខែកក្កដា ។ B:7 月 26 日的。

「ㄋㄛㄨ ㄊㄍㄞㄉㄧ ㄇㄛˋㄆㄛㄟㄅㄚㄇ ㄇㄨㄟ ㄎㄚㄝ《㆖《《㆖ㄉㄚ.」 {nōu iŋaidī møpəiBrāṃ mūəy kāegāġġāDā.}

ㄍ: តើអ្នកស្នាក់នៅប៉ុន្មានថ្ងៃ ? A:您住多少天？

「ㄉㄚㄛ ㄋㄝㄚ《 ㄙㄋㄚ《ㄋㄛㄨ ㄅㄛㄋㄇㄢ ㄊㄍㄞ?」 {đāə nēag snágnōu bonmān iŋai?}

ㄖ: ពីរយប់ ។ បន្ទប់តម្លៃប៉ុន្មាន? B:兩晚。房價多少？

「ㄅ一 一ㄨㄅ. ㄅㄛˋㄋㄉㄨㄅㄟ ㄉㄛㄇㄌㄟ ㄅㄛㄋㄇㄢ?」 {bī yuB. BānduB dāmləi bonmān?}

ㄍ: ដប់ប្រាំដុល្លារអាមេរិកក្នុងមួយយប់ ។ ខ្ញុំត្រូវទុកបន្ទប់មួយឱ្យអ្នក, មែនទេ ? A:一晚 15 美元。我給您留一個房間，對嗎？

「ㄉ㆖ㄅㄅㄖㄚㄇ ㄉㄛˋㄌㄚㄟ 'ㄚㄇㄝㄖㄧ《 《ㄋㄛㄥ ㄇㄨㄟ 一ㄨㄅ. ㄎㄍㄛㄇ ㄉㄖㄛˋ㆖ ㄉㄨ《 ㄅㄛˋㄋㄉㄨㄅ ㄇㄨㄟ 'ㄠˋㄟ ㄋㄝㄚ《, ㄇㄟㄉㄝ?」 {DaBBrāṃ Dollā'āmērig ġnoŋ mūəy yuB. kñoṃ đrōʋ đug BānduB mūəy 'āōy nēag, mēnđē?}

ㄖ: មែនហើយ, សូមអរគុណ ។ B:好的，謝謝。 「ㄇㄟㄏㄚㄟ, ㄙㄛㄇ 'ㄛˋㄍㄨㄣ.」 {mēnhāəy, sōm 'āġuṇ.}

ㄍ: អ្នកឈ្មោះអ្វីដែរ ? A:您的名字？

「ㄋㄝㄚ《 ㄔㄇㄨㄛㄏ 'ㄟ ㄉㄚㄝ?」 {nēag cmuoh 'ōi Dāe?}

ㄖ: ចាង អ៊ុនតា ។ B:張文達。 「ㄐㄤ 'ㄨㄣ ㄉㄚ.」 {jāŋ 'ūn dā.}

ㄍ: លោក ចាង, តើអ្នកបង់ប្រាក់តាមរបៀបណា ? A:張先生，你怎麼付款？

「ㄌㄨ《 ㄐㄤ, ㄉㄚㄛ ㄋㄝㄚ《 ㄅㄛˋㄋㄅㄚ《 ㄉㄚㄇㄅ㆖ㄧ一 ㄋㄚ?」 {lōuġ jāŋ, đāə nēag BaŋBrág dāmviīi ŋā?}

ខ:　ប្រើវីហ្សាកាត ។ B:用 Visa 卡。

「ㄅㄖㄚㄜ ㄎㄧㄥㄚ ㄍㄚㄉ.」 {Brāə vīsā gād.}

ក:　ប្រាប់លេខប័ណ្ណមកខ្ញុំ ។ A:告訴我卡號。

「ㄅㄖㄚㄅ ㄌㄝㄎ ㄅㄢㄅ ㄇㄜㄍㄍ ㄎㄏㄛㄇ.」 {BráB lēk Baṇṇ məg kñoṃ.}

ខ:　១៣៣២៧២៤៩៦ ។ B:133272496。

「ㄇㄨㄟ ㄅㄟ ㄅㄟ ㄅㄧ ㄅㄖㄚㄇㄅㄟ ㄅㄧ ㄅㄨㄜㄣ ㄅㄖㄚㄇㄅㄨㄜㄣ ㄅㄖㄚㄇㄇㄨㄟ.」 {mūəy Bōi Bōi bī BrāṃBōi bī Būən BrāṃBūən Brāṃmūəy.}

ក:　ផុតកំណត់ពេលណា？A:到期時間？

「ㄆㄛㄉㄍㄛㄇㄅㄉ ㄅㄝㄅㄣㄚ?」 {podgaṃṇad bēlṇā?}

ខ:　ថ្ងៃទី ១(មួយ) ខែធ្នូ ឆ្នាំ ២០១៨(ពីរពាន់ ដប់ប្រាំបី) ។ B:2018 年 12 月 1 日。

「ㄊㄫㄞㄉㄧ ㄇㄨㄟ ㄎㄝㄊㄋㄨ ㄑㄋㄚㄇ ㄅㄧㄅㄛㄢ ㄉㄛㄅ ㄅㄖㄚㄇ ㄅㄟ.」 {ṭṇaidī mūəy kāeṭnū qnāṃ bīboán DaBBrāṃ Bōi.}

ក:　រួចរាល់ហើយ ។ ថ្ងៃទី ២៦ (ម្ភៃប្រាំមួយ) យើងជួបគ្នា ។ A:辦妥了。我們 26 號見吧。

「ㄖㄨㄜㄐㄖㄛㄚㄌ ㄏㄚㄟ. ㄊㄫㄞㄉㄧ ㄇㄛㄆㄜㄅㄖㄚㄇ ㄇㄨㄟ ㄧㄜㄥ ㄗㄨㄜㄅㄍㄋㄝㄚ.」 {rūəjroál hāəy. ṭṇaidī məɓəiBrāṃ mūəy yōŋ zūəBǵnēa.}

ខ:　បាទ ។ អរគុណច្រើន ។ B:好的。非常感謝。

「ㄅㄚㄉ. ㆍㆠㄍㄨㄣ ㄐㄖㄚㄜㄣ.」 {Bād. 'āǵuṇ jrāən.}

ផ្លូវលេខ ៣៦0
「ㄆㄌㄛㄨㄖㄣㄚㄎㄣㄝㄎㄅㄖㄧㄖㄧㄦㄖㄣㄚㄍ㏚ㄇ㏚ㄅ」
{plōv lēk Bōirøy hogsıB}
360 號街
Street N° 360

二、黛韋老師(A)和丈夫到達目的地，在前臺服務員(B)那裡辦理入住手續。 ២) ក្រុបគ្រៀនឈ្មោះ ទេវី(ក) និងស្វាមីរបស់គាត់បានមកដល់គោលដៅធ្វើដំណើរ, បំពេញបែបបទស្នាក់នៅនៅកុនទូលភ្ញៀវ(ខ) ។ 「ㄅ一」《 ㄅㄡㄆㄩㄐㄧㄢ ㄔㄨㄇㄛˋ ㄉㄟㄨㄧ(《ㄍ) ㄋㄧㄥ ㄙㄨㄚㄇㄞ ㄖㄛㄅㄚˋ 《ㄛㄚㄉ ㄅㄢ ㄇㄜ《ㄉㄚㄍ 《ㄡㄍㄞㄍ ㄊㄨㄍㄉㄚㄍ ㄒㄩㄚ, ㄉㄜㄇㄚㄍ ㄅㄥㄅㄟㄇㄛㄍ ㄙㄋㄚ《ㄋㄡ ㄋㄡㄡ ㄉㄛˊ ㄉㄜㄉㄨㄜㄍ ㄆㄋㄧㄚㄨ(ㄎㄍ).」 {bī} ġrūBāṇrīən cmuoh dēvī(gā) niŋ svāmōi røBaH ġoád Bān møgDal ġōulDāu ïvəDaṃṇāə, Baṃbēñ BāeBBād snágṇōu nōu do' dødūəl p̃ñīəv(kā).}

ក: រាត្រីសួស្តី ។ ខ្ញុំចង់បានបន្ទប់មួយ ។ A:晚安。我想要一間客房。

「ㄖㄜㄚㄉㄖㄡㄧㄙㄨㄜㄙㄉㄞ. ㄎㄋㄛㄇ ㄐㄤㄅㄢ ㄅㄢㄉㄨㄅ ㄇㄨㄜㄧ 《ㄇㄞ.」 {rēadrōisūəsDōi. kñoṃ jaŋBān BānduB mūəy.}

ខ: តើអ្នកចង់បានបន្ទប់ជក់បារីឬបន្ទប់មិនជក់បារី? B:你想吸煙客房還是非吸煙客房？

「ㄉㄚㄜ ㄋㄟㄚ《 ㄐㄤㄅㄢ ㄅㄢㄉㄨㄅ ㄗㄨㄍㄅㄚㄖㄧ 曰ㄨ 曰ㄢ ㄅㄢㄉㄨㄅ ㄇㄧㄣ ㄗㄨㄍㄅㄚㄖㄧ?」 {dāə nēag jaŋBān BānduB zugBārī rw̄ BānduB min zugBārī?}

ក: យកបន្ទប់ដែលមិនជក់បារី ។ A:非吸煙的吧。「一ㄛ《 ㄅㄢㄉㄨㄅ ㄉㄚㄟㄍ ㄇㄧㄣ ㄗㄨㄍㄅㄚㄖㄧ.」 {yøg BānduB Dāel min zugBārī.}   [{dāə nēag BaŋBrág yāŋ Dōjmdēj?}]

ខ: តើអ្នកបង់ប្រាក់យ៉ាងដូចម្តេច? B:您怎麼付款？ 「ㄉㄚㄜ ㄋㄟㄚ《 ㄅㄛㄤㄅㄚ《 一ㄤ ㄉㄛㄐㄇㄟㄐ?」

ក: ខ្ញុំមិនមានវីហ្សាកាតទេ ។ សុំបង់ជាសាច់ប្រាក់ ។ A:我沒有 Visa 卡。交現金。「ㄎㄋㄛㄇ ㄇㄧㄣ ㄇ ㄝㄇ ㄎㄧㄇㄚ 《ㄚㄉ ㄉㄝ. ㄙㄛㄇ ㄅㄛㄤ ㄗㄝㄚ ㄙㄚㄐㄅㄚ《.」 {kñoṃ min mēan vīsā gād dē. soṃ Baŋ zēa sájBrág.}

ខ: មានគ្នាប៉ុន្មាននាក់? B:有多少人？ 「ㄇㄝㄇ 《ㄋㄝㄚ ㄅㄛㄇㄇㄢ ㄋㄟㄚ《?」 {mēan ġnēa bonmān neag?}

ក: ពីរនាក់ ។ A:兩個人。「ㄅ一 ㄋㄟㄚ《.」 {bī neag.}   [grē bī rw̄ grē ïouṃ mūəy sāmroáB mønuss bī neag?}]

ខ: អ្នកចង់បានគ្រែពីរ ឬគ្រែធំមួយសម្រាប់មនុស្សពីរនាក់? B:您想要兩張床還是一張雙人大號床？ 「ㄋㄟㄚ《 ㄐㄤㄅㄢ 《曰ㄝ ㄅ一 曰ㄨ 《曰ㄝ ㄊㄨㄇ ㄇㄨㄟ ㄙㄛㄇㄖㄛㄚㄅㄣ ㄇㄛㄋㄨㄙㄙ ㄅ一 ㄋㄟㄚ《?」 {nēag jaŋBān

ក: ខ្ញុំយកគ្រែធំមួយសម្រាប់មនុស្សពីរនាក់ ។ A:請給一張雙人大號床。 「ㄎㄋㄛㄇ 一ㄛ《 《曰ㄝ ㄊㄨㄇ ㄇㄨㄟ ㄙㄛㄇㄖㄛㄚㄅㄣ ㄇㄛㄋㄨㄙㄙ ㄅ一 ㄋㄟㄚ《.」 {kñoṃ yøg ġrē ïouṃ mūəy sāmroáB mønuss bī neag.}

ខ: លេខបន្ទប់គឺ ៨៣៥ (ប្រាំបី សាម ប្រាំ) ។ នៅជាន់ទីប្រាំបី ។ នេះគឺជាកូនសោបន្ទប់ ។ សូមចុះហត្ថ លេខានៅត្រង់នេះ ។ B:房號是835。在八樓。這是鑰匙。請在這裡簽字。

「ㄌㄟㄅ ㄅㄢㄉㄨㄅ 《ㄨ ㄅ曰ㄚㄇㄅ一 ㄙㄚㄇ ㄅ曰ㄚㄇ. ㄋㄛㄨ ㄗㄛㄇㄉㄧ ㄅ曰ㄚㄇㄅ一. ㄋ一ˋ 《ㄨㄗㄝㄚ 《ㄛㄣㄙㄠ ㄅㄢ ㄉㄨㄅ. ㄙㄛㄇ ㄐㄛㄏㄏㄉㄜㄍㄜㄙㄝㄍㄚ ㄋㄛㄨ ㄉㄖㄚㄋㄧˋ.」 {lēk BānduB ġw̄ BrāṃBōi sām Brāṃ. nōu zoándī BrāṃBōi. nih ġw̄zēa gōnsāo BānduB. sōm johhādïālēkā nōu draŋnih.}

ក: បាន, សូមអរគុណ ។ A:好的，謝謝。「ㄅㄢ, ㄙㄛㄇ 'ㄛ《ㄨㄣ.」 {Bān, sōm 'āġuṇ.}

對話一 ការសន្ទនា ១ (ទីមួយ) 《ㄍㄚㄙㄞㄋㄉㄨㄋㄝㄚ ㄉㄧㄇㄨㄚ》 {gāsāndønēa dīmūəy}

A: តើមានបន្ទប់ទំនេរឬទេ? 有空房嗎？

「ㄉㄚㄜ ㄇㄝㄋ ㄅㄞㄋㄉㄨㄅ ㄉㄨㄇㄋㄝ ㄖㄨㄉㄝ?」 {dāə mēan BānduB douṃnē rw̄dē?}

B: សូមរង់ចាំមួយភ្លេត ។ 稍等一下。

「ㄙㄛㄇ ㄖㄛㄇㄐㄚㄇ ㄇㄨㄟㄆㄝㄉ.」 {sōm roŋjāṃ mūəyp̍lēd.}

A: បាទ ។ 好的。

「ㄅㄚㄉ.」 {Bād.}

B: មាន ។ នៅជាន់ទី១២ (ដប់ពីរ) ។ 有。十二樓。

「ㄇㄝㄋ. ㄋㄜㄨ ㄗㄛㄢㄉㄧ ㄉㄛㄅㄅㄧ.」 {mēan. nōu zoándī DɑBbī.}

A: មានជណ្ដើរយន្តឬទេ? 有電梯嗎？

「ㄇㄝㄋ ㄗㄛㄋㄉㄚㄜ ㄧㄛㄋㄉ ㄖㄨㄉㄝ?」 {mēan zøŋDāə yønD rw̄dē?}

B: មាន ។ 有的。

「ㄇㄝㄋ.」 {mēan.}

A: តើត្រូវបង់ប្រាក់នៅពេលណា? 什麼時間要結帳？

「ㄉㄚㄜ ㄉㄖㄛㄦ ㄅㄛㄇㄅㄖㄚㄍ ㄋㄜㄨ ㄅㄝㄌ ㄋㄚ?」 {dāə drōv BaŋBrág nōu bēl ṇā?}

B: មុនម៉ោងដប់ពីរថ្ងៃត្រង់ ។ 十二點之前。

「ㄇㄨㄋ ㄇㄠㄇ ㄉㄛㄅㄅㄧ ㄊㄞㄉㄖㄛㄇ.」 {mun māoŋ DɑBbī ṭŋaidraŋ.}

A: ខ្ញុំដឹងច្បាស់ហើយ ។ សូមអរគុណ ។ ជួបគ្នាពេលក្រោយ ។ 我清楚了。謝謝。再見。

「ㄎ˙ㄇㄛㄇ ㄉㄛㄦ ㄐㄅㄚㄏ ㄏㄚㄟ. ㄙㄛㄇ ˙ㄜㄍㄨㄋ. ㄗㄨㄜㄅㄍㄋㄝㄚ ㄅㄝㄌㄍㄖㄠㄧ.」 {kñoṃ Dœŋ jBáH hāəy. sōm 'ā̍guṇ. zūəBg̍nēa bēlgrāoy.}

B: បាទ ។ ជួបគ្នាពេលក្រោយ ។ 別客氣。再見。

「ㄅㄚㄉ. ㄗㄨㄜㄅㄍㄋㄝㄚ ㄅㄝㄌㄍㄖㄠㄧ.」 {Bād. zūəBg̍nēa bēlgrāoy.}

A: អ្នា, បងប្រុស អ៊ុនតា, បងស្នាក់នៅកន្លែងណា ? 哦，文達哥，你住在哪裡？

「ㄚ, ㄅㄛㄥㄅㄖㄛㄏ ˊㄨㄋ ㄉㄚ, ㄅㄛㄍ ㄙㄋㄚㄍ《ㄋㄛㄨ 《ㄛㄋㄌㄥ ㄋㄚ?」 {'ā, BāŋBroH 'ūn dā, Bāŋ snágnōu gānlēŋ ŋā?}

B: ខ្ញុំស្នាក់នៅក្នុងសណ្ឋាគារបៃតង ។ 我住綠色賓館。

「ㄎㄋㄛㄇ ㄙㄋㄚ《ㄋㄛㄨ 《ㄋㄛㄍ ㄙㄛㄋㄊㄚˊㄝㄚ ㄅㄞㄉㄛㄍ.」 {kñoṃ snágnōu gnoŋ sāṇtāǵēa Baidāŋ.}

A: នៅក្រុងព្រះសីហនុមែនទេ ? 在西哈努克市嗎？

「ㄋㄛㄨ 《ㄖㄛㄍ ㄅㄖㄝㄏ ㄙㄟㄏㄚㄋㄨˊ ㄇㄟㄉㄝ?」 {nōu groŋ breəh sōihānu' mēndē?}

B: មិនមែននៅក្រុងព្រះសីហនុទេ ។ នៅភ្នំពេញ ។ 不在西哈努克市。在金邊。

「ㄇㄧˉㄇㄟㄅ ㄋㄛㄨ 《ㄖㄛㄍ ㄅㄖㄝㄏ ㄙㄟㄏㄛㄋㄨˊ ㄉㄝ. ㄋㄛㄨ ㄆㄋㄨㄇㄅㄟㄏ.」 {minmēn nōu groŋ breəh sōihānu' dē. nōu ṗnouṃbēñ.}

A: មែនឬ ? នោះគឺនៅកណ្ដាលទីក្រុងភ្នំពេញ ។ 是嗎？那是金邊市中心。

「ㄇㄟㄋ ㄖˇ? ㄋㄨㄏ 《ˇ ㄋㄛㄨ 《ㄛㄋㄉㄚㄌ ㄉㄧˉ《ㄖㄛㄍㄆㄋㄨㄇㄅㄟㄏ.」 {mēn rw̌? nuh ǵw̌ nōu gāṇdāl dīgroŋṗnouṃbēñ.}

B: បាទ, មែនហើយ ។ ខ្ញុំពិតជាចូលចិត្តកន្លែងនោះណាស់ ។ 是的。我很喜歡那個地方。

「ㄅㄚㄉ, ㄇㄟㄏㄚˇㄟ. ㄎㄋㄛㄇ ㄅㄧˉㄉㄗㄝㄚ ㄐㄛㄌㄐㄧˉㄉㄉ 《ㄛㄋㄌㄥ ㄋㄨㄏ ㄋㄚㄏ.」 {Bād, mēnhāəy. kñoṃ bidzēa jōljɪdd gānlēŋ nuh ṇáH.}

សារមន្ទីរខេត្តបាត់ដំបង

「ㄙㄚㄖㄛㄇㄋㄉㄧˉ ㄎㄝㄉㄉ ㄅㄚㄉㄉㄛㄇㄅㄚㄍ」

{sārømndī kēdd BádDaṃBāŋ}

馬德望博物館

Battambang Museum

A: រាត្រីសួស្តី ។ 晚安。

「ㄖㄝㄚㄉㄖㄜisㄨㄜsㄉㄜ.」 {rēadrōisūəsDōi.}

B: ជំរាបសួរ ។ យប់នេះមានបន្ទប់ទំនេរឬទេ ? 您好。今晚有空房嗎 ？

「ㄗㄨㄇㄖㄝㄚㄙㄨㄜ. ㄧㄨㄅ ㄋㄧˊㄏ ㄇㄝㄢ ㄅㄛㄋㄉㄨㄅ ㄉㄡㄇㄋㄝ ㄖㄨㄉㄝ?」 {zoum̞rēaBsūə. yuB nih mēan BānduB đoum̞nē rw̄dē?}

A: មាន ។ តម្លៃបន្ទប់គឺ ៨៥០០០ (ប៉ែតសិបប្រាំ ពាន់) រៀល ។ 有。房錢是 85000 瑞爾。

「ㄇㄝㄢ. ㄉㄛㄇㄌㄞ ㄅㄛㄋㄉㄨㄅ ㄍㄨ ㄅㄝㄉsㄧㄅ ㄅㄖㄚㄇ ㄅㄛㄢ ㄖㄧㄜㄌ.」 {mēan. đāmləi BānduB ġw̄ bāedsıB Brăm boán rīəl.}

B: នៅក្នុងបន្ទប់ មាន ប្រព័ន្ធ Wifi ឬទេ / អាចប្រើអ៊ីនធឺណិតបានឬទេ ? 房間內能上網嗎 ？

「ㄋㄜㄨㄍㄋㄛㄥ ㄅㄛㄋㄉㄨㄅ ㄇㄝㄢ ㄅㄖㄛㄅㄛㄋ㆑ ㄨ一ㄈ一 ㄖㄨㄉㄝ / ˊㄚㄐ ㄅㄖㄚㄜ ˊ一ㄣㄊㄨㄋ㆑ㄉ ㄅㄢ ㄖㄨㄉㄝ?」 {nōugnoŋ BānduB mēan Brābonï̆ Wifi rw̄dē / 'āj Brāə 'īnïŵnı̣d Bān rw̄dē?}

A: បើអ្នកមានកុំព្យូទ័រឬ ស្មាតហ្វូន អ្នកអាចប្រើអ៊ីនធឺណិតឥតខ្សែបាន ។ 如果您有電腦或智能手機就可以無線上網。

「ㄅㄚㄜ ㄋㄝㄚㄍ ㄇㄝㄢ ㄍㄛㄇㄅㄩㄉㄛ ㄖㄨ ㄙㄇㄚㄉ ㄈㄛㄋ ㄋㄝㄚㄍ ˊㄚㄐ ㄅㄖㄚㄜ ˊ一ㄣㄊㄨㄋ㆑ㄉ ˊㄜㄉ ㄎㄙㄚㄝ ㄅㄢ.」 {Bāə nēag mēan gom̞byūdo rw̄ smād føn nēag 'āj Brāə 'īnïŵnı̣d 'œid ksāe Bān.}

B: ខ្ញុំស្នាក់នៅចំនួនពីរថ្ងៃ ។ 我停留兩天。

「ㄎㄋㄛㄇ ㄙㄋㄚㄍˋㄋㄜㄨ ㄐㄛㄇㄋㄨㄜㄋ ㄅㄧ ㄊㄫㄞ.」 {kñom̞ snágnōu jam̞nūən bī ïŋai.}

A: សូមឱ្យលិខិតឆ្លងដែនមកខ្ញុំ ។ 請把護照給我。

「ㄙㄛㄇ ˊㄛ一 ㄌㄚㄧ㆑ㄉㄑㄌㄤㄍㄉㄚㄝㄋ ㄇㄛㄍ ㄎㄋㄛㄇ.」 {sōm 'āōy likıdqlāŋDāen møg kñom̞.}

B: បាទ ។ 好的。

「ㄅㄚㄉ.」 {Bād.}

A: រួចរាល់ហើយ ។ 辦妥了。

「ㄖㄨㄜㄐㄖㄛㄚㄌ ㄏㄚㄜ.」 {rūəjroál hāəy.}

B: សូមអរគុណ! ជួបគ្នាលើកក្រោយ ។ 謝謝！再見。

「ㄙㄛㄇ ˊㄛㄍㄨㄋ! ㄗㄨㄜㄅㄍㄋㄝㄚ ㄌㄛㄍ ㄍㄖㄚ一.」 {sōm 'āġuṇ! zūəBġnēa lōg grāoy.}

【語法說明】 ការពន្យល់ វេយ្យាករណ៍ 「《ㄚㄅㄛㄋˇㄨㄌ ㄈㄝ一ㄝㄚ《ㄛ」{gābønyul vēyyēagā}

語法點滴

　　◇表示複數可在名詞後面加 ទាំងអស់「ㄉㄝㄤˇㄛㄙ」{deaŋ 'ās} 所有的、ច្រើន「ㄐㄖㄚㄛㄋ」{jrāøn} 許多、នានា 「ㄋㄝㄢㄝㄚ」{nēanēa} 、各種 ខ្លះ「ㄎㄌㄚㄏ」{klah} 一些，等。但巴厘語、梵語借詞有寫法變化的複數形式。

ប្រទេស「ㄅㄛㄖㄛㄉㄝㄏ」{BārødēH} 國家→ប្រទេសនានា「ㄅㄛㄖㄛㄉㄝㄏ ㄋㄝㄢㄝㄚ」{BārødēH nēanēa} 各國

អាហារ「ㄚㄏㄚ」{'āhā} 食物→អាហារច្រើន「ㄚㄏㄚ ㄐㄖㄚㄛㄋ」{'āhā jrāøn} 各種食物

មនុស្ស「ㄇㄛㄋㄨㄙㄙ」{mønuss} 人→មនុស្សជាច្រើន「ㄇㄛㄋㄨㄙㄙ ㄗㄝㄚㄐㄖㄚㄛㄋ」{mønuss zēajrāøn} 許多人

ឆ្មា「ㄑㄇㄚ」{qmā} 貓→ឆ្មាខ្លះ「ㄑㄇㄚ ㄎㄌㄚㄏ」{qmā klah} 一些貓

　　◇表示所屬關係的修飾語

1. 結構助詞 របស់「ㄖㄛㄅㄛㄏ」{røBɑH} 放在被修飾的詞語後面加上有生命的名詞。如果加人稱代詞就是所屬人稱代詞，如：

ស្បែកជើងរបស់បងស្រី「ㄙㄅㄧㄝ《 ㄗㄛㄥ ㄖㄛㄅㄛㄏ ㄅㄛㄥ ㄙㄖㄟ」{sBāeg zōŋ røBɑH Bāŋ srōi} 姐姐的鞋子

វ៉ែនតារបស់ខ្ញុំ「ㄈㄚㄝㄋㄉㄚ ㄖㄛㄅㄛㄏ ㄎㄏㄛㄇ」{vāendā røBɑH kñoɱ} 我的眼鏡

សំពត់របស់ពួកនាង「ㄙㄛㄇㄅㄨㄉ ㄖㄛㄅㄛㄏ ㄅㄨㄛ《 ㄋㄝㄤ」{saɱbud røBɑH būøg nēaŋ} 她們的裙子

2. 結構助詞 នៃ「ㄋㄟ」{nəi} 放在被修飾的詞語後面加上無生命的名詞，如：

រាជធានីនៃកម្ពុជា「ㄖㄝㄚㄜㄝㄋㄧ ㄋㄟ 《ㄛㄇㄅㄨㄗㄝㄚ」{rēaz ťēanī nəi gāmbuzēa} 柬埔寨首都

ទេសភាពនៃកោះតៃវ៉ាន់「ㄉㄝㄙㄛㄆㄝㄚㄅ ㄋㄟ 《ㄛㄏ ㄉㄞㄈㄢˋ」{dēsāɓēab nəi gaoh daivan} 臺灣島的風景

3. 結構助詞 ដ「ㄉㄛ」{Dā} 放在被修飾的詞語後面加上抽象名詞，說明被修飾語的性質、狀態等，如：

ករណីយកិច្ចដ៏ពិសិដ្ឋ「《ㄛㄖㄛㄋㄧ一《ㄐㄐ ㄉㄛ ㄅ一ㄙ一ㄉㄊ」{gārɱōiygjj Dā bisɪDt} 神聖的職責

ភារកិច្ចដ៏រុងរឿង「ㄆㄝㄚㄖㄛ《一ㄐㄐ ㄉㄛ ㄖㄨㄥ ㄖㄨㄛㄥ」{ṗēarøgjj Dā ruŋ rwōŋ} 光榮的任務

　　◇變化詞尾表示男女，例如：

經理 នាយក「ㄋㄝㄞㄛ《」{nēayøg} →女經理 នាយិកា「ㄋㄝㄧ一《ㄚ」{nēayïgā}

演員 នាដករ「ㄋㄝㄚㄉ 《ㄚ」{nēaD gā} →女演員 នាដការី「ㄋㄝㄚㄉ 《ㄚㄖ一」{nēaD gārī}

男孩 កុមារ「《ㄛㄇㄝㄚㄖㄝㄚ」{gomēarēa} →女孩 កុមារី「《ㄛㄇㄝㄚㄖ一」{gomēarī}

工人 កម្មករ「《ㄛㄇㄇㄛ《ㄚ」{gāmmøgā} →女工 កម្មការី「《ㄛㄇㄇ 《ㄚㄖ一」{gāmm gārī}，等等。

ហាមនោម

「ㄏㄚㄇㄋㄡㄇ」{hāmnōum}

請勿尿尿！

Do not pee!

【練習鞏固】 ធ្វើលំហាត់ 「ㄊㄝㄞㄧㄌㄇㄛ̣ㄏㄚㄉ」{tëvīlmøhád}

1. 請把下列句子翻譯成柬埔寨文。

   1) 我住三晚。

   ____

   2) 張先生用 Visa 卡付款。

   ____

   3) 我想要一間非吸煙的客房。

   ____

2. 請把下列句子翻譯成中文。

   1) ត្រូវបង់ប្រាក់មុនម៉ោងដប់ពីរថ្ងៃត្រង់ ។「ㄉㄖ'ㄛㄞ ㄅ̣ㄛ̣ㄫㄅ̣ㄖ'ㄚㄍ ㄇㄨㄋ ㄇㄠㄫ ㄉ̣ㄛ̣ㄅ̣ㄅㄧ ㄊㄫㄞㄉㄖ'ㄛ̣ㄫ.」{drōv BaŋBrág mun māoŋ DaBbī iŋaidraŋ.}

   ____

   2) យប់នេះមានបន្ទប់ទំនេរនៅក្នុងសណ្ឋាគារឬទេ ?「ㄧㄨㄅ̣ ㄋㄧㄏ ㄇㄝㄢ ㄅ̣ㄛ̣ㄋㄉㄨㄅ̣ ㄉㄡㄇㄋㄝ ㄋㄜㄨㄍㄋㄛㄫ ㄙㄛ̣ㄋㄊㄚㄍㄝㄚ ㄖ'ㄨ̣ㄉㄝ?」{yuB nih mēan BānduB doumnē nāugnoŋ sāṇtāġēa rw̄dē?}

   ____

3. 填空。

   1) តុ「ㄉㄛ'」{do'} (______) សាលា「ㄙㄚㄌㄚ」{sālā} 學校(的)桌子

   2) សៀវភៅ「ㄙㄧㄜㄞㄆㄜㄨ」{sīəvṗāu} (______) កម្មការី「ㄍㄛ̣ㄇㄇ ㄍㄚㄖ'ㄧ」{gāmm gārī} 女工(的)書

អាកាសយានដ្ឋានអន្តរជាតិភ្នំពេញ

「'ㄚㄍㄚㄙㄛ̣ㄧㄝㄢ ㄉ̣ㄊㄢ 'ㄛ̣ㄋㄉㄛ̣ㄖ'ㄛ̣ㄗㄝㄚㄉ ㄆㄋㄡㄇㄅㄝㄬ」{'āgāsāyēan Dtān 'āndārøzēad ṗnouṃbēñ}

金邊國際機場

Phnom Penh International Airport

第十一課 餐館與飲食

មេរៀនទី ១១ (ដប់មួយ) ភោជនីយដ្ឋាននិងចំណីអាហារ

「ㄇㄝ˙ㄖ˙ㄧㄜㄋ ㄉㄧ ㄉㄛ˙ㄅㄇㄨㄟ ㄆㄡㄗㄋㄧㄧㄛㄉㄊㄢ ㄋㄧㄥ ㄐㄛ˙ㄇㄋㄟ'ㄚㄏㄚ」

{mērīən dī DɑBmūəy ṗōuznīyøDtān niŋ jaṃṇōi'āhā}

Lesson 11. Restaurant and Diet

【詞語學習】 ការរៀន វាក្យសព្ទ 「ㄍㄚ ㄖ˙ㄧㄜㄋ ㄞㄝㄚㄍㄙㄛ˙ㄅㄉ」 {gārīən vēagsābd}

△ ភោជនីយដ្ឋាន 「ㄆㄡㄗㄋㄧㄧㄛㄉㄊㄢ」 {ṗōuznīyøDtān} 餐館
△ ដប់មួយ 「ㄉㄛ˙ㄅㄇㄨㄟ」 {DɑBmūəy} 十一
△ ចំណីអាហារ 「ㄐㄛ˙ㄇㄋㄟ'ㄚㄏㄚ」 {jaṃṇōi'āhā} 食品
△ ពេលល្ងាច 「ㄅㄝㄌ ㄌㄫㄝㄚㄐ」 {bēl lŋēaj} 晚上
△ ឃ្លាន 「ㄎㄌㄝㄢ」 {ḳlēan} 饑餓
△ តិចៗ 「ㄉㄧ˙ㄐ ㄉㄧ˙ㄐ」 {dɪj dɪj} 輕聲，柔和，一點點
△ គ្រាន់បើ 「ㄍㄖ˙ㄛㄢㄅㄚㄜ」 {ġroánBāə} 夠了
△ ហុច 「ㄏㄛㄐ」 {hoj} 遞過來，傳給
△ ម៉ឺនុយ 「ㄇㄣㄨㄧ」 {mœnuy} 菜單
△ ស្រាបៀរ 「ㄙㄖ˙ㄚㄅㄧㄜ」 {srāBīə} 啤酒
△ កែវ 「ㄍㄚㄝㄞ」 {gāev} 杯，一杯
△ ទឹក 「ㄉㄨ˙ㄍ」 {dwg} 水
△ ទឹកផ្លែឈើ 「ㄉㄨ˙ㄍ ㄆㄌㄚㄝㄘㄜ」 {dwg plāecə} 果汁
△ ក្រឡុក 「ㄍㄖ˙ㄛ˙ㄌㄛㄍ」 {grāḷog} 榨出，擠出；雞尾酒
△ អាហារសម្រន់ 「'ㄚㄏㄚㄙㄛ˙ㄇㄖ˙ㄛㄋ」 {'āhāsāmron} 小吃
△ សិន 「ㄙㄧ˙ㄣ」 {sɪn} 先一步
△ នំប៉័ង 「ㄋㄛㄇㄅㄛㄫ」 {nomboŋ} 麵包
△ មិនទាន់ 「ㄇㄧ˙ㄣㄉㄛㄢ」 {mɨndoán} 還沒有
△ សម្រេចចិត្ត 「ㄙㄛ˙ㄇㄖ˙ㄝㄐㄐㄧ˙ㄉㄉ」 {sāmrējjɪdd} 決定
△ នៅឡើយ 「ㄋㄛㄨㄌㄚㄟ」 {nōuḷāəy} 然而
△ ណែនាំ 「ㄋㄚㄝㄋㄛㄚㄇ」 {ṇāenōaṃ} 說明
△ សាលាដ 「ㄙㄚㄌㄚㄉ」 {sālāD} 沙拉
△ បង្កង 「ㄅㄛ˙ㄫㄍㄛ˙ㄫ」 {Bāŋgāŋ} 龍蝦
△ ឆ្ងាញ់ 「ㄑㄫㄚㄏ」 {qŋañ} 美味
△ មិនសូវ 「ㄇㄧ˙ㄣㄙㄛㄞ」 {mɨnsōv} 不那麼
△ ចំហុយ 「ㄐㄛ˙ㄇㄏㄛㄧ」 {jaṃhoy} 蒸，蒸的
△ អាម៉ុកត្រី 「'ㄚㄇㄛㄍ ㄉㄖ˙ㄟ」 {'āmog drōi} 魚肉粽
△ ហាង 「ㄏㄤ」 {hāŋ} 商店
△ កាហ្វេ 「ㄍㄚㄈㄝ」 {gāfē} 咖啡
△ ឆ្អែត 「ㄑ'ㄚㄝㄉ」 {q'āed} 飽
△ មួយកែវ 「ㄇㄨㄟㄍㄚㄝㄞ」 {mūəygāev} 一杯
△ ហូបបាយ 「ㄏㄛㄅㄅㄚㄧ」 {hōBBāy} 吃飯
△ យឺត 「ㄧㄨ˙ㄉ」 {yw̄d} 徐徐，慢的
△ រសៀល 「ㄖ˙ㄛㄙㄧㄜㄌ」 {røsīəl} 下午
△ លឿន 「ㄌㄨ˙ㄜㄋ」 {lw̄ən} 更快
△ ដល់ពេល 「ㄉㄛ˙ㄌㄅㄝㄌ」 {Dɑlbēl} 時刻
△ បន្តិច 「ㄅㄛ˙ㄋㄉㄧ˙ㄐ」 {Bāndɪj} 略為，一點點
△ ម្ហូបអាហារ 「ㄇㄏㄛㄅ'ㄚㄏㄚ」 {mhōB'āhā} 食品，菜
△ បែប 「ㄅㄚㄝㄅ」 {BāeB} 這樣的，種類，類型
△ ស៊ុប 「ㄙㄨㄅ」 {suB} 羹湯，湯(soup)
△ ការី 「ㄍㄚㄖ˙ㄧ」 {gārī} 咖哩(curry)
△ ខ្ទិះដូង 「ㄎㄉㄧ˙ㄏㄉㄛㄫ」 {kdɨhDōŋ} 椰奶
△ មីស៊ុបសាច់ការី 「ㄇㄧ ㄙㄨㄅ ㄙㄚㄐ ㄍㄚㄖ˙ㄧ」 {mī suB sáj gārī} 咖哩肉湯麵
△ មីសាច់មាន់ខ្ទិះដូង 「ㄇㄧ ㄙㄚㄐ ㄇㄛㄢ ㄎㄉㄧ˙ㄏㄉㄛㄫ」 {mī sáj moán kdɨhDōŋ} 椰味雞肉麵
△ រត់តុ 「ㄖ˙ㄨㄉㄉㄛ'」 {ruddo'} 跑堂的，服務員
△ គិតលុយ 「ㄍㄧ˙ㄉ ㄌㄨㄧ」 {ġid luy} 收銀，付款

【範例課文】 អត្ថបទគំរូ 「'ㄛ̣ㄉㄊㄛ̣ㄅ̣ㄛ̣ㄉ ㄍㄡㄇㄖ'ㄨ」 {'ādtāBād ġoumrū}

一、鍾邇伊(A)和披倫(B)去餐館吃飯。 ១) កញ្ញា ជុង អើយី (ក) និងភិរុណ (ខ) ទៅហូបអាហារពេលល្ងាច នៅភោជនីយដ្ឋាន ។ 「ㄇㄨㄟ) ㄍㄛ̣ㄏㄏㄝㄚ ㄓㄨㄫ ㄦㄧ (ㄍㄛ̣) ㄋㄧ̣ㄥ ㄆㄧ̣ㄖ'ㄨㄋ (ㄎㄛ̣) ㄉㄜㄨ ㄏㄛㄅ̣ 'ㄚㄏㄚ ㄅㄝㄌ ㄌㄫㄝㄚㄐ ㄋㄜㄨ ㄆㄡㄗㄋㄧㄧㄛ̣ㄉ̣ㄊㄢ.」 {mūəy) gāññēa zhong eryi (gā) nɨŋ ṗɨruṇ (kā) đəu hōB 'āhā bēl lŋēaj nəu ṗōuznīyøDtān.}

ក: អ្នកឃ្លានឬនៅ? A:你餓嗎？

「ㄋㄝㄚㄍ ㄎㄌㄝㄢ ㄖ'ㄨ̣ ㄋㄜㄨ?」 {nēag ḳlēan rw̄ nəu?}

ខ: ឃ្លានតិចៗ ។ B:有點餓。

「ㄎㄌㄝㄢ ㄉㄧ̣ㄐ ㄉㄧ̣ㄐ.」{ḳlēan dɪj dɪj.}

ក: ភោជនីយដ្ឋាននេះមើលទៅល្អគ្រាន់បើ ។ A:看起來這餐廳不錯。

「ㄆㄡㄗㄋㄧㄧㄛ̣ㄉ̣ㄊㄢ ㄋㄧㄏ ㄇㄜㄌ ㄉㄜㄨ ㄌ'ㄛ̣ ㄍㄖ'ㄛㄢㄅ̣ㄚㄜ.」 {ṗōuznīyøDtān nih məl đəu l'ā ġroánBāə.}

ខ: អូ, មែនហើយ ។ ខ្ញុំតែងតែមកទីនេះ ។ B:嗯，是的。我總是到這裡來。

「'ㄛ, ㄇㄣ̣ㄏㄚㄟ. ㄎㄏㄛㄇ ㄉㄚㄝㄫㄉㄚㄝ ㄇㄛㄍ ㄉㄧㄣㄝ̣ㄏ.」 {'ō, mēnhāəy. kñoṃ dāeŋdāe møg đīnih.}

ក: យើងទៅអង្គុយនៅទីនោះទៅ ។ A:我們坐到那邊去吧。

「ㄧㄥ ㄉㄜㄨ 'ㄛ̣ㄫㄍㄨㄧ ㄋㄜㄨ ㄉㄧㄣㄨㄏ ㄉㄜㄨ.」 {yəŋ đəu 'āŋġuy nəu đīnuh đəu.}

ខ: បាន ។ B:好的。「ㄅ̣ㄢ.」 {Bān.}

ក: សុំហុចម៉ឺនុយមកឱ្យខ្ញុំ? A:請把菜單遞給我，可以嗎？

「ㄙㄛㄇ ㄏㄛㄐ ㄇㄣ̣ㄨㄧ ㄇㄛ̣ㄍ 'ㄠㄧ ㄎㄏㄛㄇ?」 {soṃ hoj mœnuy møg 'āōy kñoṃ?}

ខ: បាន ។ តើអ្នកចង់ផឹកអីដែរទេ? B:當然可以。想喝點什麼嗎？

「ㄅ̣ㄢ. ㄉㄚㄜ ㄋㄝㄚㄍ ㄐㄛ̣ㄫ ㄆㄜ̣ㄍ 'ㄟ ㄉ̣ㄚㄝ ㄉㄝ?」 {Bān. dāə nēag jaŋ pœg 'əi Dāe đē?}

ក: ខ្ញុំយកស្រាបៀរមួយកែវ ។ ចុះអ្នកវិញ? A:我要一杯啤酒。你呢？

「ㄎㄏㄛㄇ ㄧㄛ̣ㄍ ㄙㄖ'ㄚㄅ̣ㄧㄜ ㄇㄨㄟ ㄍㄚㄝㄪ. ㄐㄛㄏ ㄋㄝㄚㄍ ㄪㄧ̣ㄏ?」 {kñoṃ yøg srāBīə mūəy gāev. joh nēag viñ?}

ខ: ទឹកផ្លែឈើក្រឡុក ។ B:什錦果汁。

「ㄉㄨ̣ㄍ ㄆㄌㄚㄝㄘㄜ ㄍㄖ'ㄛ̣ㄌㄛㄍ.」 {đwg plāecə grāḷog.}

ក: ចង់ហៅ អាហារសម្រន់ សិនឬទេ? A:想先點開胃菜嗎？

「ㄐㄛ̣ㄫ ㄏㄠ 'ㄚㄏㄚㄙㄛ̣ㄇㄖ'ㄛㄋ ㄙㄧ̣ㄣ ㄖ'ㄨ̣ㄉㄝ?」 {jaŋ hāu 'āhāsāmron sɪn rw̄đē?}

ខ: មិនចាំបាច់ទេ, យកតែនំប៉័ងខ្លះបានហើយ ។ B:不要，隨便來些麵包就行了。

「ㄇㄧ̣ㄣ ㄐㄚㄇㄅ̣ㄚㄐ ㄉㄝ, ㄧㄛ̣ㄍ ㄉㄚㄝ ㄋㄛㄇㄅㄛㄫ ㄎㄌㄚㄏ ㄅ̣ㄢ ㄏㄚㄟ.」 {mɨn jāṃBáj đē, yøg dāe nomboŋ klah Bān hāəy.}

ក: តើអ្នកចង់ហូបអ្វី? A:你要吃什麼？「ㄉㄚㄜ ㄋㄝㄚㄍ ㄐㄛ̣ㄫ ㄏㄛㄅ̣ 'ㄛ̣ㄪㄟ?」 {dāə nēag jaŋ hōB 'ɑvəi?}

ខ:　ខ្ញុំមិនច្បាស់ដែរ ។ ខ្ញុំមិនទាន់សម្រេចចិត្តនៅឡើយ ។ អាចណែនាំបន្តិចបានទេ？B:我不太肯定。我還沒有決定。能推薦一下嗎？

「ㄎㄏˊㄛㄇ ㄇㄧ̣ㄣ ㄐㄅ̣ㄚㄏ ㄉ̣ㄚㄝ. ㄎㄏˊㄛㄇ ㄇㄧ̣ㄣㄉㄛㄢ ㄙㄛ̣ㄇㄖˈㄝㄐㄐㄧ̣ㄉㄉ ㄋㄜㄨㄌㄚㄟ.ˈㄚㄐ ㄋㄚㄝㄋㄛㄚㄇ ㄅ̣ㄛ̣ㄋㄉ̣ㄧ̣ㄐ ㄅ̣ㄢ ㄉㄝ?」 {kñoṃ mɨn jBáH Dāe. kñoṃ mɨndoán sāmrējjɪdd nəuḷāəy. ’āj ṇāenōaṃ BānDɪj Bān dē?}

ក:　ប្រាកដជាបាន, ខ្ញុំធ្លាប់ហូប សាលាដស្វាយនិងបង្កង ។ ទាំងពីរមុខគឺឆ្ងាញ់ៗណាស់ ។ A:當然可以，我吃過芒果沙拉和龍蝦。兩樣都非常好吃。

「ㄅ̣ㄖˈㄚㄍㄛ̣ㄉ̣ㄗㄝㄚ ㄅ̣ㄢ, ㄎㄏˊㄛㄇ ㄊㄌㄛㄚㄅ̣ ㄏㄛㄅ̣ ㄙㄚㄌㄚㄉ̣ ㄙㄞㄚㄧ ㄋㄧ̣ㄥ ㄅ̣ㄛ̣ㄫㄍㄛ̣ㄫ. ㄉㄝㄤㄅㄧ ㄇㄨㄎ ㄍㄨ̣ ㄑㄫㄚㄏˊ ㄑㄫㄚㄏˊ ㄋㄚㄏ.」 {BrāgāDzēa Bān, kñoṃ ẗloáB hōB sālāD svāy nɨŋ Bāŋgāŋ. ḋeaŋbī muk ġw̄ qŋañ qŋañ ṇáH.}

ខ:　ខ្ញុំចង់ហូបបង្កង ។ តើអ្នកចង់ហូបអ្វី？B:我想吃龍蝦。你想吃什麼？

「ㄎㄏˊㄛㄇ ㄐㄛ̣ㄫ ㄏㄛㄅ̣ ㄅ̣ㄛ̣ㄫㄍㄛ̣ㄫ. ㄉㄚㄜ ㄋㄝㄚㄍ ㄐㄛ̣ㄫ ㄏㄛㄅ̣ ˈㄛ̣ㄞㄟ?」 {kñoṃ jaŋ hōB Bāŋgāŋ. dāə nēag jaŋ hōB ’ɑvəi?}

ក:　ខ្ញុំមិនសូវឃ្លានទេ ។ ខ្ញុំហូបតែនំធ្មើពីម្សៅចំហុយបានហើយ ។ A:我沒那麼餓。我只想吃一個蒸米糕。「ㄎㄏˊㄛㄇ ㄇㄧ̣ㄣㄙㄛㄞ ㄎㄌㄝㄢ ㄉㄝ. ㄎㄏˊㄛㄇ ㄏㄛㄅ̣ ㄉㄚㄝ ㄋㄡㄇ ㄊㄞㄜ ㄅㄧ ㄇㄙㄠ ㄐㄛ̣ㄇㄏㄛㄧ ㄅ̣ㄢ ㄏㄚㄟ.」

{kñoṃ mɨnsōv ḳlēan dē. kñoṃ hōB dāe nouṃ ẗvə bī msāu jaṃhoy Bān hāəy.}

ខ:　ទីនេះនៅមានអាហារពិសេសកម្ពុជាអាម៉ុកត្រី ។ B:這裡還有東埔寨特色食品魚肉粽。

「ㄉㄧㄋㄧㄏ ㄋㄜㄨ ㄇㄝㄢ ˈㄚㄏㄚ ㄅㄧ̣ㄙㄝㄏ ㄍㄛ̣ㄇㄅㄨㄗㄝㄚ ˈㄚㄇㄛㄍ ㄉㄖˈㄟ.」 {dīnih nōu mēan ’āhā bɨsēH gāmbuzēa ’āmog drōi.}

ក:　ឆ្ងាញ់ឬទេ ។ A:好吃嗎？「ㄑㄫㄚㄏˊ ㄖˈㄨ̣ㄉㄝ.」 {qŋañ rw̄dē.}

ខ:　ឆ្ងាញ់ខ្លាំងណាស់ ។ B:非常好吃。

「ㄑㄫㄚ ㄏˊ ㄎㄌㄤ ㄋㄚㄏ.」 {qŋāñ klāŋ ṇáH.}

ក:　ចាស, ខ្ញុំញុំាអាម៉ុកត្រី ។ A:好，我就吃魚肉粽吧。

「ㄐㄚㄏ , ㄎㄏˊㄛㄇ ㄏˊㄚㄇ ˈㄚㄇㄛㄍ ㄉㄖˈㄟ.」 {jāH , kñoṃ ñāṃ ’āmog drōi.}

二、趙喜梅(A)請稜肯(B)去咖啡館。 ២) ចៅ ស៊ីម៉ី (ក) អញ្ជើញសុខេង (ខ) ទៅហាងកាហ្វេ ។ 「ㄅ̣ㄧ) ㄐㄠ ㄙㄧ ㄇㄟ (ㄍㄛ̣)'ㄛ̣ㄏ̃ㄗㄜㄏ̃ ㄙㄛ' ㄎㄝㄫ (ㄎㄛ̣) ㄉ̣ㄜㄨ ㄏㄤ ㄍㄚㄈㄝ.」 {bī) jāu sī məi (gā) 'āñzəñ so' kēŋ (kā) ɗəu hāŋ gāfē.}

ក: សុខេង, អ្នកចង់ផឹកអ្វីបន្តិចឬទេ？A:稜肯，你還想吃點什麼嗎？

「ㄙㄛ' ㄎㄝㄫ, ㄋㄝㄚㄍ ㄐㄛ̣ㄫ ㄆㄜ̣ㄍ 'ㄛ̣ㄪㄟ ㄅ̣ㄛ̣ㄋㄉ̣ㄧ̣ㄐ ㄖ'ㄨ̣ㄉㄝ?」 {so' kēŋ, nēag jaŋ pœg 'avāi BānDɪj rw̄dē?}

ខ: ទេ, ខ្ញុំហូបឆ្អែតហើយ ។ B:不，我吃飽了。

「ㄉㄝ, ㄎㄏ̃ㄛㄇ ㄏㄛㄅ̣ ㄑ'ㄚㄝㄉ ㄏㄚㄟ.」 {dē, kñoṃ hōB q'āed hāəy.}

ក: តើអ្នកចង់ផឹកអ្វី？A:你想喝點什麼？

「ㄉㄚㄜ ㄋㄝㄚㄍ ㄐㄛ̣ㄫ ㄆㄜ̣ㄍ 'ㄛ̣ㄪㄟ?」 {dāə nēag jaŋ pœg 'avāi?}

ខ: បាទ, ខ្ញុំចង់ផឹកកាហ្វេ ។ B:是的，我想喝點咖啡。

「ㄅ̣ㄚㄉ, ㄎㄏ̃ㄛㄇ ㄐㄛ̣ㄫ ㄆㄜ̣ㄍ ㄍㄚㄈㄝ.」 {Bād, kñoṃ jaŋ pœg gāfē.}

ក: សុំទោស, គ្មានកាហ្វេទេ ។ A:對不起，沒有咖啡。

「ㄙㄛㄇㄉㄡㄏ, ㄍㄇㄝㄢ ㄍㄚㄈㄝ ㄉㄝ.」 {soṃdōuH, ġmēan gāfē dē.}

ខ: បាន, យកទឹកមួយកែវ ។ B:好吧，要一杯水。

「ㄅ̣ㄢ, ㄧㄛ̣ㄍ ㄉㄨ̣ㄍ ㄇㄨㄟ ㄍㄚㄝㄪ.」 {Bān, yøg ɗwg mūəy gāev.}

ក: យកកែវតូចឬកែវធំ？A:小杯還是大杯的？

「ㄧㄛ̣ㄍ ㄍㄚㄝㄪ ㄉㄛㄐ ㄖ'ㄨ̣ ㄍㄚㄝㄪ ㄊㄡㄇ?」 {yøg gāev døj rw̄ gāev ẗouṃ?}

ខ: យកកែវតូច ។ B:小杯吧。

「ㄧㄛ̣ㄍ ㄍㄚㄝㄪ ㄉㄛㄐ.」 {yøg gāev døj.}

ក: នេះ ។ A:給你。

「ㄋㄧㄏ.」 {nih.}

ខ: សូមអរគុណ ។ B:謝謝。

「ㄙㄛㄇ 'ㄛ̣ㄍㄨㄋ.」 {sōm 'āġuṇ.}

ក: ចាស ។ A:別客氣。

「ㄐㄚㄏ.」 {jāH.}

對話一 ការសន្ទនា ១ (ទីមួយ) 「《ㄚㄙㄢㄉㄨㄋㄜㄚ ㄉㄧㄧㄇㄨㄟ」 {gāsāndønēa dīmūəy}

A: តើអ្នកចង់ហូបបាយជាមួយខ្ញុំឬទេ? 你想要和我一起吃飯嗎？

「ㄉㄚㄝ ㄋㄜㄚ《 ㄐㄤㄡ ㄏㄛㄅㄅㄚㄧ ㄗㄝㄇㄨㄟ ㄎㄏㄛㄇ ㄖㄨㄉㄝ?」 {dāə nēa jaŋ hōBBāy zēamūəy kñoṃ rw̄dē?}

B: បាទ, នៅពេលណា? 好的，什麼時候？

「ㄅㄚㄉ, ㄋㄜㄨ ㄅㄝㄌ ㄋㄚ?」 {Bād, nōu bēl ṇā?}

A: ម៉ោងដប់ ។ 十點。

「ㄇㄠㄤ ㄉㄛㄅ.」 {māoŋ DaB.}

B: ម៉ោងដប់ព្រឹក? 上午十點？

「ㄇㄠㄤ ㄉㄛㄅ ㄅㄖㄨ《?」 {māoŋ DaB brwg?}

A: ទេ, ម៉ោងដប់យប់ ។ 不，晚上。

「ㄉㄝ, ㄇㄠㄤ ㄉㄛㄅ ㄧㄨㄅ.」 {dē, māoŋ DaB yuB.}

B: សុំទោស, យឺតពេកហើយ ។ ជាធម្មតា តែម៉ោងដប់យប់ ខ្ញុំចូលដេកហើយ ។ 對不起，那太晚了。

我平時晚上十點左右就睡覺了。

「ㄙㄨㄇㄉㄡㄏ, ㄧㄨㄉ ㄅㄝ《 ㄏㄚㄟ. ㄗㄝㄚ ㄊㄨㄇㄇㄛㄉㄚ ㄉㄚㄝ ㄇㄠㄤ ㄉㄛㄅ ㄧㄨㄅ ㄎㄏㄛㄇ ㄐㄛㄌ ㄉㄝ《 ㄏㄚㄟ.」

{soṃdōuH, ywd bēg hāəy. zēa t̆ommødā dāe māoŋ DaB yuB kñoṃ jōl Dēg hāəy.}

A: ម៉ោងមួយរសៀល យ៉ាងម៉េចដែរ? 下午一點怎麼樣？

「ㄇㄠㄤ ㄇㄨㄟ ㄖㄛㄙㄧㄜㄌ ㄧㄤㄇㄝㄐ ㄉㄚㄝ?」 {māoŋ mūəy røsīəl yāŋmēj Dāe?}

B: មិនកើតទេ, លឿនពេកហើយ ។ ខ្ញុំនៅធ្វើការនៅឡើយ ។ 不行，那太早了。我還在上班呢。

「ㄇㄧㄣ 《ㄚㄛㄉ ㄉㄝ, ㄌㄨㄜㄋ ㄅㄝ《 ㄏㄚㄟ. ㄎㄏㄛㄇ ㄋㄜㄨ ㄊㄨㄜ《ㄚ ㄋㄜㄨㄌㄚㄟ.」 {min gāad dē, lwən bēg hāəy. kñoṃ nōu t̆vōgā nōulăəy.}

A: ម៉ោងប្រាំរសៀល យ៉ាងម៉េចដែរ? 下午五點怎麼樣？

「ㄇㄠㄤ ㄅㄖㄚㄇ ㄖㄛㄙㄧㄜㄌ ㄧㄤㄇㄝㄐ ㄉㄚㄝ?」 {māoŋ Brāṃ røsīəl yāŋmēj Dāe?}

B: បាន ។ 這很好。

「ㄅㄢ.」 {Bān.}

A: បានហើយ, ដល់ពេលចាំជួបគ្នា ។ 好了，到時候見。

「ㄅㄢ ㄏㄚㄟ, ㄉㄛㄌㄅㄝㄌ ㄐㄚㄇ ㄗㄨㄜㄅ《ㄋㄜㄚ.」 {Bān hāəy, Dalbēl jāṃ zūəBġnēa.}

對話二 ការសន្ទនា ២ (ទីពីរ) 「ㄍㄚㄙㄛ̣ㄋㄉㄛ̣ㄋㄝㄚ ㄉㄧㄅㄧ」 {gāsāndønēa dībī}

A: នេះអ្នកទៅណាហ្នឹង? 你這是去哪裡呀？

「ㄋㄧㄏ ㄋㄝㄚㄍ ㄉㄛㄨㄋㄚ ㄋㄛ̣ㄫ?」 {nih nēag dōuṇā nœŋ?}

B: ខ្ញុំចង់ទៅផ្សារ ។ 我要去市場。

「ㄎㄏㄛㄇ ㄐㄛ̣ㄫ ㄉㄛㄨ ㄆㄙㄚ.」 {kñoṃ jaŋ dōu psā.}

A: តើអ្នកហូបអាហារពេលព្រឹកហើយឬនៅ? 你吃早餐了嗎？

「ㄉㄚㄛ ㄋㄝㄚㄍ ㄏㄛㄅ 'ㄚㄏㄚ ㄅㄝㄌ ㄅㄖ'ㄨ̣ㄍ ㄏㄚㄟ ㄖ'ㄨ̣ ㄋㄛㄨ?」 {dāə nēag hōB 'āhā bēl brwg hāəy rw̄ nōu?}

B: ខ្ញុំមិនទាន់ហូបទេ ។ ឱ្យពួកខ្ញុំទៅហូបអ្វីបន្តិចសិន ។ 我還沒有吃呢。讓我們去吃點什麼吧。

「ㄎㄏㄛㄇ ㄇㄧ̣ㄣㄉㄛㄢ ㄏㄛㄅ ㄉㄝ.'ㄠㄧ ㄅㄨㄛㄍ ㄎㄏㄛㄇ ㄉㄛㄨ ㄏㄛㄅ 'ㄛ̣ㄪㄟ ㄅㄛ̣ㄋㄉㄧ̣ㄐ ㄙㄧ̣ㄣ.」 {kñoṃ mɨndoán hōB dē. 'āōy būəg kñoṃ dōu hōB 'ɑvōi Bāndɪj sɪn.}

A: ខ្ញុំហូបរួចហើយ ។ 我吃過了。

「ㄎㄏㄛㄇ ㄏㄛㄅ ㄖ'ㄨㄛㄐㄏㄚㄟ.」 {kñoṃ hōB rūəjhāəy.}

B: អ៊ីចឹងខ្ញុំទៅហូបហើយ ។ 那麼我不客氣了。

「'ㄧㄐㄛ̣ㄫ ㄎㄏㄛㄇ ㄉㄛㄨ ㄏㄛㄅ ㄏㄚㄟ.」 {'ījœŋ kñoṃ dōu hōB hāəy.}

對話三 ការសន្ទនា ៣ (ទីបី) 「ㄍㄚㄙㄛ̣ㄋㄉㄛ̣ㄋㄝㄚ ㄉㄧㄅㄟ」 {gāsāndønēa dīBōi}

A: អ្នកសុខសប្បាយជាទេ? 你好嗎？

「ㄋㄝㄚㄍ ㄙㄛㄎㄙㄛ̣ㄅㄅㄚㄧ ㄗㄝㄚㄉㄝ?」 {nēag sok sāBBāy zēadē?}

B: អ្នកសុខសប្បាយជាទេ? 你好嗎？

「ㄋㄝㄚㄍ ㄙㄛㄎㄙㄛ̣ㄅㄅㄚㄧ ㄗㄝㄚㄉㄝ?」 {nēag sok sāBBāy zēadē?}

A: អ្នកចង់ធ្វើអ្វី? 你想做什麼？

「ㄋㄝㄚㄍ ㄐㄛ̣ㄫ ㄊㄪㄛ'ㄛ̣ㄪㄟ?」 {nēag jaŋ ïvə'ɑvōi?}

B: ខ្ញុំឃ្លានហើយ ។ ខ្ញុំចង់ហូបអ្វីបន្តិច ។ 我餓了。我想吃點東西。

「ㄎㄏㄛㄇ ㄎㄌㄝㄢ ㄏㄚㄟ. ㄎㄏㄛㄇ ㄐㄛ̣ㄫ ㄏㄛㄅ 'ㄛ̣ㄪㄟ ㄅㄛ̣ㄋㄉㄧ̣ㄐ.」 {kñoṃ ḳlēan hāəy. kñoṃ jaŋ hōB 'ɑvōi BānDɪj.}

A: អ្នកចង់ទៅណា? 你想要去哪裡？

「ㄋㄝㄚㄍ ㄐㄛ̣ㄫ ㄉㄛㄨㄋㄚ?」 {nēag jaŋ dōuṇā?}

B: ខ្ញុំចង់ទៅភោជនីយដ្ឋានកម្ពុជា ។ 我想去柬埔寨餐館。

「ㄎㄏㄛㄇ ㄐㄛ̣ㄫ ㄉㄛㄨ ㄆㄡㄗㄋㄧㄧㄛ̣ㄉㄊㄢ ㄍㄛ̣ㄇㄅㄨㄗㄝㄚ.」 {kñoṃ jaŋ dōu ṗōuznīyøDtān gāmbuzēa.}

A: តើអ្នកចូលចិត្តម្ហូបអាហារខ្មែរបែបណា？ 你喜歡什麼樣的柬埔寨菜？

「ㄉㄚㄜ ㄋㄝㄚㄍ ㄐㄛㄌㄧㄉㄉ ㄇㄏㄛㄅ'ㄚㄏㄚ ㄎㄇㄚㄝ ㄅㄚㄝㄅ ㄋㄚ?」 {dāə nēag jōljɪdd mhōB'āhā kmāe BāeB ṇā?}

B: ខ្ញុំចូលចិត្តមីស៊ុបសាច់ការី ។ តើអ្នកចូលចិត្តឬទេ？ 我喜歡咖哩肉湯麵。你喜歡嗎？

「ㄎ�ㄇ ㄐㄛㄌㄧㄉㄉ ㄇ一 ㄙㄨㄅ ㄙㄚㄚ ㄍㄚㄖ一. ㄉㄚㄜ ㄋㄝㄚㄍ ㄐㄛㄌㄧㄉㄉ ㄖㄨㄉㄝ?」 {kñoṃ jōljɪdd mī suB sáj gārī. dāə nēag jōljɪdd rw̄dē?}

A: ទេ, ខ្ញុំមិនចូលចិត្តទេ ។ ប៉ុន្តែខ្ញុំចូលចិត្តមីសាច់មាន់ខ្ទិះដូង ។ 不，我不喜歡。但我喜歡椰味雞肉麵。「ㄉㄝ, ㄎㄌㄛㄇ ㄇ一ㄣ ㄐㄛㄌㄧㄐㄧㄉㄉ ㄉㄝ. ㄅㄛㄋㄉㄚㄝ ㄎㄌㄛㄇ ㄐㄛㄌㄧㄐㄧㄉㄉ ㄇ一 ㄙㄚㄚ ㄇㄛㄢ ㄎㄉㄧㄏㄉㄛ�.」 {dē, kñoṃ min jōljɪdd dē. bondāe kñoṃ jōljɪdd mī sáj moán kdɪhDōŋ.}

B: អ្នករត់តុ！ហៅម្ហូប ។ 服務員！點菜。

「ㄋㄝㄚㄍ ㄖㄨㄉ ㄉㄛ'! ㄏㄠ ㄇㄏㄛㄅ.」 {nēag rud do'! hāu mhōB.}

A: ហៅម្ហូបឥឡូវនេះមែនទេ？ 現在點菜嗎？

「ㄏㄠ ㄇㄏㄛㄅ 'ㄟㄌㄛㄪㄋ一ㄏ ㄇㄝㄋㄉㄝ?」 {hāu mhōB 'œɪḷøvnih mēndē?}

B: ត្រូវហើយ, មីស៊ុបសាច់ការី, មីសាច់មាន់ខ្ទិះដូង ។ 對，咖哩肉湯麵，椰味雞肉麵。

「ㄉㄖㄛㄪ ㄏㄚㄟ, ㄇ一 ㄙㄨㄅ ㄙㄚㄚ ㄍㄚㄖ一, ㄇ一 ㄙㄚㄚ ㄇㄛㄢ ㄎㄉㄧㄏㄉㄛㄥ.」 {drōv hāəy, mī suB sáj gārī, mī sáj moán kdɪhDōŋ.}

A: អ្នករត់តុ, គិតលុយ！服務員，付款！

「ㄋㄝㄚㄍ ㄖㄨㄉ ㄉㄛ', ㄍㄧㄉ ㄌㄨ一!」 {nēag rud do', ģid luy!}

B: ម្ហូបយ៉ាងម៉េចដែរ？ 菜怎麼樣？「ㄇㄏㄛㄅ 一ㄤㄇㄝㄐ ㄉㄚㄝ?」 {mhōB yāŋmēj Dāe?}

A: ឆ្ងាញ់ណាស់ ។ 很好吃。「ㄑㄇㄚㄇ ㄋㄚㄏ.」 {qŋañ ṇáH.}

ការដ្ឋានកំពុងសាងសង់សូមមេត្តាប្រុងប្រយ័ត្ន

「《�, Bing》 CONSTRUCTION SITE PLEASE KEEP AWAY」

「《ㄚㄖㄛㄉㄉㄢ 《ㄍㄇㄅㄨㄥ ㄙㄤㄙㄤ ㄙㄛㄇ ㄇㄝㄉㄉㄚ ㄅㄖㄛㄥ ㄅㄖ一ㄜ-ㄉㄉㄌ」

{gārøDtān gaṃbuŋ sāŋsaŋ sōm mēdDā Broŋ Brāyədl}

施工場地，請勿靠近！(直譯：該部門正在施工，請注意！)

CONSTRUCTION SITE, PLEASE KEEP AWAY!

【文化背景】 ផ្ទៃខាងក្រោយ វប្បធម៌「ㄆㄉㄟㄎㄤ ㄍㄖ'ㄠㄧ ㄪㄛ̣ㄅ̣ㄅ̣ㄛ̣ㄊ」{pďəikāŋ grāoy vøBBāï}

柬埔寨飲食文化

大米是柬埔寨的主食。柬埔寨美食繁多，柬埔寨人喜歡吃甜食和魚蝦。在海灘上可買到螃蟹和大頭蝦等海鮮。柬埔寨人吃雞肉和鴨肉和各種菜肴，少不了味道獨特的調料魚醬(ទឹកត្រី「ㄉㄨ̣ㄍㄛ̣ㄉㄖ'ㄟ」{ďwgādrəi})。喜歡放辣椒和蔥薑蒜都等作料。還經常做酸魚湯吃。

在金邊新市場附近，有專賣昆蟲小吃攤位，其中有油炸水蝨(ចៃទឹក「ㄐㄞㄉㄨ̣ㄍ」{jaiďwg})、大蜘蛛(ពីងពាងធំ「ㄅㄧㄥㄅㄝㄤ ㄊㄡㄇ」{bīŋbēaŋ ïouṃ})等，口感很美味。這是柬埔寨飲食文化特色。您去到柬埔寨，要戰勝恐懼心理，嘗嘗昆蟲美味。

柬埔寨人時常是席地而坐進餐，手抓起飯後用生菜葉包起，蘸作料就吃。

柬埔寨的水果主要是五顏六色的熱帶、亞熱帶水果。

◎調味料、食品名稱

鹽 អំបិល「'ㄛ̣ㄇㄅ̣ㄧ̣ㄌ」{'āṃBıl}
胡椒 ម្រេច「ㄇㄖ'ㄝㄐ」{mrēj}
白砂糖 ស្ករស「ㄙㄍㄛ̣ㄙㄛ̣」{sgāsā}
醬油 ទឹកស៊ីអ៊ីវ「ㄉㄨ̣ㄍㄛ̣ㄙㄧ'ㄧㄪ」{ďwgāsī'īv}
醋 ទឹកខ្មេះ「ㄉㄨ̣ㄍㄎㄇㄝ̣ㄏ」{ďwgkmɛh}
食用油 ខ្លាញ់「ㄎㄌㄚㄬ」{klañ}
雞肉 សាច់មាន់「ㄙㄚㄐㄇㄛㄢ」{sájmoán}
牛肉 សាច់គោ「ㄙㄚㄐㄍㄡ」{sájġōu}
豬肉 សាច់ជ្រូក「ㄙㄚㄐㄗㄖ'ㄨㄍ」{sájzrūg}
椰奶香糕 ក្រឡាន「ㄍㄖ'ㄛ̣ㄌㄢ」{grāḷān}
米粉 គុយទាវ「ㄍㄨㄧㄉㄝㄚㄪ」{ġuy ďēav}
八寶粥 បបរ「ㄅ̣ㄛ̣ㄅ̣ㄛ̣」{BāBā}
黃薑 រមៀត「ㄖ'ㄛ̣ㄇㄧㄜㄉ」{rømīəd}
炒飯 បាយឆា「ㄅ̣ㄚㄧㄑㄚ」{Bāyqā}
肉菜湯羹 សម្លកកូរ「ㄙㄛ̣ㄇㄌㄛ̣ㄍㄛ̣ㄍㄛ」{sāmløgāgō}
番茄 ប៉េងប៉ោះ「ㄅㄝㄫㄅㄠㄏ」{bēŋbaoh}
紅蘿蔔 ការ៉ុត「ㄍㄚㄖ'ㄛㄉ」{gārod}(carrot)
洋蔥 ខ្ទឹមបារាំង「ㄎㄉㄨ̣ㄇ ㄅ̣ㄚㄖ'ㄛㄤ」{kďwm Bāraŋ}

◎水果名稱

鳳梨 ម្នាស់「ㄇㄋㄚㄏ」{mnāH}
番荔枝 ទៀប「ㄉㄧㄜㄅ̣」{ďīəB}
荔枝 គូលែន「ㄍㄨㄌㄣ̣」{ġūlēn}
榴槤 ធុរេន「ㄉㄨㄖ'ㄝㄋ」{ďurēn}
蘋果 ប៉ោម「ㄅㄠㄇ」{bāom}(法語：pomme)
西瓜 ឪឡឹក「'ㄡㄌㄜ̣ㄍ」{'əuḷœg}
楊桃 ស្ពឺ「ㄙㄅㄜ̣」{sbœ̄}
紅毛丹 សាវម៉ាវ「ㄙㄚㄪㄇㄚㄪ」{sāvmāv}
火龍果 ស្រកានាគ「ㄙㄖ'ㄛ̣ㄍㄚㄋㄝㄚㄍ」{srūgānēaġ}
人心果 ល្មុត「ㄌㄇㄨㄉ」{lmud}
無花果 ល្វា「ㄌㄪㄝㄚ」{lvēa}
木瓜 ល្ហុង「ㄌㄏㄛㄫ」{lhoŋ}
麵包果 សាកេ「ㄙㄚㄍㄝ」{sāgē}
蛋黃果 សេដា「ㄙㄝㄉ̣ㄚ」{sēDā}
山竹 មង្ឃុត「ㄇㄛ̣ㄫㄎㄨㄉ」{møŋḳud}
棗子 ពុទ្រា「ㄅㄨㄉㄖ'ㄝㄚ」{buďrēa}
梨子 សារី「ㄙㄚㄖ'ㄧ」{sārī}

◎顏色

紅色 ក្រហម「ㄍㄖ'ㄛ̣ㄏㄛ̣ㄇ」{grāhām}
綠色 បៃតង「ㄅ̣ㄞㄉㄛ̣ㄫ」{Baidāŋ}
青綠色 ខៀវ「ㄎㄧㄜㄪ」{kīəv}
白色 ស「ㄙㄛ̣」{sā}
金黃色 ពណ៌មាស「ㄅㄛㄋㄇㄝㄚㄏ」{bōṇmēaH}
黑色 ខ្មៅ「ㄎㄇㄠ」{kmāu}
灰色 ប្រផេះ「ㄅ̣ㄖ'ㄛ̣ㄆㄝ̣ㄏ」{Brāpɛh}
黃色 លឿង「ㄌㄨ̣ㄜㄫ」{lw̄əŋ}
紫色 ស្វាយ「ㄙㄪㄚㄧ」{svāy}
棕褐色 ប័នត្នោត「ㄅ̣ㄛ̣ㄋㄉㄋㄠㄉ」{Bāndnāod}

所有顏色詞彙都可以在前面加上 ប័ន「ㄅ̣ㄛ̣ㄋ」{Bān} (顏色)一詞，如上面 “棕褐色” 的柬文那樣。

【練習鞏固】 ធ្វើលំហាត់ 「ㄊㄝㄪㄧㄌㄇㄛ̣ㄏㄚㄉ」{tēvīlmøhád}

1. 請把下列句子翻譯成柬埔寨文。

1) 我餓了。

____

2) 我想喝咖啡。

____

3) 非常好吃。

____

4) 付款！/結帳！

____

2. 請把下列句子翻譯成中文。

1) តើអ្នកចង់ហូបអ្វី？「ㄉㄚㄜ ㄋㄝㄚㄍ ㄐㄛ̣ㄫ ㄏㄛㄅ̣ ’ㄛ̣ㄪㄟ?」{dāə nēag jɑŋ hōB ’ɑvəi?}

____

2) ខ្ញុំជាញុំាអាម៉ុកត្រី។ 「ㄎㄏㄛㄇ ㄗㄝㄚ ㄏㄚㄇ ’ㄚㄇㄛㄍ ㄉㄖ'ㄟ.」{kñoṃ zēa ñāṃ ’āmog drəi.}

____

3) ខ្ញុំយក កូកាកូឡាមួយកែវ។ 「ㄎㄏㄛㄇ ㄧㄛ̣ㄍ ㄍㄛㄍㄚㄍㄛㄌㄚ ㄇㄨㄟ ㄍㄚㄝㄪ.」{kñoṃ yøg gōgāgōḷā mūəy gāev.}

____

4) ខ្ញុំចង់ហូបមី។ 「ㄎㄏㄛㄇ ㄐㄛ̣ㄫ ㄏㄛㄅ̣ ㄇㄧ.」{kñoṃ jɑŋ hōB mī.}

____

3. 記熟本課的食品水果名稱。

第十二課 市場與購物

មេរៀនទី ១២ (ដប់ពីរ) ផ្សារនិងការទិញទំនិញ

「ㄇㄝㄖ'ㄧㄜㄋ ㄉㄧ ㄉㄛㄅㄅㄧ ㄆㄙㄚ ㄋㄧㄥ ㄍㄚ ㄉㄧㄏ ㄉㄡㄇㄋㄧㄏ」

{mērīən dī DɑBbī psā niŋ gā diñ doum̩niñ}

Lesson 12. Market and Shopping

【詞語學習】 ការរៀនវាក្យសព្ទ 「ㄍㄚ ㄖ'ㄧㄜㄋ ㄪㄝㄚㄍㄙㄛㄅㄉ」 {gārīən vēagsābd}

△ ទិញទំនិញ 「ㄉㄧㄏ ㄉㄡㄇㄋㄧㄏ」 {diñ doum̩niñ} 購物

△ ទាំងអស់គ្នា 「ㄉㄝㄤ'ㄛㄏㄍㄋㄝㄚ」 {deaŋ'āHġnēa} 都，全都

△ បើកទ្វារ 「ㄅㄚㄜㄍㄉㄪㄝㄚ」 {Bāəgdvēa} 開門

△ អូខេ 「'ㄛㄎㄝ」 {'ōkē} 好的(OK)

△ តោះ 「ㄉㄠㄏ」 {daoh} 讓我們

△ សាំងវិច 「ㄙㄤㄪㄧㄐ」 {sāŋvij} 三明治(sandwich)

△ គិត 「ㄍㄧㄉ」 {ġid} 思考，想到

△ ទិញអីវ៉ាន់ 「ㄉㄧㄏ'ㄟㄪㄢ」 {diñ'əivan} 買東西

△ ថ្មីៗនេះ 「ㄊㄇㄟㄊㄇㄟㄋㄧㄏ」 {ṫmāi ṫmāi nih} 新近，最近

△ ឡាក់គី 「ㄌㄚㄍ ㄍㄧ」 {ḷággī} 幸運(英語：lucky)

△ ក្បែរនោះ 「ㄍㄅㄚㄝㄋㄨㄏ」 {gBāenuh} 附近

△ ចុះទៅ 「ㄐㄛㄏㄉㄜㄨ」 {johdōu} 去到

△ ម៉ោងបួន 「ㄇㄠㄫㄅㄨㄜㄋ」 {māoŋBūən} 四點鐘

△ ហុកសិប 「ㄏㄛㄍㄙㄧㄅ」 {hogsıB} 六十

△ គិតថា 「ㄍㄧㄉㄊㄚ」 {ġidtā} 想到，認為

△ ប៉ុន 「ㄅㄛㄋ」 {bon} 一些，一點

△ ថ្នើ 「ㄊㄋㄜ」 {ṫnə} 現貨，貨品

△ ក្រេឌីត 「ㄍㄖ'ㄝㄉㄧㄉ」 {grēḌīd} 貸款，信用卡(英語：credit)

△ ម្តងទៀត 「ㄇㄉㄛㄫㄉㄧㄜㄉ」 {mDāŋdīəd} 重新，再次

△ អាវសឺមី 「'ㄚㄪ ㄙㄜㄇㄧ」 {'āv sœmī} 襯衫(越南語：áo 衣服+法語：chemise 襯衫)

△ ខាងលើ 「ㄎㄤㄌㄜ」 {kāŋlə} 上，上面

△ ផ្សេង 「ㄆㄙㄝㄫ」 {psēŋ} 另外的，別的

△ ព័ណ៌ / ព័ណ៌ស 「ㄅㄛㄋ / ㄅㄛㄋㄙㄛ」 {boṇ / boṇsā} 色彩

△ ខៀវ 「ㄎㄧㄜㄪ」 {kīəv} 綠色，青色

△ ថែមទៀត 「ㄊㄚㄝㄇㄉㄧㄜㄉ」 {ṫāemdīəd} 增加，加上

△ អាវ 「'ㄚㄪ」 {'āv} 衣服

△ ក្រហម 「ㄍㄖ'ㄛㄏㄛㄇ」 {grāhām} 紅色，赤

△ ចុះថ្លៃ 「ㄐㄛㄏㄊㄌㄞ」 {johṫlai} 價格

△ អតិថិជន 「'ㄛㄉㄧㄊㄧㄗㄛㄋ」 {'ādıṫızøn} 客戶，顧客

△ រឿង 「ㄖ'ㄨㄜㄫ」 {rw̄əŋ} 事情，東西

△ តម្រង់ 「ㄉㄛㄇㄖ'ㄛㄫ」 {dāmroŋ} 排隊

△ ម៉ាក 「ㄇㄚㄍ」 {māg} 牌子，型號(mark)

△ គ្រឿង 「ㄍㄖ'ㄨㄜㄫ」 {ġrw̄əŋ} 一台(量詞)

△ ពងមាន់ 「ㄅㄛㄫㄇㄛㄢ」 {bøŋmoán} 蛋

△ គ្រាប់ 「ㄍㄖ'ㄛㄚㄅ」 {ġroáB} 個，丸(量詞)

△ ក្រៅពី 「ㄍㄖ'ㄠㄅㄧ」 {grāubī} 除了，除此之外

△ មង្ឃុត 「ㄇㄛㄫㄎㄨㄉ」 {møŋḳud} 山竹

△ ត្របែក 「ㄉㄖ'ㄛㄅㄚㄝㄍ」 {drāBāeg} 芭樂

△ សាវម៉ាវ 「ㄙㄚㄪㄇㄚㄪ」 {sāvmāv} 紅毛丹

△ ខ្នុរ 「ㄎㄋㄛ」 {kno} 菠蘿蜜

【範例課文】 អត្ថបទគំរូ 「'ㄛ̣ㄉㄊㄛ̣ㄅ̣ㄛ̣ㄉ ㄍㄡㄇㄖ'ㄨ」 {’ādtāBād ġouṃrū}

一、臘妮(B)約吳大尚(A)去逛商店。 ១) រតនី (ខ) ណាត់ អ៊ូ តាសាង (ក) ទៅទិញទំនិញនៅហាង ។ 「ㄇㄨㄟ) ㄖ'ㄛ̣ㄉ ㄋㄧ (ㄎㄛ̣) ㄋㄚㄉ 'ㄨ ㄉㄚ ㄙㄤ (ㄍㄛ̣) ㄉㄜㄨ ㄉㄧ̣ㄏ ㄉㄡㄇㄋㄧ̣ㄏ ㄋㄜㄨ ㄏㄤ.」 {mūəy) rød nī (kā) ṇád ’ū dā sāŋ (gā) đəu điñ đouṃniñ nəu hāŋ.}

ក: រតនី, អ្នកចង់ទៅណា ? A:臘妮，妳要去哪裡？

「ㄖ'ㄛ̣ㄉ ㄋㄧ, ㄋㄝㄚㄍ ㄐㄛ̣ㄫ ㄉㄜㄨㄋㄚ?」 {rød nī, nēag jɑŋ đəuṇā?}

ខ: ខ្ញុំទៅហាង ។ ខ្ញុំត្រូវការទិញរបស់ ។ B:我去商店。我需要買東西。

「ㄎㄏㄛㄇ ㄉㄜㄨ ㄏㄤ. ㄎㄏㄛㄇ ㄉㄖ'ㄛㄪㄍㄚ ㄉㄧ̣ㄏ ㄖ'ㄛ̣ㄅ̣ㄛ̣ㄏ.」 {kñoṃ đəu hāŋ. kñoṃ drōvgā điñ røBɑH.}

ក: មែនឬ ? ខ្ញុំក៏ចង់ទៅហាងដែរ ។ A:真的嗎？我也要去商店。

「ㄇㄣ̣ ㄖ'ㄨ̣? ㄎㄏㄛㄇ ㄍㄛ̣ ㄐㄛ̣ㄫ ㄉㄜㄨ ㄏㄤ ㄉ̣ㄚㄝ.」 {mēn rw̄? kñoṃ gā jɑŋ đəu hāŋ Dāe.}

ខ: តាសាង, អ្នកចង់ទៅជាមួយខ្ញុំទេ ? B:大尚，你想和我一起去嗎？

「ㄉㄚ ㄙㄤ, ㄋㄝㄚㄍ ㄐㄛ̣ㄫ ㄉㄜㄨ ㄗㄝㄚㄇㄨㄟ ㄎㄏㄛㄇ ㄉㄝ?」 {dā sāŋ, nēag jɑŋ đəu zēamūəy kñoṃ đē?}

ក: បាទ, ចង់, យើងទៅទាំងអស់គ្នា ។ A:好的，讓我們一起去。

「ㄅ̣ㄚㄉ, ㄐㄛ̣ㄫ, ㄧㄥ ㄉㄜㄨ ㄉㄝㄤ'ㄛ̣ㄏㄍㄋㄝㄚ.」 {Bād, jɑŋ, yəŋ đəu đeaŋ’āHġnēa.}

ខ: ទៅឥឡូវនេះ ឬបន្តិចទៀតចាំទៅ ? B:現在就去還是待會再去？

「ㄉㄜㄨ 'ㄟ̣ㄌㄛ̣ㄪㄋㄧㄏ ㄖ'ㄨ̣ ㄅ̣ㄛ̣ㄋㄉ̣ㄧ̣ㄐ ㄉㄧㄜㄉ ㄐㄚㄇ ㄉㄜㄨ?」 {đəu ’œiḷøvnih rw̄ BānDɪj đīəd jāṃ đəu?}

ក: ទៅឥឡូវនេះល្អជាង ។ A:現在去好些。

「ㄉㄜㄨ 'ㄟ̣ㄌㄛ̣ㄪㄋㄧㄏ ㄌ'ㄛ̣ ㄗㄝㄤ.」 {đəu ’œiḷøvnih l’ā zēaŋ.}

ខ: ឥឡូវនេះហាងមិនទាន់បើកទ្វារទេ ។ B:現在店還沒有開門呢。

「'ㄟ̣ㄌㄛ̣ㄪㄋㄧㄏ ㄏㄤ ㄇㄧ̣ㄣㄉㄛㄢ ㄅ̣ㄚㄜㄍㄉㄪㄝㄚ ㄉㄝ.」 {’œiḷøvnih hāŋ mɨnđoán Bāəgđvēa đē.}

ក: ហាងបើកទ្វារនៅពេលណា ? A:什麼時間開門呢？

「ㄏㄤ ㄅ̣ㄚㄜㄍㄉㄪㄝㄚ ㄋㄜㄨ ㄅㄝㄌ ㄋㄚ?」 {hāŋ Bāəgđvēa nəu bēl ṇā?}

ខ: ហាងបើកនៅម៉ោងដប់ព្រឹក ។ B:上午十點開門。

「ㄏㄤ ㄅ̣ㄚㄜㄍ ㄋㄜㄨ ㄇㄠㄫ ㄉ̣ㄛ̣ㄅ̣ ㄅㄖ'ㄨ̣ㄍ.」 {hāŋ Bāəg nəu māoŋ DɑB brwg.}

ក: ពេលយើងទៅដល់ហាងក៏បើកទ្វារដែរ ។ A:我們去到就開門了。

「ㄅㄝㄌ ㄧㄥ ㄉㄜㄨㄉ̣ㄛ̣ㄌ ㄏㄤ ㄍㄛ̣ ㄅ̣ㄚㄜㄍㄉㄪㄝㄚ ㄉ̣ㄚㄝ.」 {bēl yəŋ đəuDɑl hāŋ gā Bāəgđvēa Dāe.}

ខ: អូខេ, តោះទៅ ។ B:好吧，我們走吧。「'ㄛㄎㄝ, ㄉㄠㄏ ㄉㄜㄨ.」 {’ōkē, daoh đəu.}

二、烏敦(A)請珍達(B)為她買火腿三明治。 ២) ឧត្ដម (ក) សួរ ចិន្ដា(ខ) ឱ្យជួយទិញសាំងវិចឱ្យគាត់។ 「ㄅㄧ)’ㄛㄉㄉㄛㄇ (ㄍㄛ) ㄙㄨㄜ ㄐㄧㄣㄉㄚ (ㄎㄛ)’ㄠㄧ ㄗㄨㄟ ㄉㄧㄏ ㄙㄤ ㄪㄧㄐ ’ㄠㄧ ㄍㄛㄚㄉ.」 {bī) ’oddām (gā) sūə jındā (kā) ’āōy zūəy ɗiñ sāŋ vɨj ’āōy ġoád.}

ក: អ្នកហូបអីឬនៅ？A:你吃了嗎？

「ㄋㄝㄚㄍ ㄏㄛㄅ ’ㄟ ㄖㄨ ㄋㄜㄨ?」 {nēag hōB ’ōi rw̄ nōu?}

ខ: ហូបរួចហើយ ។ B:吃了。

「ㄏㄛㄅ ㄖㄨㄜㄐㄏㄚㄟ.」 {hōB rūəjhāəy.}

ក: អ្នកគិតចង់ធ្វើអ្វី？A:你打算做什麼？

「ㄋㄝㄚㄍ ㄍㄧㄉ ㄐㄛㄫ ㄊㄪㄜ’ㄛㄪㄟ?」 {nēag ġɨd jaŋ ẗvə̄’avə̄i?}

ខ: ខ្ញុំចង់ទៅទិញអីវ៉ាន់ ។ អ្នកចង់ទៅឬទេ？B:我要去購物。你想去嗎？

「ㄎㄏㄛㄇ ㄐㄛㄫ ㄉㄜㄨ ㄉㄧㄏ’ㄟㄪㄢ. ㄋㄝㄚㄍ ㄐㄛㄫ ㄉㄜㄨ ㄖㄨㄉㄝ?」 {kñoṃ jaŋ ɗōu ɗiñ’ōivan. nēag jaŋ ɗōu rw̄ɗē?}

ក: អត់ទៅទេ ។ ថ្មីៗនេះ ការងារពិតជារវល់មែន ។ A:不去。最近工作的確很忙。

「’ㄛㄉ ㄉㄜㄨ ㄉㄝ. ㄊㄇㄟㄊㄇㄟㄋㄧㄏ ㄍㄚㄫㄝㄚ ㄅㄧㄉㄗㄝㄚ ㄖㄛㄪㄨㄌ ㄇㄣ.」 {’ād ɗōu ɗē. ṫmōi ṫmōi nih gāŋēa bɨdzēa røvul mēn.}

ខ: ចុះទៅនៅពេលណា？B:什麼時候去呢？

「ㄐㄛㄏㄉㄜㄨ ㄋㄜㄨ ㄅㄝㄌ ㄋㄚ?」 {johɗōu nōu bēl ṇā?}

ក: ប្រហែលជាទៅនៅម៉ោងបួន ។ A:四點鐘左右去。

「ㄅㄖㄛㄏㄚㄝㄌㄗㄝㄚ ㄉㄜㄨ ㄋㄜㄨ ㄇㄠㄫㄅㄨㄜㄋ.」 {Brūhāelzēa ɗōu nōu māoŋBūən.}

ខ: អ្នកនឹងទៅហាងអ្វី？B:去什麼商店呢？

「ㄋㄝㄚㄍ ㄋㄨㄫ ㄉㄜㄨㄏㄤ’ㄛㄪㄟ?」 {nēag nwŋ ɗōu hāŋ ’avōi?}

ក: ផ្សារទំនើបឡាក់គី ។ A:幸運超市。

「ㄆㄙㄚ ㄉㄡㄇㄋㄜㄅ ㄌㄚㄍㄍㄧ.」 {psā ɗouṃnōB ḷággī.}

ខ: វាគឺនៅឆ្ងាយឬ？B:遠嗎？

「ㄪㄝㄚ ㄍㄨ ㄋㄜㄨ ㄑㄫㄚㄧ ㄖㄨ?」 {vēa ġw̄ nōu qŋāy rw̄?}

ក: មិនឆ្ងាយទេ ។ នៅក្បែរនោះ។ A:不遠。就在附近。

「ㄇㄧㄣ ㄑㄫㄚㄧ ㄉㄝ. ㄋㄜㄨ ㄍㄅㄚㄝ ㄋㄨㄏ.」 {min qŋāy ɗē. nōu gBāe nuh.}

ខ: ជួយទិញសាំងវិចនៅហាងនោះឱ្យខ្ញុំបានទេ？B:在商店幫我買一個三明治好嗎？

「ㄗㄨㄟ ㄉㄧㄏ ㄙㄤ ㄪㄧㄐ ㄋㄜㄨ ㄏㄤ ㄋㄨㄏ ’ㄠㄧ ㄎㄏㄛㄇ ㄅㄢ ㄉㄝ?」 {zūəy ɗiñ sāŋ vɨj nōu hāŋ nuh ’āōy kñoṃ Bān ɗē?}

ក: បាន ។ A:好的。

「ㄅㄢ.」 {Bān.}

ខ: ប្រាក់របស់អ្នកគ្រប់ឬទេ？B:你的錢夠嗎？

「ㄅㄖㄚˋ ㄖㄛˋㄅㄚˇ ㄋㄝㄚˋ 《ㄖㄛˋ ㄖㄨ�ㄝ?」 {Brág røBɑH nēag ġroB rw̄dē?}

ក: ខ្ញុំមិនច្បាស់ដែរ ។ A:我不太肯定。

「ㄎㄖㄛㄇ ㄇㄧㄣ ㄐㄅㄚˇ ㄉㄚㄝ.」 {kñoṃ min jBáH Dāe.}

ខ: តើអ្នកមានលុយប៉ុន្មាន？B:你有多少錢？

「ㄉㄚㄜ ㄋㄝㄚ《 ㄇㄝㄢ ㄌㄨㄟ ㄅㄛㄋㄇㄢ?」 {dāə nēag mēan luy bonmān?}

ក: ៦៥០០០ (ហុកសិបប្រាំ ៣ាន់) រៀល ។ តើអ្នកគិតថាគ្រប់ទេ？A:65000 瑞爾。你覺得夠嗎？

「ㄏㄛ《ㄇㄧㄣ ㄅㄖㄚㄇ ㄅㄛㄢ ㄖㄧㄜㄌ. ㄉㄚㄜ ㄋㄝㄚ《 《ㄧㄉㄧㄚ 《ㄖㄛˋ ㄉㄝ?」 {hogsɪB Brāṃ boán rīəl. dāə nēag ġidïä ġroB dē?}

ខ: ប៉ុននេះមិនគ្រប់ទេ ។ B:這不太夠。

「ㄅㄛㄣ ㄋㄧˇ ㄇㄧㄣ 《ㄖㄛˋ ㄉㄝ.」 {bon nih min ġroB dē.}

ក: ខ្ញុំគិតថាអាចគ្រប់ ។ ខ្ញុំនៅមានកាតក្រេឌិតពីរទៀត ។ A:我想會夠的。我還有兩張信用卡。

「ㄎㄖㄛㄇ 《ㄧㄉㄧㄚ 'ㄚㄐ 《ㄖㄛˋ. ㄎㄖㄛㄇ ㄋㄛㄨ ㄇㄝㄢ 《ㄚ̀ㄉ 《ㄖㄝ ㄉㄧ̌ㄉ ㄅㄧ ㄉㄧㄜㄉ.」 {kñoṃ ġidïä'äj ġroB. kñoṃ nōu mēan gād grē Ḍīd bī dïəd.}

ខ: ខ្ញុំឱ្យ ១៥០០០ (ដប់ប្រាំ ៣ាន់) រៀលសិន ។ B:我先給 15000 瑞爾吧。

「ㄎㄖㄛㄇ 'ㄛ一 ㄉㄛˋㄅㄖㄚㄇ ㄅㄛㄢ ㄖㄧㄜㄌ ㄙㄧㄣ.」 {kñoṃ 'āōy DɑBBrām boán rīəl sɪn.}

ក: អរគុណ ។ ត្រឡប់មកវិញជួបគ្នា ។ A:謝謝。回頭見。

「ㄛ《ㄨㄋ. ㄉㄖㄛˋㄌㄛˋㄅ ㄇㄛ《ㄨ一ㄏ ㄐㄨㄜˋ《ㄋㄝㄚ.」 {'āġuṇ. drɑ̀ɭaB møgviñ zūəBġnēa.}

ខ: ជួបគ្នាម្ដងទៀត ។ B:再見。

「ㄐㄨㄜˋ《ㄋㄝㄚ ㄇㄉㄛ兀ㄉㄧㄜㄉ.」 {zūəBġnēa mDɑ̄ŋdïəd.}

123

對話一 ការសន្ទនា ១ (ទីមួយ) 《ㄍㄚㄥㄉㄋ Y ㄉ一ㄇㄨㄟ》 {gāsāndønēa dīmūəy}

A: ជំរាបសួរ, លោក ។ ខ្ញុំអាចជួយលោកបានឬទេ? 您好，先生。我可以幫你嗎？

「ㄗㄨㄇㄖㄝㄚㄅㄥㄨㄜ, ㄌㄨㄍ. ㄎㄋㄛㄇ 'ㄚㄐ ㄗㄨㄟ ㄌㄨㄍ《 ㄅㄢ ㄖㄨㄉㄝ?」 {zouṃrēaBsūə, lōug. kñoṃ 'āj zūəy lōug Bān rw̄dē?}

B: បាទ ។ តើខ្ញុំអាចមើលអាវសីមីនៅធ្នើខាងលើបំផុតបានឬទេ? 是的。我可以看看架子最上面的襯衫嗎？

「ㄅㄚㄉ. ㄉㄚㄜ ㄎㄋㄛㄇ 'ㄚㄐ ㄇㄝㄌ 'ㄚㄪ ㄥㄜㄇ一 ㄋㄡ ㄊㄋㄜ ㄎㄤㄜ ㄅㄚㄇㄆㄛㄉ ㄅㄢ ㄖㄨㄉㄝ?」 {Bād. dāə kñoṃ 'āj mōl 'āv sœ̆mī nōu t̆nō kāŋlō Baṃpod Bān rw̄dē?}

A: ប្រាកដជាបាន ។ នេះ ។ 當然可以。給您。

「ㄅㄖㄚㄍㄛㄉㄗㄝㄚ ㄅㄢ. ㄋ一ㄏ.」 {BrāgōDzēa Bān. nih.}

B: ថ្លៃប៉ុន្មាន? 要多少錢？

「ㄊㄌㄞ ㄅㄛㄣㄇㄢ?」 {ŧlai bonmān?}

A: ២៣០០០ (ពីរម៉ឺនបីពាន់) រៀល ។ 23000 瑞爾。

「ㄅ一 ㄇㄣ ㄅㄛㄟ ㄅㄛㄢ ㄖ一ㄜㄌ.」 {bī mœ̆n Bōi boán rīəl.}

B: ២៣០០០ (ពីរម៉ឺនបីពាន់) រៀល ។ ថ្លៃពេកហើយ ។ 23000 瑞爾。太貴了。

「ㄅ一 ㄇㄣ ㄅㄛㄟ ㄅㄛㄢ ㄖ一ㄜㄌ. ㄊㄌㄞ ㄅㄝ《 ㄏㄚㄟ.」 {bī mœ̆n Bōi boán rīəl. ŧlai bēg hāəy.}

A: ចុះមួយនេះយ៉ាងម៉េចដែរ? លក់តែ ២០០០០ (ពីរម៉ឺន) រៀលទេ ។ 這件怎麼樣？只售 20000 瑞爾。

「ㄐㄛㄏ ㄇㄨㄟ ㄋ一ㄏ 一ㄤㄇㄝㄐ ㄉㄚㄟ? ㄌㄨㄍ ㄉㄞㄝ ㄅ一 ㄇㄣ ㄖ一ㄜㄉ ㄉㄝ.」 {joh mūəy nih yāŋmēj Dāe? lug dāe bī mœ̆n rīəl dē.}

B: មួយនេះខ្ញុំមិនចូលចិត្តទេ ។ 我不喜歡這個。

「ㄇㄨㄟ ㄋ一ㄏ ㄎㄋㄛㄇ ㄇㄣ ㄐㄛㄌㄐㄧㄉㄉ ㄉㄝ.」 {mūəy nih kñoṃ min jōljidd dē.}

A: មួយនេះយ៉ាងម៉េច? 這件怎樣？

「ㄇㄨㄟ ㄋ一ㄏ 一ㄤㄇㄝㄐ?」 {mūəy nih yāŋmēj?}

B: ល្អណាស់ ។ ថ្លៃប៉ុន្មាន? 很好。多少錢？

「ㄌ'ㄛ ㄋㄚㄏ. ㄊㄌㄞ ㄅㄛㄣㄇㄢ?」 {l'ā ṇáH. ŧlai bonmān?}

A: ១៩០០០ (មួយម៉ឺនប្រាំបួនពាន់) រៀល ។ 19000 瑞爾。

「ㄇㄨㄟ ㄇㄣ ㄅㄖㄚㄇㄅㄨㄜㄋ ㄅㄛㄢ ㄖ一ㄜㄌ.」 {mūəy mœ̆n BrāṃBūən boán rīəl.}

B: ស្អាតណាស់ ។ 不錯。

「ㄙㄚˋ ㄋㄚˋ ㄏ.」 {s'ād ṇáH.}

A: ពណ៌នេះបានឬទេ? ឬអ្នកចង់បានពណ៌ផ្សេង? 這個顏色行嗎？或者你想不同的顏色？

「ㄅㄛㄣ ㄋㄧˇ ㄅㄢ ㄖㄨㄉㆤ? ㄖㄨ ㄋㅔㄚㄍ ㄐㄤㄅㄢ ㄅㄛㄣ ㄆㄙㄥˇ?」 {boṇ nih Bān rw̄dē? rw̄ nēag jaŋBān boṇ psēŋ?}

B: មួយពណ៌ខៀវនោះល្អណាស់ ។ 那件藍色的很好。

「ㄇㄨㄟ ㄅㄛㄣ ㄎㄧㄝㄞㄅ ㄋㄨㄏ ㄌ'ㄚ ㄋㄚˋ ㄏ.」 {mūəy boṇ kīəv nuh l'ā ṇáH.}

A: អាវសិមិនេះអ្នកត្រូវការយកថែមទៀតឬទេ? 這種襯衫你需要更多嗎？

「'ㄚㄞ ㄙㄜㄇㄧ ㄋㄧˇ ㄋㅔㄚㄍ ㄌㄖㄛㄞㄍㄚ ㄧㄛㄍ ㄊㄚㅔㄇㄉㄧㄝㄉ ㄖㄨㄉㄝ?」 {'āv sœ̄mī nih nēag drōvgā yøg tāemdīəd rw̄dē?}

B: បាទ ។ 是的。

「ㄅㄚㄉ.」 {Bād.}

A: អ្នកយកប៉ុន្មានអាវ? 你想要幾件？

「ㄋㅔㄚㄍ ㄧㄛㄍ ㄅㄛㄣㄇㄢ 'ㄚㄞ?」 {nēag yøg bonmān 'āv?}

B: ខ្ញុំយកអាវពីរ, ពណ៌ក្រហមមួយ និងពណ៌សមួយ ។ ចុះថ្លៃឱ្យខ្ញុំបន្តិចមក ។ 我要兩件，一件紅色的和一件白色的。多給我優惠些。

「ㄎㄋㄛㄇㄧㄛㄍ 'ㄚㄞ ㄅㄧ, ㄅㄛㄣ ㄍㄖㄛㄏㄜㄇ ㄇㄨㄟ ㄋㄧㄥ ㄅㄛㄣㄙㄛ ㄇㄨㄟ. ㄐㄛㄏㄞㄌㄞ 'ㄞㄧ ㄎㄋㄛㄇ ㄅㄢㄉㄧㄐ ㄇㄛㄍ.」 {kñoṃ yøg 'āv bī, boṇ grāhām mūəy niŋ boṇsā mūəy. johilai 'āōy kñoṃ BānDɪj møg.}

A: ចុះឱ្យ ១០០០ (មួយ ពាន់) រៀល ។ សរុប ៣៧០០០ (បីម៉ឺនប្រាំពីរពាន់) រៀល ។ នេះយកចុះ ។ 減少 1000 瑞爾。一共 37000 瑞爾。給您。

「ㄐㄛㄏ 'ㄞㄧ ㄇㄨㄟ ㄅㄛㄢ ㄖㄧㄝㄌ. ㄙㄛㄖㄨㄅ ㄅㄞ ㄇㄜㄣ ㄅㄖㄚㄇㄅㄧ ㄅㄛㄢ ㄖㄧㄝㄌ. ㄋㄧˇ ㄧㄛㄍ ㄐㄛㄏ.」 {joh 'āōy mūəy boán rīəl. sāruB Bōi mœ̄n Brāṃbī boán rīəl. nih yøg joh.}

B: សូមអរគុណ ។ 謝謝。

「ㄙㄛㄇ 'ㄛㄍㄨㄣ.」 {sōm 'āĝuṇ.}

對話二 ការសន្ទនា ២ (ទីពីរ) 「ㄍㄚㄙㄛ̤ㄋㄉㄛ̤ㄋㄝㄚ ㄉㄧㄅㄧ」 {gāsāndønēa ďībī}

A: អតិថិជនច្រើនយ៉ាងនេះ, តើមានរឿងអី? 這麼多顧客，這是怎麼回事？

「'ㄛ̤ㄉㄧ̤ㄊㄧ̤ㄗㄛ̤ㄋ ㄐㄖ'ㄚㄜㄋ ㄧㄤ ㄋㄧㄏ, ㄉㄚㄜ ㄇㄝㄢ ㄖ'ㄨ̤ㄜㄫ 'ㄟ?」 {'ādıtızøn jrāən yāŋ nih, dāə mēan rw̄əŋ 'ǝi?}

B: ខ្ញុំកំពុងតែតម្រង់ជួរទិញទូរទស្សន៍ម៉ាកថ្មីមួយគ្រឿង ។ 我在排隊購買一台新型電視機。

「ㄎㄏㄛㄇ ㄍㄛ̤ㄇㄅㄨㄫㄉㄚㄝ ㄉㄛ̤ㄇㄖ'ㄛㄫ ㄗㄨㄜ ㄉㄧ̤ㄏ ㄉㄨㄖ'ㄛ̤ㄉㄛ̤ㄙ ㄇㄚㄍ ㄊㄇㄟ ㄇㄨㄟ ㄍㄖ'ㄨ̤ㄜㄫ.」 {kñoṃ gaṃbuŋdāe dāmroŋ zūə ďiñ ďūrødøs māg ṫmǝi mūəy ġrw̄əŋ.}

A: ជួរវែងណាស់ ។ ហេតុអ្វីក៏មិនចាំមកទិញនៅថ្ងៃស្អែកវិញ? 排隊太長。為什麼不明天再來？

「ㄗㄨㄜ ㄪㄥ ㄋㄚㄏ. ㄏㄝㄉ'ㄛ̤ㄪㄟ ㄍㄛ̤ ㄇㄧ̤ㄣ ㄐㄚㄇ ㄇㄛ̤ㄍ ㄉㄧ̤ㄏ ㄋㄜㄨ ㄊㄫㄞㄙ'ㄚㄝㄍ ㄪㄧ̤ㄏ?」 {zūə vēŋ ṇáH. hēd'ɑvǝi gā mɨn jāṃ møg ďiñ nǝu ṫŋais'āeg viñ?}

B: បាន, តោះយើងទៅផ្សារ ។ 好，我們去集貿市場吧。

「ㄅㄢ, ㄉㄠㄏ ㄧㄥ ㄉㄜㄨ ㄆㄙㄚ.」 {Bān, daoh yǝŋ ďǝu psā.}

A: ពងមាន់ លក់យ៉ាងម៉េច? 雞蛋怎麼賣？

「ㄅㄛ̤ㄫㄇㄛㄢ ㄌㄨㄍ ㄧㄤㄇㄝㄐ?」 {bøŋmoán lug yāŋmēj?}

B: ដប់ថ្លៃ ២០០០ (ពីរ ពាន់) រៀល ។ 十個 2000 瑞爾。

「ㄉㄛ̤ㄅ ㄊㄌㄞ ㄅㄧ ㄅㄛㄢ ㄖ'ㄧㄜㄌ.」 {DɑB ṫlai bī boán rīəl.}

A: ខ្ញុំទិញដប់គ្រាប់ ។ 買十個吧。

「ㄎㄏㄛㄇ ㄉㄧ̤ㄏ ㄉㄛ̤ㄅ ㄍㄖ'ㄛㄚㄅ.」 {kñoṃ ďiñ DɑB ġroáB.}

B: បាន ។ 好的。「ㄅㄢ.」 {Bān.}

A: ខ្ញុំបានទិញសាច់មាន់ទៀត ។ 我還買了雞肉。

「ㄎㄏㄛㄇ ㄅㄢ ㄉㄧ̤ㄏ ㄙㄚㄐ ㄇㄛㄢ ㄉㄧㄜㄉ.」 {kñoṃ Bān ďiñ sáj moán ďīəd.}

B: តើអ្នកមានទិញផ្លែឈើខ្លះទេ? 你有沒有買些水果？

「ㄉㄚㄜ ㄋㄝㄚㄍ ㄇㄝㄢ ㄉㄧ̤ㄏ ㄆㄌㄚㄝㄘㄜ ㄎㄌㄚㄏ ㄉㄝ?」 {dāə nēag mēan ďiñ plāecǝ klah ďē?}

A: ក្រៅពីមង្ឃុត, ខ្ញុំទិញត្របែកនិងសាវម៉ាវទៀត ។ 除了山竹，我還買了芭樂和紅毛丹。

「ㄍㄖ'ㄠㄅㄧ ㄇㄛ̤ㄫㄎㄨㄉ, ㄎㄏㄛㄇ ㄉㄧ̤ㄏ ㄉㄖ'ㄛ̤ㄅㄚㄝㄍ ㄋㄧ̤ㄥ ㄙㄚㄪㄇㄚㄪ ㄉㄧㄜㄉ.」 {grāubī møŋkud, kñoṃ ďiñ drāBāeg niŋ sāvømāv ďīəd.}

B: នេះជាអ្វី? 這是什麼？「ㄋㄧㄏ ㄗㄝㄚ 'ㄛ̤ㄪㄟ?」 {nih zēa 'ɑvǝi?}

A: ផ្លែខ្នុរ ។ 菠蘿蜜。「ㄆㄌㄚㄝ ㄎㄋㄛ.」 {plāe kno.}

【語法說明】 ការពន្យល់ វេយ្យាករណ៍ 「ㄍㄚㄅㄛㄋㄩㄌ ㄞㄟㄝㄝㄚㄍㄛ」{gābønyul vēyyēagā}

數詞

1) 基數詞個位數：1~5 為獨立單詞；6-9 為 5+1~4。整十位數，10、20 為固有詞彙，30-90 的 "十" ㄙㄧㄅ 「ㄙㄧㄅ」{sıB}、30,40,70-90 的第一音借用廣東話音；50,60 第一音與泰語發音相同。

個位	柬文及發音		中	十位	柬文及發音		中
១	មួយ「ㄇㄨㄟ」	{mūəy}	一	១០	ដប់「ㄉㄛㄅ」	{DɑB}	十
២	ពីរ「ㄅㄧ」	{bī}	二	២០	ម្ភៃ「ㄇㄛㄆㄞ」	{møṗəi}	二十
៣	បី「ㄅㄟ」	{Bəi}	三	៣០	សាមសិប「ㄙㄚㄇㄧㄅ」	{sāmsıB}	三十
៤	បួន「ㄅㄨㄛㄋ」	{Būən}	四	៤០	សែសិប「ㄙㄞㄝㄧㄅ」	{sāesıB}	四十
៥	ប្រាំ「ㄅㄖㄚㄇ」	{Brāṃ}	五	៥០	ហាសិប「ㄏㄚㄙㄧㄅ」	{hāsıB}	五十
៦	ប្រាំមួយ「ㄅㄖㄚㄇㄇㄨㄟ」	{Brāṃmūy}	六	៦០	ហុកសិប「ㄏㄛㄍㄇㄧㄅ」	{hogasıB}	六十
៧	ប្រាំពីរ「ㄅㄖㄚㄇㄅㄧ」	{Brāṃbī}	七	៧០	ចិតសិប「ㄐㄧㄉㄙㄧㄅ」	{jıdsıB}	七十
៨	ប្រាំបី「ㄅㄖㄚㄇㄅㄟ」	{BrāṃBəi}	八	៨០	ប៉ែតសិប「ㄅㄚㄝㄉㄙㄧㄅ」	{bāedsıB}	八十
៩	ប្រាំបួន「ㄅㄖㄚㄇㄅㄨㄛㄋ」	{BrāṃBūən}	九	៩០	កៅសិប「ㄍㄠㄙㄧㄅ」	{gāusıB}	九十

2) 其他數字及例詞：១០០-១០០០០០០ 可在詞前加 មួយ(一)；020 為電話區號；2016 為年代讀法。

整位	柬文及發音	例詞	柬文及發音
零	សូន្យ「ㄙㄛㄋ」{sōn}	020	សូន្យពីរសូន្យ「ㄙㄛㄋ ㄅㄧ ㄙㄛㄋ」 {sōn bī sōn}
百	រយ「ㄖㄛㄟ」{røy}	568	ប្រាំរយហុកសិបប្រាំបី「ㄅㄖㄚㄇㄖㄛㄟ ㄏㄛㄍㄇㄧㄅ ㄅㄖㄚㄇㄅㄟ」{Brāṃrøy hogsıB BrāṃBəi}
千	ពាន់「ㄅㄛㄢ」{boán}	2016	ពីរពាន់ដប់ប្រាំមួយ「ㄅㄧㄅㄛㄢ ㄉㄛㄅ ㄅㄖㄚㄇㄇㄨㄟ」{bīboán DɑB Brāṃmūy}
萬	ម៉ឺន「ㄇㄣ」{mēn}	70300	ប្រាំពីរម៉ឺនបីរយ「ㄅㄖㄚㄇㄅㄧ ㄇㄣ ㄅㄟㄖㄛㄟ」{Brāṃbī mēn Bəirøy}
十萬	សែន「ㄙㄚㄝㄋ」{sāen}	800190	ប្រាំបីសែនមួយរយកៅសិប「ㄅㄖㄚㄇㄅㄟㄙㄚㄝㄋ ㄇㄨㄟ ㄖㄛㄟ ㄍㄠㄙㄧㄅ」{BrāṃBəisāen mūəy røy gāusıB}
百萬	លាន「ㄌㄝㄋ」{lēan}	3500076	បីលានចិតសិបប្រាំមួយ「ㄅㄟㄌㄝㄋ ㄐㄧㄉㄙㄧㄅ ㄅㄖㄚㄇㄇㄨㄟ」{Bəilēan jıdsıB Brāṃmūy}

3) 序數詞在基數詞前加 ទី「ㄉㄧ」{dī}；小數點讀為 ចំណុច「ㄐㄛㄇㄋㄛㄐㄟ」{jaṃṇoj}或 ចុD「ㄐㄛㄉ」{joD}。

4) 分數、正數：ប្រ បី ភាគ ប្រាំ「ㄅㄛㄍ ㄅㄟ ㄆㄝㄍ ㄅㄖㄚㄇ」{Bøg Bəi ṗēaɡ Brāṃ}五分之三。

5) 百分數、負數：ដគ ប្រាំ ភាគ រយ「ㄉㄚㄍ ㄅㄖㄚㄇ ㄆㄝㄍ ㄖㄛㄟ」{Dāg Brāṃ ṗēaɡ røy}百分之五。

量詞

和國語一樣，柬埔寨語也有量詞，而且量詞往往有具體的含義，這裡舉出一些。

◎កញ្ចប់「ㄍㄛㄋㄐㄛㄅ」{gāñjaB} 包；例：ស្ករពីរកញ្ចប់「ㄙㄍㄛ ㄅㄧ ㄍㄛㄋㄐㄛㄅ」{sgā bī gāñjaB}兩包糖

◎ពែង「ㄅㄣ」{bēŋ} 杯；例：ទឹកបីពែង「ㄉㄨㄍ ㄅㄟ ㄅㄣ」{dwg Bəi bēŋ}三杯水 　　　　「支鉛筆

◎ដើម「ㄉㄚㄛㄇ」{Dāəm} 根，支；例：ខ្មៅដៃដប់ដើម「ㄎㄇㄠㄉㄞ ㄉㄛㄅ ㄉㄚㄛㄇ」{kmāuDai DɑB Dāəm}十

◎គ្រឿង「ㄍㄖㄨㄛㄞ」{ɡrwəŋ} 部，台；例：កង់ពីរគ្រឿង「ㄍㄛㄋ ㄅㄧ ㄍㄖㄨㄛㄞ」{ɡaŋ bī ɡrwəŋ}兩台單車

◎ដង「ㄉㄛㄞ」{Dāŋ} 次，回；例：ទៅបីដង「ㄉㄛㄨ ㄅㄟ ㄉㄛㄞ」{dōu Bəi Dāŋ}去三次

◎ខ្នង「ㄎㄋㄛㄞ」{knāŋ} 棟；例：វិមានពីរខ្នង「ㄨㄧㄇㄝㄋ ㄅㄧ ㄎㄋㄛㄞ」{vimēan bī knāŋ}兩棟樓房

◎រូប「ㄖㄨㄅ」{rūB} 幅；例：រូបភាពបីរូប「ㄖㄨㄅ ㄆㄝㄚㄅ ㄅㄟ ㄖㄨㄅ」{rūB ṗēab Bəi rūB}三幅圖畫

◎កំប៉ុង「ㄍㄛㄇㄅㄛㄞ」{gaṃboŋ} 罐；例：ស្រាពីរកំប៉ុង「ㄙㄖㄚ ㄅㄧ ㄍㄛㄇㄅㄛㄞ」{srā bī gaṃboŋ}兩罐酒

◎លុត「ㄘㄨㄉ」{cud} 間；例：បន្ទប់បីលុត「ㄅㄛㄋㄉㄨㄅ ㄅㄟ ㄘㄨㄉ」{BānduB Bəi cud}三間房

【練習鞏固】 ជេវិលមហាត់ 「ㄊㄝㄅ一ㄌㄇㄜㄏㄚㄉ」{tĕvīlməhád}

1. 請把下列句子翻譯成柬埔寨文。

   1) 我們走吧。

   _____

   2) 多少錢？

   _____

   3) 我要五件。

   _____

2. 請把下列句子翻譯成中文。

   1) ពងមាន់មួយថ្លៃកំរៃយរៀល។ 「ㄅㄜㄇㄇㄛㄢ ㄇㄨㄟ ㄊㄌㄞ ㄅ一 ㄖㄜ一 ㄖ一ㄝㄌ」{bøŋmoán mūəy tlai bī røy rīəl.}

   _____

   2) ខ្ញុំត្រូវទៅហាងការទិញរបស់។ 「ㄎㄋㄛㄇ ㄅㄖㄛㄅ ㄉㄜㄨ ㄏㄤ ㄍㄚ ㄉ一ㄋ ㄖㄜㄅㄛㄏ」{kñoṃ drõv đōu hāŋ gā điñ røBaH.}

   _____

   3) ហាងបើកទ្វារនៅពេលណា？ 「ㄏㄤ ㄅㄧㄜ ㄍㄛㄉㄎㄝㄚ ㄋㄜㄨ ㄅㄝㄉ ㄋㄚ？」{hāŋ Bāə gādvēa nõu bēl ŋā?}

   _____

3. 記熟下面數字的表達。

   1) 千萬 ដប់លាន 「ㄌㄛㄅㄌㄝㄢ」{DaBlēan} 或者 កោដិ 「ㄍㄠㄉ」{gāoD}

   2) 萬萬(億) មួយរយលាន 「ㄇㄨㄟ ㄖㄜ一 ㄌㄝㄢ」{mūəy røy lēan}

   3) 十億 មួយពាន់លាន 「ㄇㄨㄟ ㄅㄛㄢ ㄌㄝㄢ」{mūəy boán lēan}

   4) 萬億 កោដិលាន 「ㄍㄠㄉ ㄌㄝㄢ」{gāoD lēan}

ផ្សារ ថៃ ហួត

「ㄆㄙㄚ ㄊㄞ ㄏㄨㄜㄉ」{psā tai hūəd}

泰發超市("泰發" 為臺灣方言和福建話發音，更接近海南話)

Market THAI HUOT in Hokkien

第十三課 郵電與互聯網

មេរៀនទី ១៣ (ដប់បី) ប្រៃសណីយ៍, ទូរគមនាគមន៍និងអ៊ីនធឺណិត

「ㄇㄝㄖㄧㄢㄋ ㄉㄧ ㄉㄛㄅ ㄅㄛㄧ ㄅ៉ㄖㄞㄙㄚㄋㄖㄧㄟ, ㄉㄨㄍㄛ ㄇㄋㄝㄚㄍㄛㄇ ㄋㄧㄥ 'ㄧㄣㄊㄨㄋㄧㄉ」

{mērīən dī DɑB Bōi Braisāṇōiy, dūġø mnēaġøm niŋ 'īnīw̌ṇɿd}

Lesson 13. Posts, Telecommunications and Internet

【詞語學習】 ការរៀន វាក្យសព្ទ 「ㄍㄚ ㄖㄧㄢ ㄈㄝㄚㄍㄛㄅㄉ」 {gārīən vēagsābd}

△ ប្រៃសណីយ៍ 「ㄅ៉ㄖㄞㄙㄚㄋㄖㄧㄟ」 {Braisāṇōiy} 郵局，郵政

△ ទូរគមនាគមន៍ 「ㄉㄨㄍㄛ ㄇㄋㄝㄚㄍㄛㄇ」 {dūġø mnēaġøm} 電訊

△ ទាក់ទង 「ㄉㄝㄚㄍㄉㄛㄥ」 {deagdøŋ} 聯繫，聯絡

△ នៅផ្ទះ 「ㄋㄜㄨㄆㄉㄝㄚㄏ」 {nōupđeah} 在家

△ ចេញទៅ 「ㄐㄝㄋ ㄉㄜㄨ」 {jēñ dōu} 向前，出去

△ ក្រៅ 「ㄍㄖㄠ」 {grāu} 外，外面，外部

△ ពេលនោះ 「ㄅㄝㄌㄋㄨㄏ」 {bēlnuh} 然後，那時

△ លេខទូរស័ព្ទ 「ㄌㄝㄎ ㄉㄨㄖㄛㄙㄚㄅㄉ」 {lēk dūrøsabd} 電話號碼

△ ចង់ឱ្យ 「ㄐㄛㄥ'ㄠㄧ」 {jaŋ'āōy} 想要

△ បញ្ចូល 「ㄅㄛㄋㄐㄛㄌ」 {Bāñjōl} 輸入

△ អ៊ីម៉ែល 「'ㄧㄇㄝㄌ」 {'īmēl} 電郵，電子郵件(email)

△ ឧទាហរណ៍: 「'ㄛㄉㄝㄚㄏㄛ」 {'ođēahā} 例如：

△ ប្រៅស៊ើរ 「ㄅ៉ㄖㄠㄙㄝ」 {Brāusœ} 流覽器(browser)

△ គណនី 「ㄍㄛㄋㄛㄋㄧ」 {ġøṇānī} 帳戶

△ បន្ទាប់មក 「ㄅㄛㄋㄉㄛㄚㄅㄇㄛㄍ」 {BāndoáBmøg} 然後

△ ជាមួយនឹង 「ㄗㄝㄚㄇㄨㄥㄋㄨㄥ」 {zēamūəynwŋ} 接著

△ អិក្សប្រេស 「'ㄧㄍㄙㄅㄖㄝㄙ」 {'igsBrēs} 快遞，快件(express)

△ ក្នុង 「ㄍㄋㄛㄥ」 {gnoŋ} 裡面

△ ទស្សនាវដ្តី 「ㄉㄛㄙㄙㄚㄋㄚㄈㄛㄉㄉㄟ」 {døssānāvøDdōi} 雜誌

△ វចនានុក្រម 「ㄈㄛㄐㄛㄋㄚㄋㄨㄍㄖㄛㄇ」 {vøjānānugrām} 詞典，字典

△ បញ្ញ 「ㄅㄛㄋㄋㄛ」 {Bāññə} 郵件，郵包

△ សំណុំ 「ㄙㄛㄇㄋㄛㄇ」 {saṃṇoṃ} 包裹，小包

△ តារាង 「ㄉㄚㄖㄤ」 {dārāŋ} 表，單子(不規則發音)

△ អ៊ីចឹង 「'ㄧㄐㄛㄥ」 {'ījœŋ} 那麼就，這樣就

△ តែម 「ㄉㄚㄝㄇ」 {dāem} 郵票

△ អន្តរជាតិ 「'ㄛㄋㄉㄛㄖㄛㄗㄝㄚㄉ」 {'ānDārøzēad} 國際的

△ វិស្វករ 「ㄈㄧㄙㄈㄛㄍㄛ」 {visvāgā} 技師

△ ដោះស្រាយបញ្ហា 「ㄉㄠㄏㄙㄖㄚㄧ ㄅㄛㄋㄏㄚ」 {Daohsrāy Bānōhā} 解決問題

△ ពឹង 「ㄅㄨㄥ」 {bwŋ} 依賴；麻煩

△ មិនដឹងជា 「ㄇㄧㄣ ㄉㄛㄥㄗㄝㄚ」 {min Dœŋzēa} 困惑

△ ឯកសារ 「ˊㄚㄝㄍㄙㄚ」 {'aēgsā} 文檔，檔案

△ ចេញ 「ㄐㄝㄏ」 {jēñ} 出去，外出

△ សោះ 「ㄙㄠㄏ」 {saoh} 沒有，無

△ ប្រភេទ 「ㄅㄖㄛㄆㄝㄉ」 {Brāpēd} 類，類型

△ រាយការណ៍ 「ㄖㄛㄅㄚㄧㄍㄚ」 {røBāygā} 報告，編寫

△ កម្មវិធី 「ㄍㄛㄇㄇㄞˉㄊㄧ」 {gāmmviīī} 程式

△ បញ្ចប់ 「ㄅㄛㄍㄐㄛㄅ」 {BāñjaB} 完，完成

△ យប់មិញ 「ㄧㄨㄅㄇㄧㄏ」 {yuBmiñ} 昨晚

△ ស្រាប់តែ 「ㄙㄖㄚˋㄅㄉㄚㄝ」 {sráBdāe} 忽然

△ លែង 「ㄌㄥ」 {lēŋ} 不再

△ មេរោគ 「ㄇㄝㄖㄨㄍ」 {mērōuġ} 病毒

△ ឆែក 「ㄑㄚㄝㄍ」 {qāeg} 檢查(英文：check)；捷克(Czech)

△ ស្ងែកនេះ 「ㄙˊㄚㄝㄍㄛㄋㄧㄏ」 {s'āegānih} 明天

△ ក្រោយពេល 「ㄍㄖㄠㄧㄅㄝㄌ」 {grāoybēl} 在…以後

△ ចុង 「ㄐㄛㄫ」 {joŋ} 完

△ ចា 「ㄐㄚ」 {ja} 對，好

△ ក្រោយមក 「ㄍㄖㄠㄧㄇㄛㄍ」 {grāoymøg} 後來，稍後

△ ពេញមួយថ្ងៃ 「ㄅㄝㄏㄇㄨㄜㄧㄊㄫㄞ」 {bēñmūəyiŋai} 整天，全天

△ បាយ 「ㄅㄚㄧ ㄅㄚㄧ」 {Bāy Bāy} 再見(bye-bye)

△ ច្រឡំ 「ㄐㄖㄛㄌㄛㄇ」 {jrāļaŋ} 混淆，弄錯

△ ជូនដំណើរ 「ㄗㄨㄣㄉㄛㄇㄋㄚㄛ」 {zūnDaṃņāo} 陪同，送行

△ ថែរក្សា 「ㄊㄚㄝㄖㄛㄍㄙㄚ」 {īāerøgsā} 關照

△ ខ្លួន 「ㄎㄌㄨㄛㄋ」 {klūən} 自己

△ ពេលទំនេរ 「ㄅㄝㄉ ㄉㄨㄇㄋㄝ」 {bēl doumņē} 有空，得閒，空閒

បេប៊ី ហោស់(មានលក់សំភារៈទារកនិងកុមារ)

「ㄅㄝㄅㄧ ㄏㄠㄙ (ㄇㄝㄢ ㄌㄨㄍ ㄙㄛㄇㄆㄝㄚㄖㄝㄚˋ ㄉㄝㄚㄖㄛㄍ ㄋㄧㄫ ㄍㄛㄇㄚ)」

{BēBī hāos(mēan lug saṃpēarea' đēarøg niŋ gomā)}

寶貝之家(有嬰幼兒設備出售)

柬語字母拼寫的英語詞 Baby House (for Sale of Baby and Child Equipments)

【範例課文】 អត្ថបទសំរ「ㄉㄜˇㄌㄩㄊㄨㄥ《ㄨ𠲖ㄨ」{'ādiāBād gouṃrū}

一、吳大尚(A)為父親打電話聯絡烏敦經理，臘妮(B)小姐接到電話。១) លោក អ៊ូ តាសាង (ក) ហៅទូរ សព្ទ ទៅទាក់ទងអ្នកគ្រប់គ្រង ឧត្តម ឲ្យឪពុកគាត់, រតនី (ខ) ទទួលទូរស័ព្ទ ។「ㄇㄨㄟ) ㄌㄨㄍ 'ㄜㄌㄚㄙㄤ《ㄍㄚ) ㄏㄠ ㄉㄨ ㄙㄚㄅ ㄉㄜㄨ ㄉㄜㄚㄍㄉㄜㄥ ㄋㄝㄚㄍㄍㄖㄜㄅㄍㄖㄜㄥ 'ㄜㄉㄚㄇ '一ㄡㄅㄨㄍ 《ㄜㄚㄉ, ㄖㄜㄉ ㄋ一 (ㄍㄚ) ㄉㄜㄉㄨㄜㄌ ㄉㄨㄖㄜㄙㄚㄅㄉ.」{mūəy) lōug 'ū dā sāŋ (gā) hāu dū sābd dōu deagdəŋ nēaġġroBġrøŋ 'oddām 'āōy 'əubug ġoád, rəd nī (kā) dədūəl dūrøsabd.}

ក: ជំរាបសួរ, លោក ឧត្តម អ្នកគ្រប់គ្រងនៅផ្ទះឬទេ ? A:喂，烏敦經理在家嗎？

「ㄗㄡㄇㄖㄝㄚㄅㄙㄨㄜ, ㄌㄨㄍ 'ㄜㄉㄉㄚㄇ ㄋㄝㄚㄍㄍㄖㄜㄅㄍㄖㄜㄥ ㄋㄜㄨㄆㄉㄜㄚㄏ ㄖㄨㄉㄝ?」{zouṃrēaBsūə, lōug 'oddām nēaġġroBġrøŋ nōupđeəh rūdē?}

ខ: គាត់មិននៅទេ ។ ចេញទៅក្រៅហើយ ។ B:他不在。出去了。

「《ㄜㄚㄉ ㄇ一ㄣ ㄋㄜㄨ ㄉㄝ. ㄐㄝㄋ ㄉㄜㄨ 《ㄖㄠ ㄏㄚㄟ.」{ġoád min nōu dē. jēñ dōu grāu hāəy.}

ក: គាត់ត្រឡប់មកវិញនៅពេលណា ? A:他什麼時候回來？

「《ㄜㄚㄉ ㄉㄖㄜㄌㄜㄅㄇㄜㄍㄪㄧㄋ《ㄎ一ㄏ ㄋㄜㄨ ㄅㄝㄌ ㄋㄚ?」{ġoád drāḷaBmøgviñ nōu bēl ṇā?}

ខ: គាត់ត្រឡប់មកវិញនៅក្រោយម៉ោងដប់មួយ ។ B:他十一點後會回來。

「ㄋㄨㄏ ㄉㄖㄜㄌㄜㄅㄇㄜㄍㄪ一ㄋ《ㄎ一ㄏ ㄋㄜㄨ 《ㄖㄠ一 ㄇㄠㄥ ㄉㄜㄅ ㄇㄨㄟ.」{ġoád drāḷaBmøgviñ nōu grāoy māoŋ DaB mūəy.}

ក: ដល់ពេលនោះ ជួយប្រាប់គាត់ឲ្យហៅទូរស័ព្ទមកខ្ញុំវិញផង ។ A:到時請他給我回個電話。

「ㄉㄜㄌ ㄅㄝㄌㄋㄨㄏ ㄗㄨㄟ ㄅㄖㄚㄅ 《ㄜㄚㄉ 'ㄜ一 ㄏㄠ ㄉㄨㄖㄜㄙㄚㄅㄉ ㄇㄜㄍ ㄎㄋㄡㄇ ㄪ一ㄋ ㄆㄜㄥ.」{Dal bēlnuh zūəy BráB ġoád 'āōy hāu dūrøsabd møg kñoṃ viñ pāŋ.}

ខ: លេខទូរស័ព្ទរបស់អ្នកប៉ុន្មាន ? B:你的電話號碼是多少？

「ㄌㄝㄎ ㄉㄨㄖㄜㄙㄚㄅㄉ ㄖㄜㄅㄚㄏ ㄋㄝㄚㄍ ㄅㄜㄋㄇㄢ?」{lēk dūrøsabd røBaH nēag bonmān?}

ក: លេខទូរស័ព្ទរបស់ខ្ញុំគឺ ៨៥៥៣៧៤២១ (ប្រាំបី ប្រាំ ប្រាំ បី ប្រាំពីរ បួន ពីរ មួយ) ។ A:我的電話是 85537421。

「ㄌㄝㄎ ㄉㄨㄖㄜㄙㄚㄅㄉ ㄖㄜㄅㄚㄏ ㄎㄋㄡㄇ 《ㄨ ㄅㄖㄚㄇㄅㄟ ㄅㄖㄚㄇ ㄅㄖㄚㄇ ㄅㄟ ㄅㄖㄚㄇㄅ一 ㄅㄨㄜㄋ ㄅ一 ㄇㄨㄟ.」{lēk dūrøsabd røBaH kñoṃ ġw BrāṃBōi Brāṃ Brāṃ Bōi Brāṃbī Būən bī mūəy.}

ខ: ឈ្មោះអ្វីដែរ ? B:名字是什麼？「ㄘㄇㄨㄛㄏ 'ㄜㄪㄟ ㄉㄚㄝ?」{cmuoh 'avōi Dāe?}

ក: អ៊ូ តាសាង ។ A:吳大尚。「'ㄨ ㄉㄚ ㄙㄤ.」{'ū dā sāŋ.}

ខ: បាន ។ ខ្ញុំនឹងជួយប្រាប់គាត់ឲ្យ ។ B:好的。我一定轉告他。

「ㄅ𠃌. ㄎㄋㄡㄇ ㄋㄨㄥ ㄗㄨㄟ ㄅㄖㄚㄅ 《ㄜㄚㄉ 'ㄜ一.」{Bān. kñoṃ nwŋ zūəy BráB ġoád 'āōy.}

131

二、趙喜梅(A)教烏敦(B)如何網上發電子郵件。 ២) ចៅ ស៊ីម៉ី (ក) បង្រៀនឧត្ដម (ខ) ពីរបៀបផ្ញើរអ៊ីម៉ែល តាមអ៊ីនធឺណិត ។ 「ㄅㄧ) ㄐㄠ ㄙㄧ ㄇㄟ (ㄍㄛ̣) ㄅ̣ㄛ̣ㄫㄖˈㄧㄜㄋ ˈㄛㄉㄉㄛ̣ㄇ (ㄎㄛ̣) ㄅㄧ ㄖˈㄛ̣ㄅ̣ㄧㄜㄅ̣ ㄆㄏㄚㄜ ˈㄧㄇㄚㄝㄌ ㄉㄚㄇ ˈㄧㄣㄊㄨ̣ㄋㄧ̣ㄉ.」 {bī) jāu sī māi (gā) Bāŋrīən ˈoddām (kā) bī røBīəB pñāə ˈīmāel dām ˈīnẗw̄ṇıd.}

ក: **អ្នកចង់ផ្ញើរអ៊ីម៉ែលមែនទេ ។ តើអ្នកចង់ឱ្យខ្ញុំបង្រៀនអ្នកទេ ？** A:想發電子郵件嗎。要不要我教你？

「ㄐㄠ ㄙㄧ ㄇㄟ,ㄋㄝㄚㄍ ㄐㄛ̣ㄫ ㄆㄏㄚㄜ ˈㄧㄇㄚㄝㄌ ㄇㄣㄉㄝ. ㄉㄚㄜ ㄋㄝㄚㄍ ㄐㄛ̣ㄫˈㄠㄧ ㄎㄏㄛㄇ ㄅ̣ㄛ̣ㄫㄖˈㄧㄜㄋ ㄋㄝㄚㄍ ㄉ̣ㄝ?」 {jāu sī māI, nēag jaŋ pñāə ˈīmāel mēndē. dāə nēag jaŋˈāōy kñoṃ Bāŋrīən nēag ďē?}

ខ: **ចាស, បាន, ចៅ ស៊ីម៉ី ។ ចាំបន្តិច, ខ្ញុំបើកកុំព្យូទ័រសិន ។** B:嗯，好的，等一會，我要開電腦。

「ㄐㄚㄏ, ㄅ̣ㄢ, ㄐㄚㄇ ㄅ̣ㄛ̣ㄋㄉ̣ㄧ̣ㄐ, ㄎㄏㄛㄇ ㄅ̣ㄚㄜㄍ ㄍㄛㄇㄅㄧㄨㄉㄛ ㄙㄧ̣ㄣ.」 {jāH, Bān, jāṃ BānDıj, kñoṃ Bāəg goṃbyūdo sın.}

ក: **បានឬនៅ ？** A:行了嗎？「ㄅ̣ㄢ ㄖˈㄨ̣ ㄋㄜㄨ?」 {Bān rw̄ nāu?}

ខ: **បានហើយ ។** B:行了。「ㄅ̣ㄢ ㄏㄚㄟ.」 {Bān hāəy.}

ក: **បើកអ៊ីនធឺណិតប្រៅសឺរ ។ ចូលគណនី សំបុត្រ Hotmail ។** A:打開網頁流覽器 。登入熱郵(Hotmail)帳戶 。「ㄅ̣ㄚㄜㄍ ˈㄧㄣㄊㄨ̣ㄋㄧ̣ㄉ ㄅ̣ㄖˈㄠㄙㄜ̣. ㄐㄛㄌ ㄍㄛ̣ㄋㄛ̣ㄋㄧ ㄙㄛ̣ㄇㄅ̣ㄛㄉ ㄏㄛㄊㄇㄞㄌ.」 {Bāəg ˈīnẗw̄ṇıd Brāusœ. jōl ġøṇānī saṃBod Hotmail.}

ខ: **ចុះបន្ទាប់មកទៀត ？** B:然後呢？

「ㄐㄛㄏ ㄅ̣ㄛ̣ㄋㄉㄛㄚㄅ̣ㄇㄛ̣ㄍ ㄉ̣ㄧㄜㄉ?」 {joh BāndoáBmøg ďīəd?}

ក: **សូមបញ្ចូលអាស័យដ្ឋានអ៊ីមែល ។ ឧទាហរណ៍៖ uttam@hotmail.com** A:請輸入電子郵件地址。例如 :uttam@hotmail.com 「ㄙㄛㄇ ㄅ̣ㄛ̣ㄏㄐㄛㄌ ˈㄚㄙㄞㄧㄛㄉ̣ㄊㄢ ˈㄧㄇㄝ̣ㄌ ˈㄛㄉㄝㄚㄏㄛ̣ ㄍㄨㄋㄍㄉㄚ@ㄏㄛㄊㄇㄞㄌ.ㄍㄛㄇ」 {sōm Bāñjōl ˈāsayøDtān ˈīmɛ̄l ˈodēahā uttam@hotmail.com}

ខ: **បាន, បញ្ចូលឥឡូវ ។** B:好，就輸入。

「ㄅ̣ㄢ, ㄅ̣ㄛ̣ㄏㄐㄛㄌ ˈㄟㄌㄛ̣ㄪ.」 {Bān, Bāñjōl ˈœiḷøv.}

ក: **សរសេរអ៊ីមែល ។ បន្ទាប់មកចុចផ្ញើរ ។** A:寫信（電子郵件）。然後點擊 send（寄信）。

「ㄙㄛ̣ㄙㄝ ˈㄧㄇㄝ̣ㄌ. ㄅ̣ㄛ̣ㄋㄉㄛㄚㄅ̣ㄇㄛ̣ㄍ ㄐㄛㄐ ㄆㄏㄚㄜ.」 {sāsē ˈīmɛ̄l. BāndoáBmøg joj pñāə.}

ខ: **អូ, ខ្ញុំយល់ហើយ ។** B:哦，我明白了。

「ˈㄛ, ㄎㄏㄛㄇ ㄧㄨㄌ ㄏㄚㄟ.」 {ˈō, kñoṃ yul hāəy.}

三、鍾邇伊(B)寄郵件，與郵局工作人員(A)交談。 ៣) កញ្ញា ជុង អេរ៉យី (ខ) ចង់ផ្ញើអីវ៉ាន់តាមប្រៃសណីយ៍, នាងនិយាយជាមួយនឹងបុគ្គលិកប្រៃសណីយ៍ (ក) 「ㄅㄟ) ㄍㄛ̣ㄏㄏㄝㄚ ㄓㄨㄫ ㄦㄧ (ㄎㄛ̣) ㄐㄛ̣ㄫ ㄆㄏㄚㄜ 'ㄟㄪㄢ ㄉㄚㄇ ㄅㄖ'ㄞㄙㄛ̣ㄋㄟㄧ, ㄋㄝㄤ ㄋㄟㄝㄞ ㄗㄝㄚㄇㄨㄟ ㄋㄨ̣ㄫ ㄅㄛㄍㄍㄛ̣ㄌㄧ̣ㄍ ㄅㄖ'ㄞㄙㄛ̣ㄋㄟㄧ (ㄍㄛ̣)」{Bōi) gāññēa zhong eryi (kā) jaŋ pñāə 'əivan dām Braisāṇəiy, nēaŋ nɨyēay zēamūəy nwŋ Boġġølɨg Braisāṇəiy (gā)}

ក: **ជំរាបសួរ, ខ្ញុំអាចជួយអ្នកបានទេ** ？A:您好，有什麼可以幫您嗎？

「ㄗㄡㄇㄖ'ㄝㄚㄅㄙㄨㄜ, ㄎㄏㄛㄇ 'ㄚㄐ ㄗㄨㄟ ㄋㄝㄚㄍ ㄅㄢ ㄉㄝ?」 {zouṃrēaBsūə, kñoṃ 'āj zūəy nēag Bān đē?}

ខ: **ខ្ញុំចង់ផ្ញើរកញ្ចប់ប្រៃសណីយ៍នេះទៅថាយជុង ។** B:我想把這個包裹寄到臺中。

「ㄎㄏㄛㄇ ㄐㄛ̣ㄫ ㄆㄏㄚㄜ ㄍㄛ̣ㄏㄐㄛ̣ㄅ ㄅㄖ'ㄞㄙㄛ̣ㄋㄟㄧ ㄋㄧㄏ ㄉㄜㄨ ㄊㄚㄧㄗㄨㄫ.」 {kñoṃ jaŋ pñāə gāñjaB Braisāṇəiy nih đəu ṫāyzuŋ.}

ក: **អ្នកចង់ផ្ញើរអ្វី** ？A:你想寄什麼？

「ㄋㄝㄚㄍ ㄐㄛ̣ㄫ ㄆㄏㄚㄜ 'ㄛ̣ㄪㄟ?」 {nēag jaŋ pñāə 'avəi?}

ខ: **ខ្ញុំចង់ផ្ញើរទស្សនាវដ្ដីនិងវចនានុក្រម ។** B:我想寄雜誌和詞典。

「ㄎㄏㄛㄇ ㄐㄛ̣ㄫ ㄆㄏㄚㄜ ㄉㄛ̣ㄙㄙㄛ̣ㄋㄚㄪㄛ̣ㄉㄉㄟ ㄋㄧ̣ㄥ ㄪㄛ̣ㄐㄛ̣ㄋㄚㄋㄨㄍㄖ'ㄛ̣ㄇ.」 {kñoṃ jaŋ pñāə đøssānāvøDdəi nɨŋ vøjānānugrām.}

ក: **អ្នកចង់ផ្ញើរការអ្វីផ្សេងទៀត** ？A:你還想寄別的嗎？

「ㄋㄝㄚㄍ ㄐㄛ̣ㄫ ㄆㄏㄚㄜ ㄍㄚ 'ㄛ̣ㄪㄟ ㄆㄙㄝㄫㄉㄧㄜㄉ?」 {nēag jaŋ pñāə gā'avəi psēŋđīəd?}

ខ: **គ្មានទេ ។** B:沒有了。

「ㄍㄇㄝㄢ ㄉㄝ.」 {ġmēan đē.}

ក: **អ្នកចង់ផ្ញើរតាមអិក្សប្រេសឬតាមប្រៃសណីយ៍ធម្មតា** ？A:你想寄快遞還是普通郵件？

「ㄋㄝㄚㄍ ㄐㄛ̣ㄫ ㄆㄏㄚㄜ ㄉㄚㄇ 'ㄧ̣ㄍㄙㄅㄖ'ㄝㄙ ㄖ'ㄨ̣ ㄉㄚㄇ ㄅㄖ'ㄞㄙㄛ̣ㄋㄟㄧ ㄊㄛ̣ㄇㄇㄛ̣ㄉㄚ?」 {nēag jaŋ pñāə dām 'ɨgsBrēs rw̄ dām Braisāṇəiy ẗømmødā?}

ខ: **អិក្សប្រេសយកថ្លៃប៉ុន្មាន** ？B:快遞多少錢？

「'ㄧ̣ㄍㄙㄅㄖ'ㄝㄙ ㄧㄛ̣ㄍ ㄊㄌㄞ ㄅㄛ̣ㄋㄇㄢ?」 {'ɨgsBrēs yøg ṫlai bonmān?}

ក: **៦០០០ (ប្រាំមួយ ពាន់) រៀល ក្នុង គីឡូក្រាម ។** A:每公斤 6000 瑞爾。

「ㄅㄖ'ㄚㄇㄇㄨㄟ ㄅㄛㄢ ㄖ'ㄧㄜㄌ ㄍㄋㄛㄫ ㄍㄧㄌㄛㄍㄖ'ㄚㄇ.」 {Brāṃmūəy boán rīəl gnoŋ ġīḷogrām.}

ខ: **ចុះប្រៃសណីយ៍ធម្មតា** ？B:普通郵件呢？

「ㄐㄛㄏ ㄅㄖ'ㄞㄙㄛ̣ㄋㄟㄧ ㄊㄛ̣ㄇㄇㄛ̣ㄉㄚ?」 {joh Braisāṇəiy ẗømmødā?}

ក: **៣២០០ (បីពាន់ពីររយ) រៀល ។** A:3200 瑞爾。

「ㄅㄟ ㄅㄛㄢ ㄅㄧ ㄖ'ㄛ̣ㄧ ㄖ'ㄧㄜㄌ.」 {Bəi boán bī røy rīəl.}

ខ: ខ្ញុំធ្វើតាមបញ្ជើអិក្សប្រេស ។ B:我寄快遞吧。

「ㄎㄏ乙ㄇ ㄆㄚㄜ ㄉㄚㄇ ㄅㄜㄏˇ 'ㄧ《ㄙㄅ日ㄝㄙ.」 {kñoṃ pñāə dām BāññƏ 'igsBrēs.}

ក: សូមបំពេញសំណុំបែបបទនៅក្នុងតារាងនេះ ។ បំពេញចហើយ ឱ្យរាមកខ្ញុំវិញ ។ A:請填寫這張表格。填完
後，交回給我。

「ㄙ乙ㄇ ㄅ乙ㄇㄅㄝㄍ ㄙ乙ㄇㄋ乙ㄇ ㄅㄚㄝㄅㄅ乙ㄉ ㄋㄜㄨ《ㄋ乙ㄤ ㄉㄚ日ㄝㄤ ㄋㄧˉ.ㄅ乙ㄇㄅㄝㄍ 日ㄨㄜㄐㄏㄚㄝ 'ㄠ一 ㄅㄝㄚ ㄇㄜ《 ㄎㄏ乙ㄇ ㄅㄧˉ.」 {sōm Baṃbēñ saṃṇoṃ BāeBBād nƏugnoŋ dārēaŋ nih.Baṃbēñ rūəjhāəy 'āōy vēa møg kñoṃ viñ.}

ខ: បាន ។ បំពេញចហើយ ។ B:好吧。填完了。

「ㄅㄢˉ. ㄅ乙ㄇㄅㄝㄍ 日ㄨㄜㄐㄏㄚㄝ.」 {Bān. Baṃbēñ rūəjhāəy.}

ក: បាន ។ បានហើយ ។ A:是的。可以了。

「ㄅㄚㄉ. ㄅㄢ ㄏㄚㄝ.」 {Bād. Bān hāəy.}

ខ: ខ្ញុំចង់ធ្វើសំបុត្រនេះ ។ B:我還想寄這封信。

「ㄎㄏ乙ㄇ ㄐ乙ㄤ ㄆㄚㄜ ㄙ乙ㄇㄅ乙ㄉ ㄋㄧˉ.」 {kñoṃ jaŋ pñāə saṃBod nih.}

ក: ទិញតែមទៅអីចឹង ។ A:那就買郵票吧。

「ㄉㄧˉ ㄉㄚㄝㄇ ㄉㄜㄨ 'ㄧㄐ乙ㄤ.」 {diñ dāem dōu 'ïjœŋ.}

ខ: បាន ។ ថ្លៃប៉ុន្មាន ? B:好的。多少錢？

「ㄅㄢˉ. ㄊㄌㄞ ㄅ乙ㄋㄇㄢ?」 {Bān. ïlai bonmān?}

ក: សំបុត្រអន្តរជាតិ ២០០០ (ពីរ ពាន់) រៀល ។ សរុប ៨០០០ (ប្រាំបី ពាន់) រៀល ។ A:國際信件 2000 瑞爾。
一共 8000 瑞爾。

「ㄙ乙ㄇㄅ乙ㄉ 'ㄜㄋㄉ乙ㄖ乙ㄗㄝㄚㄉ ㄅ一 ㄅ乙ㄢ 日一ㄜㄌ. ㄙ乙日ㄨㄅ ㄅㄖㄚㄇㄅ一 ㄅ乙ㄢ 日一ㄜㄌ.」 {saṃBod 'ānDārøzēad bī boán rīəl. sāruB BrāṃBōi boán rīəl.}

ខ: នេះយកចុះ ។ B:給您

「ㄋㄧˉ 一乙《 ㄐ乙ㄏ.」 {nih yøg joh.}

ក: បាន ។ A:好的。

「ㄅㄚㄉ.」 {Bād.}

四、鍾邇伊(A)打電話請工程師阿侖(B)解決電腦問題。 ㈣ កញ្ញា ជុង អ៊ើយ (ក) ទូរស័ព្ទទៅលោកវិស្វករ អា រុណ (ខ) ឱ្យជួយដោះស្រាយបញ្ហាកុំព្យូទ័ររបស់នាង ។ 「ㄅㄨㄥ˄」《ㄍㄢˇㄏㄝㄚ ㄓㄨㄥ ㄦㄌㄧ— (ㄍㄚ) ㄉㄨㄖㄛㄙㄚㄅㄉㄜ ㄉㄜ ㄨ ㄌㄨㄥ《 ㄈㄢ—ㄙㄏㄜ《ㄚ》 'ㄚㄖㄨㄣ (ㄎㄚ)'ㄠ— ㄗㄨㄥㄏㄛ㇀ㄚㄧ— ㄉㄜㄏㄜㄏㄚ《ㄍㄜㄇㄅㄧ—ㄨㄉㄛ ㄖㄜㄏㄜㄏ ㄋㄝㄤ˄.」{Būon) gāññēa zhong eryi (gā) dūrøsabd dōu lōug visvāgā 'āruņ (kā) 'āōy zūəy Daohsrāy Bāñøhā goṃbyūdo røBɑH nēaŋ.}

ក:　អល្លូ, លោកអារុណមែនទេ ? A:喂，是阿侖吧？

「'ㄜㄉㄌㄨ, ㄌㄨㄥ《 'ㄚㄖㄨㄣ ㄇㄣㄉㄝ?」 {'āllōu, lōug 'āruņ mēndē?}

ខ:　បាន, អ្នកណាហ្ឹង ? B:是的，誰呀？

「ㄅㄚㄉ, ㄋㄝㄚㄍㄋㄚ ㄋㄛㄤ?」 {Bād, nēagņā nœŋ?}

ក:　ជុង អ៊ើយ ។ មានបញ្ហាមួយចង់រំខងអ្នកឱ្យជួយខ្ញុំបន្តិច ។ A:鍾邇伊。有一個問題想麻煩你。

「ㄓㄨㄥ ㄦㄌㄧ. ㄇㄝㄢ ㄅㄜㄏㄜㄏㄚ ㄇㄨㄟ ㄐㄤ ㄅㄨㄤ ㄋㄝㄚㄍ 'ㄠ— ㄗㄨㄟ ㄎㄏㄛㄇ ㄅㄜㄣㄉㄧ—ㄐ.」 {zhong eryi. mēan Bāñøhā mūəy jaŋ bwŋ nēag 'āōy zūəy kñoṃ BānDıj.}

ខ:　តើមានបញ្ហាអ្វី ? B:什麼事情？

「ㄉㄠ ㄇㄝㄢ ㄅㄜㄏㄜㄏㄚ 'ㄜㄊㄟ?」 {dāə mēan Bāñøhā'avōi?}

ក:　កុំព្យូទ័ររបស់ខ្ញុំមានបញ្ហា ។ អ្នកជាអ្នកវិស្វករ, ប្រហែលជាអាចជួយខ្ញុំបាន ។ A:我用的電腦出了問題。你是工程師，也許你能幫助我。

「《ㄜㄇㄅㄧ—ㄨㄉㄛ ㄖㄜㄏㄜㄏ ㄎㄏㄛㄇ ㄇㄝㄢ ㄅㄜㄏㄜㄏㄚ. ㄋㄝㄚ《ㄗㄝㄚ ㄋㄝㄚ《 ㄈㄢ—ㄙㄏㄜ《ㄜ, ㄅㄖㄜㄏㄚㄝㄗㄝㄚ 'ㄚㄐ ㄗㄨㄟ ㄎㄏㄛㄇ ㄅㄣ.」 {goṃbyūdo røBɑH kñoṃ mēan Bāñøhā. nēagzēa nēag visvāgā, Brāhāelzēa 'āj zūəy kñoṃ Bān.}

ខ:　អូ ។ មានបញ្ហាយ៉ាងម៉េច ? B:是這樣。有什麼問題？

「'ㄛ. ㄇㄝㄢ ㄅㄜㄏㄜㄏㄚ —ㄤㄇㄝㄐ?」 {'ō. mēan Bāñøhā yāŋmēj?}

ក:　មិនដឹងជាហេតុអ្វី, មានឯកសារមួយខ្ញុំបើកមិនចេញសោះ ។ A:不知道什麼原因我有一個檔打不開。

「ㄇㄧ—ㄣ ㄉㄜㄥㄗㄝㄚ ㄏㄝㄉ'ㄜㄞ, ㄇㄝㄢ 'ㄚㄝ《ㄙㄚ ㄇㄨㄟ ㄎㄏㄛㄇ ㄅㄚㄥ《 ㄇㄧ—ㄣ ㄐㄝㄏ ㄙㄠㄏ.」 {min Dœŋzēa hēd'avōi, mēan 'aēgsā mūəy kñoṃ Bāg min jēñ saoh.}

ខ:　ជាប្រភេទឯកសារអ្វី ? B:什麼類型的檔呢？

「ㄗㄝㄚ ㄅㄖㄚㄅㄝㄉ 'ㄚㄝ《ㄙㄚ 'ㄜㄞ?」 {zēa Brāpēd 'aēgsā'avōi?}

ក:　គឺបាយការណ៍ជាងកសារ កម្មវិធី Word ដែលខ្ញុំបានសរសេររហើយត្រូវបញ្ចប់វានៅថ្ងៃស្អែក ។ A:是我編輯的Word文字處理檔案需要在明天完成它。

「《ㄨ ㄖㄛㄅㄚㄍㄚ—《ㄚ ㄗㄝㄚ 'ㄚㄝ《ㄙㄚ 《ㄜㄇㄇㄈㄢ—ㄊㄧ— Word ㄉㄚㄝㄌ ㄎㄏㄛㄇ ㄅㄣ ㄙㄚㄙㄝ ㄏㄚㄟ ㄉㄖㄛㄈ ㄅㄜㄋㄐㄜㄅ ㄈㄝㄚ ㄋㄛㄨ ㄊㄞㄈㄞ㇀'ㄚㄝ《.」 {gw̄ røBāygā zēa 'aēgsā gāmmviṭī Word Dāel kñoṃ Bān sāsē hāəy drōv BāñjaB vēa nōu iŋais'āeg.}

ខ:　ពីមុន កុំព្យូទ័ររបស់អ្នកអាចបើកបានឬទេ ? B:之前你的電腦能否打開？

「ㄅㄧ—ㄇㄨㄣ 《ㄜㄇㄅㄧ—ㄨㄉㄛ ㄖㄜㄏㄜㄏ ㄋㄝㄚ《 'ㄚㄐ ㄅㄚㄥ《 ㄅㄣ ㄖㄨㄉㄝ?」 {bīmun goṃbyūdo røBɑH nēag 'āj Bāəg Bān rw̄dē?}

ក: បើកបាន, យប់មិញ អ្វីក៏គ្មានបញ្ហាដែរ, ប៉ុន្តែព្រឹកនេះខ្ញុំស្រាប់តែបើកឯកសារលែងបាន ។ A:能夠，昨晚一切都還順利，但今天上午我無法打開該檔。

「ㄅ̣ㄚㄜㄍ ㄅ̣ㄢ, ㄧㄨㄅ̣ㄇㄧ̣ㄏ 'ㄛ̣ㄪㄟ ㄍㄛ̣ ㄍㄇㄝㄢ ㄅ̣ㄛ̣ㄏㄛ̣ㄏㄚ ㄉ̣ㄚㄝ, ㄅㄛㄋㄉㄚㄝ ㄅㄖ'ㄨ̣ㄍ ㄋㄧㄏ ㄎㄏㄛㄇ ㄙㄖ'ㄚㄅ̣ㄉㄚㄝ ㄅ̣ㄚㄜㄍ 'ㄚㄝㄍㄙㄚ ㄌㄥ̣ ㄅ̣ㄢ.」 {Bāəg Bān, yuBmiñ 'ɑvə̄i gɑ̄ ġmēan Bɑ̄ñøhā Dāe, bondāe brwg nih kñoṃ sráBdāe Bāəg 'aēgsā lɛ̄ŋ Bān.}

ខ: អ្នកគិតថាកុំព្យូទ័ររបស់អ្នកអាចមានមេរោគឬទេ ? B:你覺得你的電腦可能有病毒嗎？

「ㄋㄝㄚㄍ ㄍㄧ̣ㄉㄊㄚ ㄍㄛㄇㄅㄧㄨㄉㄛ ㄖ'ㄛ̣ㄅ̣ㄛ̣ㄏ ㄋㄝㄚㄍ 'ㄚㄐ ㄇㄝㄢ ㄇㄝㄖ'ㄡㄍ ㄖ'ㄨ̣ㄉㄝ?」 {nēag ġɨdtā goṃbyūđo røBɑH nēag 'āj mēan mērōuġ rw̄đē?}

ក: អត់ទេ, ខ្ញុំបានឆែកហើយ ។ ស្អែកនេះអ្នកទំនេរទេ ? A:沒有，我查過。你明天有空嗎？

「'ㄛ̣ㄉ ㄉㄝ, ㄎㄏㄛㄇ ㄅ̣ㄢ ㄑㄚㄝㄍ ㄏㄚㄟ. ㄙ'ㄚㄝㄍㄛ̣ㄋㄧㄏ ㄋㄝㄚㄍ ㄉㄡㄇㄋㄝ ㄉㄝ?」 {'ɑ̄d đē, kñoṃ Bān qāeg hāəy. s'āegɑ̄nih nēag đouṃnē đē?}

ខ: ទំនេរពេលល្ងាច ។ B:下午有空。

「ㄉㄡㄇㄋㄝ ㄅㄝㄌ ㄌㄫㄝㄚㄐ.」 {đouṃnē bēl lŋēaj.}

ក: ពេលណា ? A:什麼時間？

「ㄅㄝㄌㄋㄚ?」 {bēlṇā?}

ខ: ក្រោយពេលធ្វើការចប់នៅម៉ោងប្រាំពីរសាមសិប ខ្ញុំទំនេរ ។ B:做完工作七點半(7:30)以後我有空。

「ㄍㄖ'ㄠㄧㄅㄝㄌ ㄊㄪㄜㄍㄚ ㄐㄛ̣ㄅ̣ ㄋㄜㄨ ㄇㄠㄫ ㄅ̣ㄖ'ㄚㄇㄅㄧ ㄙㄚㄇㄙㄧ̣ㄅ̣ ㄎㄏㄛㄇ ㄉㄡㄇㄋㄝ.」 {grāoybēl ẗvə̄gā jɑB nə̄u māoŋ Brāṃbī sāmsɪB kñoṃ đouṃnē.}

ក: តើអ្នកអាចជួយខ្ញុំបានទេ ? A:你可以幫我嗎？

「ㄉㄚㄜ ㄋㄝㄚㄍ 'ㄚㄐ ㄗㄨㄟ ㄎㄏㄛㄇ ㄅ̣ㄢ ㄉㄝ?」 {dāə nēag 'āj zūəy kñoṃ Bān đē?}

ខ: ប្រាកដជាបាន ។ B:當然可以。

「ㄅ̣ㄖ'ㄚㄍㄛ̣ㄉ̣ㄗㄝㄚ ㄅ̣ㄢ.」 {Brāgɑ̄Dzēa Bān.}

對話一 ការសន្ទនា ១ (ទីមួយ) 「《ㄚㄙㄛㄋㄉㄛㄋㄝㄚ ㄉㄧㄇㄨㄟ」 {gāsāndønēa dīmūəy}

A: អ្លូ, អ្នកណាដែរ ? 喂，是哪位？

「'ㄛㄌㄌㄡ, ㄋㄝㄚ《ㄋㄚ ㄉㄚㄝ?」 {'āllōu, nēagŋā Dāe?}

B: អ្លូ, ខ្ញុំគឺ ឆុង អើយី ។ 喂，我是鍾邇伊。

「'ㄛㄌㄌㄡ, ㄎㄒㄛㄇ 《ㄨ ㄓㄨㄤ ㄦ一.」 {'āllōu, kñoṃ ġw̄ zhong eryi.}

A: តើអ្នកទំនេរនៅពេលណា ? 你什麼時候有空？

「ㄉㄚㄛ ㄋㄝㄚ《 ㄉㄡㄇㄋㄝ ㄋㄛㄨ ㄅㄝㄌ ㄋㄚ?」 {dāə nēag ḍoumṇē nōu bēl ṇā?}

B: ខ្ញុំទំនេរនៅចុងសប្តាហ៍ ។ 週末有空。

「ㄎㄒㄛㄇ ㄉㄡㄇㄋㄝ ㄋㄛㄨ ㄐㄛㄥ ㄙㄛㄅㄉㄚ.」 {kñoṃ ḍoumṇē nōu joŋ sāBdā }

A: នៅមើលកុនទេ ? 去看電影嗎？

「ㄉㄛㄨ ㄇㄛㄌ 《ㄛㄋ ㄉㄝ?」 {ḍōu mēl gon ḍē?}

B: បាន ។ 可以。

「ㄅㄢ.」 {Bān.}

A: យើងជួបគ្នាម៉ោងប៉ុន្មាន ? នៅកន្លែងណា ? 我們幾點見？在哪裡？

「一ㄥ ㄗㄨㄚㄅ《ㄋㄝㄚ ㄇㄠㄤ ㄅㄛㄋㄇㄢ? ㄋㄛㄨ 《ㄛㄋㄌㄝㄥ ㄋㄚ?」 {yōŋ zūəBġnēa māoŋ bonmān? nōu gānlēŋ ŋā?}

B: ម៉ោងប្រាំពីរយប់ នៅភោជនីយដ្ឋានបៃតង ។ 晚上七點。在綠色飯店。

「ㄇㄠㄤ ㄅㄖㄚㄇㄅㄧ一 一ㄨㄅ ㄋㄛㄨ ㄆㄡㄗㄋㄧ一ㄛㄉㄊㄢ ㄅㄞㄉㄛㄤ.」 {māoŋ Brāṃbī yuB nōu p̄ōuznīyøDtān Baidāŋ.}

A: ជំរាបស្ួរ ! 喂 !「ㄗㄡㄇㄖㄝㄚㄅㄙㄨㄜ!」 {zoumrēaBsūə!}　　　　　[{'āllōu,dāə so' kēŋ nōupdeəh rw̄dē?}]

B: អល្ញ, តើសុខេងនៅផ្ទះឬទេ ? 喂 梭肯在家嗎?「'ㄛㄌ�ووㄡ, ㄉㄚㄜ ㄙㄛ' ㄎㄝㄥ ㄋㄛㄨㄆㄉㄝㄜㄏ ㄖㄨㄉㄝ?」

A: នៅ ។ នរណាឆូរស័ព្ទមកហ៊ឹង ? 在。誰的電話?「ㄋㄛㄨ. ㄋㄛㄋㄚ ㄉㄨㄖㄛㄙㄚㄅㄉ ㄇㄛㄍ ㄋㄛㄥ?」 {nōu.

B: សុខវី ។ 索韋。「ㄙㄛㄎ ㄎㄧ.」 {sok vī.}　　　　　　　[nønā dūrøsabd møg nœŋ?}]

A: ចាំមួយភ្លែត ។ 請稍等。「ㄐㄚㄇ ㄇㄨㄝㄆㄌㄝㄉ.」 {jāṃ mūəyplēd.}

B: ចាំ ។ 好的。「ㄐㄚ.」 {ja.}

┌───┐
│ （過了一會） បន្ធិចក្រោយមក 「ㄅㄛㄋㄉㄐ ㄍㄖㄠㄧㄇㄛㄍ」 {BānDɩj grāoymøg} │
└───┘

A: អល្ញ ! សុខេង, ខ្ញុំគឺ សុខវី ។ 喂！梭肯，我是索韋。

「'ㄛㄌㄌㄛㄨ! ㄙㄛ' ㄎㄝㄥ, ㄎㄋㄛㄇ ㄍㄨ ㄙㄛㄎ ㄎㄧ.」 {'āllōu! so' kēŋ, kñoṃ ġw sok vī.}

B: អល្ញ ! សុខវី ។ តឥ្លូវអ្នកកំពុងធ្វើអី ? 喂！索韋。現在在做什麼?

「'ㄛㄌㄌㄛㄨ! ㄙㄛㄎ ㄎㄧ.'ㄟㄌㄛㄎ ㄋㄝㄚㄍ 《ㄛㄇㄅㄨㄥ ㄊㄨㄛ '乁?」 {'āllōu! sok vī. 'œiļøv nēag gaṃbuŋ t̄vō 'ɔi?}

A: កំពុងធ្វើការ ។ 在工作。「《ㄛㄇㄅㄨㄥ ㄊㄨㄛ《ㄚ.」 {gaṃbuŋ t̄vōgā.}

B: ធ្វើការររល់ទេ ? 工作忙嗎?「ㄊㄨㄛ《ㄚ ㄖㄛㄎㄨㄉ ㄉㄝ?」 {t̄vōgā røvul dē?}

A: បាទ ។ ធ្វើការនៅទីនេះពេញមួយថ្ងៃហើយ ។ 是的。在這裡工作了一整天。

「ㄅㄚㄉ. ㄊㄨㄛ《ㄚ ㄋㄛㄨ ㄉㄧㄋㄧㄏ ㄅㄝㄇㄨㄝㄊㄞ ㄏㄚㄟ.」 {Bād. t̄vōgā nōu dīnih bēñmūəytŋai hāəy.}

B: អ្នកចេញពីធ្វើការនៅពេលណា ? 什麼時候下班呢?「ㄋㄝㄚ《 ㄐㄝㄇㄅㄧ ㄊㄨㄛ《ㄚ ㄋㄛㄨ ㄅㄝㄌ ㄋㄚ?」

A: ម៉ោង ៦:៣០ (ប្រាំមួយ សាមសិប) ល្ងាច ។ 下午 6:30。　　　[{nēag jēñbī t̄vōgā nōu bēl ŋā?}]

「ㄇㄠㄥ ㄅㄖㄚㄇㄇㄨㄝ ㄙㄚㄇㄙㄧㄅ ㄌㄥㄝㄐ.」 {māoŋ Brāṃmūəy sāmsɩB lŋēaj.}

B: បន្ទាប់ពីម៉ោង ៦:៣០ (ប្រាំមួយ សាមសិប) ល្ងាច, ខ្ញុំនឹងហៅឆូរស័ព្ទទៅអ្នកវិញ ។ 下午 6:30 後，我會給你

回電話。「ㄅㄛㄋㄉㄛㄜㄅㄅㄧ ㄇㄠㄥ ㄅㄖㄚㄇㄇㄨㄝ ㄙㄚㄇㄙㄧㄅ ㄌㄥㄝㄐ, ㄎㄋㄛㄇ ㄋㄨㄥ ㄏㄠ ㄉㄨㄖㄛㄙㄚㄅㄉ ㄉㄛㄨ ㄋㄝㄚㄍ ㄎㄧ.」 {BāndoáBbī māoŋ Brāṃmūəy sāmsɩB lŋēaj, kñoṃ nwŋ hāu dūrøsabd dōu nēag viñ.}

A: អរគុណ, បន្ធិចទៀតចាំជជែកគ្នា ។ 謝謝，過一會再聊。

「ㄛ《ㄨㄋ, ㄅㄛㄋㄉㄐㄧ ㄉㄧㄜㄉ ㄐㄚㄇ ㄗㄛㄗㄝㄍ《ㄋㄝㄚ.」 {'āġun, BānDɩj dīəd jāṃ zøzēġġnēa.}

B: បាយ។ ។ 再見。「ㄅㄚ一 ㄅㄚ一.」 {Bāy Bāy.}

A:　អល្លូ！喂！「˙ㄛˉㄌㄡˊ！」　{'āllōu!}

B:　គឺ ៧២២៨២២៨៩ (ចិត ពីរ ពីរ ប៉ែត ពីរ ពីរ ប៉ែត កៅ) មែនទេ ? 是 72282289 嗎 ?

「《ㄨ　ㄐㄧㄉ　ㄅㄧ　ㄅㄧ　ㄅㄚㄝㄉ　ㄅㄧ　ㄅㄧ　ㄅㄚㄝㄉ　《ㄠ　ㄇㄣㄉㄝ?」　{gw̄ jɪd bī bī bāed bī bī bāed gāu mēndē?}

A:　បាទ ។ រកនរណាដែរ ? 是。你找誰 ?

「ㄅㄚㄉ. ㄖㄛ《 ㄋㄛㄋㄚ ㄉㄚㄝ?」　{Bād. røg nøŋā Dāe?}

B:　សុខេងនៅផ្ទះទេ ? 梭肯在家嗎 ?

「ㄙㄛ' ㄎㄝㄥ ㄋㄛㄨㄆㄉㄝㄜㄏ ㄉㄝ?」　{so' kēŋ nōupdeəh dē?}

A:　សូមទោស, ច្រឡំលេខហើយ ។ 對不起，打錯電話了。

「ㄙㄛㄇㄉㄛㄨㄏ, ㄐㄖㄛˉㄌㄜㄇ ㄌㄝㄎ ㄏㄚㄟ.」　{sōmdōuH, jrāḷaṃ lēk hāəy.}

A:　ខ្ញុំត្រឡប់ទៅវិញហើយ ។ 我回去了。

「ㄎˊㄛㄇ　ㄉㄖㄛˉㄌㄛㄅㄛㄨㄎ˙ㄏ ㄏㄚㄟ.」　{kñoṃ drāḷaBdōuviñ hāəy.}

B:　ខ្ញុំជូនដំណើរអ្នក ។ 我送妳。

「ㄎˊㄛㄇ　ㄗㄨㄋㄉㄛㄇㄋㄚㄜ　ㄋㄝㄚ《.」　{kñoṃ zūnDaṃṇāə nēag.}

A:　ថែរក្សាខ្លួន！多保重！

「ㄊㄚㄝㄖㄛ《ㄙㄚ　ㄎㄌㄨㄜㄋ!」　{t̄āerøgsā klūən!}

B:　ត្រឡប់ទៅវិញចុះ ។ ពេលទំនេរចាំឲ្យសិព្ទទៅខ្ញុំ ។ 回去吧。有空給我電話。

「ㄉㄖㄛˉㄌㄛㄅㄛㄨㄎ˙ㄏ ㄐㄛ. ㄅㄝㄌ ㄉㄨㄇㄋㄝ ㄐㄚㄇ ㄉㄨㄖㄛㄙㄚㄅㄉ ㄉㄛㄨ ㄎˊㄛㄇ.」　{drāḷaBdōuviñ joh. bēl doumṇē jāṃ dūrøsabd dōu kñoṃ.}

A:　ខ្ញុំនឹងទូរសិព្ទទៅ ។ 我會打電話的。

「ㄎˊㄛㄇ ㄋㄨㄥ ㄉㄨㄖㄛㄙㄚㄅㄉ ㄉㄛㄨ.」　{kñoṃ nwŋ dūrøsabd dōu.}

【文化背景】 ផ្នែកក្រោយ ប្រធម «ㄆㄉㄟㄎㄤ 《ㄖㄠ一 �冯ㄛㄅㄅㄞ」 {pdəikāŋ grāoy vøBBāï}

柬埔寨郵政通信概況

1. 郵件

柬埔寨的郵件在金邊統一整理發送。國際郵件每週兩天由郵政總局統一檢查驗收。國際郵件每件價格在 2000 瑞爾(大約相當於 15 元新臺幣)。包裹只能在金邊郵寄,寄往國外寄費高達每公斤 17 美元。

2. 電話、傳真和行動電話

在金邊的公用電話亭、郵局或電信辦事處可打國內和國際長途電話。有柬埔寨政府 camintel 和澳大利亞澳洲電訊公司 Telstra 電訊網路。可購買電話卡,相應的電話卡只能在相應的電話亭中使用,在柬埔寨撥打國際長途電話費用相當的高,每分鐘需要 3 美元。打柬埔寨國內電話,在廉價的玻璃隔間的攤位上交錢給服務員便可以了。

往國外發傳真是非常昂貴的,每頁需要 3-6 美元。可到旅館的商務中心或者網咖發送。

在柬埔寨有三種行動電話服務供應商,為:薩瑪特公司的 Samart (011),行動電話公司的 Mobitel (012)以及希納瓦特納公司的 Shinawatra(015 和 016)。Mobitel 是使用範圍最廣的網路,覆蓋範圍可以向柬埔寨人瞭解。手機在波成東國際機場可以租到,大約為每週 28 美元。手機使用的預付費卡,價錢從 5 美元到 100 美元不等。通話費用在同一移動網內約為每分鐘 0.20 美元。

3. 網際網路

除了酒店外,在網咖或咖啡廳也可以上網,費用低於每小時 1 美元。但有的地方訪問上網費用昂貴,每小時 3 美元。在柬埔寨保持聯繫的好方法是通過電子郵件,這樣能夠跟別人保持聯絡了。

電腦、通信詞彙

◎滑鼠 កណ្ដុរ「《ㄛㄣㄉㄛ」 {gāŋdo}　　◎串口 ច្រកសៀរៀល「ㄐㄖㄢ《 ㄙ一ㄜㄖ一ㄜㄌ」 {jrāg sīərīəl}

◎鍵盤 ក្ដាចុច「《ㄉㄚ ㄐㄛㄐ」 {gdā joj}　　◎數據機 ម៉ូដឹម「ㄇㄛㄉㄛㄇ」 {mōDœm}(MODEM)

◎網路 បណ្ដាញ「ㄅㄛㄣㄉㄚㄣ」 {Bāŋdāñ}　　◎相容 ឆបគ្នា「ㄑㄚㄅㄣ《ㄋㄝㄚ」 {qāBġnēa}

◎字型 ពុម្ពអក្សរ「ㄅㄨㄇㄅ'ㄛ《ㄙㄛ」 {bumb'āgsā}　　◎硬體 ផ្នែករឹង「ㄆㄋㄚㄝ《ㄖㄨㄥ」 {pnāegrwŋ}

◎軟碟 ថាសទន់「ㄊㄚㄏㄉㄛㄣ」 {īāHdon}　　◎文檔 ឯកសារ「'ㄚㄝ《ㄙㄚ」 {'aēgsā}

◎記憶體 សតិ「ㄙㄛㄉ一'」 {sādɪ'}　　◎離線 ក្រៅបណ្ដាញ「《ㄖㄠㄅㄛㄣㄉㄚㄣ」 {grāuBāŋdāñ}

◎窗口 បង្អួច「ㄅㄛㄥ'ㄨㄜㄐ」 {Bāŋ'ūəj}　　◎線上 លើបណ្ដាញ「ㄌㄜㄅㄛㄣㄉㄚㄣ」 {lāBāŋdāñ}

◎轉換 ផ្លាស់ប្ដូរ「ㄆㄌㄚㄏㄅㄉㄛ」 {pláHBdo}　　◎手機 ទូរស័ព្ទដៃ「ㄉㄨㄖㄛㄙㄚㄅㄉ ㄉㄞ」 {dūrøsabd Dai}

◎格式 ទ្រង់ទ្រាយ「ㄉㄖㄛㄥㄉㄖㄝㄞ」 {droŋdrēay}　　◎掃描器 ម៉ាស៊ីនស្គេន「ㄇㄚㄒ一ㄣ ㄙㄍㄝㄣ」 {māsīn sgēn}

◎列印 បោះពុម្ព「ㄅㄛㄏㄅㄨㄇㄅ」 {Baohbumb}　　◎設備 ដំឡើង「ㄉㄛㄇㄌㄚㄥ」 {Dαɱlāəŋ} | (machine scan)

◎墨水匣 ព្រីនធឺ「ㄅㄖ一ㄣㄊㄨ」 {brīn īw}　　◎游標 ទស្សន៍ទ្រនិច「ㄉㄛㄏ ㄉㄖㄛㄣ一ㄐ」 {døH drønij}

◎程式 កម្មវិធី「《ㄛㄇㄇ�冯一ㄊㄧ」 {gāmmviīī}

◎剪貼板 ក្ដារបិទក្ដាស់「《ㄉㄚㄉㄚㄇㄅㄧㄜㄉㄎㄉㄚㄏ」 {gdādāmBīədkdāH}

◎密碼 ពាក្យសម្ងាត់「ㄅㄝㄚ《ㄙㄛㄇㄦㄛㄚㄉ」 {bēagsāmŋoád}

◎平行埠 ច្រកប៉ារ៉ាឡែល「ㄐㄖㄛ《 ㄅㄚㄖㄚㄌㄝㄌ」 {jrāg bārāļāel}

◎電話卡 កាតទូរស័ព្ទ「《ㄚㄉㄉㄨㄖㄛㄙㄚㄅㄛㄉ」 {gād dūrøsabød}

◎雷射印表機 ម៉ាស៊ីនបោះពុម្ពឡាស៊ែរ「ㄇㄚㄒ一ㄣ ㄅㄛㄏㄅㄨㄇㄅ ㄌㄚㄙㄝㄖ」 {māsīn Baohbumb lāsēr}

◎方便用戶 អ្នកប្រើងាយស្រួល「ㄋㄝㄚ《 ㄅㄖㄚㄦㄝㄞㄙㄖㄨㄜㄌ」 {nēag Brāəŋēaysrūəl}

◎充值卡 ការបញ្ចូលទឹកប្រាក់「《ㄚㄉ ㄅㄛㄦㄐㄛㄌ ㄉㄨ《ㄅㄖㄚ《」 {gād Bāñjōl dwgBrág}

【練習鞏固】 ធ្វើលំហាត់ 「ㄊㄝㄪㄧㄌㄇㄛㄏㄚㄉ」{ťēvīlmøhád}

1. 請把下列句子翻譯成柬埔寨文。

1) 你爸爸在家嗎？

2) 他外出了。

3) 他下午回來。

4) 他的電話號碼是多少？

2. 請把下列句子翻譯成中文。

1) ខ្ញុំថាផ្ញើវចនានុក្រមនេះ ដោយចុះប្រៃសណីយ៍ធម្មតា ។ 「ㄎㄏㄛㄇ ㄊㄚ ㄆㄏㄚㄜ ㄪㄛㄐㄛㄋㄚㄋㄨㄍㄖㄛㄇ ㄋㄧ ㄏ ㄉㄠㄧ ㄐㄛㄏ ㄅㄖㄞㄙㄛㄋㄟㄧ ㄊㄛㄇㄇㄛㄉㄚ.」{kñoṃ ťā pñāə vøjānānugrām nih Ďāoy joh Braisāṇəiy ťømmødā.}

2) សូមទោស, លោក(លោកស្រី)ច្រឡំលេខហើយ ។ 「ㄙㄛㄇㄉㄡㄙ, ㄌㄡㄍ (ㄌㄡㄍㄙㄖㄟ) ㄐㄖㄛㄌㄛㄇ ㄌㄝㄎ ㄏㄚㄟ.」{sōmďōus, lōug (lōugsrəi) jrāḷaṃ lēk hāəy.}

3) ញឹកញាប់ចាំទូរស័ព្ទទៅខ្ញុំចុះ ។ 「ㄏㄨㄍ ㄏㄛㄚㄅ ㄐㄚㄇ ㄉㄨㄖㄛㄙㄚㄅㄉ ㄉㄜㄨ ㄎㄏㄛㄇ ㄐㄛㄏ.」{ñwg ñoáB jāṃ ďūrøsabď ďəu kñoṃ joh.}

第十四課 觀光與旅行

មេរៀនទី ១៤ (ដប់បួន) ទេសចរណ៍និងការធ្វើដំណើរ

「ㄇㄝㄖㄧㄢ ㄉㄧ ㄉㄛㄅ ㄅㄨㄢ ㄉㄝㄙㄚㄐ丩 ㄋㄧㄥ 《ㄚ ㄊㄞㄛㄉㄛㄇㄋㄚ」

{mērīən dī DaB Būən dēsājā niŋ gā ïvōDaṃṇāə}

Lesson 14. Tourism and Trip

【詞語學習】 ការរៀន វក្យសព្ទ 「《ㄚ ㄖㄧㄢ ㄅㄝㄚ ㄙㄛㄅㄉ」 {gārīən vēagsābd}

△ បុណ្យចូលឆ្នាំខ្មែរ 「ㄅㄛㄋㄐㄛㄌ ㄑㄋㄚㄇ ㄎㄇㄚㄝ」 {Boŋjōl qnāṃ kmāe} 新年

△ រៀងរាល់ 「ㄖㄧㄢㄖㄛㄚㄌ」 {rīəŋroál} 每一個

△ សុរិយគតិ 「ㄙㄛㄖㄧㄧㄛㄍㄛㄉㄧ'」 {soriyøġødi'} 太陽的

△ ខែមេសា 「ㄎㄚㄝㄇㄝㄙㄚ」 {kāemēsā} 四月

△ ប្រពៃណី 「ㄅㄖㄛㄅㄛㄧㄋㄧ」 {Brābəiṇāi} 傳統

△ មានការ 「ㄇㄝㄢ《ㄚ」 {mēangā} 那兒

△ ធ្វើសកម្មភាព 「ㄊㄞㄛㄙㄚㄍㄚㄇㄇㄛㄆㄝㄚㄅ」 {ïvōsāgāmmøþēab} 活動

△ នានា 「ㄋㄝㄢㄝㄚ」 {nēanēa} 各種

△ អបអរ 「'ㄛㄅ'ㄛ」 {'āB'ā} 慶祝活動

△ ពិធី 「ㄅㄧㄊㄧ」 {biïī} 禮儀

△ សម្អាត 「ㄙㄛㄇ'ㄚㄉ」 {sām'ād} 清掃，大掃除

△ ផ្ទះសំបែង 「ㄆㄉㄝㄚㄏ ㄙㄛㄇㄅㄚㄝㄥ」 {pdeəh saṃBāeŋ} 家園，居家

△ ឱកាស 「'ㄤ《ㄚㄏ」 {'āōgāH} 機會

△ ការចាំបាច់ 「《ㄚㄐㄚㄇㄅㄚㄐ」 {gājāṃBáj} 必要

△ ពុំ 「ㄅㄨㄇ」 {buṃ} 不，否

△ ពុំបាន 「ㄅㄨㄇㄅㄢ」 {buṃBān} 不進行，不搞，不做

△ មនុស្សម្នា 「ㄇㄛㄋㄨㄏㄇㄋㄝㄚ」 {mønuHmnēa} 人們，大家

△ នាំគ្នា 「ㄋㄛㄚㄇㄍㄋㄝㄚ」 {nōaṃġnēa} 去

△ របស់របរ 「ㄖㄛㄅㄛㄏㄖㄛㄅㄛ」 {røBaHrøBā} 物品，東西

△ ធ្វើបុណ្យ 「ㄊㄞㄛㄅㄛㄋ」 {ïvōBoŋ} 節日

△ ដាក់ទាន 「ㄉㄚ《ㄉㄝㄢ」 {Dágdēan} 禮品

△ ស្តាប់ 「ㄙㄉㄚㄅ」 {sdáB} 聽

△ ព្រះសង្ឃ 「ㄅㄖㄝㄚㄏ ㄙㄛㄍㄏ」 {breəh sāŋk} 僧侶

△ ទេសនា 「ㄉㄝㄙㄋㄚ」 {dēsnā} 講道

△ ដោតទង់ 「ㄉㄤㄉㄉㄛㄥ」 {Dāoddoŋ} 旗子

△ ជាតិខ្មែរ 「ㄗㄝㄚㄉㄎㄇㄚㄝ」 {zēadkmāe} 柬埔寨國家

△ ទង់ក្រពើ 「ㄉㄛㄥ《ㄖㄛㄅㄛ」 {doŋgrābō} 鱷魚旗

△ ព្យួរ 「ㄅㄧㄨㄛ」 {byūə} 懸掛

△ គោម 「《ㄨㄛㄇ」 {gōum} 燈籠

△ ទស្សនីយភាព 「ㄉㄛㄙㄙㄛㄋㄧ一ㄆㄝㄚㄅ」 {døssānīypēab} 景觀，風景

△ ទទួលស្វាគមន៍ 「ㄉㄛㄉㄨㄛㄌ ㄙㄨㄚㄍㄛㄇ」 {đøđūəl svāġøm} 歡迎，受歡迎的

△ ទេពធិតា 「ㄉㄝㄅㄧㄉㄚ」 {đēbĭđā} 女神，仙女

△ ថ្ងៃចូលឆ្នាំ 「ㄊㄫㄞㄐㄛㄌ ㄑㄋㄚㄇ」 {ıŋaijōl qnāɱ} 除夕

△ រៀបចំ 「ㄖㄧㄛㄅㄐㄛㄇ」 {rīəBjaɱ} 準備

△ កម្សាន្ត 「ㄍㄛㄇㄙㄢㄉ」 {gāmsānđ} 遊玩，娛樂

△ ក្រុម 「ㄍㄖㄛㄇ」 {grom} 組，團隊

△ ប្រគុំ 「ㄅㄖㄛㄍㄨㄇ」 {Brāġuɱ} 音樂會，表演

△ ប្រគុំតន្ត្រី 「ㄅㄖㄛㄍㄨㄇ ㄉㄛㄋㄉㄖㄟ」 {Brāġuɱ đānđrōi} 音樂表演，演唱會

△ ចង្ហាន 「ㄐㄛㄫㄏㄢ」 {jāŋhan} 食物

△ ប្រគេន 「ㄅㄖㄛㄍㄝㄋ」 {Brāġēn} 提供，奉獻

△ ស្តាប់ធម៌ 「ㄙㄉㄚㄅㄊㄛ」 {sDáBĭø} 聽，聆聽

△ សូត្រធម៌ 「ㄙㄛㄉㄊㄛ」 {sōđĭø} 詠，詠誦

△ ណាខ្លះ 「ㄋㄚㄎㄌㄚㄏ」 {nāklah} 什麼地方，哪個，哪些

△ ជុំវិញ 「ㄗㄨㄇㄪㄧㄬ」 {zuɱviñ} 到處，各地

△ មិនបាន 「ㄇㄧㄅ ㄅㄢ」 {min Bān} 沒能

△ ស្រស់ 「ㄙㄖㄛㄏ」 {sraH} 美麗，新穎

△ ហេ 「ㄏㄝ」 {hē} 嘿，喲

△ កើតឡើង 「ㄍㄚㄛㄉㄌㄚㄛㄫ」 {gāəđļāəŋ} 發生

△ សិយ 「ㄙㄛㄧ」 {søy} 壞情況

△ កាបូប 「ㄍㄚㄅㄛㄅ」 {gāBōB} 袋子，錢包

△ យ៉ាងណើង 「ㄧㄤㄋㄛㄫ」 {yāŋnœŋ} 怎麼樣，什麼情況

△ ចោរលួច 「ㄐㄠㄖㄨㄛㄐ」 {jāolūəj} 盜竊，偷盜

△ ជ្រុះ 「ㄗㄖㄨㄏ」 {zruh} 掉落，遺失

△ ស្ងាត់ស្ងៀម 「ㄙㄫㄚㄉㄙㄫㄧㄛㄇ」 {sŋádsŋīəm} 寧靜的

△ សន្តិភាព 「ㄙㄛㄋㄉㄧㄅㄧㄝㄚㄅ」 {sānđıpēab} 和平

△ លើក 「ㄌㄛㄍ」 {lōg} 發行，舉行，做

△ លាសិនហើយ 「ㄌㄝㄚㄙㄧㄅㄏㄚㄧ」 {lēasınhāəy} 再見

△ ញឹកញយ 「ㄬㄨㄍㄏㄛㄧ」 {ñwgñøy} 經常，時常

△ កាលពីឆ្នាំមុន 「ㄍㄚㄌㄅㄧㄑㄋㄚㄇㄇㄨㄣ」 {gālbīqnāɱmun} 去年

△ ផ្តល់ 「ㄆㄉㄛㄌ」 {pđal} 提供

△ នូវព័ត៌មាន 「ㄋㄨㄪㄅㄛㄉㄖㄛㄇㄝㄋ」 {nūvbodrəmēan} 信息

△ មួយចំនួន 「ㄇㄨㄟㄐㄛㄇㄋㄨㄛㄋ」 {mūəyjaɱnūən} 有些，一些，某些

△ អំពី 「ㄛㄇㄅㄧ」 {'āɱbī} 關於，相關，關聯

△ ច្រើនជាង 「ㄐㄖㄚㄛㄋㄗㄝㄤ」 {jrāənzēaŋ} 更多，更加

一、披侖(B)和鍾邇伊(A)談論柬埔寨新年。 ㇐) កំរុណ (ខ) និង ដុង អ៉យ (ក) ជជែកគ្នាពីបុណ្យចូលឆ្នាំថ្មី ខ្មែរ។ 「ㄇㄨㄟ) ㄆー弖ㄨ弖 (ㄎㄚ) ㄋー弌 zhong eryi (ㄍㄚ) ㄗㄛ弖ㄍㄍㄋㄝㄚ ㄅ丨 Boɲō丨 qnāṃ ṫmōi kmāe.} {mūəy) ṗiruɳ (kā) niɳ zhong eryi (gā) zøzēġġnēa bī Boɲōl qnāṃ ṫmōi kmāe.}

ក: ជារៀងរាល់ឆ្នាំ តាមសុរិយគតិ ចាប់ពីថ្ងៃទី ㇑㇔ (ដប់បួន) ដល់ ㇑㇖ (ដប់ប្រាំមួយ) ខែមេសា រយ:ពេលបីថ្ងៃ គឺជាថ្ងៃ

បុណ្យចូលឆ្នាំថ្មីប្រពៃណីខ្មែរ ។ A:每年西曆 4 月 14 日至 16 日三天為柬埔寨傳統新年。

「ㄗㄝㄚ ㄖ丨ㄤㄖㄛㄚ丨 qnāṃ ㄉㄚㄇ soriyøġødiˋ jㄚㄅ丨 ṫɳaidī DaB Būən Dal DaBBrㄚṃ mūəy kāemēsā røyeabē丨 Bōi ṫɳai ġwzēa ṫɳai Boɲō丨 qnāṃ ṫmōi Brābəiɳōi kmāe.」 {zēa rīəɳroál qnāṃ dām soriyøġødiˋ jáBbī ṫɳaidī DaB Būən Dal DaBBrāṃ mūəy kāemēsā røyeabēl Bōi ṫɳai ġwzēa ṫɳai Boɲōl qnāṃ ṫmōi Brābəiɳōi kmāe.}

ខ: ជាធម្មតា មានការធ្វើសកម្មភាពនានាដើម្បីអបអរពិធីបុណ្យចូលឆ្នាំថ្មី ។ B:通常舉行各種迎新年慶祝活動。

「ㄗㄝㄚ ㄊㄛㄇㄇㄛㄉㄚ ㄇㄝㄤㄍㄚ ṫvōsāgāmmøṗeab nēanēa DāmBōi 'āB'ā biṫ Boɲōl qnāṃ ṫmōi.」 {zēa ṫømmødā mēangā ṫvōsāgāmmøṗeab nēanēa DāmBōi 'āB'ā biṫ Boɲōl qnāṃ ṫmōi.}

ក: ការសម្អាតផ្ទះសំបែងនាឱកាសចូលឆ្នាំថ្មីគឺជាការចាំបាច់ខានពុំបាន ។ A:新年進行大掃除是必不可少的。

「ㄍㄚ ㄙㄛㄇˋㄚㄉ pdeəh saṃBāeɳ nēa 'āōgāH jō丨 qnāṃ ṫmōi ġwzēa gājāṃBáj kān buṃBān.」 {gā sām'ād pdeəh saṃBāeɳ nēa 'āōgāH jōl qnāṃ ṫmōi ġwzēa gājāṃBáj kān buṃBān.}

ខ: មនុស្សម្នាំនាំគ្នាទិញរបស់របរសម្រាប់បុណ្យចូលឆ្នាំថ្មី, នៅវត្តធ្វើបុណ្យដាក់ទាន, ស្តាប់ព្រះសង្សរទេសនា ។ B:人們買年貨、到佛寺佈施、聽和尚誦經。

「ㄇㄛㄋㄨㄏㄇㄋㄝㄚ ㄋㄛㄚㄇㄍㄋㄝㄚ ㄉ丨ㄋ røBaHrøBā sāmroáB Boɲōl qnāṃ ṫmōi, dōu vødd ṫvōBoɲ Dágdēan, sdáB breəhsāɳk̥ dēsnā.」 {mønuHmnēa nōaṃġnēa dǐn røBaHrøBā sāmroáB Boɲōl qnāṃ ṫmōi, dōu vødd ṫvōBoɲ Dágdēan, sdáB breəhsāɳk̥ dēsnā.}

ក: នៅក្នុងឱកាសបុណ្យចូលឆ្នាំថ្មី, ក្រៅពីការដោកទង់ជាតិខ្មែរ, នៅមានដោកទង់ព្រះពុទ្ធសាសនាប្រាំពណ៌និងទង់ ក្រពើ

ពណ៌ស ។ A:新年之中，除了掛柬埔寨國旗外，還掛五色佛教旗及白色鱷魚旗。

「ㄋㄛㄨㄍㄋㄛㄥ 'āōgāH Boɲōl qnāṃ ṫmōi, 《ㄖㄛㄅ丨 ㄍㄚ ㄉㄠㄉㄉㄛㄥ zēadkmāe, nōu mēan Dāoddoɳ breəhbudˇsāsnā Brāṃ boɳ niɳ doɳgrābō boɳsā.」 {nōugnoɳ 'āōgāH Boɲōl qnāṃ ṫmōi, grāubī gā Dāoddoɳ zēadkmāe, nōu mēan Dāoddoɳ breəhbudˇsāsnā Brāṃ boɳ niɳ doɳgrābō boɳsā.}

ខ: ការព្យួរតោមរាងផ្កាយមានប្រាំពណ៌ គឺជាខ្សែរស្សនីយភាពមួយ ។ B:掛七彩五角星燈籠，是新年的一 道風景線。

「《ㄚ ㄅーㄨㄛ ġōum rēaɳ pgāy mēan Brāṃbī boɳ ġwzēa ksāe døssānīyṗeab mūəy.」 {gā byūə ġōum rēaɳ pgāy mēan Brāṃbī boɳ ġwzēa ksāe døssānīyṗeab mūəy.}

ក: មនុស្សម្នាក៏មានទទួលស្វាគមន៍ទេពធីតាឆ្នាំថ្មីដែលចុះមកឱ្យពរ ។ A:人們還要迎接仙女下凡賜福。

144

「ㄇㄛㄋㄨㄏㄇㄋㄝㄚ ㄍㄛ̣ ㄇㄝㄢ ㄉㄛ̣ㄉㄨㄜㄌ ㄙㄞㄚㄍㄛ̣ㄇ ㄉㄝㄅㄊㄧㄉㄚ ㄑㄋㄚㄇ ㄊㄇㄟ ㄉㄚㄝㄌ ㄐㄛㄏ ㄇㄛ̣ㄍ ’ㄠㄧ ㄅㄛ̣.」
{mønuHmnēa gā mēan ďødūəl svāġøm ďēbĭīdā qnāṃ ṫmɔ̄i Dāel joh møg ’āōy bø.}

ខ: **ក្នុងថ្ងៃចូលឆ្នាំថ្មី, មនុស្សម្នាមានរៀបចំចេញធ្វើដំណើរកម្សាន្តជាក្រុម ។** B:新年期間，人們也會組織團隊出門遊玩。

「ㄍㄋㄛㄫ ㄊㄫㄞㄐㄛㄌ ㄑㄋㄚㄇ ㄊㄇㄟ, ㄇㄛㄋㄨㄏㄇㄋㄝㄚ ㄇㄝㄢ ㄖㄧㄜㄅㄐㄛ̣ㄇ ㄐㄝㄏ ㄊㄞㄜㄉㄛ̣ㄇㄋㄚㄜ ㄍㄛ̣ㄇㄙㄢㄉ ㄗㄝㄚ ㄍㄖㄛㄇ.」 {gnoŋ ṫŋaijōl qnāṃ ṫmɔ̄i, mønuHmnēa mēan rīəBjɑṃ jēñ ẗvəDɑṃṇāə gāmsānd zēa grom.}

ក: **ពួកគេក៏មានទៅមើលការប្រគុំតន្ត្រី ។** A:他們還觀看演唱會。

「ㄅㄨㄜㄍㄍㄝ ㄍㄛ̣ ㄇㄝㄢ ㄉㄜㄨ ㄇㄜㄌ ㄍㄚ ㄅㄖㄛ̣ㄍㄨㄇ ㄉㄛ̣ㄋㄉㄖㄟ.」 {būəggē gā mēan ďəu məl gā Brāġuṃ dāndrɔ̄i.}

ខ: **នៅថ្ងៃទីបីគេរៀបចំចង្ហាន់យកទៅវត្តប្រគេនលោកទៀត, រួចស្តាប់ធម៌និងសូត្រធម៌, បុណ្យចូលឆ្នាំថ្មីក៏បញ្ចប់ ។** B:第三天準備一些飯菜，再度到佛寺裡佈施、聽和尚誦經，新年就此結束。

「ㄋㄜㄨ ㄊㄫㄞㄉㄧ ㄅㄟ ㄍㄝ ㄖㄧㄜㄅㄐㄛ̣ㄇ ㄐㄛ̣ㄫㄏㄢ ㄧㄛ̣ㄍ ㄉㄜㄨ ㄞㄛ̣ㄉㄉ ㄅㄖㄛ̣ㄍㄝㄋ ㄌㄡㄍ ㄉㄧㄜㄉ, ㄖㄨㄜㄐ ㄙㄉㄚ ㄅㄊㄛ̣ ㄋㄧㄥ ㄙㄛㄉㄊㄛ, ㄅㄛㄋㄐㄛㄌ ㄑㄋㄚㄇ ㄊㄇㄟ ㄍㄛ̣ ㄅㄛ̣ㄏㄐㄛ̣ㄅ.」 {nɔ̄u ṫŋaiďī Bɔ̄i ġē rīəBjɑṃ jāŋhan yøg ďəu vødd Brāġēn lōug ďīəd, rūəj sDáBïø niŋ sødïø, Boṇjōl qnāṃ ṫmɔ̄i gā BāñjɑB.}

នៅព្រះបរមរាជវាំង:

ខួបទី១០ ២០១៤

សូមថ្វាយព្រះពរ ព្រះរាជពិធីគ្រងរាជសម្បត្តិ

「ㄋㄜㄨ ㄅㄖㄝㄜㄏ ㄅㄛ̣ㄇ ㄖㄝㄚㄗㄝㄚ ㄞㄝㄤ」{nɔ̄u breəh Bām rēazēa veaŋ}

「ㄎㄨㄜㄅ ㄉㄧ ㄉㄛ̣ㄅ ㄑㄋㄚㄇ ㄅㄧㄅㄛㄢ ㄉㄛ̣ㄅ ㄅㄨㄜㄋ」 {kūəB ďī DɑB qnāṃ bīboán DɑB Būən}

「ㄙㄛㄇ ㄊㄞㄛ̣ㄧ ㄅㄖㄝㄜㄏㄉㄛ̣ ㄅㄖㄝㄜㄏㄖㄝㄚㄗ ㄉㄧㄆㄟ ㄍㄖㄛㄫ ㄖㄝㄚㄗ ㄙㄛ̣ㄇㄅㄉㄧㄉ」

{sōm ṫvāy breəhdā breəhrēaz dɪpɔ̄i ġrøŋ rēaz sāmBdɪd}

皇家廣場 2014 年國王陛下登基 10 周年紀念：皇室領導著國家和國庫。

The 10th Anniversary of His Majesty, the King's Enthronement at Royal Palace in 2014:
Just under Royal Order, Nation and Treasures Are Reigned.

二、鄭銀坤(A)與珍達(B)聊天，知道她和家人去了柬埔寨各地旅遊。 ២) ជជែង យិនឃួន(ក) និង ចិន្តា(ខ) ជជែកលេង, គេដឹងថានាងនិងគ្រួសាររបស់នាងបានធ្វើដំណើរទៅលេងកម្ពុជា។「ㄅ一) ㄗㄥ 一ㄣ ㄎㄨㄋ(ㄍㄛ) ㄋ一ㄥ ㄐ一ㄣㄉㄚ(ㄎㄛ) ㄗㄛㄗㄝ˙ㄍ ㄌㄝㄫ, ㄍㄝ ㄉㄛㄫ ㄊㄚ ㄋㄝㄤ ㄋ一ㄥ ㄍㄖ'ㄨㄜㄙㄚ ㄖ'ㄛㄅㄛㄏ ㄋㄝㄤ ㄅㄢ ㄊㄞㄜㄉㄛㄇㄋㄚㄜ ㄉㄜㄨ ㄌㄝㄫ ㄍㄛㄇㄅㄨㄗㄝㄚ.」{bī) zōŋ yīn ķūn(gā) nɨŋ jɪndā(kā) zøzēg lēŋ, ġē Dœŋ ṫā nēaŋ nɨŋ ġrūəsā røBɑH nēaŋ Bān ïvəDɑmṇāə ďəu lēŋ gāmbuzēa.}

ក: **ចិន្តា, ថ្មីៗនេះ អ្នកបានធ្វើអ្វីខ្លះ？** A:珍達，最近你做了些什麼？

「ㄐ一ㄣㄉㄚ, ㄊㄇㄟㄊㄇㄟㄋ一ㄏ ㄋㄝㄚㄍ ㄅㄢ ㄊㄞㄜ'ㄛㄞㄟ ㄎㄌㄚㄏ?」 {jɪndā, ṫmōi ṫmōi nih nēag Bān ïvə'ɑvōi klah?}

ខ: **សប្ដាហ៍មុនខ្ញុំបានធ្វើដំណើរទៅលេងកម្ពុជាជាមួយគ្រួសារខ្ញុំ ។** B:我上週與我的家人去柬埔寨旅行。

「ㄙㄛㄅㄉㄚ ㄇㄨㄋ ㄎㄏㄛㄇ ㄅㄢ ㄊㄞㄜㄉㄛㄇㄋㄚㄜ ㄉㄜㄨ ㄌㄝㄫ ㄍㄛㄇㄅㄨㄗㄝㄚ ㄗㄝㄚㄇㄨㄟ ㄍㄖ'ㄨㄜㄙㄚ ㄎㄏㄛㄇ.」 {sāBdā mun kñoṃ Bān ïvəDɑṃṇāə ďəu lēŋ gāmbuzēa zēamūəy ġrūəsā kñoṃ.}

ក: **មែនឬ？ បានទៅណាខ្លះ？** A:真的嗎？去了哪些地方？

「ㄇㄣㄖ'ㄨ? ㄅㄢ ㄉㄜㄨ ㄋㄚㄎㄌㄚㄏ?」 {mēnrw̄? Bān ďəu ṇāklah?}

ខ: **បានទៅជុំវិញប្រទេសកម្ពុជា ។** B:去了柬埔寨各地。

「ㄅㄢ ㄉㄜㄨ ㄗㄨㄇㄞ一ㄏ ㄅㄛㄖ'ㄛㄉㄝㄏ ㄍㄛㄇㄅㄨㄗㄝㄚ.」 {Bān ďəu zuṃviñ BārødēH gāmbuzēa.}

ក: **បានទៅទីក្រុងណាខ្លះ？** A:去了哪些城市？

「ㄅㄢ ㄉㄜㄨ ㄉ一ㄍㄖ'ㄛㄫ ㄋㄚㄎㄌㄚㄏ?」 {Bān ďəu ďīgroŋ ṇāklah?}

ខ: **កំពង់ស្ពឺ, កោះកុង និងទីក្រុងផ្សេងទៀត ។** B:磅士卑，戈公和其他城市。

「ㄍㄛㄇㄅㄛㄫㄙㄅㄜ, ㄍㄠㄏㄍㄛㄫ ㄋ一ㄥ ㄉ一ㄍㄖ'ㄛㄫ ㄆㄙㄝㄫㄉ一ㄜㄉ.」 {gɑṃboŋsbœ̄, gaohgoŋ nɨŋ ďīgroŋ psēŋďīəd.}

ក: **តើអ្នកបានទៅខេត្តសៀមរាបឬនៅ？** A:去過暹粒了嗎？

「ㄉㄚㄜ ㄋㄝㄚㄍ ㄅㄢ ㄉㄜㄨ ㄎㄝㄉㄉ ㄙ一ㄜㄇㄖ'ㄝㄚㄅ ㄖ'ㄨ ㄋㄜㄨ?」 {dāə nēag Bān ďəu kēdd sīəmrēaB rw̄ nəu?}

ខ: **ទេ, មិនបានទៅទីនោះទេ ។** B:不，沒有去那裡。

「ㄉㄝ, ㄇ一ㄣ ㄅㄢ ㄉㄜㄨ ㄉ一ㄣㄨㄏ ㄉㄝ.」 {dē, mɨn Bān ďəu ďīnuh ďē.}

ក: **ពិតជាកន្លែងដ៏ស្រស់ស្អាតមួយមែន, អ្នកដែលនៅទីនោះសុទ្ធតែជាមនុស្សល្អៗ ។** A:真是一個美麗的地方，那裡的人都很好。

「ㄅ一ㄉㄗㄝㄚ ㄍㄛㄋㄌㄥ ㄉㄛ ㄙㄖ'ㄛㄏ ㄙ'ㄚㄉ ㄇㄨㄟ ㄇㄣ, ㄋㄝㄚㄍ ㄉㄚㄝㄌ ㄋㄜㄨ ㄉ一ㄣㄨㄏ ㄙㄛㄉㄊㄉㄚㄝ ㄗㄝㄚ ㄇㄛㄋㄨㄙㄙ ㄌ'ㄛ ㄌ'ㄛ.」 {bɨdzēa gānlēŋ Dā srɑH s'ād mūəy mēn, nēag Dāel nəu ďīnuh soďïdāe zēa mønuss l'ā l'ā }

ខ: **ខ្ញុំធ្លាប់ឮ ។ ចង់ទៅទីនោះនៅពេលក្រោយ ។** B:聽說過了。想下一次去那裡。

「ㄎㄏㄛㄇ ㄊㄌㄛㄚㄅ ㄌㄨ. ㄐㄛㄫ ㄉㄜㄨ ㄉ一ㄣㄨㄏ ㄋㄜㄨ ㄅㄝㄌㄍㄖ'ㄠ一.」 {kñoṃ ïloáB lw̄. jɑŋ ďəu ďīnuh nəu bēlgrāoy.}

對話一 ការសន្ទនា ១ (ទីមួយ) 「《ㄚㄙㄜˊㄉㄜˊㄋㄝㄚ ㄉ一ㄇㄨㄝˇ」 {gāsāndønēa dīmūəy}

A: ហេ, តើមានអ្វីកើតឡើង ? 嘿，發生了什麼事情？

「ㄏㄝ, ㄉㄚˋㄚ ㄇㄝㄢ 'ㄚㄨˇㄟ 《ㄚㄜˊㄉㄨㄜㄦ?」 {hē, dāə mēan 'avōi gāədḷāəŋ?}

B: សិយហើយ ។ កាបូបលុយរបស់ខ្ញុំបាត់ហើយ ។ 不好了。我的錢包弄丟了。

「ㄙㄜ一 ㄏㄚㄟˋ. 《ㄚㄜˊㄅ ㄉㄨㄟ ㄖㄜˊㄉㄜˊ ㄋㄜˊㄇ ㄅㄚˊㄉ ㄏㄚㄟˋ.」 {søy hāəy. gāBøB luy røBɑH kñoṃ Bɑ́d hāəy.}

A: អូ, ម៉េចក៏យ៉ាងហ្នឹង ។ ចោរលួចមែនទេ ? 哦，怎麼這樣了。是被偷了嗎？

「'ㄜ, ㄇㄝㄩ 《ㄜ 一ㄤˇㄋㄜㄦ. ㄐㄠㄖㄨㄜㄩ ㄇㄣˋㄉㄝ?」 {'ō, mēj gā yāŋŋœŋ. jāolūəj mēndē?}

B: ទេ, ប្រហែលជាជ្រុះនៅក្នុងឡានតាក់ស៊ីហើយ ។ 不，可能是丟在計程車上了。

「ㄉㄝ, ㄅㄖㄜˊㄏㄚㄝˇㄉㄗㄝㄚ ㄗㄖㄨㄏˇ ㄋㄜˇㄨ《ㄋㄜˊㄊ ㄌㄚㄋ ㄉㄚˊ《ㄙ一 ㄏㄚㄟˋ.」 {dē, Brāhāelzēa zruh nōugnoŋ ḷān dágsī hāəy.}

A: តើខ្ញុំអាចធ្វើអ្វីបានទៅ ? 我可以做點什麼呢？

「ㄉㄚˋㄜ ㄋㄜˊㄇ 'ㄚㄩ ㄊㄨˇㄜ'ㄚㄨˇㄟ ㄅㄢ ㄉㄜˇㄨ?」 {dāə kñoṃ 'āj t̆və'avōi Bān dōu?}

B: អាចឱ្យខ្ញុំខ្ចីលុយខ្លះបានទេ ? 可以借點錢嗎？

「'ㄚㄩ 'ㄠ一 ㄋㄜˊㄇ ㄎㄐㄟˇ ㄌㄨ一 ㄎㄌㄚˇㄏ ㄅㄢ ㄉㄝ?」 {'āj 'āōy kñoṃ kjōi luy klah Bān dē?}

A: ពិតជាបាន, ខ្ចីប៉ុន្មាន ? 當然可以，要多少？

「ㄅ一ㄉㄗㄝㄚ ㄅㄢ, ㄎㄐㄟ ㄅㄜˊㄋㄇㄢ?」 {bɨdzēa Bān, kjōi bonmān?}

B: ខ្ចី ១0000 (មួយម៉ឺន) រៀល ។ 給 10000 瑞爾。

「ㄎㄐㄟ ㄇㄨㄟ ㄇㄣˋ ㄖ一ㄜˊㄌ.」 {kjōi mūəy mœ̆n rīəl.}

A: គ្មានបញ្ហាទេ ។ 沒問題。

「《ㄇㄝㄢ ㄅㄜˊㄋˇㄜˊㄏㄚ ㄉㄝ.」 {ǵmēan Bāñ̊øhā dē.}

147

A: តើអ្នកចូលចិត្តប្រទេសកម្ពុជាឬទេ ？ 喜歡東埔寨嗎？

「ㄉㄚㄛ ㄋㄝㄚㄍ ㄐㄛ̄ㄌㄐㄧㄉㄉ ㄅㄛ̄ㄖㄛ̄ㄉㄝㄏ ㄍㄚㄇㄅㄨㄗㄝㄚ ㄖㄨ̄ㄉㄝ̄?」 {dāə nēag jōljɪdd BārødēH gāmbuzēa rw̄dē?}

B: ខ្ញុំចូលចិត្តទីក្រុងនៅកែមុជា ។ ពិតជាស្ងាត់ស្ងៀមនិងមានសន្តិភាពមែន ។ 我喜歡柬埔寨的城市。如此安靜，平和。

「ㄎㄋㄛㄇ ㄐㄛ̄ㄌㄐㄧㄉㄉ ㄉㄧ̄ㄍㄖㄛㄥ ㄋㄛ̄ㄨ ㄍㄚㄇㄅㄨㄗㄝㄚ. ㄅㄧㄉㄗㄝㄚ ㄙㄋ̊ㄚㄉㄙㄋㄧ̄ㄛㄇ ㄋㄧㄥ ㄇㄝㄢ ㄙㄚㄋㄉㄧㄅㄝㄚㄅ ㄇㄝ̄ㄋ.」 {kñoɱ jōljɪdd dīgroŋ nōu gāmbuzēa. bidzēa sŋádsŋīəm niŋ mēan sāndɪɓēab mēn.}

A: លើកក្រោយមកទៀតណាំ ។ ទៅធ្វើដំណើរអង្គរវត្តនៅខេត្តសៀមរាបចុះ ។ 以後再來吧，去暹粒的吳哥窟旅遊吧。

「ㄌㄛㄍ ㄖㄠㄇㄛㄍ ㄉㄧ̄ㄛㄉ ㄋˊㄚ. ㄉㄛㄨ ㄊㄨ̌ㄛㄉㄛ̄ㄇㄋㄚ ㄛˊㄥㄍ̌ㄛ ㄨㄛㄉㄉ ㄋㄛ̄ㄨ ㄎㄝㄉㄉ ㄙㄧ̄ㄛㄇ ㄖㄝㄚㄅ ㄐㄛㄏ.」 {lōg grāoymøg dīəd ɳˊa. dōu ĭvō̌Daɱ̌ɳāə ˊāŋ̌ǧø vødd nōu kēdd sīəm rēaB joh.}

B: បាន ។ កម្ពុជា, ខ្ញុំលាអ្នកសិនហើយ ! 好的。柬埔寨，我和你再見了！

「ㄅㄢ. ㄍㄛㄇㄅㄨㄗㄝㄚ, ㄎㄋㄛㄇ ㄌㄝㄚ ㄋㄝㄚㄍ ㄙㄧㄋ ㄏㄚㄛㄧ!」 {Bān. gāmbuzēa, kñoɱ lēa nēag sɪn hāəy!}

A: ខ្ញុំញឹកញយចូលទៅទីនោះ ។ បើចាំបាច់, ខ្ញុំអាចផ្តល់ឱ្យអ្នកនូវព័ត៌មានមួយចំនួនអំពីទីក្រុងនេះ ។ 我經常去那裡。如需要，可給你們一些關於這個城市的資訊。

「ㄎㄋㄛㄇ ㄋ̌ㄨㄍㄋㄛㄧ ㄐㄛ̄ㄌㄉㄛㄨ ㄉㄧ̄ㄋㄨㄏ. ㄅㄚㄛ ㄐㄚㄇㄅㄚㄐ, ㄎㄋㄛㄇ ˊㄚㄐ ㄆㄉㄛㄌ ˊㄠㄧ ㄋㄝㄚㄍ ㄋㄨ̌ㄨ ㄅㄛㄉㄖㄛㄇㄝㄢ ㄇㄨ̌ㄛㄧㄐㄛㄇㄋㄨ̌ㄛㄋ ˊㄚㄇㄅㄧ̄ ㄉㄧ̄ㄍㄖㄛㄥ ㄋㄧㄏ.」 {kñoɱ ñwgñøy jōldōu dīnuh. Bāə jāɱBáj, kñoɱ ˊāj pdɑl ˊāōy nēag nūv bodrəmēan mūəyjaɱnūən ˊāɱbī dīgroŋ nih.}

B: សូមអរគុណ ។ យើងនឹងធ្វើទេសចរណ៍ឱ្យបានច្រើនជាងមុន ។ 謝謝。我們會進行更多的旅遊。

「ㄙㄛㄇ ˊㄛ̌ㄍㄨㄋ. ㄧㄛㄥ ㄋㄨㄥ ㄊㄨ̌ㄛ ㄉㄝㄙㄚㄐㄚ ˊㄠㄧ ㄅㄢ ㄐㄖㄚㄛㄋㄗㄝㄤ ㄇㄨㄋ.」 {sōm ˊāǧuɳ. yōŋ nwŋ ĭvō dēsājā ˊāōy Bān jrāənzēaŋ mun.}

A: ស្វាគមន៍ក្នុងការមកលើកក្រោយទៀត ។ លាសិនហើយ ! 歡迎你以後再來。再見！

「ㄙㄨ̌ㄚㄍ̌ㄛㄇ ㄍㄋㄛㄥ ㄍㄚ ㄇㄛㄍ ㄌㄛㄍ ㄍㄖㄚㄛㄧ ㄉㄧ̄ㄛㄉ. ㄌㄝㄚㄙㄧㄋㄏㄚㄛㄧ!」 {svāǧom gnoŋ gā møg lōg grāoy dīəd. lēasɪnhāəy!}

B: ជួបគ្នាលើកក្រោយទៀត ! 以後再見！

「ㄗㄨ̌ㄛㄅㄍ̌ㄋㄝㄚ ㄌㄛㄍ ㄍㄖㄚㄛㄧ ㄉㄧ̄ㄛㄉ!」 {zūəBǧñēa lōg grāoy dīəd!}

【文化背景】 ខ្មែរចង្ក្រាយ របៀធម៌ 「ㄆㄉㄟㄏㄥㄤ《ㄖㄠ一 ㄎㄛㄅㄅㄛㄤ」 {pdəikāŋ grāoy vøBBā̆i}

1. 節假日(ពិធីបុណ្យ 「ㄅ一ㄊ一ㄅㄛㄥ」 {bi̋ĭBoŋ})

柬埔寨最隆重的民族傳統節日是潑水節、御耕節、送水節。主要節日 បុណ្យ 「ㄅㄛㄥ」 {Boŋ}有：

◎元旦(ថ្ងៃចូលឆ្នាំថ្មី 「ㄊㄞㄐㄛㄌ ㄑㄋㄚㄇㄊㄇㄟ」 {ŋaijōl qnām̆tmēi})，1 月 1 日。

◎春節(ចូលឆ្នាំចិន 「ㄐㄛㄌ ㄑㄋㄚㄇㄐ一ㄣ」 {jōl qnām jɪn})，1 月到 2 月，中國新年，華人的節日。

◎潑水節(មហាសង្ក្រាន្ត 「ㄇㄜㄏㄚㄙㄥㄍㄖㄢㄉ」 {møhāsāŋgrānd})，4 月 13、14、15 日，柬埔寨新年。

◎御耕節(ព្រះរាជពិធីបុណ្យច្រត់ព្រះនង្គ័ល 「ㄅㄖㄝㄛㄏㄖㄝㄚㄅ一ㄊ一ㄅㄛㄥ ㄐㄖㄛㄉ ㄅㄖㄝㄚㄋㄛㄥㄍㄛㄚㄌ」 {breəhrēaz bi̋ĭBoŋ jrɑd breanøŋgoal})儀式，於每年佛曆 6 月下弦初四(西曆 4-5 月)舉行。由政府農業部門主持。模擬一年勞作過程，國王和王后駕臨觀看，官員和外國使節身穿禮服參加。

◎佛誕(ពិសាខបូជា 「ㄅ一ㄙㄚㄎ ㄅㄛㄗㄚ」 {bisāk Bøzā})，佛曆 5 月 12 日。

◎立憲日(ទិវាប្រកាសរដ្ឋធម្មនុញ្ញ 「ㄉ一ㄨㄝㄚ ㄅㄖㄛㄍㄚㄙ ㄖㄛㄉㄊㄛㄇㄇㄛㄋㄨㄋㄣ」 {dīvēa Brāgāsā røDtā̆ĭømmønuññ})，9 月 24 日。

◎送水節(អុំទូក 「ㄛㄇㄉㄨㄍ」 {'øm̆dūg})，陰曆 9 月月圓之日，西曆 10 月 31 日-11 月 2 日之間，是祭拜河水落潮的節日。湄公河水在雨季上漲，灌溉農田並帶來肥沃的淤泥，而到旱季水位下降，留下的是等待收穫的稻米和魚蝦。節日對河水之恩表示感謝和送別，讓病魔和災難隨河水一起流走。人們還舉行龍舟比賽、燈船巡遊和拜月儀式。

◎中秋節(សែនព្រះខែ 「ㄙㄞㄝㄣ ㄅㄖㄝㄏ ㄎㄝ」 {sāen breəh kāe})，華人的節日，陰曆 8 月 15 日。

◎加頂節(ភ្ជុំបិណ្ឌ 「ㄆㄡㄇㄅ一ㄣㄉ」 {p̌zum̆Bɪn̥D})，佛曆 10 月 28 日-11 月 28 日，是佛教徒隆重的節日，結束雨季齋期後舉行一個月的加頂節活動。儀式由善男信女發起，他們負責把人們捐贈的物品：袈裟、椅子、蚊帳、碗筷和食品贈送給寺院。也叫祖先節。

◎獨立日 (ទិវាឯករាជ្យ 「ㄉ一ㄨㄝㄚㄝㄍㄖㄝㄚ」 {dīvēa 'aēgārēaz})，11 月 9 日，即國慶日。

◎人權日(ទិវាសិទ្ធិមនុស្ស 「ㄉ一ㄨㄝㄚㄙㄧㄉㄊㄛㄇㄛㄋㄨㄙㄙ」 {dīvēa sɪdt̆mønuss})，12 月 10 日。

2. 舞蹈(របាំ 「ㄖㄛㄅㄚㄇ」 {røBām̆})

柬埔寨舞蹈體現出濃郁的民族風格，可以分為古典宮廷舞蹈和民間舞兩大類。

宮廷舞蹈在 9-14 世紀吳哥王朝時期發展到鼎盛，突出了柔韌、纖巧、典雅的特徵。演繹了印度史詩《羅摩衍那》(រាមាយណៈ「ㄖㄝㄚㄇㄝㄚㄧㄛㄥ」 {rēamēayoŋ})的故事和佛祖釋迦牟尼的早期生活的傳說，也有以古代的神話傳奇故事。

民間舞蹈具有鮮明的民族風格，舞蹈時演員要畫臉譜或戴假面具，模仿人或動物的動作，情節歡快、滑稽。有各種專題：舂米舞(របាំជ្រុំអង្ក「ㄖㄛㄅㄚㄇㄖㄡㄇㄛㄤ《」 {røBām̆zroum̆'āŋ})、索布拉德舞(體育和文藝相結合的舞蹈)；牛角舞(របាំស្នែងគោ「ㄖㄛㄅㄚㄇㄙㄋㄝㄥ《ㄨ」 {røBām̆snāeŋgōu})是分佈在菩薩、碑士卑、磅清揚和戈公等省的布勞族人的舞蹈，演員頭戴牛角，表現的狩獵生活；德羅特舞(ត្រុដិ「ㄉㄖㄛㄉ」 {droD})是居住在暹粒省和馬德望省的桑雷族新年佳節的祝福舞蹈；孔雀舞(របាំក្ងោក「ㄖㄛㄅㄚㄇ《ㄥㄠ《」 {røBām̆gŋāog})是馬德望省拜林地區戈拉族的舞蹈，演員身飾孔雀羽毛，模仿孔雀的動作而舞；還有從寮國傳入的南旺舞(លំវង់「ㄌㄛㄇㄨㄛㄥ」 {lōm̆voŋ})和從馬來西亞傳入的伊給舞(យីកែ「一《ㄝ」 {yīgē})。

3. 皮影戲(ល្ខោនស្បែក 「ㄌㄎㄠㄋㄋㄤㄙㄅㄚㄝ《」 {lkāonŋāŋsBāeg})

皮影戲頗具民族特色，通過皮影表演手的精湛表演，可演繹出《羅摩衍那的榮耀》(រាមកេរ្តិ៍ 「ㄖㄝㄚㄇ《ㄝㄖㄉ」 {rēam gērd})等壯觀的史詩劇。

【練習鞏固】 ធ្វើលំហាត់ 「ㄊㄝㄪㄧㄌㄇㄛㄏㄚㄉ」{ẗēvīlmøhád}

1. 請把下列句子翻譯成柬埔寨文。

1) 你去過臺灣了嗎？

____

2) 是，我去過那裡。

____

3) 不，我沒有去過江蘇。

____

2. 請把下列句子翻譯成中文。

1) ស៊ីយហើយ ។ កាបូបរបស់ខ្ញុំបាត់ហើយ ។ 「ㄙㄛ一 ㄏㄚㄟ. ㄍㄚㄅㄛㄅ ㄖ'ㄛㄅㄛㄏ ㄎㄏㄛㄇ ㄅㄚㄉ ㄏㄚㄟ.」{søy hāəy. gāBøB røBɑH kñoṃ Bád hāəy.}

____

2) ប្រហែលជាជ្រុះនៅក្នុងរថយន្តរបចាមផ្លូវហើយ ។ 「ㄅㄖ'ㄛㄏㄚㄝㄌㄗㄝㄚ ㄗㄖ'ㄨㄏ ㄋㄜㄨㄍㄋㄛㄫ ㄖ'ㄛㄊ 一ㄛㄋ ㄉ ㄖ'ㄛㄅ ㄐㄚㄇ ㄆㄌㄛㄪ ㄏㄚㄟ.」{Brūhāelzēa zruh nāugnoŋ røtyønD røB jām plōv hāəy.}

____

3) ក្នុងថ្ងៃចូលឆ្នាំថ្មី, មនុស្សម្នាមាន ធ្វើដំណើរ ។ 「ㄍㄋㄛㄫ ㄊㄫㄞㄐㄛㄌ ㄑㄋㄚㄇ ㄊㄇㄟ, ㄇㄛㄋㄨㄙㄙㄛㄇㄋㄝㄚ ㄇㄝㄢ ㄊㄪㄜㄉㄛㄇㄋㄚㄜ.」{gnoŋ ṫŋaijōl qnāṃ ṫmāi, mønussāmnēa mēan ẗvōDɑṃṇāə.}

____

4) តើអ្នកចូលចិត្តតៃវ៉ាន់ឬទេ ? 「ㄉㄚㄜ ㄋㄝㄚㄍ ㄐㄛㄌㄛㄐ一ㄉㄉ ㄉㄞㄪㄢ ㄖ'ㄨㄉㄝ?」{dāə nēag jōløjıdd daivan rw̄dē?}

____

5) ខ្ញុំចូលចិត្តទីក្រុងនៅតៃវ៉ាន់ ។ ដូច្នេះស្រស់ស្អាត ។ 「ㄎㄏㄛㄇ ㄐㄛㄌㄛㄐ一ㄉㄉ ㄉ一ㄍㄖ'ㄛㄫ ㄋㄜㄨ ㄉㄞㄪㄢ. ㄉㄛ ㄐㄋㄝㄏ ㄙㄖ'ㄛㄏ ㄙ'ㄚㄉ.」{kñoṃ jōløjıdd dīgroŋ nāu daivan. Dōjnɛh srɑH s'ād.}

____

第十五課 醫院與看病

មេរៀនទី ១៥ (ដប់ប្រាំ) មន្ទីរពេទ្យនិងការព្យាបាល

「ㄇㄝㄖㄧㄢ ㄉㄧ ㄉㄜㄅㄅㄖㄚㄇ ㄇㄜㄣㄉㄧㄅㄝㄉ ㄋㄧㄥ ㄍㄚ ㄅㄧㄝㄚㄅㄚㄌ」

{mērĩən dī DɑBBrāṃ mønđĩbēd niŋ gā byēaBāl}

Lesson 15. Hospital and Cure

【詞語學習】 ការរៀន វក្យសព្ទ 「ㄍㄚ ㄖㄧㄢ ㄋㄝㄚㄍㄙㄜㄅㄉ」 {gārĩən vēagsɑ̄bđ}

△ ព្យាបាល 「ㄅㄧㄝㄚㄅㄚㄌ」 {byēaBāl} 治療

△ ឈឺពោះ 「ㄑㄨㄅㄨㄛㄏ」 {cw̄buoh} 腹痛

△ គិលានុបដ្ឋាយិកា 「ㄍㄧㄌㄝㄚㄋㄨㄅㄅㄉㄜㄌㄚㄧㄧㄍㄚ」 {gilēanuBāDtāyigā} 護士

△ ជំងឺ 「ㄗㄛㄤㄨ」 {zoaŋw̄} 疾病

△ កាន់តែ 「ㄍㄢㄉㄚㄝ」 {gandāe} 更加，越…越…

△ ឆាប់ 「ㄑㄚㄅ」 {qáB} 趕快，快

△ ប្រសើរ 「ㄅㄖㄜㄙㄚㄝ」 {Brāsāə} 更好

△ លោកស្រី 「ㄌㄨㄍㄙㄖㄟ」 {lōugsrɜi} 女士

△ ពិនិត្យ 「ㄅㄧㄋㄧㄉ」 {binid} 檢查，查看

△ អារម្មណ៍ 「ㄚㄖㄜㄇㄇ」 {'ārømm} 感覺

△ ឈឺក្បាល 「ㄑㄨㄍㄅㄚㄌ」 {cw̄gBāl} 頭痛

△ ត្រង់ណា 「ㄉㄖㄜㄥㄋㄚ」 {draŋŋā} 哪兒

△ ក្ដៅខ្លួន 「ㄍㄉㄠㄎㄌㄨㄢ」 {gDāuklūən} 發燒

△ អត់មាន 「ㄜㄉㄇㄝㄢ」 {'ādmēan} 否，不會

△ បំពង់ក 「ㄅㄜㄇㄅㄜㄥㄍㄜ」 {Bɑṃboŋgā} 喉嚨

△ ហាមាត់ 「ㄏㄚㄇㄛㄚㄉ」 {hāmoád} 口，嘴巴

△ ឡើងក្រហម 「ㄌㄚㄥ ㄍㄖㄜㄏㄜㄇ」 {lāəŋ grāhām} 發紅

△ តាំងពី 「ㄉㄤㄅㄧ」 {dāŋbī} 從，自從

△ អាទិត្យមុន 「ㄚㄉㄧㄉ ㄇㄨㄣ」 {'āđid mun} 上週，上星期

△ សម្រាក 「ㄙㄜㄇㄖㄚㄍ」 {sāmrag} 休息，歇息

△ ផឹកទឹក 「ㄆㄜㄍ ㄉㄨㄍ」 {pœg đwg} 飲，喝水

△ ឆ្លង 「ㄑㄌㄜㄥ」 {qlāŋ} 感染

△ ថ្នាំ 「ㄊㄋㄚㄇ」 {ṭnāṃ} 藥物

△ វះកាត់ 「ㄋㄝㄜㄏㄍㄚㄉ」 {veahgád} 外科，手術，開刀

△ ខ្នែងពោះវៀន 「ㄎㄋㄚㄝㄥ ㄅㄨㄛㄏㄋㄧㄢ」 {knāeŋ buohvĩən} 闌尾炎

△ ជោគជ័យ 「ㄗㄨㄍㄗㄞ」 {zōuġzay} 成功

△ ហាក់ 「ㄏㄚㄍ」 {hág} 心煩，擔心

△ ដូច 「ㄉㄛㄐ」 {Dōj} 似乎，好像

△ ព្រួយ 「ㄅㄖㄨㄟ」 {brūəy} 悲傷，憂愁

△ អត់អី 「ㄜㄉ'ㄜㄌㄟ」 {'ād'ɔi} 沒什麼，沒事＝不客氣、沒關係

△ គ្រាន់តែ 「ㄍㄖ'ㄛㄢㄉㄚㄝ」 {ġroándāe} 只是，僅僅
△ សប្បាយចិត្ត 「ㄙㄛ̣ㄅ̣ㄅ̣ㄚㄧ ㄐㄧ̣ㄉㄉ」 {sāBBāy jıdd} 快樂
△ រលាក 「ㄖ'ㄛ̣ㄌㄝㄚㄍ」 {røleag} 炎症
△ សំណាង 「ㄙㄛ̣ㄇㄋㄤ」 {sɑṃṇāŋ} 幸運
△ អាក្រក់ម្លេះ 「'ㄚㄍㄖ'ㄛ̣ㄍㄇㄌㄝ̣ㄏ」 {'āgrɑgmlɛh} 糟糕
△ ពិបាក 「ㄅㄧ̣ㄅ̣ㄚㄍ」 {bɨBāg} 困難，困擾
△ ដោះស្រាយ 「ㄉ̣ㄠㄏㄙㄖ'ㄚㄧ」{Daohsrāy} 解決，解除
△ ការវះកាត់ 「ㄍㄚㄪㄝㄜㄏㄍㄚㄉ」 {gāveahgád} 外科手術
△ បារម្ភ 「ㄅ̣ㄚㄖ'ㄛ̣ㄇㄆ」 {Bārømṗ} 關注，擔心
△ គ្រប់ 「ㄍㄖ'ㄛㄅ̣」 {ġroB} 所有，一切
△ ដំណើរការ 「ㄉ̣ㄛ̣ㄇㄋㄚㄜㄍㄚ」 {Dɑṃṇāəgā} 進展，過程
△ នៅតែ 「ㄋㄜㄨㄉㄚㄝ」 {nōudāe} 還有，還在
△ ផ្តាសាយ 「ㄆㄉ̣ㄚㄙㄚㄧ」 {pDāsāy} 流感，感冒
△ ដដែល 「ㄉ̣ㄛ̣ㄉ̣ㄚㄝㄌ」 {DāDāel} 仍舊
△ ក្អក 「ㄍ'ㄛ̣ㄍ」 {g'āg} 咳嗽
△ រយៈ 「ㄖ'ㄛ̣ㄧㄝㄚ'」 {røyea'} 已經，經過
△ ចេះតែ 「ㄐㄝ̣ㄏㄉㄚㄝ」 {jɛhdāe} 不停
△ តាំងតែពី 「ㄉㄤㄉㄚㄝㄅㄧ」 {dāŋdāebī} 自從
△ លេបថ្នាំ 「ㄌㄝㄅ̣ ㄊㄋㄚㄇ」 {lēB ṫnāṃ} 吞藥，服藥
△ ក្បាលព្រលប់ 「ㄍㄅ̣ㄚㄌ ㄅㄖ'ㄛ̣ㄌㄨㄅ̣」 {gBāl brøluB} 傍晚
△ ភ្នែក 「ㄆㄋㄝ̣ㄍ」 {ṗnɛ̄g} 眼睛
△ ស្ងួត 「ㄙㄫㄨㄜㄉ」 {sŋūəd} 乾燥
△ អឺ 「'ㄛ̣」 {'œ̄} 嗯，好的
△ ម្សិល 「ㄇㄙㄧ̣ㄌ」 {msıl} 昨天
△ ម្សិលម្ង៉ៃ 「ㄇㄙㄧ̣ㄌㄇㄫㄟ」 {msılmŋəi} 前天
△ ពាក់មួក 「ㄅㄝㄚㄍㄇㄨㄜㄍ」 {beagmūəg} 頭盔，帽子
△ កើតជំងឺ 「ㄍㄚㄜㄉㄗㄛㄤㄨ̣」 {gāədzoaŋw̄} 病，疾病，生病
△ ចាញ់ 「ㄐㄚㄏ」 {jañ} 擊敗，打擊
△ កម្តៅថ្ងៃ 「ㄍㄛ̣ㄇㄉ̣ㄠㄊㄫㄞ」 {gāmDāutŋai} 日頭，太陽
△ ចាញ់កម្តៅថ្ងៃ 「ㄐㄚㄏ ㄍㄛ̣ㄇㄉ̣ㄠㄊㄫㄞ」 {jañ gāmDāuṫŋai} 中暑
△ ផឹកថ្នាំ 「ㄆㄜ̣ㄍㄊㄋㄚㄇ」 {pœgtnāṃ} 帕克斯頓，中暑藥
△ ដង 「ㄉ̣ㄛ̣ㄫ」 {Dāŋ} 次，回(量詞)
△ ធ្ងន់ធ្ងរ 「ㄊㄫㄛㄋㄊㄫㄛ̣」 {ẗŋonẗŋø} 嚴峻，嚴重

【範例課文】 អត្ថបទគំរូ 「'ㄛ̣ㄉㄊㄛ̣ㄅㄛ̣ㄉ ㄍㄡㄇㄖ'ㄨ」 {'ādtāBād ġoumrū}

一、孫慧賢老師(B)肚子痛去看醫生(A)，護士(C)先接待了她。 ១) លោកគ្រូ ស៊្វិន ហ៊ុយស៊ាន (ខ) ឈឺពោះ, បានទៅរកគ្រូពេទ្យ (ក), គិលានុបដ្ឋាយិកា (គ) បានទទួលមើលគាត់ជាមុន ។ 「ㄇㄨㄟ) ㄌㄡㄍ ㄍㄖ'ㄨ ㄙㄙㄨㄋ ㄏㄨㄧ ㄙㄝㄢ (ㄎㄛ̣) ㄘㄨ̣ㄅㄨㄛㄏ, ㄅㄢ ㄉㄜㄨ ㄖ'ㄛ̣ㄍ ㄍㄖ'ㄨㄅㄝㄉ (ㄍㄛ̣), ㄍㄧ̣ㄌㄝㄢㄨㄅㄛ̣ㄉㄊㄚㄧㄧ̣ㄍㄚ (ㄍㄛ) ㄅㄢ ㄉㄛ̣ㄉㄨㄜㄌ ㄇㄜㄌ ㄍㄛㄚㄉ ㄗㄝㄚㄇㄨㄋ.」 {mūəy) lōug ġrū ssūn huy sēan (kā) cw̄buoh, Bān ḋəu røg ġrūbēḋ (gā), ġɨlēanuBāDtāyɨgā (ġø) Bān ḋødūəl məl ġoád zēamun.}

ខ: **ជំរាបសួរ, ខ្ញុំចង់ទៅជួបគ្រូពេទ្យ ។** B:您好，我想看醫生。

「ㄗㄡㄇㄖ'ㄝㄚㄅㄙㄨㄜ, ㄎㄏ̣ㄛㄇ ㄐㄛ̣ㄫ ㄉㄜㄨ ㄗㄨㄜㄅ ㄍㄖ'ㄨㄅㄝㄉ.」 {zoumrēaBsūə, kn̄oṃ jaŋ ḋəu zūəB ġrūbēḋ.}

គ: **តើអ្នកមានបានណាត់ទុកជាមុនទេ ?** C:有預約嗎？「ㄉㄚㄜ ㄋㄝㄚㄍ ㄇㄝㄢ ㄅㄢ ㄋㄚㄉ ㄉㄨㄍㄗㄝㄚㄇㄨㄋ ㄉㄝ?」

ខ: **អត់ទេ ។** B:沒有。「'ㄛ̣ㄉ ㄉㄝ.」 {'ād ḋē.} [{dāə nēag mēan Bān ṇád ḋugzēamun ḋē?}

គ: **អ្នកចង់ណាត់ជួបពេទ្យនៅពេលណា ?** C:你想預約什麼時候？

「ㄋㄝㄚㄍ ㄐㄛ̣ㄫ ㄋㄚㄉㄗㄨㄜㄅ ㄅㄝㄉ ㄋㄜㄨ ㄅㄝㄌ ㄋㄚ?」 {nēag jaŋ ṇádzūəB bēḋ nəu bēl ṇā?}

ខ: **ថ្ងៃនេះបានទេ ?** B:今天可以嗎？「ㄊㄫㄞㄋㄧㄏ ㄅㄢ ㄉㄝ?」 {ṫŋainih Bān ḋē?}

គ: **ចាស ។ ថ្ងៃនេះបាន ។ តើអ្នកចង់មើលជំងឺអ្វី ?** C:是。今天可以。你想看什麼疾病？

「ㄐㄚㄏ. ㄊㄫㄞㄋㄧㄏ ㄅㄢ. ㄉㄚㄜ ㄋㄝㄚㄍ ㄐㄛ̣ㄫ ㄇㄜㄌ ㄗㄛㄤㄨ̣ 'ㄛ̣ㄪㄟ?」 {jāH. ṫŋainih Bān. dāə nēag jaŋ məl zoaŋw̄ 'avəi?}

ខ: **កាន់តែឆាប់កាន់តែប្រសើរ ។ ខ្ញុំឈឺពោះណាស់ ។** B:越快越好。我的肚子好痛。

「ㄍㄢㄉㄚㄝ ㄑㄚㄅ ㄍㄢㄉㄚㄝ ㄅㄖ'ㄛ̣ㄙㄚㄜ. ㄎㄏ̣ㄛㄇ ㄘㄨ̣ㄅㄨㄛㄏ ㄋㄚㄏ.」 {gandāe qáB gandāe Brāsāə. kn̄oṃ cw̄buoh ṇáH.}

គ: **សូមចាំមួយភ្លែត ។ ខ្ញុំមើលសិន, តើមានគ្រូពេទ្យណាទំនេរ ។** C:請稍等。我看看哪位醫生有空。

「ㄙㄛㄇ ㄐㄚㄇ ㄇㄨㄟㄆㄌㄝ̣ㄉ. ㄎㄏ̣ㄛㄇ ㄇㄜㄌ ㄙㄧ̣ㄣ, ㄉㄚㄜ ㄇㄝㄢ ㄍㄖ'ㄨㄅㄝㄉ ㄋㄚ ㄉㄡㄇㄋㄝ.」 {sōm jāṃ mūəypl̇ēd. kn̄oṃ məl sɪn, dāə mēan ġrūbēḋ ṇā ḋoum̩nē.}

ខ: **បាន ។** B:好的。「ㄅㄢ.」 {Bān.}

គ: **អ្នកអាចរង់ចាំប្រហែលកន្លះម៉ោងបានឬទេ ?** C:你等待大約半個鐘頭行嗎？

「ㄋㄝㄚㄍ 'ㄚㄐ ㄖ'ㄛㄫㄐㄚㄇ ㄅㄖ'ㄛ̣ㄏㄚㄝㄌ ㄍㄛ̣ㄋㄌㄚㄏ ㄇㄠㄫ ㄅㄢ ㄖ'ㄨ̣ㄉㄝ?」 {nēag 'āj roŋjāṃ Brūhāel gānlah māoŋ Bān rw̄ḋē?}

ខ: **គ្មានបញ្ហាទេ ។** B:沒問題。「ㄍㄇㄝㄢ ㄅㄛ̣ㄏ̣ㄛ̣ㄏㄚ ㄉㄝ.」 {ġmēan Bāñøhā ḋē.}

(孫慧賢開始看醫生) លោកស្រី ស៊្វិន ហ៊ុយស៊ានចាប់ផ្តើមឱ្យគ្រូពេទ្យពិនិត្យជំងឺ 「ㄌㄡㄍㄙㄖ'ㄟ ㄙㄙㄨㄋ ㄏㄨㄧ ㄙㄝㄢ ㄐㄚㄅㄆㄉㄚㄜㄇ 'ㄠㄧ ㄍㄖ'ㄨㄅㄝㄉ ㄅㄧ̣ㄣㄧ̣ㄉ ㄗㄛㄤㄨ̣」 {lōugsrəi ssūn huy sēan jáBpdāəm 'āōy ġrūbēḋ binɨd zoaŋw̄}

ក: **តើអ្នកមានអារម្មណ៍យ៉ាងដូចម្តេច** ? A:您感覺怎麼樣？

「ㄉㄚㄜ ㄋㄝㄚㄍ ㄇㄝㄢ 'ㄚㄖ'ㄛ̣ㄇㄇ ㄧㄤ ㄉㄛㄐ ㄇㄉㄝㄐ?」 {dāə nēag mēan 'ārømm yāŋ Dōj mdēj?}

ខ: ខ្ញុំមានអារម្មណ៍មិនសូវស្រួលសោះ ។ B:我感覺不太好。

「ㄎㄏㄛㄇ ㄇㄝㄢ 'ㄚㄖㄛㄇㄇ ㄇㄧㄣㄙㄛㄨ ㄙㄖㄨㄜㄎ ㄙㄠㄏ.」 {kñoṃ mēan 'ārømm minsõv srūəl saoh.}

ក: អ្វីធ្វើឱ្យអ្នកមិនស្រួល ? A:什麼困擾著您？

「'ㄛㄞㄟ ㄊㄞㄟ 'ㄠㄧ ㄋㄝㄚㄍ ㄇㄧㄣ ㄙㄖㄨㄜㄎ?」 {'avāi ïvā 'āōy nēag min srūəl?}

ខ: ខ្ញុំឈឺពោះនិងឈឺក្បាល ។ B:我肚子痛和頭痛。

「ㄎㄏㄛㄇ ㄘㄨㄅㄨㄛㄏ ㄋㄧㄥ ㄘㄨㄍㄅㄚㄎ.」 {kñoṃ cw̄buoh niŋ cw̄gBāl.}

ក: តើឈឺនៅត្រង់ណា ? A:哪裡疼？ 「ㄉㄚㄛ ㄘㄨ ㄋㄛㄨ ㄉㄖㄛㄇㄥㄋㄚ?」 {dāo cw̄ nõu draŋŋā?}

ខ: ត្រង់នេះ ។ B:這裡。 「ㄉㄖㄛㄇㄋㄧㄏ.」 {draŋnih.}

ក: មានក្តៅខ្លួនឬទេ ? A:發燒嗎？ 「ㄇㄝㄢ 《ㄉㄠㄎㄌㄨㄜㄢ ㄖㄨㄉㄝ?」 {mēan gDāuklūən rw̄dē?}

ខ: ទេ, អត់មានក្តៅទេ ។ B:不，沒有發燒。「ㄉㄝ, 'ㄛㄉㄇㄝㄢ 《ㄉㄠ ㄉㄝ.」 {dē, 'ādmēan gDāu dē.}

ក: បាន ។ ឱ្យខ្ញុំសុំមើលបំពង់ករបស់អ្នកបន្តិច ។ ហាមាត់ ។ បំពង់ករបស់អ្នកឡើងក្រហម ។ មានឈឺទេ ? A:好的。讓
我看看你的喉嚨。張開嘴巴。你的喉嚨是紅的。會不會痛？
「ㄅㄚㄉ.'ㄠㄧ ㄎㄏㄛㄇ ㄙㄛㄇ ㄇㄛㄎ ㄅㄛㄇㄅㄛㄇㄥㄛ ㄖㄛㄅㄚㄏ ㄋㄝㄚㄍ ㄅㄚㄋㄉㄧㄐ. ㄏㄚㄇㄛㄚㄉ. ㄅㄛㄇㄅㄛㄇㄥㄚ ㄖㄛㄅㄚㄏ ㄋㄝㄚㄍ ㄌㄚㄥ 《ㄖㄚㄏㄚㄇ. ㄇㄝㄢ ㄘㄨ ㄉㄝ?」 {Bād. 'āōy kñoṃ soṃ mōl Baṃboŋā røBaH nēag BānDɪj. hāmoád. Baṃboŋā røBaH nēag ḷāəŋ grāhām. mēan cw̄ dē?}

ខ: ចាស ។ ឈឺ ។ B:是。痛。「ㄐㄚㄏ. ㄘㄨ.」 {jāH. cw̄.}

ក: តើអ្នកចាប់ផ្ដើមឈឺនៅពេលណា ? A:什麼時候開始痛的？

「ㄉㄚㄛ ㄋㄝㄚㄍ ㄐㄚㄅㄅㄉㄚㄛㄇ ㄘㄨ ㄋㄛㄨ ㄅㄝㄎ ㄋㄚ?」 {dāo nēag jáBpdāəm cw̄ nõu bēl ŋā?}

ខ: តាំងពីអាទិត្យមុនមក ។ B:上星期。「ㄉㄚㄥㄅㄧ 'ㄚㄉㄧㄉ ㄇㄨㄣ ㄇㄛ《.」 {dāŋbī'ādid mun møg.}

ក: ត្រូវសម្រាក និងជឹកទឹកឱ្យបានច្រើន ។ A:要休息和多喝水。

「ㄉㄖㄛㄨ ㄙㄛㄇㄖㄚ《 ㄋㄧㄥ ㄆㄛ《 ㄉㄨ《 'ㄠㄧ ㄅㄢ ㄐㄖㄛㄚㄋ.」 {drōv sāmrag niŋ pœg ɖwg 'āōy Bān jrāən.}

ខ: ចាស ។ B:好的。「ㄐㄚㄏ.」 {jāH.}

ក: មេរោគនេះឆ្លង ។ ខ្ញុំនឹងបើកថ្នាំខ្លះឱ្យអ្នក ។ A:這是病毒感染。我給你處方開一些藥。

「ㄇㄝㄖㄨ《 ㄋㄧㄏ ㄑㄌㄚㄥ. ㄎㄏㄛㄇ ㄋㄨㄥ ㄅㄚㄛ《 ㄊㄋㄚㄇ ㄎㄌㄚㄏ 'ㄠㄧ ㄋㄝㄚ《.」 {mērōuǵ nih qlāŋ. kñoṃ nwŋ Bāəg ïnāṃ klah 'āōy nēag.}

二、珍達(A)祝江金彪(B)盲腸炎手術成功。 ㈡) ចិន្ដា (ក) ជូនពរ ជាង ជិនពារ (ខ) ឱ្យៈកាត់ជំងឺ ខ្ទែង ពោៈ រៀន បាន ដោគជ័យ ។ 「ㄅ一)ㄐㄧㄣㄉㄚ《《ㄛ)ㄗㄨㄣㄅㄛ ㄗㄝㄤ ㄐㄧㄣ ㄅㄝㄚㄌ (ㄎㄚ)'ㄠ一 ㄪㄝㄏㄍㄚㄍ ㄗㄛㄤㄨ ㄎㄋㄝㄤ ㄅㄨㄛㄏㄧㄢㄅㄢ ㄗㄛㄨㄍ ㄗㄞ.」 {bī) jɪndā (gā) zūnbø zēaŋ zīn bēav (kā) 'āōy veahgád zoaŋw̄ knāeŋ buohvīən Bān zōuǵ zay.}

ក: មើលទៅអ្នកហាក់ដូចមានការភ័យ ព្រួយ, យ៉ាងម៉េចហ្ញឹង ? A:你看起來有點心煩意亂，怎麼啦？

「ㄇㄛㄌ ㄉㄡㄨ ㄋㄝㄚ《 ㄏㄚ《ㄉㄛㄐ ㄇㄝㄤㄍㄚ ㄆㄞ ㄅㄨㄨㄟ, 一ㄤㄇㄝㄗ ㄋㄛㄥ?」 {mōl dōu nēag hágDōj mēangā p̌ay brūəy, [yāŋmēj nœŋ?}

ខ: អត់អីទេ ។ ខ្ញុំត្រាន់តែមិនសួរសប្បាយចិត្ត ។ B:沒什麼。我只是有點不愉快。 [yāŋmēj nœŋ?}

「ㄛㄉ'ㄛㄧ ㄉㄝ. ㄎㄧㄛㄇ 《ㄖㄛㄉㄅㄚㄝ ㄇㄧㄥㄙㄛㄪ ㄙㄚㄅㄅㄚ一 ㄐㄧㄉㄉ.」 {'ād'ōi dē. kñoṃ ǵroándāe minsōv sāBBāy jɪdd.}

ក: ហេតុអ្វី ? A:為什麼？「ㄏㄝㄉ'ㄛㄪㄟ?」 {hēd'avōi?} [buohvīən.}

ខ: ថ្ងៃស្អែកត្រូវធ្វើការ វះកាត់ជំងឺលោក ខ្មែង ពោៈ រៀន ។ B:明天要做盲腸炎手術。 「ㄊㄥㄞㄙ'ㄚㄝ《 ㄉㄖㄛㄪ ㄊ ㄪㄛㄍㄚㄪㄝㄏㄍㄚㄍ ㄗㄛㄤㄨ ㄖㄛㄌㄝㄚㄍ 《 ㄎㄋㄚㄝㄥ ㄅㄨㄛㄏㄧㄢㄛㄥ.」 {ṫŋais'āeg drōv ṫvōgāveahgád zoaŋw̄ rølēag knāeŋ

ក: អូ, សំណាងអាក្រក់ម្ល៉ះ ។ A:哦，太不幸了。「ㄛ, ㄙㄛㄇㄋㄤ'ㄚ《ㄖㄛ《 ㄇㄌㄝㄏ.」 {'ō, saṃṅāŋ'āgrag mlɛh.}

ខ: បាទ, ខ្ញុំមានអារម្មណ៍ថា ពិបាកដោៈ ស្រាយណាស់ ។ B:是的，我感到困擾。

「ㄅㄚㄉ, ㄎㄧㄛㄇ ㄇㄝㄢ 'ㄚㄖㄛㄇ ㄊㄚ ㄅㄧㄅㄚ《 ㄉㄠㄏㄙㄖㄚ一 ㄋㄚㄏ.」 {Bād, kñoṃ mēan 'ārøm tā biBāg Daohsrāy ṅáH.}

ក: តើអ្នកខ្លាចការ វះកាត់ឬទេ ? A:你害怕做手術嗎？

「ㄉㄚㄛ ㄋㄝㄚ《 ㄎㄌㄚㄐ 《ㄚㄪㄝㄏㄍㄚㄍ ㄖㄨㄉㄝ?」 {dāə nēag klāj gāveahgád rw̄dē?}

ខ: បាទ ។ ខ្ញុំមិនដែលវះកាត់ទេ ពីមុនមក ។ B:是。我以前從來沒有做過手術。

「ㄅㄚㄉ. ㄎㄧㄛㄇ ㄇㄧㄣ ㄉㄚㄝㄌ ㄪㄝㄏㄍㄚㄍ ㄉㄝ ㄅㄧㄇㄨㄣ ㄇㄛ《.」 {Bād. kñoṃ min Dāel veahgád dē bīmun møg.}

ក: មុនពេលវះកាត់, តើអ្នកមានភ័យឬទេ ? A:你在手術前緊張嗎？

「ㄇㄨㄣ ㄅㄝㄌ ㄪㄝㄏㄍㄚㄍ, ㄉㄚㄛ ㄋㄝㄚ《 ㄇㄝㄢ ㄆㄞ ㄖㄨㄉㄝ?」 {mun bēl veahgád, dāə nēag mēan p̌ay rw̄dē?}

ខ: ភ័យតិចៗដែរ ។ B:一點點。「ㄆㄞ ㄉㄧㄐ ㄉㄧㄐ ㄉㄚㄝ.」 {p̌ay dɪj dɪj Dāe.}

ក: កុំបារម្ភអី ។ អ្វីគ្រប់យ៉ាងនឹងមានដំណើរការល្អ ។ A:別擔心。一切都會順利的。

「《ㄛㄇ ㄅㄚㄖㄛㄇㄆ 'ㄛ一. 'ㄚㄪㄛㄧ 'ㄚㄪㄛㄧ 《ㄖㄛㄅㄧㄤ ㄋㄨㄥ ㄇㄝㄢ ㄉㄛㄇㄋㄚㄛ《ㄚ ㄌㄛ.」 {goṃ Bārømp̌ 'ōi. 'avōi 'avōi ǵroByāŋ nwŋ mēan Daṃṅāəgā l'ā.}

ខ: បាទ, សូមអរគុណ ! B:好的，謝謝您！「ㄅㄚㄉ, ㄙㄛㄇ 'ㄛ《ㄨㄣ!」 {Bād, sōm 'āǵuṇ!}

對話一 ការសន្ទនា ១ (ទីមួយ) 「ㄍㄚㄙㄢㄉㄯㄋㄝㄚ ㄉㄧㄇㄨㄝ」 {gāsāndønēa dĩmũəy}

A: មានអារម្មណ៍យ៉ាងម៉េចដែរ ? 感覺怎麼樣？

「ㄇㄝㄢ 'ㄚㄖㄛㄇㄇ ㄧㄤㄇㄝㄐ ㄉㄚㄝ?」 {mēan 'ārømm yāŋmēj Dãe?}

B: នៅតែផ្ដាសាយដែល ។ 還在感冒。

「ㄋㄛㄨㄉㄚㄝ ㄆㄉㄚㄙㄚㄚㄧ ㄉㄚㄉㄚㄝㄌ.」 {nōudāe pDāsāy DāDãel.}

A: ក្អកខ្លាំងណាស់ ។ 咳嗽得屬害。

「ㄍ'ㄛㄍ ㄎㄌㄤ ㄋㄚㄏ.」 {g'āg klāŋ ŋáH.}

B: នៅតែដូចនេះ ? ដូចជាជាងមួយសប្ដាហ៍ហើយ ? 還是這樣？已經一個多星期了吧？

「ㄋㄛㄨㄉㄚㄝ ㄉㄛㄐㄋㄝㄏ? ㄉㄛㄐ ㄗㄝㄚ ㄗㄝㄤ ㄇㄨㄝ ㄙㄚㄅㄉㄚ ㄏㄚㄝ?」 {nōudāe Dōjnɛh? Dōj zēa zēaŋ mūəy sāBdā hāəy?}

A: ម៉ែន, មួយរយៈមកហើយ ។ ខ្ញុំចេះតែមានអារម្មណ៍បែបនេះតាំងតែពីសប្ដាហ៍មុនមក ។ 是啊，已經有一段時間了。我從上個星期開始就是這樣的感覺。

「ㄇㄟ, ㄇㄨㄝ ㄖㄛㄧㄝㄚ' ㄇㄛㄍ ㄏㄚㄝ. ㄎㄋㄛㄇ ㄐㄝㄏㄉㄚㄝ ㄇㄝㄢ 'ㄚㄖㄛㄇㄇ ㄅㄚㄝㄅㄋㄝㄏ ㄉㄤㄉㄚㄝㄅㄧ ㄙㄚㄅㄉㄚ ㄇㄨㄋ ㄇㄛㄍ.」 {mēn, mūəy røyea' møg hāəy. kñoṃ jɛhdāe mēan 'ārømm BāeBnih dāŋdāebī sāBdā mun møg.}

B: ឥឡូវនេះ មានអារម្មណ៍ស្រួលជាងមុនខ្លះឬនៅ ? 現在覺得好些了嗎？

「'ㄟㄌㄛㄞㄋㄧㄏ ㄇㄝㄢ 'ㄚㄖㄛㄇㄇ ㄙㄖㄨㄝㄌ ㄗㄝㄤ ㄇㄨㄣ ㄎㄌㄚㄏ ㄖㄨ ㄋㄛㄨ?」 {'œiḷøvnih mēan 'ārømm srūəl zēaŋ mun klah rw̃ nōu?}

A: ល្អបន្តិចហើយ ។ ព្រឹកនេះខ្ញុំបានលេបថ្នាំខ្លះ, មានអារម្មណ៍ចាស្រួលជាងមុនបន្តិចហើយ ។ 好一點。我今天早上吃了一些藥，感覺好一點了。「ㄌㄛ ㄅㄢㄉㄝㄐ ㄏㄚㄝ. ㄅㄖㄨㄍ ㄋㄧ ㄎㄋㄛㄇ ㄅㄢ ㄌㄝㄅ ㄊㄧㄚㄇ ㄎㄌㄚ ㄚㄏ, ㄇㄝㄢ 'ㄚㄖㄛㄇㄇ ㄊㄚ ㄙㄖㄨㄝㄌ ㄗㄝㄤ ㄇㄨㄣ ㄅㄢㄉㄝㄐ ㄏㄚㄝ.」 {l'ā BānDɪj hāəy. brwg nih kñoṃ Bān lēB tnāṃ klah, mēan 'ārømm tã srūəl zēaŋ mun BānDɪj hāəy.}

B: បើអ្នកត្រូវការអ្វី, ហៅទូរស័ព្ទមកខ្ញុំចុះ ។ 如你有什麼需要，就給我打電話吧。

「ㄅㄚㄛ ㄋㄝㄚㄍ ㄉㄖㄛㄞㄍㄚ '一, ㄏㄠ ㄉㄨㄖㄛㄙㄚㄅㄉ ㄇㄛㄍ ㄎㄋㄛㄇ ㄐㄛㄏ.」 {Bāə nēag drōvgã'ɔi, hāu dūrøsabd møg kñoṃ joh.}

對話二 ការសន្ទនា ២ (ទីពីរ) 「ㄍㄚㄙㄛ̣ㄋㄉㄛ̣ㄋㄝㄚ ㄉㄧ-ㄅㄧ-」 {gāsāndønēa ďībī}

A: **យប់មិញ ហេតុអ្វីបានជាអ្នកមិនទូរស័ព្ទមកខ្ញុំ ? ខ្ញុំបារម្ភពីអ្នកណាស់ ។** 昨晚你為什麼不給我打電話？我很擔心你。

「ㄧㄨㄅ̣ㄇㄧ̣ㄏ ㄏㄝㄉ'ㄛ̣ㄪㄟㄅ̣ㄢㄗㄝㄚ ㄋㄝㄚㄍ ㄇㄧ̣ㄣ ㄉㄨ̣ㄖ'ㄛ̣ㄙㄚㄅ̣ㄉ ㄇㄛ̣ㄍ ㄎㄏㄛㄇ? ㄎㄏㄛㄇ ㄅ̣ㄚㄖ'ㄛ̣ㄇㄆ ㄅㄧ ㄋㄝㄚㄍ ㄋㄚㄏ.」 {yuBmɨñ hēd’ɑvǝiBānzēa nēag mɨn ďūrøsabď møg kñoṃ? kñoṃ Bārømṗ bī nēag ṇáH.}

B: **សុំទោស, ខ្ញុំចូលដេកតាំងពីក្បាលព្រលប់ម្ល៉េះ ។** 對不起，我很早就上床了。

「ㄙㄛㄇㄉㄡㄏ, ㄎㄏㄛㄇ ㄐㄛㄌ ㄉ̣ㄝㄍ ㄉㄤㄅㄧ ㄍㄅ̣ㄚㄌ ㄅㄖ'ㄛ̣ㄌㄨㄅ̣ ㄇㄌㄝ̣ㄏ.」 {soṃďōuH, kñoṃ jōl Dēg dāŋbī gBāl brøluB mlɛh.}

A: **យ៉ាងម៉េចហើយ ?** 怎麼啦？「ㄧㄤㄇㄝㄐ ㄏㄚㄟ?」 {yāŋmēj hāǝy?}

B: **មិនសូវស្រួលទេ ។ ខ្ញុំឈឺហើយ ។** 不太好。我生病了。「ㄇㄧ̣ㄣㄙㄛㄪ ㄙㄖ'ㄨㄜㄌ ㄉㄝ. ㄎㄏㄛㄇ ㄘㄨ̣ ㄏㄚㄟ.」 {mɨnsōv srūǝl ďē. kñoṃ cw̄ hāǝy.}

A: **ស្តាប់ឮដូច្នេះ ពិបាកចិត្តណាស់ ។** 聽到這個很難過。

「ㄙㄉㄚㄅ̣ ㄌㄨ̣ ㄉ̣ㄛㄐㄋㄝ̣ㄏ ㄅㄧ̣ㄅ̣ㄚㄍㄐㄧ̣ㄉㄉ ㄋㄚㄏ.」 {sdáB lw̄ Dōjnɛh bɨBāgjɪdd ṇáH.}

B: **អរគុណហើយ ។ មិនធ្ងន់ធ្ងរទេ ។** 謝謝。並不嚴重。

「’ㄛ̣ㄍㄨㄋ ㄏㄚㄟ. ㄇㄧ̣ㄣ ㄊㄫㄛㄋㄊㄫㄛ̣ ㄉㄝ.」 {’āġuṇ hāǝy. mɨn ẗŋonẗŋø ďē.}

A: **ថែរក្សាខ្លួន !** 多保重！「ㄊㄚㄝㄖ'ㄛ̣ㄍㄙㄚ ㄎㄌㄨㄜㄋ!」 {tāerøgsā klūǝn!}

對話三 ការសន្ទនា ៣ (ទីបី) 「ㄍㄚㄙㄛ̣ㄋㄉㄛ̣ㄋㄝㄚ ㄉㄧ-ㄅ̣ㄟ」 {gāsāndønēa ďīBǝi}

A: **យ៉ាងម៉េចហើយ ?** 怎麼啦？「ㄧㄤㄇㄝㄐ ㄏㄚㄟ?」 {yāŋmēj hāǝy?}

B: **ខ្ញុំក្អក, ភ្នែករបស់ខ្ញុំឡើងស្ងួត ។** 我咳嗽，我的眼睛很乾燥。

「ㄎㄏㄛㄇ ㄍ’ㄛ̣ㄍ, ㄆㄋㄝ̣ㄍ ㄖ'ㄛ̣ㄅ̣ㄛ̣ㄏ ㄎㄏㄛㄇ ㄌㄚㄜㄫ ㄙㄫㄨㄜㄉ.」 {kñoṃ g’āg, ṗnēg røBɑH kñoṃ ḷāǝŋ sŋūǝd.}

A: **ឥឡូវនេះអ្នកបានស្រួលខ្លះឬនៅ ?** 現在你好些了嗎？

「’ㄟㄌㄛ̣ㄪㄋㄧㄏ ㄋㄝㄚㄍ ㄅ̣ㄢ ㄙㄖ'ㄨㄜㄌ ㄎㄌㄚㄏ ㄖ'ㄨ̣ ㄋㄜㄨ?」 {’œiḷøvnih nēag Bān srūǝl klah rw̄ nǝu?}

B: **បាទ, ខ្ញុំបានស្រួលខ្លះហើយ ។ បានស្រួលជាងកាលពីម្សិលមិញច្រើនហើយ ។** 是的，我感覺好多了。比昨天好多了。「ㄅ̣ㄚㄉ, ㄎㄏㄛㄇ ㄅ̣ㄢ ㄙㄖ'ㄨㄜㄌ ㄎㄌㄚㄏ ㄏㄚㄟ. ㄅ̣ㄢ ㄙㄖ'ㄨㄜㄌ ㄗㄝㄤ ㄍㄚㄌㄅㄧ ㄇㄙㄧ̣ㄌㄇㄧ̣ㄏ ㄐㄖ'ㄚㄜㄋ ㄏㄚㄟ.」 {Bāď, kñoṃ Bān srūǝl klah hāǝy. Bān srūǝl zēaŋ gālbī msılmɨñ jrāǝn hāǝy.}

A: **អឺ ។ សម្រាកឱ្យបានស្រួលចុះ ។** 好吧。好好休息吧。

「’ㄜ̣. ㄙㄛ̣ㄇㄖ'ㄚㄍ ’ㄠㄧ ㄅ̣ㄢ ㄙㄖ'ㄨㄜㄌ ㄐㄛㄏ.」 {’œ̄. sāmrag ’āōy Bān srūǝl joh.}

對話四 ការសន្ទនា ៤ (ទីបួន) 「ㄍㄚㄙㄛ̣ㄋㄉㄛ̣ㄋㄝㄚ ㄉㄧ ㄅㄨㄜㄋ」 {gāsāndønēa dī Būən}

A: ទីបំផុត អ្នកយ៉ាងម៉េចហើយ ? 你到底怎麼了？

「ㄉㄧ ㄅㄛ̣ㄇㄆㄛㄉ ㄋㄝㄚㄍ ㄧㄤㄇㄝㄐ ㄏㄚㄟ?」 {dī Baṃpod nēag yāŋmēj hāəy?}

B: ខ្ញុំដូចជាចេះតែក្តៅខ្លួន ។ 我好像總覺得發燒。

「ㄎㄏㄛㄇ ㄉㄛㄐ ㄗㄝㄚ ㄐㄝ̣ㄏㄉㄚㄝ ㄍㄉㄠ ㄎㄌㄨㄜㄋ.」 {kñoṃ Dōj zēa jɛhdāe gdāu klūən.}

A: គឺយ៉ាងនេះ ។ 是這樣。

「ㄍㄨ̣ ㄧㄤ ㄋㄧㄏ.」 {ġw̄ yāŋ nih.}

B: កាលពីម្សិលម៉្ងៃ ដើរអត់ពាក់មួកពេញមួយថ្ងៃ ។ 前天沒戴帽走了一整天路。

「ㄍㄚㄌㄅㄧ ㄇㄙㄧ̣ㄌ ㄇㄫㄟ ㄉㄚㄜ 'ㄛ̣ㄉ ㄅㄝㄚㄍㄇㄨㄜㄍ ㄅㄝㄏㄇㄨㄟㄊㄫㄞ.」 {gālbī msıl mŋəi Dāə 'ād beagmūəg bēñmūəytŋai.}

A: បើបែបនេះ, ប្រហែលជាកើតជំងឺចាញ់កម្តៅថ្ងៃហើយ ។ 這樣的話，好像中暑了。

「ㄅㄚㄜ ㄅㄚㄝㄅㄛ̣ㄋㄧㄏ, ㄅㄖㄛ̣ㄏㄚㄝㄌㄗㄝㄚ ㄍㄚㄜㄉㄗㄛㄤㄨ̣ ㄐㄚㄏ ㄍㄛ̣ㄇㄉㄠㄊㄫㄞ ㄏㄚㄟ.」 {Bāə BāeBnih, Brūhāelzēa gāədzoaŋw̄ jañ gāmDāutŋai hāəy.}

B: មានបានផឹកថ្នាំឬនៅ ? 有吃藥了嗎？

「ㄇㄝㄢ ㄅㄢ ㄆㄜ̣ㄍㄊㄋㄚㄇ ㄖ'ㄨ̣ ㄋㄜㄨ?」 {mēan Bān pœgtnāṃ rw̄ nəu?}

A: ថ្នាំអីក៏អត់បានផឹកដែរ ។ 什麼藥也沒吃。

「ㄊㄋㄚㄇ 'ㄟ ㄍㄛ̣ 'ㄛ̣ㄉ ㄅㄢ ㄆㄜ̣ㄍ ㄉㄚㄝ.」 {tnāṃ 'əi gā 'ād Bān pœg Dāe.}

B: ខ្ញុំមានថ្នាំ ។ ចង់បានទេ ? 我有藥。要嗎？

「ㄎㄏㄛㄇ ㄇㄝㄢ ㄊㄋㄚㄇ. ㄐㄛ̣ㄫㄅㄢ ㄉㄝ?」 {kñoṃ mēan tnāṃ. jaŋBān dē?}

A: ចង់បាន ។ 要。

「ㄐㄛ̣ㄫㄅㄢ.」 {jaŋBān.}

B: មួយថ្ងៃបីដង, មួយដងមួយគ្រាប់ ។ 一天三次，每一次一顆。

「ㄇㄨㄟㄊㄫㄞ ㄅㄟ ㄉㄛ̣ㄫ, ㄇㄨㄟ ㄉㄛ̣ㄫ ㄇㄨㄟ ㄍㄖ'ㄛㄚㄅ.」 {mūəytŋai Bōi Dāŋ, mūəy Dāŋ mūəy ġroáB.}

A: បាទ, អរគុណ ។ 是，謝謝。

「ㄅㄚㄉ, 'ㄛ̣ㄍㄨㄋ.」 {Bād, 'āġuṇ.}

【文化背景】 ផ្ទៃខាងក្រោយ វប្បធម៌「ㄆㄉㄟㄎㄤ ㄍㄖˈㄠㄧ ㄪㄛ̤ㄅㄅㄛ̤ㄊ」{pdəikāŋ grāoy vøBBāt̃}

柬埔寨常見多發疾病有肝炎、肺結核、登革熱、瘧疾、傷寒、腹瀉等。當地醫療條件較差，藥品少、價格較高，到柬埔寨最好自帶一些藥物。現在介紹一些疾病名稱。

1. 疾病名稱

以下名詞大多數可在前面加 ជំងឺ「ㄗㄛㄤㄨ̤」 {zoaŋw̄} (病，疾病)一詞。

◎咳嗽 ក្អក「ㄍ’ㄛ̤ㄍ」 {g’āg}

◎麻疹 កញ្ជ្រឹល「ㄍㄛ̤ㄏㄗㄖˈㄨ̤ㄌ」 {gāñzrwl}

◎腹瀉 រាគរូស「ㄖˈㄝㄚㄍㄖˈㄨㄏ」 {rēaġrūH}

◎氣喘 ហឺត「ㄏㄜ̤ㄉ」 {hœd}

◎登革熱 គ្រុនឈាម「ㄍㄖˈㄨㄋ ㄘㄝㄚㄇ」 {ġrun cēam}

◎頭痛 ឈឺក្បាល「ㄘㄨ̤ㄍㄅㄚㄌ」 {cw̄gBāl}

◎痢疾 រាគមួល「ㄖˈㄝㄚㄍㄇㄨㄜㄌ」 {rēagmūəl}

◎肺炎 រលាកសួត「ㄖˈㄛ̤ㄌㄝㄚㄍㄙㄨㄜㄉ」 {røleāgsūəd}

◎感冒 ផ្តាសាយ「ㄆㄉㄚㄙㄚㄧ」 {pdāsāy}

◎糖尿病 ទឹកនោមផ្អែម「ㄉㄨ̤ㄍㄋㄡㄇㄛ̤ㄆ’ㄚㄝㄇ」 {dwgnōumøp’āem}

◎肚子痛 ឈឺពោះ「ㄘㄨ̤ㄅㄨㄛㄏ」 {cw̄buoh}

◎白血病 ជំងឺឈាមស「ㄗㄛㄤㄨ̤ㄘㄝㄚㄇㄙㄛ̤」 {zoaŋw̄cēamsa}

◎禽流感 ផ្តាសាយបក្សី「ㄆㄉㄚㄙㄚㄧㄅㄛ̤ㄍㄙㄟ」 {pdāsāyBāgsəi}

◎消化不良 រំលាយអាហារ「ㄖˈㄡㄇㄌㄝㄞ ’ㄚㄏㄚ」 {rouṃlēay ’āhā}

◎痔瘡 ឫសដូងបាត「ㄖˈㄨ̤ㄏㄉㄛㄫㄅㄚㄉ」 {rw̄HDōŋBād}

◎中暑 សុរិយរោគ「ㄙㄛㄖˈㄧ’ ㄧㄛ̤ㄖˈㄡㄍ」 {sori’ yørōuġ}

◎頭暈 វិលមុខ「ㄪㄧㄌㄛ̤ㄇㄨㄎ」 {vilømuk}

◎潰瘍 ដំបៅ「ㄉㄛ̤ㄇㄅㄠ」 {DaṃBāu}

◎霍亂 អាសន្នរោគ「’ㄚㄙㄛ̤ㄋㄋㄛㄖˈㄡㄍ」 {’āsānnørōuġ}

◎傷寒 គ្រុនពោះវៀន / គ្រុនបញ្ញល「ㄍㄖˈㄨㄋㄅㄛ̤ㄏㄐㄛㄌ」 {ġrunBāñjōl}

◎心悸 ញ័រទ្រូង「ㄏㄛㄉㄖˈㄨㄫ」 {ñodrūŋ}

◎牙痛 ឈឺធ្មេញ「ㄘㄨ̤ㄊㄇㄝㄏ」 {cw̄tmēñ}

◎高血壓 លើសឈាម「ㄌㄜ̤ㄏㄘㄝㄚㄇ」 {lōHcēam}

◎胃痛 ឈឺក្រពះ「ㄘㄨ̤ㄍㄖˈㄛ̤ㄅㄝㄚㄏ」 {cw̄grābeah}

◎瘧疾 គ្រុនចាញ់「ㄍㄖˈㄨㄋ ㄐㄚㄏ」 {ġrun jañ}

2. 身體部位名稱

看醫生時會涉及到身體部位，在此介紹相關名詞。

◎背部 ខ្នង「ㄎㄋㄛ̤ㄫ」 {knāŋ}

◎鼻子 ច្រមុះ「ㄐㄖˈㄛ̤ㄇㄨㄏ」 {jrāmuh}

◎眉毛 ចិញ្ចើម「ㄐㄧ̤ㄏㄐㄚㄜㄇ」 {jıñjāəm}

◎腹部 ពោះ「ㄅㄨㄛㄏ」 {buoh}

◎大拇指 មេដៃ「ㄇㄝㄉㄞ」 {mēDai}

◎膽囊 ប្រមាត់「ㄅㄖˈㄛ̤ㄇㄛㄚㄉ」 {Brāmoád}

◎頭，頭部 ក្បាល, សិរ「ㄍㄅㄚㄌ, ㄙㄧ̤」 {gBāl, sı}

◎頭髮 សក់「ㄙㄛ̤ㄍ」 {sag}

◎腿 ជើង「ㄗㄥ」 {zōŋ}

◎臀部 ត្រគាក「ㄉㄖˈㄛ̤ㄍㄝㄚㄍ」 {drāġēag}

◎臉面 មុខ「ㄇㄨㄎ」 {muk}

◎肝，肝臟 ថ្លើម「ㄊㄌㄚㄜㄇ」 {tlāəm}

◎鬍子 ពុកចង្កា「ㄅㄨㄍㄐㄛ̤ㄫㄍㄚ」 {bugjāŋgā}

◎腳趾 ម្រាមជើង「ㄇㄖˈㄝㄚㄇ ㄗㄥ」 {mrēam zōŋ}

◎肩膀 ស្មា「ㄙㄇㄚ」 {smā}

◎前額 ថ្ងាស「ㄊㄫㄚㄏ」 {tŋāH}

◎膝蓋 ជង្គង់「ㄗㄛ̤ㄫㄍㄛㄫ」 {zøŋġoŋ}

◎下巴 ចង្កា「ㄐㄛ̤ㄫㄍㄚ」 {jāŋgā}

◎小鬍子 ពុកមាត់「ㄅㄨㄍㄇㄛㄚㄉ」 {bugmoád}

◎心，心臟 បេះដូង「ㄅㄝ̤ㄏㄉㄛ̤ㄫ」 {BεhDøŋ}

◎胸部 ទ្រូង「ㄉㄖˈㄨㄫ」 {drūŋ}

◎指甲 ក្រចក「ㄍㄖˈㄛ̤ㄐㄛ̤ㄍ」 {grājāg}

◎腸子 ពោះវៀន「ㄅㄨㄛㄏㄪㄧㄜㄋ」 {buohvīən}

◎舌頭 អណ្តាត「’ㄛ̤ㄋㄉㄚㄉ」 {’āṇDād}

◎手指 ម្រាមដៃ「ㄇㄖˈㄝㄚㄇ ㄉㄞ」 {mrēam Dai}

◎手肘 កែងដៃ「ㄍㄚㄝㄫ ㄉㄞ」 {gāeŋ Dai}

◎手掌 បាតដៃ「ㄅㄚㄉ ㄉㄞ」 {Bād Dai}

◎耳朵 ត្រចៀក「ㄉㄖˈㄛ̤ㄐㄧㄜㄍ」 {drājīəg}

◎腰部 ចង្កេះ「ㄐㄛ̤ㄫㄍㄝ̤ㄏ」 {jāŋgεh}

◎胃 ក្រពះ「ㄍㄖˈㄛ̤ㄅㄝㄚㄏ」 {grābeah}

【練習鞏固】 ផេវិលមហាត់ 「ㄊㄝㄈㄧ-ㄌㄇㄫㄏㄚˋㄉ」{ĭĕvĭlmøhád}

1. 請把下列句子翻譯成柬埔寨文。

    1) 我不舒服。

    _____

    2) 我的肚子痛。

    _____

    3) 我感覺不太好。

    _____

2. 請把下列句子翻譯成中文。

    1) ខ្ញុំមានក្ដៅទេ ។ 「ㄎㄏㄛㄇ ㄇㄝㄢ ㄍㄉㄠ ㄉㄝ.」{kñoṃ mēan gDāu dē.}

    _____

    2) ខ្ញុំក្ដុកខ្លាំងណាស់ ។ 「ㄎㄏㄛㄇ ㄍˋㄫㄍ ㄎㄌㄤ ㄋㄚㄏ.」{kñoṃ g'āg klāŋ ńáH.}

    _____

    3) ខ្ញុំចង់ទៅជួបគ្រូពេទ្យ ។ 「ㄎㄏㄛㄇ ㄐㄛㄫ ㄉㄛㄨ ㄗㄨㄜㄅ ㄍㄖㄨㄝㄉ.」{kñoṃ jaŋ dōu zūəB ġrūbēd.}

    _____

3. 填空。

    1) កូនខ្ញុំ 「ㄍㄛㄣ ㄎㄏㄛㄇ」{gōn kñoṃ} (_____) ហើយ ។ 「ㄏㄚㄞ.」{hāəy.} 我的孩子拉肚子了。

    2) គាត់មាន 「ㄍㄛㄚㄉ ㄇㄝㄢ」{goád mēan} (_____) ។ 他有糖尿病。

    3) យាយ 「ㄧㄝㄞ」{yēay} (_____) ឈឺ ។ 「ㄘㄨ.」{cw̄.} 老太太舌頭痛。

ជាងដាក់ធ្មេញ ជិតផ្សារថ្មី

「ㄗㄝㄤ ㄉㄚㄍ ㄊㄇㄝㄏ ㄗㄧㄉ ㄆㄙㄚㄊㄇㄟ」{zēaŋ Dág ĭměñ zid psātmŏi}

新市場附近植牙

Tooth Implant near New Market

160

第十六課 留學與投資

មេរៀនទី ១៦ (ដប់ប្រាំមួយ) ការសិក្សានៅបរទេសនិងការវិនិយោគ

「ㄇㄝ ㄖˈㄧ ㄜ ㄋ ㄉㄧ ㄉ̤ㄛ̤ ㄅ̤ ㄅ̤ ㄖˈ ㄚ ㄇ ㄇㄨㄟ ㄍㄚ ㄙ̤ㄧ ㄍ ㄙ ㄚ ㄋㄜ ㄨ ㄅ̤ㄛ̤ ㄖˈ ㄛ̤ ㄉ ㄝ ㄏ ㄋ̤ㄧ ㄥ ㄍㄚ ㄪ̤ㄧ ㄋ̤ㄧ ㄧ ㄡ ㄍ」

{mērīən dī DɑBBrāṃ mūəy gāsɪgsā nōu Bārødēh niŋ gāviniyōuġ}

Lesson 16. Studying and Investment

【詞語學習】 ការរៀន វាក្យសព្ទ 「ㄍㄚ ㄖˈㄧ ㄜ ㄋ ㄪㄝ ㄚ ㄍ ㄙ ㄛ̤ ㄅ̤ ㄉ」 {gārīən vēagsābd}

△ ការសិក្សា 「ㄍㄚ ㄙ̤ㄧ ㄍ ㄙ ㄚ」 {gāsɪgsā} 考察，學習

△ វិនិយោគ 「ㄪ̤ㄧ ㄋ̤ㄧ ㄧ ㄡ ㄍ」 {viniyōuġ} 投資

△ ដឹងពី 「ㄉ̤ㄛ̤ ㄫ ㄅ ㄧ」 {Dœŋbī} 瞭解，知道

△ ត្រៀម 「ㄉ ㄖˈ ㄧ ㄜ ㄇ」 {drīəm} 準備

△ ស្ថានភាព 「ㄙ ㄊ ㄢ ㄆ ㄝ ㄚ ㄅ̤」 {stānpēab} 狀態，情況

△ ខ្លះៗ 「ㄎ ㄌ ㄚ ㄏ ㄎ ㄌ ㄚ ㄏ」 {klah klah} 有些，一些

△ ចំណាយ 「ㄐ ㄛ̤ ㄇ ㄋ ㄚ ㄧ」 {jɑṃṇāy} 費用

△ ការរស់នៅ 「ㄍㄚ ㄖˈ ㄨ ㄏ ㄋ ㄜ ㄨ」 {gāruHnōu} 生活

△ ក្នុងមួយថ្ងៃ 「ㄍ ㄋ ㄛ ㄫ ㄇ ㄨ ㄟ ㄊ ㄫ ㄞ」 {gnoŋmūəytŋai} 每日，每一天

△ ហាសិប 「ㄏ ㄚ ㄙ̤ㄧ ㄅ̤」 {hāsɪB} 五十

△ គ្រប់គ្រាន់ 「ㄍ ㄖˈ ㄛ ㄅ̤ ㄍ ㄖˈ ㄛ ㄢ」 {ġroBġroán} 夠了

△ អាស្រ័យ 「ˈㄚ ㄙ ㄖˈ ㄞ」 {'āsray} 根據，按照

△ ខាង 「ㄎ ㄤ」 {kāŋ} 以上；方面；部門，系別

△ មហាវិទ្យាល័យ 「ㄇ ㄛ̤ ㄏ ㄚ ㄪ ㄧ̤ ㄉ ㄧ ㄝ ㄚ ㄌ ㄞ」 {møhāvidyēalay} 學院，大學

△ សង្គមសាស្ត្រ 「ㄙ ㄛ̤ ㄫ ㄍ ㄛ̤ ㄇ ㄙ ㄚ ㄏ」 {sāŋġømsāH} 社會學，文科

△ ជំនាញ 「ㄗ ㄡ ㄇ ㄋ ㄝ ㄚ ㄬ」 {zoumnēañ} 專門，專業

△ វិទ្យាសាស្ត្រ 「ㄪ ㄧ̤ ㄉ ㄧ ㄝ ㄚ ㄙ ㄚ ㄏ」 {vidyēasāH} 學科

△ ទំនាក់ទំនង 「ㄉ ㄡ ㄇ ㄋ ㄝ ㄚ ㄍ ㄉ ㄡ ㄇ ㄋ ㄛ̤ ㄫ」 {doumneagdoumnøŋ} 關係

△ ការស្រាវជ្រាវ 「ㄍㄚ ㄙ ㄖˈ ㄚ ㄪ ㄗ ㄖˈ ㄝ ㄚ ㄪ」 {gāsrāvzrēav} 科研，研究

△ អាស៊ី 「ˈㄚ ㄙ ㄧ」 {'āsī} 亞洲

△ ម្យ៉ាងទៀត 「ㄇ ㄧ ㄤ ㄉ ㄧ ㄜ ㄉ」 {myāŋdīəd} 因此，於是

△ គួរតែ 「ㄍ ㄨ ㄜ ㄉ ㄚ ㄝ」 {ġūədāe} 應該，應當

△ ដោយខ្លួនឯង 「ㄉ̤ ㄠ ㄧ ㄎ ㄌ ㄨ ㄜ ㄋ 'ㄚ ㄝ ㄫ」 {Dāoy klūən'aēŋ} 由自己

△ សៀវភៅ 「ㄙ ㄧ ㄜ ㄪ ㄆ ㄜ ㄨ」 {sīəvpōu} 圖書，書

△ ចិត្តល្អ 「ㄐ ㄧ̤ ㄉ ㄉ ㄌ' ㄛ̤」 {jɪdd l'ā} 親切，善良

△ គួរសម 「ㄍ ㄨ ㄜ ㄙ ㄛ̤ ㄇ」 {ġūəsām} 客氣

△ សហគ្រិន 「ㄙ ㄛ̤ ㄏ ㄛ̤ ㄍ ㄖˈ ㄧ̤ ㄣ」 {sāhāġrɪn} 企業家

△ អ្នកបច្ចេកទេស 「ㄋ ㄝ ㄚ ㄍ ㄅ̤ ㄛ̤ ㄐ ㄐ ㄝ ㄍ ㄛ ㄉ ㄝ ㄏ」 {nēagBājjēgadēH} 技術員

△ ផលិត 「ㄆ ㄛ̤ ㄌ ㄧ̤ ㄉ」 {pālid} 生產

△ សង្កេត 「ㄙ ㄛ̤ ㄫ ㄍ ㄝ ㄉ」 {sāŋgēd} 觀察，考察

△ ផ្ទាល់ 「ㄆㄉㄛㄚㄌ」 {pďoál} 自己，親自

△ រោងចក្រ 「ㄖ'ㄡㄫㄐㄛ̣ㄍ」 {rōuŋjāg} 工廠

△ កាត់ដេរ 「ㄍㄚㄉㄉ̣ㄝ」 {gádDē} 縫剪

△ ក្រសួង 「ㄍㄖ'ㄛ̣ㄙㄨㄜㄫ」 {grāsūəŋ} 部門，部

△ ឧស្សាហកម្ម 「'ㄛㄙㄙㄚㄏㄍㄛ̣ㄇㄇ」 {'ossāhgāmm} 工業

△ ព័ណ៌នា 「ㄅㄛㄋㄋㄝㄚ」 {boṇnēa} 描述，介紹

△ ពាក់ព័ន្ធ 「ㄅㄝㄚㄍㄅㄛㄋㄊ」 {beagbonẗ} 相應，相關

△ សូមស្វាគមន៍ 「ㄙㄛㄇ ㄙㄪㄚㄍㄛ̣ㄇ」 {sōm svāġøm} 歡迎來

△ វិនិយោគិន 「ㄪㄧ̣ㄣㄧ̣ㄧㄡㄍㄧ̣ㄣ」 {vɨnɨyōuġɨn} 投資者

△ សមរម្យ 「ㄙㄛ̣ㄇㄖ'ㄛ̣ㄇ」 {sāmrøm} 像樣，適合

△ សេដ្ឋកិច្ច 「ㄙㄝㄉ̣ㄊㄛ̣ㄍㄧ̣ㄐㄐ」 {sēDtāgɪjj} 經濟

△ ពិសេស 「ㄅㄧ̣ㄙㄝㄏ」 {bɨsēH} 特別

△ ប្រាក់ខែ 「ㄅ̣ㄖ'ㄚㄍㄎㄚㄝ」 {Brágkāe} 工資

△ ជួល 「ㄗㄨㄜㄌ」 {zūəl} 租，租用

△ ម៉ែត្រការ៉េ 「ㄇㄚㄝㄉㄍㄚㄖ'ㄝ」 {māedgārē} 平方公尺，平方米(法語：mètre carré)

△ ផ្គត់ផ្គង់ 「ㄆㄍㄨㄉㄆㄍㄛㄫ」 {pġudpġoŋ} 供給，供應

△ ថាមពលអគ្គិសនី 「ㄊㄚㄇㄛ̣ㄅㄛ̣ㄌ'ㄛ̣ㄍㄍㄧ̣ㄙㄛ̣ㄋㄧ」 {ẗāmøbøl'āġġɨsānī} 發電廠，供電情況

△ ដូចម្តេច 「ㄉ̣ㄛㄐㄇㄉ̣ㄝㄐ」 {DōjmDēj} 怎樣

△ ធានា 「ㄊㄝㄢㄝㄚ」 {ẗēanēa} 保證

△ សេន 「ㄙㄝㄋ」 {sēn} 仙，美分(cent 美金單位，等於 0.01 美元)

△ គីឡូវ៉ាត់ម៉ោង 「ㄍㄧㄌㄛㄪㄚㄉㄇㄠㄫ」 {ġīḷovádmāoŋ} 千瓦時(kWh 或 kW/h)

△ សហគ្រាស 「ㄙㄛ̣ㄏㄛ̣ㄍㄖ'ㄝㄚㄏ」 {sāhāġrēaH} 企業

△ ជួបនឹង 「ㄗㄨㄜㄅ̣ㄋㄨ̣ㄫ」 {zūəBnwŋ} 相遇，遇到

△ កម្មវិធី 「ㄍㄛ̣ㄇㄇㄪㄧ̣ㄊㄧ」 {gāmmvɨẗī} 軟體(也說：ផ្នែកទន់「ㄆㄋㄚㄝㄍ ㄉㄛㄋ」 {pnāeg ďon})

△ ផ្នែក 「ㄆㄋㄚㄝㄍ」 {pnāeg} 部分

△ ទន់ 「ㄉㄛㄋ」 {ďon} 軟的

△ ចាប់អារម្មណ៍ 「ㄐㄚㄅ̣'ㄚㄖ'ㄛ̣ㄇㄇ」 {jáB'ārømm} 有趣的

△ ឃ្លាំង 「ㄎㄌㄝㄤ」 {ḳleaŋ} 倉庫，資料庫

△ ទិន្នន័យ 「ㄉㄧ̣ㄣㄋㄛ̣ㄋㄞ」 {ďɨnnønay} 數據

△ អាជីវកម្ម 「'ㄚㄗㄧㄪㄛ̣ㄍㄇㄇ」 {'āzīvøgmm} 生意，商業，事務

△ ខ្នាត 「ㄎㄋㄚㄉ」 {knād} 中小企業

△ វ៉ែប 「ㄪㄝ̣ㄅ̣」 {vɛ̄B} 網站(web)

△ ទាញ 「ㄉㄝㄚㄬ」 {ďēañ} 下載

△ គេហទំព័រ 「ㄍㄝㄏㄉㄛㄇㄅㄛ」 {ġēhďoṃbo} 網站

△ កេរ្តិ៍ឈ្មោះ 「ㄍㄝㄉㄘㄇㄨㄛㄏ」 {gēdcmuoh} 信譽

△ ឥតគិតថ្លៃ 「'ㄟㄉㄍㄧ̣ㄉ ㄊㄌㄞ」 {'œidġɨd ẗlai} 免費

△ ប្រសើរណាស់ 「ㄅ̣ㄖ'ㄛ̣ㄙㄚㄜ ㄋㄚㄏ」 {Brāsāə ṇáH} 好，不錯

△ វីឆាត 「ㄪㄧㄑㄚㄊ」{vīqāẗ} 微信(英文：WeChat)

△ ម៉ាត់ណាម៉ាត់ហ្នឹង 「ㄇㄚㄉㄋㄚㄇㄚㄉㄋㄜ̣ㄫ」 {mádṇāmádnœŋ} 一言為定，講了話就要實現

△ សិស្ស 「ㄙㄧ̣ㄙㄙ」 {sɪss} 學生

△ គណិតវិទ្យា 「ㄍㄛ̣ㄋㄧ̣ㄉㄪㄧ̣ㄉㄧㄝㄚ」 {ġøṇɪdvɨďyēa} 數學

△ ប្រវត្តិសាស្ត្រ 「ㆠㄖ'ㄛ̣ㄪㄛ̣ㄉㄉㄙㄚㄙㄉ」 {Brāvøddsāsd} 歷史

△ គេង 「ㄍㄝㄫ」 {ġēŋ} 睡覺

△ អត់ងងុយ 「'ㄛ̣ㄉㄫㄛ̣ㄫㄨㄧ」 {'ādŋøŋuy} 不眠夜，熬夜

△ រំលង 「ㄖ'ㄡㄇㄌㄛ̣ㄫ」 {rouṃløŋ} 跳到，拖到

△ អធ្រាត្រ 「'ㄛ̣ㄊㄖ'ㄝㄚㄉ」 {'āẗrēad} 夜半

△ ព្រោះ 「ㄅㄖ'ㄨㄛㄏ」 {bruoh} 因為

△ ត្រៀមប្រឡង 「ㄉㄖ'ㄧㄜㄇㆠㄖ'ㄛ̣ㄌㄛ̣ㄫ」 {drīəmBrāḷāŋ} 準備考試

△ យប់ជ្រៅ 「ㄧㄨㆠㄗㄖ'ㄜㄨ」 {yuBzrəu} 晚，深夜

△ ព្យាយាម 「ㄅㄧㄝㄞㄝㄚㄇ」 {byēayēam} 努力

△ ប៉ុន្តែ 「ㄅㄛㄋㄉㄚㄝ」 {bonDāe} 但，但是

△ ក្លាយជា 「ㄍㄌㄚㄧㄗㄝㄚ」 {glāyzēa} 變成，成為

△ អ្នកបកប្រែ 「ㄋㄝㄚㄍㆠㄛ̣ㄍㆠㄖ'ㄚㄝ」 {nēagBāgBrāe} 翻譯人員

△ ទៅរៀន 「ㄉㄜㄨㄖ'ㄧㄜㄋ」 {ďəurīən} 去學習

△ ពេលយប់ 「ㄅㄝㄌ ㄧㄨㆠ」 {bēl yuB} 夜間

△ ដល់ពេលណា 「ㄉㄛ̣ㄌㄅㄝㄌㄋㄚ」 {Dɑlbēlṇā} 久，長久；到什麼時候

△ សូមជូនពរ 「ㄙㄛㄇ ㄗㄨㄋㄅㄛ̣」 {sōm zūnbø} 祝福

△ ដូចគ្នា 「ㄉㄛㄐㄍㄋㄝㄚ」 {Dōjġnēa} 同樣，相同

△ លឺ 「ㄌㄨ̣」 {lẅ} 聽到

△ ពិត 「ㄅㄧ̣ㄉ」 {bɨd} 果然，真實

△ ប្រព្រឹត្ត 「ㆠㄖ'ㄛ̣ㄅㄖ'ㄨ̣ㄉㄉ」 {Brābrwdd} 承諾的，確實的

△ ទៅជាធម្មតា 「ㄉㄜㄨㄗㄝㄚㄊㄛ̣ㄇㄇㄛ̣ㄉㄚ」 {ďəuzēaẗømmødā} 正常

△ ខែសីហា 「ㄎㄚㄝㄙㄟㄏㄚ」 {kāesəihā} 八月

△ សញ្ញាបត្រ 「ㄙㄛ̣ㄬㄬㄝㄚㆠㄛ̣ㄉ」 {sāññēaBād} 學位

△ បរិញ្ញាបត្រ 「ㆠㄛ̣ㄖ'ㄧ̣ㄬㄬㄝㄚㆠㄛ̣ㄉ」 {BārɨññēaBād} 學士

△ ហ្ន៎ 「ㄋㄛ̣」 {nɑ} 確實啊，真是啊

△ ប្រវត្តិរូប 「ㆠㄖ'ㄛ̣ㄪㄛ̣ㄉㄉㄧ̣ㄖ'ㄨㆠ」 {BrāvøddɪrūB} 簡歷，履歷

△ ផ្ទាល់ខ្លួន 「ㄆㄉㄛㄚㄌㄎㄌㄨㄜㄋ」 {pďoálklūən} 個人的

△ ច្រើនណាស់ 「ㄐㄖ'ㄚㄜㄋㄋㄚㄏ」 {jrāənṇáH} 許多，很多

△ លំបាក 「ㄌㄡㄇㆠㄚㄍ」 {louṃBāg} 難，困難

△ ចិត្តវិទ្យា 「ㄐㄧ̣ㄉㄉㄪㄧ̣ㄉㄧㄝㄚ」 {jɪddvɨďyēa} 心理學

△ វិស្វកម្ម 「ㄪㄧ̣ㄙㄪㄛ̣ㄍㄛ̣ㄇㄇ」 {vɨsvāgāmm} 工程的

△ ប្រវត្តិ 「ㆠㄖ'ㄛ̣ㄪㄛ̣ㄉㄉ'」 {Brāvødd'} 歷史

△ បង្ហោះ 「ㆠㄛ̣ㄫㄏㄠㄏ」 {Bāŋhaoh} 發佈，公佈

△ ចំណាយពេល 「ㄐㄛ̣ㄇㄋㄚㄧㄅㄝㄌ」 {jaṃṇāybēl} 花費，使用

△ ក៏បាន 「ㄍㄛ̣ㆠㄢ」 {gāBān} 也

△ ជាការល្អ 「ㄗㄝㄚㄍㄚㄌ'ㄛ̣」 {zēagāl'ā} 好事

【範例課文】 អត្ថបទគំរូ 「'ㄛ̣ㄉㄊㄛ̣ㄅ̣ㄛ̣ㄉ ㄍㄡㄇㄖ'ㄨ」 {'ādtāBād ġouṃrū}

一、臺灣學生趙喜梅(A)打算到柬埔寨留學，她向來臺灣經商的阿侖先生(B)瞭解情況。 ១) និស្សិតតៃវ៉ាន់ ចៅ ស៊ីម៉ី (ក) មានបំណងទៅសិក្សានៅប្រទេសកម្ពុជា, គាត់បានសួរលោកអារុណ (ខ) ដែលមកធ្វើជំនួញនៅ តៃវ៉ាន់ដើម្បីបានដឹងពីព័ត៌មានមួយចំនួនជាមុន ។ 「ㄇㄨㄟ) ㄋㄧ̣ㄙㄙㄧ̣ㄉ ㄉㄞㄪㄢ ㄐㄠ ㄙㄧ ㄇㄟ (ㄍㄛ̣) ㄇㄝㄢ ㄅ̣ㄛ̣ㄇㄋㄛ̣ㄫ ㄉㄜㄨ ㄙㄧ̣ㄍㄙㄚ ㄋㄜㄨ ㄅ̣ㄛ̣ㄖ'ㄛ̣ㄉㄝㄏ ㄍㄛ̣ㄇㄅㄨㄗㄝㄚ, ㄍㄛㄚㄉ ㄅ̣ㄢ ㄙㄨㄜ ㄌㄡㄍ 'ㄚㄖ'ㄨㄋ (ㄎㄛ̣) ㄉ̣ㄚㄝㄌ ㄇㄛ̣ㄍ ㄊㄪㄜㄗㄡㄇㄋㄨㄜㄏ ㄋㄜㄨ ㄉㄞㄪㄢ ㄉ̣ㄚㄜㄇㄅ̣ㄟ ㄅ̣ㄢ ㄉ̣ㄛ̣ㄫㄅㄧ ㄅㄛㄉㄖ'ㄜㄇㄝㄢ ㄇㄨㄟㄐㄛ̣ㄇㄋㄨㄜㄋ ㄗㄝㄚㄇㄨㄋ.」 {mūəy) nɨssɪd daivan jāu sī məi (gā) mēan Baṃṇāŋ ďəu sɪgsā nəu BārødēH gāmbuzēa, ġoád Bān sūə lōug 'āruṇ (kā) Dāel møg ťvəzouṃnūəñ nəu daivan DāəmBəi Bān Dœŋbī bodrəmēan mūəyjaṃnūən zēamun.}

ក: លោកអារុណ, ខ្ញុំត្រៀមទៅសិក្សានៅប្រទេសកម្ពុជា, ប្រាប់ខ្ញុំពីស្ថានភាពខ្លះ។បានទេ ？A:阿侖先生，我準備去柬埔寨留學，給我介紹一些情況，好嗎？

「ㄌㄡㄍ 'ㄚㄖ'ㄨㄋ, ㄎㄏㄛㄇ ㄉㄖ'ㄧㄜㄇ ㄉㄜㄨ ㄙㄧ̣ㄍㄙㄚ ㄋㄜㄨ ㄅ̣ㄛ̣ㄖ'ㄛ̣ㄉㄝㄏ ㄍㄛ̣ㄇㄅㄨㄗㄝㄚ, ㄅ̣ㄖ'ㄚㄅ̣ ㄎㄏㄛㄇ ㄅㄧ ㄙㄊㄢㄆㄝㄚㄅ ㄎㄌㄚㄏ ㄎㄌㄚㄏ ㄅ̣ㄢ ㄉㄝ?」 {lōug 'āruṇ, kñoṃ drīəm ďəu sɪgsā nəu BārødēH gāmbuzēa, BráB kñoṃ bī sťānṗēab klah klah Bān ďē?}

ខ: បាន ។ B:好的 「ㄅ̣ㄢ.」 {Bān.}

ក: តើចំណាយក្នុងការរស់នៅថ្លៃឬទេ ？A:生活費用貴嗎？

「ㄉㄚㄜ ㄐㄛ̣ㄇㄋㄚㄧ ㄍㄋㄛㄫ ㄍㄚㄖ'ㄨㄏㄋㄜㄨ ㄊㄌㄞ ㄖ'ㄨ̣ㄉㄝ?」 {dāə jaṃṇāy gnoŋ gāruHnəu ṫlai rw̄ďē?}

ខ: ចំណាយក្នុងការរស់នៅមិនថ្លៃទេ, ក្នុងមួយថ្ងៃ ១៥០(មួយរយហាសិប) ទៅ ២០០(ពីររយ) ប្រាក់ដុល្លារ តៃវ៉ាន់ គឺគ្រប់គ្រាន់ ហើយ ។ B:生活費不高，每天一百五十到兩百元新臺幣就夠了。

「ㄐㄛ̣ㄇㄋㄚㄧ ㄍㄋㄛㄫ ㄍㄚㄖ'ㄨㄏㄋㄜㄨ ㄇㄧ̣ㄣ ㄊㄌㄞ ㄉㄝ, ㄍㄋㄛㄫㄇㄨㄟㄊㄫㄞ ㄇㄨㄟ ㄖ'ㄛ̣ㄧ ㄏㄚㄙㄧ̣ㄅ̣ ㄉㄜㄨ ㄅㄧ ㄖ'ㄛ̣ㄧ ㄅ̣ㄖ'ㄚㄍ ㄉ̣ㄛㄌㄌㄚ ㄉㄞㄪㄢ ㄍㄨ̣ ㄍㄖ'ㄛㄅ̣ㄍㄖ'ㄛㄢ ㄏㄚㄟ.」 {jaṃṇāy gnoŋ gāruHnəu mɨn ṫlai ďē, gnoŋmūəyṫŋai mūəy røy hāsɪB ďəu bī røy Brág Dollā daivan ġw̄ ġroBġroán hāəy.}

ក: ចុះថ្លៃចំណាយក្នុងការសិក្សាវិញ ？A:留學費用呢？

「ㄐㄛㄏㄊㄌㄞ ㄐㄛ̣ㄇㄋㄚㄧ ㄍㄋㄛㄫ ㄍㄚㄙㄧ̣ㄍㄙㄚ ㄪㄧ̣ㄬ?」 {johṫlai jaṃṇāy gnoŋ gāsɪgsā viñ?}

ខ: អាស្រ័យលើសាលា ។ B:要看學校。 「'ㄚㄙㄖ'ㄞ ㄌㄜ ㄙㄚㄌㄚ.」 {'āsray lə sālā.}

ក: ឧទាហរណ៍នៅសាកលវិទ្យាល័យនៅភ្នំពេញ ។ A:比如金邊大學的費用。

「'ㄛㄉㄝㄚㄏㄛ̣ ㄋㄜㄨ ㄙㄚㄍㄛ̣ㄌ ㄪㄧ̣ㄉㄧㄝㄚㄌㄞ ㄋㄜㄨ ㄆㄋㄡㄇㄅㄝㄬ.」 {'oďēahā nəu sāgāl vɨďyēalay nəu ṗnouṃbēñ.}

ខ: មួយឆ្នាំប្រហែល ១២០០០០ (មួយសែន ពីរម៉ឺន) រៀល ។ B:每年大約 120000 瑞爾。

「ㄇㄨㄟ ㄑㄋㄚㄇ ㄅ̣ㄖ'ㄛ̣ㄏㄚㄝㄌ ㄇㄨㄟ ㄙㄚㄝㄋ ㄅㄧ ㄇㄣ̣ ㄖ'ㄧㄜㄌ.」 {mūəy qnāṃ Brāhāel mūəy sāen bī mœn rīəl.}

ក: តើខាងមហាវិទ្យាល័យសង្គមសាស្ត្រនិងមនុស្សសាស្ត្រមានផ្នែកមុខជំនាញអ្វីខ្លះ ？A:文科有些什麼學系？

「ㄉㄚㄜ ㄎㄤ ㄇㄛ̣ㄏㄚㄪㄧ̣ㄉㄧㄝㄚㄌㄞ ㄙㄛ̣ㄫㄍㄛ̣ㄇㄙㄚㄏ ㄋㄧ̣ㄥ ㄇㄛ̣ㄋㄨㄙㄙ ㄙㄚㄙㄉㄖ' ㄇㄝㄢ ㄆㄋㄚㄝㄍ ㄇㄨㄎ ㄗㄡㄇㄋㄝㄚㄏ 'ㄛ̣ㄪㄟㄎㄌㄚㄏ?」 {dāə kāŋ møhāvɨdyēalay sāŋġømsāH nɨŋ mønuss sāsdr mēan pnāeg muk zouṃnēañ 'ɑvəiklah?}

ខ: មានផ្នែកមុខជំនាញភាសាខ្មែរ, ភាសាអង់គ្លេស, វិទ្យាសាស្ត្រទំនាក់ទំនងអន្តរជាតិ, ការស្រាវជ្រាវពីអាស៊ីបូព៌ាជាដើម ។

B:柬埔寨語系、英語系、國際關係學系、東方研究系等等。

「ㄇㄝㄢ ㄆㄋㄚㄝ巜 ㄇㄨㄎ ㄗㄡㄇㄋㄝㄚㄏ ㄆㄝㄚㄙㄚㄎㄇㄚㄝ, ㄆㄝㄚㄙㄚ 'ㄛ兀巜ㄌㄝㄏ, ㄪ一ㄉ一ㄝㄚㄙㄚㄏ ㄉㄡㄇㄋㄝㄚ巜ㄉㄡㄇㄋㄛ兀 'ㄛㄋㄉㄛ日'ㄛㄗㄝㄚㄉ, 巜ㄚㄙ日'ㄚㄪㄗ日'ㄝㄚㄪ ㄅ一 'ㄚㄙ一 ㄅㄨㄅㄝㄚ ㄗㄝㄚㄉㄚㄜㄇ.」 {mēan pnāeg muk zouṃnēañ ṗeasākmāe, ṗeasā 'āŋglēH, vɨdyēasāH ɗouṃneagɗouṃnøŋ 'āndārøzēad, gāsrāvzrēav bī'āsī Būbēa zēaDāəm.}

ក: ខ្ញុំចង់ទៅសិក្សាផ្នែកវិទ្យាសាស្ត្រទំនាក់ទំនងអន្តរជាតិ ។ A:我想到國際關係學系學習。

「ㄎㄏㄛㄇ ㄐㄛ兀 ㄉㄜㄨ ㄙ一巜ㄙㄚ ㄆㄋㄚㄝ巜 ㄪ一ㄉ一ㄝㄚㄙㄚㄏ ㄉㄡㄇㄋㄝㄚ巜ㄉㄡㄇㄋㄛ兀 'ㄛㄋㄉㄛ日'ㄛㄗㄝㄚㄉ.」 {kñoṃ jɑŋ ɗəu sɪgsā pnāeg vɨdyēasāH ɗouṃneagɗouṃnøŋ 'āndārøzēad.}

ខ: ម្យ៉ាងទៀត, អ្នកគួរតែរៀនភាសាខ្មែរផង ។ B:另外，妳應該學習柬埔寨語。

「ㄇ一ㄤㄉ一ㄜㄉ, ㄋㄝㄚ巜 巜ㄨㄜㄉㄚㄝ 日'一ㄜㄋ ㄆㄝㄚㄙㄚㄎㄇㄚㄝ ㄆㄛ兀.」 {myāŋɗīəd, nēag ġūədāe rīən ṗeasākmāe pāŋ.}

ក: មែនហើយ, តើខ្ញុំអាចរៀននៅឯណា ? A:是的，在哪裡學呢？

「ㄇㄣㄏㄚㄟ, ㄉㄚㄜ ㄎㄏㄛㄇ 'ㄚㄐ 日'一ㄜㄋ ㄋㄜㄨ'ㄚㄝㄋㄚ?」 {mēnhāəy, dāə kñoṃ 'āj rīən nəu'aēṇā?} [Dāoy klūən'aēŋ.}

ខ: អ្នកអាចរៀនដោយខ្លួនឯង ។ B:可以自學。 「ㄋㄝㄚ巜 'ㄚㄐ 日'一ㄜㄋ ㄉㄠ一 ㄎㄌㄨㄜㄋ 'ㄚㄝ兀.」 {nēag 'āj rīən

ក: ចុះអាចរៀនតាមសៀវភៅណា ? A:可以用什麼書呢？「ㄐㄛㄏ 'ㄚㄐ 日'一ㄜㄋ ㄉㄚㄇ ㄙ一ㄜㄪㄆㄜㄨ ㄋㄚ?」 {joh 'āj rīən dām sīəvṗəu ṇā?}

ខ: «រៀនភាសាខ្មែរដោយរីករាយ» គឺជាសៀវភៅសិក្សាដ៏ល្អមួយ ។ B:《快樂學柬埔寨語》是一本很好的教材。「"日'一ㄜㄋ ㄆㄝㄚㄙㄚ ㄎㄇㄚㄝ ㄉㄠ一 日'一巜日'ㄝㄞ" 巜ㄨㄗㄝㄚ ㄙ一ㄜㄪㄆㄜㄨ ㄙ一巜ㄙㄚ ㄉㄛ ㄌ'ㄛ ㄇㄨㄟ.」 {"rīən ṗeasā kmāe Dāoy rīgrēay" ġŵzēa sīəvṗəu sɪgsā Dā l'ā mūəy.}

ក: ចាស, អ្នកចិត្តល្អណាស់ ! A:好的，您真好！ 「ㄐㄚㄏ, ㄋㄝㄚ巜 ㄐ一ㄉㄉ ㄌ'ㄛ ㄋㄚㄏ!」 {jāH, nēag jɪdd l'ā ṇáH!}

ខ: មិនបាច់គួរសមទេ ។ B:別客氣。 「ㄇ一ㄣㄅㄚㄐ 巜ㄨㄜㄙㄛㄇ ㄉㄝ.」 {mɨnBáj ġūəsām dē.}

តៅហ៊ូ

「ㄉㄠㄏㄨ」{dāuhū}

豆腐(柬埔寨語的發音與臺灣方言一樣)

Bean Curd

二、臺灣企業家、製衣技師鄭銀坤(A)去到柬埔寨考察建立製衣廠事宜，柬埔寨第一工業部的達妮(B)介紹了相關情況。 ២) ជើង យីនឃូន (ក) សហក្រិននិងអ្នកបច្ចេកទេសផលិតសម្លៀកបំពាក់តៃវ៉ាន់ បាននៅប្រទេសកម្ពុជាពីនិក្សស្ងែតដោយផ្ទាល់ពីបញ្ហាបង្កើតរោងចក្រកាត់ដេរនៅប្រទេសកម្ពុជា, ដានីបុគ្គលិកនៅក្រសួងឧស្សាហកម្ម (ខ) បានពិពណ៌នាអំពីស្ថានភាពដែលពាក់ព័ន្ធ។ 「២) ㄗㄥ ㄧㄣ ㄎㄨㄣ 《ㄍ》 ㄙㄚㄏㄚ《ㄖㄧㄣ ㄋㄧㄥ ㄋㄝㄚㄅㄚㄐㄐㄝㄍㄚㄉㄝㄏ ㄅㄚㄌㄧㄉ ㄙㄚㄇㄌㄧㄜㄉ ㄅㄚㄇㄅㄝㄚㄍ ㄉㄞㄨㄢ 《ㄅㄚㄣ ㄉㄡㄅㄚ ㄋㄧㄣ ㄙㄚㄇㄍㄝㄉ ㄉㄠㄧ ㄅㄉㄡㄚㄌㄅㄚ ㄅㄚㄋㄛㄏㄚ ㄅㄚㄋㄍㄚㄛㄉ ㄖㄡㄋㄐㄚㄍ ㄍㄚㄉㄝ ㄋㄡ ㄅㄚㄖㄛㄉㄝㄏ 《ㄍㄚㄇㄅㄨㄗㄝㄚ, ㄉㄚㄋㄧ ㄅㄛㄍㄍㄛㄌㄧㄍ ㄋㄡ ㄍㄖㄚㄙㄨㄜㄋ 'ㄛㄙㄙㄚㄏㄍㄚㄇㄇ 《ㄎ》 ㄅㄚㄣ ㄅㄧ' ㄅㄛㄋㄋㄝㄚ 'ㄚㄇㄅㄧ ㄙㄊㄢㄅㄝㄚㄅ ㄉㄞㄌ ㄅㄝㄚㄅㄛㄋㄧ.」 {bī) zōŋ yīn ḳūn (g) sāhāġrin niŋ nēagBājjēgadēH pālid sāmlīəg Baṃbeag daivan Bān dōu BārødēH gāmbuzēa bī nid sāŋgēd Dāoy pdoál bī Bāñohā Bāŋgāod rōuŋjāg gádDē nōu BārødēH gāmbuzēa, Dā nī Boġġølig nōu grāsūəŋ 'ossāhgāmm (k) Bān bi' boṇṇēa 'āṃbī stānp̄eab Dāel beagbonï.}

ក:　ខ្ញុំមានរោងចក្រកាត់ដេរបីកន្លែងនៅតៃវ៉ាន់ ។ A:我在臺灣有三家製衣廠。

「ㄎㄆㄛㄇ ㄇㄝㄚㄇ ㄖㄨㄋㄐㄚㄍ 《ㄚㄌㄝ ㄅㄧ 《ㄚㄋㄌㄝㄋ ㄋㄛㄨ ㄉㄞㄨㄢ.」 {kñoṃ mēan rōuŋjāg gádDē Bōi gānlēŋ nōu daivan.}

ខ:　សូមស្វាគមន៍ចំពោះវិនិយោគិនបរទេស ។ B:歡迎國外投資者。

「ㄙㄛㄇ ㄙㄚㄍㄛㄇ ㄐㄚㄇㄅㄨㄛㄏ ㄅㄧㄋㄧㄧㄡㄍㄧㄋ ㄅㄚㄖㄛㄉㄝㄏ.」 {sōm svāġøm jaṃbuoh viniyōuġin BārødēH.}

ក:　កន្លែងណាដែលសមម្បំផុតសម្រាប់អ្នកឧស្សាហកម្មកាត់ដេរធ្វើនិយោគ ？ A:什麼地方最適合製衣業者投資？

「《ㄛㄋㄌㄝㄋ ㄋㄚ ㄉㄚㄝㄌ ㄙㄚㄇㄖㄛㄇ ㄅㄚㄇㄅㄛㄉ ㄙㄚㄇㄖㄛㄚㄅ ㄋㄝㄚㄍ 'ㄛㄙㄙㄚㄏㄍㄚㄇㄇ ㄍㄚㄉㄝ ㄊㄨㄜ ㄅㄧㄋㄧㄧㄡㄍ?」 {gānlēŋ ŋā Dāel sāmrøm Baṃpod sāmroáB nēag 'ossāhgāmm gádDē ťvə viniyōuġ?}

ខ:　តំបន់សេដ្ឋកិច្ចពិសេសភ្នំពេញ ។ B:金邊特別經濟區。

「ㄉㄚㄇㄅㄚㄣ ㄙㄝㄉㄊㄚㄍㄧㄐㄐ ㄅㄧㄙㄝㄏ ㄆㄋㄡㄇㄅㄝㄋ.」 {daṃBan sēDtāgɪjj bisēH p̄noumbēñ.}

ក:　តើប្រាក់ខែសម្រាប់បុគ្គលិកម្នាក់ប៉ុន្មាន ？ A:每人每月工資多少錢？

「ㄉㄚㄜ ㄅㄖㄚㄍㄚㄝ ㄙㄚㄇㄖㄛㄚㄅ ㄅㄛㄍㄍㄛㄌㄧㄍ ㄇㄋㄝㄚㄍ ㄅㄛㄋㄇㄢ?」 {dāə Brágkāe sāmroáB Boġġølig mneag bonmān?}

ខ:　ជាមធ្យម ១00 (មួយរយ) ដុល្លារសម្រាប់មនុស្សម្នាក់ ។ B:每人平均 100 美元。

「ㄗㄝㄚㄇㄛㄊㄧㄜㄇ ㄇㄨㄜ ㄖㄛㄧ ㄉㄛㄌㄌㄚ ㄙㄚㄇㄖㄛㄚㄅ ㄇㄛㄋㄨㄙㄙ ㄇㄋㄝㄚㄍ.」 {zēamøťyøm mūəy røy Dollā sāmroáB mønuss mneag.}

ក:　តើថ្លៃជួលរោងចក្រប៉ុន្មាន ？ A:廠房租金是多少？

「ㄉㄚㄜ ㄊㄌㄞ ㄗㄨㄜㄌ ㄖㄨㄋㄐㄚㄍ ㄅㄛㄋㄇㄢ?」 {dāə ťlai zūəl rōuŋjāg bonmān?}

ខ:　ក្នុងមួយឆ្នាំនិងក្នុងមួយម៉ែត្រការ៉េ កម្លៃបីទៅបួនដុល្លា ។ B:每年每平方公尺租金三、四美金。

「《ㄋㄛㄋ ㄇㄨㄜ ㄑㄋㄚㄇ ㄋㄧㄥ 《ㄋㄛㄋ ㄇㄨㄜ ㄇㄚㄝㄉㄍㄚㄖㄝ ㄉㄚㄇㄌㄜ ㄅㄧ ㄉㄡ ㄅㄨㄜㄋ ㄉㄛㄌㄌㄚ.」 {gnoŋ mūəy qnāṃ niŋ gnoŋ mūəy māedgārē dāmləi Bōi dōu Būən Dollā.}

ក:　ការផ្គត់ផ្គង់ខាងថាមពលអគ្គិសនីដូចម្ដេចដែរ ？ A:電力供應怎麼樣？

「ㄍㄚ ㄆㄍㄨㄉㄆㄍㄛㄫ ㄎㄤ ㄊㄚㄇㄛ̣ㄅㄛ̣ㄌ'ㄛ̣ㄍㄍㄧ̣ㄙㄛ̣ㄋㄧ ㄉ̣ㄛㄐㄇㄉ̣ㄝㄐ ㄉ̣ㄚㄝ?」 {gā pġudpġoŋ kāŋ ṫāmøbøl'āġġɨsānī DōjmDēj Dāe?}

ខ: **ធានាផ្គត់ផ្គង់ឱ្យបានគ្រប់គ្រាន់តាមដែលអាច ។** B:盡可能保障。

「ㄊㄝㄢㄝㄚ ㄆㄍㄨㄉㄆㄍㄛㄫ 'ㄠㄧ ㄅ̣ㄢ ㄍㄖ'ㄛㄅ̣ㄍㄖ'ㄛㄢ ㄉㄚㄇ ㄉ̣ㄚㄝㄌ 'ㄚㄐ.」 {ṫēanēa pġudpġoŋ 'āōy Bān ġroBġroán dām Dāel 'āj.}

ក: **ការចំណាយលើថ្លៃអគ្គិសនីយ៉ាងម៉េចដែរ** ? A:電費怎麼收取？

「ㄍㄚ ㄐㄛ̣ㄇㄋㄚㄧ ㄌㄜ ㄊㄌㄞ 'ㄛ̣ㄍㄍㄧ̣ㄙㄛ̣ㄋㄧ ㄧㄤㄇㄝㄐ ㄉ̣ㄚㄝ?」 {gā jaṃṇāy lā ṫlai 'āġġɨsānī yāŋmēj Dāe?}

ខ: **តម្លៃ ៩ (ប្រាំបួន) សេន ក្នុងមួយគីឡូវ៉ាត់ម៉ោង ។** B:每千瓦小時 0.09 美元。

「ㄉㄛ̣ㄇㄌㄟ ㄅ̣ㄖ'ㄚㄇㄅ̣ㄨㄜㄋ ㄙㄝㄋ ㄍㄋㄛㄫ ㄇㄨㄟ ㄍㄧㄌㄛㄪㄚㄉㄇㄠㄫ.」 {dāmləi BrāṃBūən sēn gnoŋ mūəy ġīḷovádmāoŋ.}

ក្រសួងអប់រំ យុវនន និង កីឡា វិទ្យាស្ថានជាតិអប់រំ

「ㄍㄖ'ㄛ̣ㄙㄛ̣ㄫ 'ㄛ̣ㄅ̣ㄖ'ㄨㄇ ㄧㄨㄪㄛ̣ㄋㄛ̣ㄋ ㄋㄧ̣ㄥ ㄍㄟㄉㄧㄝㄚ ㄪㄧ̣ㄉㄧㄝㄚㄙㄊㄢ ㄗㄝㄚㄉ 'ㄛ̣ㄅ̣ㄖ'ㄨㄇ」

{grāsøŋ 'āBrouṃ yuvønøn niŋ gāidyēa vɨdyēastān zēad 'āBrouṃ}

教育青年和體育科學部全國教育研究院

NATIONAL INSTITUTE OF EDUCATION, Ministry of Education, Youth and Sport Science

三、臺灣在柬埔寨投資設立了軟體企業。張文達(B)在那裡工作。烏敦(A)遇到張文達，聊到相關情況。

㈢) តៃវ៉ន់បានបង្កើតសហគ្រាស កម្មវិធីកុំព្យូរ័រ មួយនៅកម្ពុជា ។ ចាង អ៊ុនតា (ខ) ធ្វើការនៅ ទីនោះ ។ ឧត្តម (ក) ជួបនឹង ចាង អ៊ុនតា, និងនិយាយគ្នាពីស្ថានភាពដែលពាក់ព័ន្ធ ។ 「ㄅㄞ」ㄉㄞㄈㄢ ㄅㄢ ㄅㄤˇㄍㄜㄆ ㄙㄚㄏㄜㄍㄍㄖㄧㄚㄏ ㄍㄚㄇㄇㄨㄧㄉㄧㄍㄨㄇㄅㄧㄨㄉㄛ ㄇㄨㄧㄜ ㄋㄛㄨ ㄍㄚㄇㄅㄨㄗㄧㄚ. ㄐㄤ 'ㄨㄣ ㄉㄚ (ㄎㄛ) ㄊㄨㄝ《ㄚ ㄋㄛㄨ ㄉㄧㄋㄨㄏ. 'ㄛㄉㄉㄚㄇ (《ㄛ) ㄗㄨㄜㄅㄣㄨㄦ ㄐㄤ 'ㄨㄣ ㄉㄚ, ㄋㄧㄥ ㄋㄧㄝㄞ 《ㄋㄧㄚ ㄅㄧ ㄙㄊㄢㄆㄧㄚㄅ ㄉㄧㄚㄌ ㄅㄧㄚㄍㄅㄛㄋㄧ.」 {Bəi} daivan Bān Bāŋgāəd sāhāġrēaH gɑmmviǐī gɔmbyūdo mūəy nɔu gāmbuzēa. jāŋ 'ūn dā (kā) ťvōgā nɔu dīnuh. 'oddām (gā) zūəBnwŋ jāŋ 'ūn dā, niŋ niyēay ġnēa bī stānp̄eab Dāel beagbonǐ.}

ក: ជំរាបសួរលោកចាង អ៊ុនតា! ខានជួបគ្នាយូរហើយ ។ រថយន្តដែលអ្នកបើកពិតជាស្អាតមែន ! តើឥឡូវនេះអ្នកធ្វើការនៅ

កន្លែងណា ？A:您好，張文達先生！好長時間沒見。開的車真漂亮！你現在在哪裡工作？

「ㄗㄨㄇㄖㄧㄚㄅㄙㄨㄜ ㄌㄨ《 ㄐㄤ 'ㄨㄣ ㄉㄚ! ㄎㄢ ㄗㄨㄜㄅ《ㄋㄧㄚ ㄧㄨㄏㄠㄧ. ㄖㄜㄊㄧㄜㄋㄉ ㄉㄧㄚㄌ ㄋㄧㄚ《 ㄅㄧㄚ《 ㄅˋㄉㄗㄧㄚ ㄙˊㄚㄉ ㄇㄣ! ㄉㄚㄜ 'ㄟㄌㄛㄈㄋㄧㄏ ㄋㄧㄚ《 ㄊㄨㄛ《ㄚ ㄋㄛㄨ 《ㄚㄋㄌㄥ ㄋㄚ?」 {zoumrēaBsūə lōug jāŋ 'ūn dā! kān zūəBġnēa yūhāəy. røťyønd Dāel nēag Bāəg biḍzēa s'ad mēn! dāə 'œiḷøvnih nēag ťvōgā nɔu gānlēŋ ṇā?}

ខ: ជំរាបសួរ, លោក ឧត្តម ! ខ្ញុំធ្វើការនៅក្រុមហ៊ុនកម្មវិធីនៅតំបន់កណ្ដាលទីក្រុង។ ខ្ញុំជាវិស្វករ ។B:您好，烏敦先

生！我在市中心一家臺東軟體公司工作。我是工程師。

「ㄗㄨㄇㄖㄧㄚㄅㄙㄨㄜ, ㄌㄨ《 'ㄛㄉㄉㄚㄇ! ㄎㄋㄛㄇ ㄊㄨㄛ《ㄚ ㄋㄛㄨ 《ㄖㄛㄇㄏㄨㄣ 《ㄚㄇㄇㄨㄧ-ㄊㄧ ㄋㄛㄨ ㄉㄚㄇㄅㄣ 《ㄢㄉㄢ ㄉㄧ《ㄖㄛㄥ. 《ㄋㄛㄇ ㄗㄧㄚ ㄈㄧㄙㄈㄛ《ㄚ.」 {zoumrēaBsūə, lōug 'oddām! kñoṃ ťvōgā nɔu gromhun gāmmviǐī nɔu daṃBan gāṇDāl dīgroŋ. kñoṃ zēa visvāgā.}

ក: នោះជាការគួរឱ្យចាប់អារម្មណ៍ណាស់ ។ តើអ្នកសរសេរកម្មវិធីប្រភេទណា ？A:那很有意思。你編寫什麼

樣的軟體？

「ㄋㄨㄏ ㄗㄧㄚ 《ㄚ 《ㄨㄜ 'ㄠㄧ ㄐㄚㄅ'ㄚㄖㄛㄇㄇ ㄋㄚㄏ. ㄉㄚㄜ ㄋㄧㄚ《 ㄙㄚㄙㄝ 《ㄚㄇㄇㄨㄧㄊㄧ ㄅㄖㄚㄅㄝㄉ ㄋㄚ?」 {nuh zēa gā ġūə 'āōy jáB'arømm ṇáH. dāə nēag sāsē gāmmviǐī Brāp̄ēd ṇā?}

ខ: ឃ្លាំងទិន្នន័យសហគ្រាសអាជីវកម្មខ្នាតតូចតៃវ៉ន់-កម្ពុជា ។B:臺東小企業的資料庫。

「ㄎㄌㄧㄤ ㄉㄧㄣㄋㄛㄋㄞ ㄙㄚㄏㄜㄍㄍㄖㄧㄚㄏ 'ㄚㄗㄧㄈㄛ《ㄇㄇ ㄎㄋㄚㄉ ㄉㄛㄐ ㄉㄞㄈㄢ - 《ㄚㄇㄅㄨㄗㄧㄚ.」 {kleaŋ ḍinnønay sāhāġrēaH 'āzīvøgmm knād døj daivan - gāmbuzēa.}

ក: តើក្រុមហ៊ុនរបស់អ្នកមានវែបសាយដែរឬទេ ？A:貴公司有網站嗎？

「ㄉㄚㄜ 《ㄖㄛㄇㄏㄨㄣ ㄖㄛㄅㄛㄏ ㄋㄧㄚ《 ㄇㄧㄢ ㄈㄝㄅ ㄙㄚㄧ ㄉㄚㄝ ㄖㄨㄉㄝ?」 {dāə gromhun røBɑH nēag mēan vēB sāy Dāe rⱳdē?}

ខ: មាន ។B:有。

「ㄇㄝㄢ.」 {mēan.}

ក: អាសយដ្ឋានបណ្ដាញគឺជាអ្វី ？A:網址是什麼？

「'ㄚㄙㄚㄧㄉㄊㄢ ㄅㄛㄋㄉㄢ《 《ㄨㄗㄧㄚ 'ㄛㄈㄟ?」 {'āsāyDtān Bāṇdāñ ġⱳzēa 'ɑvōi?}

ខ: www.zhongjian.com។B:www. zhong jian. com

168

「ㄨ̣ㄨ̣ㄨ̣.ㄓㄨㄥㄐㄧㄢ.ㄍㄛㄇ」 {www.zhongjian.com}

ក: តើធ្វើដូចម្ដេចទើបខ្ញុំអាចទទួលបានកម្មវិធីនេះ ? A:我怎樣才能獲得該軟體？

「ㄉㄚㄜ ㄊㄞㄜ ㄉ̣ㄛㄐㄇㄉ̣ㄝㄐ ㄉㄜㄅ̣ ㄎㄏ̣ㄛㄇ 'ㄚㄐ ㄉㄛ̣ㄉㄨㄜㄌ ㄅ̣ㄢ ㄍㄛ̣ㄇㄇㄞㄧ̣ㄊㄧ ㄋㄧㄏ?」 {dāə ïvə DōjmDēj ďəB kñoṃ 'āj ďødūəl Bān gūmmvɨtī nih?}

ខ: អាចទាញយកបានពីគេហទំព័រ ។ កេរ្តិ៍ឈ្មោះល្អគឺឥតគិតថ្លៃ ។ B:可以從網站下載。口碑好，是免費的。

「'ㄚㄐ ㄉㄝㄚㄏ̣ ㄧㄛ̣ㄍ ㄅ̣ㄢ ㄅ̣ㄧ ㄍㄝㄏㄛ̣ㄉㄡㄇㄅ̣ㄛ. ㄍㄝㄉㄘㄇㄨㄛㄏ ㄌ'ㄛ̣ ㄍㄨ̣ 'ㄟㄉㄍㄧ̣ㄉ ㄊㄌㄞ.」 {'āj ďeāñ yøg Bān bī ġēhādouṃbo. gēdcmuoh l'ā ġw̄ 'œidġɨd ïlai.}

ក: បាទ, ខ្ញុំនឹងធ្វើឱ្យបានដូច្នេះ ។ A:好的，我會這樣做的。

「ㄅ̣ㄚㄉ, ㄎㄏ̣ㄛㄇ ㄋㄨ̣ㄫ ㄊㄞㄜ 'ㄠㄧ ㄅ̣ㄢ ㄉ̣ㄛㄐㄋㄝㄏ.」 {Bād, kñoṃ nwŋ ïvə 'āōy Bān Dōjnɛh.}

ខ: ស្វែងរកតាម Google និង Yahoo ក៏អាចរកវាឃើញដែរ ។ B:到谷歌和雅虎搜索也能夠找到它。

「ㄙㄞㄚㄝㄫㄖ'ㄛㄍ ㄉㄚㄇ ㄍㄨㄍㄉ ㄋㄧ̣ㄥ ㄧㄚㄏㄨ ㄍㄛ̣ 'ㄚㄐ ㄖ'ㄛ̣ㄍ ㄞㄝㄚ ㄎㄜㄏ̣ ㄉ̣ㄚㄝ.」 {svāeŋrøg dām Google niŋ Yahoo gā 'āj røg vēa ķəñ Dāe.}

ក: ខ្ញុំត្រូវទៅឥឡូវនេះហើយ ។ បានជួបអ្នកម្តងទៀតពិតជាប្រសើរណាស់ ។ A:我現在得走了。再次見到您非常好。

「ㄎㄏ̣ㄛㄇ ㄉㄖ'ㄛㄞ ㄉㄜㄨ 'ㄟㄌㄛ̣ㄞㄋㄧㄏ ㄏㄚㄟ. ㄅ̣ㄢ ㄗㄨㄜㄅ̣ ㄋㄝㄚㄍ ㄇㄉㄛ̣ㄫ ㄉㄧㄜㄉ ㄅ̣ㄧ̣ㄉㄗㄝㄚ ㄅ̣ㄖ'ㄛ̣ㄙㄚㄜ ㄋㄚㄏ.」 {kñoṃ drōv ďōu 'œiḷøvnih hāəy. Bān zūəB nēag mdūŋ ďīəd bɨdzēa Brūsāə ṇáH.}

ខ: ខ្ញុំក៏រីករាយណាស់ដែរ ដែលបានជួបនឹងអ្នក ។ នៅសប្តាហ៍ក្រោយនេះផ្ញើវីឆាធមកខ្ញុំចុះ,យើងទៅហូបបាយជាមួយគ្នា។ B:我也很高興見到你。下週給我發微信吧，我們一起吃飯吧。

「ㄎㄏ̣ㄛㄇ ㄍㄛ̣ ㄖ'ㄧㄍㄖ'ㄝㄞ ㄋㄚㄏ ㄉ̣ㄚㄝ ㄉ̣ㄚㄝㄌ ㄅ̣ㄢ ㄗㄨㄜㄅ̣ㄋㄨ̣ㄫ ㄋㄝㄚㄍ. ㄋㄜㄨ ㄙㄛ̣ㄅ̣ㄉㄚ ㄍㄖ'ㄠㄧ ㄋㄧㄏ ㄆㄏ̣ㄚㄜ ㄞㄧㄑㄚ ㄇㄛ̣ㄍ ㄎㄏ̣ㄛㄇ ㄐㄛㄏ, ㄧㄜㄫ ㄉㄜㄨ ㄏㄛㄅ̣ㄅ̣ㄚㄧ ㄗㄝㄚㄇㄨㄟㄍㄋㄝㄚ.」 {kñoṃ gū rīgrēay ṇáH Dāe Dāel Bān zūəBnwŋ nēag. nāu sūBdā grāoy nih pñāə vīqāï møg kñoṃ joh, yāŋ ďāu hōBBāy zēamūəyġnēa.}

ក: ម៉ាត់ណាម៉ាត់ហ្នឹង ។ A:一言為定。

「ㄇㄚㄉㄋㄚㄇㄚㄉㄋㄜ̣ㄫ.」 {mádṇāmádnœŋ.}

對話一 ការសន្ទនា ១ (ទីមួយ) 「《ㄚㄙㄜˇㄅㄜˇㄝㄚ ㄉㄧㄇㄨㄟ」 {gāsāndønēa dīmūəy}

A: សុខេង តើអ្នកធ្វើការងារអ្វី ? 梭肯，你是做什麼工作的？

「ㄙㄜˋㄅㄝㄞ ㄅㄚˋㄜ ㄅㄝㄚ《 ㄊㄞˋㄜ《ㄚㄞㄝㄚ ˋㄜㄇㄟ?」 {so' kēŋ dāə nēag ĭvɔ̄gāŋēa 'avɔ̄i?}

B: ខ្ញុំនៅជាសិស្សនៅឡើយ ។ 還是個學生。

「ㄎㄧˇㄛㄇ ㄋㄜˇㄨ ㄗㄝㄚ ㄙㄧˊㄙㄙ ㄋㄜㄨㄌㄚㄟ.」 {kñoṃ nōu zēa sɪss nōuḻāəy.}

A: អ្នករៀននៅសាលាណា ? 你上什麼學校？

「ㄋㄝㄚ《 ㄖㄧˊㄜㄣ ㄋㄜㄨ ㄙㄚㄌㄚ ㄋㄚ?」 {nēag rĭən nōu sālā ŋā?}

B: សាកលវិទ្យាល័យភ្នំពេញ ។ 金邊大學。

「ㄙㄚ《ㄜ《 ㄅㄧˊㄉㄧㄝㄚㄌㄞ ㄊㄣㄨㄇㄅㄝㄏˋ.」 {sāgāl vidyēalay p̌noumbēñ.}

A: សាលានេះល្អណាស់ ។ តើអ្នករៀនអ្វី ? 這個學校很好。你學什麼？

「ㄙㄚㄌㄚ ㄋㄧˋㄏ ㄌ'ㄜ ㄋㄚˋㄏ. ㄉㄚˋㄜ ㄋㄝㄚ《 ㄖㄧˊㄜㄣ 'ㄜㄇㄟ?」 {sālā nih l'ā ŋáH. dāə nēag rĭən 'avɔ̄i?}

B: ខ្ញុំរៀនភាសាខ្មែរ, ភាសាអង់គ្លេស, គណិតវិទ្យានិងប្រវត្តិសាស្ត្រ ។ មុខជំនាញសិក្សារបស់ខ្ញុំគឺ ការស្រាវជ្រាវខាងទំនាក់ ទំនងអន្តរជាតិ ។ 我學習柬埔寨語、英語、數學和歷史。我的專業是國際關係研究。

「ㄎㄧˇㄛㄇ ㄖㄧˊㄜㄣ ㄆㄝㄙㄚ ㄎㄇㄚˇㄝ, ㄆㄝㄚㄙㄚ'ㄜㄤ《ㄌㄝㄏˋ, 《ㄜㄋˇㄉㄧㄅㄧˊㄅㄝㄚ ㄋㄧㄥ ㄅˊㄖㄜˇㄛㄉㄉㄙㄚㄙㄉ. ㄇㄨㄅ ㄗㄨㄇㄋㄝㄚㄏˋ ㄙˊㄧ《ㄙㄚ ㄖㄜㄅㄚˋㄏ ㄎㄧˇㄛㄇ 《ㄨ 《ㄚㄙㄖˊㄚㄅㄖㄜˇㄝㄚㄅ ㄎㄚˋㄥ ㄉㄨㄇㄋㄝㄚ《ㄉㄨㄇㄋㄜㄥ 'ㄜㄣㄉㄜㄖㄜˇㄗㄝㄚ ㄉ.」 {kñoṃ rĭən p̌ēasā kmāe, p̌ēasā 'āŋ́glēH, ǵøṇidvidyēa niŋ Brāvøddsāsd. muk zouṃnēañ sɪgsā røBɑH kñoṃ ǵw̄ gāsrāvzrēav kāŋ douṃneagdouṃnøŋ 'āndārøzēad.}

ចត្របយកភ្លាម

「ㄊㄜˋㄉㄖㄨㄅ ㄧ-ㄜ《 ㄆㄉㄝㄚㄇ」 {t̆ādrūB yøg p̌lēam}

照片立等可取

Fast Printing Photo

對話二 ការសន្ទនា ២ (ទីពីរ) 「ㄍㄚㄙㄛㄋㄉㄛㄋㄝㄚ ㄉㄧㄅㄧ」 {gāsāndønēa dībī}

A: **ជំរាបសួរ ភិរុណ ។** 你好，披侖。

「ㄗㄡㄇㄖ'ㄝㄚㄅㄙㄨㄜ ㄆㄧㄖ'ㄨㄋ.」 {zouṃrēaBsūə pirụn.}

B: **ជំរាបសួរ, ជុង អើយី, រីករាយណាស់ដែលបានជួបនឹងអ្នកម្ដងទៀត ។** 你好，鍾邇伊，很高興再次見到你。

「ㄗㄡㄇㄖ'ㄝㄚㄅㄙㄨㄜ, ㄓㄨㄫ ㄦㄧ, ㄖ'ㄧㄍㄖ'ㄝㄞ ㄋㄚㄏ ㄉㄚㄝㄌ ㄅㄢ ㄗㄨㄜㄅㄋㄨㄫ ㄋㄝㄚㄍ ㄇㄉㄛㄫ ㄉㄧㄜㄉ.」 {zouṃrēaBsūə, zhong eryi, rīgrēay ṇáH Dāel Bān zūəBnwŋ nēag mdāŋ đīəd.}

A: **ថ្មីៗនេះ យ៉ាងម៉េចដែរ ?** 最近怎麼樣？

「ㄊㄇㄟㄊㄇㄟ ㄋㄧㄏ ㄧㄤㄇㄝㄐ ㄉㄚㄝ?」 {ṫmēi ṫmēi nih yāŋmēj Dāe?}

B: **យប់មិញ ខ្ញុំគ្មានគេងបានប៉ុន្មានទេ ។ ខ្ញុំនៅអត់ងងុយដល់ម៉ោងមួយរំលងអធ្រាត្រព្រោះត្រូវត្រៀមប្រឡង ។** 昨晚我睡不多。我準備考試熬夜直到凌晨一點。

「ㄧㄨㄅㄇㄧㄏ ㄎㄏㄛㄇ ㄍㄇㄝㄢ ㄍㄝㄫ ㄅㄢ ㄅㄛㄋㄇㄢ ㄉㄝ. ㄎㄏㄛㄇ ㄋㄜㄨ 'ㄛㄉㄫㄛㄫㄨㄧ ㄉㄛㄌ ㄇㄠㄫ ㄇㄨㄟ ㄖ'ㄡㄇㄌㄛㄫ 'ㄛㄊㄖ'ㄝㄚㄉ ㄅㄖ'ㄨㄛㄏ ㄉㄖ'ㄛㄞ ㄉㄖ'ㄧㄜㄇㄅㄖ'ㄛㄌㄛㄫ.」 {yuBmiñ kñoṃ ġmēan ġēŋ Bān bonmān đē. kñoṃ nōu 'ādŋøŋuy Dal māoŋ mūəy rouṃløŋ 'āṫrēad bruoh drōv drīəmBrāḷāŋ.}

A: **យប់មិញ ខ្ញុំក៏នៅដល់យប់ជ្រៅណាស់ដែរ ។ ខ្ញុំត្រូវប្រឡងពេញមួយសប្ដាហ៍ ។** 我昨晚也弄得很晚。我整個星期都在考試。

「ㄧㄨㄅㄇㄧㄏ ㄎㄏㄛㄇ ㄍㄛ ㄋㄜㄨ ㄉㄛㄌ ㄧㄨㄅㄗㄖ'ㄜㄨ ㄋㄚㄏ ㄉㄚㄝ. ㄎㄏㄛㄇ ㄉㄖ'ㄛㄞ ㄅㄖ'ㄛㄌㄛㄫ ㄅㄝㄏ ㄇㄨㄟ ㄙㄛㄅㄉㄚ.」 {yuBmiñ kñoṃ gā nōu Dal yuBzrōu ṇáH Dāe. kñoṃ drōv Brāḷāŋ bēñ mūəy sāBdā }

B: **បន្ទាប់ពីបញ្ចប់ការសិក្សា អ្នកចង់ត្រឡប់ទៅក្រុងថាយជុងវិញឬ ?** 你畢業後打算回到臺中？

「ㄅㄛㄋㄉㄛㄚㄅㄅㄧ ㄅㄛㄏㄐㄛㄅ ㄍㄚㄙㄧㄍㄙㄚ ㄋㄝㄚㄍ ㄐㄛㄫ ㄉㄖ'ㄛㄌㄛㄅㄉㄜㄨ ㄍㄖ'ㄛㄫ ㄊㄚㄧㄗㄨㄫ ㄞㄧㄏ ㄖ'ㄨ?」 {BāndoáBbī BāñjaB gāsıgsā nēag jaŋ drāḷaBdəu groŋ ṫāyzuŋ viñ rw̄?}

A: **ខ្ញុំគិតដូច្នេះដែរ ។ បន្ទាប់ពីបញ្ចប់ការសិក្សា ខ្ញុំនឹងត្រឡប់ទៅផ្ទះ រួចហើយព្យាយាមស្វែងរកការងារមួយធ្វើ ។** 我想是這樣。我畢業後，我會回家，並試圖找到一份工作。

「ㄎㄏㄛㄇ ㄍㄧㄉ ㄉㄛㄐㄋㄝㄏ ㄉㄚㄝ. ㄅㄛㄋㄉㄛㄚㄅㄅㄧ ㄅㄛㄏㄐㄛㄅ ㄍㄚㄙㄧㄍㄙㄚ ㄎㄏㄛㄇ ㄋㄨㄫ ㄉㄖ'ㄛㄌㄛㄅㄉㄜㄨ ㄆㄉㄝㄜㄏ ㄖ'ㄨㄜㄐㄏㄚㄟ ㄅㄧㄝㄞㄝㄚㄇ ㄙㄞㄚㄝㄫㄖ'ㄛㄍ ㄍㄚㄫㄝㄚ ㄇㄨㄟ ㄊㄞㄜ.」 {kñoṃ ġid Dōjnεh Dāe. BāndoáBbī BāñjaB gāsıgsā kñoṃ nwŋ drāḷaBdəu pdeəh rūəjhāəy byēayēam svāeŋrøg gāŋēa mūəy ṫvə.}

B: **តើអ្នកដឹងថា អ្នកនឹងធ្វើការកន្លែងណាដែរទេ ?** 你知道你會在哪裡工作嗎？

「ㄉㄚㄜ ㄋㄝㄚㄍㄉㄛㄫ ㄊㄚ ㄋㄝㄚㄍ ㄋㄨㄫ ㄊㄞㄜㄍㄚ ㄍㄛㄋㄌㄝㄫ ㄋㄚ ㄉㄚㄝ ㄉㄝ?」 {dāə nēagDœŋ ṫā nēag nwŋ ṫvəgā gānlēŋ ṇā Dāe dē?}

A: មិនទាន់ដឹងទេ, ប៉ុន្តែខ្ញុំចង់ក្លាយជាអ្នកបកប្រែភាសាខ្មែរ ។ 還不知道，但我想成為柬埔寨語翻譯。

「ㄇㄧㄣㄉㄛㄢ ㄉㄜㄦ ㄉㄝ, ㄅㄛ' ㄋㄉㄚㄝ ㄎㄋㄛㄇ ㄐㄤ ㄍㄚㄧㄗㄝㄚ ㄋㄝㄚㄍㄅㄤㄅㄖㄝ ㄆㄝㄚㄙㄚㄎㄇㄝ.」 {minđoán Dœŋ đē, bo' nDāe kñoṃ jaŋ glāyzēa nēagBāgBrāe p̄easākmāe.}

B: ខ្ញុំក៏ចង់ក្លាយជាអ្នកបកប្រែម្នាក់ដែរ, ប៉ុន្តែភាសាអង់គ្លេសរបស់ខ្ញុំមិនសូវល្អសោះ ។ 我也想成為一名翻譯，但我的英語不夠好。

「ㄎㄋㄛㄇ ㄍㄛ ㄐㄤ ㄍㄚㄧㄗㄝㄚ ㄋㄝㄚㄍㄅㄤㄅㄖㄝ ㄇㄋㄝㄚㄍ ㄉㄚㄝ, ㄅㄛㄋㄉㄚㄝ ㄆㄝㄚㄙㄚ 'ㄤㄍㄝㄏ ㄖㄛㄅㄛㄏ ㄎㄋㄛㄇ ㄇㄧㄣㄙㄛㄨ ㄌ'ㄚ ㄙㄠㄏ.」 {kñoṃ gā jaŋ glāyzēa nēagBāgBrāe mneag Dāe, bondāe p̄easā 'āŋ́lēH røBaH kñoṃ minsōv l'ā saoh.}

A: កុំបារម្ភ ។ ភាសាអង់គ្លេសរបស់អ្នក គឺល្អទេ ។ 不要擔心。你的英語好。

「ㄍㄛㄇ ㄅㄚㄖㄛㄇㄆ. ㄆㄝㄚㄙㄚ 'ㄤㄍㄝㄏ ㄖㄛㄅㄛㄏ ㄋㄝㄚㄍ ㄍㄨ ㄌ'ㄚ ㄉㄝ.」 {goṃ Bārømp̄. p̄easā 'āŋ́lēH røBaH nēag ġw l'ā dē.}

B: សូមអរគុណ ។ តឥឡូវនេះ អ្នកទៅណា ? 謝謝。你現在到哪裡去？

「ㄙㄛㄇ 'ㄍㄨㄣ. 'ㄟㄌㄛㄨㄋㄧㄏ ㄋㄝㄚㄍ ㄉㄛㄨㄋㄚ?」 {sōm 'ăġuṇ. 'œiḷøvnih nēag đōuṇā?}

A: ខ្ញុំទៅរៀននៅបណ្ណាល័យ ។ ស្អែកនេះ ខ្ញុំត្រូវប្រឡង ។ 我去圖書館學習。我明天要參加考試。

「ㄎㄋㄛㄇ ㄉㄛㄨㄖㄧㄢ ㄋㄛㄨ ㄅㄚㄋㄋㄚㄌㄞ. ㄙ'ㄚㄝㄍㄋㄧㄏ ㄎㄋㄛㄇ ㄉㄖㄛㄨ ㄅㄖㄚㄌㄤ.」 {kñoṃ đōurīan nōu Bāṇṇālay. s'āegānih kñoṃ drōv Brāḷāŋ.}

B: ខ្ញុំក៏អ៊ីចឹងដែរ ។ ពេលយប់ តើបណ្ណាល័យបើកដល់ពេលណា ? 我也一樣。圖書館晚上開放到什麼時候？

「ㄎㄋㄛㄇ ㄍㄛ 'ㄧㄐㄛㄤ ㄉㄚㄝ. ㄅㄝㄌ ㄧㄨㄅ ㄉㄚㄝ ㄅㄚㄋㄋㄚㄌㄞ ㄅㄚㄛㄍ ㄉㄚㄌㄅㄝㄌㄚ?」 {kñoṃ gā 'ījœŋ Dāe. bēl yuB dāə Bāṇṇālay Bāəg Dalbēlṇā?}

A: ខ្ញុំចង់ឱ្យបើកដល់ម៉ោង ១០៖៣0(ដប់ សាមសិប) នាទីយប់ ។ 我想開放到晚上 10:30。

「ㄎㄋㄛㄇ ㄐㄤ'ㄠㄧ ㄅㄚㄛㄍ ㄉㄚㄌ ㄇㄠㄤ ㄉㄛㄅ ㄙㄚㄇㄙㄧㄅ ㄋㄝㄚㄉㄧ ㄧㄨㄅ.」 {kñoṃ jaŋ'āōy Bāəg Dal māoŋ DaB sāmsiB nēađī yuB.}

B: ល្អហើយ, ខ្ញុំសូមជូនពរឱ្យអ្នកប្រឡងបានល្អ ។ 好了，祝你考好。

「ㄌ'ㄚ ㄏㄞ, ㄎㄋㄛㄇ ㄙㄛㄇ ㄗㄨㄣㄅㄛ'ㄠㄧ ㄋㄝㄚㄍ ㄅㄖㄚㄌㄤ ㄅㄢ ㄌ'ㄛ.」 {l'ā hāəy, kñoṃ sōm zūnbø'āōy nēag Brāḷāŋ Bān l'ā.}

A: អ្នកក៏ដូចគ្នាដែរ។ 你也一樣。

「ㄋㄝㄚㄍ ㄍㄛ ㄉㄛㄨㄐㄍㄋㄝㄚ ㄉㄚㄝ.」 {nēag gā Dōjġnēa Dāe.}

A:　ជំរាបសួរ, សុខវី ។ អ្នកធ្វើអ្វីនៅទីនេះ ？　你好，索韋。你在這裡做什麼？

「ㄗㄨㄇㄖㄝㄚㄅㄙㄨㄜ, ㄙㄛㄎ ㄨ-. ㄋㄝㄚㄍ ㄊㄨㄜˇㄛㄨㄟ ㄋㄛㄨ ㄉㄧㄋㄧㄏ?」　{zouṃrēaBsūə, sok vī. nēag ïvə'avøi nøu dīnih?}

B:　ហេ, ជាង ជីនពារ, អ្នកសុខសប្បាយជាទេ ？ ខ្ញុំកំពុងរង់ចាំមិត្តភក្តិម្នាក់ ។　嘿，江金彪，你好嗎？我在等一個朋友。

「ㄏㄝ, ㄗㄝㄤ ㄓㄧㄣ ㄅㄝㄚㄅ, ㄋㄝㄚㄍ ㄙㄛㄎㄙㄛㄅㄅㄚㄧ ㄗㄝㄚㄉㄝ? ㄎㄋㄛㄇ ㄍㄛㄇㄅㄨㄥ ㄖㄛㄋㄐㄚㄇ ㄇㄧㄉㄉ ㄆㄝㄚㄍㄉ ㄇㄋㄝㄚㄍ.」　{hē, zēaŋ zīn bēav, nēag sok sāBBāy zēadē? kñoṃ gaṃbuŋ roŋjāṃ midd ɓeagd mneag.}

A:　ខ្ញុំបានលឺថា អ្នកនឹងបញ្ចប់ការសិក្សានៅរដូវក្តៅនេះហើយ, តើពិតដែរឬទេ ？　聽說今年夏天你要畢業了，是真的嗎？

「ㄎㄋㄛㄇ ㄅㄢ ㄌㄨ ㄊㄚ ㄋㄝㄚㄍ ㄋㄨㄥ ㄅㄢㄐㄝㄣ ㄍㄚㄙㄧㄍㄙㄚ ㄋㄛㄨ ㄖㄛㄉㄛㄨㄅ ㄍㄉㄠ ㄋㄧ ㄏㄚㄛ, ㄉㄚㄜ ㄅㄧㄉ ㄉㄝ ㄖㄨㄉㄝ?」　{kñoṃ Bān lư ĭā nēag nwŋ BāñjaB gāsɪgsā nøu røDōv gdāu nih hāəy, dāə bɪd Dāe rw̄dē?}

B:　មែន ។ បើអ្វីគ្រប់យ៉ាងប្រព្រឹត្តទៅជាធម្មតា, នៅខែសីហា ខ្ញុំនឹងទទួលបានសញ្ញាបត្រថ្នាក់បរិញ្ញាបត្រមិនខាន ។　是。如果一切正常的，八月份我會獲得學士學位。

「ㄇㄣ. ㄅㄚㄜ 'ㄚㄨㄟ ㄍㄖㄛㄅㄧㄤ ㄅㄖㄛㄅㄖㄨㄉㄉ ㄉㄛㄨㄗㄝㄚ ㄊㄛㄇㄇㄛㄉㄚ, ㄋㄛㄨ ㄎㄝㄙㄜㄏㄚ ㄎㄋㄛㄇ ㄋㄨㄥ ㄉㄜ ㄉㄨㄜㄌ ㄅㄢ ㄙㄚㄋㄋㄋㄝㄚㄅㄚㄉ ㄧㄣㄚㄍ ㄅㄚㄖㄧㄋㄋㄋㄝㄚㄅㄚㄉ ㄇㄧㄣ ㄎㄢ.」　{mēn. Bāə 'avøi ᵭroByāŋ Brābrwdd dōuzēa ĭømmødā, nøu kāesōihā kñoṃ nwŋ døɗūəl Bān sāññēaBād ĭnág BāriññēaBād min kān.}

A:　កាលពីឆ្នាំមុន ខ្ញុំក៏ដូច្នេះដែរ ។　我去年就這樣做了。

「ㄍㄚㄌㄅㄧㄑㄋㄚㄇㄇㄨㄣ ㄎㄋㄛㄇ ㄍㄚ ㄉㄛㄩㄋㄝㄏ ㄉㄝ.」　{gālbīqnāṃmun kñoṃ gā Dōjnɛh Dāe.}

B:　បន្ទាប់មក ក៏ចាប់ផ្តើមស្វែងរកការងារធ្វើ ។　以後就要開始找工作了。

「ㄅㄛㄣㄉㄛㄚㄅㄇㄛㄍㄍ ㄍㄛ ㄐㄚㄅㄆㄉㄚㄜㄇ ㄙㄨㄝㄥㄖㄛㄍ ㄍㄚㄥㄝㄚ ㄨㄛ.」　{BāndoáBmøg gā jáBpdāəm svāeŋrøg gāŋēa ïvə.}

A:　ពិតជាមិនស្រួលសោះហ្ន៎ ។　真是不容易啊。

「ㄅㄧㄉㄗㄝㄚ ㄇㄧㄣ ㄙㄖㄨㄛㄌ ㄙㄠㄏ ㄋㄛ.」　{bɪdzēa min srūəl saoh na.}

B:　មែនហើយ ។　是的。

「ㄇㄣㄏㄚㄛ.」　{mēnhāəy.}

A:　តើអ្នករកឱកាសការងារអ្វីបានឬនៅ ？　你找到什麼工作機會嗎？

「ㄉㄚㄜ ㄋㄝㄚㄍ ㄖㄛㄍ 'ㄠㄍㄚㄏ ㄍㄚㄥㄝㄚ 'ㄛㄨㄟ ㄅㄢ ㄖㄨ ㄋㄛㄨ?」　{dāə nēag røg 'āōgāH gāŋēa 'avøi Bān rw̄ nøu?}

B:　ទេ, នៅមិនទាន់បានទេ ។　不，還沒有。

「ㄉㄝ, ㄋㄛㄨ ㄇㄧㄣㄉㄛㄢ ㄅㄢ ㄉㄝ.」　{dē, nøu mindoán Bān dē.}

A: បានធ្វើប្រវត្តិបធ្លាល់ខ្លួនខ្លះឬនៅ？ 發個人簡歷了沒有？

「ㄅㄢ ㄆㄚˇㄝ ㄅㄖㆠㄨㄉㄉㄧㄖㄨㆠ ㄆㄉㄛˊㄌㄎㄨㆤㄣ ㄎㄌㄚˊㄏ ㄖㄨ ㄋㄛㄨ?」 {Bān pñāe BrāvøddɩrūB pdoálklūən klah rw̄ nōu?}

B: ធ្វើច្រើនណាស់ហើយ, ប៉ុន្តែមិនទទួលបានការធ្វើយតបប៉ុន្មានសោះ ។ 發了很多，但沒有收到多少回應。

「ㄆㄏㄚˇㄝ ㄐㄖㄧㄚㄝㄣ ㄋㄚˊㄏ ㄏㄚ\, ㄅㄛㄋㄉㄚㄝ ㄇㄧㄣ ㄉㄛㄉㄨㄝㄌ ㄅㄢ ㄍㄚ ㄑㄌㄚㄧㄅㄛ ㄅㄛㄣㄇㄢ ㄙㄠㄏ.」 {pñāe jrāen ŋáH hāəy, bondāe mɩn đøđūəl Bān gā qlāəydāB bonmān saoh.}

A: មែនឬ？ 是嗎？

「ㄇㄣ ㄖㄨ?」 {mēn rw̄?}

B: ឥឡូវនេះ រកការងារធ្វើលំបាកណាស់ ។ 現在找工作相當困難。

「ˊㄟㄌㄛㆠㄋㄧˇㄏ ㄖㄛㄍ 《ㄚㄫㄝㄚ ㄊㆠㄛ ㄌㄡㄇㄅㄚ《 ㄋㄚˊㄏ.」 {ˊœiĮøvnih røg gāŋēa ṭvø loumȚBāg ṇáH.}

A: មុខជំនាញអ្វីដែរ？ 什麼專業？

「ㄇㄨㄎ ㄗㄨㄇㄋㄝㄚㄏ ˊㄛㆠㄟ ㄉㄚㄝ?」 {muk zoumṇēañ ˊavōi Dāe?}

B: ចិត្តវិទ្យា ។ ក្រោយមក ប្ដូរទៅរៀនជំនាញខាងវិស្វកម្ម ។ វិស្វករកការងារធ្វើងាយស្រួលជាង ។ ខ្ញុំបានសរសេរប្រវត្តិបបញ្ជោះ តាមអ៊ីនធឺណិត ។ 心理學。後來轉專業到工程學。工程師更容易找到工作。我把簡歷放到網站上。

「ㄐㄧㄉㄉㄅㄨ̌ㄉㄧㄝㄚ. 《ㄖㄠ-ㄇㄛ《 ㄅㄉㄛ ㄉㄛㄖㄧㄝㄣ ㄗㄨㄇㄋㄝㄚㄏ ㄎㄤ ㄈㄫㆠㄛ《ㄇㄇ. ㄈㄧㄙㆠㄛ《ㄛ ㄖㄛ《 《ㄚㄫㄝㄚ ㄊㆠㄛ ㄫㄝㄞㄙㄙㄨㄝㄌ ㄗㄝㄤ. ㄎㄏㄛㄇ ㄅㄢ ㄙㄙㄝ ㄅㄖㆠㄛㆠㄉㄧㄖㄨㄟ 《ㄅㄚㄫㄏㄠㄏ ㄉㄚㄇ ˊㄧㄣㄊㄨ̃ㄋㄧㄉ.」 {jɩddvidyēa. grāoymøg BDō dōurīən zoumṇēañ kāŋ visvāgāmm. visvāgā røg gāŋēa ṭvø ŋēaysrūəl zēaŋ. kñom Bān sāsē BrāvøddɩrūB Bāŋhaoh dām ˊīnṭw̃ṇid.}

A: ក្រោយមក រកការងារបានឬអត់？ 後來找到工作了嗎？

「《ㄖㄠ-ㄇㄛ《 ㄖㄛ《 《ㄚㄫㄝㄚ ㄅㄢ ㄖㄨ ˊㄛㄉ?」 {grāoymøg røg gāŋēa Bān rw̄ ˊād?}

B: ដោយចំណាយពេលអស់បីខែ, ទីបំផុត ខ្ញុំក៏បានទទួលការងារមួយ ។ 花了三個月我終於得到一份工作。

「ㄉㄠ-ㄐㄧㄇㄋㄚˇㄧㄝㄌ ˊㄛㄏ ㄆ ㄎㄝ, ㄉㄧ ㄅㄛㄇㄆㄛㄉ ㄎㄏㄛㄇ 《ㄛㄉ ㄅㄛㄉㄨㄝㄌ 《ㄚㄫㄝㄚ 《ㄨㄝ.」 {Dāoy jaṃṇāybēl ˊāH Bōi kāe, đī Baṃpod kñom gāBān đøđūəl gāŋēa mūəy.}

A: នេះគឺជាការល្អណាស់！ 這太好了！

「ㄋㄧㄏ 《ㄨ ㄗㄝㄚ《ㄚˊㄛ ㄋㄚˊㄏ!」 {nih ġw̄ zēagaˊlā ṇáH!}

【語法說明】 ការពន្យល់ វេយ្យាករណ៍ 「ㄍㄚㄅㄛㄋㄧ-ㄨㄌ ㄎㄝ-ㄝㄚㄍㄚ」{gābønyul vēyyēagā}

一、疑問詞和疑問句

在前面的學習中，讀者學到許多疑問詞和疑問句在這裡小結一下。

1. 疑問詞有：ប៉ុន្មាន「ㄅㄛㄋㄇㄝㄢ」{bonmēan} 多少、អ្វី「’ㄛㄎㄟ」{’a vōi} 什麼、ណា「ㄋㄚ」{ŋā} 或 នៅកន្លែង ណា「ㄋㄛㄨ ㄍㄛㄋㄌㄝㄥ ㄋㄚ」{nōu gānlēŋ ŋā} 或 នៅ ឯណា「ㄋㄛㄨˋㄚㄝㄋㄚ」{nōu ’aēŋā} 在哪裡、តើម៉ោង ㄇㄠㄥ「ㄉㄚㄛ ㄇㄠㄥ」{dāə māoŋ} 什麼時候、តើនៅពេលជាអ្នក「ㄉㄚㄛ ㄋㄛㄋㄚ ㄗㄝ ㄋㄝㄠㄍ」{dāə nøŋā zēa nēag} 或 ㄋㄝㄚㄍㄋㄚ「ㄋㄝㄚㄍㄋㄚ」{nēagŋā} 或 ដែល「ㄉㄚㄝㄌ」{Dāel} 或 នរណា「ㄋㄛㄋㄝㄚ」{nønēa} 誰，哪個、ហេតុអ្វីបានជា「ㄏㄝㄉㄛ’ㄛㄎㄟㄅㄢ ㄗㄝㄚ」{hēdo’avōiBān zēa} 或 ហេតុអ្វី「ㄏㄝㄉ’ㄚㄎㄟ」{hēd’ā vī} 為什麼、ម៉េច「ㄇㄝㄐ」{mēj} 或 ម៉េចបានជា「ㄇㄝㄐ ㄅㄢ ㄗㄝㄚ」{mēj Bān zēa} 怎麼，等等。

2. 一般疑問句的構成方式為： (តើ「ㄉㄚㄛ」{dāə})+動詞+(ឬ「ㄖㄨ」{rw})រ「ㄉㄝ」{dē} ？ តើ「ㄉㄚㄛ」{dāə} 、ឬ「ㄖㄨ」{rw} 可以省略，例如：

លោកស្គាល់ផ្សារថ្មីទេ ? 「ㄌㄛㄨㄍ ㄙㄍㄚㄌ ㄆㄙㄚ ㄊㄇㄟ ㄉㄝ?」{lōug sǵál psā ṫmōi dē?}

តើលោកស្គាល់ផ្សារថ្មីទេ ? 「ㄉㄚㄛ ㄌㄛㄨㄍ ㄙㄍㄚㄌ ㄆㄙㄚ ㄊㄇㄟ ㄉㄝ?」{dāə lōug sǵál psā ṫmōi dē?}

兩種表達意思一樣：你知道新市場(在哪兒)嗎？

省略了括弧內的小品詞，就可以這樣提問：

តើគាត់មានឡានប្បុទញ៉? 「ㄉㄚㄛ ㄍㄛㄚㄉ ㄇㄝㄢ ㄌㄢ ㄖㄨㄉㄝ ㄏㄚㄇ?」{dāə ǵoád mēan ḷān rw̄dē ñām?} 他有車嗎？

3. 詢問 "是否" 在句尾用 ហើយឬនៅ「ㄏㄚㄟ ㄖㄨ ㄋㄛㄨ」{hāəy rw nōu} ，例如：

លោកញ៉ាំបាយហើយឬនៅ? 「ㄌㄛㄨㄍ ㄏㄚㄇㄅㄚㄧ- ㄏㄚㄟ ㄖㄨ ㄋㄛㄨ?」{lōug ñāmBāy hāəy rw nōu?} 您吃了飯嗎？

4. 詢問 "是不是、對吧" 在句尾，例如：

សៀវភៅបីក្បាល, មែនទេ? 「ㄙㄧㄛㄎㄆㄛㄨ ㄅㄟ ㄍㄅㄚㄌ, ㄇㄣㄉㄝ?」{sīəvpōu Bōi gBāl, mēndē?} 三本書，對吧？

二、語法點滴

◇問時間，提問和回答詞尾都用 ហើយ「ㄏㄚㄟ」{hāəy}，例如：

ម៉ោង ប៉ុន្មាន ហើយ ? 「ㄇㄠㄥ ㄅㄛㄋㄇㄝㄢ ㄏㄚㄟ?」{māoŋ bonmēan hāəy?} 幾點了？

ម៉ោង ៨ (ព្រាំ)ㄅㄟ ហើយ ។ 「ㄇㄠㄥ ㄅㄖㄚㄇㄟ ㄏㄚㄟ.」{māoŋ BrāmBōi hāəy.} 八點了。

◇疑問小品詞 ណា「ㄋㄚ」{ŋā} 的用法，可以表示：

◎在哪裡，例：តើអ្នករស់នៅទីណា? 「ㄉㄚㄛ ㄋㄝㄚㄍ ㄖㄨㄏ ㄋㄛㄨ ㄉㄧㄋㄚ?」{dāə nēag ruH nōu dīŋā?} 你住在哪裡？

◎哪個地方，例：លោកស្រីទៅណា? 「ㄌㄛㄨㄍㄙㄖㄟ ㄉㄛㄨㄋㄚ?」{lōugsrāi dōuŋā?} 妳去哪裡？

◎任何地方，例：ខ្ញុំមិនចង់ទៅកន្លែងណាទេ។ 「ㄎㄋㄛㄇ ㄇㄧㄣ ㄐㄤ ㄉㄛㄨ ㄍㄛㄋㄌㄝㄥ ㄋㄚ ㄉㄝ.」{kñoṃ min jaŋ dōu gānlēŋ ŋā dē.} 我不想去任何地方。

◇小品詞 ថា「ㄊㄚ」{ṫā} 引導出說話的內容

លោកបាននិយាយថាគាត់នឹងទៅសាលារៀន។ 「ㄌㄛㄨㄍ ㄅㄢ ㄋㄧㄝㄟ ㄊㄚ ㄍㄛㄚㄉ ㄋㄨㄥ ㄉㄛㄨ ㄙㄚㄌㄚㄖㄧㄢ.」{lōug Bān niyēay ṫā ǵoád nwŋ dōu sālārīən.} 他說要去上學。

ប្រាប់ ប្រពន្ធរបស់គាត់ថាដើម្បីរៀបចំអាហារ។ 「ㄅㄖㄚㄅ ㄅㄖㄛㄅㄛㄋㄥ ㄖㄛㄅㄛㄏ ㄍㄛㄚㄉ ㄊㄚ ㄉㄚㄇㄅㄟ ㄖㄧㄝㄅㄐㄤ ’ㄚㄏㄚ.」{BráB Brābønï røßaH ǵoád ṫā DāəmBōi rīəBjaṃ ’āhā.} 告訴他的妻子準備飯菜。

【文化背景】 ខ្មែរខាងក្រោយ ឬជាធម៌「ㄆㄉㄟㄎㄤ 《ㄖㄠ一 �…」{pdəikāŋ grāoy vøBBāï}

1. 柬埔寨的大學

　　柬埔寨文化獨特，去到那裡留學，你將成為懂得專業知識和柬埔寨語的特殊人才。下面=處省略了 សាកលវិទ្យាល័យ「ㄙㄚ《ㄉㄎ ㄎ一ㄎㄜㄚㄌㄞ」{sāgāl vidyēalay}、-處省略了 "大學" 一詞。有*者為私立大學。

◎=ភូមិន្ទភ្នំពេញ「ㄆㄨㄇ一ㄣㄉ ㄆㄋㄡㄇㄅㄝㄣ」{pūmind pnoumbēñ}金邊皇家-

◎វិទ្យាស្ថានជាតិហុបច្ចេកទេស「ㄎ一ㄉㄜㄚㄝㄚㄙㄊㄢ ㄗㄝㄚㄉ' ㄅㄛㄏㄛㄅㄚㄐㄐㄝㄍㄚㄉㄝㄏ」{vidyēastān zēad' bøhoBājjēgādēH}國家理工學院

◎=ជាតិគ្រប់គ្រង「ㄗㄝㄚㄉ' 《ㄖㄛ《ㄖㄛㄫ」{zēad' ġroBġrøŋ}國家管理-

◎ភូមិន្ទកសិកម្ម「ㄆㄨㄇ一ㄣㄉ 《ㄜ一-《ㄜㄇㄇ」{pūmind gāsıgāmm}皇家農業-

◎ភូមិន្ទវិចិត្រសិល្ប:「ㄆㄨㄇ一ㄣㄉ ㄎ一-ㄐ一-ㄉㄖㄙㄧㄌㄅㄚ'」{pūmind vijıdrāsılBa'}皇家藝術學院

◎ភូមិន្ទនីតិសាស្ត្រនិងវិទ្យាសាស្ត្រសេដ្ឋកិច្ច「ㄆㄨㄇ一ㄣㄉ ㄋ一ㄉ一' ㄙㄚㄉ ㄋ一ㄥ ㄎ一ㄉㄜㄚ ㄙㄚㄉ ㄙㄝㄉㄊㄜ《一ㄐㄐ」{pūmind nīdı' sād niŋ vidyēa sād sēDtāgıjj}皇家法律和經濟-

◎ស្វាយរៀង「ㄙㄎㄚ一ㄖ一ㄜㄫ」{svāyrıēŋ}柴楨- ◎=មានជ័យ「ㄇㄝㄢ ㄗㄞ」{mēan zay}棉吉-

◎នៃបាត់ដំបង「ㄋ一 ㄅㄚㄉㄉㄜㄇㄅㄜㄫ」{nəi BádDaṃBāŋ}馬德望- 「ㄙㄚㄉ}商務學院

◎វិទ្យាស្ថានជាតិពាណិជ្ជសាស្ត្រ「ㄎ一ㄉㄜㄚㄝㄚㄙㄊㄢ ㄗㄝㄚㄉ' ㄅㄝㄢ一ㄗㄗ ㄙㄚㄉ」{vidyēastān zēad' bēaṇızz

◎=ភ្នំពេញអន្តរជាតិ「ㄆㄋㄡㄇㄅㄝㄣ 'ㄜㄋㄉㄜㄖㄛㄗㄝㄚㄉ'」{pnoumbēñ 'āndārøzēad'}金邊國際-/東盟-*

◎វិទ្យាស្ថានសេដ្ឋកិច្ចនិងហិរញ្ញវត្ថុ「ㄎ一ㄉㄜㄚㄝㄚㄙㄊㄢ ㄙㄝㄉㄊㄜㄗㄛ一ㄐㄐ ㄋ一ㄥ ㄏ一ㄖㄛㄣㄣㄜㄎㄛㄉㄉㄛ'」{vidyēastān sēDtāgıjj niŋ hırøññøvødto'}經濟與金融學院*

◎=អាស៊ី អឺរ៉ុប「ㄚㄙ一 'ㄜㄖㄛㄅ」{'āsī 'œroB}亞歐-* ◎=អង្គរ「'ㄜㄫ《ㄛ」{'āŋġø}吳哥-*

◎=សៅស៍អ៉ឹសថ៍អេសៀ「ㄙㄠㄙ '一ㄙㄊ 'ㄝㄙㄧ-ㄛ」{sāus 'ıst 'ēsīø}東南亞-*

◎=ចេនឡា「ㄐㄝㄋㄌㄚ」{jēnļā}真臘-*

2. 柬埔寨的經濟特區

　　柬埔寨政府積極支援外國投資者在柬建設經濟特區，並將沿海省份西哈努克省的西港開發成為該國未來最重要的工業區。下面的=處省略了 តំបន់សេដ្ឋកិច្ចពិសេស「ㄉㄜㄇㄅㄛㄣ ㄙㄝㄉㄊㄜㄍㄜ《一ㄐㄐ ㄅ一ㄙㄝㄏ」{daṃBan sēDtāgıjj bisēH}、-處省略了 "經濟特區"。

◎=កោះកុង「《ㄠㄏ《ㄛㄫ」{gaohgoŋ}戈公-

◎=ស្ងួយនេងកោះកុង「ㄙㄨㄜㄑㄝㄫ 《ㄠㄏ《ㄛㄫ」{sūəyqēŋ gaohgoŋ}戈公隋承-

◎ឧកញ៉ាម៉ុងកោះកុង「ㄛ《ㄛㄣㄚㄇㄛㄫ 《ㄠㄏ《ㄛㄫ」{'ogāñāmoŋ gaohgoŋ}戈公奧雅蒙港-

◎=កំពង់ព្រះសីហនុ「《ㄛㄇㄅㄛㄫ ㄅㄖㄝㄏ ㄙㄟㄏㄚㄋㄨ'」{gaṃboŋ breah sāihānu'}西哈努克港-

◎=ក្រុងព្រះសីហនុ「《ㄖㄛㄫ ㄅㄖㄝㄏ ㄙㄟㄏㄚㄋㄨ'」{groŋ breah sāihānu'}西哈努克市- 「西哈努克市柏莊-

◎=ភ្នាល់ត្រាងក្រុងព្រះសីហនុ「ㄆㄋㄛㄚㄌ ㄉㄖㄚㄫ ㄖㄛㄫ ㄅㄖㄝㄏ ㄙㄟㄏㄚㄋㄨ'」{pnoál drāŋ groŋ breah sāihānu'}

◎=ស្ដើងហាវក្រុងព្រះសីហនុ「ㄙㄉㄛㄫㄏㄚㄎ 《ㄖㄛㄫ ㄅㄖㄝㄏ ㄙㄟㄏㄚㄋㄨ'」{sdœŋhāv groŋ breah sāihānu'}西哈

◎=ស្វាយរៀង「ㄙㄎㄚ一ㄖ一ㄜㄫ」{svāyrıēŋ}柴楨- ｜努克市昊河-

◎=តាយសេងបាវិតស្វាយរៀង「ㄉㄚ一ㄙㄝㄫ ㄅㄚㄎ一ㄉㄙㄎㄚ一ㄖ一ㄜㄫ」{dāysēŋ Bāvidsvāyrıēŋ}柴楨泰

◎=ម៉ាន់ហាថាន់ស្វាយរៀង「ㄇㄢ ㄏㄚㄊㄢ ㄙㄎㄚ一ㄖ一ㄜㄫ」{manhātan svāyrıēŋ}柴楨曼哈頓- ｜盛巴越-

◎=ឆាយឆ័យបន្ទាយមានជ័យ「ㄑㄚ一 ㄑㄞ ㄅㄜㄋㄉㄝㄞㄇㄝㄢㄗㄞ」{qāy qay Bāndēay mēanzay}班迭棉吉柴猜-

◎=ដូងឈ្មើភ្នំដិនតាកែវ「ㄉㄨㄜㄫㄐ一-ㄎ ㄆㄋㄡㄇㄉㄣㄉㄚㄍㄚㄝㄎ」{Dūəŋcīv pnoumDındāgāev}茶膠旦山侗齊-

◎=ភ្នំពេញ「ㄆㄋㄡㄇㄅㄝㄣ」{pnoumbēñ}金邊- ◎=កំពត「《ㄛㄇㄅㄛㄉ」{gaṃbød}貢布-

◎=ប៉ាក់សុនកណ្ដាល「ㄅㄚ《 ㄙㄛㄋㄛㄫ 《 ㄋㄉㄚㄌ」{bág sonøg ŋdāl}干丹百順-

附錄

បរិសិដ្ឋ

「ㄅㄛ̤ㄖ˙ㄧ̤ㄙㄧ̤ㄉㄊ」

{BārisıDt}

Appendices

【詞語學習】ការរៀន វាក្យសព្ទ 「ㄍㄚ ㄖ˙ㄧㄜㄋ ㄪㄝㄚㄍㄙㄛ̤ㄅㄉ」 {gārīən vēagsābd}

△ គ្រា 「ㄍㄖ˙ㄝㄚ」 {ġrēa} 時刻

△ អាសន្ន 「ˈㄚㄙㄛ̤ㄋㄋ」 {ʼāsānn} 急，著急，應急

△ ភ្នាក់ងារ 「ㄆㄋㄝㄚㄍㄫㄝㄚ」 {ṗneagŋēa} 機構

△ សង្គ្រោះ 「ㄙㄛ̤ㄫㄍㄖ˙ㄨㄛㄏ」 {sāŋġruoh} 救援

△ បន្ទាន់ 「ㄅㄛ̤ㄋㄉㄛㄢ」 {Bānđoán} 即刻，及時

△ ហៅរក 「ㄏㄠㄖ˙ㄛ̤ㄍ」 {hāurøg} 呼喚，呼叫

△ ជំនួយ 「ㄗㄡㄇㄋㄨㄟ」 {zouṃnūəy} 援助

△ ជីវិត 「ㄗㄧㄪㄧ̤ㄉ」 {zīvɨd} 生命

△ ចោរប្លន់ 「ㄐㄠㄅㄌㄛ̤ㄋ」 {jāoBlɑn} 盜賊

△ ចោរ 「ㄐㄠ」 {jāo} 偷盜

△ តម្រូវការ 「ㄉㄛ̤ㄇㄖ˙ㄨㄪㄍㄚ」 {dāmrūvgā} 需求

△ បង្គន់ 「ㄅㄛ̤ㄫㄍㄛㄋ」 {Bāŋġon} 馬桶

△ បន្ទប់ទឹក 「ㄅㄛ̤ㄋㄉㄨㄅㄉㄨ̤ㄍ」 {BānđuBđwg} 衛浴間

△ ទទួលទានដំណេក 「ㄉㄛ̤ㄉㄨㄜㄌㄉㄝㄢ ㄉㄛ̤ㄇㄋㄝㄍ」 {døđūəldēan Daṃṇēg} 睡覺，就寢

△ មានផ្ទៃពោះ 「ㄇㄝㄢㄆㄉㄟㄅㄨㄛㄏ」 {mēanpđəibuoh} 懷孕，妊娠

△ ញុំា 「ㄏㄚㄇ」 {ñāṃ} 吃(敬語)

△ អស់កម្លាំង 「ˈㄛ̤ㄏㄍㄛ̤ㄇㄌㄤ」 {ʼāHgāmlāŋ} 疲倦

△ ល្មម 「ㄌㄇㄛ̤ㄇ」 {lmøm} 適當地

△ ជង្គង់ 「ㄗㄛ̤ㄫㄍㄛㄫ」 {zøŋġoŋ} 膝關節

△ ហើមអស់ 「ㄏㄚㄜㄇˈㄛ̤ㄏ」 {hāəmʼāH} 腫起來

△ បន្តិច 「ㄅㄛ̤ㄋㄉㄨㄜㄐ」 {BānDūəj} 少

△ ជំងឺរាគរូស 「ㄗㄛㄤㄨ̤ ㄖ˙ㄝㄚㄍ ㄖ˙ㄨㄏ」 {zoaŋẅ rēaġ rūH} 腹瀉症，腹瀉

△ សន្លាក់ 「ㄙㄛ̤ㄋㄌㄚㄍ」 {sānlag} 關節炎

△ បេះដូង 「ㄅㄝ̤ㄏㄉㄛ̤ㄫ」 {BɛhDøŋ} 心臟

△ ដើរមិនស្រួល 「ㄉㄚㄜㄇㄧ̤ㄣㄙㄖ˙ㄨㄜㄌ」 {Dāəmɨn srūəl} 走得不好；疼痛

△ សំណើ 「ㄙㄛ̤ㄇㄋㄚㄜ」 {saṃṇāə} 建議，請求

△ យួរ 「ㄧㄨㄜ」 {yūə} 拎，提住

△ ស្ថានីយ៍ 「ㄙㄊㄚㄋㄧ」 {stānī} 車站，站

△ រថភ្លើង 「ㄖ˙ㄛ̤ㄊ ㄆㄌㄥ」 {røṫ ṗlǝŋ} 火車

△ រ៉ារទេះភ្លើង 「ㄖ˙ㄚㄖ˙ㄛ̤ㄉㄝ̤ㄏㄆㄌㄥ」 {rārøđehṗlǝŋ} 火車，列車

△ ស្ថានទូត 「ㄙㄊㄢㄉㄨㄉ」 {stānđūd} 使館

△ ប្រទេសឡាវ 「ㄅㄛ̤ㄖ˙ㄛ̤ㄉㄝ̤ㄏ ㄌㄚㄪ」 {BārødēH ḷāv} 寮國

△ មន្ទីរពេទ្យ 「ㄇㄛ̤ㄋㄉㄧ ㄅㄝㄉ」 {møndī bēd} 醫院

△ ចំណត 「ㄐㄛ̤ㄇㄋㄛ̤ㄉ」 {jaṃṇād} 停車場

△ ឡានក្រុង 「ㄌㄢㄍㄖ˙ㄛㄫ」 {ḷāngroŋ} 公車，公共汽車

△ សង្គម 「ㄙㄛ̤ㄫㄍㄛ̤ㄇ」 {sāŋġøm} 社會的

△ សំណាងល្អ 「ㄙㄛ̤ㄇㄋㄤ ㄌˈㄛ̤」 {saṃṇāŋ lʼā} 好運

△ ស្រឡាញ់ 「ㄙㄖ˙ㄛ̤ㄌㄚㄏ」 {srāḷañ} 喜歡，愛

△ អរុណ 「ˈㄛ̤ㄖ˙ㄨㄋ」 {ʼāruṇ} 早上

△ សួស្តី 「ㄙㄨㄜㄙㄉㄟ」 {sūəsdəi} 你好

△ ទិវា 「ㄉㄧ̤ㄪㄝㄚ」 {dɨvēa} 日子，一天

△ ថ្ងៃកំណើត 「ㄊㄫㄞㄍㄛ̤ㄇㄋㄚㄜㄉ」 {ṫŋaigaṃṇāəd} 生日

△ បុណ្យណូអែល 「ㄅㄛㄋㄋㄛㄝㄌ」 {Boṇṇōel} 聖誕

△ សួរនាំ 「ㄙㄨㄜㄋㄛㄚㄇ」 {sūənōaṃ} 問，詢問

△ ជើងហោះហើរ 「ㄗㄥㄏㄠㄏㄏㄚㄜ」 {zǝŋhaohhāə} 航班

△ ដោយផ្ទាល់ 「ㄉㄠㄧ ㄆㄉㄛㄚㄌ」 {Dāoy pđoál} 直接的，親自的

△ យ៉ាងដូចម្តេច 「ㄧㄤㄉㄛㄐ ㄇㄉㄝㄐ」 {yāŋDōj mDēj} 怎麼樣

△ ប្រាក់គក់ 「ㄅㄠㄍㄍㄨ」 {Bāoġġug} 洗衣店　　　△ ដូច្នោះ 「ㄉㄛㄋㄐㄣㄠㄏ」 {Dōjnaoh} 因此

△ ដុស 「ㄉㄛㄏ」 {DoH} 拂，刷，擦　　　△ រោទ៍ 「ㄖㄡ」 {rōu} 鈴聲，響鈴

△ សមាជិក 「ㄙㄛㄇㄚㄐㄧㄍ」 {sāmāzig} 成員　　　△ សារ 「ㄙㄚ」 {sā} 消息，資訊

△ សំលេង 「ㄙㄛㄇㄌㄝㄥ」 {saṃlēŋ} 呼聲，聲，音　　　△ ថែម 「ㄉㄧㄝㄉ」 {đīad} 更加，進一步

△ ជា 「ㄗㄝㄚ」 {zēa} 就是，像…一樣　　　△ បំណែក 「ㄅㄛㄇㄋㄝㄍ」 {Baṃṇāeg} 件，張

△ រក 「ㄖㄛㄍ」 {røg} 查找，請求，要求　　　△ សាកល្បង 「ㄙㄚㄍ ㄌㄅㄛㄥ」 {sāg lBāŋ} 試著

△ ក្រដាស 「ㄍㄖㄛㄉㄚㄏ」 {grāDāH} 紙，紙張

△ ទាល់តែសោះ 「ㄉㄛㄚㄌ ㄉㄚㄝㄙㄛㄏ」 {ɗoál dāesaoh} 沒有東西，什麼也不

△ មាស 「ㄇㄝㄚㄏ」 {mēaH} 金，金子　　　△ កណ្ដុរ 「ㄍㄛㄋㄉㄛ」 {gāṇɗo} 老鼠

△ ព្រូស 「ㄅㄖㄨㄏ」 {brūH} 狗叫，吠　　　△ ជញ្ជាំង 「ㄗㄛㄏㄗㄝㄤ」 {zøñzeaŋ} 牆壁

△ ទាល់ច្រក 「ㄉㄛㄚㄌ ㄐㄖㄛㄍ」 {ɗoál jrāg} 突破，打破，逼急

△ ងាក 「ㄫㄝㄚㄍ」 {ŋēag} 突然做某事，突然攻擊　　　△ បិសាចន 「ㄅㄧㄙㄠ」 {bisāoï} 經驗

△ ត្រចៀក 「ㄉㄖㄛㄐㄧㄝㄍ」 {drājīag} 耳朵　　　△ ក្ដាម 「ㄍㄉㄚㄇ」 {gdām} 螃蟹

△ ប្រាជ្ញា 「ㄅㄖㄚㄏㄋㄝㄚ」 {Brāzñēa} 智慧　　　△ ល្អ 「ㄅㄨㄍㄚㄝ」 {būgāe} 優良，頂好

△ រសជាតិ 「ㄖㄛㄏㄗㄝㄚㄉ'」 {røHzēad'} 味道　　　△ ល្វីង 「ㄌㄎㄞㄥ」 {lvīŋ} 苦

△ បញ្ជាក់ 「ㄅㄛㄏㄗㄝㄚㄍ」 {Bāñzeag} 決定，確定　　　△ ខាប់ 「ㄎㄚㄅ」 {káB} 厚實，濃

△ កម្លាំង 「ㄍㄛㄇㄌㄤ」 {gāmlāŋ} 力量　　　△ យោបល់ 「一ㄡㄅㄛㄌ」 {yōuBal} 議論，意見

△ ស្បង់ដីពរ 「ㄙㄅㄤ ㄗㄧㄅㄛ」 {sBaŋ zībø} 僧侶長袍，袈裟

△ លោកសង្ឃ 「ㄌㄡㄍ ㄙㄤㄎ」 {lōug sāŋk} 僧侶　　　△ ដំណក់ 「ㄉㄛㄇㄋㄛㄍ」 {daṃṇag} 滴

△ ស្រក់ 「ㄙㄖㄛㄍ」 {srag} 散出，消散　　　△ សិគ្មា 「ㄙㄛㄍㄊㄇㄚ」 {sœg imā} 岩石

△ ផ្សែង 「ㄆㄙㄚㄝㄥ」 {psāeŋ} 煙霧　　　△ ឈាម 「ㄔㄝㄇ」 {cēam} 血，血液

△ ពិតប្រាកដ 「ㄅㄧㄉ ㄅㄖㄚㄍㄛㄉ」 {bid BrāgāD} 真正的

បឹងទន្លេសាប

「ㄅㄛㄥ ㄉㄛㄋㄌㄝㄙㄚㄅ」

{Bœŋ ɗønlēsāB}

洞里薩湖

Tonle Sap Lake

一、常用應急語句 ពាក្យប្រើប្រាស់ញឹកញាប់ក្នុងគ្រាមានអាសន្ន

「ㄅㄝY《 ㄅ日'Yㄜㄅ日'YΓ Γㄨ《 ΓㄛYㄅ 《ㄋㄛㄫ 《日'ㄝY ㄇㄝㄢ 'Yㄙㄛㄋㄋ」

{bēag BrāəBráH ñwg ñoáB gnoŋ ġrēa mēan 'āsānn}

Daily Use Emergent Sentences

1. 緊急情況 ១ ស្ថានភាពគ្រាមានអាសន្ន 「ㄇㄨㄟ ㄙㄊㄢㄆㄝYㄅ 《日'ㄝY ㄇㄝㄢ 'Yㄙㄛㄋㄋ」 {mūəy stānṗēab ġrēa mēan 'āsānn}

សូមហៅទូរស័ព្ទទៅកាន់ភ្នាក់ងារសង្គ្រោះបន្ទាន់ ។ 「ㄙㄛㄇ Γㄠ ㄉㄨ日'ㄛㄙYㄅㄉ ㄉㄜㄨ《ㄢ ㄆㄋㄝY《ㄫㄝY ㄙㄛㄫ《日'ㄨㄛΓ ㄅㄛㄋㄉㄛㄢ.」 {sōm hāu dūrøsabd dəugan ṗneagŋēa sāŋġruoh Bāndoán.} 請撥打緊急電話。

សូមទូរស័ព្ទ .... 「ㄙㄛㄇ ㄉㄨ日'ㄛㄙYㄅㄉ」 {sōm dūrøsabd} 請叫…。

- គ្រូពេទ្យ 「《日'ㄨㄅㄝㄉ」 {ġrūbēd} 醫生
- ប៉ូលិស 「ㄅㄛㄌ一Γ」 {bōlīH} 員警(法語：police)

2. 緊急呼喚 ២ ការហៅរកជំនួយសង្គ្រោះបន្ទាន់ 「ㄅ一 《Y Γㄠ日'ㄛ《 ㄗㄡㄇㄋㄨㄟ ㄙㄛㄫ《日'ㄨㄛΓ ㄅㄛㄋㄉㄛㄢ」 {bī gā hāurøg zoumnūəy sāŋġruoh Bāndoán}

ជួយផង！「ㄗㄨㄟ ㄆㄛㄫ!」 {zūəy pāŋ!} 救命啊！

ជួយជីវិតខ្ញុំផង！「ㄗㄨㄟ ㄗ一ㄞ一ㄉ ㄎΓㄛㄇ ㄆㄛㄫ!」 {zūəy zīvɨd kñoṃ pāŋ!} 救救我吧！

មានចោរប្លន់！「ㄇㄝㄢ ㄐㄠㄅㄌㄛㄋ!」 {mēan jāoBlɑn!} 有人搶劫！

រត់ឱ្យលឿន！「日'ㄨㄉ 'ㄠ一 ㄌㄨㄜㄋ!」 {rud 'āōy lw̄ən!} 快跑！

មានភ្លើងឆេះហើយ！「ㄇㄝㄢ ㄆㄌㄥ ㄑㄝΓ ΓYㄟ!」 {mēan ṗlāŋ qɛh hāəy!} 起火了！

ឈប់！「ㄘㄨㄅ!」 {cuB!} 站住！

សុំទោស！「ㄙㄛㄇㄉㄡΓ!」 {somdōuH!} 對不起！

មានចោរ！「ㄇㄝㄢ ㄐㄠ!」 {mēan jāo!} 有小偷！

3. 需要 ៣ តម្រូវការ 「ㄅㄟ ㄉㄛㄇ日'ㄨㄞ《Y」 {Bōi dāmrūvgā}

ខ្ញុំចង់ .... / ខ្ញុំចង់បាន ... ។ 「ㄎΓㄛㄇ ㄐㄛㄫ / ㄎΓㄛㄇ ㄐㄛㄫㄅㄢ」 {kñoṃ jaŋ / kñoṃ jaŋBān} 我想…。/我要…。

- មើលបន្តិច 「ㄇㄜㄉ ㄅㄛㄋㄉ一ㄐ」 {məl BānDɪj} 看一看
- ចុះពី ឡាន / រថយន្ត 「ㄐㄛΓ ㄅ一 ㄌㄢ / 日'ㄛㄊ一ㄛㄋㄉ」 {joh bī ḷān / røtyønd} 下車
- តាក់ស៊ី 「ㄉY《ㄙ一」 {dágsī} 計程車
- ហូបបាយ 「Γㄛㄅ ㄅY一」 {hōB Bāy} 吃飯
- ហៅទូរស័ព្ទ 「Γㄠ ㄉㄨ日'ㄛㄙYㄅㄉ」 {hāu dūrøsabd} 打個電話
- ផឹកទឹក 「ㄆㄛ《 ㄉㄨ《」 {pœg dwg} 喝水
- ជួលរថយន្ត 「ㄗㄨㄜㄉ 日'ㄛㄊ一ㄛㄋㄉ」 {zūəl røtyønd} 租賃車輛
- ចូលបង្គន់/ទៅបន្ទប់ទឹក 「ㄐㄛㄉ ㄅㄛㄫ《ㄛㄋ / ㄉㄜㄨ ㄅㄛㄋㄉㄨㄅㄉㄨ《」 {jōl Bāŋġon / dəu BānduBdwg} 上廁所
- មគ្គុទេសក៍ទេសចរណ៍ 「ㄇㄛ《《ㄨ' ㄉㄝㄙㄛ《 ㄉㄝㄙㄛㄐㄛ」 {møġġu' dēsāg dēsājā} 導遊
- សម្រាក 「ㄙㄛㄇ日'Y《」 {sāmrag} 休息

ខ្ញុំចង់ ... ហើយ ។ 「ㄎΓㄛㄇ ㄐㄛㄫ... ΓYㄟ.」 {kñoṃ jaŋ... hāəy.} 我要…了。

- ត្រឡប់ទៅវិញ 「ㄉ日'ㄛㄉㄛㄅㄉㄜㄨㄞ一Γ」 {drāḷaBdəuviñ} 回去

- ដេក/គេង/ទន្ទូលទានដំណេក 「ㄉㄝㄍˋ / ㄍㄝㄫ / ㄉㄛㄉㄨㄜㄌㄉㄢㄉㄚㄫㄝㄍˋ」 {Dēg / ġēŋ / dødūəldēanDaṃṇēg}
睡覺

លែងចង់ ... ហើយ ។ 「ㄌㄥ ㄐㄛㄫ... ㄏㄚㄟ.」 {lēŋ jaŋ... hāəy.} 不想…了。

- ហូប/ញ៉ាំ 「ㄏㄛㄅ / ㄏㄚㄇ」 {hōB / ñāṃ} 吃
- ផឹក/ញ៉ាំ 「ㄆㄛㄍˊ / ㄏㄚㄇ」 {pœg / ñāṃ} 喝

---

4. 陳述自己的情況 ៤ ការពណ៌នាពីស្ថានភាពរបស់ខ្លួន 「ㄅㄨㄜㄣ ㄍㄚ ㄅㄛㄋㄣㄝㄚ ㄅㄧ- ㄙㄊㄢㄆㄝㄚㄅ ㄖㄛㄅㄛㄏ ㄎㄌㄨㄜㄋ」 {Būən gā boṇṇēa bī stānṗēab røBɑH klūən}

ខ្ញុំមានផ្ទៃពោះហើយ ។ 「ㄎㄇㄛㄇ ㄇㄝㄢㄆㄉㄞㄅㄨㄛㄏ ㄏㄚㄟ.」 {kñoṃ mēanpḍaibuoh hāəy.} 我懷孕了。

ខ្ញុំក្អក ។ 「ㄎㄇㄛㄇ ㄍˊㄛㄍˋ.」 {kñoṃ g'āg.} 我咳嗽。

ជើងរបស់ខ្ញុំឈឺហើយ ។ 「ㄗㄥ ㄖㄛㄅㄛㄏ ㄎㄇㄛㄇ ㄔㄨ ㄏㄚㄟ.」 {zōŋ røBɑH kñoṃ cw̄ hāəy.} 我的腿酸了。

ខ្ញុំឈឺក្បាល ។ 「ㄎㄇㄛㄇ ㄔㄨㄍㄅㄚㄌ.」 {kñoṃ cw̄gBāl.} 我頭疼。

ខ្ញុំចង់កាត់សក់ ។ 「ㄎㄇㄛㄇ ㄐㄛㄫ ㄍㄚㄉㄙㄛㄍˋ.」 {kñoṃ jaŋ gádsag.} 我想剪頭髮。

ខ្ញុំមានអារម្មណ៍អស់កម្លាំងហើយ ។ 「ㄎㄇㄛㄇ ㄇㄝㄢ ’ㄚㄖㄛㄇㄇ ’ㄛㄏ ㄍㄛㄇㄌㄤ ㄏㄚㄟ.」 {kñoṃ mēan 'ārømm 'āH gāmlāŋ hāəy.} 我覺得累了。

ខ្ញុំឆ្អែតហើយ ។ / ខ្ញុំហូបឆ្អែតហើយ ។ 「ㄎㄇㄛㄇ ㄌㄇㄛㄇ ㄏㄚㄟ. / ㄎㄇㄛㄇ ㄏㄛㄅ ㄑˊㄚㄝㄉ ㄏㄚㄟ.」 {kñoṃ lmøm hāəy. / kñoṃ hōB q'āed hāəy.} 我夠了。/我吃飽了。

ជង្គង់របស់ខ្ញុំហើមអស់ហើយ ។ 「ㄗㄛㄫㄍㄛㄫ ㄖㄛㄅㄛㄏ ㄎㄇㄛㄇ ㄏㄚㄜㄇ’ㄛㄏ ㄏㄚㄟ.」 {zøŋgoŋ røBɑH kñoṃ hāəm'āH hāəy.} 我的膝蓋都腫了。

ខ្ញុំមិនយល់ទេ ។ 「ㄎㄇㄛㄇ ㄇㄧㄣ ㄧㄨㄌ ㄉㄝ.」 {kñoṃ min yul dē.} 我不懂。

ចេះនិយាយបន្តិចបន្តួច ។ 「ㄐㄝㄋㄧㄝㄚ ㄅㄛㄋㄉㄧ-ㄐ ㄅㄛㄋㄉㄨㄜㄐ.」 {jeniyēay BānDɪj BānDūəj.} 會說一點。

ខ្ញុំក្ដៅខ្លួន ។ 「ㄎㄇㄛㄇ ㄍㄉㄠ ㄎㄌㄨㄜㄋ.」 {kñoṃ gdāu klūən.} 我發燒。

ខ្ញុំមានអារម្មណ៍ថាហើម ។ 「ㄎㄇㄛㄇ ㄇㄝㄢ ’ㄚㄖㄛㄇㄇ ㄊㄚ ㄏㄚㄜㄇ.」 {kñoṃ mēan 'ārømm tā hāəm.} 我感到腫脹。

ខ្ញុំឈឺពោះ ។ 「ㄎㄇㄛㄇ ㄔㄨㄅㄨㄛㄏ.」 {kñoṃ cw̄buoh.} 我肚子疼。

ខ្ញុំមានជំងឺរាករួស ។ 「ㄎㄇㄛㄇ ㄇㄝㄢ ㄗㄛㄨㄫ ㄖㄝㄚㄍˊ ㄖㄨㄏ.」 {kñoṃ mēan zoaŋw̄ rēaġ rūH.} 我腹瀉。

សន្លាក់របស់ខ្ញុំហើមអស់ហើយ ។ 「ㄙㄛㄋㄌㄚㄍˋ ㄖㄛㄅㄛㄏ ㄎㄇㄛㄇ ㄏㄚㄜㄇ ’ㄛㄏㄏㄚㄟ.」 {sānlāg røBɑH kñoṃ hāəm 'āHhāəy.} 我的關節都腫了。

ខ្ញុំក្អួត ។ 「ㄎㄇㄛㄇ ㄍˊㄨㄜㄉ.」 {kñoṃ g'ūəd.} 我嘔吐。

បេះដូងរបស់ខ្ញុំដើរមិនស្រួលសោះ ! 「ㄅㄝㄏㄉㄛㄫ ㄖㄛㄅㄛㄏ ㄎㄇㄛㄇ ㄉㄚㄜ ㄇㄧㄣ ㄙㄖㄨㄜㄌ ㄙㄠㄏ!」 {BɛhDøŋ røBɑH kñoṃ Dāə min srūəl saoh!} 我的心臟不舒服！

---

5. 請求 ៥ សំណើ 「ㄅㄖㄚㄇ ㄙㄛㄇㄋㄚㄜ」 {Brāṃ saṃṇāə}

សូមជួយខ្ញុំបន្តិច ។ 「ㄙㄛㄇ ㄗㄨㄟ ㄎㄇㄛㄇ ㄅㄛㄣㄉㄧ-ㄐ.」 {sōm zūəy kñoṃ BānDɪj.} 請幫我一下。

សូមនិយាយម្ដងទៀត ។ 「ㄙㄛㄇ ㄋㄟㄝㄢ ㄇㄉㄛㄫ ㄉㄧ-ㄜㄉ.」 {sōm niyēay mdāŋ dīəd.} 請再說一次。

សូមនិយាយយឺតៗ ។ 「ㄙㄛㄇ ㄋㄟㄝㄢ ㄧㄨㄉ ㄧㄨㄉ.」 {sōm niyēay yw̄d yw̄d.} 請慢慢說。

សូមសរសេរ ។ 「ㄙㄛㄇ ㄙㄛㄙㄝ.」 {sōm sāsē.} 請寫下來。

ជួយប្រាប់ផ្លូវខ្ញុំបន្តិច ។ 「ㄗㄨㄟ ㄅㄖㄚㄅ ㄆㄌㄛㄨ ㄎㄇㄛㄇ ㄅㄛㄣㄉㄧ-ㄐ.」 {zūəy BráB plöv kñoṃ BānDɪj.} 幫我指引一下路。

សូមជួយយួរខ្ញុំបន្តិច ។ 「ㄙㄛㄇ ㄗㄨㄟ ㄧㄨㄜ ㄎㄇㄛㄇ ㄅㄛㄣㄉㄧ-ㄐ.」 {sōm zūəy yūə kñoṃ BānDɪj.} 請幫我拎一下。

សូមនាំខ្ញុំទៅកាន់ .... 「ㄙㄛㄇ ㄋㄛㄚㄇ ㄎㄇㄛㄇ ㄉㄛㄨㄍˋㄢ」 {sōm nōam kñoṃ dōugan} 請把我送到…。

- ភោជនីយដ្ឋាន 「ㄆㄡㄗㄋㄧ-ㄧㄛㄉㄊㄢ」 {pōuznīyøDtān} 餐廳

• កំពង់ផែ 「ㄍㄛ̤ㄇㄅㄛㄫㄆㄚㄝ」 {gaṃboŋpāe} 港口
• គ្លីនិក 「ㄍㄌ一ㄋ一̤ㄍ」 {ġlīnɨg} 診所(clinic)
• ស្ថានីយ៍ រថភ្លើង/រ៉ារទេះភ្លើង 「ㄙㄊㄚㄋ一 ㄖ'ㄛ̤ㄊ ㄆㄌㄥ/ㄖ'ㄚㄖ'ㄛ̤ㄌㄝ̤ㄏㄆㄌㄥ」{stānī røṫ ṗlǝŋ/rārødɛhṗlǝŋ} 火車站
• ព្រលានយន្តហោះ 「ㄅㄖ'ㄛ̤ㄌㄝㄢ 一ㄛ̤ㄋㄉㄏㄠㄏ」 {brølēan yøndhaoh} 飛機場
• ស្ថានទូតប្រទេសឡាវ 「ㄙㄊㄢㄉㄨㄉ ㄅㄛ̤ㄖ'ㄛ̤ㄉㄝ̤ㄏ ㄌㄚㄪ」 {stāndūd BārødēH ḷāv} 寮國大使館
• មន្ទីរពេទ្យដែលនៅជិតបំផុត 「ㄇㄛ̤ㄋㄉ一 ㄅㄝㄉ ㄉㄚㄝㄌ ㄋㄜㄨ ㄗ一̤ㄉ ㄅㄛ̤ㄇㄆㄛㄉ」 {møndī bēd Dāel nāu zɨd Baṃpod} 最近的醫院
• ស្ថានីយ៍រថយន្តក្រុង/ចំណតឡានក្រុង 「ㄙㄊㄚ ㄋ一一 ㄖ'ㄛ̤ㄊ 一ㄛ̤ㄋㄉ ㄍㄖ'ㄛㄫ / ㄐㄛ̤ㄇㄋㄛ̤ㄉ ㄌㄢㄍㄖ'ㄛㄫ」 {stā nīy røṫ yønD groŋ / jaṃṇād ḷāngroŋ} 長途汽車站

6. 交際用語 ៦ ពាក្យប្រើក្នុងទំនាក់ទំនងសង្គម 「ㄅㄖ'ㄚㄇㄇㄨㄟ ㄅㄝㄚㄍ ㄅㄖ'ㄚㄜ ㄍㄋㄛㄫ ㄉㄡㄇㄋㄝㄚㄍㄉㄡㄇㄋ ㄛ̤ㄫ ㄙㄛ̤ㄫㄍㄛ̤ㄇ」 {Brāṃmūǝy bēag Brāǝ gnoŋ ḋouṃneagḋouṃnøŋ sāŋġøm}

ជូនពរឱ្យអ្នកមានសំណាងល្អ！「ㄗㄨㄋㄅㄛ̤ 'ㄠ一 ㄋㄝㄚㄍ ㄇㄝㄢ ㄙㄛ̤ㄇㄋㄤ ㄌ'ㄛ̤!」 {zūnbø'āōy nēag mēan saṃṇāŋ l'ā!} 祝你好運！
លើកកែវឡើង！「ㄌㄜㄍ ㄍㄚㄝㄪ ㄌㄚㄜㄫ!」 {lǝ̄g gāev ḷāǝŋ!} 乾杯！
ខ្ញុំស្រឡាញ់អ្នក！「ㄎㄏㄛㄇ ㄙㄖ'ㄛ̤ㄌㄚㄏ ㄋㄝㄚㄍ!」 {kñoṃ srāḷañ nēag!} 我愛你！
រីករាយថ្ងៃខួបកំណើត！「ㄖ'一ㄍㄖ'ㄝㄞ ㄊㄫㄞㄎㄨㄜㄅㄍㄛ̤ㄇㄋㄚㄜㄉ!」 {rīgrēay ṫŋaikūǝBgaṃṇāǝd!} 祝你生日快樂！
យើងគឺជាមិត្តភក្តិនឹងគ្នា។ 「一ㄥ ㄍㄨ̤ㄗㄝㄚ ㄇ一̤ㄉㄉ ㄆㄝㄚㄍㄉ ㄋㄨ̤ㄫㄍㄋㄝㄚ.」 {yǝ̄ŋ ġw̄zēa mɨdd ṗeagd nwŋġnēa.} 我們是朋友。
អរុណសួស្តី！「'ㄛ̤ㄖ'ㄨㄋ ㄙㄨㄜㄙㄉㄟ!」 {'āruṇ sūǝsdǝi!} 早安！
ទិវាសួស្តី！「ㄉ一̤ㄪㄝㄚ ㄙㄨㄜㄙㄉㄞ!」 {ḋivēa sūǝsDǝi!} 午安！
រាត្រីសួស្តី！「ㄖ'ㄝㄚㄉㄖ'ㄟㄙㄨㄜㄙㄉㄞ!」 {rēadrǝisūǝsDǝi!} 晚安！
អត់បញ្ហាទេ។ 「'ㄛ̤ㄉ ㄅㄛ̤ㄏㄛ̤ㄏㄚ ㄉㄝ.」 {'ād Bāñøhā dē.} 沒問題。
រីករាយថ្ងៃកំណើត！「ㄖ'一ㄍㄖ'ㄝㄞ ㄊㄫㄞㄍㄛ̤ㄇㄋㄚㄜㄉ!」 {rīgrēay ṫŋaigaṃṇāǝd!} 生日快樂！
រីករាយថ្ងៃបុណ្យណូអែល！「ㄖ'一ㄍㄖ'ㄝㄞ ㄊㄫㄞ ㄅㄛㄋㄋㄛㄝㄌ!」 {rīgrēay ṫŋai Boṇṇōel!} 聖誕快樂！
សួស្តីឆ្នាំថ្មី！「ㄙㄨㄜㄙㄉㄟ ㄑㄋㄚㄇ ㄊㄇㄟ!」 {sūǝsdǝi qnāṃ ṫmǝi!} 新年快樂！

7. 詢問 ៧ ការសួរនាំ 「ㄅㄖ'ㄚㄇㄅ一 ㄍㄚ ㄙㄨㄜㄋㄛㄚㄇ」 {Brāṃbī gā sūǝnōaṃ}

លេខទូរស័ព្ទរបស់អ្នកប៉ុន្មាន？「ㄌㄝㄎ ㄉㄨㄖ'ㄛ̤ㄙㄚㄅㄉ ㄖ'ㄛ̤ㄅㄛ̤ㄏ ㄋㄝㄚㄍ ㄅㄛㄋㄇㄢ?」 {lēk ḋūrøsabḋ røBaH nēag bonmān?} 你的電話號碼是多少？
អាចមកយករូបថតបាននៅពេលណា？「'ㄚㄐ ㄇㄛ̤ㄍ 一ㄛ̤ㄍ ㄖ'ㄨㄅㄊㄛ̤ㄉ ㄅㄢ ㄋㄜㄨ ㄅㄝㄌ ㄋㄚ?」 {'āj møg yøg rūBṫād Bān nāu bēl ṇā?} 照片什麼時候可以取回？
តើអ្នកចេះនិយាយភាសាចិនឬទេ？「ㄉㄚㄜ ㄋㄝㄚㄍ ㄐㄝ̤ㄋㄟㄝㄞ ㄆㄝㄚㄙㄚ ㄐ一̤ㄣ ㄖ'ㄨ̤ㄉㄝ?」 {dāǝ nēag jɛniyēay ṗeasā jɪn rw̄dē?} 你會說中文嗎？
ឡានក្រុងនេះបើកចេញនៅពេលណា？「ㄌㄢㄍㄖ'ㄛㄫ ㄋ一ㄏ ㄅㄚㄜㄍ ㄐㄝㄏ ㄋㄜㄨ ㄅㄝㄌ ㄋㄚ?」 {ḷāngroŋ nih Bāǝg jēñ nāu bēl ṇā?} 公共汽車什麼時候開？
តើខ្ញុំអាចទិញសំបុត្រនៅទីណា？「ㄉㄚㄜ ㄎㄏㄛㄇ 'ㄚㄐ ㄉ一̤ㄏ ㄙㄛ̤ㄇㄅㄛㄉ ㄋㄜㄨ ㄉ一ㄣㄚ?」 {dāǝ kñoṃ 'āj ḋiñ saṃBod nāu ḋīṇā?} 我在哪裡可以買到票？
នៅទីនេះ តើមាន ជើងហោះហើរ ដោយផ្ទាល់ ភ្នំពេញ ថៃប៉ិ ឬទេ？「ㄋㄜㄨㄉ一ㄣ一ㄏ ㄉㄚㄜㄇㄝㄢ ㄗㄥㄏㄠㄏㄏㄚ ㄜ ㄉㄠ一 ㄆㄉㄛㄚㄌ ㄆㄋㄡㄇㄅㄝㄏ ㄊㄞ一ㄅㄟ ㄖ'ㄨ̤ㄉㄝ?」 {nǝuḋīnih dāǝmēan zǝ̄ŋhaohhāǝ Dāoy pḋoál ṗnouṃbēñ ṫāybǝi rw̄dē}? 這裡有金邊臺北直達航班嗎?

យន្តហោះនឹងហោះមកដល់នៅពេលណា？「ㄧㄛ̣ㄋㄉㄏㄠㄏ ㄋㄨ̣ㄫ ㄏㄠㄏ ㄇㄛ̣《ㄉ̣ㄛ̣ㄌ ㄋㄜㄨ ㄅㄝㄌ ㄋY?」 {yøndhaoh nwŋ haoh møgDɑl nōu bēl ṇā?} 飛機什麼時候到達？

ម៉ោងប៉ុន្មានហើយ？「ㄇㄠㄫ ㄅㄛㄋㄇㄢ ㄏYㄟ?」 {māoŋ bonmān hāəy?} 幾點鐘了？

តើអ្នកអាចនិយាយភាសាអង់គ្លេសបានទេ？「ㄉYㄜ ㄋㄝY《 'Yㄐ ㄋㄟㄝㄞ ㄆㄝYㄙY 'ㄛ̣ㄫ《ㄌㄝㄏ ㄅㄢ ㄉㄝ?」 {dāə nēag 'āj nɨyēay ṗēasā 'ăŋġlēH Bān đē?} 您能夠說英語嗎？

តើបន្ទប់ទឹកនៅទីណា？「ㄉYㄜ ㄅㄛ̣ㄋㄉㄨㄅㄉㄨ̣《 ㄋㄜㄨ ㄉㄧㄣY?」 {dāə BānđuBđwg nōu đīṇā?} 廁所在哪裡？

តើស្ថានភាពដូចម្ដេច？「ㄉYㄜ ㄙㄊㄢㄆㄝYㄅ ㄉ̣ㄛㄐㄇㄉㄝㄐ?」 {dāə stānṗēab Dōjmdēj?} 情況如何？

តើទៅទីនោះយ៉ាងដូចម្ដេច？「ㄉYㄜ ㄉㄜㄨ ㄉㄧㄣㄨㄏ ㄧㄤㄉ̣ㄛㄐ ㄇㄉ̣ㄝㄐ?」 {dāə đōu đīnuh yāŋDōj mDēj?} 怎麼去那裡？

ថ្លៃប៉ុន្មាន？「ㄊㄌㄞ ㄅㄛㄋㄇㄢ?」 {tlai bonmān?} 多少錢？

មួយណា？「ㄇㄨㄟ ㄋY?」 {mūəy ṇā?} 哪一個？

ហេតុអ្វីហ្នុំ？「ㄏㄝㄉ'ㄛ̣ㄞㄟ ㄋㄛ̣?」 {hēd'ɑvāi nɑ?} 為什麼呢？

យ៉ាងម៉េចហើយ？「ㄧㄤㄇㄝㄐ ㄏYㄟ?」 {yāŋmēj hāəy?} 怎麼了？

គឺដូច្នោះមែនទេ？「《ㄨ̣ ㄉ̣ㄛㄐㄋㄠㄏ ㄇㄣㄉㄝ?」 {ġẇ Dōjnaoh mēndē?} 是那樣嗎？

អាចបោកគក់សម្លៀកបំពាក់បានទេ？「'Yㄐ ㄅ̣ㄠ《《ㄨ《 ㄙㄛ̣ㄇㄌㄧㄜ《 ㄅ̣ㄛ̣ㄇㄅㄝY《 ㄅ̣ㄢ ㄉㄝ?」 {'āj Bāoġġug sāmlīəg Bɑṃbeag Bān đē?} 可以洗衣服嗎？

... នៅកន្លែងណា？「ㄋㄜㄨ 《ㄛ̣ㄋㄌㄥ ㄋY?」 {nōu gānlēŋ ṇā?} …在哪個位置？

- ស្ថានទូតកម្ពុជា 「ㄙㄊㄢㄉㄨㄉ 《ㄛ̣ㄇㄅㄨㄗㄝY」 {stānđūd gāmbuzēa} 柬埔寨大使館
- អង្គរវត្ត 「'ㄛ̣ㄫ《ㄛ̣ㄞㄛ̣ㄉㄉ」 {'āŋġø vødd} 吳哥窟
- ជួរភ្នំក្រវាញ 「ㄗㄨㄜ ㄆㄋㄡㄇ《ㄖ'ㄛ̣ㄞㄝYㄏ」 {zūə ṗnouṃgrāvēañ} 豆蔻山
- បន្ទប់ទឹក 「ㄅ̣ㄛ̣ㄋㄉㄨㄅ̣ㄉㄨ̣《」 {BānđuBđwg} 廁所
- កំពង់ 「《ㄛ̣ㄇㄅㄛㄫ」 {gaṃboŋ} 港口
- ចំណតរថយន្តក្រុង 「ㄐㄛ̣ㄇㄋㄛ̣ㄉ ㄖ'ㄛ̣ㄊㄧㄛ̣ㄋㄉ 《ㄖ'ㄛㄫ」 {jaṃṇād røṭyønd groŋ} 公車站
- ព្រលានយន្តហោះ 「ㄅㄖ'ㄛ̣ㄌㄝㄢ ㄧㄛ̣ㄋㄉㄏㄠㄏ」 {brølēan yøndhaoh} 飛機場
- ស្ថានីយ៍រថភ្លើង 「ㄙㄊYㄋㄧ ㄖ'ㄛ̣ㄊㄆㄌㄥ」 {stānī røṭṗlən} 火車站

តើកន្លែងណាមាន ...？「ㄉYㄜ 《ㄛ̣ㄋㄌㄥ ㄋY ㄇㄝㄢ...?」 {dāə gānlēŋ ṇā mēan...?} 哪裡有…？

- ផ្ទះសំណាក់ 「ㄆㄉㄝㄜㄏㄙㄛ̣ㄇㄋY《」 {pđeəhsaṃṇág} 民宿，家庭式旅館
- សណ្ឋាគារ 「ㄙㄛ̣ㄋㄊY《ㄝY」 {sāṇṭāġea} 旅館
- បង្គន់/បន្ទប់ទឹក 「ㄅ̣ㄛ̣ㄫ《ㄛㄋ / ㄅ̣ㄛ̣ㄋㄉㄨㄅ̣ㄉㄨ̣《」 {Bāŋġon / BānđuBđwg} 洗手間

តើមាន ... ឬទេ？「ㄉYㄜ ㄇㄝㄢ... ㄖ'ㄨ̣ㄉㄝ?」 {dāə mēan... rẇdē?} 有沒有…？

- សាប៊ូដុសខ្លួន 「ㄙYㄅ̣ㄨ ㄉ̣ㄛㄏ ㄎㄌㄨㄜㄋ」 {sāBū DoH klūən} 肥皂，沐浴乳
- ឈើចាក់ធ្មេញ 「ㄘㄜㄐY《ㄊㄇㄝㄏ」 {cəjágťmēñ} 牙籤
- ពិល 「ㄅㄧ̣ㄌ」 {biɫ} 手電筒(法語：pile)
- ទៀន 「ㄉㄧㄜㄋ」 {dīən} 蠟燭
- ឈើគូស 「ㄘㄜ《ㄨㄏ」 {cəġūH} 火柴
- ញញួរ 「ㄏㄛ̣ㄏㄨㄜ」 {ñøñūə} 錘子
- តួណីវីស 「ㄉㄨㄜ ㄋㄛ̣ ㄞㄧㄙ」 {dūə ṇœ vīs} 螺絲起子(法語：tournevis)

二、常用電話詞語 ពាក្យប្រើប្រាស់ញឹកញាប់ក្នុងការនិយាយទូរស័ព្ទ

「ㄅㄝㄚㄍ ㄅ̣ㄖ'ㄚㄜㄅ̣ㄖ'ㄚㄏ ㄏ̣ㄨ̣ㄍ ㄏ̣ㄛㄚㄅ̣ ㄍㄋㄛㄫ ㄍㄚ ㄋㄟㄝㄞ ㄉㄨㄖ'ㄛ̣ㄙㄚㄅㄉ」

{bēag BrāəBráH ñwg ñoáB gnoŋ gā nɨyēay ďūrøsabď}

Daily Use Telephone Words

ទូរស័ព្ទរបស់អ្នករោទ៍ហើយ ។「ㄉㄨㄖ'ㄛ̣ㄙㄚㄅㄉ ㄖ'ㄛ̣ㄅ̣ㄛ̣ㄏ ㄋㄝㄚㄍ ㄖ'ㄡ ㄏㄚㄟ.」{ďūrøsabď røBɑH nēag rōu hāəy.} 你電話響了。

ចាំមួយភ្លែត ។「ㄐㄚㄇ ㄇㄨㄟ ㄆㄌㄝ̣ㄉ.」{jāṃ mūəy ṗlɛ̄d.} 稍等一會。

សាកថ្ម「ㄙㄚㄍ ㄊㄇㄛ̣」{sāg ṫmɑ} 電池充電器

រវល់「ㄖ'ㄛ̣ㄪㄨㄌ」{røvul} 占線；忙

ទូរស័ព្ទលើតុ「ㄉㄨㄖ'ㄛ̣ㄙㄚㄅㄉ ㄌㄜ ㄉㄛ'」{ďūrøsabď lə̄ do'} 座機

គ្មានមនុស្សលើកទូរស័ព្ទ ។「ㄍㄇㄝㄢ ㄇㄛ̣ㄋㄨㄙㄙ ㄌㄜㄍ ㄉㄨㄖ'ㄛ̣ㄙㄚㄅㄉ.」{ġmēan mønuss lə̄g ďūrøsabď.} 無人接聽。

តើអ្នករកនរណា ?「ㄉㄚㄜ ㄋㄝㄚㄍ ㄖ'ㄛ̣ㄍ ㄋㄛ̣ㄋㄚ?」{dāə nēag røg nøṇā?} 你找誰？

គឺជាខ្ញុំ ។「ㄍㄨ̣ ㄗㄝㄚ ㄎㄏ̣ㄛㄇ.」{ġw̄ zēa kñoṃ.} 就是我。

ត្រូវបាននិយាយ ។「ㄉㄖ'ㄛㄪ ㄅ̣ㄢ ㄋㄟㄝㄞ.」{drōv Bān nɨyēay.} 我就是。(正在說話。)

លឿនឡើង ។「ㄌㄨ̣ㄜㄋ ㄌㄚㄜㄫ.」{lw̄ən ḷāəŋ.} 快點。

នៅទេ ?「ㄋㄜㄨ ㄉㄝ?」{nəu ďē?} 在嗎？

សូមអ្នកនិយាយម្តងទៀត ។「ㄙㄛㄇ ㄋㄝㄚㄍ ㄋㄟㄝㄞ ㄇㄉㄛ̣ㄫㄉㄧㄜㄉ.」{sōm nēag nɨyēay mdāŋďīəd.} 請你再說一遍。

គាត់មិននៅទេ ។「ㄍㄛㄚㄉ ㄇㄧ̣ㄣ ㄋㄜㄨ ㄉㄝ.」{ġoád mɨn nəu ďē.} 他不在。

ឌុយ「ㄉ̣ㄨㄧ」{Ḍuy} 充電器；插頭

ផ្ញើសារ「ㄆㄏ̣ㄚㄜㄙㄚ」{pñāəsā} 簡訊

សារសំលេង「ㄙㄚ ㄙㄛ̣ㄇㄌㄝㄫ」{sā sɑṃlēŋ} 語音留言

ជាថ្មីម្តងទៀតបានទេ?「ㄗㄝㄚ ㄊㄇㄟ ㄇㄉㄛ̣ㄫ ㄉㄧㄜㄉ ㄅ̣ㄢ ㄉㄝ ?」{zēa ṫməi mdāŋ ďīəd Bān ďē ?} 再說一次好嗎？

ចាំបន្តិច ។「ㄐㄚㄇ ㄅ̣ㄛ̣ㄋㄉㄧ̣ㄐ」{jāṃ Bāndɪj} 別掛線。/等一下。

សូមឱ្យខ្ញុំបានរកឃើញបំណែកក្រដាសមួយដើម្បីសរសេរវាចុះ ។「ㄙㄛㄇ'ㄠㄧ ㄎㄏ̣ㄛㄇ ㄅ̣ㄢ ㄖ'ㄛ̣ㄍ ㄎㄜㄏ̣ ㄅ̣ㄛ̣ㄇㄋㄚㄝ ㄍ ㄍㄖ'ㄛ̣ㄉ̣ㄚㄏ ㄇㄨㄟ ㄉ̣ㄚㄜㄇㄅ̣ㄟ ㄙㄛ̣ㄙㄝ ㄪㄝㄚ ㄐㄛㄏ.」{sōm 'āōy kñoṃ Bān røg ķə̄ñ Bɑṃṇāeg grāDāH mūəy DāəmBəi sāsē vēa joh.} 讓我找張紙寫下來。

សូមប្រាប់ខ្ញុំលេខវីឆាត(WeChat)របស់អ្នក ។「ㄙㄛㄇ ㄅ̣ㄖ'ㄚㄅ̣ ㄎㄏ̣ㄛㄇ ㄌㄝㄎ ㄪㄧㄑㄚㄊ ㄖ'ㄛ̣ㄅ̣ㄛ̣ㄏ ㄋㄝㄚㄍ.」{sōm BráB kñoṃ lēk vīqāẗ røBɑH nēag.} 請告訴我你的微信號吧。

សូមឱ្យយើងបាននិយាយតាមវីឆាត ។「ㄙㄛㄇ'ㄠㄧ ㄧㄥ ㄅ̣ㄢ ㄋㄧ̣ㄧㄝㄞ ㄉㄚㄇ ㄪㄧㄑㄚㄊ.」{sōm 'āōy yə̄ŋ Bān nɨyēay dām vīqāẗ.} 讓我們用微信通話吧。

三、家庭成員 សមាជិកគ្រួសារ

「ㄙㄛ̤ㄇㄝㄚㄗ一̤ㄍ ㄍㄖ'ㄨㄜㄙㄚ」

{sāmēazɨg ġrūəsā}

Family Members

ម៉ែ, ម៉ាក់ 「ㄇㄚㄝ, ㄇㄚㄍ」 {māe, mág} 媽媽
មីង/អ៊ី 「ㄇ一ㄥ /'一 」 {mīŋ / 'ī} 阿姨，舅媽，叔姆
អាហ៊ា 「'ㄚ ㄏㄝㄚ」 {'ā hēa} 哥哥(閩南話、潮州話借詞)
ពូ/ចិក 「ㄅㄨ / ㄐ一̤ㄍ」 {bū / jɨg} 叔叔，舅舅
ក្មេងស្រី 「ㄍㄇㄝㄫ ㄙㄖ'ㄟ」 {gmēŋ srəi} 女孩
ក្មេងប្រុស 「ㄍㄇㄝㄫ ㄅ̤ㄖ'ㄛㄏ」 {gmēŋ BroH} 男孩
តា/ជីតា 「ㄉㄚ / ㄗ一ㄉㄚ」 {dā / zīdā} 爺爺
ប៉ា/ពុក 「ㄅㄚ / ㄅㄨㄍ」 {bā / bug} 爸爸
ឪពុក 「'ㄡㄅㄨㄍ」 {'əubug} 父母，雙親
ម្ដាយ/ម៉ាក់ 「ㄇㄉ̤ㄚ一 / ㄇㄚㄍ」 {mDāy / mág} 母親，媽媽
ប្អូនប្រុស 「ㄅ̤'ㄛㄋㄅ̤ㄖ'ㄛㄏ」 {B'ōnBroH} 弟弟
ចៅ 「ㄐㄠ」 {jāu} 孫子
កុមារ 「ㄍㄛㄇㄚ」 {gomā} 孩子們
ម្ដាយក្មេក 「ㄇㄉ̤ㄚ一 ㄍㄇㄝㄍ」 {mDāy gmēg} 婆婆，岳母
យាយមីង 「一ㄝㄞ ㄇ一ㄥ」 {yēay mīŋ} 姑婆
បងស្រី 「ㄅ̤ㄛ̤ㄫㄙㄖ'ㄟ」 {Bāŋsrəi} 姐姐
បងថ្លៃស្រី 「ㄅ̤ㄛ̤ㄫㄊㄌㄞ ㄙㄖ'ㄟ」 {Bāŋtlai srəi} 嫂子
បងថ្លៃប្រុស 「ㄅ̤ㄛ̤ㄫㄊㄌㄞ ㄅ̤ㄖ'ㄛㄏ」 {Bāŋtlai BroH} 姐夫
ប្អូនស្រី 「ㄅ̤'ㄛㄋㄙㄖ'ㄟ」 {B'ōnsrəi} 妹妹
ប្អូនថ្លៃស្រី 「ㄅ̤'ㄛㄋㄊㄌㄞ ㄙㄖ'ㄟ」 {B'ōntlai srəi} 弟媳
យាយ/ម៉ា 「一ㄝㄞ / ㄇㄚ」 {yēay / mā} 奶奶
ក្មេងស្រី 「ㄍㄇㄝㄫ ㄙㄖ'ㄟ」 {gmēŋ srəi} 女孩，少女，姑娘
កូនប្រសាប្រុស 「ㄍㄛㄋㄅ̤ㄖ'ㄛ̤ㄙㄚ ㄅ̤ㄖ'ㄛㄏ」 {gōnBrāsā BroH} 女婿
កូនស្រី 「ㄍㄛㄋㄙㄖ'ㄟ」 {gōnsrəi} 女兒
បងប្រុស 「ㄅ̤ㄛ̤ㄫㄅ̤ㄖ'ㄛㄏ」 {BāŋBroH} 大哥，老兄，哥哥
យាយ/ជីដូន 「一ㄝㄞ / ㄗ一ㄉ̤ㄛㄋ」 {yēay / zīDōn} 外婆，祖母
ឪពុកក្មេក 「'ㄡㄅㄨㄍ ㄍㄇㄝㄍ」 {'əubug gmēg} 公公，岳父
បុត្រា 「ㄅ̤ㄛㄉㄖ'ㄚ」 {Bodrā} 兒子，公子
កូនប្រុស 「ㄍㄛㄋㄅ̤ㄖ'ㄛㄏ」 {gōnBroH} 兒子
កូនប្រសាស្រី 「ㄍㄛㄋㄅ̤ㄖ'ㄛ̤ㄙㄚ ㄙㄖ'ㄟ」 {gōnBrāsā srəi} 兒媳
កូន 「ㄍㄛㄋ」 {gōn} 兒女，小孩
បងប្អូន 「ㄅ̤ㄛ̤ㄫㄅ̤'ㄛㄋ」 {BāŋB'ōn} 兄弟姐妹
បងប្អូនប្រុស 「ㄅ̤ㄛ̤ㄫㄅ̤'ㄛㄋ ㄅ̤ㄖ'ㄛㄏ」 {BāŋB'ōn BroH} 兄弟，老兄，老弟

四、東埔寨語諺語 សុភាសិតនៃភាសាកម្ពុជា

「ㄙㄛㄆㄝㄚㄙㄧ̣ㄉ ㄋㄟ ㄆㄝㄚㄙㄚ ㄍㄛ̣ㄇㄅㄨㄗㄝㄚ」

{sopėasıd nəi ṗēasā gāmbuzēa}

Cambodian Proverbs

បើមិនសាកល្បងទេ គ្មានបានអ្វីទាល់តែសោះ ។「ㄅ̣ㄚㄜ ㄇㄧ̣ㄣ ㄙㄚㄍ ㄌㄅ̣ㄛ̣ㄫ ㄉㄝ ㄍㄇㄝㄢ ㄅ̣ㄢ ’ㄛ̣ㄞㄟ ㄉㄛㄚㄌㄉㄚㄝㄙㄠㄏ.」 {Bāə mın sāg lBāŋ dē ġmēan Bān ’ɑvəi ɗoáldāesaoh.} 不入虎穴，焉得虎子。

ស្ងាត់ស្ងៀមគឺជាមាស ។「ㄙㄫㄚㄉㄙㄫㄧㄜㄇ ㄍㄨ̣ㄗㄝㄚ ㄇㄝㄚㄏ.」 {sŋádsŋīəm ġw̄zēa mēaH.} 沉默是金。

ពេលឆ្មាចេញបាត់ កណ្ដុរចាប់លេង ។「ㄅㄝㄌ ㄑㄇㄚ ㄐㄝㄬ ㄅ̣ㄚㄉ ㄍㄛ̣ㄋㄉㄛ ㄐㄚㄅ̣ ㄌㄝㄫ.」 {bēl qmā jēñ Bád gāṇdo jáB lēŋ.} 當貓不在，老鼠翻天。

ឆ្កែព្រូស មិនដែលខាំ ។「ㄑㄍㄚㄝ ㄅㄖ'ㄨㄏ ㄇㄧ̣ㄣ ㄉ̣ㄚㄝㄌ ㄎㄚㄇ.」 {qgāe brūH mın Dāel kāṃ.} 吠犬不咬人。

ជញ្ជាំងមានត្រចៀក ។「ㄗㄛ̣ㄬㄗㄝㄤ ㄇㄝㄢ ㄉㄖ'ㄛ̣ㄐㄧㄜㄍ.」 {zøñzeaŋ mēan drājīəg.} 隔牆有耳。

កណ្ដុរទាល់ច្រកនឹងងាកមកខាំឆ្មាវិញ ។「ㄍㄛ̣ㄋㄉㄛ̣ ㄉㄛ̣ㄚㄌㄐㄖ'ㄛ̣ㄍ ㄋㄨ̣ㄫ ㄫㄝㄚㄍ ㄇㄛ̣ㄍ ㄎㄚㄇ ㄑㄇㄚ ㄪㄧ̣ㄬ.」 {gāṇdo ɗoáljrāg nwŋ ŋēag møg kāṃ qmā viñ.} 狗急跳牆。(逼急了的老鼠會咬貓。)

គេមិនអាចធ្វើឲ្យក្ដាមឲ្យដើរទៅមុខត្រង់បានទេ ។「ㄍㄝ ㄇㄧ̣ㄣ ’ㄚㄐ ㄊㄪㄜ’ㄠㄧ ㄍㄉㄚㄇ ’ㄠㄧ ㄉ̣ㄚㄜ ㄉㄜㄨㄇㄨㄎ ㄉㄖ'ㄛ̣ㄫ ㄅ̣ㄢ ㄉㄝ.」 {ġē mın ’āj ïvə’āōy gdām ’āōy Dāə ɗəumuk draŋ Bān ɗē.} 江山易改，本性難移。 (不能讓螃蟹走直線。)

ការពិសោធន៍គឺជាអ្នកបង្កើតប្រាជ្ញា ។「ㄍㄚ ㄅㄧ̣ㄙㄠㄊ ㄍㄨ̣ㄗㄝㄚ ㄋㄝㄚㄍ ㄅ̣ㄛ̣ㄫㄍㄚㄜㄉ ㄅ̣ㄖ'ㄚㄗㄬㄝㄚ.」 {gā bısāoï ġw̄zēa nēag Bāŋgāəd Brāzñēa.} 吃一塹長一智。(經驗是智慧之父。)

ថ្នាំដែលពូកែ ច្រើនតែមានរសជាតិល្វីង ។「ㄊㄋㄚㄇ ㄉ̣ㄚㄝㄌ ㄅㄨㄍㄚㄝ ㄐㄖ'ㄚㄜㄋ ㄉㄚㄝ ㄇㄝㄢ ㄖ'ㄛ̣ㄏㄗㄝㄚㄉ’ ㄌㄪㄧㄥ.」 {tnāṃ Dāel būgāe jrāən dāe mēan røHzēad’ lvīŋ.} 良藥苦口。

ចម្ងាយអស់បញ្ជាក់កម្លាំងសេះមួយបាន ។「ㄐㄛ̣ㄇㄫㄝㄞ ’ㄛ̣ㄏ ㄅ̣ㄛ̣ㄬㄗㄝㄚㄍ ㄍㄛ̣ㄇㄌㄤ ㄙㄝ̣ㄏ ㄇㄨㄟ ㄅ̣ㄢ.」 {jāmŋēay ’āH Bāñzeag gāmlāŋ sɛh mūəy Bān.} 路遙知馬力。

មនុស្សច្រើន យោបល់ច្រើន ។「ㄇㄛ̣ㄋㄨㄙㄙ ㄐㄖ'ㄚㄜㄋ ㄧㄡㄅ̣ㄛ̣ㄌ ㄐㄖ'ㄚㄜㄋ.」 {mønuss jrāən yōuBɑl jrāən.} 人多嘴雜。

ស្បង់ជីពរពុំអាចធ្វើមនុស្សម្នាក់ឲ្យទៅជាលោកសង្ឃបានទេ ។「ㄙㄅ̣ㄛ̣ㄫ ㄗㄧㄅㄛ̣ ㄅㄨㄇ’ㄚㄐ ㄊㄪㄜ ㄇㄛ̣ㄋㄨㄙㄙ ㄇㄋㄝㄚㄍ’ㄠㄧ ㄉㄜㄨ ㄗㄝㄚ ㄌㄡㄍㄙㄛ̣ㄫㄎ ㄅ̣ㄢ ㄉㄝ.」 {sBɑŋ zībø buṃ ’āj ïvə mønuss mneag ’āōy ɗəu zēa lōugsāŋk̦ Bān ɗē.} 僧袍不能使人成為僧侶。

ពេលវេលាជាប្រាក់ ។「ㄅㄝㄌ ㄪㄝㄌㄝㄚ ㄗㄝㄚ ㄅ̣ㄖ'ㄚㄍ.」 {bēl vēlēa zēa Brág.} 時間就是金錢

តំណក់ទឹកដែលស្រក់មិនឈប់ ធ្វើឲ្យសឹកថ្ម ។「ㄉㄛ̣ㄇㄋㄛ̣ㄍ ㄉㄨ̣ㄍ ㄉ̣ㄚㄝㄌ ㄙㄖ'ㄛ̣ㄍ ㄇㄧ̣ㄣ ㄘㄨㄅ̣ ㄊㄪㄜ’ㄠㄧ ㄙㄜ̣ㄍ ㄊㄇㄛ̣.」 {daṃṇag ɗwg Dāel srag mın cuB ïvə’āōy sœg ṫmā.} 水滴石穿。

គ្មានផ្សែងដែលគ្មានផ្សែងទេ ។「ㄍㄇㄝㄢ ㄆㄙㄚㄝㄫ ㄉ̣ㄚㄝㄌ ㄍㄇㄝㄢ ㄆㄙㄚㄝㄫ ㄉㄝ.」 {ġmēan psāeŋ Dāel ġmēan psāeŋ ɗē.} 無風不起浪。(無油煙就無黑煙。)

គិតមុន ធ្វើក្រោយ ។「ㄍㄧ̣ㄉ ㄇㄨㄋ ㄊㄪㄜ ㄍㄖ'ㄠㄧ.」 {ġıd mun ïvə grāoy.} 先想後做。

ឈាមខាប់ជាងទឹក ។「ㄘㄝㄚㄇ ㄎㄚㄅ̣ ㄗㄝㄤ ㄉㄨ̣ㄍ.」 {cēam káB zēaŋ ɗwg.} 血濃於水

មាសពិតប្រាកដមែន មិនខ្លាចភ្លើង ។「ㄇㄝㄚㄏ ㄅㄧ̣ㄉㄅ̣ㄖ'ㄚㄍㄛ̣ㄉ̣ ㄇㄣ̣ ㄇㄧ̣ㄣ ㄎㄌㄚㄐ ㄆㄌㄥ.」 {mēaH bıdBrāgāD mēn mın klāj ṗləŋ.} 真金不怕火煉。

練習答案

發音部分

1　「ㄛㄋㄅㄚㄉ」{'āŋDād}
2　「ㄛㄤㄍㄨㄧ」{'āŋǵuy}
3　「ㄚㄍㄖㄛㄍ」{'āgrɑg}
4　「ㄠㄅㄨㄍ」{'āubug}
5　「ㄚㄧ」{'āy}
6　「ㄅㄛㄍㄥㄟ」{Bāgsōi}
7　「ㄅㄞㄉㄛㄤ」{Baidāŋ}
8　「ㄅㄛㄤ」{bøŋ}
9　「ㄅㄛㄖㄛㄉㄝㄏ」{BārødēH}
10　「ㄅㄖㄧㄛㄅ」{BrīəB}
11　「ㄅㄖㄟ」{brəi}
12　「ㄅㄖㄛㄏ」{BroH}
13　「ㄘㄛ」{cø}
14　「ㄉㄝ」{Dē}
15　「ㄉㄝ」{dē}
16　「ㄉㄝㄍ」{Dēg}
17　「ㄉㄛㄐ」{døj}
18　「ㄉㄖㄟ」{drōi}
19　「ㄍㄨㄛㄉ」{g'ūəd}
20　「ㄍㄛㄇㄅㄌㄛㄤ」{gɑmBlɑŋ}
21　「ㄍㄌㄧㄣ」{glın}
22　「ㄍㄛㄚㄉ」{ǵoád}

23　「ㄍㄖㄚㄥ」{grāeŋ}
24　「ㄍㄖㄛㄅ」{ǵroB}
25　「ㄏㄚㄝㄌ」{hāel}
26　「ㄐㄛㄤㄧㄜㄉ」{jāŋ'īəd}
27　「ㄐㄖㄚㄛㄋ」{jrāən}
28　「ㄎㄚㄝ」{kāe}
29　「ㄎㄌㄟ」{klōi}
30　「ㄎㄋㄛㄤ」{knāŋ}
31　「ㄎㄥㄝ」{ksāe}
32　「ㄎㄥㄚㄐ」{ksaj}
33　「ㄌㄏㄛ」{lhā}
34　「ㄌㄨ」{lw̄}
35　「ㄇㄇㄝ」{māe}
36　「ㄋㄝㄚㄍㄋㄚ」{nēag ŋā}
37　「ㄋㄝㄞ」{nēay}
38　「ㄋㄧㄏ」{nih}
39　「ㄋㄛㄋㄚ」{nøŋā}
40　「ㄋㄨㄏ」{nuh}
41　「ㄆㄛㄌ」{pāl}
42　「ㄆㄉㄚㄛㄇ」{pdāəm}
43　「ㄆㄍㄚ」{pgā}
44　「ㄆㄍㄚㄧ」{pgāy}

45　「ㄆㄌㄛㄤ」{p̀lōŋ}
46　「ㄆㄛㄍ」{pœg}
47　「ㄑㄛㄥ」{q'œŋ}
48　「ㄑㄎㄥ」{qvēŋ}
49　「ㄐㄢㄉ」{jand}
50　「ㄖㄨㄏ」{rwH}
51　「ㄥㄛ」{sā}
52　「ㄥㄚㄛㄐ」{sāəj}
53　「ㄥㄛㄍ」{sag}
54　「ㄥㄚㄐ」{sáj}
55　「ㄥㄅㄚㄛㄤ」{sDāən}
56　「ㄥㄅㄚㄇ」{sDām}
57　「ㄥㄌㄛㄍ」{slœg}
58　「ㄥㄇㄠ」{smāu}
59　「ㄥㄖㄟ」{srōi}
60　「ㄊㄚ」{tā}
61　「ㄊㄌㄚㄛㄇ」{tīlāəm}
62　「ㄊㄛㄧ」{tāy}
63　「ㄊㄇㄝㄏ」{tmēñ}
64　「ㄎㄝㄤ」{vēŋ}
65　「ㄗㄛㄤ」{zōŋ}
66　「ㄗㄨㄌ」{zul}

第一課

1.

1) ជំរាបសួរ ។ វិតរាយដែលបានស្គាល់អ្នក ។ 「ㄗㄨㄇㄖㄝㄚㄅㄥㄨㄛ. ㄖㄧㄍㄖㄝㄞ ㄉㄚㄝㄌ ㄅㄢ ㄥㄍㄚㄌ ㄋㄝㄚㄍ.」{zoumrēaBsūa. gārēay Dāel Bān sǵál nēag.}

2) ខ្ញុំមកពីទីក្រុងភ្នំពេញ ។ ហើយខណ្ឌមកពីខេត្តបាត់ដំបង ។ 「ㄎㄏㄛㄇ ㄇㄛㄍ ㄅㄧ ㄉㄧㄍㄖㄛㄤ ㄆㄧㄥㄉㄨㄤ. ㄏㄚㄟ ㄎㄛㄣㄉ ㄇㄛㄍ ㄅㄧ ㄎㄝㄉㄉ ㄅㄚㄉㄉㄛㄇㄅㄛㄤ.」{kñoṃ møg bī đīgroŋ p̄īŋduŋ. hāəy kāŋḌ møg bīkēdd BádDaṃ Bāŋ.}

2.

1) 你叫什麼名字？

2) 好久不見。您好嗎？

3) 他是誰？

4) 他是我的同學。

3. 形容詞總是放在被修飾的詞後面。

1.

   1) អរគុណណាស់！「ㄛˋㄍㄨㄣ ㄋㄚˊㄏ！」{'āġuṇ ṇáH !}

   2) មិនអីទេ។「ㄇㄧㄣ ˋㄟ ㄉㄝ.」{min 'āi dē.}

   3) សុំទោស！「ㄙㄛㄇㄉㄨㄏ！」{soṃdōuH !}

2.

   1) 我的腳踏車壞了。

   2) 我的手機遺失了。

   3) 幫我買兩公斤蘋果。

   4) 一起去圖書館，好嗎？

3.

   1) គួរ 「ㄍㄨㄜ」{ġūə}

   2) កំពុង 「ㄍㄛㄇㄅㄨㄥ」{gaṃbuŋ}

1.

   1) ស្សួន ហ៊ុយស៊ានជាជនជាតិតៃវ៉ាន់។「ㄙㄙㄨㄣ ㄏㄨㄧ ㄙㄝㄢ ㄗㄝㄚ ㄗㄛㄣㄗㄝㄚㄉ ㄉㄞㄨㄢ.」{ssūn huy sēan zēa zønzēad daivan.}

   2) តៃវ៉ាន់ជាស្អាតណាស់។「ㄉㄞㄨㄢ ㄗㄝㄚ ㄙˋㄚㄉ ㄋㄚˊㄏ.」{daivan zēa s'ād ṇáH.}

   3) លោក(លោកស្រី)អាយុប៉ុន្មានហើយ？「ㄌㄨㄍ (ㄌㄨㄍㄙㄖㄟ) ˋㄚㄧㄨˊ ㄅㄛㄋㄇㄢ ㄏㄚㄟ ？」{lōug (lōugsrōi) 'āyu' bonmān hāəy ?}

2.

   1) 我家有爸爸、媽媽、一個弟弟和我。

   2) 我二十歲，而姐姐二十四歲。

   3) 你兒子在上學嗎？

   4) 老師在哪裡住？

1.

   1) ខ្ញុំធ្លាប់បង្រៀនភាសាអង់គ្លេស។「ㄎˊㄛㄇ ㄊㄌㄛˋㄚㄅ ㄅㄛㄥㄖㄧㄝㄣ ㄆㄝㄚㄙㄚ ˋㄛㄥㄍㄌㄝㄏ.」{kñoṃ ïloáB Bāŋrīən p̌ēasā 'āŋġlēH.}

   2) ខ្ញុំចូលធ្វើការនៅម៉ោងដប់ប្រឹក។「ㄎˊㄛㄇ ㄐㄛㄌ ㄊ�_ㄛㄍㄚ ㄋㄛㄨ ㄇㄠㄥ ㄉㄛㄅ ㄅㄖㄨㄍ.」{kñoṃ jōl ïv̄ōgā nōu māoŋ DɑB brwg.}

2.

   1) 他做什麼工作？

   2) 他現在是公司總經理。

   3) 教授在這裡工作多長時間了？

   4) 工作二十年了。

1.

1) តើអ្នកមកពីតៃវ៉ាន់ជាទេ ? 「ㄉㄚㄜ ㄋㄝㄚㄍ ㄇㄛㄍ ㄅㄧ ㄉㄞㄨㄢ ㄇㄣㄉㄝ?」{dāə nēag møg bī daivan mēndē?}

2) សូមបំពេញទម្រង់បែបបទនេះ។ 「ㄙㄛㄇ ㄅㄛㄇㄅㄝㄦ ㄉㄛㄇㄖㄛㄥ ㄅㄝㄅㄅㄛㄉ ㄋㄧㄏ.」{sōm Baṃbēñ dømroŋ BāeBBād nih.}

3) សូមប្ដូរប្រាក់ពីរយដុល្លារអាមេរិក។ 「ㄙㄛㄇ ㄅㄉㄛ ㄅㄖㄚㄍ ㄅㄧ ㄖㄛㄧ ㄉㄛㄌㄌㄝㄚ 'ㄚㄇㄝㄖㄧㄍ.」{sōm Bdō Brág bī røy Dollā'āmērig.}

4) ខ្ញុំគ្មានអ្វីត្រូវការណ៍ទៅថ្នាក់លើនេ។ 「ㄎㄦㄛㄇ ㄍㄇㄝㄢ ㄪㄟ ㄉㄖㄛㄪ ㄖㄝㄚㄍㄚㄛㄥ ㄉㄛㄨ ㄊㄋㄚㄍㄌㄛ ㄉㄝ.」{kñoṃ ġmēan vōi drōv rēaygāōŋ dōu ïnáglō dē.}

2.

1) 我來柬埔寨的目的是旅遊。

2) 請出示您的護照。

3) 這些東西須繳稅。

4) 我們要回臺灣。

5) 對不起，銀行在哪裡？

第六課

1.

1) ខ្ញុំនិយាយភាសាខ្មែរជារឿយៗ។ 「ㄎㄦㄛㄇ ㄋㄧㄝㄚㄪ ㄆㄝㄚㄙㄚ ㄎㄇㄚㄝ ㄗㄝㄚㄖㄨㄛㄧㄖㄨㄛㄧ.」{kñoṃ niyēay pēasā kmāe zēarẁøyrẁøy .}

2) អ្នកចេះនិយាយភាសាចិនឬទេ ? 「ㄋㄝㄚㄍ ㄐㄝㄏ ㄋㄧㄝㄚㄪ ㄆㄝㄚㄙㄚ ㄐㄧㄣ ㄖㄨㄉㄝ ?」{nēag jeh niyēay pēasā jın rẁdē ?}

3) ខ្ញុំមិនចេះនិយាយទេ។ 「ㄎㄦㄛㄇ ㄇㄧㄣ ㄐㄝㄋㄧㄝㄚㄪ ㄉㄝ .」{kñoṃ min jeniyēay dē .}

2.

1) 我會說一點點英語。

2) 你說得很好。

3) 她的丈夫是臺灣人。

第七課

1.

1) តើសំបុត្រឋយន្តថ្លៃប៉ុន្មាន ? 「ㄉㄚㄜ ㄙㄛㄇㄅㄛㄉ ㄖㄛㄜㄉㄪㄛㄥㄉ ㄊㄞ ㄅㄛㄣㄇㄝㄢ?」{dāə saṃBod røtyønD ïlai bonmēan?}

2) នៅឆ្ងាយពីទីនេះឬទេ ? 「ㄋㄛㄨ ㄑㄧㄚㄧ ㄅㄧ ㄉㄧㄋㄧㄏ ㄖㄨㄉㄝ?」{nōu qŋāy bī dīnih rẁdē?}

3) តើដើរតាមផ្លូវណា ? 「ㄉㄚㄜ ㄉㄚㄜ ㄉㄚㄇㄆㄌㄛㄪ ㄋㄚ?」{dāə Dāə dāmplōv ŋā?}

4) តើព្រលានយន្តហោះអន្តរជាតិពេធិចិនគុងទៅតាមផ្លូវណា ? 「ㄉㄚㄜ ㄅㄖㄛㄉㄝㄢ ㄧㄛㄣㄉㄏㄚㄛ 'ㄚㄋㄉㄚㄖㄛㄗㄝㄚㄉ' ㄅㄡㄙㄐㄧㄣㄛㄉㄛㄥ ㄉㄛㄨ ㄉㄚㄇㄆㄌㄛㄪ ㄋㄚ?」{dāə brølēan yøndhaoh 'āndārøzēad' bōuïijınødoŋ dōu dāmplōv ŋā?}

5) អស់រយៈពេលប៉ុន្មានទើបអាចទៅដល់ ? 「'ㄛㄏ ㄖㄛㄧㄝㄚㄅㄝㄌ ㄅㄛㄣㄇㄝㄢ ㄉㄛㄅ 'ㄚㄐ ㄉㄛㄨㄉㄛㄌ?」{'āH røyeabēl bonmēan dōB 'āj dōuDal?}

6) ចំណតឋយន្តក្រុង នៅជិតណាស់។ 「ㄐㄛㄇㄋㄛㄉ ㄖㄛㄧㄝㄚㄉㄪㄛㄥㄉ ㄍㄖㄛㄥ ㄋㄛㄨ ㄓㄧㄉ ㄋㄚㄏ.」{jaṃnād røtyønd groŋ nōu zid ŋáH.}

2.

1) 你知道地址嗎？

2) 你可以把位址寫下來嗎？

3) 我想走到那裡。

4) 到那裡有多遠？

5) 走到哪裡半個鐘頭左右。

第八課

1.

1) ថ្ងៃនេះតើអាកាសធាតុក្តៅទេ？「ㄊㄥㄞㄋㄧㄏ ㄉㄚㄜ 'ㄚㄍㄚㄙㄛㄊㄝㄚㄉ' ㄍㄉㄠ ㄉㄝ？」{tŋainih dāə 'āgāsāĭēad' gdāu đē?}

2) តើសីតុណ្ហភាពប៉ុន្មានអង្សា？「ㄉㄚㄜ ㄙㄟㄉㄛㄋㄏㄛㄆㄝㄚㄅ ㄅㄛㄋㄇㄝㄢ 'ㄛㄥㄙㄚ？」{dāə sōidoṇhāpēab bonmēan 'āŋsā?}

3) ថ្ងៃនេះអាកាសធាតុមិនត្រជាក់ទេ។「ㄊㄥㄞㄋㄧㄏ 'ㄚㄍㄚㄙㄛㄊㄝㄚㄉ' ㄇㄧㄣ ㄉㄖㄛㄗㄝㄚㄍ ㄉㄝ.」{tŋainih 'āgāsāĭēad' min drāzeag đē.}

4) អាកាសធាតុនៅថ្ងៃបីក្តៅជាងហ៊ីលុងជាង។「'ㄚㄍㄚㄙㄛㄊㄝㄚㄉ' ㄋㄛㄨ ㄊㄚㄧ ㄅㄟ ㄍㄉㄠ ㄗㄝㄤ ㄏㄟ ㄌ ㄨㄥ ㄗㄝㄤ.」{'āgāsāĭēad' nōu tāy bōi gdāu zēaŋ hōi luŋ zēaŋ.}

2.

1) 在北方，有四季：春、夏、秋、冬。

2) 去年比今年冷。

3) 在南極圈溫度最低。

4) 黑龍江沒有颱風。

第九課

1.

1) ចង 「ㄐㄛㄤ」{jaŋ}

2) មើលគុន 「ㄇㄜㄌ ㄍㄛㄣ」{māl gon}

3) មក 「ㄇㄛㄍ」{møg}

4) ក្លេច 「ㄆㄌㄝㄐ」{plēj}

5) ក្រឡប់មកវិញ 「ㄉㄖㄛㄌㄛㄅㄅ ㄇㄛㄍ ㄎㄧㄥ」{drāḷaB møg viñ}

6) ក្រឡប់ 「ㄉㄖㄛㄌㄛㄅㄅ」{drāḷaB}

7) ថ្ងៃអង្គារ 「ㄊㄥㄞ 'ㄛㄥㄍㄝㄚ」{tŋai 'āŋgēa}

8) រីករាយ 「ㄖㄧ-ㄍ ㄖㄝㄞ」{rĭg rēay}

2.

民國年份+1911+543 或西曆年份+543 就變成佛曆年份，比如：2016 年+543 為佛曆 2559 年、民國 97 年+1911+543 為佛曆 2551 年。

第十課

1.

1) ខ្ញុំស្ងាត់ពីរយប់។「ㄎㄋㄛㄇ ㄙㄥㄚㄍ ㄅㄧ ㄧㄨㄅ.」{kñoṃ snág bī yuB.}

2) លោកចាងទូទាត់ប្រើវីហ្សាកាត។「ㄌㄡㄍ ㄐㄤ ㄉㄨㄉㄛㄚㄉ ㄅㄖㄚㄜ ㄎㄧㄙㄚ ㄍㄚㄉ.」{lōug jāŋ dūdoád Brāə vīsā gād.}

3) ខ្ញុំចង់បានបន្ទប់មួយមិនជក់បារី។ 「ㄎㄏㄛㄇ ㄐㄛ̣ㄫㄅ̣ㄢ ㄅ̣ㄛ̣ㄋㄉㄨㄅ̣ ㄇㄨㄟ ㄇㄧ̣ㄣ ㄗㄨㄍㄅ̣ㄚㄖ̍ㄧ.」{kñoṃ jɑŋBān BānduB mūəy mɨn zugBārī.}

2.

1) 十二點之前必須結帳。

2) 今晚旅館有空房嗎？

3.

1) នៃ 「ㄋㄟ」{nəi}

2) របស់ 「ㄖ̍ㄛ̣ㄅ̣ㄛ̣ㄏ」{røBɑH}

第十一課

1.

1) អ្នកឃ្លានហើយ។ 「ㄋㄝㄚㄍ ㄎㄌㄝㄢ ㄏㄚㄟ.」{nēag ḳlēan hāəy.}

2) ខ្ញុំចង់ផឹកកាហ្វេ។ 「ㄎㄏㄛㄇ ㄐㄛ̣ㄫ ㄆㄜ̣ㄍ ㄍㄚㄈㄝ.」{kñoṃ jɑŋ pœg gāfē.}

3) ឆ្ងាញ់ខ្លាំងណាស់។ 「ㄑㄫㄚㄏ ㄎㄌㄤ ㄋㄚㄏ.」{qŋañ klāŋ ṇáH.}

4) គិតលុយ！「ㄍㄧ̣ㄉ ㄌㄨㄧ!」{ġɨd luy!}

2.

1) 你要吃什麼？

2) 我就吃魚肉粽吧。

3) 我要一杯可樂

4) 我想吃麵條。

第十二課

1.

1) តោះទៅ 「ㄉㄠㄏ ㄉㄜㄨ.」{daoh đəu.}។

2) ថ្លៃប៉ុន្មាន？「ㄊㄌㄞ ㄅㄛㄋㄇㄝㄢ?」{ṫlai bonmēan?}

3) ខ្ញុំយកអាវ ប្រាំ។ 「ㄎㄏㄛㄇ ㄧㄛ̣ㄍ ’ㄚㄞ ㄅ̣ㄖ̍ㄚㄇ.」{kñoṃ yøg ’āv Brāṃ.}

2.

1) 雞蛋一個兩百瑞爾。

2) 我要去商店買東西。

3) 商店什麼時間開門呢？

第十三課

1.

1) ឪពុករបស់អ្នកនៅផ្ទះឬទេ？「’ㄡㄅㄨㄍ ㄖ̍ㄛ̣ㄅ̣ㄛ̣ㄏ ㄋㄝㄚㄍ ㄋㄜㄨㄆㄉㄝㄜㄏ ㄖ̍ㄨ̣ㄉㄝ?」{’əubug røBɑH nēag nāupđeəh rŵđē?}

2) គាត់ចេញទៅក្រៅហើយ។ 「ㄍㄛㄚㄉ ㄐㄝㄏ ㄉㄜㄨ ㄍㄖ̍ㄠ ㄏㄚㄟ.」{ġoád jēñ đāu grāu hāəy.}

3) គាត់ត្រឡប់មកវិញនៅរសៀល។ 「ㄍㄛㄚㄉ ㄉㄖ̍ㄛ̣ㄌㄛ̣ㄅ̣ ㄇㄛ̣ㄍㄞㄧ̣ㄏ ㄋㄜㄨ ㄖ̍ㄛ̣ㄙㄧㄜㄌ.」{ġoád drāḷɑB møgviñ nāu røsīəl.}

4) លេខទូរស័ព្ទរបស់គាត់ប៉ុន្មាន？「ㄌㄝㄎ ㄉㄨㄖ̍ㄛ̣ㄙㄚㄅㄉ ㄖ̍ㄛ̣ㄅ̣ㄛ̣ㄏ ㄍㄛㄚㄉ ㄅㄛㄋㄇㄝㄢ?」{lēk dūrøsabđ røBɑH ġoád bonmēan?}

2.

1) 我想用普通郵件寄這本詞典。

2) 對不起，你(妳)打錯電話了。

3) 時常給我電話吧。

第十四課

1.

1) តើអ្នកបានទៅតែវ៉ាន់ឬប្លូនៅ ?「ㄉㄚ˙ ㄋㄝㄚㄍ ㄅㄢ ㄉㄛㄨ ㄉㄞㄈㄢ ㄖㄨ˜ ㄋㄛㄨ?」{dāə nēag Bān dōu daivan r̄w nōu?}

2) ចាស (បាទ), ខ្ញុំបានទៅទីនោះ ។「ㄐㄚㄏ (ㄅㄚㄉ), ㄎㄧˇㄛㄇ ㄅㄢ ㄉㄛㄨ ㄉㄧㄣㄨㄏ.」{jāH (Bād), kñoṃ Bān dōu dīnuh.}

3) ទេ, ខ្ញុំមិនបានទៅជាងស្ម៊ីទេ ។「ㄉㄝ, ㄎㄧˇㄛㄇ ㄇㄧㄣ ㄅㄢ ㄉㄛㄨ ㄗㄝㄤ ㄙㄙㄨ ㄉㄝ.」{dē, kñoṃ min Bān dōu zēaŋ ssū dē.}

2.

1) 不好了。我的包包弄丟了。

2) 可能是丟在公共汽車上了。

3) 新年期間，人們去旅遊。

4) 喜歡臺灣嗎？

5) 我喜歡臺灣的城市。太美了。

第十五課

1.

1) ខ្ញុំមិនជាល្អអ្វីទេ ។「ㄎㄧˇㄛㄇ ㄇㄧˋㄣ ㄗㄝㄚ ㄌ'ㄚ 'ㄛㄈㄟ ㄉㄝ.」{kñoṃ min zēa l'ā 'avōi dē.}

2) ខ្ញុំឈឺពោះណាស់ ។「ㄎㄧˇㄛㄇ ㄔㄨˋㄅㄨㄛㄏ ㄋㄚㄏ.」{kñoṃ cw̄buoh ṇáH.}

3) ខ្ញុំមិនមានអារម្មណ៍មិនសូវស្រួលសោះ ។「ㄎㄧˇㄛㄇ ㄇㄧˋㄣ ㄇㄝㄚ'ㄚㄖㄛㄇㄇ ㄇㄧˋㄣ ㄙㄛㄈ ㄙㄖㄨㄛㄌ ㄙㄠㄏ.」{kñoṃ min mēan 'ārømm min sōv srūəl saoh.}

2.

1) 我發燒。

2) 我咳嗽得厲害。

3) 我想看醫生。

3.

1) វគ្គរុស「ㄖㄝㄚㄍ ㄖㄨㄏ」{rēaġ rūH}

2) នោមផ្អែម「ㄋㄡㄇ ㄆ'ㄚㄝㄇ」{nōum p'āem}

3) អណ្ដាត「'ㄛㄣㄉㄚㄉ」{'āŋDād}

國家圖書館出版品預行編目(CIP)資料

快樂學柬埔寨語 / 鄧應烈著. -- 第1版. -- 新北市 :
智寬文化, 2017.01
面 ; 公分. --（外語學習系列；A016）
ISBN 978-986-92111-5-4(平裝附光碟片)
1. 高棉語 2. 讀本
803.788   105024297

外語學習系列 A016

快樂學柬埔寨語(附MP3)

2019年6月　初版第2刷

編著者	鄧應烈
審訂者兼柬語錄音	李佩香
校閱者	程炳昵
國語錄音	宋菁玲
出版者	智寬文化事業有限公司
地址	23558新北市中和區中山路二段409號5樓
E-mail	john620220@hotmail.com
電話	02-77312238・02-82215078
傳真	02-82215075
印刷者	永光彩色印刷股份有限公司
總經銷	紅螞蟻圖書有限公司
地址	台北市內湖區舊宗路二段121巷19號
電話	02-27953656
傳真	02-27954100
定價	新台幣350元
郵政劃撥・戶名	50173486・智寬文化事業有限公司